—

셜록홈스
베스트 단편선

2

셜록 홈스 베스트 단편선 2

초판 1쇄 인쇄일 ┃ 2021년 5월 4일   초판 1쇄 발행일 ┃ 2021년 5월 11일

지은이 ┃ 아서 코난 도일
옮긴이 ┃ 조미영
그린이 ┃ 신혜원
펴낸이 ┃ 강창용
책임기획 ┃ 강동균
책임편집 ┃ 정민규
디자인 ┃ 김동광
책임영업 ┃ 최대현

펴낸곳   ┃ 느낌이있는책
출판등록 ┃ 1998년 5월 16일 제10-1588
주 소   ┃ 경기도 고양시 일산동구 중앙로 1233(현대타운빌) 407호
전 화   ┃ (代)031-932-7474
팩 스   ┃ 031-932-5962
이메일   ┃ feelbooks@naver.com
포스트   ┃ http://post. naver.com/feelbooksplus
페이스북 ┃ http://www.facebook.com/feelbooksss

ISBN 979-11-6195-132-4 (03840)

셜록홈스
베스트 단편선

2

아서 코난 도일 지음 | 조미영 편역

Contents

관찰과 추리로
어떤 비밀이라도 밝혀낼 수 있다

일 년 내내 안개가 끼지 않은 날이 없는 도시, 런던 베이커 가 221B 하숙집. 사냥모자, 돋보기, 파이프 담배. 한 남자가 골똘히 생각에 잠긴 채로 앉아 있다.

자신의 친구이자 조수인 왓슨의 슬리퍼만 보고도 그가 감기에 걸렸음을 증명할 수 있는 천재 탐정 홈스다. 그는 베일에 싸인 어떤 범죄라도 관찰과 추리로 해결할 수 있으며 세계의 어떤 비밀조차도 이성과 논리로 모두 벗겨 낼 수 있다고 말한다.

홈스는 말한다.

"나에게 문제를 던져 주게. 가장 난해한 암호, 가장 복잡한 분석 과제를 던져 주게. 나는 무미건조한 일상을 혐오하네."

한때 추리소설은 작품성이 없다는 이유로, 또는 순수문학만이 진정한 문학이라고 생각하는 사회풍조에 밀려 저급한 읽을거리로 취급당했다. 그러나 이제 추리문학도 대중소설의 한 분야로서 당당히 그 지위를 차지하면서 순수문학에도 추리소설적 기법을 사용하는 작품들을 어렵지 않게 만날 수 있게 되었다.

오늘날 수많은 장르문학 작가들이 작품성을 인정받는 작품들을 내놓고 있지만 1887년 등장한 이후 100년이 지난 지금까지 셜록 홈스는 명탐정으로서 최고의 명성을 떨치고 있다. 추리소설 마니아가 아니더라도 홈스는 어른 아이 구분할 것 없이 함께 즐기는 명작으로 세계인의 변함없는 사랑을 받고 있다.

이러한 흐름에 발맞추어 네 개의 장편을 제외한 56편의 단편 중 명작을 선별하여 새로운 감각과 색다른 접근으로 홈스의 활약을 즐길 수 있도록 했다.

자, 이제 불후의 명탐정 홈스가 보여 주는 긴장감 넘치는 활약에서 홈스만의 명쾌한 추리 비법과 고품격의 트릭을 즐겨 보자.

셜록 홈스 SHERLOCK HOLMES

1854년 영국 잉글랜드 요크셔 출신으로 185센티
미터의 키에 약간 마른 체형이어서 실제보다 키
가 더 커 보이며 번뜩이는 눈과 콧날이 선 매부리코 때문에 전체적으
로 날카롭고 강한 인상을 준다. 또한 각진 턱은 의지가 강한 성품임
을 엿보이게 한다.

평소 화학실험을 즐겼기 때문에 두 손은 늘 잉크나 화학 약품으로
얼룩져 있고, 손놀림이 날렵해서 다루기 쉽지 않은 물건도 아주 익
숙하게 다룰 줄 안다.

친구인 왓슨조차도 알아보지 못할 정도로 뛰어난 변장 솜씨와 연
기력을 가지고 있다. 과학적인 지식도 해박하여 '과학계는 명민한 이
론가를 잃고, 연극계는 훌륭한 배우를 놓치고 말았다'고 하기도 한
다. 파이프 담배(엽궐련)를 즐기고 위스키와 포도주를 좋아하며 가끔
은 코카인을 즐기기도 한다.

런던 베이커 가 221B에서 평생을 독신으로 살았고 23년간 탐정생
활을 하면서 아무리 많은 돈을 조건으로 사건을 의뢰해 오더라도 내
용이 시시하면 냉정하게 거절했다.

존 H. 왓슨 JOHN H. WATSON

의학박사이며 예비역 군의관인 왓슨은 23년
동안 지속된 홈스의 탐정생활 중 17년을 함
께하며 홈스의 활약상을 기록했다. 각진 턱에 콧수염을 기른 건장
한 체격의 사나이로 홈스의 가장 가까운 친구이자 조수 역할을 했으
며 알카디아 담배를 좋아하고 연금의 절반을 쏟아부을 정도로 경마
를 즐겼다. 의학 지식뿐 아니라 문학 지식도 상당한 수준의 지식인
이었다.

1889년 〈네 개의 서명〉 사건에서 만난 메리 모스턴과 결혼해 베이
커 가와 가까운 패딩턴에 병원을 개업하여 신혼살림을 시작했다.

1891년 라이헨바흐 폭포에서 홈스가 죽은 후 켄싱턴으로 옮겨 병
원을 개업했다. 1894년 왓슨은 홈스가 살아 돌아오자 병원을 팔고
베이커 가의 하숙집으로 되돌아온다. 1929년 사망하기까지 홈스의
변치 않는 친구, 신뢰할 수 있는 협력자로서 늘 홈스의 곁에 있었다.

홈스의 말에 의하면 왓슨은 변화의 물결에서도 바위처럼 변하지
않는 사람이다.

너도밤나무
집

The Copper Beeches

바이올렛 헌터

부모는 물론이고 일가친척도 없이 혼자서 살아가는 젊은 아가씨. 주근깨가 남아 있는 얼굴에 총명해 보이는 눈과 야무진 입, 아름다운 밤색 머리카락을 가졌다. 학교를 졸업한 이후 남의 집에서 가정교사를 하며 생계를 잇고 있지만, 불우한 환경을 탄식하지 않고 스스로 제 일을 해 나간다. 자립심이 강하고, 어려운 일이나 불의를 보고 참지 못하는 용기와 그 어떤 상황도 대처할 수 있는 슬기로움을 지녔다.

제프로 루캐슬

너도밤나무 집의 주인으로 중년의 사나이. 겹겹이 늘어진 턱, 짧은 목, 불룩 나온 배를 자랑하는 비대한 몸집의 소유자. 작지만 날카로운 눈에는 안경을 쓰고 있다. 겉으로는 더없이 자상하며 친절한 신사이나 속으로는 탐욕스러운 음모를 진행 중이다.

루캐슬 부인

너도밤나무 집의 안주인으로 루캐슬의 후처. 서른 안팎의 젊은 여인으로 병색이 완연해 보이는 창백한 얼굴을 하고 있다. 평소에 말이 없으며, 심지어 인형처럼 표정 변화도 거의 없다. 그러나 남편과 아이에게는 매우 헌신적이다. 루캐슬과는 7년 전에 결혼해서 아들 하나를 두고 있다.

톨러 부인

너도밤나무 집의 고용인. 마르고 큰 키의 중년 여인으로 너도밤나무 집에서 주로 요리를 담당한다. 평소에 말이 없으며 음산한 분위기를 풍긴다. 사람을 볼 때마다 그 가늘고 긴 눈으로 사람을 노려본다. 그러나 곤경에 처한 사람을 도와줄 줄 아는 따뜻한 마음과 용기를 지녔다.

〈너도밤나무 집〉은 1892년 2월 〈스트랜드 매거진〉에 발표되고 후에 단행본 《셜록홈스의 모험》에 수록되었다. 홈스가 주로 활약한 빅토리아 왕조 후기에는 여성 가정교사가 많았다. 당시에는 재산이 남성에게 상속되었기 때문에 결혼을 하지 않은 여성은 일을 할 수밖에 없었는데 여성이 할 수 있는 일이 그리 많지 않았기 때문이다. 이런 이유로 홈스가 맡았던 사건들 중에 여성 가정교사가 종종 등장한다. 〈네 개의 서명〉, 〈외로운 자전거 타는 사람〉, 〈소어 다리〉 그리고 〈너도밤나무 집〉 등이 그러하다. 여성 가정교사는 고용주의 집에 들어가서 사는 경우가 많았고 임금은 매우 낮았으며 바느질 같은 집안일도 했다. 동시대를 배경으로 하는 작품, 즉 헨리 제임스의 《나사의 회전》, 서클레이의 《허영의 도시》, 샬롯 브론테의 《제인 에어》 등의 소설 속에도 여성 가정교사가 등장한다.

사건 정황이냐, 추리냐

쌀쌀한 어느 봄날의 아침이었다. 창밖으로 보이는 베이커 가의 거리는 온통 뿌연 안개로 뒤덮여 있었다. 홈스와 나는 아침 식사를 마치고 벽난로 앞에 느긋하게 앉아 있었다. 하얀 식탁보가 깔린 테이블 위에는 아직 치우지 않은 접시 등 식기들이 가스등의 불빛을 받아 반짝거렸다.

"예술 그 자체를 사랑하는 사람은 평범한 일상에서 말할 수 없이 큰 기쁨을 느끼게 마련이라네. 그건 내 경우에도 다를 것이 없어. 자네가 활자화해 준 내 사건 기록들이 그것을 증명하지."

홈스는 집게로 벽난로에 석탄을 몇 개 집어넣으며 말했다.

"물론 자네가 사람들의 관심을 끌기 위해 윤색하는 면이 아주 없지는 않지만, 악명 높은 재판에 내가 증인으로 참석한 사건이나 세간의 이목을 끌었던 괴사건들을 마다하고 평범하다고 할 수 있는 사건들만 골라서 발표하는 자네도 그런 면에서는 예술가 기질이 있다고 할 수 있을 거야. 사실 논리의 종합과 추리라는 내 능력이 십분 발휘될 때는 그렇게 흔하고 사소한 사건들을 만날 때거든."

"자네는 평범한 사건이라고 하지만, 사람들은 그렇게 생각하지 않는 것 같더군. 선정적이라는 둥 폭력적이라는 둥 비난을 해 대고 있는 걸 보면 말이야."

"그 원인은 사건 자체에 있는 게 아니라 자네에게 있어."

"나에게 있다고?"

홈스는 불붙은 석탄덩이를 이용해 벚나무로 만든 긴 담배 파이프에 불을 붙였다. 나는 그가 지금 논쟁을 원한다는 것을 알아챘다. 그건 일종의 습관이었는데, 논쟁이 아닌 사색을 하려고 할 때 그는 벚나무가 아닌 도자기 파이프를 집어 물곤 했던 것이다.

"사건에서 기록할 만한 가치가 있는 것은 범인들의 악랄함을 소개하는 것이나 얼마나 상황이 급박한가 하는 것이 아니라 원인에서 결과에 이르는 추론 과정이라네. 그런데 자네는 기록이라는 것에 너무 열중한 나머지 추론보다는 그 주변의 것들에 치중하는 경향이 있어. 선정적이라든가 폭력적이라는 비난이 생기는 건 바로 이 때문이야. 하긴 그 덕분에 사건 하나하나가 개성과 생명력을 갖기는 했지만 말이야. 그래도 사건에서 가장 중요한 것을 간과하고 있다는 오명은 벗기 어려워."

"그 부분이라면 난 동의할 수 없네."

나는 기분이 상한 것을 감추지 않고 퉁명스럽게 말했다.

"난 공정하다고 생각하거든. 자네가 섭섭할지는 모르지만……."

홈스의 자기중심적인 성향을 모르고 있었던 것은 아니지만 매번 이런 논쟁에 부딪히다 보면 화가 나는 것을 억제하기 힘들었다. 사실 홈스는 아침 내내 무엇을 찾는지 신문들의 광고란이란 광고란은 다 뒤적였다. 하지만 끝내 원하던 것을 얻지 못한 채 못마땅한 얼굴로 신문 더미를 한쪽으로 밀쳐놓았던 것이다. 그 때문에 논쟁을 하기 전부터 그의 심기가 불편하다는 것을 알고 있었다. 그렇다고는 해도 내 작품에 대한 비난을 참는다는 건 어려운 일이었다.

"섭섭하다니? 추리 과정을 좀 더 부각시켜서 기록해야 한다는 건 내 사적인 욕심 때문이 아니라네. 세상에 범죄는 흔하지만 논리는 그렇지를 못해. 추리가 논리에 기반을 두고 있다는 것은 자네도 잘 알겠지? 그래서 내 생각에는 범죄 자체를 부각시키기보다는 논리를 부각시켰으면 하는 거라네. 즉, 자네의 작품은 사람들의 가십이나 되는 이야깃거리가 아닌 범죄학 논문이 되어야 한다는 거지. 그렇게 된다면 세상의 비난도 자취를 감추고 말 거야."

매번 그랬던 것처럼 홈스는 내 생각을 단번에 파악해 내고 반응했다. 그것 또한 홈스의 능력이고 재능이었다.

"왓슨, 오해는 하지 말게. 자네 작품이 선정적이라는 것은 어디까지나 평범한 세상 사람들의 생각이지, 내 생각이 그렇다는 것은 아니거든. 왜냐하면 자네가 흥미를 느꼈던 사건들 대부분이 논문으로 기록됐다고 해도 법률적인 부분에 도움이 될 만한 게 없으니까 말이네. 보헤미아 국왕이 의뢰했던 아이린 애들러 양 사건이나 입술 비뚤어진 사나이의 사건, 또 신부가 행방불명되었던 독신 귀족이나, 반대로 신랑이 사라졌던 메리 서덜랜드 양의 사건 모두 법의 영역 밖의 사건이었지 않나? 그런 사건이 선정적이라니 말도 안 돼. 하지만 지극히 평범한 영역의 사건들만 다루고 있다고 비난한다면 동의할지도 모르지."

"결과는 그렇게 됐지만, 내가 그 사건들을 취했던 건 모두 수사 기법이 특이하고 흥미로웠기 때문이야."

"여보게!"

홈스는 고개를 좌우로 흔들며 혀를 찼다.

"일단 사람들은 왼쪽 엄지손가락을 보고도 식자공인지 아닌지도 모른다네. 눈 뜬 장님이나 마찬가지란 말일세. 그런 사람들이 추리 방식이 아무리 다양하고 특이한들 알아주기나 하겠나? 다 소용없는 짓이지. 물론 대중을 위해 평범한 것을 취했다는 걸 비난한다는 건 아니야. 큼지막한 사건이 일어나는 시대는 이미 지난 데다가 범인들에게도 독창성이라고는 찾아볼 수 없게 된 마당에 그게 다 무슨 소용이겠나? 말이 나와서 하는 말이지만, 요즘 의뢰받는 일이라고는 온통 잃어버린 물건을 찾아 달라거나 기숙학교를 다녔던 아가씨들이 졸업 후의 진로에 대해 상담하겠다는 것들뿐이라네. 지금 심정으로는 이 직업도 결코 오래 하지는 못할 것 같단 말일세. 이것 좀 볼 텐가?"

홈스는 주머니에서 잔뜩 구겨진 편지 한 통을 꺼내 건네주었다.

"오늘 아침에 배달된 편지인데, 지금 내 상황을 적나라하게 보여 주고 있다네. 한번 읽어 보게."

친애하는 홈스 선생님께

최근에 제게 가정교사 자리가 한 군데 났습니다. 그런데 가야 할지 어쩔지 고민이 되는군요. 내일 아침 10시 30분에 선생님 댁으로 찾아뵙겠습니다. 부디 선생님의 현명하신 조언을 부탁드립니다.

ー 바이올렛 헌터 올림

편지의 소인은 어제 날짜로 찍혀 있었는데, 몬테규 플레이스에서 온 것이었다.

"바이올렛 헌터? 처음 듣는 이름인데, 아는 사람인가?"

"아니, 전혀!"

"탐정에게 취직자리를 문의한다? 직업소개소로 잘못 알고 있는 걸까?"

홈스는 우습다는 듯이 어깨를 들썩이며 키드득거렸다.

"자네의 그 말은 나를 더욱 비참하게 하는군."

"아니, 그런 의미가 아니야. 어찌 되었든 흥미로운 일일지도 모르지 않나? 지난번 푸른 카벙클 사건도 하찮은 일에서 시작되었으니까 말이야."

"그럼 희망을 한번 가져 볼까?"

"그나저나 지금이 10시 30분인데……."

그때였다. 아래층에서 초인종 소리가 들렸다.

"정확하군. 자, 손님을 맞아 보세."

홈스는 벚나무 파이프의 불을 껐다.

젊은 가정교사

잠시 후 노크 소리가 들렸고 문이 조심스럽게 열렸다. 방으로 들어온 사람은 매우 똑똑해 보이는 젊은 아가씨였다. 옷차림은 소박했지만 깔끔하고 단정했으며 표정도 밝았다. 가녀린 얼굴에 물떼새의 알 같은 주근깨로 소녀티를 겨우 벗은 나이라는 것을 알 수 있었다. 그러나 야무져 보이는 눈빛에서는 제 힘으로 세상을 살아가는 여성으로서의 당당함이 엿보였다.

"폐를 끼쳐 드려 죄송합니다. 제게는 부모님이나 조언을 해 주실 만한 가까운 친척 분이 안 계시거든요. 선생님의 존함은 익히 들어 잘 알고 있었습니다. 선생님이시라면 제 고민을 해결해 주실 거라고 생각해서 실례를 무릅쓰고 찾아뵙게 되었습니다."

"도움이 된다면 저에게도 기쁜 일이지요. 이쪽으로 앉으십시오, 헌터 양."

홈스는 언제나 여성들에게는 예의가 바른 신사였다. 그는 이번에도 예외 없이 자리에서 일어나 그녀에게 정중하게 인사를 한 다음 손수 의자를 권했다. 하지만 이번에는 진심으로 마음이 움직인 것 같다는 느낌이 들었다. 이 아가씨의 말투와 당당한 태도에 호감을 가진 게 분명했다.

"이쪽은 제 동료인 왓슨 박사입니다."

나와 그녀는 가벼운 목례를 주고받았다.

"좀 이상한 일이 있었습니다."

아가씨는 군더더기 일절 없이 침착한 목소리로 찾아온 이유를 말하기 시작했다.

"저는 학교를 졸업한 후 지난 5년 동안 스펜서 먼로 대령님 댁에서 가정교사로 일해 왔습니다. 그런데 두 달 전에 대령님이 캐나다 노바스코샤 주의 핼리팩스로 발령을 받으신 겁니다. 대령님의 가족은 곧바로 캐나다로 떠나셨고, 덕분에 저는 졸지에 실직자가 되고 말았지요. 아까도 말씀드렸지만, 제게는 부모님이 안 계십니다. 그래서 제가 벌어서 생활을 꾸리고 있습니다. 실직을 했다고 손 놓고 있을 수만은 없는 상황인 거지요.

저는 매일 신문의 구인 광고를 살펴보았고, 구직 광고를 직접 내기도 했습니다. 눈에 띄는 대로 이력서도 내 보고 아는 분들께 부탁도 해 봤지만, 취직은 쉽지 않더군요. 몇 군데 찾아간 곳에서도 얘기가 잘 안 됐고 말입니다. 그러는 동안 시간만 흘러서 저축해 놓은 돈도 바닥을 드러내게 되었지요.

물론 가정교사 전문 소개소인 웨스트웨이에도 부탁을 해 놓았습니다. 그곳은 웨스트엔드에 있는데, 저같이 가정교사 자리를 구하는 사람들에게는 믿을 만한 곳이지요. 그곳의 설립자는 웨스트웨이라는 사람이지만, 실제로 운영하는 사람은 스토퍼 양입니다. 그녀의 작은 사무실 밖은 언제나 가정교사 자리를 구하려는 숙녀들로 부산

하지요. 복도가 대기실인 셈인데, 한 사람씩 차례를 기다렸다가 사무실에 들어갑니다. 그러면 스토퍼 양이 장부에서 구직자에게 맞는 일자리가 있는지 찾아봐 주는 겁니다. 저는 일주일에 한 번은 무슨 일이 있어도 꼭 들러서 자리가 있는지 확인했습니다.

지난주에도 저는 초조한 마음에 아침 일찍 웨스트웨이에 갔습니다. 이른 시간이어서 그랬는지 대기실에는 기다리는 사람이 없더군요. 저는 기다리지 않고 곧바로 스토퍼 양의 사무실로 들어갈 수 있었습니다. 그런데 보통은 스토퍼 양만 있는데, 그날은 그녀 혼자가 아니었습니다.

'아, 죄송합니다. 손님이 계신 줄 모르고······.'

저는 황급히 밖으로 나가려고 했습니다. 그런데 스토퍼 양이 저를 붙들더군요.

'마침 잘 왔어요, 헌터 양. 이리 와 보세요.'

저는 어리둥절해 하며 나가려던 걸음을 멈췄습니다.

'인사하세요, 헌터 양. 이분은 루캐슬 씨로······.'

'좋습니다!'

스토퍼 양은 갑작스러운 외침에 끝까지 말을 잇지 못했습니다.

'이 숙녀 분이라면 당장이라도 좋습니다. 내가 찾던 사람입니다. 최고군요.'

스토퍼 양과 함께 있던 사람이 흥분해서 속사포처럼 말을 쏟아 내더군요.

그제야 저는 그를 자세히 보게 되었습니다. 그는 비대한 몸집의 중년 신사였습니다. 어찌나 살이 쪘는지 두 눈은 하얀 피부에 묻혀 잘 보이지 않았고, 턱은 겹겹이 늘어져 있었습니다. 앉아 있던 의자가 무너지지나 않을까 걱정이 될 정도였지요. 불룩 나온 배에 번쩍

이는 금 시곗줄이나 뭉뚝한 손에 끼워져 있는 호화로운 반지가 아니더라도 한눈에 부유한 분이라는 걸 알았습니다. 하지만 인상은 더없이 부드러웠습니다. 바라보기만 해도 기분 좋아지는 그런 분이었어요.

'아직도 일자리를 원하시오?'

그분은 스토퍼 양은 쳐다보지도 않고 안경을 올리며 유쾌한 목소리로 제게 묻더군요.

'네.'

'원하는 급료가 얼마요?'

'지난번에는 한 달에 4파운드 받았습니다.'

'저런……, 지독한 착취를 당하셨구려!'

그분은 안 됐다는 듯이 혀까지 차며 손사래를 치는 것이었습니다. 그러고는 착취를 당한 사람이 바로 자신인 양 화를 내더군요.

'당신처럼 매력적이고 교양 있는 숙녀 분에게 그따위 형편없는 급료를 지불하다니, 당신의 전 고용주는 양심도 없는 사람이군요.'

'교양이라니요? 저는 선생님께서 생각하시는 것만큼 대단한 사람이 아닙니다. 그저 프랑스어와 독일어, 음악, 그림을 조금씩 하는 것뿐입니다. 그런 칭찬을 받을 만한 자격이 없습니다.'

저는 과분한 칭찬에 당황해서 솔직하게 저 자신에 대해 말했습니다. 그러자 그분은 크게 웃음을 터뜨리고는 이렇게 말하더군요.

'그런 능력은 아무래도 좋소. 내가 중요하게 생각하는 건 교사의 됨됨이라오. 아가씨처럼 품위와 교양이 있어야 한다는 거지요. 그리고 당신이 겸손하다는 것이 그 증거지요. 그런 당신에게 두 자릿수의 연봉이라니, 말도 안 됩니다. 그건 당신에 대한 모욕이오. 난 1백 파운드를 주겠소. 그러니 부탁인데 제발 우리 집에 와 주시오. 장차 이 나라를 이끌어 갈 우리 아이에게는 당신 같은 교사가 필요합니다.'

'1백 파운드요?'

홈스 선생님, 저와 같이 궁핍한 사람에게 그게 얼마나 큰돈인지는 새삼 말씀드리지 않아도 잘 아실 겁니다. 하지만 경험이라고는 고작 5년밖에 안 되는 풋내기 가정교사에게 1백 파운드라니요? 저는 잘못 들은 것은 아닌가 의심했습니다. 그런데 제 표정이 이상하긴 했나 봅니다. 그분이 빙그레 웃으면서 지갑에서 수표 한 장을 꺼내시더군요.

'그런 가당치 않은 착취를 당했으니 믿지 못하는 것도 당연할 거요. 하지만 나는 절대로 거짓말을 하는 사람이 아닙니다. 자, 먼저 선불로 50파운드를 드리겠소. 여비와 필요한 물건을 마련하려면 돈이 필요할 테니 말이오. 또 매년 연봉의 반은 선불로 드릴 작정이오.'

그분은 줄곧 웃는 얼굴로 저를 대하셨습니다. 그렇게 자상한 분은 처음이었습니다. 어쨌든 실직 상태가 길어지면서 생긴 빚이 제법 있는 저에게는 더할 나위 없이 좋은 자리였습니다. 선불이라는 50파운드만 하더라도 제가 1년 동안 아이들과 씨름하고 받은 대가보다 더 많은 돈이었으니까요. 하지만 처음 본 저에게, 알지도 못하는 저에게 그런 거액을 선뜻 제시한다는 게 아무래도 이상했습니다. 섣불리 계약을 해서 나중에 후회하는 일이 생겨서는 안 된다고 생각했습니다."

이상한 요구 조건

나는 그녀의 신중한 태도가 마음에 들었다. 이유는 다를지 모르지만, 그녀가 마음에 들기는 홈스 역시 마찬가지인 듯했다. 지금까지의 불쾌한 기분이 모두 사라진 듯 진지하게 그녀의 이야기에 귀를 기울이고 있었던 것이다.

"저는 그분이 마음 상하시는 일이 없도록 조심하며 몇 가지 질문을 했습니다.

'실례입니다만, 댁이 어디십니까?'

'햄프셔 주요. 경치도 좋고, 공기도 좋고, 살기에는 그만이지요. 윈체스터에서 8킬로미터 떨어져 있는데, 너도밤나무 집이라고 하면 모르는 사람이 없소. 오래된 시골집입니다만, 아름답고 정겹다는 점에서는 그 어떤 훌륭한 저택에도 뒤지지 않지요. 헌터 양도 보신다면 감탄하지 않고는 못 배길 거요.'

그분은 자랑하고 싶어 못 견디겠다는 듯이 너스레를 떠시더군요.

'제가 맡을 아이들은 몇 명인가요?'

'한 명이오. 올해 여섯 살 난 남자아이지요. 그런데 여간 장난꾸러기가 아닙니다. 항상 기운이 넘치는 녀석이라 좀 힘이 들지도 모르겠소. 한번은 슬리퍼로 바퀴벌레를 잡는데, 잠깐 사이에 세 마리나 잡더군요.'

그분은 육중한 몸을 흔들며 호탕하게 웃으시더군요. 하지만 저는 웃을 수가 없었습니다. 여섯 살 난 어린아이의 취미치고는 여간 고약한 게 아니었으니까요. 게다가 바퀴벌레라니……. 만약 그분이 진지하게 그 말을 했더라면 저는 당장 그 자리를 박차고 나갔을 겁니다.

'그럼 제가 할 일은 그 아이를 돌보는 건가요?'

'물론이오. 하지만 한 가지가 더 있소. 다른 게 아니라 틈나는 대로 내 아내의 부탁도 들어주어야 한다는 거요. 그렇다고 하인이나 하녀가 해야 할 일을 하라는 건 아니오. 그런 건 시키지 않겠소. 그런 일로 숙녀의 품위를 손상시키게 할 수는 없지요. 어때요, 괜찮겠소?'

'제가 할 수 있는 일이라면 기꺼이 도와드리겠습니다.'

'그럼 그것은 됐고, 부탁이라기보다는 양해를 구해야 하는 일이 있는데, 사실 우리 부부는 별날 정도로 입는 옷에 신경을 쓰는 편입니다. 그렇다고 이상한 사람들이라고 생각하지는 않았으면 좋겠군요. 그래서 말인데 우리가 어떤 옷을 내주고 입어 달라고 부탁하면 거절하지 않았으면 하는데…… 어때요, 괜찮겠소?'

'그 정도 일이라면 그다지 문제가 될 것 같지 않군요. 그렇게 하겠습니다.'

저는 이렇게 대답했지만 제 남루한 옷차림을 비웃는 것은 아닌가 싶어서 조금 불쾌했습니다. 그런데 그가 제시하는 조건은 그게 전부가 아니었습니다.

'그럼 때에 따라서 당신이 앉을 자리를 지정해 주는 것은 어떻소?'

'괜찮습니다.'

'오, 이렇게 협조를 해 주니 고맙군요.'

'오히려 제가 감사드립니다.'

'그럼 집에 오시기 전에 그 머리를 좀 자르기만 하면 되겠군요.'

저는 깜짝 놀랐습니다. 선생님은 하찮게 여기실지 모르지만, 여자들에게는 머리카락이 생명만큼이나 소중하답니다. 특히 제 경우에 있어서는 더욱 그렇지요. 보시는 대로 제 머리카락은 숱도 많고 결도 좋은 편입니다. 게다가 색깔이 흔치 않은 밤색이어서 아름답다는 소리를 제법 많이 듣고 있지요. 허영이라고 흉을 보신다고 해도, 가진 것도 없고 용모도 빼어나지 않은 저로서는 남들에게 자랑할 만한 것이 있다는 게 얼마나 위안이 되는지 모릅니다. 그런데 그런 머리를 자르라니요? 루캐슬 씨는 제가 대답을 못하고 있는 것을 마치 승낙의 뜻으로 생각한 모양인지 연신 싱글벙글 웃고 있더군요. 물론 일에 방해가 된다면 무리해서 기를 생각은 없습니다. 하지만 가정교사 일과 머리 길이가 무슨 상관이 있겠어요? 저로서는 납득할 수 없었습니다. 그래서 그 자리에서 제 뜻을 분명히 밝혔습니다.

'무엇 때문에 그러시는지는 몰라도 그것만큼은 받아들일 수 없습니다.'

순간 루캐슬 씨의 얼굴에 웃음이 싹 가시더군요.

'곤란하게 됐군요. 실은 짧은 머리는 아내의 취향이지요. 이상하겠지만 왜 저마다 취향이 다르지 않소? 게다가 여자들의 취향이라는 게 워낙 완고해서 만족시켜 주지 않으면 안 되고 말이오. 헌터 양,

정말 머리는 자를 수 없겠소?'

'네, 그럴 수 없습니다.'

'이거야 원, 난 헌터 양이 꼭 우리 집에 와 주었으면 했는데…….
당신만 한 적임자가 또 있을지 걱정이지만 별수 없지요. 헌터 양과
는 인연이 없는 모양이오. 없었던 일로 합시다.'

그분의 얼굴에는 낙담한 표정이 역력했습니다.

'스토퍼 양, 다른 아가씨들을 추천해 주시겠소?'

스토퍼 양은 고개도 들지 않고 장부를 뒤적이더군요. 저는 더 있
을 이유가 없을 것 같아서 그녀에게 이렇게 말했습니다.

'그럼 다음 주에 또 찾아오겠습니다. 부탁드립니다.'

'글쎄요, 그래 봤자 소용없을 것 같네요. 고작 머리카락 때문에 이
렇게 좋은 자리를 걷어찬 사람이 어떤 자리인들 마음에 들겠어요?
우리 소개소에서는 당신이 원하는 자리를 찾기 어려울 것 같군요,

헌터 양.'

그녀는 못마땅한 얼굴로 싸늘하게 말했습니다. 제가 거절하는 바람에 수수료를 놓친 셈이니 그럴 만도 했습니다. 아무튼 그녀는 곧바로 책상 위의 벨을 울려서 사환을 불렀습니다.

'헌터 양을 밖으로 안내하고 다음 대기자 모셔 오게.'

민망해진 저는 아무 말 없이 사환을 따라 사무실을 나왔습니다. 그런데 시간이 갈수록 후회가 밀려오더군요. 더구나 집에 가 봐야 먹을 거라고는 하나도 없는 텅 빈 찬장과 두세 장의 청구서만 저를 기다리고 있을 거라고 생각하니 답답하기 그지없었습니다. 머리라는 건 자르면 다시 자라나는 것 아니겠습니까? 아니, 그보다 더한 조건을 내건다고 해도 1년에 1백 파운드라면 충분한 보상이 되고도 남는 것 아닐까요? 쓸데없는 고집을 부린 것이 아닌가 싶더군요. 지금 와서 드는 생각이지만, 돈만 주면 터무니없는 요구를 해도 받아들일 것이라고 생각하는 사람들에 대한 오기였던 것 같습니다. 홈스 선생님, 정말 제가 바보 같은 짓을 한 걸까요?"

"확실히 이상한 조건이기는 하군요."

홈스는 빙그레 웃으며 대답했다.

"그래요. 하지만 제가 봉착한 지금의 경제적 난관을 단번에 극복하기에는 그 자리만 한 데는 없을 것 같았습니다. 밤새 고민한 끝에 다시 웨스트웨이에 가기로 마음먹었습니다. 스토퍼 양에게 부탁해서 그 자리가 아직 비어 있는지 확인하기로 한 거지요. 그런데 다음 날 아침 일찍 편지가 온 거예요. 바로 소개소에서 봤던 루캐슬 씨한테서 말이에요."

헌터 양은 핸드백에서 편지를 꺼내 들었다.

"보여 주시겠습니까?"

홈스는 그녀에게서 편지를 건네받았다. 봉투 겉면에는 '윈체스터 근교, 너도밤나무 집'이라고만 되어 있었다. 홈스는 편지를 다 읽은 후 나에게도 보여 주었다.

바이올렛 헌터 양에게

갑자기 편지를 받게 되었다고 놀라지 않았으면 좋겠군요. 댁의 주소는 웨스트웨이의 스토퍼 양에게 물어서 알게 되었습니다. 편지를 보내는 이유는 어제 저와 상의한 일을 재고해 주실 수 없는지 알고 싶어서입니다. 아내에게 당신 이야기를 했더니 마음에 든다면서 꼭 모셔 오라고 하는군요. 우리 때문에 겪으실 불편함에 대해서는 연봉 이외의 보상을 해 드릴 생각입니다. 그래서 급료로 1년에 120파운드를 드리려고 하는데 부디 마음에 드셨으면 좋겠군요.

우리의 요구라는 것도 일반적이지는 않지만 그리 어려운 것도 아닙니다. 파란색을 좋아하는 아내를 위해 그런 색깔의 드레스를 입어 주었으면 하는 거지요. 그렇다고 새로 옷을 살 필요는 없습니다. 지금 미국 필라델피아에서 살고 있는 제 딸, 앨리스의 옷이 많으니 말입니다. 당신과는 체격이 비슷해서 잘 맞을 거라고 생각합니다. 또 시키는 곳에 앉는다든가 하는 것도 그렇게 성가신 일은 아닐 겁니다. 아이를 가르치는 것도 하루 서너 시간이면 되니 그리 고된 일은 아닐 거고 말입니다. 물론 당신의 아름다운 머리카락을 잘라야 한다는 것은 나로서도 안타까운 일입니다. 하지만 우리가 올려 준 급료가 작으나마 보상이 되었으면 합니다.

낯선 곳에서 새로운 생활을 해야 한다는 게 젊은 아가씨로서는 어려운 일이겠지만, 바라건대 우리 가족의 일원이 되어 주셨으면 좋겠군요. 처음에는 좀 어색하겠지만 곧 재미있게 지내실 수 있을 겁니다. 결심이 서시면 기차 시간만 알려 주십시오. 윈체스터 역까지 마차로 마중을 나가겠습니다. 그러면 기쁜 소식을 기다리고 있겠습니다.

- 제프로 루캐슬

"이미 가시기로 한 거지요?"

홈스가 물었다.

"네, 하지만 아직 루캐슬 씨께 연락을 드린 것은 아닙니다. 아무래도 좀 이상해서요. 먼저 홈스 선생님께 상의를 드리고 싶었습니다."

"헌터 양, 이미 결심을 하셨다면 끝난 얘기 아닌가요?"

홈스는 상냥하게 미소를 지으며 말했다.

"그래도 선생님의 의견을 듣고 싶습니다."

"솔직히 말하라면 별로 권하고 싶은 자리는 아니군요. 만약 헌터 양이 제 여동생이라면 보내지 않을 겁니다."

"위험하다는 말씀인가요?"

헌터 양은 잔뜩 긴장했다.

"그렇게 생각하는 건 헌터 양인 것 같은데요? 아닌가요?"

자신의 마음을 꿰뚫어보는 듯한 홈스의 날카로운 눈길을 느낀 헌터 양은 고개를 숙였다. 고민스러운 얼굴이었다.

"맞아요. 분명히 루캐슬 씨는 쾌활하고 인자한 신사세요. 하지만 옷이며 머리에 유난히 집착하신다는 그분 부인은 아무래도 정상이

아닌 것 같거든요. 혹시 정신병을 앓고 있는 게 아닌가 싶어요. 더 이상 악화되지 않도록 부인의 괴상한 요구를 다 들어주고 있는 게 아닐까요? 사랑하는 아내가 정신병원에 갇히는 것을 원할 사람은 없으니까요."

"뭐라고 확답을 드리기에는 정보가 너무 없군요. 하지만 헌터 양이 하신 이야기만 가지고 보자면 그럴 가능성이 높겠지요. 어쨌거나 제 의견을 묻는 것이라면, 추천해 드리고 싶지는 않군요."

"하지만 저는 생계 때문에라도 갈 수밖에 없어요. 돈이 필요하거든요."

"사정은 이해합니다. 게다가 급료도 많이 주니 포기하실 수 없겠지요. 그런데 바로 그게 문제입니다. 지나치다 싶을 정도로 후하다는 겁니다. 아무리 부자라고 해도 1년에 40파운드면 쓸 수 있는 가정교사를 120파운드에 쓸 사람은 없을 테니 말입니다. 분명히 뭔가가 있을 겁니다. 헌터 양이 우려하신 대로 위험을 동반하는 것일 수도 있겠지요."

"저도 그렇게 생각하지만 도저히 거절할 수 없는 상황입니다. 그래서 말인데요, 혹시 제가 위험에 처하면 도움을 주실 수 있을까요? 선생님께서 도와주실 거라고 생각하면 안심하고 떠날 수 있을 것 같거든요."

헌터 양은 조심스럽게 홈스의 의향을 물었다. 홈스는 마치 그러기를 바라고 있었던 사람처럼 아주 반가워했다.

"그게 좋겠군요. 알겠습니다. 무슨 일이든 마음에 걸리는 일이 생기면 지체하지 말고 전보를 치십시오. 윈체스터로 바로 달려가겠습니다."

"그렇게 말씀을 해 주시니 정말이지 안심이 되네요. 당장 루캐슬 씨에게 내일 윈체스터로 가겠다고 편지를 보내겠습니다. 그리고 아깝지만 이 머리카락하고도 이제는 작별을 해야겠네요."

헌터 양의 불안은 홈스의 약속으로 모두 달아난 것 같았다. 그녀는 환한 미소를 지으며 고맙다는 인사를 하고는 활기차게 방을 나갔다.

다급한 전보

"**나이는 어리지만** 제법 신중한 아가씨로군."

나는 계단을 내려가는 바쁜 발자국 소리에 기를 기울이며 말했다.

"그래, 여기에 온 것도 나에게 조언을 듣기 위해서가 아니었어. 이미 그 가정교사 자리를 수락하기로 결심했지만 불안했던 거지. 그래서 내게 뒤를 봐 달라고 부탁하기 위해 온 거야. 아무튼 똑똑한 아가씨인 건 분명해."

"저 정도면 웬만한 위험은 스스로 극복하겠는걸."

"그래야만 할 거야."

홈스의 표정은 밝지 않았다.

"정말 위험하다고 생각하는 건가, 홈스?"

"음……, 기우였으면 좋겠지만 십중팔구 조용히 끝나지는 않을 거네. 머지않아 소식이 오겠지. 어쨌든 근래에 가장 흥미로운 사건이 될지도 모르겠군."

하지만 홈스의 예측처럼 전보는 좀처럼 오지 않았다. 불행한 일이 일어나기를 바라는 것은 아니었지만, 홈스가 장담했던 일이 틀리는 법이 거의 없었기 때문에 불안한 채로 시간만 흘러갔다. 내가 보기에도 헌터 양이 고용된 곳은 정상적인 데라고는 한 군데도 없었다. 그 괴상한 조건만이 문제가 아니었다. 거액의 급료에 비해 해야 할 일이 별로 없다는 것도 이상했다. 단순히 취미가 별난 사람들인 것인지, 아니면 정말 음모가 있는 것인지, 생각하면 할수록 의문만 더해 갈 뿐이었다. 덕분에 머릿속은 복잡했고, 일은 손에 잡히지 않았다.

이렇게 내가 걱정과 기다림으로 지쳐 가는 동안 홈스 역시 불안정한 심리 상태를 그대로 보이곤 했다. 이맛살을 잔뜩 찌푸린 채 30분이 넘도록 창밖을 노려본다거나, 안락의자에 몸을 파묻은 채로 멍하게 있을 때가 많았다. 또 내가 헌터 양이라는 이름만 꺼내도 신경질적으로 반응하기 일쑤였다.

"정보가 너무 없어, 정보가! 아무리 좋은 기술이 있다고 해도 진흙 없이는 벽돌을 못 만든단 말일세."

그는 화를 내며 외쳤다. 그리고 이렇게 덧붙이며 중얼거렸다.

"보내지 않았어야 했어. 내 여동생이었다면 절대 보내지 않았을 텐데……."

홈스는 적극적으로 말리지 않은 것을 후회하고 있는 듯했다. 흥미로운 사건과 직면할 기회와 한 외로운 아가씨에게 닥칠지도 모르는 불행을 저울질했다는 자책 같았다. 그렇다고 무턱대고 윈체스터로 찾아갈 수도 없었다. 이러지도 저러지도 못하는 가운데 어느새 2주나 흘러 버렸다. 나는 나대로, 홈스는 홈스대로 소식이 오기만을 기다렸다.

그런데 드디어 우리의 기다림이 끝나는 날이

왔다. 그날도 우리는 헌터 양의 소식을 기다리면서 꽤 밤늦은 시간까지 베이커 가의 하숙집 거실에 불을 밝히고 있었다. 홈스는 화학 실험에 몰두하고 있었는데, 그대로라면 분명히 밤을 새웠을 것이 분명했다. 아침이 되었을 때 밤에 본 그 자세로 시험관들을 들여다보고 있는 홈스를 보는 것은 그리 낯선 일이 아니었던 것이다.

나는 더 이상 기다리기도 지쳐서 잠을 자기 위해 내 집으로 돌아가려고 의자에서 몸을 일으켰다. 바로 그때 아래층에서 초인종 소리가 들렸다. 홈스와 나는 순간적으로 서로를 쳐다보았다. 계단을 올라오는 소리가 들렸고, 노크 소리에 이어 허드슨 부인이 들어왔다.

"홈스 씨, 전보가 왔네요."

홈스는 반사적으로 일어나 전보를 건네받았다. 그리고 잠시 살펴보더니 나에게 보여 주었다. 분명히 헌터 양이 보낸 것이었다.

> 내일 정오에 윈체스터의 블랙스완 호텔에서 기다리겠음.
> 꼭 방문 바람. 매우 곤란함.
>
> — 헌터

전문의 내용은 간단했지만, 보낸 사람이 어지간히 다급했다는 것을 알 수 있었다.

"왓슨, 기차 시간표가 어디 있을 텐데, 좀 찾아 주겠나?"

그는 잔뜩 늘어놓았던 실험 기구들을 치우기 시작했다. 나는 엉망으로 뒤섞여 있는 서류들 사이에서 기차 시간표를 찾아냈다.

"오늘은 너무 늦었고 내일 아침 9시 30분 기차가 있군. 윈체스터에 도착하는 시간은 11시 30분이야."

"그 정도면 약속 시간에 늦지는 않겠군. 자네는 어떻게 할 텐가?"

"어떻게 하다니? 얼마나 기다린 전보인데, 당연히 가야지."

"좋아, 그럼 내일 아침에 늦지 않게 이리로 오게. 오늘은 나도 그만 자야겠어. 아쉽지만 아세톤 분석은 다음으로 미뤄야겠군."

"헌터 양이 위험한 걸까?"

"이 전보만으로는 그렇다고 단정하긴 어렵네. 물론 안심하는 것도 금물이겠지만……."

홈스는 무언가를 골똘히 생각하며 말끝을 흐렸다.

"왠지 불안한걸."

"왓슨, 지금부터 초조해 할 필요는 없네. 일단은 내일을 위해 푹 쉬는 것이 우리가 할 수 있는 일일 거야. 무슨 일이 일어날지 모르는데 최상의 상태여야 하지 않겠나?"

이튿날, 우리는 이른 아침부터 서두른 덕분에 무사히 9시 30분 기차를 탔다. 홈스는 오는 내내 조간신문에서 눈을 떼지 않았다. 11시가 되어 기차가 과거 웨섹스 왕국의 수도였던 윈체스터 근교를 달리기 시작하자 홈스는 신문을 내던지고 창밖을 바라보았다. 화창한 봄날이었다. 햇살은 따스했고 하늘은 푸르렀다. 하얀 양떼구름이 서에서 동으로 둥실둥실 흘러갔고, 키 작은 농가의 울긋불긋한 지붕들 위로 막 잎을 틔운 나무들이 바람에 하늘거리고 있었다. 우중충한 안개 속이 아니라는 것만으로도 가슴이 벅찼다.

"아름다운 곳이로군."

"글쎄……."

홈스는 무겁게 고개를 저었다.

"저렇게 세상과 고립된 농가라면 범죄가 벌어진다고 해도 세상 사람들이 알지 못할 거야."

"홈스, 때때로 자네는 너무 지나쳐. 그저 아름답다고만 느끼는 게 그렇게 어렵나?"

나는 한적한 전원의 아름다움 앞에서 은밀한 범죄의 흔적을 찾으려는 홈스의 태도가 어이없었다.

"아무래도 나는 현실의 문제들과 결부시키지 않고서는 못 견디는 저주가 걸린 모양이야. 그래서 그런지 나는 저런 집들을 보면 항상 전율이 느껴지는군. 내 경험에 의하면, 가장 끔찍한 범죄라고 불렸던 사건들은 모두 음산한 런던의 빈민가가 아니라 저렇게 평화롭고 온화해 보이는 시골집에서 벌어졌거든. 런던에서는 이웃에서 아이가 학대를 받는다든가 주정뱅이가 아내에게 행패를 부린다든가 하면, 이웃은 직접 말리지는 못하더라도 경찰을 부르기는 할 거네. 경찰서도 가까워서 끔찍한 일이 벌어지기 전에 상황은 마무리되지. 하지만 저렇게 이웃과 떨어져 있다면 반복적으로 악랄한 범죄가 저질러진들 누가 와서 막을 수 있겠나? 헌터 양 역시 윈체스터에서도 8킬로미터나 떨어진 외진 곳에서 살고 있네. 나는 지금 그녀가 무사히 호텔에 와 있기를 바랄 뿐이야. 뭐, 호텔에 와 있다면 외출을 하는 것이 자유롭다는 것이니까 조금은 안심해도 좋겠지. 여차하면 도망치기도 수월하단 얘기가 되니까 말이야."

홈스의 이야기를 듣는 동안 경치에 매료되어 사라졌던 걱정이 엄습해 오는 것을 느꼈다.

"도대체 문제가 뭘까?"

"일곱 가지의 서로 다른 가정을 세워 놓기는 했네. 우리가 지금까지 알고 있는 것에 의하면, 그 모두가 사실이 될 가능성이 있어. 하지만 일단은 헌터 양의 이야기를 더 들어 보세. 그런 다음에 어떤 것이 정답인지 밝히기로 하지."

멀리 윈체스터 성의 뾰족탑이 보였다. 그리고 잠시 뒤 기차는 속도를 늦추며 역 안으로 들어갔다.

블랙스완 호텔은 지역에서 제법 유명한 호텔로 하이 가에 있었는데, 역에서 그리 멀지 않았다. 오랜 역사를 지닌 탓인지 한눈에도 몹시 낡아 보였다. 다행스러운 것은 손질이 잘되어 있다는 것이었다.

헌터 양은 호텔에 와 있었다. 언제 온 것인지 그녀는 이미 방을 따로 하나 잡아서 점심 식사까지 준비해 놓고 있었다.

"어서 오세요. 와 주실 거라 믿고 있었어요."

"약속했으니까요. 그보다 무슨 일이 있었는지 자세히 이야기해 주십시오."

홈스는 약간 흥분한 것 같은 헌터 양과는 달리 차분하게 말했다.

"정말이지 선생님 조언이 필요했어요. 다 말씀드릴게요. 그런데 시간이 없어요. 3시까지는 돌아간다고 하고 나왔거든요. 왜 나가는지는 말하지 않았지만요. 아, 그전에 그분들의 행동이 저로서는 납득할 수 없어서 홈스 선생님을 이곳까지 오시라고 하기는 했지만, 결코 루캐슬 씨 부부에게서 불쾌하거나 부당한 대우를 받은 것은 아니라고 말씀드리고 싶어요.”

그녀는 우리가 자리에 앉기를 기다렸다가 이야기를 시작했다.

“처음에 윈체스터 역에 도착하니까 약속대로 루캐슬 씨가 마중을 나와 있으셨어요. 우리는 그분의 마차를 타고 너도밤나무 집으로 갔습니다. 정말 아름다운 곳이었습니다. 삼면이 울창한 숲이었고, 앞쪽은 1백 미터 떨어져 있는 사우샘프턴 도로까지 탁 트여 있었거든요. 그리고 현관 앞에 몇 그루의 너도밤나무가 있었는데, 그 때문에 그 집을 너도밤나무 집이라고 부른다고 하더군요. 하지만 집은 주변 경치에 못 미쳤습니다. 군데군데 비와 습기를 이기지 못해 회칠이 흉하게 벗겨져 있었고, 청소를 잘 안 하는지 유리창은 온통 먼지투성이였지요.

루캐슬 씨는 저녁때가 되어서야 부인과 아들을 만나게 해 주셨어요. 저는 부인을 보고 너무 놀랐답니다. 부인은 제가 선생님을 찾아가 정신병자라고 했던 게 무색할 정도로 멀쩡한 분이셨던 거예요. 단지 창백한 얼굴만이 혹시 병이 있는 게 아닌가 하는 의심이 들게 할 뿐이었습니다. 하지만 제가 놀란 이유는 부인이 정상이라는 것 때문이 아니었습니다. 바로 그 부인의 나이였지요. 서른이 안 된 젊은 여자였거든요. 루캐슬 씨는 적어도 마흔다섯은 넘어 보이는데 말이에요. 제가 놀라는 것을 아셨는지 루캐슬 씨께서는 이렇게 말씀하셨어요.

‘놀라셨나 보군요. 나 같은 늙은이의 아내가 이렇게 젊은 여인이라고는 생각 못했을 테니 말이오.’

‘아, 아닙니다.’

저는 적잖이 당황했습니다. 그러나 루캐슬 씨는 호탕하게 웃으시더군요.

'우리 부부를 보는 사람들은 대개 그렇게 반응하지요. 하긴 무리도 아닐 게요. 이 사람과는 7년 전에 결혼했는데, 사실 나는 재혼이오. 전처는 몹쓸 병에 걸려서 오래전에 세상을 떠났지요.'

'그러셨군요.'

'전에 말씀드린 것으로 알고 있소만, 앨리스는 전처와의 사이에서 태어난 딸이오.'

부인이 잠깐 방을 나가시자 루캐슬 씨가 한껏 목소리를 낮추며 제게 속삭이시더군요.

'앨리스는 스무 살이 넘었는데, 사실 저 사람을 처음부터 마음에 안 들어 했소. 그래서인지 여태껏 사이가 좋지 않다오. 이 영국을 떠나 멀리 미국 필라델피아에서 살게 된 것도 그 때문이지요.'

그때 부인이 다시 방으로 들어오셨고 루캐슬 씨는 제게 한쪽 눈을 찡긋하시더군요. 제가 생각해도 전처 딸이 몇 살 차이 나지 않는 여자를 어머니로 받아들이기는 쉽지 않았을 겁니다. 부인처럼 무뚝뚝하다면 더욱 그랬을 테지요. 부인은 무뚝뚝한 정도가 아니라 마치 인형이 아닌가 싶을 정도로 감정 표현이 없는 분이셨거든요. 색으로 표현한다면 무채색에 가까울 겁니다. 좋은 것과 싫은 것을 얼굴에 드러내는 법이 없었어요. 항상 떠들썩하게 행동하는 루캐슬 씨하고는 정반대였지요. 하지만 그런 분에게도 한 가지 예외가 있었습니다. 그건 바로 남편과 자신의 아이에 대한 열정적인 눈빛이었습니다. 부인의 옅은 회색 눈은 단 한순간도 남편과 아이를 놓치는 일이 없었답니다. 참으로 헌신적이었지요. 어쨌든 첫날 제가 루캐슬 씨 부부에게 받은 인상은 행복한 분들이라는 거였습니다."

헌터 양은 또박또박 말을 이어 나갔다.

"그렇다고는 해도 부인은 마냥 행복한 것 같지는 않았습니다. 슬픈 얼굴로 멍하게 창밖을 내다본다거나 소리를 죽여 가며 울고 있는 모습을 몇 번이나 보았거든요. 제가 생각하기에는 아들인 에드워드가 그 원인 같습니다."

"아이가 어디 아프기라도 한 건가요?"

나는 의사로서의 경험상 아이의 건강이 좋지 않아 슬픔 속에서 살고 있는 부모들을 많이 봐 왔기 때문에 혹시나 하는 마음에 이렇게 물었다. 그러나 내 예상은 빗나갔다.

"아니요. 아프기는커녕 너무 건강해서 탈이지요. 전 그렇게 난폭하고 제멋대로인 꼬마는 처음 봤습니다. 짐작하시겠지만, 에드워드가 바로 제가 맡고 있는 아이입니다. 지금의 부인과의 사이에서 태어났고요, 몸집에 비해 머리가 지나치게 큰 데다가 심술궂게 생겼지요. 항상 걷잡을 수 없이 날뛰지 않으면 입을 뾰로통하게 내밀고 눈을 흘기고 다녔습니다. 그것도 아니면 악을 쓰면서 떼를 쓰기 일쑤였습니다. 그애에게 유일한 즐거움이 있다면 그건 자기보다 약한 동물들을 못살게 구는 것이었습니다. 새며 벌레며 심지어 생쥐까지 잡아서 내킬 때까지 고통을 주다가는 끝내는 죽여 버리는 겁니다. 그 아이 얼굴에 미소가 번질 때는 바로 가지고 놀던 동물을 죽였을 때였습니다. 만약 저라도 그런 아이가 제 자식이면 마냥 행복할 수는 없을 것 같습니다. 아, 에드워드의 비뚤어진 성격에 대해 이야기하자면 한도 없겠군요. 게다가 제가 이상하게 여긴 일과는 상관도 없고 말이에요."

"무엇이든 자세히 말씀해 주는 건 언제나 환영입니다."

홈스가 미소를 지으며 말했다.

"그 밖에 다른 사람은 없습니까?"

"가족이라 할 만한 사람은 없고, 톨러 부부라고 하는 중년의 고용인 두 사람이 있습니다. 머리와 구레나룻이 온통 희끗희끗한 남자는 거칠고 무례하기 짝이 없지요. 퉁명스러웠을 뿐만 아니라 자기 아내에게는 항상 화를 내더군요. 게다가 그는 언제나 취해 있는 겁니다. 정신을 못 차릴 정도로 취해서 정원에 쓰러져 있는 것도 몇 번이나 보았지요. 보통의 주인이라면 고용인이 그렇다면 가만히 있지 않을 겁니다. 하지만 루캐슬 씨는 타이르기는커녕 보고도 못 본 체하시더군요.

톨러의 아내 역시 호감이 가는 사람은 아닙니다. 그녀는 남자 못지않게 큰 키에 힘도 무척 좋았는데, 항상 음산한 표정을 하고 그 가늘고 긴 눈으로 노려보기 일쑤예요. 또 말을 못하는 게 아닐까 의심했을 정도로 말이 없습니다. 심지어 묻는 말에도 잘 대답하지 않는답니다. 한마디로 붙임성하고는 거리가 먼 사람들이지요."

"그런 사람들과 지내시자면 불편하시겠습니다."

홈스가 이렇게 말하자 헌터 양은 옅은 미소를 지었다.

"그렇기는 하지만 다행스러운 일은 그 사람들과 부딪히는 일이 거의 없다는 겁니다. 에드워드의 놀이방이나 제 방은 건물의 2층 맨 끝에 있거든요. 그래서 제가 집 안을 돌아다니는 일도, 또 사람들이 그쪽으로 오는 일도 드무니 자연히 식사 시간을 제외하면 거의 볼 수 없지요. 어쨌든 도착한 날부터 이틀 동안은 아무 일도 없었습니다. 그런데 사흘째 되는 날 아침이었어요."

꼬리에 꼬리를 무는 의혹

헌터 양은 입이 마르는지 물을 한 잔 마셨다.

"아침 식사를 마치고 식당을 나오는데, 부인이 루캐슬 씨에게 뭐라고 귓속말을 하시더군요. 그러자 루캐슬 씨는 알았다는 듯이 고개를 끄덕이시더니 막 나가려는 저를 부르셨습니다.

'헌터 양, 우리도 우리가 얼마나 얼토당토않은 요구를 했는지 잘 알고 있소. 그리고 그 요구를 들어주어서 정말 고맙게 생각하고 있다는 것도 알아주었으면 좋겠구려. 머리는 짧아졌어도 여전히 품위 있고 아름다우니 너무 속상해 하지 마시오. 그래서 대신이라면 뭐하지만 당신 방에 옷을 준비해 뒀다오. 파란색 드레스인데 어울리는지 보고 싶군요. 죄송하지만 지금 한번 갈아입고 나와 주시겠소? 옷은 당신 침대 위에 있을 거요.'

정해 준 옷으로 입으라고 할 때 그러겠노라고 약속한 것도 있고 해서 이상하다고 생각하지는 않았습니다. 방에 갔더니 정말 침대 위에 특이한 푸른색의 드레스가 있었습니다. 새 옷 같지는 않았지만 옷감

도 고급 모직인 데다가 디자인도 훌륭한 것이었어요. 마음에 딱 들더군요. 더구나 맞춤옷처럼 몸에 잘 맞았습니다. 그 옷을 입고 나갔더니 루캐슬 씨 부부가 매우 좋아하시더군요. 하지만 어딘지 모르게 억지로 웃는 것처럼 보였습니다. 제 모습이 마음에 안 든 것인가 해서 기분은 별로 좋지 않더군요.

어쨌든 루캐슬 씨 부부는 차나 한잔하자면서 응접실로 저를 데리고 갔습니다. 응접실은 건물 앞쪽에 있었는데, 남향인 데다가 바닥까지 닿는 커다란 창문이 세 개나 있어서 햇볕이 무척 잘 들었습니다. 그런데 응접실에 들어가 보니 이상하게도 가운데 창문 앞에 의자가 놓여 있는 겁니다. 루캐슬 씨는 바로 그 의자를 저에게 권하셨어요. 덕분에 창을 등지고 앉게 되었지요. 부인은 제 앞의 안락의자에 앉으셨고, 루캐슬 씨는 직접 차를 따라서 건네주시고는 제 앞을 오가며 여러 가지 이야기를 하기 시작하셨습니다.

루캐슬 씨는 유머 감각도 뛰어나고 말을 재미있게 잘하셨어요. 저는 시간 가는 줄 모르고 배가 아플 정도로 웃어 댔답니다. 하지만 저와는 달리 부인은 다소곳하게 앉아만 계셨습니다. 무릎에 손을 올려놓은 채로 웃지도 않았고, 때때로 걱정이 가득한 얼굴로 멍하게 허공을 바라보곤 하셨지요. 얼마나 지났을까요? 루캐슬 씨는 갑자기 하던 이야기를 멈추더니 이렇게 말씀하시더군요.

'오, 시간이 벌써 이렇게 되었군. 헌터 양, 에드워드가 기다릴 테니 오늘은 이만 합시다. 그리고 그 드레스를 입고 아이를 가르치는 건 어려울 테니 그만 편한 옷으로 갈아입어도 좋소. 자, 그럼 오늘도 에드워드를 잘 부탁하오.'

제가 응접실에 있었던 것은 대략 한 시간쯤 될 겁니다. 그런데 그게 끝이 아니었습니다. 이틀 뒤에 그날과 똑같은 상황이 반복되었거든요. 아침 식사를 마친 후 예의 푸른색 드레스를 입어야 했고, 또 응접실에서 창을 등지고 앉아야 했던 겁니다. 루캐슬 씨는 여전히 놀랄 만한 입담으로 저를 즐겁게 해 주셨습니다. 그러던 어느 날, 루캐슬 씨가 제게 책 한 권을 건네주시더군요.

'헌터 양, 이 책을 좀 읽어 주시겠소? 요즘 눈이 갑자기 침침해져서 책 읽기가 쉽지 않군요.'

'그러지요.'

'고맙소. 그럼 책을 읽는 데 햇빛이 방해를 하면 안 되니까 이렇게 돌려 앉는 게 좋겠지요?'

루캐슬 씨는 책에 햇빛이 닿지 않도록 의자를 살짝 돌려 주셨습니다. 책은 제법 재미가 있었습니다. 저도 모르게 집중해서 열심히 읽게 되었지요. 그런데 막 흥미로운 대목을 읽기 시작했는데 갑자기 중단시키시는 겁니다.

'그만! 오늘도 시간을 너무 뺏은 것 같구려. 나중에 또 부탁하오.'

결국 저는 책을 읽은 지 10분도 안 되어 루캐슬 씨께 읽던 책을 드리고 응접실을 나와 제 방으로 갔습니다.”

“정말 이상한 일이군요.”

홈스는 흥미롭다는 듯이 두 눈을 빛내고 있었다.

“홈스 선생님께서 생각하셔도 그렇지요? 같은 상황이 반복될수록 저도 이상하게만 느껴졌습니다. 나중에 알아차린 일이지만, 책을 읽어 드릴 때 루캐슬 씨는 잘 듣지도 않으셨어요. 도대체 듣지도 않을 거면서 책을 왜 읽으라고 하는지, 그리고 그 시간마다 왜 푸른색 드레스만 입어야만 하는지 모든 게 의문투성이였습니다. 그런데 문득 루캐슬 씨 부부는 제가 창밖을 돌아보지 못하게 하고 있다는 것을 깨달았습니다. 그렇다고 루캐슬 씨 앞에서 당당하게 돌아볼 수는 없었습니다. 좀체 여유를 주지 않으셨거든요. 하지만 일단 그런 생각이 들자 제 등 뒤에서 무슨 일이 벌어지고 있는 것만 같아서 궁금함을 참을 수가 없었습니다. 그때 제가 생각한 것이 손거울이었습니다. 비록 이곳으로 오는 짐 속에서 깨지긴 했지만 루캐슬 씨 부부 몰래 뒤를 보는 데에는 문제가 없을 것 같았습니다.

결국 저는 푸른색 드레스를 입고 오라는 전갈을 또 받게 되었을 때 그 깨진 손거울 조각을 손수건 속에 숨긴 채 응접실로 갔습니다. 다른 때와 다름없이 저는 두 번째 창을 등지고 앉게 되었습니다. 그리고 루캐슬 씨가 이야기에 열중하느라 한눈을 파는 사이, 웃느라 흘린 눈물을 닦는 체하면서 손수건을 눈으로 가져갔습니다. 하지만 특별한 것이라고는 아무것도 보이지 않더군요. 그저 집 둘레의 아름다운 나무들이 거울을 가득 채웠을 뿐이었지요. 솔직히 실망스러웠습니다. 괜한 의심을 한 것 같다는 후회도 들었지요. 적어도 처음에는 말입니다.

두 번째인가, 거울 조각을 눈으로 가져갔을 때 저는 저도 모르게 흠칫 놀라고 말았습니다. 글쎄, 사우샘프턴 도로에서 한 남자가 이쪽을 쳐다보며 서 있는 게 아니겠어요? 분명히 그는 길을 지나가는 사람이 아니었어요. 장담할 수 있습니다. 회색 정장에 턱수염을 기른 작은 키의 젊은 남자는 울타리에 기대 선 채 너도밤나무 집을 향해 똑바로 서 있었거든요. 미동도 않고 말이에요.

그런데 제가 너무 조심스럽지 못했나 봅니다. 손수건을 내리다가 저를 똑바로 바라보고 있는 부인의 눈과 마주치고 말았던 겁니다. 아까 남자를 보고 놀랐을 때 부인이 낌새를 챈 것인지, 아니면 원래 부인의 역할이 저를 감시하는 것이었는지, 어쨌든 부인은 제가 거울로 뒤를 바라보았다는 걸 알아차린 것 같았습니다. 부인은 잠시 아무 말도 없이 탐색하듯 노려보더니 갑자기 자리에서 벌떡 일어나는 것이었습니다.

'여보, 길가에 수상한 사람이 서서 헌터 양을 훔쳐보고 있어요. 어떻게 저런 뻔뻔스러운 짓을…….'

'헌터 양 손님일까?'

루캐슬 씨는 저를 쳐다보면서 혼잣말처럼 중얼거리더군요.

'아니요. 저는 아직 이 근처에 아는 사람이 없는걸요.'

'저런! 그렇다면 이만저만 무례한 녀석이 아니군. 저런 녀석은 붙잡아서 따끔한 맛을 보여 줘야 하겠지만, 그러자면 시끄러워질 테고……. 그저 쫓아 버리기나 합시다. 헌터 양이 손을 들어서 직접 저리 가라고 하면 말을 들을 거요.'

'보는 게 죄도 아닌데 그럴 필요가 있을까요? 내버려둬도 지치면 가겠지요.'

'저런 자는 상습적으로 나타나게 마련이라오. 자꾸 나타나면 성가신 일이 될 거요. 어서 손을 흔들어서 쫓아 버려요. 그리고 저런 자에게 얼굴을 보일 필요는 없소. 그러니 창에서 멀찌감치 떨어져 있는 게 좋겠소.'

루캐슬 씨가 그렇게 말

하니 저는 어쩔 수 없었습니다. 시키는 대로 그 남자에게 손을 흔들어 보였어요. 그러자 부인이 커튼을 닫아 버리더군요. 곧바로 저는 제 방으로 돌아왔습니다. 그러나 제 방은 그 거리와 접해 있지 않아서 그 남자가 갔는지 어쩐지 알 수는 없었습니다. 그게 일주일 전의 일입니다. 이상한 것은 그 뒤로는 창가에 앉으라고도 하지 않았고, 또 푸른 옷을 입으라는 말도 하지 않았다는 거예요. 또, 그 남자를 보는 일도 없었습니다. 물론 이상한 일이 그것이 전부였다면 선생님을 여기까지 오시도록 부탁드리지는 않았을 겁니다.

그런데 홈스 선생님, 제가 별 상관없는 사소한 일들을 미주알고주알 늘어놓는다고 생각하시는 건 아닌가요?"

"아닙니다. 헌터 양의 이야기는 정말 흥미진진합니다."

"다행이네요. 지금부터 해 드릴 이야기는 앞의 것과는 좀 상관없는 것 아닌가 싶어서 걱정했거든요. 하지만 서로 다른 것처럼 보이는 것들이라고 해도 어떤 관련이 있을지도 모르잖아요?"

"물론입니다. 걱정 마시고 하고 싶은 얘기가 있다면 다 하십시오."

나는 어리지만 현명한 이 아가씨에게 조금 감탄하고 있었다. 조리 있는 이야기도 그랬지만, 상대방에게 자신의 뜻을 분명하게 전하는 것은 물론이고 개개의 사건의 조각들이 어떤 고리로 연결되어 있다는 것을 알고 있었기 때문이다. 그건 홈스도 마찬가지인 듯했다. 내 친구의 부드러우면서 만족스러운 표정이 그것을 말해 주고 있었다.

"홈스 선생님, 그 밖에도 몹시 기분 나쁜 일이 있었어요. 이야기 순서가 조금 바뀌었지만, 너도밤나무 집에 도착한 바로 그날의 일을 말씀드리지 않을 수 없군요."

헌터 양은 시계를 한 번 보더니 이야기를 계속했다.

"집안사람들과 인사를 마친 후 루캐슬 씨는 부엌 밖에 있는 작은

창고로 저를 데리고 갔습니다. 그 창고 앞까지 갔을
때 안에서 쇠사슬이 부딪치는 소리가 나더군요. 그
리고 무언가 큰 동물이 움직이는 것 같은 기척
이 느껴졌지요.

'여기로 한번 들여다보시오.'

루캐슬 씨는 안으로 들어가는 대신 널빤지로 된
창고 벽에 나 있는 좁은 틈을 가리켰어요. 저는 두려
운 마음으로 망설이면서 그 틈에 눈을 댔습니다. 다음
순간 저는 외마디 비명을 지르고 말았습니다. 어둠
속에서 검은 무언가가 잔뜩 웅크린 채 서슬 퍼런 기운
을 내뿜는 번쩍이는 두 눈으로 저를 노려보고 있었던 겁니다.

'저런, 놀라셨나 보구려.'

제가 소스라치게 놀라자 루캐슬 씨는 재미있다는 듯이 껄껄 웃으
시더군요.

'그렇게 무서워하지 않아도 됩니다. 지금 밖으로 나올 수는 없으
니까. 이름은 칼로라고 하는데, 마스티프종이라오. 집을 지키는 데
는 저만 한 놈이 없지요. 어때요, 정말 잘생긴 놈 아니오? 우리 집의
자랑이지. 밥은 하루에 한 번 주는데, 그것도 많이 주는 것은 아니
오. 배가 고파야만 야성이 살아 있거든. 그래서 그런지 주인인 내 말
도 잘 안 들을 정도로 사납지요. 이 녀석을 다룰 수 있는 사람은 오직
톨러밖에는 없을 거요.'

'너무 위험한 거 아닌가요?'

'낮에는 위험할 일이 없소. 하지만 밤이 되면 좀 다르지요. 톨러가
밤마다 저 녀석을 풀어놓는데, 만약 그때 울타리 안에 누군가 들어
왔다가는 뼈도 못 추리게 될 거요. 아마 나라고 해도 무사하리라는

보장은 없소. 그러니 헌터 양도 밤에는 절대로 문 밖으로 나오지 마시오. 목숨을 잃게 될지도 모르니 말이오.'

루캐슬 씨는 연신 웃으며 아무렇지도 않게 말씀하시더군요. 하지만 저는 어쩐지 무시무시한 경고를 받았다는 느낌을 지울 수가 없었습니다. 그리고 이틀 뒤 그 경고가 결코 빈말이 아니었다는 것을 알게 되었습니다.

그날 밤 저는 이런저런 생각으로 2시가 되도록 잠을 이루지 못하고 있었습니다. 찬바람이라도 쐬고 싶어서 창문을 열었지요. 유난히 달이 밝은 밤이었기 때문에 대낮과 같이 정원의 모든 것이 다 잘 보였습니다. 달빛을 받은 잔디는 마치 저녁놀에 빛나는 호수와 같이 온통 은빛으로 빛나고 있더군요. 저는 그 아름다운 풍경에 넋을 잃고 있었지요. 그런데 문득 바람 한 점 없이 고요한 정원의 한구석에서 무언가가 움직이는 것이 보였습니다. 그 물체는 너도밤나무 그늘 아래 있었는데, 점차 달빛으로 환한 정원의 한가운데로 나오더군요. 그것은 송아지만큼이나 큰 개였습니다. 그 개는 황갈색 털에 새까만 주둥이와 축 늘어진 턱이 보통의 개들이 가지는 귀염성이라고는 하나 없고 오직 먹이를 노리는 맹수의 분위기를 풍기고 있었습니다. 그리고 어찌나 말랐는지 갈비뼈가 앙상하게 드러나 있더군요. 일반 가정집을 지키는 개라고 하기에는 지나치다 싶을 정도였습니다. 제가 보고 있다는 것을 아는지 모르는지 그 어둠 속의 파수꾼은 얼마 동안 어슬렁거리다가 정원을 가로질러 집 뒤쪽으로 사라졌습니다. 저는 공포 때문에 그 개가 사라지고도 한참을 꼼짝하지 못했습니다."

헌터 양은 그 개의 모습이 떠올랐는지 몸을 부르르 떨며 진저리를 쳤다.

"이건 또 다른 얘기입니다만, 저는 너도밤나무 집에 온 지 며칠이 지나도록 짐 정리를 할 수 없었습니다. 매일 늦게까지 날뛰는 에드워드 때문에 시간이 없었거든요. 그런데 그날은 낮부터 울면서 떼를 쓰느라 힘이 들었는지 에드워드가 일찍 곯아떨어지더군요. 저는 기회는 이때뿐이라고 여겼지요. 그래서 가지고 온 여행용

가방에서 물건들을 꺼내 방에 있던 낡은 옷장과 3단짜리 서랍장에 정리하기 시작했습니다. 먼저 옷장 정리를 했지요. 그런 다음 서랍장 맨 위 칸부터 채워 나갔습니다. 그런데 맨 아래쪽 서랍이 잠겨 있는 겁니다. 아무래도 그 서랍까지 써야 할 상황이었기 때문에 혹시나 하는 마음으로 가지고 있던 열쇠들을 하나씩 열쇠 구멍에 꽂아 봤습니다. 운이 좋았는지 맞는 열쇠가 있더군요. 저는 망설임 없이 서랍을 열었습니다.

홈스 선생님, 그때 제가 무엇을 본 줄 아세요? 머리카락이었습니다. 제가 이곳으로 오기 전에 런던에서 머리를 잘랐다는 건 잘 아시겠지요? 돈 때문에 자르기는 했지만 막상 그냥 버리자니 아까운 생각이 들었습니다. 그래서 끈으로 묶어 여행용 가방 맨 밑에 간수해 두었지요. 그런데 분명 여행용 가방에 들어 있어야 할 제 머리카락이 그 서랍 안에 있었던 겁니다. 특이한 머리색이나 풍성한 숱으로 보아, 두말할 것도 없이 바로 제 머리카락이었습니다. 어안이 벙벙

해지더군요. 하지만 잠시 후 머리카락에 발이 달린 게 아니라면 틀림없이 에드워드의 장난이라고 생각했습니다. 그 녀석은 함부로 남의 가방을 뒤지고도 남을 아이였으니까요. 저는 정리하고 있던 가방 바닥을 뒤져 보았습니다. 그런데 놀랍게도 제 머리카락이 그대로 있는 거예요. 두 뭉치의 머리카락을 나란히 놓고 보니 어느 것이 제 머리카락인지 구별할 수 없을 만큼 똑같더군요. 다른 사람의 머리카락이 그렇게까지 닮을 수 있다니, 그저 놀라울 뿐이었습니다. 그리고 왠지 섬뜩한 기분이 들었습니다. 저는 머리카락을 원래 자리에 놓고 다시 서랍장을 잠가 두었습니다. 물론 그 일에 대해서는 너도밤나무 집의 그 누구에게도 말하지 않았습니다. 이유야 어떻든 일부러 잠가 놓은 서랍을 연 것은 제 잘못이기도 했으니까요. 하지만 이상한 일은 그뿐이 아니었습니다."

금단의 문

홈스는 두 손을 깍지 낀 채 눈을 꼭 감고 있었다. 헌터 양의 이야기에 집중하고 있으면서도 무언가 추리를 하고 있는 것이 분명했다. 헌터 양은 약간 상기된 채 말을 이었다.

"너도밤나무 집 2층에는 어쩐 일인지 도통 쓰지 않는 것 같은 방문이 하나 있습니다. 그곳은 큰 자물쇠로 잠겨 있었는데, 제 방과는 정반대인 데다가 그곳으로 가려면 톨러 부부의 방을 지나야 했기 때문에 별로 관심을 갖지 않았었습니다. 그러던 어느 날이었습니다. 계단을 올라가다가 저는 그 문에서 나오는 루캐슬 씨를 보게 되었습니다. 그분의 손에는 열쇠가 들려 있었는데, 평소와는 달리 험악한 인상을 하고 계셨지요. 언제나 유쾌하고 호탕하게 웃음을 터뜨리는 루캐슬 씨가 아니셨던 겁니다. 화가 난 사람처럼 두 뺨은 빨갛게 달아올라 있었고, 이마에는 주름이 가득했으며, 관자놀이에 정맥이 불거져 있었지요. 그동안 제가 보아 온 그분과는 너무도 다른 모습에 저는 놀라지 않을 수 없었습니다. 그분은 제게 아무 말도 하지 않고 아래층으로 서둘러 내려가시더군요. 마치 저를 보지 못한 것처럼 말입니다.

이런 일이 있고 나자 그 방에 대한 호기심이 걷잡을 수 없이 일더군요. 그래서 아이와 산책을 하는 척하며 그 방의 창문이 있는 쪽으로 가 보았습니다. 정원에서 바라본 2층에는 세 개의 창문이 나란히 있었습니다. 모두 먼지투성이였지만 별로 이상한 데는 없었습니다. 단지 가운데 창문에 덧문이 닫혀 있는 것을 빼면 말이지요. 저는 근처를 서성이며 간간이 그 창문을 쳐다보았지요. 그런데 언제 오셨는지 루캐슬 씨가 저의 뒤에 서 있지 않겠어요!

'이곳은 아이와 산책하기에는 좀 외지다고 생각하지 않소?'

'아, 죄송합니다.'

저는 의중을 들킨 것 같아 당황했습니다. 그러나 그분은 이미 평소와 다름없는 유쾌한 루캐슬 씨로 돌아와 계셨습니다.

'헌터 양, 아까는 내가 좀 무례했던 것 같은데, 용서해 주시겠소? 사업 문제로 골치가 아파서 헌터 양이 있다는 것을 미처 깨닫지 못했구려.'

'그러셨군요. 저는 괜찮습니다. 그런데 저 맨 끝 방은 안 쓰시는 방인가 보죠? 덧문이 닫혀 있네요.'

'네?'

루캐슬 씨는 의외의 질문을 받았는지 놀라는 것 같았습니다. 하지만 이내 평정을 되찾았지요.

'저 방은 내가 암실로 쓰고 있소. 사진이 취미라는 건 아직 말씀드리지 않았군요. 그건 그렇고 헌터 양은 관찰력도 뛰어나군요. 놀랍소, 아주 놀라워!'

루캐슬 씨는 필요 이상으로 크게 웃으셨어요. 하지만 그것이 진심이 아니라는 것은 금방 알 수 있었습니다. 저를 바라보는 루캐슬 씨의 눈빛이 싸늘했거든요. 적의까지 느껴지더군요. 그 일로 무엇인지는 모르지만 감추는 것이 있다는 확신이 들었습니다. 그러자 잠가 놓은 문에 대한 호기심은 더욱 커져만 갔습니다. 여자의 본능인지는 몰라도 그 방에 음산한 비밀이 있을 것만 같았습니다. 석연치 않은 일련의 일들도 그 문 너머에 원인이 있을지도 모른다고 생각하게 되었지요.

나중에 알게 되었지만 그 문을 드나드는 것은 루캐슬 씨만이 아니었습니다. 톨러 부부 역시 그 문을 오가고 있었던 겁니다. 한번은 톨러 영감이 검고 커다란 자루를 들고 들어가기도 하더군요. 그래서 저는 그곳에 들어가기 위해 기회를 노리기 시작했습니다. 그리고 어제, 드디어 기회가 온 겁니다.

저녁 식사 후에 2층에 올라가던 참이었습니다. 그런데 문제의 그 문 자물쇠에 열쇠가 꽂혀 있는 게 아니겠어요? 톨러 영감이 꽂아 두고 잊은 게 분명했습니다. 요즘 톨러 영감이 술을 심하게 마신다 싶었는데, 어제 저녁에는 인사불성이 될 정도로 취해 있었거든요. 마침 루캐슬 씨 부부는 에드워드와 거실에 있었고, 톨러 부인 역시 아직 부엌에 있었기 때문에 더없이 좋은 기회였습니다. 저는 행여나 소리라도 날까 싶어 조심스럽게 열쇠를 돌리고 안으로 들어갔습니다.

안은 생각 외로 바로 방이 아니었습니다. 카펫을 깔지 않고 심지어 벽지도 없는 긴 복도더군요. 복도는 맨 끝에서 직각으로 꺾여 있었습니다. 저는 마치 뭐라도 튀어나올 것만 같은 분위기 때문에 몸을 한껏 움츠리고 모퉁이를 돌아갔습니다. 그곳에는 세 개의 방문이 나란히 있었는데, 첫 번째와

세 번째 방문이 열려 있어서 안을 들여다보았더니 모두 빈방이었습니다. 뿌연 유리창으로 새어 들어온 희미한 저녁 햇살이 비추는 것이라고는 온통 켜켜이 쌓인 먼지와 거미줄뿐이었던 겁니다. 반면 가운데 방문은 닫혀 있었습니다. 쇠막대기로 빗장까지 질러 놓았더군요. 제가 판단하기로는 밖에서 봤을 때 덧문이 닫혀 있던 바로 그 방이 틀림없었습니다. 그런데 이상한 것은 문 밑으로 빛이 새어 나오고 있었던 겁니다."

"잘못 보신 건 아닙니까? 덧문이 닫혀 있다면 빛이 있을 리 없지 않겠습니까? 빈방이라면 말입니다."

홈스는 의미심장한 미소를 지으며 물었다.

"저도 그렇게 생각했습니다. 더구나 루캐슬 씨는 그 방이 암실이라고 했는데, 빛이라니요! 하지만 그것은 분명히 램프의 불빛이었습니다. 저는 안에서 무슨 소리가 나지 않나 싶어서 가만히 문에 귀를 갖다 댔습니다. 그때였어요. 갑자기 안에서 발자국 소리가 들려온 겁니다. 그러더니 문 밑으로 그림자가 생기더군요. 누군가 문 쪽으로 다가오고 있는 게 분명했습니다. 저는 덜컥 겁이 나더군요. 잔뜩 긴장하고 있었던 탓도 있겠지만, 일단 그 자리를 피해야 한다는 생각에 앞뒤 잴 것 없이 몸을 돌려 달아났습니다. 그때의 공포란……, 마치 어둠 속에서 누군가의 손이 나와서 제 목덜미를 잡아챌 것만 같더군요. 그런데 더 황당한 일은 제가 정신없이 그 복도를 빠져나오는 순간 루캐슬 씨의 품속으로 뛰어들었다는 것입니다.

'역시…….'

고개를 들어보니 루캐슬 씨가 인자한 미소를 지으며 저를 굽어보며 말하더군요.

'짐작대로 당신이었군. 문이 열려 있어서 이상하다 했더니…….

그런데 가엾게도 떨고 있구려.'

'너무 무서워서……'

저는 헐떡이는 숨을 참으며 간신히
말을 했지요.

'저런, 도대체 안에서 뭘 보았기
에 이렇게 놀란 거요?'

루캐슬 씨는 더없이 상냥하셨
어요. 하지만 어딘지 모르게 과장
된 것처럼 느껴지더군요. 화를 낼
것으로 생각했던 루캐슬 씨가 다정한
태도로 대하자 더욱 긴장이 되었습니다. 그래서 거짓말을 하기로 했
습니다.

'아무 생각 없이 들어갔는데, 너무 어둡고 고요한 거예요. 사방이
온통 먼지투성이인 데다가 거미줄은 달려들고 정말 끔찍했어요. 저
안은 괴기스러울 정도로 적막했어요.'

저는 발자국 소리를 들었다는 얘기는 하지 않았습니다.

'그것뿐이었습니까?'

저는 순간적으로 루캐슬 씨의 얼굴에서 웃음이 가시고 눈이 날카
롭게 빛나는 것을 보았습니다. 더욱 사실대로 말하면 안 된다는 생
각이 들었습니다.

'네? 그럼 안에 그것 말고 무서워할 게 더 있나요?'

저는 시치미를 떼고 놀라는 척하며 물었습니다. 호기심이 동한 것
처럼 말입니다. 루캐슬 씨는 부드러운 미소를 지으며 이렇게 말하더
군요.

'헌터 양, 내가 이 문에 왜 자물쇠를 채워 놓았다고 생각하시오?'

'글쎄요.'

'그건 말이오, 아무나 함부로 드나들지 못하게 하기 위해서인 거요. 아셨소?'

'아, 저는 그냥 문이 열려 있기에……. 그런 줄 알았다면 들어가지 않았을 겁니다. 아무튼 죄송합니다.'

'이제 됐소! 그 말에 책임을 져야 할 거요. 만약 또다시 저 문 안에 들어간다면…….'

다음 순간 루캐슬 씨는 이를 악물고 저의 어깨를 으스러져라 잡으면서 이렇게 말하는 것이었습니다.

'칼로의 우리 안에 들어가게 될 거요.'

그때 루캐슬 씨의 얼굴은 악마의 그것이었습니다. 그분의 눈은 적의로 가득 차 있었습니다. 생각해 보세요. 칼로의 우리라니요! 그건 밤마다 먹이를 노리며 정원을 어슬렁거리는 마스티프종의 먹이가 되게 하겠다는 거잖아요. 어떻게 사람에게 그 같은 말을 할 수 있는지…….

저는 복도 끝 방에서 발자국 소리를 들었을 때와는 비교도 되지 않을 정도로 겁에 질려 버렸습니다. 어찌나 무서웠는지, 제가 어떻게 제 방으로 돌아왔는지 지금도 기억이 나지 않는군요. 어쨌든 정신을 차렸을 때 저는 제 침대의 이불 속에서 사시나무 떨듯이 덜덜 떨고 있었습니다.

홈스 선생님, 분명 그 방에 있는 사람은 제가 알고 있는 이 집안의 사람이 아니었습니다. 그리고 밖에 빗장에 자물쇠까지 걸려 있다는 것은 갇혀 있다는 게 아니겠어요? 저는 이제 아무도 믿을 수 없다고 생각했습니다. 루캐슬 씨 부부도 그렇고, 하인인 톨러 부부도 마찬가지였습니다. 더 이상 참을 수 없었습니다. 저는 그길로 선생님께 전보를 치기 위해 집을 나섰습니다. 다행히 전신국은 집에서 8백 미터쯤 떨어진 곳에 있었습니다. 물론 그대로 도망칠 수도 있었지만, 너도밤나무 집에서 일어나고 있는 이상한 일들의 전모를 밝히지 않고서는 그럴 수 없었습니다. 거기에는 호기심도 작용했습니다. 저도 제가 지나치게 호기심이 강하다는 것은 잘 알고 있습니다. 때때로 그것이 저를 위험에 빠뜨릴지도 모른다고 생각하기도 해요. 하지만 누군가 갇혀 있고 도움을 바라고 있을지도 모르는 상황에서 모른 척한다는 건 도리가 아니잖아요? 아무튼 선생님께 전보를 치자 마음이 한결 안정이 되었습니다.

그런데 돌아오는 길에 날이 완전히 어두워져 버렸습니다. 그제야 칼로라는 그 끔찍한 마스티프종이 생각나더군요. 그 개를 풀어놓았다면 집에 들어가다 무슨 봉변을 당할지 모를 일이었습니다."

"그럴 일은 없었을 겁니다. 아까 톨러 영감이 인사불성으로 취해 있었다고 했으니까요."

홈스가 말했다.

"네, 그랬어요. 톨러 영감 말고는 그 개를 풀어 줄 사람이 없었던 거지요. 어쨌거나 저로서는 다행한 일이었습니다. 홈스 선생님, 제가 드리고 싶은 말씀은 이게 전부입니다. 어젯밤에 저는 불안한 마음에 한숨도 자지 못했습니다. 제가 앞으로 어떻게 해야 하는지 선생님께서 알려 주세요. 정말이지 저는 홈스 선생님의 조언이 필요합니다."

"그 전에, 오늘 외출한다고 했을 때 루캐슬 씨가 순순히 허락해 주던가요?"

"네, 의심을 하는 것 같지는 않았습니다. 하지

만 더 이상 지체할 시간이 없어요. 루캐슬 씨 부부는 오늘 오후에 친지를 방문하기로 되어 있거든요. 3시까지는 돌아가서 에드워드를 돌봐야 합니다."

"외출했다가 언제 돌아온다는 말은 없었습니까?"

"정확한 시간은 모르지만 늦으실 거라고 했습니다."

홈스는 자리에서 일어나 두 손을 호주머니에 찌른 채 방 안을 왔다 갔다 했다. 그는 무언가 골똘하게 생각하고 있었다.

"톨러 영감은 매일 저녁에 술을 마십니까?"

"네, 해가 지기 전부터 마시기 시작해서 7시가 되기 전에 곯아떨어집니다. 오늘 아침에는 톨러 부인이 루캐슬 부인에게 투덜거리는 소리를 얼핏 들었는데, 어제 마신 술이 깨지도 않았는데 또 마셨다고 하더군요. 아니나 다를까, 집을 나올 때 보니 너도밤나무 그늘에 대자로 누워서 자고 있었지요. 아마 오늘은 밤까지도 술이 깨기는 어려울 겁니다."

"그럼 혹시 너도밤나무 집에 튼튼한 자물쇠가 달려 있는 창고나 지하실이 있습니까?"

"네, 포도주 저장실로 쓰는 곳이 있습니다."

"잘됐군요."

홈스는 헌터 양 앞에 서서 똑바로 그녀를 쳐다보았다.

"헌터 양, 당신이 한 행동은 정말 용감하고 현명했습니다. 다른 아가씨였다면 엄두도 내지 못했을 겁니다. 그래서 말인데, 한 번 더 그 용기를 보여 주실 수 있겠습니까?"

"무슨 말씀이신지는 모르겠지만, 제가 할 수 있는 일이라면 기꺼이 하겠습니다."

"좋습니다. 헌터 양, 오늘 저녁 7시면 루캐슬 씨 부부는 아직 돌아오지 않았을 테니 집에는 톨러 부부밖에 없을 겁니다. 하지만 술에 취해 있을 톨러 영감이야 문제가 안 되겠지요. 결국 문제는 톨러 부인입니다. 당신에게 부탁하고 싶은 일이란 바로 그 톨러 부인을 그 저장실에 들여보낸 다음 나오지 못하도록 문을 잠가 주셨으면 하는 것입니다. 하실 수 있겠습니까?"

"그 정도라면 문제없습니다만……."

"그럼 왓슨 박사와 제가 7시까지 너도밤나무 집으로 가겠습니다. 그 전에 약속한 대로 해 주십시오. 자세한 건 나중에 말씀드리겠습니다."

"알겠습니다."

"잘해 내실 거라고 믿습니다. 그럼 제가 생각한 사건의 전모에 대해 설명을 해 드리기로 하겠습니다. 3시까지 돌아가시려면 시간이 없으실 테니 간략하게 하지요. 일단 루캐슬이란 사람이 헌터 양을 이곳으로 오게 한 것은 누군가의 대역을 시키기 위한 것입니다."

"대역요?"

헌터 양뿐 아니라 나도 깜짝 놀랐다.

"가정교사라는 것은 어디까지나 구실이었습니다. 진짜 주인공은 서랍 속에 있던 머리카락과 푸른색 드레스의 주인이겠지요. 당신은 그 사람과 머리카락의 색, 키, 그리고 체구까지 비슷했던 겁니다. 그런데 단 한 가지, 머리카락의 길이가 달랐습니다. 주인공이 무슨 이유에서 머리를 잘랐는지는 아직 모르겠지만, 당신에게 대역을 완벽하게 수행시키기 위해서는 그 문제를 해결하지 않으면 안 되었던 겁니다."

"그래서 루캐슬 씨가 그렇게 머리를 자르라고 했었군요. 하지만 왜 그런 일을 벌이는 걸까요? 또 제가 누구의 대역을 했단 말인가요?"

홈스는 빠르게 쏟아 내는 헌터 양의 질문을 들으며 빙그레 웃었다.

"당신이 대역을 한 주인공은 바로 미국에 있다는 앨리스 양일 겁니다. 하지만 루캐슬의 말처럼 그녀는 미국에 있는 게 아닙니다."

"미국에 있는 게 아니라면 도대체 어디에……, 설마?"

헌터 양은 말을 하다 말고 손으로 입을 막으며 망설였다. 그러자 홈스가 고개를 가볍게 끄덕였다.

"그렇습니다. 그 복도 끝 방에 갇혀 있는 사람이 바로 앨리스 양이 겠지요."

잠시 침묵이 흘렀다.

"홈스 선생님, 아버지가 딸을 가두다니요? 어떻게 그런 일이 있을 수 있단 말이에요?"

"그 이유는 앞으로 밝혀야겠지요. 하지만 세상에선 당신이 생각도 못했던 일들이 얼마든지 일어난답니다. 특히 돈과 관련해서는 가족이라고 안심할 수는 없지요."

"그럼 제가 손거울로 본 그 남자는 이번 일과 관련이 있을까요?"

"제 생각으로는 그렇습니다. 그 청년은 분명 앨리스 양의 친구이거나 연인일 겁니다. 대역이 필요했던 것도 바로 그 청년 때문이겠지요. 앨리스 양과 똑같은 머리와 옷으로 창가에 앉아 있었던 것, 손을 흔들게 한 것 모두 청년이 당신을 앨리스 양으로 착각하게 하기 위한 계략이었던 거죠. 더구나 당신은 그에게 가라고 손짓을 했습니다. 청년으로 하여금 앨리스 양을 단념하게 하는 데 그보다 좋은 방법은 없을 겁니다. 밤에 개를 풀어놓은 것도 그 청년의 접근을 막기 위해서였을 겁니다. 여기까지는 틀림없습니다. 그리고 우리가 눈여겨봐야 할 것이 있습니다. 바로 에드워드라는 아이입니다."

"그애가 무슨……? 난폭하다는 것 말고는 여느 아이와 다르지 않습니다."

"바로 그 난폭한 성격이 문제입니다. 아이들이란 무릇 부모의 영향을 많이 받습니다. 부모의 평소 습관이나 성격이 아이에게 그대로 투영된 예가 얼마든지 있거든요. 왓슨, 전에 자네가 부모들을 보면 아이의 성향을 판단할 수 있다고 한 걸로 기억하는데, 맞나?"

"물론이네."

"그렇다면 반대로 아이의 성격을 가지고 부모의 성향을 짐작할 수도 있겠지?"

"이론상으로는 가능하네."

"고맙네."

홈스는 활짝 웃으며 헌터 양에게로 시선을 돌렸다.

"저 역시 수많은 사건을 대하면서 아이를 통해 부모의 성격을 꿰뚫어본 일이 여러 번 있었습니다. 그런데 헌터 양은 그 아이가 또래 아이답지 않게 잔인하다고 하셨습니다. 그 아이의 부모가 선량한 부모였다면 그 아이는 그런 잔인성을 어디서 배운 걸까요?"

"홈스 선생님, 그 말씀은 루캐슬 씨께서 겉으로만 신사일 뿐 실제로는 잔인한 사람이라는 건가요?"

"루캐슬 씨일지 루캐슬 부인일지는 두고 봐야 알겠지만, 그게 누가 됐든 앨리스 양에게는 좋은 일이 아니지요."

"맙소사! 그렇다면 가엾은 앨리스 양을 어서 구해 드려야 해요."

"헌터 양, 루캐슬은 오랜 시간을 투자해 대역할 사람을 찾는 등 용의주도하게 이번 일을 계획했습니다. 이런 교활한 자를 대적할 때는 결코 서둘러서는 안 됩니다. 하지만 걱정 마십시오. 루캐슬이라는 자가 어떤 짓을 꾸미고 있는지는 머지않아 곧 밝혀질 것입니다. 그러니 헌터 양은 집으로 돌아가셔서 아무 일도 없다는 듯이 행동하십시오. 그리고 약속한 대로 톨러 부인을 맡아 주시기만 하면 됩니다. 그다음은 우리가 알아서 하겠습니다. 그럼 오늘 저녁 7시에 다시 뵙겠습니다. 모쪼록 몸조심하십시오."

사라져 버린 포로

우리가 너도밤나무 집에 도착한 것은 정각 7시였다. 우리는 마차를 길가의 선술집에 세워 두고 저택까지 걸어갔는데, 마침 해가 서산으로 넘어가고 있을 때여서 그 햇살을 받은 나뭇잎들이 보석처럼 빛나고 있었다. 주변에 많은 집이 있었지만 우리는 헤매지 않고 금방 목적지에 도달할 수 있었다. 유독 그 집에만 너도밤나무가 있었기 때문이다. 헌터 양이 활짝 웃으며 현관 앞에서 우리를 맞아 주지 않았다고 해도 집을 못 찾는 일은 없었을 것이다.

"표정을 보니 아까 부탁한 일을 잘 처리하셨나 보군요."

홈스가 물었다.

"물론이에요. 저 소리를 들어 보세요."

헌터 양은 고개를 끄덕이며 집 뒤쪽을 가리켰다. 그곳에서는 쿵쿵거리는 소리가 희미하게 들려오고 있었다.

"톨러 부인이 포도주 저장실의 문을 두드리는 소리예요. 톨러 영감은 제가 돌아왔을 때부터 부엌에 누워서 코를 골고 있고요. 그리고 이것은 톨러 영감의 주머니에서 꺼내 온 것입니다. 루캐슬 씨의 것과 똑같아요."

그녀가 내민 것은 열쇠 꾸러미였다.

"이거야 원, 탐정을 하셔도 되겠군요. 정말 잘하셨습니다."

홈스는 지극히 만족스러운 듯 환하게 웃었다.

"자, 어서 안내를 해 주십시오. 빨리 그 비밀의 방을 보고 싶군요."

우리는 서둘러 2층으로 올라갔다. 문제의 문은 자물쇠로 굳게 잠겨 있었지만 열쇠 꾸러미 덕분에 쉽게 열 수 있었다. 문 뒤는 헌터 양이 말한 대로 어두컴컴한 복도였다. 우리는 모퉁이를 돌아 빗장이 걸려 있는 문 앞에 섰다. 홈스는 빗장을 빼내고 열쇠를 하나씩 꽂아 보았다. 그런데 우리가 가진 열쇠들 중에는 그 문에 맞는 것이 없었다.

"이상해!"

홈스의 얼굴이 어두워졌다. 그도 그럴 것이 안에서 아무런 인기척도 나지 않았던 것이다.

"우리가 너무 늦은 것은 아닌지 모르겠군. 왓슨, 어깨를 좀 빌려주게. 힘으로라도 이 문을 열어야겠어."

홈스와 나는 구령에 맞춰 힘껏 문에 부딪쳤다. 그러자 낡은 문은 요란한 소리를 내며 부서졌고, 우리는 방 안으로 나동그라졌다.

방은 크지 않았다. 가구라고는 낡고 초라한 침대와 탁자, 그리고 옷이 담겨 있는 바구니 하나가 전부였다. 창의 덧문은 닫혀 있었지만 지붕에 나 있는 천창은 열려 있어서 방은 어둡지 않았다. 누군가가 얼마 전까지 지냈던 것이 분명했다. 하지만 우리가 찾는 포로는 어디에도 없었다. 텅 비어 있었던 것이다. .

"악당이 다녀간 모양이군. 헌터 양의 의도를 눈치 채고 선수를 친 거야."

홈스는 불만스러운 듯 중얼거리면서 탁자를 발판 삼아 창문을 빠져나가더니 지붕 위로 올라갔다. 순식간에 벌어진 일이었다. 잠시 후 홈스가 외치는 소리가 들렸다.

"역시 여기였어!"

나는 궁금해서 견딜 수 없었다.

"홈스, 무슨 일인가?"

"처마 끝에 사다리가 걸쳐 있어. 그걸 타고 내려간 것 같아."

홈스가 다시 방으로 돌아왔다. 언제나 놀라는 일이지만 홈스의 몸놀림은 새털처럼 가벼웠다.

"그럴 리가 없어요. 루캐슬 씨가 외출하셨을 때만 해도 사다리는 없었어요."

"나갔다가 되돌아왔겠죠. 정말 교활한 자로군요."

순간 홈스가 손가락을 입에 대고 조용히 하라고 했다.

"누군가 이쪽으로 오고 있군요. 왓슨, 권총을 꺼내게. 발자국 소리로 봐서는 바로 그자야!"

내가 권총을 꺼내는 것과 동시에 거대한 몸집의 남자가 지팡이를 들고 나타났다.

"루캐슬 씨!"

헌터 양은 그를 보자마자 비명을 지르면서 창가로 물러섰다. 그러자 홈스가 비호처럼 내달아 그의 앞을 막아서며 날카롭게 외쳤다.

"당신 딸을 어디에 숨겼소?"

루캐슬은 잠시 어리둥절해 하더니 방 안을 둘러봤다. 그리고 그의 눈은 열려 있는 천창에 고정되었다.

"그건 내가 묻고 싶은 말이다!"

그는 벼락이 치듯 고함을 쳤다.

"네놈들은 뭐야? 옳지, 도둑놈이겠군. 내가 네놈들을 그냥 둘 줄 알고? 본때를 보여 주고 말 테다."

금방이라도 덤벼들 줄 알았던 루캐슬은 내 생각과는 반대로 육중한 몸을 흔들며 급하게 방을 빠져나갔다.

"개예요. 분명히 개를 데리러 간 거예요!"

헌터 양이 소리쳤다.

"권총이 있으니 염려하실 것 없습니다."

나는 헌터 양을 안심시키기 위해 목소리에 힘을 주며 말했다.

"왓슨, 그래도 안전한 게 더 좋겠지? 이 문은 부서졌으니까 복도 문을 닫아 두세."

홈스는 급하게 외쳤고, 우리는 동시에 방을 나와 문을 향해 뛰었다. 그때였다.

숨은 조력자

갑자기 개 짖는 소리가 요란하게 나더니 누군가의 외마디 비명이 들려왔다. 그 소리는 온몸에 소름이 돋을 정도로 끔찍했고 또한 절박했다. 우리는 서로 얼굴을 쳐다보며 잠시 자리에 우뚝 서 있었다. 이윽고 얼굴이 벌겋게 달아오른 나이 지긋한 사내가 비틀거리며 2층으로 뛰어 올라왔다.

"도와주십시오!"

그의 입에서는 술 냄새가 진하게 풍겨 왔다. 톨러였다.

"누가 개를 풀어놨나 봅니다. 그놈은 이틀 동안 아무것도 먹지 않아서 지금 사나워질 대로 사나워져 있습니다. 무슨 짓을 할지 모릅니다. 제발 좀 도와주십시오."

홈스는 재빠르게 계단을 내려갔다. 나는 홈스의 뒤를 따라 소리가 나고 있는 건물의 모퉁이를 향해 있는 힘껏 달렸다. 톨러도 뒤에서 열심히 쫓아왔다. 그곳에서 우리는 참혹한 광경과 마주하고 말았다.

엄청나게 큰 개가 쓰러져 있는 루캐슬의 목덜미를 물고 있었던 것

이다. 루캐슬은 비명도 지르지 못한 채 고통으로 몸부림치고 있었고, 개는 개대로 루캐슬의 목을 문 채로 숨통을 끊기 위해 머리를 사정없이 흔들고 있었다. 나는 들고 있는 권총으로 개를 겨누고 지체 없이 방아쇠를 당겼다. 총알은 정확하게 개의 머리를 꿰뚫었고, 마침내 개는 커다란 몸을 옆으로 쓰러뜨렸다. 그리고 한동안 경련을 일으키더니 이내 잠잠해졌다. 무시무시한 이빨을 겹겹이 늘어진 루캐슬의 하얀 목덜미에 깊이 박은 채로…….

나와 홈스가 한참을 씨름한 후에야 개로부터 루캐슬을 자유롭게 할 수 있었다. 그리고 우리는 피투성이가 된 루캐슬을 급한 대로 저택의 응접실로 옮겼다. 그는 숨은 붙어 있었지만 상처는 끔찍했다. 나는 최선을 다해 응급처치를 했다. 아무리 지독한 악당이라고 해도 의사로서 해야 할 의무를 저버릴 수는 없었던 것이다. 마침내 응급처치가 끝났다.

"어떤가요?"

옆에서 벌벌 떨며 지켜보던 톨러가 물었다.

"급한 불은 끈 셈이지만 안심할 수는 없는 상황입니다. 상처가 워낙 깊어서요. 외과의사에게 보이는 게 좋을 것 같군요. 그리고 부인에게도 알려 주십시오."

바로 그때 문이 열리면서 키가 크고 마른 중년의 여자가 들어왔다.

"톨러 부인! 어떻게……?"

헌터 양이 놀라며 외쳤다.

"집에 오신 주인님께서 2층으로 올라가기 전에 꺼내 주셨지요. 그나저나 헌터 양, 당신 계획을 내게 미리 알려 주었더라면 좋았을 거예요. 그랬다면 이런 헛수고는 하지 않았을 테니까요."

"당신이었군요."

홈스가 말했다.

"당신이 앨리스 양을 탈출시킨 거겠지요?"

"네."

모두 놀라움에 입을 벌리고 아무 말도 하지 못했다.

"이런······."

홈스가 쓴 웃음을 지으며 머리를 흔들었다.

"이 집에서 일어난 일들을 당신만큼 아는 사람은 없을 것 같은데, 설명 좀 해 주시겠습니까?"

"그러죠. 저장실에 갇히지만 않았어도 이미 말씀드렸을 겁니다."

톨러 부인은 침착하게 이야기를 시작했다.

"앨리스 아가씨는 주인님이 재혼하신 뒤로는 단 하루도 행복한 날이 없었습니다. 주인님께 아가씨는 매우 거추장스러운 존재가 되어 버린 겁니다. 하지만 앨리스 아가씨는 심성이 고운 분이셨지요. 어떤 냉대나 푸대접에도 불평 한 마디 하시는 법이 없으셨어요. 그래도 그때는 나았습니다. 하녀보다 못한 취급은 받았어도 감금되거나 하는 일은 없었으니까요.

주인님도 아가씨가 눈엣가시 같다고는 해도 쫓아낼 수는 없었습니다. 그건 아가씨의 재산 때문이었지요. 제가 알기론 그것은 아가씨의 외가에서 받은 유산입니다. 그런데 아가씨는 그 유산을 모두 주인님이 관리하게 하셨어요. 아가씨가 주인님과 함께 있는 동안에는 그 재산을 주인님 마음대로 할 수 있었던 거지요.

그런데 아가씨 앞에 파울러 씨가 나타난 겁니다. 두 분은 사랑에 빠지셨고, 결국 결혼을 약속하셨습니다. 주인님은 마음이 급해지셨죠. 앨리스 아가씨가 결혼을 하게 되면 지금까지 마음대로 주무를 수 있었던 많은 재산이 더 이상 자신의 것이 아니었으니까 말입니다. 급기야 주인님은 앨리스 아가씨에게 재산을 양도한다는 증서를 쓰라고 강요했습니다. 하지만 선생님들도 생각해 보세요? 아무리 심성이 고운들, 그런 부당한 처사에 승복할 사람이 어디 있겠습니까? 하지만 주인님도 끈질기셨어요. 날마다 아가씨를 조르고 괴롭혔던 거예요. 그러던 중에 아가씨가 그만 심한 열병에 걸리고 말았습니다. 가엾게도 한 6주 동안이나 죽음의 갈림길에서 헤매셨습니다. 후에 다행히 병은 나았지만 오랜 병으로 몸은 쇠약해지고 마셨지요. 높은 열 때문에 탐스러운 머리카락을 자를 수밖에 없었고, 허깨비처럼 말라 버린 몸은 그야말로 초라하기 그지없었습니다. 하지만 파울러 씨의 애정은 변함이 없었답니다. 그분에게는 앨리스 아가씨의 외모는 중요한 것이 아니었던 거지요."

"그래서 루캐슬이 앨리스 양을 가두어 버렸던 것이로군요."

"그렇습니다."

"그 후에도 파울러라는 청년이 집 주위를 배회했겠지요? 그래서 그 청년을 쫓아 버리기 위해 헌터 양을 데리고 온 것이고 말입니다."

"네. 사실 저도 헌터 양을 처음 본 순간 깜짝 놀랐습니다. 얼굴 모습만 조금 다를 뿐 다른 것은 정말 완벽하게 앨리스 아가씨와 똑같았거든요. 하지만 파울러 씨는 뭔가 이상하다고 여겼던 것 같습니다. 위험을 무릅쓰고 저를 찾아오신 것을 보면요."

"음, 그랬을 겁니다. 그리운 연인이 가라는 손짓을 했을 때 그는 앨리스 양의 마음이 변한 것이라고 생각했을 겁니다. 그래서 행복을 빌며 그대로 떠나가려고 했을 겁니다. 루캐슬의 계략대로 말이지요. 하지만 직접 얼굴을 보지 않았다는 것을 알게 된 거지요. 대역이 있을 거라고는 미처 생각하지 못했을지라도 루캐슬의 위협이나 협박이 있을지도 모른다고는 생각했을 겁니다. 그래서 결국 당신을 찾아와 부탁을 했을 거고 말입니다."

"네, 파울러 씨는 진심으로 아가씨를 사랑하고 계셨어요. 방에 갇혀 있다는 말을 듣고는 눈물까지 흘리셨거든요."

"그래서 당신이 파울러 씨를 돕기로 한 거로군요."

"네."

"당신 남편이 항상 취해 있을 수 있도록 술을 대 준 것도 파울러 씨겠지요? 물론 오늘 루캐슬이 외출한다는 것을 알려 준 것은 당신이었을 겁니다. 그러자 그가 당신 남편에게 술을 잔뜩 먹여 놓고 사다리를 마련해 달라는 부탁을 했겠지요. 물론 사다리를 타고 올라가서 천창으로 앨리스 양을 끌어낸 사람은 파울러, 바로 그 청년이었을 테고 말입니다."

"네, 맞습니다. 선생님은 마치 보고 계셨던 것처럼 잘 알고 계시네요."

톨러 부인은 홈스의 설명에 마냥 놀라워했다.

"그럼 개를 풀어놓은 사람도 당신이겠군요."

우리는 홈스의 말에 모두 놀라서 톨러 부인을 쳐다보았다. 그녀는 고개를 푹 숙이고 마침내 결심한 듯 입을 열었다.

"맞습니다. 굶기는 것이 안타까워서 간혹 음

식이 남으면 다른 사람 몰래 준 적이 있어서 칼로는 저를 적대시하지 않습니다. 제 남편보다 저를 더 따르지만 그 사실을 아는 사람은 아무도 없습니다. 제 남편조차도요. 반면 주인님을 제일 적대시했지요. 하지만 결코 주인님을 해치려고 했던 것은 아닙니다.

헌터 양이 저를 저장실에 가뒀을 때만 해도 어찌 된 일인지 몰랐지만, 이내 앨리스 아가씨를 돕기 위해서였다는 것을 알았습니다. 저장실에는 환기통이 있는데, 거기가 바로 아가씨의 방과 연결되어 있어서 선생님들의 이야기를 들을 수 있었거든요. 그런데 주인님이 저를 풀어 주고 2층으로 올라가시는 것을 보자 선생님들이 위험할지도 모른다고 생각했습니다. 앨리스 아가씨가 없어진 것이 선생님들이 하신 일이라고 생각하실 게 틀림없었으니까요.

제가 알고 있는 한, 주인님은 가만히 물러날 사람이 아니었습니다. 분명히 밖으로 나와 무기가 될 만한 것을 찾으셨을 겁니다. 그래서 칼로를 풀어놓으면 함부로 밖으로 나오지 못할 거라고 생각했습니다. 하지만 주인님은 흥분해서 칼로가 있는지 보지 못하셨고, 밖으로 나오셨다가 이런 불상사가 생긴 겁니다. 어쨌든 그 점에 대해서는 어떤 처벌도 받을 각오가 되어 있습니다."

"글쎄요, 루캐슬 씨도 이 집안에서 일어난 일을 밖에 떠드는 것을 원하지는 않을 것 같군요. 게다가 고의도 아니고 말입니다."

"네? 그럼 저를 고발하지 않으실 건가요?"

"고발이라……, 경찰에서도 부주의로 일어난 사고를 가지고 뭐라고 하지는 않을 겁니다."

"아, 정말 감사합니다."

톨러 부인은 눈물을 글썽이며 홈스에게 연신 고개를 숙였다.

"감사드려야 할 사람은 저인 것 같군요. 부인 덕분에 모든 것을 알

게 되었으니 말입니다."

"아닙니다. 저야말로 아가씨를 도와주시러 오신 선생님들이나 헌터 양에게 뭐라 감사의 말씀을 드려야 할지 모르겠습니다."

이것으로 너도밤나무 집의 괴상한 수수께끼는 모두 풀렸다. 나와 홈스, 그리고 헌터 양은 곧바로 마차를 타고 윈체스터 시로 갔다. 이미 기차가 끊어졌기 때문에 우리는 호텔에서 하룻밤을 묵었다. 결국 우리가 런던으로 돌아온 것은 그다음 날 아침이었다.

뒤에 톨러 부인이 보낸 편지에 의하면, 루캐슬은 겨우 목숨만은 구했지만 심한 장애를 갖게 되어서 손발을 자유롭게 쓰지 못하게 되었다고 한다. 만약 헌신적인 부인과 톨러 부부의 도움이 없다면 하루하루를 사는 것도 어려울 지경이 되고 만 것이다. 또 사라진 앨리스 양은 파울러 씨와 너도밤나무 집에서 도망친 다음 날 결혼식을 올렸고, 지금은 공무원이 된 남편과 함께 인도양에 있는 식민지 모리셔스에서 행복하게 살고 있다고 한다.

한편, 우리는 그 뒤로 두 번 다시 헌터 양을 만나지 못했다. 그녀에 대한 홈스의 호감은 오래가지 않았고, 결국 시간이 흐름에 따라 그녀는 우리의 기억에서 점차 사라져 갔다. 그러던 어느 날, 그녀로부터 안부를 묻는 한 통의 편지가 배달되었다. 그녀는 편지에서, 지금 월솔에서 사립학교의 교장으로 일하고 있으며 학생들과 행복하게 지내고 있다고 했다. 나는 어려운 환경에서 마침내 성공을 거둔 그녀에게 진심으로 박수를 보냈다.

"잘됐군. 이제는 적어도 돈 때문에 위험한 줄 알면서도 뛰어드는 일은 없겠어. 안 그런가, 홈스?"

"그래, 호기심만 발동하지 않는다면 말이야."

홈스는 옛날 일이 생각나는지 키드득댔다.

"왓슨, 그 정도의 육감과 현명함, 게다가 그 용기라면 탐정을 해도 손색이 없지 않았을까?"

"글쎄, 난 지금의 모습도 좋다고 생각하네. 그녀에게 더없이 어울리는 일이고 말이야."

"그래, 그 아가씨라면 뭐든지 똑 부러지게 해낼 거야."

그러면서 홈스는 빙그레 웃으며 농담인지 진담인지 모를 말을 했다.

"아무튼 아쉽군. 잘하면 제1호 여성 탐정과 대결할 수도 있었을 텐데 말이야."

실버
블레이즈

Silver Blaze

스트레이커

로스 대령 밑에서 오랫동안 기수 노릇을 하다가 킹스 파이
랜드 조교장에서 조련사로 일했다. 경마에서 매번 유력한
우승 후보인 실버 블레이즈를 조련하다 어느 날 의문의 죽
음을 당한다.

피츠로이 심프슨

스트레이커를 죽인 혐의를 받는 청년. 집안도 좋고 교육도
많이 받았으나 경마에 빠져 재산을 몽땅 날리고 결국은 마
권 장사를 하며 살아가는 청년. 스트레이커가 죽은 날, 염탐
하기 위해 스트레이커의 마구간을 찾아온 적이 있다.

로스 대령

명마 실버 블레이즈의 주인. 실버 블레이즈가 실종되자 홈
스에게 사건을 의뢰하지만 홈스의 실력을 하찮게 여기며 비
웃는 듯한 태도와 말투로 홈스를 불쾌하게 만든다.

작품 속 배경 연대가 1890년인 〈실버 블레이즈〉는 1892년 12월 〈스트랜드 매거진〉에 발표되었다가 1894년 《셜록 홈스의 회고록》에 실렸다.

이 작품에는 경마의 규정과 트레이너에 대한 이야기가 나온다. 사건 자체나 그것을 풀어 가는 홈스의 활약은 여타의 다른 작품과 비견하여 모자람이 없다. 그러나 저자 아서 코난 도일이 스스로 밝혔듯이 경마와 관련된 저자의 무지는 곳곳에 드러난다. 그 때문에 작품 발표 후 스포츠지에는 이 작품에 관한 비평이 실렸다. '이 작품 속 인물들처럼 행동했다가는 반은 교도소에 갈 것이고 반은 징계를 받아 경마계에서 추방될 것'이라는 것이었다. 그러나 도일은 소소한 것보다는 사건과 그것을 풀어 가는 추리에만 집중할 뿐이라 말했다고 한다.

사라진 말, 실버 블레이즈

"왓슨, 이제 내가 나설 때가 된 것 같아."

어느 날 아침, 식사를 하던 홈스가 불쑥 말을 꺼냈다.

"나서다니, 어디로?"

"다트무어 킹스 파이랜드."

"다트무어? 요즘 신문에서 한창 떠들어 대고 있는 실버 블레이즈 실종 사건 말인가?"

나는 놀라지 않았다. 아니, 오히려 예상하고 기대했던 일이었다. 웨섹스 컵 레이스에 출주할 유력한 우승 후보인 명마가 실종되고 그 조련사가 살해된 사건으로 런던이 온통 떠들썩했던 것이다.

"맞았어. 경찰에서는 실버 블레이즈를 훔친 범인과 스트레이커를 살해한 자가 같은 인물이라고 보고 있다네."

"자네 일에 방해가 되지 않는다면 나도 함께 가 보았으면 좋겠군."

"자네가 함께 가 준다면 나로선 큰 도움이 되겠지. 지금 출발하면 기차 시간에 맞추어 갈 수 있을 거야. 왓슨, 자네가 아끼는 쌍안경도

가지고 가세."

한 시간 뒤, 우리는 패딩턴 역을 출발해서 다트무어로 가는 기차의 일등칸에 자리 잡고 있었다. 홈스는 패딩턴 역에서 산 여러 종류의 신문들을 하나하나 훑어보고 있었다. 마지막 신문을 좌석 밑으로 밀어 넣은 뒤 홈스는 여송연을 꺼내 나에게도 권했다.

"왓슨, 이번 사건에 대해 좀 알고 있나?"

"자세한 건 모르겠어. 〈텔레그래프〉와 〈크로니클〉에 실린 기사는 읽어 보았네."

"나는 구할 수 있는 신문은 죄다 읽어 보았다네. 신문마다 의견이 다르더군. 한 가지 분명한 건 이 사건은 새로운 증거를 찾기보다는 기존 자료를 이용해 추리를 해야 한다는 거지. 그런데 온갖 추측과 억측에 가설이 난무하고 있어. 우선 여러 가지 견해 속에서 확실한 사실만을 선택한 뒤 가설을 만들어야 해. 토대를 만들고 수수께끼를 풀 열쇠를 찾아내는 것이 우리가 할 일이지. 화요일 밤에 나는 이 사건을 담당하고 있는 그레고리 경감과 실버 블레이즈의 주인인 로스 대령으로부터 사건을 의뢰한다는 내용의 전보를 받았어."

"화요일 밤이라고?"

나는 놀라서 나도 모르게 소리쳤다.

"오늘이 목요일 아닌가? 화요일 밤에 전보를 받았다면 왜 진작 나서지 않았나? 자네답지 않군."

"사실 난 이번 사건을 대수롭지 않게 생각했거든. 실버 블레이즈 같이 유명한 말이 다트무어 북부처럼 사람이 많이 살지 않는 지방에서 그렇게 오래도록 남의 눈에 띄지 않을 수는 없으니까. 그러니 '하루 이틀 지나면 찾을 수 있겠지. 그리고 실버 블레이즈의 행방을 알면 저절로 조련사 스트레이커를 죽인 범인도 잡히겠지' 하고 대수롭지 않게 생각했어."

"그래서?"

"그런데 실버 블레이즈의 행방은 여전히 묘연하고 오늘 아침에야 피츠로이 심프슨이라는 청년이 용의자로 잡혔다는 신문 기사를 읽었어. 그러나 심프슨이 말을 훔치고 스트레이커를 죽인 범인이라는 확증이 없어. 그래서 드디어 내가 나설 때가 왔다고 생각했지."

나는 여송연을 피우면서 홈스의 이야기를 들었다.

"실버 블레이즈는 도대체 어떤 말인가?"

"아이소노미 혈통을 이은 말인데 나이는 다섯 살이야. 털빛은 밤색인데 이마에 크고 흰 별이 있어서 실버 블레이즈라고 부르지. 실버 블레이즈는 지금까지 여러 차례 경마에 나갔는데 그때마다 최고의 성적으로 로스 대령을 기쁘게 했지. 다음 주 화요일에 벌어질 웨섹스컵 레이스에 실버 블레이즈가 출주하지 못하면 주인인 로스 대령은 물론 실버 블레이즈에게 돈을 건 사람들이 엄청난 손해를 보고 누군가는 엄청난 이익을 얻겠지."

"그렇겠군. 실버 블레이즈의 마구간은 어디 있나?"

"킹스 파이랜드라는 곳이야. 다트무어 북쪽의 한복판에 있는데 눈에 띄는 것이라곤 양치식물과 키 작은 나무들로 뒤덮인 황야뿐이지만 말을 기르는 데는 안성맞춤인 장소지. 킹스 파이랜드 조교장에서 서쪽으로 3킬로미터쯤 떨어진 곳에 킹스 파이랜드보다 좀 더 큰 조교장이 하나 있어. 백워터 경 소유의 케이플턴 조교장이야. 그곳에서는 사이러스 브라운이라는 조련사가 말들을 돌보고 있지. 이해하기 쉽도록 그 부근의 약도를 그려 보겠네."

홈스는 수첩을 꺼내더니 약도를 그렸다.

지팡이를 가진 사나이

"왓슨, 이 약도는 꼭 외워 두게. 이 두 조교장 사이는 인가라고
는 한 채도 없는 황야인데 어쩌다 한 번씩 지나가는 집시들이 천막을
칠 정도지. 죽은 조련사 스트레이커는 기수 출신인데 체중이 무거워
지기 전까지는 로스 대령의 기수 노릇을 했지. 기수로 5년, 조교로 7
년을 로스 대령을 모셔 왔어. 부지런하고 정직한 사나이라는군. 스
트레이커 밑에는 세 사람의 젊은 마부가 있는데 그중 한 사람은 마구
간에서 불침번을 서게 되어 있지."

"스트레이커는 어디 살고 있나?"

"약도에서 보는 것처럼 마구간에서 180미터쯤 떨어진 아담한 집
에서 살고 있었어. 아이는 없고 부부가 젊은 하녀 하나를 데리고 조
용히 살았다고 하더군. 하녀의 이름은 이디스. 자, 인물 소개가 끝났
으니까 이제 이번 사건이 어떻게 일어났는지 설명해 주겠네."

홈스는 여송연의 재를 떨어내고는 다시 말을 이었다.

"아까도 말한 것처럼 사건이 일어난 건 월요일 밤이야. 세 사람의

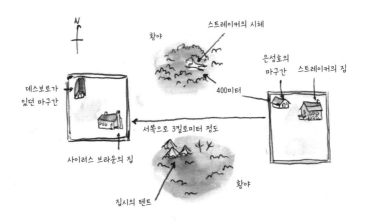

마부 가운데 네드 헌터라는 젊은이만 실버 블레이즈를 지키기 위해 마구간에 남고 나머지 두 사람은 180미터쯤 떨어진 스트레이커의 집으로 저녁식사를 하러 갔지. 스트레이커의 아내는 마구간에 있는 헌터를 위해 카레 요리를 큰 접시에 담아서 가정부인 이디스 백스터를 시켜 마구간까지 가져가게 했지. 그게 9시경이야. 마실 것은 따로 준비하지 않았어. 마구간에 수도가 있으니 물이라면 얼마든지 마실 수 있고 일할 때는 물 외에는 아무것도 마셔서는 안 된다는 규칙이 있거든."

이렇게 시작된 홈스의 설명은 대강 이러했다.

그날 밤은 당장이라도 비가 내릴 듯이 하늘이 잔뜩 흐려 있었다. 이디스 백스터는 오른손엔 등불을 들고 왼손에는 카레 요리 접시를 들고 마구간 쪽으로 걸어갔다. 마구간에서 25미터쯤 되는 곳까지 왔을 때였다. 별안간 어둠 속에서 "아가씨, 잠깐만……" 하는 소리가 들리더니 한 남자가 불쑥 나타났다. 이디스 백스터가 등불 빛으로 자세히 보니 사냥 모자를 쓴 서른한두 살쯤 되어 보이는 신사가 다가오고 있었다. 그는 회색의 트위드재킷을 입고 손잡이가 둥글고 굵어서 묵직하게 보이는 지팡이를 들고 있었다.

남자는 주위를 두리번거리며 물었다.

"아가씨, 여긴 대체 어디요? 황야를 돌아다니다가 길을 잃어서……."

"여긴 킹스 파이랜드 조교장 근처예요."

그러자 남자는 기쁜 표정을 지었다.

"그래요? 마침 잘됐군. 아가씨가 들고 있는 건 마구간지기가 먹을 저녁이겠군."

그러더니 남자는 조끼 주머니에서 접힌 하얀 종이를 꺼냈다.

"이걸 마구간지기에게 건네주지 않겠나? 사례로 아가씨에게도 멋진 드레스를 한 벌 맞춰 주지."

이디스는 깜짝 놀라 남자를 쳐다보았다. 남자가 목에 두른 빨강과 검정이 섞인 스카프 타이가 눈에 띄었다. 남자의 태도가 몹시 불쾌하기도 하고 무섭기도 해서 가정부는 아무 말도 하지 않고 부리나케 마구간으로 달려갔다. 마구간에서는 헌터가 작은 창문을 열어 놓은 채 이디스를 기다리고 있었다. 이디스가 들고 온 요리 접시를 작은 창문으로 밀어 넣어 주면서 방금 있었던 이상한 일을 막 이야기하려는데 언제 나타났는지 조금 전에 만났던 수상한 남자가 다가왔다.

"자네가 이곳의 마부인가 보군. 여기에 웨섹스 경마에 나가는 실버 블레이즈가 있다는데 말의 기력은 어떤가? 확실한 정보를 하나 제공해 주지 않겠나? 그걸 알려 주면 인사는 톡톡히 하겠어."

남자가 손에 쥐고 있는 작은 종이 꾸러미가 잠깐 보였다.

"이제 보니 당신은 실버 블레이즈의 동정을 살피러 온 스파이로군! 좋아, 당신 같은 사람들을 킹스 파이랜드에선 어떻게 다루는지 맛 좀 보여 주지."

마부는 마구간 문을 열고 밖으로 뛰어나가 경비견을 매어 둔 곳으로 달려갔다. 이디스도 스트레이커의 집 쪽으로 달려갔다. 얼마쯤 가다가 돌아보니 지팡이를 든 남자가 마구간의 작은 창문으로 목을 들이밀고 있는 모습이 보였다. 1분쯤 뒤, 헌터가 경비견을 데리고 돌아왔을 때 수상한 남자는 벌써 어디론가 자취를 감추고 보이지 않았다는 것이다.

"잠깐!"

나는 홈스의 이야기를 중단시켰다.

"개를 데리러 마구간을 나가면서 헌터는 문을 열어 두었나?"

"왓슨, 정말 멋진 질문이야. 나도 그 점이 궁금해서 어제 다트무어의 경찰에 전보로 문의해 보았더니 헌터는 마구간을 나설 때 분명히 문을 잠갔다는 거야. 그리고 마구간의 창문은 아주 작아서 사람이 들어갈 수 없다는 답변이 왔어."

"실버 블레이즈는?"

"그대로 마구간 안에 있었지. 사라진 건 남자뿐이었어. 헌터는 초조한 마음으로 동료 마부가 식사를 마치고 돌아오기를 기다렸다가 동료가 오자 스트레이커의 집으로 달려가 수상한 남자에 대한 이야기를 했지. 그러자 스트레이커는 몹시 흥분해서 헌터에게 빨리 마구간으로 돌아가 식사를 하고 밤새 잠을 자지 말고 망을 보라고 일렀어. 헌터는 마구간으로 돌아오자 카레 요리를 먹었어. 두 마부는 마구간의 다락방에서 잠을 잤지."

홈스는 계속해서 그날 밤에 일어났던 일들을 설명해 주었다.

그날 밤늦게 부스럭거리는 소리에 잠을 깬 스트레이커의 부인이 눈을 떠 보니 남편이 어느새 침대를 빠져 나가 평상복으로 갈아입고

있었다.

"이 밤중에 어딜 가려고 그래요?"

"아무래도 실버 블레이즈가 걱정이 돼서 안 되겠소. 잠시 살펴보고 와야겠어."

마침 세찬 빗줄기가 창문을 두들기며 쏟아지기 시작했다.

"비가 많이 오나 봐요. 마구간엔 날이 밝거든 가도록 하세요."

"아냐, 실버 블레이즈가 걱정돼서 도무지 잠을 이룰 수가 없소. 곧 돌아올 테니 당신은 자도록 해요."

스트레이커 부인은 자기도 모르게 곧 잠이 들어 버렸는데 이튿날 아침 7시경에 눈을 떠 보니 남편은 아직 돌아와 있지 않았다. 비도 완전히 그쳐 있었다. 부인은 남편의 일이 걱정되어 이디스를 데리고 마구간으로 달려갔다.

마구간의 문은 활짝 열려 있고 실버 블레이즈와 스트레이커의 모습은 그림자도 보이지 않았다. 또한 마구간에서 불침번을 서고 있어야 할 헌터는 작은 창문 곁에 있는 탁자 앞 의자에 기대앉은 채로 입을 딱 벌리고 곤하게 잠들어 있었다. 탁자 위에는 먹다 남은 카레 요리 접시가 놓여 있었다.

"헌터, 일어나요!"

부인과 이디스가 마구 흔들었지만 헌터는 축 늘어진 채 눈을 뜨지 않았다. 이디스는 건초를 보관하는 다른 방에서 자고 있던 두 마부를 깨워 데리고 왔다.

두 사람이 헌터를 깨워 봤지만 역시 눈을 뜨지 않았다.

마부 중 하나가 말했다.

"아무래도 누군가가 강한 수면제를 먹인 모양입니다. 저절로 깨어날 때까지 놓아두는 수밖에 없겠네요."

"저는 밤중에 아무 소리도 듣지 못했어요. 개 짖는 소리도, 실버 블레이즈가 우는 소리도……. 아시다시피 스트레이커 씨는 종종 아침 일찍 실버 블레이즈를 운동시키러 데리고 나가지 않습니까? 오늘 아침에도 비가 갠 걸 보고 실버 블레이즈를 데리고 나갔을 겁니다. 벽에 걸려 있던 재갈과 고삐가 없어진 걸 보면 알 수 있습니다."

"그렇다면 다행이지만……."

부인은 걱정스러운 듯이 말했다.

"그럼 서쪽 언덕으로 올라가 보기로 합시다."

일행은 자고 있는 헌터를 두고 마구간에서 서쪽으로 4백 미터쯤 떨어진 언덕 위로 올라갔다. 거기에선 넓은 황야가 한눈에 내려다보였다. 그러나 어느 곳에도 실버 블레이즈와 스트레이커의 모습은 보이지 않았다.

그때였다. 갑자기 스트레이커 부인이 '앗!' 하고 외쳤다. 바로 옆에 우거져 있는 금작화 위에 스트레이커의 비옷이 걸쳐져 있었던 것이다. 부인은 불길한 예감에 가슴이 심하게 두근거렸다. 바로 그때 이디스가 소리를 지르면서 언덕 기슭의 움푹 팬 곳을 가리켰다.

웅덩이처럼 파인 곳 밑바닥에 한 남자가 하늘을 보고 누워 있었다. 그는 스트레이커였는데 두 눈을 부릅뜬 채 몸은 이미 차갑게 식어 있었다. 무거운 흉기에 맞았는지 이마 한복판이 으스러져 있었고 오른쪽 허벅다리에는 날카로운 칼날에 벤 것 같은 길고 가는 상처가 나 있었다. 스트레이커도 범인을 상대로 격렬하게 싸운 듯, 오른손에 꽉 쥐고 있는 작은 칼자루에 피가 묻어 있었고 왼손에는 빨간색과 검정 무늬가 섞인 스카프를 움켜쥐고 있었다.

"그 스카프는 그 전날 밤에 마구간 옆에서 만난 남자가 목에 감고 있었던 거라고 이디스가 증언했다네. 스트레이커 부인은 남편의 시체를 보고 기절했고 이디스의 도움으로 가까스로 집으로 돌아왔지. 마부 중 한 사람이 급히 말을 달려 타비스톡의 경찰에 이 사고를 알렸어. 그래서 그곳의 그레고리 경감이 사건을 담당하게 되었지."

홈스는 다시 새 여송연에 불을 붙이며 이야기를 계속했다.

"그레고리 경감은 나도 두세 번 만난 일이 있는데 성실하고 머리가 꽤 좋은 사람이더군. 거기에 상상력이 조금만 더 곁들여지면 훌륭한 탐정이 될 수 있을 거야."

홈스는 연기를 길게 내뿜으며 그레고리 경감이 사고 현장에 달려

갔을 때의 일을 이야기하기 시작했다.

그레고리 경감이 마구간에 도착했을 때 헌터는 깊은 잠에서 깨어나 있었다. 그는 그레고리 경감에게 말했다.

"저는 지금까지 불침번을 서다가 졸아 본 적이 한 번도 없습니다. 그런데 이렇게 깊이 잠에 빠진 것은 어젯밤 실버 블레이즈의 동정을 살피러 온 남자가 내가 먹을 카레 요리에 약을 넣었기 때문이에요. 틀림없습니다. 그 남자는 굵은 지팡이를 들고 있었고 빨간색과 검정 무늬가 섞인 스카프를 두르고 있었습니다."

그러자 곁에서 이디스도 거들었다.

"제가 스트레이커 씨의 집으로 돌아가다가 문득 뒤를 돌아보았더니 그 남자가 마구간의 작은 창문으로 머리를 들이밀고 있더군요. 바로 그때 헌터 씨가 먹을 카레 요리 속에 수면제를 넣은 게 틀림없어요. 그 카레 요리는 주인님도 먹고 우리 모두 먹었지만 아무 탈이 없었어요. 헌터 씨가 음식을 먹고 깊이 잠들자 그 남자는 곧 실버 블레이즈를 마구간에서 끌어내 달아난 거예요."

그레고리 경감은 스트레이커가 살해된 현장으로 가서 주변 상황을 상세히 조사한 다음, 시체를 스트레이커의 집으로 옮겼다. 그러고는 스트레이커가 쥐고 있던 스카프 타이를 가지고 타비스톡으로 돌아간 뒤 사람들에게 물었다.

"나이는 서른두세 살쯤 되었고 회색 트위드재킷에 사냥 모자를 쓴 남자가 범인이오. 굵은 지팡이를 들고 빨간색과 검정 무늬가 섞인 스카프 타이를 감고 다니는 남자를 본 일이 없습니까?"

그러자 네댓 사람이 입을 모아 대답했다.

"예, 그자라면 잘 알고 있죠. 피츠로이 심프슨이라는 청년인데 집 안도 좋고 교육도 많이 받았지요. 그런데 경마에 손을 대기 시작하더니 결국 재산을 몽땅 날리고는 런던에서 마권 장사를 하고 있다는 군요. 웨섹스에서 경마가 열릴 때마다 이곳에 나타나 교외 호텔에서 묵곤 했지요."

경감은 당장 호텔로 달려가 자고 있던 심프슨을 체포했다. 그가 자고 있던 방에는 과연 비에 흠뻑 젖은 스코치 직물로 만든 재킷이 걸려 있고 한쪽 구석에는 손잡이가 굵고 둥근 지팡이가 세워져 있었다. 지팡이는 흉기로도 충분히 쓸 수 있을 만한 것이었다.

경찰서에 붙들려 온 심프슨은 그레고리 경감의 심문에 자신을 변명했다.

"어젯밤 9시 무렵에 로스 대령의 마구간에 가서 하녀와 마부를 만나 이야기를 나누기는 했습니다. 제가 하는 일이 마권 장수다 보니 유력한 우승 후보인 실버 블레이즈의 동정을 조사해 둘 필요가 있었으니까요. 마부에게 뇌물로 10파운드짜리 지폐를 주려 한 것도 사실입니다. 그러나 마부는 돈을 받지 않았고 상대도 하지 않았어요. 그래서 저는 그대로 마구간을 떠났어요."

"거짓말하지 마! 자넨 헌터가 개를 데리러 간 사이에 작은 창문으로 머리를 들이밀고 마부가 먹을 카레 요리 속에 수면제를 넣었지? 가정부가 그걸 보았다고 했어."

"터무니없는 소리 하지 마시오! 난 그런 짓을 한 적이 없소."

"그럼 왜 창문으로 머리를 들이밀었나?"

"실버 블레이즈의 상태를 미리 보아 두고 싶었기 때문이죠. 요리 접시는 있었지만 실버 블레이즈는 다른 마구간에 있었기 때문에 보이지 않았습니다."

"변명은 듣기 싫다. 네 양복이 비에 젖어 있지 않나! 비는 오늘 새벽 1시경부터 내리기 시작했고 너는 그때 실버 블레이즈를 훔쳐 황

야를 거쳐 서쪽으로 달아나려 했겠지. 그런데 스트레이커가 따라오
니까 격투가 벌어졌고 너는 가지고 있던 지팡이로 스트레이커의 머
리를 내리친 거야."

그러자 심프슨은 깜짝 놀라 소리쳤다.

"제가 그런 짓을 했다구요? 스트레이커가 죽었다
는 소리는 처음 듣는 걸요. 마부에게 수면제를
먹인 일도 없고 조련사를 죽이는 잔인한 일
은 생각해 본 적도 없습니다."

"그럼 이건 뭐라고 변명할 테냐!"

그레고리 경감은 스카프 타이를 들이대며 윽박질
렀다.

"죽은 스트레이커가 왼손에 움켜쥐고 있던 거야!"

순간 심프슨의 얼굴은 파랗게 질렸다.

"그, 그건 분명히 제 것입니다. 하지만 스트레이커가
어째서 그걸 쥐고 있었는지는 알 수 없군요. 그건 제가 황야 어딘가
에서 잃어버렸던 겁니다."

"로스 대령의 마구간을 나와 새벽 1시까지 어디 있었지?"

"로스 대령의 마구간에서 서쪽으로 3킬로미터쯤 떨어진 곳에 백
워터 경의 케이플턴 조교장이 있습니다. 그 마구간에는 실버 블레이
즈 다음으로 인기가 좋은 데스보로라는 말이 있습니다. 데스보로의
모습을 보고 싶어서 케이플턴 마구간으로 가기는 했지만 어찌나 경
계가 삼엄한지 얼씬도 못했습니다. 단념하고 호텔로 돌아가는 중에
비를 만났던 겁니다."

그레고리 경감은 곧 심프슨의 젖은 웃옷을 뒤져 보았다. 주머니에
서는 마권의 매상 장부가 나왔다. 그 장부를 조사한 결과, 심프슨이

두 번째로 인기 있는 말인 데스보로에 5천 파운드를 걸었다는 사실이 드러났다.

그건 심프슨에게 매우 불리한 상황이었다. 실버 블레이즈가 행방불명이 되면 제2의 우승 후보인 데스보로가 우승할 것이고 그렇게 되면 심프슨은 막대한 돈을 벌어들이는 것이다.

심프슨이 강력한 우승 후보인 실버 블레이즈를 유괴했고 조련사인 스트레이커를 죽인 범인이라는 것은 이것으로 더욱 확실해진 셈이다. 그레고리 경감은 심프슨을 유치장에 집어넣었다. 좀 이상한 점이 있다면 죽은 스트레이커가 피투성이의 작은 칼을 쥐고 있었음에도 심프슨의 몸에는 상처 하나 없었다는 것이다.

"왓슨, 이야기가 꽤 길어졌지만 여태까지 이야기한 게 이번 사건의 줄거리야. 이 약도는 내가 신문 기사를 근거로 그려 본 것일세. 왓슨, 어떻게 생각하나? 죽은 스트레이커가 피 묻은 칼을 쥐고 있었는데도 심프슨의 몸에는 상처 하나 없었다는 게 이상하지 않나? 더구나 스트레이커의 오른쪽 허벅지에는 날카로운 칼에 벤 상처가 있었어. 자넨 누가 그 상처를 냈다고 생각하나?"

"글쎄……, 머리를 얻어맞은 그가 몸부림치다가 자신의 나이프에 찔렸다고 생각할 수 있지 않을까?"

"그럴듯한 생각이야. 정말 그럴지도 몰라. 그렇다면 심프슨에게 유리한 증거가 하나 없어지는 거지. 벌써 도착했군. 자, 내리세."

로스 대령

타비스톡은 오래된 조용한 마을이었다. 역 앞에서는 포장을 걷어 올린 사륜마차와 신사 두 사람이 우리를 기다리고 있었다.

"홈스 씨, 어서 오십시오!"

키가 크고 살결이 희며 사자의 갈기 같은 머리털과 구레나룻을 기른 날카롭고 파란 눈을 가진 남자가 성큼성큼 다가오더니 홈스와 악수를 나누었다. 이번 사건을 맡고 있는 그레고리 경감이라는 것을 한눈에 알 수 있었다.

"홈스 씨, 소개합니다. 이분은 실버 블레이즈의 주인이신 로스 대령입니다."

경감이 옆에 서 있는 신사를 소개했다. 로스 대령은 작은 키에 고급 프록코트를 입고 목이 긴 구두를 신은 단정한 차림으로 구레나룻은 짧게 깎고 외눈안경을 끼고 있었다.

"홈스 씨, 이렇게 먼 곳까지 오시게 해서 죄송합니다."

로스 대령은 홈스에게 악수를 청하며 이렇게 말했다.

"그레고리 경감 덕분에 스트레이커의 살해 용의자는 잡혔습니다만 실버 블레이즈의 행방은 아직도 묘연합니다. 어떻게든 경마가 벌어지는 다음 주 화요일까지는 말을 찾아야 하는데……."

"그 뒤 새롭게 발견한 거라도 있었습니까?"

홈스가 경감을 향해 물었다.

"별로 대단한 건 없습니다. 어두워지기 전에 사건 현장을 보시고 싶을 테니 자세한 이야기는 마차 안에서 말씀드리죠."

마차는 고풍스러운 분위기가 감도는 타비스톡 거리를 지나 다트무어 지방의 드넓은 황야로 나섰다.

홈스의 앞자리에 앉은 그레고리 경감은 사건 경위와 자기가 조사한 결과를 열심히 이야기했다. 로스 대령은 모자를 푹 눌러쓰고 팔짱을 낀 채 의자에 등을 기대고 있었고 나는 두 사람의 대화에 귀를 기울이고 있었다. 그레고리 경감의 견해는 기차 안에서 홈스가 예상했던 것과 거의 일치했다.

"나는 십중팔구 심프슨이 말을 훔치고 스트레이커를 죽였다고 생각합니다."

"살해된 스트레이커는 오른손에 피 묻은 칼을 들고 있었으며 오른쪽 허벅다리에 깊은 상처가 있었다고 하는데 그 점에 대해서는 어떻게 생각하고 계시는지요?"

"머리를 맞고 쓰러진 스트레이커가 몸부림치다가 그만 실수해서 자기 허벅지를 찔렀을 것이라는 데 의견이 일치했습니다."

"왓슨도 그와 같은 말을 하더군요. 그런데 그레고리 경감, 어떤 이유로 심프슨 청년을 용의자로 체포하셨죠?"

"우선 실버 블레이즈가 없어지면 그에게 대단한 이익이 온다는 점입니다. 심프슨은 경마장에서 두 번째 우승 후보인 데스보로에게 5천 파운드나 걸었으니까요. 둘째로 마부의 저녁식사에 수면제를 넣은 혐의도 있고 살인 도구로 쓰기에도 충분한 흉기까지 가지고 있었습니다. 핏자국은 보이지 않았지만 안에는 납덩어리가 들어 있더군요. 그 지팡이로 세게 얻어맞으면 아무리 머리가 단단한 사람이라도 뼈가 으스러질 것입니다. 그리고 마지막으로, 죽은 스트레이커는 심프슨의 스카프 타이를 꼭 쥐고 있었습니다. 홈스 씨, 이만한 증거라면 심프슨을 범인으로 단정해도 되리라고 생각하는데요……."

"글쎄요……, 그 정도의 취약한 증거는 단번에 뒤집어질 수도 있습니다. 예를 들어 심프슨은 왜 실버 블레이즈를 황야로 끌고 갔을까요? 경마에 출주하지 못하도록 하기 위해서라면 굳이 말을 끌어내지 않더라도 마구간에서 실버 블레이즈의 발에 작은 상처만 입혀도 되잖소."

"하지만 심프슨이 실버 블레이즈를 황야로 끌고 나갔다고 생각할 만한 새로운 증거가 있습니다."

"증거?"

"사건이 일어난 월요일 밤, 스트레이커가 죽은 곳에서 집시 한 무리가 2킬로미터쯤 떨어진 황야에서 모닥불을 피웠던 사실을 알아냈습니다. 집시들은 월요일에 천막을 쳤다가 화요일 밤에 벌써 어디론가 떠나 버렸습니다. 제 생각으로는, 심프슨이 실버 블레이즈를 끌고 집시들이 있는 곳으로 가던 중 스트레이커에게 추적당하자 격투가 벌어졌을 겁니다."

"불가능한 일은 아니지요. 그렇다면 실버 블레이즈는?"

"두 사람이 격투를 벌이고 있는 사이에 황야를 헤매다가 집시들 눈에 띄어 잡혀간 게 아닐까요? 지금 제 부하들이 집시들의 행방을 찾고 있습니다. 지금까지 타비스톡 거리를 중심으로 반경 13킬로미터 안에 있는 마구간을 모두 찾아보았지만 실버 블레이즈는 없었습니다."

"로스 대령의 마구간 근처에 백워터 경의 케이플턴 조교장이 있죠? 그 마구간도 조사해 봤습니까?"

"물론 조사해 봤습니다."

"조련사는 사이러스 브라운이라는 사람인데 데스보로에 큰돈을 걸었고 죽은 스트레이커와는 그다지 사이가 좋지 않았죠. 데스보로 역시 실버 블레이즈에 버금가는 인기 경주마이기 때문에 실버 블레이즈의 실종과 관련이 있을지도 모른다고 생각해서 마구간을 자세히 조사해 봤지만 실버 블레이즈는 없었습니다."

"그레고리 경감, 심프슨이 마구간 문을 열고 실버 블레이즈를 데리고 나갔다고 하셨죠? 문은 마부 헌터가 개를 데리러 가기 전에 틀림없이 자물쇠를 채워 두었다고 하지 않았습니까?"

"그렇습니다. 하지만 심프슨은 미리 열쇠를 준비했다가 문을 열었을 겁니다."

"그렇다면 심프슨의 소지품에서 열쇠가 발견되었나요?"

"소지품에 열쇠는 없었습니다. 아마 황야 어딘가에 버렸겠죠."

"헌터는 강력한 수면제를 먹고 잠에 빠졌다는데 그 약이 어떤 것인지 조사해 보았나요?"

"물론입니다. 헌터가 먹다 남긴 음식을 분석해 본 결과, 음식에 들어 있던 약은 아편 가루였습니다."

"아편이라고요?"

홈스가 뜻밖이라는 듯 외쳤다.

"아편이라면 마약입니다. 도대체 심프슨은 어느 약국에서 아편을 샀을까요?"

"타비스톡 거리의 약국을 모두 뒤져 보았지만 아무 데서도 아편을 판 일이 없다더군요. 아마 런던에서 구한 모양입니다."

"그렇다면 런던의 약국을 모조리 조사해야 되겠군요."

홈스는 팔짱을 끼더니 좌석에 등을 기대고 더 이상 아무 말도 하지 않았다.

현장 조사

얼마 뒤, 마차는 죽은 스트레이커의 집 앞에 멈추었다. 붉은 벽돌로 지어진 아담한 2층집이었다. 목장 맞은편에는 회색 지붕의 마구간이 길게 자리 잡고 있었다. 그것 외에는 어느 쪽을 보아도 밋밋한 황야뿐이었다. 시야를 가로막는 것이라고는 교회의 뾰족탑과 옹기종기 모여 있는 케이플턴 마구간의 건물뿐이었다.

로스 대령을 선두로 우리는 차례로 마차에서 내렸다. 그런데 어찌된 영문인지 홈스는 여전히 의자에 등을 기대고 앉아 생각에 잠겨 멍하니 앉아 있었다. 내가 잡아 흔들자 홈스는 그제야 정신이 드는지 마차에서 내렸다.

"실례했습니다. 때로 대낮에도 꿈을 꾸는 버릇이 있어서요."

그러나 홈스의 눈동자는 마치 먹잇감을 찾은 매의 눈처럼 번뜩이고 있었고 솟아오르는 기쁨을 억누르는 듯한 기색도 엿보였다. 홈스를 잘 알고 있는 나는 이런 태도에서 그가 중요한 실마리를 잡았다는 것을 알 수 있었다.

"홈스 씨, 지금 당장 범행 현장으로 가 보시겠습니까?"

그레고리 경감이 물었다.

"아닙니다. 그보다 먼저 여기서 조사하고 싶은 게 있습니다. 경감, 스트레이커의 시체는 이곳에 옮겨 놓았겠지요?"

"예, 2층에 있습니다."

"로스 대령, 스트레이커는 오랫동안 댁에서 일했죠?"

"그렇습니다. 12년 동안 한결같이 성실하게 일했습니다."

"경감, 스트레이커의 사체 주머니에서 나온 소지품은 조사해 보셨나요?"

"상자 속에 넣어 두었습니다. 이리 오시죠."

우리는 현관 홀을 지나 한 방으로 들어갔다. 중앙의 테이블 위에 양철 상자가 놓여 있었다. 경감은 뚜껑을 열고 소지품을 하나씩 꺼내 탁자 위에 늘어놓았다. 납 성냥 한 통, 5센티미터 정도 길이의 동물기름 양초, 브라이어 파이프, 물개 가죽 담배쌈지, 양장점에서 보낸 청구서, 은시계, 알루미늄 필통, 쪽지 몇 장, 가늘고 끝이 날카로운 칼 한 자루가 나왔다. 상아로 만든 자루가 달려 있고 칼날에는 '런던 와이스 사'라고 새겨져 있었다.

"보기 드문 칼이군!"

홈스는 칼을 들고 이리저리 유심히 관찰했다.

"피가 많이 묻어 있군. 죽은 스트레이커가 오른손에 쥐고 자기 허벅지를 찔렀다는 게 바로 이거로군. 왓슨, 이 칼은 아무래도 자네 분야인 것 같은데 어떤가?"

"그건 외과 의사나 안과 의사가 수술할 때 쓰는 칼이라네."

"응, 그럴 거라고 생각했네. 섬세한 수술을 하기 위해 이렇게 날카롭게 만들어져 있지. 그레고리 경감, 스트레이커는 집을 나설 때 이

칼을 들고 나갔다는데 이렇게 날카로운 칼을 칼집에 넣지도 않고 주머니에 넣다니 위험하지 않을까요?"

"칼끝에 코르크가 끼워져 있었습니다. 시체 옆에서 그 코르크를 찾아냈습니다. 스트레이커 부인의 이야기에 따르면 그 칼은 2, 3일 전부터 화장대 위에 놓여 있었는데 스트레이커가 나갈 때 주머니 속에 넣었답니다."

"그는 무슨 목적으로 이 칼을 가지고 나갔을까요? 이렇게 가늘고 작은 칼은 호신용으로는 그다지 도움이 되지 않을 텐데……."

"그 칼 이외에 가져갈 만한 게 없었던 거겠죠."

"그럴지도 모르지요. 그리고 여기 런던의 의상실에서 윌리엄 다비셔 앞으로 보낸 청구서가 있는데 다비셔 씨는 누구죠?"

"스트레이커 부인의 이야기에 따르면 남편의 친구인데 다비셔 씨에게 보내는 편지가 이곳으로 왔었다고 하더군요."

홈스는 청구서를 뒤적이며 놀란 듯이 말했다.

"드레스 한 벌에 21파운드라, 다비셔 부인은 꽤 사치스러운 여자인 모양이군. 자, 이곳에서의 조사는 끝났습니다. 이번엔 스트레이커가 죽은 장소로 가 봅시다."

우리가 복도로 나가자 서른 살쯤 되어 보이는 부인이 슬픈 표정으로 힘없이 서 있었다. 그녀는 그레고리 경감의 팔을 잡으며 물었다.

"경감님, 범인은 잡혔나요?"

"아직은 증거가 확실치

않아서……, 하지만 홈스 씨가 일부러 런던에서 와 주셨으니 가까운 시일 내에 반드시 범인을 찾아 주실 겁니다."

경감은 달래듯이 말했다. 홈스는 물끄러미 스트레이커 부인을 바라보다가 말을 건넸다.

"부인, 언젠가 플리머스의 야유회에서 뵌 적이 있는 것 같군요."

그러자 부인은 고개를 저었다.

"아닙니다, 홈스 씨. 저는 오늘 처음 뵙습니다."

"확실히 본 적이 있는 것 같은데. 그때 타조 깃털 장식이 달린 비둘기색 실크 드레스를 입고 계셨는데요."

"제게는 그런 옷이 없는데요."

"제 착각이었던 모양입니다. 대단히 실례했습니다."

홈스는 사과를 하고 나서 경감 일행의 뒤를 따라 나섰다. 마구간 옆을 지나 4백 미터쯤 서쪽으로 가자 스트레이커의 시체가 발견된 곳에 이르렀다.

"경감, 스트레이커의 비옷이 여기에 걸쳐져 있었다고 했죠?"

근처에 우거진 바늘금작화를 가리키며 홈스가 물었다.

"그렇습니다."

"그날 밤에 바람이 불었던가요?"

"바람은 불지 않았고 비가 많이 내렸습니다."

"그러면 외투는 바람에 날려간 것이 아니로군."

"그렇습니다. 관목 위에 얹혀져 있었습니다."

"땅바닥에 발자국이 많이 찍혀 있는데 당신과 부하들의 발자국도 섞여 있습니까?"

"아닙니다. 우리는 매트를 깔고 그 위에 서 있

었습니다."

"잘하셨군요."

"홈스 씨, 이 가방에 스트레이커가 신고 있던 장화 한 짝과 심프슨이 신고 있던 단화 한 짝, 그리고 실버 블레이즈의 낡은 발굽 쇠가 들어 있습니다."

"경감! 빈틈이 없는 분이군요."

홈스는 매트와 가방을 받아 들고 움푹 팬 지대로 내려갔다. 그러고는 매트를 앞으로 밀어 놓고 그 위에 엎드려 짓밟힌 진흙을 주의 깊게 살폈다.

"이게 뭐지?"

무언가를 발견했는지 갑자기 홈스가 외치더니 가느다랗고 작은 나뭇가지 같은 것을 집었다. 진흙 때문에 언뜻 보면 나뭇조각처럼 보였지만 자세히 보니 반쯤 타다 만 성냥개비였다.

"그런 게 있었던 걸 몰랐군요."

그레고리 경감이 당황한 표정을 지었다.

"진흙 속에 묻혀 있었으니 몰랐던 게 당연합니다. 나는 이것을 찾아내려고 작정했기 때문에 눈에 띈 겁니다."

홈스는 가방에서 스트레이커의 구두와 심프슨의 구두를 꺼내더니 진흙 위에 남은 발자국에 하나하나 대 보고 이번에는 위로 올라가 양치식물의 수풀 속을 사냥개처럼 기어 다녔다.

"홈스 씨, 아무리 찾아봐도 발자국 흔적은 없을 겁니다. 그 근방은 제가 이미 세밀히 조사해 보았으니까요."

그레고리 경감이 말했다.

"그렇게 말씀하시니 더 이상 찾는 것은 실례가 되겠군요. 그 대신 저는 왓슨과 함께 해가 질 때까지 이 근처를 산책이나 할까 합니다."

홈스의 태도가 못마땅한지 로스 대령은 초조한 듯 시계를 들여다보더니 말했다.

"경감, 홈스 씨는 아직 말의 행방도 모르는데 산책을 하고 싶다는군요. 우린 먼저 스트레이커의 집으로 갑시다. 당신에게 여러 가지 상의하고 싶은 일이 있습니다. 우선 이번 화요일 경마에서 실버 블레이즈의 이름을 빼야겠습니다. 그렇지 않으면 실버 블레이즈에 돈을 건 사람들에게 큰 피해를 입힐 테니까요."

"아니, 그럴 필요는 없습니다. 화요일까지 실버 블레이즈를 반드시 찾아내도록 하겠습니다."

홈스의 태도는 자신감이 넘쳤다. 그러자 로스 대령은 지나치게 공손해서 오히려 비웃음이 느껴지는 태도로 말했다.

"고마운 말씀입니다. 그럼 산책이 끝나는 대로 스트레이커의 집에 들러 주십시오. 우린 먼저 가 있겠습니다."

해는 이미 서산에 걸려 드넓은 황야가 온통 금빛으로 물들어 있었다. 그러나 홈스는 아름다운 경치도 눈에 들어오지 않는 모양이었다.

"왓슨, 누가 스트레이커를 죽였느냐 하는 문제는 잠시 접어 두고 실버 블레이즈의 행방에 대해서만 생각해 보세. 스트레이커가 죽은 뒤 실버 블레이즈는 어디로 갔을까? 말은 무리를 지어 다니는 성향이 강한 동물이야. 그렇기 때문에 실버 블레이즈가 혼자였다면 원래 자기가 있었던 로스 대령의 마구간으로 돌아갔거나 아니면 여기서 가장 가까운 백워터 경의 조교장으로 갔을 거야. 황야를 헤매고 있지는 않았을 걸세. 만약 그랬다면 벌써 누군가 발견했을 거야."

"하지만 그레고리 경감은 심프슨이 말을 훔쳐 황야에 있던 집시에게 데리고 갔을 거라고 하지 않나."

"천만의 말씀. 집시들은 경찰과 만나는 걸 아주 싫어한다네. 무슨 사건이 생겼다는 소리를 들으면 곧 철수하고 말지. 게다가 실버 블레이즈처럼 유명한 말은 팔려고 내놓아도 사려는 사람이 없을 거야. 집시들은 이번 사건과는 아무 관계가 없네."

"그럼 말은 도대체 어디로 갔을까?"

"아까도 말했듯이 실버 블레이즈는 제 마구간으로 돌아오지 않았으니 갈 곳이라곤 한 군데밖에 없어. 틀림없이 케이플턴 조교장으로 갔을 거야. 그곳에는 말들이 많이 모여 있으니까. 저쪽에 움푹 팬 땅이 보이나? 저 움푹한 곳이 월요일 밤에는 비가 와서 질척질척했을 게 틀림없어. 내 생각으로는 실버 블레이즈가 반드시 저곳을 가로질러 케이플턴 조교장으로 갔을 것이고 말굽 자국이 남아 있을 거야. 어쨌든 이 가정에 따라 행동하고 결과를 보기로 하지. 자, 가 보세."

몇 분 후에 우리는 황야의 움푹 꺼진 곳에 이르렀다. 홈스의 지시에 따라 나는 가장자리를 따라 오른쪽으로 내려갔고 홈스는 왼쪽으로 갔다. 과연 홈스가 말한 대로 그곳에는 말굽 자국이 나 있었다. 실버 블레이즈의 낡은 말굽 쇠를 맞추어 보니 꼭 들어맞았다.

"어때, 왓슨? 상상력의 고마움을 이젠 알겠지? 그레고리 경감은 훌륭한 경찰이긴 하지만 상상력은 부족하단 말이야. 자, 이 말굽 자국을 따라가 보세.”

　우리는 축축하게 젖은 저지대를 지나 서쪽을 향해 걸어갔다. 메말라서 단단해진 풀밭을 지나자 다시 움푹 팬 지대가 나왔고 그곳에서 말굽 자국을 발견했다. 그런데 이번엔 말굽 자국과 나란히 사람의 발자국이 찍혀 있었다.

제3의 사나이

"지금까지는 말굽 자국뿐이었는데!"

내가 외쳤다.

"제3의 남자가 낸 발자국이야. 구두 끝이 모가 나 있군. 이게 특징이야. 그런데 이상하군. 제3의 남자가 실버 블레이즈를 데리고 로스 대령의 마구간으로 가고 있어."

홈스는 고개를 갸웃거리며 동쪽을 향해 걷기 시작했다. 홈스와 나란히 걷고 있던 나는 얼마 가지 않아서 말과 사람의 발자국이 갑자기 방향을 바꾸어서 다시 케이플턴 조교장 쪽으로 향해 있는 것을 발견했다.

"홈스, 실버 블레이즈와 제3의 남자는 역시 케이플턴 조교장 쪽으로 간 모양이야."

"잘했어, 왓슨! 덕분에 헛걸음을 하지 않아도 되겠어."

"이게 어떻게 된 거지?"

"제3의 남자는 실버 블레이즈를 데리고 처음엔 로스 대령의 마구

간으로 가려고 했어. 하지만 도중에 마음이 변해 케이플턴 조교장으
로 간 걸세."

그곳에서 케이플턴 조교장까지는 멀지 않은 거리였다. 발자국은
케이플턴 마구간의 문으로 통하는 도로 앞에서 사라졌다. 우리가 문
에 다가가자 마부 한 명이 뛰어나왔다.

"이봐, 공연히 어슬렁거리지 말고 꺼져!"

마부는 우리를 향해 소리쳤다. 홈스는 조끼 주머니에서 반 크라운
짜리 은화를 꺼내 보이며 말을 걸었다.

"사이러스 브라운 씨를 만나고 싶은데 내일 아침 5시에 오면 만날
수 있을까?"

"그야 만날 수 있지요. 주인님은 매일 아침 누구보다 일찍 일어나

니까 5시라면 만날 수 있을 겁니다. 아, 저런 주인님이 오시는군. 어서 그 돈을 도로 집어넣어요!"

마부의 말이 채 끝나기도 전에 마구간 안에서 키가 땅딸막하고 눈빛이 날카로운 남자가 성큼성큼 걸어 나왔다. 그는 사냥용 채찍을 휘두르며 외쳤다.

"이봐, 도슨! 얼른얼른 일이나 하지 뭐 하고 있는 건가. 그런데 당신들은 무슨 볼일이 있어 오셨소? 여기는 낯선 사람이 함부로 드나드는 곳이 아니오. 빨리 가지 않으면 개를 풀어 놓겠소."

"당신이 사이러스 브라운이군요. 10분만 이야기를 했으면 합니다."

"쓸데없는 수작 걸지 말고 당장 가시오!"

그러자 홈스는 몸을 구부려 브라운의 귀에 대고 뭐라고 속삭였다.

그러자 브라운은 귀밑까지 새빨개졌다.

"거짓말이야! 터무니없는 소리!"

"브라운, 당신이 화요일 아침 일찍 무슨 짓을 했는지 큰소리로 이야기할까, 아니면 안에서 조용히 이야기할까?"

"아니, 안으로 들어갑시다."

브라운은 몹시 당황한 표정을 지었다.

"왓슨, 잠깐이면 되니 여기서 기다려 주게."

홈스는 빙그레 웃으며 브라운과 함께 집 안으로 들어갔다. 20분이나 지나서야 두 사람은 밖으로 나왔고 날은 어두워져 사방이 캄캄했다. 조금 전까지의 거만한 태도는 어디로 가 버렸는지 사이러스 브라운은 이제 새파랗게 질린 얼굴에 땀까지 흘리며 마치 주인에게 꼬리 치는 개처럼 굽실거렸다.

"시키는 대로 하겠습니다."

"다음 화요일 경마에는 꼭 그 말을 데리고 나와야 해요!"

"예, 그렇게 하겠습니다. 그런데 색깔은 어떻게 할까요? 원래대로 바꾸어 둘까요?"

홈스는 잠깐 망설이다가 갑자기 소리 내어 웃더니 유쾌한 듯 말했다.

"아니, 색깔은 바꾸지 않아도 좋소. 지금 색깔 그대로 출주시키도록 해요. 그 대신 당신이 한 짓은 비밀에 붙여 줄 테니까."

"고맙습니다, 홈스 씨!"

사이러스 브라운은 떨리는 손을 내밀어 악수를 청했지만 홈스는 거들떠보지도 않고 로스 대령이 기다리는 킹스 파이랜드 마구간으로 걸음을 옮겼다.

"사이러스 브라운처럼 거만하고 겁 많고 교활한 남자는 일찍이 본 적이 없어."

홈스가 말했다.

"저자가 실버 블레이즈를 숨기고 있단 말인가?"

"자네도 보았겠지만 그가 신고 있던 구두 끝이 기묘하게 모가 나 있었지. 우리가 본 발자국과 똑같았어. 한데 그자가 나를 속이려고 하길래 그날 아침 그가 무슨 짓을 했는지 귀띔해 주었더니 내가 그 현장을 목격한 것으로 착각한 모양이야. 그래서 나는 그에게 이렇게 얘기했지.

'당신이 무슨 짓을 했는지 다 알고 있소! 당신은 화요일 아침에 평소처럼 누구보다 일찍 일어나 뜰로 나왔소. 그때 조교장 울타리 밖의 황야에서 말 한 마리가 어슬렁거리고 있는 걸 보았지. 가까이 가보니 놀랍게도 이마에 흰 별이 있는 실버 블레이즈였지. 당신도 처음엔 실버 블레이즈를 로스 대령의 마구간으로 데려다주려고 했어. 하지만 도중에 마음이 변했지. 레이스가 끝날 때까지 실버 블레이즈를 숨겨 두면 데스보로가 우승할 테고 그렇게 되면 큰돈을 벌 수 있을 거라고 생각했겠지. 그래서 실버 블레이즈를 케이플턴 마구간으로 끌고 와 다른 말들 사이에 숨겼지?'

이렇게 추궁했더니 결국 그가 포기했는지 어떻게 하면 처벌을 피할 수 있을까 걱정하더군.”

“그랬군. 그런데 그 마구간은 그레고리 경감이 자세히 조사했다는데 어째서 그 말을 찾아내지 못했을까?”

“사이러스 브라운 같은 조련사가 말을 변장시키는 것쯤은 그다지 어려운 일이 아니야. 아마 못 알아봤겠지.”

“그렇게 교활한 자에게 실버 블레이즈를 맡겨 두어도 괜찮을까?”

“걱정 말게. 사이러스 브라운은 자기 죄를 가볍게 하기 위해 말을 제 눈처럼 소중히 다룰 테니까.”

“로스 대령은 자비로운 사람 같지 않던데.”

“왓슨, 이번 사건은 로스 대령이 결정할 일이 아니네. 눈치 챘는지 모르지만 대령은 내 솜씨를 하찮게 생각하고 있어. 그래서 말인데, 대령을 좀 놀려 줄까 생각하네. 실버 블레이즈가 사이러스 브라운의 마구간에 있다는 사실을 대령에게는 말하지 말게. 내 생각대로 일을 진행하고 대령에게는 적당히 말해 두겠네.”

“알았네. 말의 행방을 알았으니까 이제 스트레이커를 죽인 범인을 찾을 차례군.”

“아니, 우린 오늘 밤에 런던으로 돌아갈 거야.”

나는 깜짝 놀랐다. 다트무어에 도착한 지 불과 몇 시간밖에 지나지 않았고 시작부터 빛나는 성과를 거둔 수사를 이런 식으로 중단하다니 나로서는 이해가 가지 않았다. 왜 그래야 하는지 묻고 싶은 마음이 굴뚝같았지만 홈스는 한마디도 하지 않았다. 스트레이커의 집에 도착하자 로스 대령과 그레고리 경감이 우리를 기다리고 있었다.

"로스 대령, 덕분에 다트무어의 맑은 공기를 듬뿍 마셨습니다. 우리는 오늘 밤 런던으로 돌아갑니다."

"뭐라고요?"

그레고리 경감은 깜짝 놀라 눈이 휘둥그레졌고 로스 대령은 코웃음을 치면서 말했다.

"그럼 말의 행방도 모르고 스트레이커를 죽인 범인도 잡을 수 없단 말입니까?"

"화요일 레이스에 실버 블레이즈는 틀림없이 출전할 겁니다. 그러니 기수를 준비해 두십시오. 경감, 스트레이커의 사진이 있다면 한 장 가져가겠습니다."

그레고리 경감은 주머니에서 사진 한 장을 꺼내 홈스에게 건네주었다.

"고맙소. 당신은 내가 원하는 걸 모두 준비해 주는군요. 그런데 잠시만 기다리시오. 가정부에게 몇 가지 물어보고 싶은 게 있습니다."

홈스가 방을 나가자 로스 대령은 여전히 빈정거렸다.

"일부러 런던에서까지 탐정을 불러온 건데 실망스럽기 짝이 없군."

나는 기분이 상해 대꾸했다.

"하지만 실버 블레이즈가 레이스에 나갈 수 있다는 것만은 보증하지 않았소."

"보증이라고요? 나는 입으로 하는 보증은 필요 없어요. 어서 내 말이나 찾아주었으면 해요."

내가 무어라 대답을 하려는데 홈스가 돌아왔다.

"여러분, 조사는 모두 끝났어요. 자, 함께 타비스톡으로 갑시다."

이윽고 우리는 밖으로 나와 마차에 올랐다. 갑자기 홈스가 무슨 생각에서인지 마차의 문을 잡고 있는 젊은 마부의 소매를 잡아당기며 물었다.

"목장에 양 떼가 보이던데 누가 돌보고 있나?"

"제가 돌보고 있습니다."

"요즘 양들의 거동이 좀 달라지지 않았나?"

"어떻게 아셨습니까? 무슨 까닭인지 그중 세 마리가 절름발이가 되었거든요."

마부의 대답에 홈스는 몹시 만족스러운 듯 연방 두 손을 비볐다.

"왓슨, 내 추측이 들어맞았어. 멀리서 쏜 총이 멋지게 명중했을 때의 그런 기분이야. 자, 마차를 출발시켜 주시죠."

로스 대령은 여전히 홈스를 무시하는 듯한 태도였지만 그레고리 경감은 방금 한 홈스의 말에 흥미를 느낀 모양이었다.

"홈스 씨, 양들이 절름발이가 된 게 중요합니까?"

"그렇습니다. 사건의 수수께끼를 풀 중요한 열쇠 중 하나입니다."

"그 밖에 달리 중요한 점은 없습니까?"

"실버 블레이즈가 있었던 마구간에는 경비견이 있었습니다. 실버 블레이즈가 마구간에서 끌려 나갔던 날, 개가 한 행동이 이상합니다."

"그날 밤 개는 전혀 짖지 않았답니다."

"그게 이상합니다. 그날 밤의 저녁식사가 카레 요리였다는 것, 개
가 짖지 않았다는 것, 양들이 절름발이가 되었다는 것, 이 세 가지를
종합하면 당신도 아마 수수께끼를 풀 수 있을 것입니다. 심프슨은
아무 죄가 없습니다. 자세한 것은 화요일의 레이스가 끝난 뒤에 이
야기하죠."

실버 블레이즈의 출주

4일 후에 홈스와 나는 웨섹스 컵 레이스를 보기 위해 윈체스터행 기차를 탔다. 미리 연락을 해 두었으므로 역 앞에선 로스 대령이 훌륭한 사륜마차를 대기시키고 우리를 기다리고 있었다. 시의 변두리에 위치한 경마장으로 가는 도중 대령이 언짢은 듯이 말했다.

"홈스 씨, 약속한 화요일이 되었는데 실버 블레이즈는 아직도 행방을 알 수 없군요."

"대령, 실버 블레이즈는 반드시 출주할 겁니다. 저 게시판을 보십시오."

관중석 정면에 높이 걸려 있는 게시판에는 경마에 출주할 여섯 마리의 말 이름이 씌어 있었다. 첫 번째부터 차례로 읽어 내려가다 보니 세 번째와 네 번째에 데스보로와 실버 블레이즈의 이름이 있었다.

"이럴 수가! 말은 보이지도 않는데 실버 블레이즈의 이름이 나와 있다니!"

로스 대령은 주위를 두리번거리더니 화를 내며 말했다.

"내 말은 이마에 흰 별이 있고 앞발에도 흰 점이 있는데 그런 말이 어디 있소?"

"진정하시죠. 실버 블레이즈는 틀림없이 출주합니다. 관중석으로 갈 시간이 없으니 마차 위에서 봅시다. 저기 출주하는 말들이 나오고 있군요."

기수를 태운 말들이 당당한 모습으로 차례로 관중석 앞을 지나 출발점을 향해 나아갔다.

"내 말은 없어!"

대령이 다시 소리쳤다.

"이제 다섯 마리 지나갔습니다. 마지막으로 지나가는 말이 틀림없이 당신 말일 겁니다."

그 순간, 밤색 말 한 필이 계량소에서 나와 관중석 앞을 느린 걸음으로 지나갔다. 안장 위에는 로스 대령의 색으로 알려진 검은 모자에 빨간 재킷을 입은 기수가 앉아 있었다.

"저건 틀림없는 내 기수군. 하지만 실버 블레이즈는 아냐! 이마에 흰 털이 한 가닥도 없잖소. 홈스 씨, 당신 도대체 지금 무슨 말을 하는 거요?"

"로스 대령, 저 밤색 털 말이 어떤 일을 하는지 천천히 두고 봅시다."

홈스는 내 쌍안경으로 출발점을 뚫어지게 보고 있었다.

"출발이 좋군! 저것 봐, 코너를 돌았어!"

마지막 직선 코스에 접어들자 마차에서 레이스의 모습이 더욱 가깝게 보였다. 이제 여섯 마리의 말은 한 덩어리가 되어 카펫 한 장으로 모두 덮어씌울 수 있을 만큼 가까이 붙어 달리고 있었다.

백워터 경의 데스보로가 선두를 달리고 있었는데 우리 앞에 이르러 불과 2백 미터 정도 남긴 지점에 왔을 때 지쳤는지 점차 뒤로 처지기 시작했다. 그러자 두 번째로 달리던 로스 대령의 말이 마치 바람처럼 앞지르기 시작하더니 넉넉잡아 여섯 마리 말의 몸길이 정도의 차이로 결승점에 뛰어들었다. 뒤이어 데스보로가 들어왔고 발모랄 공작의 아이리스는 3착으로 골인했다.

"어쨌든 내 말이 우승한 것 같군."

로스 대령은 안도의 숨을 내쉬더니 홈스를 향해 말했다.

"홈스 씨, 어떻게 된 영문인지 나는 모르겠군요. 이쯤 해서 사실대로 말해 주시죠."

"좋습니다. 저쪽으로 가서 말을 봅시다."

우리는 마주와 그 일행만 드나들 수 있는 계량소로 들어갔다.

"로스 대령, 이 말의 얼굴과 발을 알코올로 씻어 주면 실버 블레이즈라는 것을 알게 될 겁니다."

로스 대령은 포도주를 손수건에 적셔 말의 이마와 앞발을 씻어 주었다. 그러자 과연 이마에는 희고 큰 별이, 앞발에는 흰 얼룩이 나타났다.

"아니 이건……. 홈스 씨, 대체 어떻게 된 일입니까?"

"실버 블레이즈는 어떤 사기꾼이 훔쳐 다른 색으로 칠한 겁니다. 내가 일부러 그대로의 모습으로 달리게 했습니다."

"홈스 씨, 기적 같은 일입니다. 말이 전보다 훨씬 원기가 있어 보이는군요. 당신의 솜씨를 의심해서 정말 죄송합니다. 이제는 스트레이커를 죽인 범인만 잡아 주시면 더욱 고맙겠습니다만……."

홈스는 빙그레 웃었다.

"범인은 벌써 잡았습니다."

"잡았다고요? 그는 어디에 있죠?"

"여기 있습니다."

"여기에? 도대체 어디 말입니까?"

"지금 우리 눈앞에 있습니다."

순간, 로스 대령은 새빨갛게 달아오른 얼굴로 소리쳤다.

"홈스 씨, 당신에게 분명 은혜를 입긴 했습니다. 제 말을 되찾았으니까요. 그러나 지금 당신의 말은 너무 모욕적인 언사인지라 참을 수가 없군요!"

"대령, 당신이 범인이라고 말한 적 없습니다. 스트레이커를 죽인 범인은 바로 당신 뒤에 있습니다."

뜻밖의 범인

홈스는 대령의 뒤에 서 있는 실버 블레이즈의 반들반들한 목을 쓰다듬어 주었다.

"이 말이 조련사 존 스트레이커를 죽인 범인입니다."

"말이 살인범이라구요?"

대령과 나는 깜짝 놀라 동시에 소리쳤다.

"그렇습니다. 실버 블레이즈가 스트레이커를 죽였습니다. 그러나 실버 블레이즈는 제 몸을 지키기 위해 정당하게 한 짓이기 때문에 재판에 붙여진다 해도 무죄가 될 것입니다. 그리고 존 스트레이커는 당신의 신뢰에 전혀 어울리지 않는 사람이었습니다."

"홈스 씨, 좀 더 자세히 설명해 주십시오."

"좋습니다. 다음 레이스에 돈을 걸었으니 자세한 설명은 나중에 이야기해 드리죠."

몇 시간 후 우리는 런던으로 가는 기차의 특실 객차 한구석에 앉아 있었다. 기차 안에서 홈스는 다트무어의 마구간에서 일어난 사건을 어떻게 해결했는지를 로스 대령과 나에게 자세하게 들려주었다. 홈스가 들려주는 흥미로운 이야기를 듣느라 로스 대령과 나는 너무 짧은 시간에 여행을 마치게 되었다.

"사실, 처음에는 나도 잘못된 판단을 하고 있었습니다. 나는 신문에서 다트무어 사건을 읽고 난 뒤, 그레고리 경감과 마찬가지로 마권 장수인 심프슨이 가장 수상하다고 생각했죠. 심프슨은 월요일 밤에 실버 블레이즈의 동정을 살펴러 마구간으로 갔고 실버 블레이즈가 행방불명이 되면 큰돈을 벌 수 있으니까요. 게다가 충분히 흉기가 될 만한 무기까지 지니고 있었습니다. 게다가 죽은 스트레이커는 심프슨의 스카프를 움켜쥐고 있었습니다. 그러니 심프슨이 범인으로 의심받은 것도 당연한 일이죠. 그러나 나는 무언가 석연치 않은 구석이 있다는 걸 느꼈습니다. 그래서 현장에 가 볼 생각을 한 것입니다. 타비스톡에서 마차를 타고 스트레이커의 집으로 가면서 나는 이번 사건을 처음부터 다시 생각해 보았습니다. 스트레이커 가족의 월요일 저녁 식사가 양고기로 만든 카레 요리였다는 것, 마부인 헌터를 잠들게 한 문제의 약이 아편 가루였다는 것을 생각해 냈습니다. 결국 나는 카레 요리와 아편이 깊은 관계가 있다는 것을 깨닫게 되었습니다. 왓슨, 마차가 스트레이커의 집에 도착했을 때 모두들 마차에서 내렸는데 나 혼자 멍하게 앉아 있던 것 기억나나? 나는 그때 이렇게 분명한 실마리가 있었는데 왜 그제야 알아차렸는지 내 어리석음을 탓하고 있었다네."

"홈스 씨, 그렇게 말씀하셔도 저는 무슨 이야기인지 모르겠군요. 카레 요리와 아편이 어떤 관계가 있다는 겁니까?"

로스 대령이 도무지 이해할 수 없다는 표정으로 물었다.

"아편 가루는 고약한 맛은 아니지만 독특한 맛과 향이 있습니다.

만일 일반적인 요리에 아편을 섞으면 아무리 둔한 사람이라도 곧 알아차릴 것입니다. 하지만 카레 요리에 아편을 섞는다면 카레의 특이한 맛 때문에 아편의 맛이 없어져 알아차리지 못합니다. 그날 밤, 스트레이커 가족 모두 카레 요리를 먹었는데 잠든 사람은 헌터뿐입니다. 그렇다면 헌터가 먹은 카레 요리에 아편을 넣은 사람은 누구일까요?

홈스는 우리 두 사람의 얼굴을 찬찬히 바라보며 말을 이었다.

"그레고리 경감은 헌터가 경비견을 데리러 간 사이 심프슨이 작은 창문으로 머리를 들이밀어 카레 요리에 아편을 섞었을 거라고 말했지만 그건 납득할 수 없는 주장입니다. 멀리 런던에서 찾아온 심프슨이 그날 밤 스트레이커 가족의 저녁식사가 카레 요리라는 것을 알 까닭이 없고 또 아편을 가지고 마구간에 갔더니 때마침 그날 저녁식사가 카레 요리였다는 것은 우연의 일치라고 하기에는 너무나 괴상한 일입니다.

따라서 심프슨은 이 사건의 용의자에서 제외되고 관심은 그날 밤 저녁식사를 카레 요리로 결정할 수 있는 스트레이커 부부에게 향하게 됩니다. 두 사람 중 누가 가정부에게 들키지 않고 헌터 몫으로 덜어 놓은 카레 요리에 아편을 섞었을까?

여기까지 생각한 나는 문득 그날 밤 개가 이상한 행동을 했다는 사실을 깨달았습니다. 누군가가 밤중에 마구간으로 찾아와서 실버 블레이즈를 끌고 나갔는데 개는 전혀 짖지 않았습니다. 만일 심프슨이 말을 훔쳤다면 개가 몹시 짖어서 마구간의 다락방에서 자고 있던 마부 두 사람이 깼을 것입니다. 그날 밤 개는 왜 짖지 않았을까요? 그건 말을 끌고 나간 남자가 개가 잘 알고 있는 인물이었기 때문입니다. 나는 그때부터 마부인 헌터에게 약을 먹이고 실버 블레이즈를 마구간에서 끌어낸 것은 로스 대령의 조련사인 스트레이커가 틀림없다고 확신하게 되었습니다.”

나와 대령은 홈스의 추리력에 침을 꿀꺽 삼키며 귀를 기울였다.

“스트레이커는 왜 한밤중에 말을 끌어냈을까요? 물론 불순한 일을 꾸미기 위해서입니다. 그렇지 않다면 자기 마부를 약으로 잠재울 리가 없지요. 잘 아시겠지만 조련사들 중에는 때로 경쟁 상대인 말에 돈을 걸어 놓고 자기 말에 상처를 입혀 돈벌이를 하는 자들이 더러 있었습니다. 기수에게 일부러 고삐를 당기게 하는 수법도 있지요. 스트레이커도 그와 같은 짓을 한 겁니다. 그러나 구체적으로 어떤 방법으로 실버 블레이즈에게 상처를 입히려 했는지 그때까진 몰랐습니다. 어떤 수법일까? 그건 스트레이커의 소지품을 조사해 보면 알 수 있는 일이었습니다.

결과는 역시 내가 짐작한 대로였습니다. 스트레이커의 주머니에서 용도를 알 수 없는 이상한 나이프 하나가 나왔던 것 기억하지요? 그것은 왓슨이 얘기했듯이 외과 의사들이 수술할 때 사용하는 메스였습니다. 정밀한 수술을 위해 특별히 가늘고 날카롭게 만든 것이죠. 그 메스를 본 순간, 나는 스트레이커가 어떤 방법으로 말에게 상처를 입히려고 했는지 알았습니다. 경마에 대해 경험이 풍부하시니 대령님도 잘 알고 계시겠지만 말의 뒷다리 무릎의 힘줄에 아주 작은 상처를 내면 말은 가볍게 다리를 절기는 하지만 겉으로는 전혀 상처가 나타나지 않습니다. 말을 돌보는 사람이라도 운동이 지나쳤거나 가벼운 신경통 정도로만 생각하고 신경을 쓰지 않을 것입니다. 물론 달릴 수는 있지만 경주에서는 제 실력을 발휘하지 못합니다. 질 게 뻔한 일이죠. 스트레이커는 실버 블레이즈의 경쟁 상대인 데스보로에게 많은 돈을 걸었기 때문에 실버 블레이즈를 경주에서 지게 하려고 한 것입니다."

"괘씸한 놈! 12년 동안이나 돌봐 주었는데 그런 나쁜 짓을 꾸미다니!"

로스 대령은 주먹을 불끈 쥐고 분노에 몸을 떨었다.

"말의 넓적다리에 상처를 입히는 것쯤은 마구간에서도 얼마든지 할 수 있는데 황야로 끌고 간 이유도 이것으로 설명이 됩니다. 말은 워낙 민감한 동물이라 메스 끝으로 조금만 찔려도 큰 소동을 벌일 것이고 그렇게 되면 다락방에서 자고 있는 마부들이 잠에서 깰 것입니다. 그래서 아무도 없는 황야로 말을 데리고 갔던 겁니다."

"그랬군. 그래서 그의 주머니에 성냥과 양초가 들어 있었던 거로군. 홈스 씨, 나는 스트레이커에게 매달 충분한 급료를 지급했습니다. 그런데 이런 짓을 하다니 이해할 수 없습니다."

"여자 때문입니다. 스트레이커에게는 아무에게도 알리고 싶지 않은 비밀 애인이 있었습니다. 아시겠지만 다른 사람의 청구서를 주머니에 넣고 다니는 사람은 없습니다. 그런데 스트레이커의 주머니에 런던의 양장점에서 윌리엄 다비셔 씨 앞으로 보낸 청구서가 들어 있었죠? 한 벌에 21파운드나 되는 사치스러운 옷이었죠. 대령께서 일꾼들에게 아무리 후하게 월급을 준다고 해도 자기 부인에게 그렇게 비싼 드레스를 사 줄 수 있을 정도는 아닐 테니까요. 내가 스트레이커 부인에게 슬쩍 드레스에 대해 물어보았더니 역시 드레스는 부인이 산 것이 아니었습니다. 그러니까 스트레이커에게는 사치를 즐기는 애인이 있어서 그 여자 때문에 많은 빚을 진 것이 틀림없습니다.

그래서 이번 경마에서 한몫 잡으려고 일을 꾸민 것이죠. 윌리엄 다비셔는 가공의 인물일 것이고 실은 스트레이커의 짓임에 틀림없다고 생각하고 그레고리 경감에게 스트레이커의 사진을 얻어 그 의상실로 가면 모든 걸 알 수 있을 거라고 생각했죠."

"음……."

로스 대령은 신음하듯 중얼거렸다.

"그다음엔 월요일 밤에 스트레이커가 무슨 짓을 했는지 설명해 드리죠. 스트레이커는 우선 마부인 헌터의 몫으로 덜어 놓은 카레 요리에 아편 가루를 섞었습니다. 그리고 모두 잠든 한밤중에 일어나 주머니에 성냥, 양초, 수술용 메스를 넣고 비옷을 입은 뒤 마구간으로 갔습니다. 그러고는 실버 블레이즈를 데리고 유유히 마구간을 빠져나갔습니다. 스트레이커는 사람들 눈에 띄지 않도록 지대가 움푹한 곳으로 말을 데려갔습니다. 도중에 심프슨이 도망가다가 떨어뜨린 스카프 타이를 주운 것입니다. 심프슨은 어디서 스카프를 떨어뜨렸는지 기억이 없다고 말했는데 그건 사실이었습니다."

"스트레이커는 그 스카프를 왜 주운 거죠?"

로스 대령은 고개를 갸웃하며 물었다.

"말이 날뛰면 그것으로 발을 묶을 생각이었을 겁니다."

"그다음엔 어떻게 되었나요?'"

로스 대령은 흥미로운 표정으로 이야기를 이어가기를 재촉했다.

"움푹 팬 지대에 도착하자 스트레이커는 입고 있던 비옷을 벗어 바늘금작화 위에 걸쳐 놓았습니다. 무거운 옷이 거추장스러웠겠죠. 그리고 나서 실버 블레이즈를 데리고 움푹 파인 지대로 내려갔습니다. 그곳이라면 불을 켜도 아무 데서도 보이지 않을 테니까요.

스트레이커는 실버 블레이즈의 뒤로 돌아가 성냥을 켰습니다. 제가 진창 속에서 찾아 낸 타다 남은 그 납성냥이죠. 주위가 갑자기 밝아지자 실버 블레이즈는 깜짝 놀랐습니다. 그리고 동물적 본능으로 자기를 해치려는 상대에게 대항하여 날뛰기 시작했습니다. 스트레이커는 당황해서 수술용 메스를 쥔 채 말을 진정시키려 했습니다. 그 순간, 실버 블레이즈의 말굽 쇠에 이마 한복판을 차인 것입니다. 로스 대령, 말의 뒷발질이 얼마나 대단한지 잘 알고 계시겠지요? 게다가 단단한 말굽 쇠가 붙어 있으니 스트레이커의 이마가 박살 난 것은 이상한 일도 아니지요. 쓰러지는 순간, 스트레이커는 오른손에 든 수술용 메스로 자기 허벅지를 찌른 것입니다. 이상이 이번 사건의 대강의 줄거리입니다."

"놀랍군! 소문대로 명탐정입니다. 마치 그 자리에서 목격한 것처럼 말씀하시는군요."

홈스는 빙그레 웃으며 손을 내저었다.

"목적을 위해서라면 그자는 대담한 짓도 서슴지 않았습니다. 전문가도 아닌 그가 어떻게 말의 무릎 힘줄에 흔적도 남기지 않고 상해를 입히는 기술을 가질 수 있을까 궁금했습니다. 스트레이커처럼 약삭빠른 자가 그런 고난도의 행위를 연습도 없이 도전할 리가 없다고 생각했죠. 그래서 나는 그가 틀림없이 뭔가 다른 동물을 이용해 칼을 쓰는 실험을 했을 거라고 추측한 것입니다. 그런데 우리가 스트레이커 집에서 나올 때 양들이 보인 겁니다. 마부에게 물어보았더니 역시 내가 추측한 대로였습니다. 스트레이커는 실버 블레이즈의 넓적다리에 상처를 입히는 훈련을 양들에게 먼저 한 것입니다."

"고맙습니다. 덕분에 모든 것이 뚜렷해졌습니다."

"런던으로 돌아가 의상실에 가 보았더니 스트레이커는 값비싼 다비셔 드레스를 입는 사치스러운 정부를 두었더군요. 여자 때문에 빚에 쪼들리게 되자 이번 사건을 저지른 것입니다."

"과연 대단하군요. 이야기를 들을수록 당신의 치밀함과 완벽한 추리 솜씨에 감탄할 뿐입니다. 그런데 한 가지 궁금한 게 있습니다. 실버 블레이즈는 화요일 아침 행방불명이 된 뒤 오늘 경마장에 나타날 때까지 대체 어디에 있었던 거죠?"

"당신 조교장 가까이에 있는 누군가가 몰래 숨겨 놓았죠."

"숨겨 놓았다구요? 그가 대체 누굽니까?"

로스 대령이 다그치듯 물었으나 홈스는 고개를 저었다.

"대령, 그 남자는 오늘까지 말을 소중히 보관해 주었습니다. 스트레이커는 당신의 신뢰를 배반하고 나쁜 짓을 하다가 벌을 받았습니다. 실버 블레이즈는 우승해서 상을 받았고 당신은 많은 상금을 받았습니다. 그것으로 충분하지 않습니까?"

홈스는 고개를 돌려 창밖을 내다보았다.

"벌써 클래팜 교차점이군요. 빅토리아 역까지는 10분도 안 남았습니다. 대령, 베이커 가의 우리 집에서 시가나 한 대 피우지 않겠습니까? 더 궁금한 점이 있으시다면 얘기해 드리겠습니다."

"고맙습니다, 홈스 씨. 더 이상 궁금한 점은 없지만 잠깐 들렀다 가겠습니다."

로스 대령은 빙그레 웃었다. 우리가 만난 시간 동안 처음으로 보인 웃음이었다.

노란
얼굴

The Yellow Face

그랜트 먼로

키가 크고 건장한 체격의 젊은이로 부유한 편이지만 검소한 생활을 한다. 아내의 수상한 행동에 홈스를 찾아왔지만 선뜻 말하지 못할 정도로 보수적이고 고집스럽다. 그러나 대범한 면도 겸비하고 있다. 런던을 오가며 호프 장사를 한다.

에피 먼로

그랜트 먼로의 아내로 20대 후반의 정숙한 여성. 이목구비가 뚜렷하고 서글서글한 용모의 소유자. 자신의 약점 앞에서는 한없이 소심하지만 자신의 의지를 관철시킬 줄 아는 결단력과 추진력을 가졌다. 그랜트 먼로와는 재혼이다.

노란 얼굴

죽은 사람처럼 노르스름하고 나무껍질처럼 거칠고 딱딱한 피부를 가진 인물. 그랜트 먼로의 옆집으로 이사 오면서 먼로 부부 일상에 은밀하고도 치명적인 풍파를 일으킨다. 사건의 발단이 된 인물로 사건의 열쇠를 쥐고 있다.

1893년 2월 〈스트랜드 매거진〉에 발표된 〈노란 얼굴〉은 《설록 홈스의 회상》에 수록된 작품이다.

1888년 이른 봄인 4월에 일어난 것으로 설정되어 있는 이 사건은 독자들에게는 찬사를 받았지만 파이프 애호가들 사이에서는 구설에 오르기도 했다. 문제가 된 부분은 의뢰인이 파이프를 다루는 습관에 있었다. 즉 홈스는 의뢰인이 놓고 간 파이프를 보며 "여기 물부리인 호박과 본체인 나무를 잇는 이음새의 고리가 새것이지? 그런데 이게 은고리란 말이네. 이 정도로 수리를 하려면 차라리 새 파이프를 사는 게 더 저렴할 거야. 소중한 것이 아니라면 이렇게까지 정성을 들여 수리하지는 않는 법이지."라고 소견을 밝혔는데, 후에 그가 램프나 가스의 불꽃으로 불을 붙이는 습관이 있어서 한쪽만 탔다고 한 것이다. 하지만 파이프 애호가들은 은으로 파이프를 수리할 정도의 애호가라면 램프로 불을 붙이는 따위의 행동은 하지 않는다고 주장한 것이다.

주인 잃은 담배 파이프

홈스만큼 운동을 안 하는 사람은 없을 것이다. 그는 운동을 목적 없이 육체를 혹사하는 무의미한 행위라고 주장했다. 한마디로 에너지 낭비라는 것이다. 상황이 이러니 사건 해결을 위해 움직이는 것을 제외하면 그가 하는 일이라고는 언제나 긴 의자에 누워 낮잠을 자거나 실험에 몰두하는 것이 전부였다. 또 금욕적이라고 할 만큼 소식을 했고 그나마도 불규칙했다. 심지어 가끔이기는 했지만 코카인에 빠져 몽롱하게 지내는 일도 있었다. 그러면서도 그는 누구에게도 지지 않을 완력을 가지고 있었다. 특히 권투 실력은 같은 체급 중에서는 가히 최강이라 할 만했다. 의사인 나로서도 거의 완벽한 홈스의 건강은 도무지 풀리지 않는 수수께끼였다.

그런데 그가 산책을 먼저 제안하고 나선 것이다. 마다할 이유가 없었다. 때는 이제 막 따뜻한 기운이 돌기 시작한 이른 봄이었다. 우리는 하이드 공원에서 즐거운 기분으로 산책을 즐겼다. 공원은 봄기운이 완연했다. 느릅나무에는 새싹이 움트기 시작하고 있었고 호두

나무에도 푸른 잎사귀가 제법 모양새를 갖춰 가고 있었다. 우리는
이렇다 할 대화 없이 두 시간가량을 돌아다녔다. 베이커 가로 돌아
와 보니 5시가 지나 있었다.

"조금 전에 손님이 오셨었습니다."

사환 아이가 문을 열어 주며 말했다. 홈스는 눈살을 찌푸리며 나
를 쳐다보았다.

"홈스, 산책을 가자고 한 건 내가 아니었네."

"알아. 하지만 산책이 너무 길었어."

홈스는 어깨를 으쓱하며 사환 아이에게 물었다.

"손님은 돌아가셨겠지?"

"네."

"안으로 모시지는 않았니?"

"웬걸요. 선생님 방에서 한참 기다리셨어요."

"얼마나?"

"한 30분쯤 될 겁니다. 무척 성미가 급한 분이신지 기다
리는 동안 내내 방 안을 서성이셨습니다. 그러더니 복도
에 나와 언제 선생님이 오냐며 소리까지 치시던 걸요."

"그래서?"

"금방 오실 테니 기다리시라고 했습니다. 그런데 손님
은 기다리는 게 답답하다면서 다시 오겠다는 말씀을 남기
고 그대로 돌아가 버리셨어요. 제가 붙잡았지만 막무가
내셨어요."

사환 아이는 손님이 가 버린 것이 제 탓인 것처럼 땀까지
흘리며 열심히 설명했다.

"알았다. 수고했다."

홈스는 계단을 올라가면서 말했다.

"간만에 내 지겨움을 날려 줄 큰 사건이 들어올 뻔했는데 이거 아깝게 되었군."

"큰 사건이라는 걸 어떻게 아나?"

"그 손님이 안절부절못한 게 증거지. 그 사람이 조바심을 친 건 저 아이 말처럼 성격이 급해서가 아니라 사건이 중대했기 때문일 거네."

홈스는 방으로 들어가며 사방을 주의 깊게 살폈다. 방은 우리가 나가기 전 그대로였다. 적어도 내가 보기에는 그랬다. 그러나 내 생각이 틀렸다는 것을 아는 데까지는 오랜 시간이 필요하지 않았다.

"왓슨."

홈스가 생기 어린 목소리로 나를 불렀다.

"자네, 담배 파이프 가지고 있나?"

"응. 조끼 주머니에 있네."

"그렇다면 저건 자네 것이 아니겠군. 그렇지?"

그가 가리킨 곳은 테이블 위였는데 못 보던 담배 파이프 하나가 놓여 있었다.

"못 보던 건데."

"우리 손님께서 귀한 물건을 놓고 가신 모양이야. 좋아, 이 정도로 소중하게 여기는 거라면 다시 돌아올 게 틀림없어."

홈스는 기쁜 듯이 말했다.

"소중하게 여기는 거라고?"

"그래, 왓슨. 이 담배 파이프는 브라이어 나무뿌리로 만들어졌네. 물부리가 진짜 호박으로 되어 있지만 가격은 고작 7실링 6펜스 정도지. 한마디로 흔한 물건이야. 그런데 우리 손님께서는 이 흔한 파이프를 두 번이나 수리를 하셨네."

"그럴 수도 있지 않나?"

"그럴까? 자, 보게. 여기 물부리인 호박과 본체인 나무를 잇는 이음새의 고리가 새것이지? 그런데 이게 은이란 말일세. 이 정도로 수리를 하려면 차라리 새 파이프를 사는 게 더 저렴할 거야. 소중한 것이 아니라면 이렇게까지 정성을 들여 수리하지는 않는 법이지. 어쨌든 이런 물건을 놓고 갈 정도라면 사건에 대한 걱정으로 제정신이 아니었던 게 분명해."

홈스는 파이프를 손에 들고 이리저리 굴리며 눈을 가늘게 뜨고 주의 깊게 살펴보았다. 그러더니 마치 정형외과 의사가 골격을 살필 때처럼 가늘고 긴 손가락으로 담배 파이프를 톡톡 두드렸다.

"뭐 다른 단서라도 있나?"

"파이프라는 것은 대단히 흥미로운 물건이라네. 회중시계나 구두끈도 그렇지만 파이프만큼 그 주인의 성격을 상당히 정확하게 보여 주는 것은 없거든. 하지만 이 경우에는 크게 눈에 띄는 특징이나 중요한 점은 없군."

"그럼 아무것도 알아낼 수 없단 말인가?"

"그렇지는 않아. 다른 것들에 비해 단서가 적을 뿐이지. 일단 이 파이프의 주인은 건강한 사람이야. 그리고 왼손잡이에다 치아도 고르고 튼튼해. 무척 대범한 성격의 소유자이기도 하군. 그리고 돈 걱정은 별로 하지 않는 상황이고 말이야."

홈스는 자신의 추리를 늘어놓더니 나를 힐끔 쳐다보았다. 마치 자신이 말한 추리의 근거를 내가 이해했는가를 살피는 것 같았다.

"7실링 6펜스짜리 담배 파이프를 여러 번 수선해서 쓰는 사람을 경제적으로 넉넉하다고 볼 수 있을까? 음, 파이프 가격보다 수선비가 더 많이 들었다는 것 때문인가?"

"그 비밀은 파이프가 아니라 담배에 있네."

홈스는 파이프 안에서 타다 남은 담배를 끄집어내서 손바닥 위에 올려놓았다.

"이건 1온스에 8펜스나 하는 '그로브너 믹스처'라는 담배일세. 다른 담배들에 비해 가격이 두 배나 높은 고급품이지. 가계가 쪼들리는 사람에게는 만만한 기호품이 아니야."

"왼손잡이라는 건?"

"여기 한쪽이 까맣게 그을려 있는 게 보이지? 성냥을 사용한다면 이런 흔적이 나타날 리 없어. 성냥불을 파이프의 옆구리에 갖다 대는 사람은 없을 테니까 말이야. 하지만 램프나 가스 불에다 담배를 붙이려면 대통이 타거나 검게 그을리게 마련이지. 결국 이 흔적은 파이프의 주인이 램프나 가스 불에 파이프의 불을 붙이는 습관이 있다는 걸 말해 주네. 자, 그럼 자네가 램프를 이용해 파이프에 불을 붙인다고 가정해 보세. 자네처럼 오른손을 쓰는 사람이라면 파이프를 램프에 가까이 가져가기 위해서는 왼쪽을 기울이는 것이 자연스러운 행동일 거야. 결국 대통의 왼쪽에 흔적이 남겠지. 그런데 이 파이프는 그을린 흔적이 오른쪽에 있네. 물론 어쩌다가 그 반대가 될 수도 있겠지만 매번 그렇게 한다는 건 이치에 맞지 않아. 결국 이 사람은 왼손잡이인 거지."

"그렇군. 그럼 나머지는 어떻게 안 건가?"

"그야 어려운 일이 아니야. 먼저 소심하거나 차분한 사람이라면 얌전하게 성냥을 이용했을 거야. 하지만 소중한 파이프의 옆구리가 이렇게 검게 타 들어가는 것에도 아랑곳하지 않았다는 건 그만큼 대범한 사람이라는 증거지. 또 이 호박 물부리에 치아 자국이 있는데 이 단단한 호박에 자국을 내려면 건강해야 함은 물론이고 치아가 고르고 튼튼하지 않으면 불가능한 일이지. 왓슨, 그 사람이 다시 오면 파이프를 들여다보는 것보다 흥미로운 일이 생길 거야. 기대하게. 오, 우리가 기다리던 주인공이 드디어 오신 모양이군."

아니나 다를까, 누군가 급하게 계단을 올라오는 소리가 들려왔다.

불행의 전조

문이 벌컥 열리면서 방으로 들어온 사람은 건장한 청년이었다. 고급스러운 짙은 회색 양복을 입은 그는 챙이 넓은 다갈색 펠트 모자를 손에 들고 있었다. 나이는 서른을 조금 넘은 듯 보였다. 그는 우리를 보고 무척 당황한 기색이 역력했다.

"아, 안에 계신 줄 모르고⋯⋯. 노크를 했어야 했는데 결례를 범하고 말았군요. 걱정거리가 있어서 정신이 없었네요. 용서하십시오."

그는 말을 다 마치자마자 현기증이 나는지 이마를 짚고는 무너져 내리듯 의자에 주저앉았다.

"괜찮으십니까? 그런데 한 이틀 잠을 못 주무신 모양이군요."

홈스는 다정한 태도로 말했다.

"그렇습니다."

"저런! 일이나 놀이를 하는 것보다 잠을 못 자는 게 더 신경에 부담을 주지요. 그래, 무슨 일이신가요?"

"조언을 듣고 싶어서 찾아왔습니다. 저로서는 어찌해야 좋을지 모르겠군요. 지금 제 생활은 온통 엉망입니다."

"사건을 의뢰하시는 겁니까?"

"네. 하지만 그뿐이 아닙니다. 사리에 밝고 현명한 홈스 씨의 충고가 필요합니다. 앞으로 제가 어떻게 해야 할지 알려 주실 거라 믿고 찾아온 겁니다. 제발 부탁드립니다. 홈스 씨가 저의 마지막 희망입니다."

청년은 단숨에 토하듯이 말을 쏟아 놓고서는 감정이 격해지는지 손을 부들부들 떨었다. 괴로움을 억누르느라 애쓰고 있는 것처럼 보였다.

"차분하게 말씀해 보십시오."

"사실은 처음 보는 분께 말씀드리기가 쉽지 않은 일이라서······. 자기 가정의 속사정을 남에게 떠들어 대고 싶어 하는 사람은 없을 겁니다. 특히 아내에 관한 일이라면 말입니다. 이야기를 들어 보시면 제가 이렇게 당황하는 게 이해가 되실 겁니다. 그렇다고 아무런 조치도 취하지 않을 수도 없고 정말 어떻게 해야 좋을지······. 홈스 씨, 제발 도와주십시오."

그는 머리를 두 손으로 감싸며 깊은 한숨을 내쉬었다. 홈스가 말을 꺼냈다.

"그랜트 먼로 씨."

다음 순간 청년은 의자에서 벌떡 일어났다. 그의 눈은 놀라움으로 있는 대로 커져 있었다.

"아, 홈스 씨, 제 이름을 어떻게 알고 계십니까?"

그는 말까지 더듬거렸다.

"이름을 알리고 싶지 않으셨던 건가요?"

"그건 아닙니다만 아직 이름을 말씀드리지 않았는데······."

홈스는 빙긋 웃었다.

"굳이 말씀을 안 하셔도 그 정도는 알 수 있습니다. 하지만 앞으로 이름을 알리고 싶지 않으시거든 모자의 안쪽을 상대방에게 보이지 않게 하시거나 아예 모자 안쪽에 이름을 새기지 마십시오."

"아, 그렇군요. 저는 제 집안일을 미리 알고 계시는 것인가 해서 놀랐습니다. 어쨌든 한눈에 그것을 발견하시다니 역시 당신을 찾아오기를 잘한 것 같습니다."

그는 희미하게 웃었다. 홈스는 그가 다시 의자에 앉기를 기다렸다가 입을 열었다.

"먼로 씨, 당신이 저에 대해 어떤 말을 들으셨는지는 몰라도 여기 있는 왓슨 박사와 저는 이 방에서 이미 많은 분의 기묘하고도 비밀스러운 이야기들을 들었고 다행히 그 대부분의 사건들을 해결할 수 있었습니다. 당신의 경우도 힘이 되어 드릴 수 있을 것으로 생각합니다. 그런데 사건을 해결하기 위해서는 시간을 아껴야 합니다. 더 이상 망설이지 마시고 무슨 일인지 털어놓으십시오."

먼로는 또다시 곤란한 표정으로 이마의 땀을 닦았다. 동작과 표정으로 보아 그는 입이 무겁고 융통성이 없는 사람임에 틀림없었다. 또 자존심도 강해서 자신의 상처나 약점을 드러내야만 하는 지금의 상황이 견디기 힘든 것 같았다. 하지만 이내 결심이 선 듯 입을 열었다.

"여기까지 온 마당에 뭘 숨기겠습니까? 전부 말씀드리겠습니다."

그는 고개를 들어 홈스를 쳐다보며 이야기를 시작했다.

"저는 결혼한 지 3년이 되었습니다. 그동안 아내 에피와 저는 행복하게 살아왔습니다. 서로를 깊이 사랑했고 신뢰했지요. 의견 차이를 보인 적도, 하다못해 말다툼을 한 적도 없었습니다. 그런데 지난주 월요일부터 우리 두 사람 사이에 갑자기 벽이 생기기 시작했습니다. 마치 잠시 스쳐 지나가는 남남처럼 느껴지게 된 겁니다."

"다툼이라도 있으셨나요?"

내가 물었다.

"아닙니다. 그런 일이었다면 제가 이렇게 당황하지는 않았을 겁니다. 그냥 갑자기 모든 것이 변해 버렸습니다. 우리의 사랑이 변한 것이라고 오해는 하지 말아 주셨으면 좋겠군요. 에피는 여전히 저를 진심으로 사랑하고 있고 그건 저도 마찬가지입니다. 사랑하는지 아닌지는 굳이 말로 하지 않아도 알 수 있으니까요. 하지만 홈스 씨, 지금의 저로서는 아내의 모든 행동을 이해할 수가 없습니다. 저는 아내가 왜 그렇게 변했는지 도무지 알 수가 없습니다. 지금 우리 사이에 생긴 벽이 사라지지 않는 한 우리는 예전으로 돌아갈 수 없을 겁니다."

먼로의 얼굴에는 절망과 괴로움의 빛이 역력했다. 그러나 홈스는 눈살을 찌푸리며 빠른 말투로 말했다.

"먼로 씨, 숨기시면 도와드릴 수 없습니다. 부인에게 나타난 변화가 무엇인지, 부인의 과거라든지 하는 것에 대해 구체적으로 말씀해 주셔야 합니다."

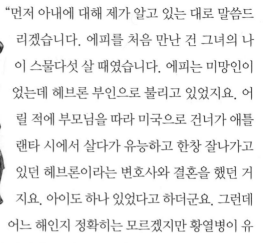

먼로는 가만히 고개를 끄덕였다.

"먼저 아내에 대해 제가 알고 있는 대로 말씀드리겠습니다. 에피를 처음 만난 건 그녀의 나이 스물다섯 살 때였습니다. 에피는 미망인이었는데 헤브론 부인으로 불리고 있었지요. 어릴 적에 부모님을 따라 미국으로 건너가 애틀랜타 시에서 살다가 유능하고 한창 잘나가고 있던 헤브론이라는 변호사와 결혼을 했던 거지요. 아이도 하나 있었다고 하더군요. 그런데 어느 해인지 정확히는 모르겠지만 황열병이 유행하던 해에 남편과 아이가 그 병으로 그만 죽고 말았습니다. 전남편의 사망 증명서는 저도 보았습니다. 어쨌든 남편과 아이를 한꺼번에 잃은 에피는 미국에 더 이상 살고 싶지 않았고 결국 영국으로 돌아왔습니다. 그리고 저와 만날 때까지 미들섹스 주의 핀너에서 독신으로 살고 있던 이모님과 함께 살았지요. 다행히 남편이 많은 유산을 남겨 주어서 에피의 생활은 어렵지 않았습니다. 4천5백 파운드의 자산에 따른 7퍼센트의 이자를 매달 받았으니까요."

"그럼 부인과는 언제 만나셨습니까?"

"에피를 만난 것은 그녀가 영국으로 돌아온 지 6개월 뒤였습니다. 큰 키는 아니지만 이목구비가 뚜렷하고 서글서글한 눈매를 가진 에피를 처음 본 순간 왠지 관심이 가더군요. 하지만 제가 그녀를 사랑하게 된 건 매사에 거침없고 조금도 거짓 없는 솔직한 그녀의 성격 때문이었습니다. 결국 우리는 만난 지 3주 만에 결혼을 했습니다. 결혼 후 아내는 자신의 전 재산을 나에게 맡겼습니다. 물론 제가 원한 것은 아닙니다. 먼저 아내가 제안했지요. 홈스 씨, 저는 재산가는 아니지만 맥주의 원료로 쓰이는 호프를 판매하는 사업이 비교적 잘되고 있어서 한 해에 7백에서 8백 파운드의 수입이 있습니다. 아내의 재산이 아니어도 윤택하게 생활하는 데는 아무 지장이 없지요. 저는 말도 안 되는 소리라며 반대했습니다. 아내의 재산을 제가 관리하다가 만에 하나 사업이 실패하는 날에는 아내의 재산까지 날려 버릴 위험도 있었으니까요. 하지만 아내는 끝까지 고집을 버리지 않더군요. 결국 아내의 뜻대로 했습니다. 단, 아내가 필요하다고 할 때는 언제든지 돌려주겠다고 약속했지요.

우리는 노벨리에 1년에 80파운드 하는 전원풍의 멋진 별장 주택을 빌려서 신혼 생활을 시작했습니다. 그곳은 런던에서 가까우면서도 아주 전원적이고 조용한 곳입니다. 여관과 두 채의 저택을 제외하고는 맞은편 밭 너머에 있는 저택 한 채가 이웃의 전부거든요. 거의 역까지 가야 민가가 있는데 그것도 겨우 몇 채뿐입니다. 저는 사업상 런던을 오가기는 합니다만 여름에는 한가한 편입니다. 그래서 노벨리의 아름다운 집에서 아내와 더할 수 없이 행복하게 지냈습니다. 우리 사이에는 어두운 그림자라고는 없었습니다. 적어도 그 저주스러운 사건이 일어나기 전까지는 말입니다."

먼로는 생각하기도 괴로운 듯 잠시 말을 끊었다가 다시 이어 나갔다.

"시작은 6주 전이었습니다. 그날 아침에 아내가 저에게 이렇게 말하는 것이었습니다.

'그랜트, 당신이 내 돈을 맡으실 때 필요한 일이 있으면 언제든지 말하라고 하신 거 기억하세요?'

'물론, 기억하고말고. 그 돈은 당신 거니까 말이오.'

돈 이야기를 꺼내는 아내를 보면서 처음에는 대수롭지 않게 생각

했습니다. 새 드레스나 모자 같은 것을 사고 싶어 하는 것이라 여겼던 겁니다.

'그럼, 1백 파운드만 주세요.'

저는 아내의 말에 깜짝 놀랐습니다. 평범한 가정주부가 사용하기에는 액수가 너무나 컸으니 말입니다. 저는 그 용도를 묻지 않을 수 없었습니다.

'어디에 쓰려고 그러는지 물어봐도 되겠소?'

'어머, 당신은 저의 은행 역할만 하시겠다고 했잖아요. 은행이 손님에게 그 돈을 어디에 쓸 거냐고 묻는 거 보셨어요? 그런 법은 없답니다.'

아내는 생글생글 웃으며 농담처럼 말하더군요.

'그야 그렇지만 워낙에 큰돈이라……. 하지만 당신이 진심으로 원하는 것이라면 내줘야겠지.'

'물론 진심이에요.'

'그런데도 그 용도는 말할 수 없다는 거요?'

'지금은 그래요. 하지만 언젠가는 이야기해 드리겠어요.'

에피는 단호했습니다. 그래서 더 이상 물을 수 없었습니다. 저는 애초의 약속대로 아내에게 수표를 써 주었고 더 이상 그 일에 관해서는 아무것도 생각하지 않기로 마음먹었습니다.

그때부터였습니다. 숨기는 것이라고는 일절 없었던 우리 부부 사이에 비밀이 싹트기 시작했던 게 말입니다."

"그 돈에 관한 일로 찾아오신 것은 아닐 테지요?"

"물론입니다. 그 일이 꺼림칙하지 않은 것은 아니었지만 아무튼 그 돈의 주인은 아내였으니까요. 그러나 그것이 끝이 아니었던 겁니다. 물론 이후에 일어난 일들과 상관이 있는지는 잘 모르겠군요. 하지만 아내가 전에 없이 이상한 행동을 보이게 된 것은 그때가 처음이었기 때문에 혹시라도 도움이 될까 해서 미리 말씀드린 겁니다. 아무튼 또 다른 일이 일어난 건 지난 월요일이었습니다."

이상한 새 이웃

나는 남의 사소한 가정 일에 홈스가 싫증을 내는 것은 아닌가 싶었지만 그는 의외로 진지한 표정이었다. 먼로는 마른 침을 삼킨 후 이야기를 이어 나갔다.

"아까 말했듯이 제 이웃이라고는 비교적 가까운 거리에 있는 두 채의 저택이 전부입니다. 그런데 그중 한 저택은 8개월가량이나 비어 있었습니다. 고풍스러운 포치까지 달려 있는 훌륭한 이층집으로 인동덩굴로 덮여 있어서 사람이 산다면 정말 살기 좋은 집이 될 것이 틀림없는데도 말입니다. 저는 그 아름다운 집이 비어 있다는 것이 늘 안타까웠습니다. 더욱이 그 저택 뒤에는 산책하기에 더없이 훌륭한 스코틀랜드 왜전나무 숲이 있습니다. 저는 런던에 가지 않는 날이면 언제나 그곳으로 산책을 갔습니다. 홈스 씨, 나무가 얼마나 친근함을 주는지 잘 아시겠지요? 그곳을 산책하는 건 정말 저에게 큰 즐거움이었습니다. 우리 집과의 사이에 밀밭이 놓여 있었기 때문에 그 집에 가기 위해서는 큰길로 나가 한참을 돈 연후에 오솔길로 접어

들어야 했지만 산책을 하는 즐거움에 비하면 그 정도는 수고랄 것도 없었지요.

지난 월요일에도 저는 그곳으로 산책을 갔습니다. 해가 질 무렵이었는데 숲 속에서 한참 동안 산책을 즐기고 저택 쪽으로 가다 보니 마침 빈 마차 한 대가 오솔길을 빠져나가 큰길로 접어드는 게 보이더군요. 그리고 저택의 현관 앞 잔디밭에는 카펫이니 의자 같은 살림살이들이 쌓여 있었습니다. 마침내 그 저택도 주인을 맞게 된 것이었습니다.

'어떤 사람이 이사를 왔을까? 좋은 이웃이 되면 좋겠는데.'

저는 이런 생각을 하며 현관 앞에서 이삿짐을 바라보았지요. 그런데 이상한 기분이 들어서 2층 쪽을 올려다보게 되었습니다. 순간 저는 너무 놀라서 소리를 지를 뻔했습니다. 작은 창문으로 누군가가 저를 쳐다보고 있었던 겁니다. 하지만 저를 놀라게 한 건 그 사람의 얼굴이었습니다. 이미 어두워지기 시작한 데다 그가 창에서 약간 떨어져 있었기 때문에 생김새를 분명하게 볼 수는 없었지만 극히 부자연스러운 얼굴이었다는 것은 확실했습니다. 살아 있는 사람의 얼굴 같지 않더군요. 얼굴색은 죽은 사람처럼 노르스름했고 피부는 나무 껍질처럼 거칠고 딱딱해 보였습니다. 저는 좀 더 자세히 보려고 재빨리 몇 발자국 앞으로 다가갔지만 그러는 사이 얼굴은 사라져 버리고 말았습니다. 마치 누가 등 뒤에서 얼굴을 낚아챈 것처럼 말이지요. 너무나 갑작스럽게 벌어진 일이었습니다.

저는 5분가량 그 자리에 얼어붙어 버린 것처럼 서 있었습니다. 하지만 아무리 생각해 봐도 그 얼굴이 남자인지 여자인지조차 알 수 없었습니다. 그렇지만 소름이 끼칠 정도로 기분 나빴던 노란 얼굴색만은 선명하게 머릿속에 남아 있었습니다. 혹시나 해서 한참 동안 서 있었지만 그 얼굴은 다시 나타나지 않았습니다. 게다가 현관에 널브러져 있는 살림살이들을 아무도 옮기려 하지 않는다는 것도 이상했습니다. 마침내 저는 저택의 새로운 입주자를 좀 더 똑똑히 봐두어야겠다고 결심했습니다. 불안한 감이 없었던 것은 아니었지만 도무지 궁금해서 견딜 수가 없었지요.

저는 현관으로 다가가 문을 두드렸습니다. 문은 기다렸다는 듯이 벌컥 열렸습니다. 문을 연 사람은 키가 크고 마른 여자였는데 매우 쌀쌀맞게 생겼더군요.

'무슨 일이세요?'

그녀는 북부 지방 사투리가 섞인 말투로 퉁명스럽게 물었습니다. 저는 우리 집 쪽을 손으로 가리키며 말했습니다.

'안녕하십니까? 저는 저 집에 살고 있는 사람입니다. 보아하니 방금 이사를 오신 모양인데 이웃이 된 것도 축하드릴 겸 뭐 도와드릴 일은 없을까 해서요.'

저는 최대한 예의 바르게 행동했습니다. 그런데 돌아온 대답은 전혀 그렇지 않았습니다.

'도움이 필요하면 그때 부탁드리지요.'

그녀는 일언지하에 거절하더니 제가 뭐라고 대꾸하기도 전에 코앞에서 문을 쾅 하고 닫아 버리는 것이었습니다. 불쾌하기 짝이 없더군요. 저는 그길로 집으로 돌아와 버렸습니다.

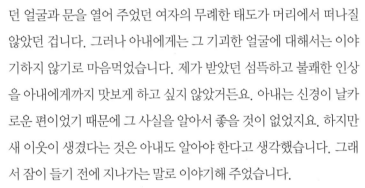

그날 밤 침대에 누웠지만 저는 좀처럼 잠들 수가 없었습니다. 창문에 보였던 얼굴과 문을 열어 주었던 여자의 무례한 태도가 머리에서 떠나질 않았던 겁니다. 그러나 아내에게는 그 기괴한 얼굴에 대해서는 이야기하지 않기로 마음먹었습니다. 제가 받았던 섬뜩하고 불쾌한 인상을 아내에게까지 맛보게 하고 싶지 않았거든요. 아내는 신경이 날카로운 편이었기 때문에 그 사실을 알아서 좋을 것이 없었지요. 하지만 새 이웃이 생겼다는 것은 아내도 알아야 한다고 생각했습니다. 그래서 잠이 들기 전에 지나가는 말로 이야기해 주었습니다.

'밀밭 건너편 저택에 누가 이사를 왔는데 혹시 봤소?'

하지만 아내는 그새 잠이 들었는지 아무 대답도 하지 않더군요.

평소의 저는 한 번 잠이 들면 웬만한 소동에는 깨어나지 않을 정도로 깊이 자는 편입니다. 그런 저를 아내는 누가 업어 가도 모를 정도라며 놀려 대고는 했지요. 하지만 그날 밤은 그러질 못했습니다. 초저녁에 겪었던 일 때문에 흥분하고 있어서인지 쉽게 잠이 오지 않더군요. 밤이 깊어질 때까지 얼마 동안을 이리저리 뒤척였지요. 그러는 사이 저도 모르게 어렴풋이 잠이 들었던 모양입니다.

몽롱한 잠 속에서 누군가 방 안을 서성대는 것 같은 인기척이 느껴지더군요. 살며시 눈을 떠 보니 옆에 누워 있어야 할 아내가 없었습니다. 정신이 번쩍 들더군요. 잠결에 들었던 인기척의 주인공은 바로 아내였습니다. 이미 외출복으로 갈아입은 아내는 조심스럽게 모자를 쓰고 있었어요. 저는 한밤중에 외출 준비를 하는 아내를 보고 놀라지 않을 수 없었습니다. 언제나 정숙하고 얌전했던 아내가 이런 일을 하고 있으리라고는 상상도 하지 못했으니까요. 그러나 그 이유를 물을 수 없었습니다. 촛불에 비친 아내의 옆얼굴을 보는 순간 도저히 말을 꺼낼 마음이 나지 않았던 겁니다. 아내의 얼굴은 그때까지 내가 한 번도 보지 못한 표정이었습니다. 얼굴은 창백했고 숨소리는 거칠었습니다. 뭔가 심상치 않은 느낌이 들더군요. 저는 조용히 자는 척했습니다. 아내는 망토의 끈을 묶으면서도 흘끔흘끔 내쪽을 바라보더군요. 제가 잠에서 깨지 않을까 살피는 것 같았습니다. 마침내 아내는 발소리를 죽여 가며 방을 나갔습니다. 잠시 뒤 현관문을 여닫는 소리가 들렸고 이내 아무 소리도 들리지 않았습니다."

"부인을 따라가지는 않으셨나요?"

홈스가 물었다.

"네, 사실 저는 너무 놀라서 따라갈 생각조차 하지 못했습니다. 어쨌든 아내가 밖으로 나간 것을 확인한 저는 침대에서 벌떡 일어나 앉았습니다. 머리맡에 있는 시계를 보니 3시를 가리키고 있더군요. 꿈을 꾸고 있는 것은 아닌지 의심이 들었습니다. 그래서 침대 모서리를 주먹으로 두드려 봤지요. 하지만 꿈이 아니었습니다.

'도대체 무슨 일로 새벽 3시에 집을 나간 것일까?'

그 이유를 찾아보려 했지만 생각하면 할수록 오리무중이었지요.

답답하고 불안한 시간이 흘렀습니다. 한 20분 정도 지났을 겁니다. 그때 현관문 소리가 들렸습니다. 살그머니 계단을 올라오는 발소리도 났지요. 아내가 돌아온 것이었습니다. 저는 방으로 들어오는 아내에게 소리를 쳤습니다.

'에피, 이 밤중에 어디를 다녀오는 거요?'

'흡!'

아내는 소스라치게 놀라며 숨을 삼키는 듯한 소리를 냈습니다. 그런 아내의 모습을 보자 저는 혼란스러워지기 시작했습니다. 마치 도둑처럼 살그머니 방에 들어오는 것도 그렇고 남편의 말에 기겁을 하며 당황한다는 것은 뭔가 숨기는 것이 있다는 증거 아니겠습니까?

'도대체 어디를 갔다 왔냐니까?'

'그랜트, 깨어 있었군요.'

아내의 목소리는 차분했습니다. 이미 냉정을 되찾고 있었던 거지요.

'별일이네요. 당신이 잠을 다 깨다니. 업어 가도 모를 양반이 말이에요.'

아내는 미소를 지었지만 그건 분명 누가 봐도 억지로 웃는 것이었습니다.

'난 농담할 기분이 아니오. 묻는 말에나 어서 대답해요.'

'놀라셨나 보군요. 하긴 무리도 아니지요. 이런 일이 한 번도 없었으니까요.'

망토의 끈을 푸는 아내의 손이 부들부들 떨리고 있는 것이 보였습니다. 하지만 아내의 목소리는 차분하기 그지없더군요.

'참 이상한 일도 다 있지 뭐예요? 자는데 갑자기 숨이 막힐 것처럼 답답해지는 거예요. 혹시 바깥 공기를 맡으면 괜찮을까 싶어서 밖으로 나갔지요. 현관 앞에서 한 10분쯤 서성이면서 상쾌한 밤공기를 맡으니까 정말로 괜찮아지더군요. 만약 안 그랬다면 정신을 잃었을지도 모르겠어요. 하여간 이젠 살 것 같네요.'

아내는 말하는 동안 한 번도 나를 쳐다보지 않았습니다. 아니, 내쪽으로는 아예 고개도 돌리지 않더군요. 아내는 태연한 척하고 있었지만 목소리가 떨리는 것까지 숨기지는 못했습니다. 거짓말을 하고 있다는 것이 분명했지만 저는 더 이상 아무 말도 하지 않았습니다. 더는 물어볼 용기가 나지 않았습니다. 아내가 비밀을 갖다니……! 화가 나기도 하고 슬프기도 했습니다. 저는 고개를 벽 쪽으로 돌린 채 외면해 버렸지요. 하지만 먹구름 같은 의심이 피어오르는 것까지 억제할 수는 없었습니다.

'한 점의 거짓도 없었던 아내가 한밤중에 아무도 몰래 어딘가에 다녀왔다. 하지만 거짓말까지 하며 숨기고 있다. 어디를 다녀온 것일까? 누구를 만난 것일까? 왜 숨겨야만 하는 것일까?'

의문이 늘어갈수록 의심도 깊어졌습니다. 동이 틀 때까지도 저는 잠을 이루지 못하고 여러 가지 생각을 했지만 아무런 결론도 얻을 수 없었습니다. 그저 아내에 대한 불신만 커졌을 뿐이었지요.

우리는 침묵한 채 서먹한 아침을 맞았습니다. 아침 식탁에서도 침묵은 이어졌습니다. 저는 표현을 안 하려고 했지만 불편한 기색까지 감출 수는 없었습니다. 그건 아내도 마찬가지였습니다. 그녀는 탐색하듯 저를 힐끔거리며 어쩔 줄을 모르더군요. 그리고 간혹 무언가 깊은 생각에 빠져 있었습니다. 마치 이 사태를 어떻게 수습해야 좋을지 궁리하는 것처럼 보였습니다. 제가 자신의 말을 믿고 있지 않다는 것을 알았던 게 틀림없었습니다.

그날은 런던에 가기로 예정되어 있었지만 머릿속이 너무나 혼란스러워서 사업을 생각할 기분이 아니었습니다. 그래서 저는 런던에 가는 대신 산책을 하기로 했습니다. 상쾌한 아침 공기 속에서라면 어젯밤의 일들을 새롭게 생각하게 될지도 모르니까요. 아니, 그보다는 아내와 마주하고 있기가 불편했다는 게 솔직한 심정이었습니다.

저는 크리스털 팰리스까지 가서 한 시간쯤을 보냈습니다. 하지만 끝내 우울한 기분을 떨치지 못하고 노벨리로 돌아오고야 말았습니다. 시간은 오후 1시가 조금 지나 있었습니다. 집으로 가려면 어제 그 저택 앞을 지나야 했습니다. 그런데 저택을 보자 아내의 일도 잊고 새 이웃에 대한 호기심이 일더군요. 그래서 잠시 혹시나 그 기이한 얼굴을 다시 볼 수 있지 않을까 하는 마음으로 걸음을 멈추고 2층을 올려다보았습니다. 창문에는 그 누구의 그림자도 없었습니다. 아쉬운 마음이 들었지만 다시 그 집의 문을 두드릴 용기도, 명분도 없었지요. 발걸음을 돌리는 수밖에요. 그런데 문득 현관에서 문이 열리는 소리가 났습니다. 그 순간 저는 심장이 멎는 것 같았습니다. 바로 그 문에서 아내가 나왔던 겁니다."

거짓말

먼로는 마치 지금 막 문으로 나오는 아내를 본 사람처럼 흥분하고 있었다. 홈스는 양 손가락의 끝을 마주 대고 먼로를 주시할 뿐 아무 말이 없었다.

"아, 홈스 씨, 제가 얼마나 놀랐는지 상상도 못하실 겁니다. 하지만 놀란 것은 저만이 아니었습니다. 아내 역시 마치 유령이라도 본 듯한 얼굴을 하고 있었던 겁니다. 다음 순간 아내는 몸을 숨기려는 듯 다시 집 안으로 들어가려고 하는 것 같았습니다. 하지만 이미 때가 늦었다는 것을 깨달았는지 그대로 밖으로 나오더군요. 그리고 미소를 머금고 나에게 다가왔습니다.

'어머, 그랜트. 벌써 오시는 거예요? 저는 새로 이사 오신 이웃 분께 인사나 하려고 왔었어요. 무슨 도움이 필요하실 수도 있잖아요.'

저는 단번에 그것이 거짓이라는 걸 알았습니다. 그녀의 얼굴은 백지장처럼 하얗게 질려 있었고 눈동자는 겁을 먹었는지 심하게 동요하고 있었으니까요. 또다시 화가 치밀어 올랐습니다. 저는 또 거짓을 말하는 아내를 말없이 노려보았습니다.

'그랜트, 왜 그런 눈으로 보세요? 제가 잘못한 건가요? 설마 어젯밤 일로 아직도 화내고 계신 건 아니죠?'

'에피, 당신 어젯밤에 여기에 왔던 거요?'

'네? 그게 무슨 말씀이세요? 어제는 그냥 바람을 쐬었다고 했잖아요. 제 말을 의심하시는 건가요?'

아내는 화들짝 놀라며 강하게 부인하더군요. 하지만 그럴수록 제 의혹은 점점 확신으로 굳어졌습니다. 그것은 어젯밤 외출의 목적지가 바로 여기였다는 확신이었습니다.

'아니, 당신은 여기에 왔었어. 이미 다 알고 있으니 더 이상 거짓말할 생각일랑 말아요.'

'당신 정말 이상하군요.'

아내는 딱 잡아뗐습니다.

'이상한 것은 당신이오, 에피. 도대체 왜 이렇게 눈에 보이는 거짓말을 하려는 거요? 그리고 한밤중에, 게다가 나한테 거짓말까지 해 가며 이 집을 찾아와야만 했던 이유가 뭐요? 누굴 만나기 위해서냔 말이오?'

'이곳에 온 것은 지금이 처음이에요.'

'제발, 에피. 당신은 벌써 목소리까지 달라져 있어. 여태 거짓이라고는 없었던 당신이 왜 이렇게 된 거요? 내가 당신을 속인 일이 단 한 번이라도 있었소? 실망시킨 적이 있냔 말이오? 좋아, 당신이 말하지 않겠다면 내가 직접 확인해 보겠소.'

저는 흥분해서 소리소리 지르며 따지다가 그 저택의 현관을 향해 돌진하려고 했습니다. 그러나 저는 단 한 발짝도 전진할 수 없었습니다.

'안 돼요!'

아내가 제 소매를 붙잡고 저를 제지했던 겁니다.

'오 제발 그랜트, 그러지 마세요.'

'놔요. 난 저 집에 들어가서 확인해야겠소.'

'그랜트, 지금은 아니지만 언젠가 다 말씀드릴게요. 하지만 지금 당신이 이 저택에 들어가면 불행만 자초할 뿐이에요. 그러니 제발…….'

아내는 저택으로 들어가려는 저의 소매를 끌어당기며 애원했습니다. 하지만 저는 그런 아내를 뿌리치려고 했지요.

'그랜트!'

아내는 목소리가 갈라지도록 소리를 지르며 저를 막아서셨습니다.

'제발 나를 믿어 주세요. 그렇지 않으면 크게 후회하게 될 거예요. 이해되지 않겠지만 제가 이러는 것도 다 당신을 위해서예요. 당신을 생각하지 않았다면 숨기지도 않았을 거예요. 만약 당신이 이 저택에 들어가신다면 그걸로 우리는 끝장이에요. 그러니 제발 이대로 나와 함께 집으로 돌아가요.'

아내는 필사적이었습니다. 너무나 비장하고 절박하게 애원했기 때문에 저는 망설이지 않을 수 없었습니다. 금방이라도 울 것 같은 아내의 얼굴을 바라보고 있자니 차마 저택 안으로 들어갈 수가 없었습니다. 결국 제가 마음을 돌렸지요.

'좋소, 그렇다면 한 가지만 약속해 줘야겠소.'

아내는 어서 말해 보라는 표정으로 고개를 끄덕였습니다.

'무슨 일인지 당신이 말하고 싶지 않다면 그렇게 해도 좋소. 하지만 한밤중에 집을 빠져나간다거나 나를 속이는 일 따위는 다시 하지 않겠다고 약속해요. 더 이상의 비밀은 용납하지 않을 거란 말이오. 이것만 약속한다면 지나간 일은 더 이상 캐묻지 않겠소.'

'저를 믿어 주시는군요. 그러실 거라 생각했어요.'

아내는 안도의 숨을 쉬더군요.

'고마워요, 그랜트. 당신 말대로 하겠어요. 약속해요. 자, 이제 집으로 돌아가요.'

제 소매를 잡아끄는 아내는 한시라도 빨리 저택에서 벗어나려고 애쓰는 사람 같았습니다. 무엇에 쫓기는 사람처럼 서둘렀지요. 저는 내키지는 않았지만 제가 제시한 조건을 아내가 순순히 수락했기 때문에 더 이상 고집을 부릴 수는 없었습니다. 아내가 이끄는 대로 발걸음을 옮겼지요. 그러다 문득 저택을 돌아보았습니다. 그런데 제가 뭘 보았는지 아십니까? 바로 어제 보았던 그 노란 얼굴을 보았던 겁니다. 그는 언제부터였는지는 알 수 없었지만 2층의 창문 너머로 우리를 지켜보고 있었던 게 틀림없었습니다.

순간 그 기괴한 얼굴의 주인공이 아내와 어떤 관계가 있으리라는 의심이 들었습니다. 도대체 무슨 관계일까? 전날의 그 무례한 여자와는 또 어떤 사이일까? 이 모든 수수께끼가 밝혀지지 않고는 도저히 마음을 진정시킬 수가 없을 것 같더군요. 하지만 일단 아내를 믿기로 했습니다. 아니, 믿고 싶었습니다.

그 후로 이틀간 저는 집 밖으로 한 발자국도 나가지 않고 틀어박혀서 지냈습니다. 아내 역시 집 안에만 있었습니다. 저와의 약속을 충실히 지켜 주는 것 같았습니다. 시간이 가면서 차차 제 불안도 걷혀

갔습니다. 이대로라면 모든 것을 잊고 살 수도 있을 것 같았습니다. 그러나 제 기대는 아내와 약속한 지 사흘 만에 무참히 깨지고 말았습니다. 아무리 엄중한 약속도 이 수수께끼로부터 아내를 자유롭게 할 수 없었던 겁니다.

그날 아침, 저는 사업차 런던에 갔습니다. 아무리 집안에 일이 있다 해도 더 이상 나 몰라라 하고 있을 수만은 없었으니 말입니다. 몇 가지 일을 처리하고 나니 오후 2시더군요. 평상시 같으면 3시 36분 기차로 돌아왔겠지만 불안하기도 하고 더 일이 있을 것 같지 않아서 2시 40분 기차를 탔습니다. 그런데 저의 귀가를 맞아 준 건 아내가 아니라 놀란 얼굴로 달려 나온 가정부였습니다.

'마님은 어디 가셨나?'

'글쎄요. 아까 산책을 가신다고 했는데……. 2층에 계신가……?'

가정부는 어딘지 모르게 허둥거렸고 난처한 기색이 역력했습니다. 급히 2층으로 달려 올라가 방이란 방은 다 뒤졌습니다. 아내는 어디에도 없었습니다. 제 마음속에는 다시 짙은 의심이라는 검은 그림자가 드리워졌습니다. 그때였습니다. 창밖으로 우리 집 가정부가 급히 밀밭을 가로질러 그 저택 쪽으로 달려가는 모습이 보이는 게 아니겠습니까? 그제야 모든 게 분명해졌습니다. 아내는 제가 런던에 가자마자 바로 그 저택으로 갔던 겁니다. 그리고 혹시나 제가 오면 알려 달라고 가정부에게 일러두었던 것이지요. 결국 아내는 저와의 약속을 지키고 있었던 것이 아니라 제가 집을 비우기만을 기다리고 있었던 겁니다. 저는 화가 나서 참을 수가 없었습니다.

곧바로 아래층으로 내려가 그 저택을 향해 뛰

어갔습니다. 저는 밀밭을 가로질러 가다가 아내와 가정부가 오솔길을 따라 큰길로 가는 것을 보았습니다. 아내는 저를 보지 못했는지 급하게 집으로 돌아가고 있었습니다. 하지만 저는 곧장 저택으로 향했습니다. 지금까지의 평온했던 내 생활을 위협하는 비밀은 바로 그 저택에 도사리고 있을 테니 말입니다. 아내의 거짓말을 듣는 것보다는 이번에야말로 직접 부딪쳐서 이 수수께끼를 풀고 깨끗이 마무리 지어야 한다고 생각했습니다.

저는 노크도 하지 않고 맹렬한 기세로 저택의 현관문을 열어젖혔습니다. 그리고 조금도 망설이지 않고 안으로 들어섰습니다. 집 안은 쥐 죽은 듯 조용했습니다. 문소리가 분명히 들렸을 텐데도 그 무례한 여자는 나타나지 않았습니다. 부엌에는 불에 올려놓은 주전자에서 물이 끓고 있었습니다. 그것으로 보아 방금 전까지도 누군가 있었던 게 틀림없었습니다. 하지만 사람은 눈에 띄지 않았습니다. 여기저기 다른 방도 문을 열어 보았지만 기척이라고는 부엌 옆에 놓여 있던 광주리 안에 웅크리고 있던 크고 검은 고양이 한 마리가 내는 것이 전부였습니다. 아무리 기웃거려 보아도 1층에는 아무도 없는 것이 확실했습니다. 아무도 없는 집 안을 허락도 없이 돌아다닌다는 것이 좀 내키지 않았지만 기왕 여기까지 온 이상 망설이고만 있을 수는 없었습니다. 그래서 2층까지 돌아보기로 했습니다.

사람이 없기는 2층도 마찬가지였습니다. 2층에는 방이 두 개 있었는데 모두 비어 있었습니다. 이상한 점이라면 방 하나는 지극히 초라하다고 느낄 정도로 형편없는 가구로 채워져 있는 반면 다른 방은 매우 잘 꾸며져 있는 것이었습니다. 가구는 많지 않았지만 옆방과는 달리 매우 고급스러운 것들이었습니다. 장식들도 매우 신경을 쓴 것이 분명했습니다. 한마디로 아늑하고 우아한 방이었습니다.

방을 둘러보던 저는 창 밖을 내다보고서야 노란 얼굴의 사람이 서 있었던 바로 그 방이라는 것을 알았습니다. 저는 그 방의 주인에 대해 알 수 있지 않을까 싶어 찬찬히 살펴보았습니다. 그리고 마침내 제 눈을 의심하게 하는 물건을 발견하고 말았지요. 벽난로 위 선반에 놀랍게도 아내의 사진이 세워져 있었던 겁니다. 그것도 불과 3개월 전에 찍은 사진이 말이지요. 그것은 함께 런던에 갔을 때 제 권유로 찍었던 것이었습니다. 확실한 증거였습니다.

하지만 증거를 잡았다는 환희도 잠깐, 제 마음은 무겁기 그지없었습니다. 집 안을 더 둘러보겠다는 마음도, 의욕도 모두 사라지더군요. 저는 그대로 무거운 마음을 이끌고 집으로 돌아와 버렸습니다. 집 앞에는 아내가 서 있었습니다. 아내는 조심스럽게 저의 안색을 살피는 것 같았습니다. 그런 아내를 보자 또다시 화가 치밀어 오르더군요. 저는 아무 말도 하지 않고 그대로 아내 곁을 지나쳐 서재로 들어가 버렸습니다. 그러나 문을 닫기도 전에 아내가 뒤따라 들어왔지요.

'약속을 지키지 못해 죄송해요, 그랜트. 하지만 사정을 알게 되면 당신도 이해하실 거예요.'

'그럼 그 사정이라는 걸 얘기해 봐요.'

'그건……, 아직은 도저히 말할 수 없어요.'

아내는 내 팔에 얼굴을 묻고 눈물을 흘리더군요. 하지만 그런 태도 역시 저를 화나게 할 뿐이었습니다.

'당신은 그 사정이 드러나면 우리가 끝난다고 했지만 그 말은 틀렸소. 우리 사이가 끝나는 것은 저 저택에 누가 사는지, 당신 사진이 왜 그곳에 있는지 분명하게 밝히지 않았을 때요. 그래도 말하지 못하겠소?'

아내는 괴로운 듯이 고개를 절레절레 흔들더군요.

'좋소, 당신 마음대로 해요. 난 이제 당신을 믿을 수 없소.'

저는 냉정하게 잘라 말하고는 붙잡는 아내를 매몰차게 뿌리쳤습니다. 그리고 그길로 집을 뛰쳐나왔습니다.

홈스 씨, 그게 바로 어제의 일입니다. 집을 나와서는 곧바로 런던으로 왔습니다. 어젯밤에는 호텔에서 지냈지요. 그래서 집을 나온 뒤 아내나 이 사건이 어떻게 되었는지 더 이상은 아는 것이 없습니다. 하지만 시간이 지나고 흥분이 가라앉자 걱정이 되더군요. 사정이야 어찌 됐든 간에 제가 아내를 사랑하는 것은 사실이니까요. 하지만 어떤 결론도 없이 이대로 아내에게 돌아갈 수는 없었습니다. 그래 봤자 의혹만 더 쌓이지 않겠습니까? 어쨌든 어젯밤에는 한숨도 잘 수가 없었습니다. 밤새도록 고민한 끝에 오늘 아침이 되어서야 갑자기 당신 이름이 생각나더군요. 전에 신문에서 당신이 활약한 사건 기사를 본 적이 있거든요. 홈스 씨, 당신이라면 분명히 제 문제를 해결해 주실 거라고, 아니 조언을 해 주실 거라고 믿었습니다. 그래서 이렇게 허둥지둥 찾아뵙게 되었던 겁니다.

아까도 말씀드렸다시피 우리 부부에게 틈이 생긴 것은 이번이 처음입니다. 게다가 너무나 심각해서 저로서는 어찌해야 좋을지 모르

겠습니다. 저는 하나도 숨김없이 말씀드렸습니다만 석연치 않은 점이 있으면 질문해 주십시오. 뭐든 말씀드리겠습니다. 그리고 부디 제가 어떻게 해야 좋을지를 가르쳐 주십시오. 홈스 씨, 저는 지금 이런 불행을 견뎌야만 한다는 것이 너무 괴롭습니다.”

얼굴이 붉게 물들 정도로 격정에 휩싸인 먼로의 긴 이야기에 홈스와 나는 진지하게 귀를 기울였다. 나는 이 이상야릇한 이야기에 흥미가 일었다. 홈스는 눈을 감고 생각을 정리하는 듯하더니 마침내 입을 열었다.

“당신이 창 너머로 보았다는 얼굴이 남자의 얼굴이라고 단언하실 수 있습니까?”

“글쎄요. 느낌은 남자 같았지만 확실히는……. 두 번 다 상당히 먼 거리에서 보았기 때문에 그렇다고 단정할 수는 없습니다. 좀 더 자세히 보려고 했지만 눈이 마주치는 순간 갑자기 사라져 버려서 말입니다.”

"그런데도 산 사람이 아니라는 느낌이 들 정도로 불쾌하셨단 말이지요?"

"네, 등골이 오싹해질 정도였지요. 홈스 씨께서 보셨어도 같은 느낌을 받으셨을 겁니다."

"부인이 1백 파운드를 가져가신 건 언제였습니까?"

"두 달쯤 전이었습니다."

"죄송합니다만 부인의 전남편이란 사람의 사진을 본 일이 있으십니까?"

"아니요, 없습니다. 그가 죽은 뒤 애틀랜타 시에 큰 화재가 있었다더군요. 그래서 사진이고 서류고 모두 불타서 하나도 남은 게 없습니다."

그때 홈스가 눈빛을 번뜩이며 물었다.

"먼로 씨, 조금 전에는 부인께서 사망 증명서를 보여 주셨다고 하지 않으셨습니까?"

"그건 화재 뒤에 관청에서 사본을 뗀 것이라고 했습니다."

"원본은 아니었다, 그 말씀이시군요."

"네?"

"아닙니다. 부인과 가까이 지내는 분은 많으신가요? 특히 미국에서부터 친분이 있으신 분 말입니다."

"아내는 어릴 때 미국에서 살았기 때문에 이곳에는 친구라고 할 만한 사람이 없습니다. 또 미국에서 알고 지내던 사람들은 있겠지만 지금은 연락하고 있는 사람이 없는 것으로 알고 있습니다. 그러니 제가 만나 본 사람이 있을 리 없지요."

"혹시 부인께서 미국에 가 보고 싶다든가 그립다든가 하는 말은 하지 않으셨나요?"

"미국에 대해 이야기하는 걸 들은 적은 없습니다. 에피는 이곳 생활에 매우 만족하고 있었으니까요."

"그럼 미국에서 편지가 왔다든가 편지를 보낸 일도 없겠군요?"

"제가 아는 한은 그렇습니다."

"알겠습니다. 힘드실 텐데 여러 가지를 이야기해 주셔서 감사합니다."

홈스는 고개를 끄덕이며 생각에 빠진 듯 잠시 동안 아무 말이 없었다.

"일단 이 문제의 열쇠는 먼로 씨의 부인과 그 저택의 사람들에게 있습니다. 하지만 지금까지 상황으로 보면 부인께 답을 듣기는 어려울 것 같군요. 그렇다면 남은 건 저택인데……."

"하지만 제가 갔을 때는 아무도 없었습니다. 그들이 영영 떠나 버린 거라면 이 문제를 해결할 수 없단 말씀이신가요?"

먼로는 미간에 주름을 잡으며 조급하게 말했다.

"만약 먼로 씨의 우려대로 그 저택의 사람들이 그대로 떠난 것이라면 해답을 구하기는 어려울 겁니다. 하지만 그럴 것 같지는 않군요. 어제 그들이 집에 없었던 것은 가정부를 통해서 이미 당신이 올지도 모른다는 것을 알았기 때문이니 말입니다. 몸을 숨길 수 있는 시간이 충분했던 거지요. 그러니 방금 전에 사람이 있었던 흔적이 남아 있을 수밖에요. 어쨌든 그들은 먼로 씨께서 돌아간 것을 확인한 즉시 집에 돌아왔을 겁니다. 제 추리가 맞다면 문제는 쉽게 해결될 테니 그리 걱정하지 않으셔도 됩니다. 아, 그전에 먼로 씨께 부탁드리고 싶은 게 있군요."

"뭐든지 말씀만 하십시오."

"한시라도 빨리 노벨리로 돌아가시라는 겁니다. 저택 쪽을 조사해 주셨으면 하거든요. 그렇다고 저번처럼 저택 안으로 들어가시면 안 됩니다."

"그럼……."

먼로는 의아하다는 듯이 말끝을 흘렸다.

"산책하시는 것처럼 해서 그들이 돌아와 있는지만 확인하시면 됩니다. 혹시라도 그들과 마주치는 일이 있어도 욱하는 마음에 섣불리 싸움을 거신다거나 쫓아가신다거나 해서는 곤란합니다. 그저 모른 체하고 저에게 바로 전보를 치십시오. 물론 이 사실은 여기 있는 우리만 알고 있어야 합니다. 전보를 받는 즉시 출발한다면 한 시간 안에 노벨리에 도착할 수 있을 겁니다."

"오, 직접 방문해 주시겠다는 거군요. 정말 감사합니다. 시키시는 대로 하겠습니다."

"좋습니다. 도착하는 즉시 고민거리를 해결해 드리지요."

"그런데 홈스 씨?"

먼로는 근심 어린 표정으로 홈스를 불렀다.

"혹시 사람이 없다면 어떻게 하지요? 아직도 빈집이라면?"

"그런 경우라면 달리 손을 써야겠지요. 하지만 그건 노벨리에 가서 의논해도 늦지 않습니다. 어쨌든 진상을 알기 전에 미리 비관할 일은 아닙니다."

홈스는 먼로에게 부드러운 미소를 지어 보였다.

그림자의 정체

홈스는 밝은 표정으로 그랜트 먼로를 현관까지 배웅했다. 그러나 방에 들어서자마자 의자에 털썩 주저앉는 그의 얼굴은 결코 밝지 않았다.

"곤란한걸!"

그는 혼자 중얼거리듯이 말했다.

"먼로 씨에게는 금방 해결될 것 같다고 하더니 왜 어려울 것 같은가?"

"어렵다기보다 고약한 사건이라서 말이야."

홈스는 이마 전체에 주름이 잡힐 정도로 얼굴을 찡그리고 있었다.

"하기야 기분 좋은 얘기는 아니었지. 나도 은근히 기분이 나빠지더군."

"그래, 아주 기분 나쁘고 고약한 사건이지. 이건 두말할 것도 없이 협박이네."

"협박?"

나는 나도 모르게 소리를 높였다.

"도대체 누가 협박을 한단 말인가?"

"저택에서 유일하게 아늑하고 잘 꾸며진 방의 주인, 바로 먼로 부인의 사진을 벽난로 위에 장식해 놓고 있는 사람이겠지."

"그 방은 먼로 씨가 2층 창문 너머로 보았다던 노란 얼굴의 사람이 있었던 방 아닌가?"

"그렇지. 분명 그자야. 노란 얼굴이라……, 중요한 단서겠어. 어쨌든 이 사건을 직접 해결하고 싶어졌네."

홈스는 사건에 대한 의욕은 있었지만 기분은 별로 좋은 것 같지는 않았다. 그도 그럴 것이 연약한 한 여성이 괴물 같은 인간에게 협박을 당하고 있는 사건이 아닌가! 나 역시 화가 치밀어 올랐다.

"홈스, 정숙한 부인을 괴롭히는 자가 누구인지 자네는 알겠나?"

"그래, 아직 가정이기는 하지만."

"그게 누군가?"

"부인의 전남편일 거야."

"뭐?"

나는 어이가 없었다.

"그 사람은 죽었다고 하지 않았나?"

"그래, 먼로 씨는 그렇게 알고 있어. 하지만 죽은 것을 직접 본 것도 아니고 사망 증명서도 원본이 아니었네. 왓슨, 자네 말처럼 정숙한 부인이 한밤중에 몰래 외출을 했고 남편과의 약속마저 어겼지. 그런데도 이유를 설명하기는커녕 온몸을 던져 남편을 막는 것에만 급급했어. 무언가 먼로 씨가 보지 않았으면 하는 게 있었던 거야. 왓슨, 재혼한 여자가 현재의 남편에게 가장 보이고 싶지 않은 게 무엇이겠나?"

"하지만……."

"좋아, 내가 추리한 것을 자세히 설명해 주지."

홈스는 내가 미심쩍어 하자 자세히 설명하기 시작했다.

"내 추리는 다음과 같네. 부인이 미국에서 결혼했었던 것은 사실이야. 하지만 남편이 죽은 것이 아니라 몹쓸 병이나 사고로 끔찍한 모습이 되었던 거지. 병이라면 나병일 확률이 높을 걸세. 하여간 자신의 모습에 비관한 남편은 점점 괴팍한 성격으로 변했고 부인을 괴롭히기 시작했어. 결국 부인은 더 이상 참지 못하고 남편을 피해 영국으로 도망을 쳤던 거야. 이름을 바꿨고 재혼까지 했지. 가짜 사망 증명서 같은 건 돈만 있으면 얼마든지 만들 수 있어. 모든 것이 순조로웠지. 적어도 두 달 전까지는 말일세.

이름을 바꾼 노력에도 불구하고 전남편이 마침내 부인의 거처를 찾아내고 말았던 거야. 먼로 씨에게 무례하게 굴었다는 여자도 한패겠지. 그 두 사람은 부인에게 편지를 보내서 모든 사실을 현재의 남편에게 밝히겠다고 협박했네. 그래서 부인은 남편에게 1백 파운드를 요구했고 그것으로 전남편을 쫓아 보내려 했어. 그게 바로 두 달 전이었네. 그런데 전남편은 급기야 이웃에 집을 얻어 부인을 가까이에서 괴롭히기 시작한 거야.

먼로 씨가 노란 얼굴의 사람을 처음 본 날 잠들기 전에 부인에게 그 저택에 누군가가 이사를 왔다고 이야기했다는 것을 자네도 기억할 걸세. 그때 부인은 자고 있던 것이 아니었네. 단지 그 이웃이 전남편이라는 걸 알고 있었기 때문에 자는 척을 했던 거지. 결국 남편이 잠들기를 기다려 그 저택으로 달려갔고 전남편에게 애원을 했어. 하지만 전남편은 쉽게 물러서지 않았겠지. 부인은 위험하다는 것을 알

앉지만 다음 날 다시 찾아갈 수밖에 없었어. 그런데 현재의 남편에게 그 모습을 들키고 말았던 거야. 그 부인에게는 불행이었지. 부인은 어떻게 해서든 먼로 씨와 전남편을 만나게 하고 싶지 않았네. 다시는 그 저택에 가지 않겠다고 약속을 하고는 일단 위기를 모면했던 거야.

부인은 잘 알고 있었네. 전남편이 가까이에 있고서는 지금의 행복은 언제 깨질지 모르는 유리그릇과 같다는 걸 말이야. 어떻게든 쫓아 버려야만 했네. 하지만 먼로 씨가 며칠 동안 집에만 있었기 때문에 부인은 어쩔 도리가 없었지. 기회를 엿보면서 기다리는 수밖에. 결국 기회는 사흘 후에 찾아왔네. 먼로 씨가 런던에 나갔던 거야. 부인은 전남편이 요구한 대로 자신의 사진을 들고 그 저택에 갔네. 그러나 불행하게도 먼로 씨가 평소보다 빨리 돌아왔던 거야. 가정부에게서 남편이 돌아왔다는 소식을 전해들은 부인은 만약을 대비해서 그 저택의 두 사람을 뒷문을 이용해 피신시키고 서둘러 집으로 돌아갔지. 그래서 먼로 씨가 그 저택에 갔을 때 아무도 없었던 걸세. 어쨌든 미국에서 온 두 협박자들은 아직 원하는 것을 얻지 못했기 때문에 그대로 사라졌을 리 없어. 분명 그 저택에 돌아와 있을 거야."

"지나친 비약이 아닐까?"

"그럴지도 몰라. 하지만 지금까지 들은 이야기만으로 얻어 낼 수 있는 가장 타당성 있는 추리이기도 하지. 어쨌든 노벨리로 가면 해결의 열쇠를 얻을 수 있을 거야. 새로운 사실이 있다면 그때 가서 수정하기로 하세. 하지만 일단은 따뜻한 차나 마시면서 먼로 씨에게서 전보가 오기를 기다리는 것 말고는 별로 할 일이 없군."

홈스는 초인종을 눌러 허드슨 부인에게 차를 부탁했다. 하지만 우리의 기다림은 그다지 길지 않았다. 차를 다 마시기도 전에 전보가 배달되었던 것이다.

저택 창에 노란 얼굴이 보였음. 사람이 있는 것이 확실함.
7시 기차로 방문 바람. 약속대로 도착 전까지 아무것도 하지 않겠음.

노벨리 역에 내린 사람은 홈스와 나, 이렇게 두 사람뿐이었다. 먼로는 플랫폼에서 우리를 기다리고 있었다. 정거장의 불빛에 드러난 그의 얼굴은 창백했다.

그는 다짜고짜 홈스의 손을 덥석 잡았다.

"아직 있습니다."

먼로는 몹시 흥분한 상태였다.

"역으로 올 때 보니까 저택에 불까지 켜져 있더군요. 오늘에야말로 이 문제를 깨끗이 끝내고 말 겁니다."

"어떻게 하시려고 그러십니까?"

"집 안으로 쳐들어가서 이 두 눈으로 집주인이 누군가를 확인해야 하지 않겠습니까? 그러기 위해 이곳에 오신 게 아닌가요?"

홈스는 그의 질문에 대답하지 않았다. 먼로는 그것을 긍정의 뜻으로 알았는지 목소리에 힘을 주며 말했다.

"만일의 경우에 두 분은 증인이 되어 주시기 바랍니다."

"부인께서는 시간적인 여유를 원하시는 모양인데 꼭 그렇게 하셔야 되겠습니까?"

"물론입니다. 저는 알아야겠습니다. 이대로는 제가 견딜 수 없습니다. 제 결심은 변하지 않습니다."

먼로의 태도는 강경했다.

"알겠습니다. 때로는 의혹으로 고통을 받기보다는 상처가 될지라도 진실을 아는 것이 나을 수도 있지요. 그렇게 하십시오. 자, 지금부터 하는 일은 법률적으로는 두말할 것도 없이 불법 행위이지만 해 볼 만한 가치는 있을 겁니다. 그럼 저택으로 바로 가 볼까요?"

우리는 별 하나 없이 어두운 가로수 길을 걸었다. 양쪽으로 산울타리가 둘러쳐져 있는 오솔길에 접어들자 이슬비가 내리기 시작했다. 길은 셋이 나란히 걷기에는 좁았다. 그래서 먼로가 앞장을 섰고 홈스, 그 뒤에 내가 줄을 지어 걸었다. 먼로는 초조한 듯 빠르게 걸었으므로 맨 뒤에 따라가던 나는 숨이 턱까지 차오를 지경이었다.

"저기가 제 집입니다."

먼로는 나뭇가지 사이로 반짝거리는 불빛을 가리키며 속삭였다.

"이제 다 왔습니다. 바로 저 집입니다."

우리가 목표로 하고 있던 저택은 그 길 끝에 자리하고 있었다. 그 좁은 오솔길이 바로 저택으로 들어가는 샛길이었던 것이다.

어두웠지만 그 윤곽만으로도 저택이 얼마나 잘 지어진 집인지 알 수 있었다. 저택은 큰 편은 아니었지만 허술해 보이는 데라고는 없었다. 마치 키는 작지만 다부진 몸매의 남자를 보는 듯했다. 저택은 사람들이 모두 잠이라도 자는 듯 두 군데를 제외하고는 모두 불이 꺼져 있었다. 불빛은 2층의 창문과 현관에서 새어 나오고 있었다. 문틈으로 불빛이 새어 나오고 있는 것으로 보아 현관문은 열려 있는 것이 틀림없었다. 2층의 불빛은 정원의 나무에 비칠 정도로 밝았다. 우리는 약속이나 한 듯 불이 켜져 있는 2층의 창문을 바라보았다. 순간 검은 그림자가 커튼에 어른거렸다.

"모두 보셨지요? 커튼에 비친 사람의 그림자 말입니다. 분명히 그

자입니다. 노란 얼굴의 그 괴상한 자일 겁니다."

먼로는 흥분해서 목소리가 갈라지는 것도 아랑곳하지 않고 빠르게 말했다.

"곧 모든 것이 밝혀지겠군요. 자, 어서 들어가시죠. 제가 앞장서겠습니다."

먼로는 호기롭게 성큼성큼 앞으로 나갔다. 나는 발걸음을 옮기려다 말고 홈스를 쳐다보았는데 그의 얼굴은 잔뜩 굳어 있었다. 긴장을 해서 그런 건지 화가 난 건지는 알 수 없었다. 그러나 홈스가 먼로 뒤를 따라서 움직였기 때문에 물어볼 수는 없었다.

우리는 곧장 현관문으로 향했다. 그때였다. 갑자기 어둠 속에서 한 사람이 나타나 우리 앞을 가로막고 섰다. 현관의 불빛을 등지고 있어서 얼굴은 볼 수 없었지만 옷차림으로 보아 여자가 틀림없었다. 그녀는 우리를 더 이상은 앞으로 못 나가게 하려는 듯 양팔을 크게 벌렸다.

"그랜트, 안 돼요. 부탁이니 제발 그만둬요."

"에피, 어떻게 당신이……."

에피 먼로였다. 그녀의 목소리는 간절했고 격앙되어 있었다. 먼로도 당황한 듯했다.

"왠지 오늘 밤 돌아오실 것 같았어요. 그보다 제발 나를 믿어 주세요. 당신에게 말하지는 못하지만 당신을 배반하는 일 따위는 하지 않았어요. 그랜트, 제발 후회할 일을 만들지 마세요."

"그만!"

먼로는 격하게 소리쳤다.

"이대로는 당신을 믿을 수 없소. 오늘은 무슨 일이 있어도 이 수수께끼 같은 문제를 풀어야겠단 말이오. 이분들이 증인이 되어 주실 거요. 그러니 저리 비켜요."

먼로는 아내를 거칠게 밀어젖혔다. 그리고 열려 있던 현관을 향해 돌진했다. 우리도 서둘러 그의 뒤를 따랐다. 집 안에서도 우리를 막고 나서는 사람이 있었다. 날카롭게 생긴 중년 여자가 달려 나왔던 것이다. 그러나 그 여자는 흥분한 먼로의 적수가 되지 못했다. 거칠게 떠미는 먼로에 의해 휘청거리며 넘어지고 말았다. 나는 그 여자를 부축할 생각도 못한 채 재빠르게 계단을 뛰어 올라가는 먼로의 뒤를 따랐다. 그것은 홈스도 마찬가지였다. 단숨에 2층으로 올라간 먼로는 조금의 망설임도 없이 어떤 방의 문을 열어젖혔다. 어두운 복도로 환한 빛이 쏟아져 나왔다.

방 안은 한눈에 보기에도 아늑했다. 가구도 꽤나 훌륭한 것이어서 누군가 신경 써서 방을 꾸몄다는 것을 알 수 있었다. 불빛은 테이블과 벽난로 위에 각각 두 자루씩 놓여 있는 초에서 흘러나오고 있었다. 방은 밖에서 본 대로 빈방이 아니었다. 그러나 나는 의외의 광경에 놀라지 않을 수 없었다. 그 방에는 성인 남자가 아니라 작은 소녀가 있었던 것이다.

소매 없는 붉은 원피스를 입고 있는 소녀는 흰 장갑을 낀 채 책상 앞에 앉아 엎드려 있었다. 소녀는 문소리에 놀랐는지 몸을 일으키더니 고개를 돌렸다.

"헉!"

나는 너무 놀라서 나도 모르게 비명을 지르고 말았다. 이쪽을 향해 있는 소녀의 얼굴이 마치 죽은 자의 얼굴 같았던 것이다. 온기라고는 하나도 없어 보이는 흙빛의 얼굴에는 표정도, 생기도 없었다. 그것은 그 나이의 어린아이가 가질 만한 것이 아니었다. 놀라기는 먼로도 마찬가지인 듯했다. 그는 두 눈을 크게 뜬 채 굳어 버린 사람처럼 꼼짝도 않고 서 있었다. 시간이 정지한 듯 우리는 그 누구도 먼저 움직이지 못했다. 정지된 시간을 푼 것은 홈스였다.

"이런……."

홈스는 빙그레 웃으며 소녀에게 다가가 가만히 소녀의 귀밑으로 손을 가져갔다.

아내의 비밀

"아니!"

먼로의 비명에 가까운 탄성이 터졌다. 홈스의 손이 움직이는 것과 동시에 소녀의 얼굴에서 무언가가 떨어져 나갔던 것이다. 가면이었다. 하지만 놀라움은 거기에서 그치지 않았다. 가면 뒤의 소녀는 어둠보다 더 새까만 피부를 가진 흑인 소녀였다. 소녀는 흰 치아를 드러내고서 해맑게 웃고 있었다. 마치 우리가 놀라고 있는 모습이 꽤나 재미있다는 표정이었다.

"맙소사!"

나는 하도 어이가 없어서 웃음을 터뜨리고 말았다.

그러나 먼로는 자신의 목에 손을 댄 채 얼어붙은 듯 소녀를 바라보며 서 있었다. 먼로의 입에서는 신음과 같은 말이 새어 나왔다.

"아니, 이게 도대체…….."

"그건 제가 설명해 드리지요."

어느새 먼로 부인이 방에 들어오고 있었다. 그녀는 아까와는 달랐

다. 어찌나 침착하던지 위엄마저 느껴질 정도였다.

"숨기려 했지만 이렇게 된 이상 하는 수 없지요. 하지만 이야기를 들은 후에는 당신 뜻대로 하세요. 당신의 처분을 따를게요. 저와 헤어지는 걸 원하신다고 해도 말이에요."

"무슨 소리요, 헤어지다니. 에피, 난 단지 진실을 알고 싶은 거요."

먼로는 이 상상 외의 상황에 기가 죽은 듯했다.

"결혼 후 저는 한 번도 부정한 짓을 하지 않았어요. 하지만 결혼 당시 당신에게 숨긴 것이 있어요."

"숨기다니, 그게 뭐요?"

애걸하고 있는 쪽은 이제 부인이 아니라 먼로였다. 부인은 마침내 결심이 선 듯 똑바로 자신의 남편을 바라보았다.

"놀라지 마세요. 사실 저에게는 아이가 있어요."

"뭐요? 아이라면 황열병에 걸려……."

"그렇게 말했지요. 하지만 황열병으로 죽은 건 전남편뿐이에요.

아이는 아직도 살아 있어요."

침묵이 흘렀다. 먼로는 당황했지만 부인은 아무런 동요도 없이 당당했다. 그 어떤 처분도 달게 받겠다는 태도가 역력했다.

"그럼……, 저 아이가 당신 딸이오?"

먼로의 목소리는 떨리고 있었지만 나름대로 안정을 되찾은 듯했다. 부인은 말없이 고개를 끄덕이더니 목에 걸려 있던 제법 큰 은제 로켓(사진 등을 넣기 위해 목걸이에 다는 작은 갑 - 역자 주)을 손에 올려 놓았다.

"아마 당신은 이 안을 보신 적이 없을 거예요."

"난 그저 목걸이라고만 생각했는데……."

"네, 그러셨겠지요. 하지만 이 안에는 당신에게 숨긴 또 하나의 비밀이 숨어 있어요."

부인은 로켓의 뚜껑을 열었다. 그 안에는 누군가의 사진이 들어 있었다. 사진의 주인공은 잘생기고 총명해 보이는 젊은 남자였는데 우리를 놀라게 한 건 그가 의심할 데 없이 아프리카의 피를 이어받은 사람이라는 것이었다.

"이분이 바로 제 전남편인 존 헤브론이에요."

부인은 짧은 한숨을 쉬었다.

"존은 애틀랜타에서 촉망받는 젊은 변호사였어요. 하지만 그것 때문에 그분과 결혼했던 것은 아니에요. 세상의 관습이나 따가운 시선에도 굴하지 않을 수 있었던 것은 존이 더없이 훌륭한 인격의 소유자였기 때문이었어요. 결국 저는 그와 결혼했고 세상과는 담을 쌓고 지내게 되었어요. 소위 백인 사회라는 곳과 인연을 끊었던 거지요. 하지만 단 한 번도 후회해 본 적이 없었어요. 적어도 그 사람이 살아 있는 동안에는 말이에요."

"따님 때문에 힘드셨겠군요?"

지금껏 잠자코 있던 홈스가 물었다.

"네, 딸인 루시가 검은 피부를 타고났다는 게 문제였어요. 하지만 그것도 존이 살아 있을 때에는 문제가 될 게 없었어요. 하지만 존이 뜻하지 않게 전염병으로 죽게 되자 백인 여자와 사는 흑인 아이라는 세간의 손가락질이 날이 갈수록 심해지더군요."

"그래서 혼자서 영국으로 온 거요?"

"아니에요."

부인은 강하게 부인했다.

"남들이 모두 손가락질을 한다고 해도 루시는 저에게 소중한 딸이에요. 살갗이 검든 희든 그건 중요하지 않아요."

그때 소녀가 구르듯 달려가더니 부인의 옷자락에 매달렸고 부인은 그런 소녀를 따뜻하게 안아 주었다.

"제가 이 아이를 미국에 남겨 두고 온 것은 사실이지만 그건 몸이 약했기 때문이었어요. 당시 루시는 오랫동안 여행하는 게 무리였거든요. 더구나 환경이 바뀌면 더 악화될 수도 있었지요. 사실 영국은 환자가 살기에 좋은 기후는 아니잖아요. 저에게 선택의 여지는 없었어요. 결국 스코틀랜드 출신의 유모에게 맡긴 채 저만 영국으로 오고 말았지요. 아까 문 앞에서 본 사람이 바로 그 사람이에요. 보기에는 사납고 무뚝뚝한 것 같지만 누구보다도 착하고 의리가 있는 사람입니다. 그 사람을 믿을 수 없다면 세상에 믿을 수 있는 사람은 없는

거나 마찬가지일 거예요. 하지만 끝까지 아이를 미국에 혼자 버려
둘 생각은 아니었어요. 몸이 건강해지면 곧 데려오려고 했어요. 그
런데……."

"먼로 씨를 만나신 거군요?"

부인은 홈스의 질문에 가만히 고개를 끄덕였다.

"우연하게 만났지만 인연이었는지 점점 사랑하게 되고 만 거지요.
그러자 과거의 남편이 흑인이라는 것도, 게다가 피부가 까만 아이가
있다는 것도 말하기 두려워졌어요. 그랜트, 맹세코 당신을 속이려고
작정했던 건 아니에요. 다만 사실을 알게 되면 당신이 떠나 버릴 것
만 같았어요. 몇 번이고 사실을 말해야 한다고 생각했지만 그때마다
용기가 나지 않았을 뿐이에요. 저는 당신을 잃고 싶지 않았어요. 결
국 당신과 딸 중 어느 한쪽을 선택해야만 하는 기로에 서게 되었지
요. 그때 저는 당신을 선택했던 거예요."

부인은 잠시 말을 멈추고 흐르는 눈물을 닦았다.

"막상 결혼을 하고 나니 더더욱 밝힐 수 없었어요. 결국 어린 딸을
미국에 홀로 남겨 둔 채로 3년이나 흘렀지요. 물론 유모와 편지를 주
고받았기 때문에 아이가 잘 지내고 있다는 것을 알고 있었어요. 하
지만 날이 갈수록 아이가 보고 싶어 견딜 수가 없더군요. 참으면 참
을수록 더욱 생각났어요. 그리고 아이를 버린 엄마라는 죄책감에 시
달리기도 했어요. 그래서 당신에게 탄로 날 위험이 있다는 걸 잘 알
면서도 아이를 영국으로 데려올 계획을 세웠지요. 물론 계속 같이
있겠다는 건 아니었어요. 그저 2, 3주 동안만이라도 가까운 곳에서
살게 하다가 다시 보낼 생각이었어요.

저는 그랜트에게 받은 1백 파운드를 유모에게 송금했어요. 그리
고 유모 이름으로 이 저택을 빌리라고 일렀지요. 저와는 아무런 관

계가 없는 이웃이 이사 오는 것처럼 말이에요. 하지만 저이에게 조심하느라고 자주 소식을 주고받지 않아서 언제 이사 오는지는 모르고 있었어요. 그런데 공교롭게도 이 집에 사람이 입주했다는 것을 그랜트가 제일 먼저 알고는 저에게 이야기해 주었던 겁니다.

저는 딸아이가 왔다는 소식에 흥분이 되어서 잠도 오지 않았어요. 그랜트가 자는 것을 확인하자 아침까지 기다릴 수가 없었지요. 저이는 일단 잠들면 여간해서는 깨지 않았으니까 안심할 수 있다고 생각했거든요. 그래서 한밤중에 몰래 빠져나갔던 거예요. 하지만 그랜트는 제가 나가는 것을 눈치 채고 말았어요.

이튿날도 마찬가지였어요. 하지만 그랜트는 이 집에서 나오는 저를 목격하고도 더 이상 캐묻지 않았지요. 제 부탁을 들어준 겁니다. 고맙게도 말이에요. 그러나 사흘이 지난 후 그랜트가 런던에 가자 저는 루시를 보러 오지 않을 수 없었습니다. 저이가 일찍 돌아올 줄은 꿈에도 모르고 말이에요. 다행히 나가기 전에 가정부에게 일러두었기 때문에 당신이 이 집으로 들이닥치기 전에 루시와 유모를 뒷문으로 빠져나가게 할 수 있었지요. 하지만 결국 이렇게 되어 버렸군요. 그랜트에게만은 알리고 싶지 않았는데…… . 3주만 참아 주었으면 모든 것이 제자리로 돌아갔을 텐데. 어쨌든 이것도 다 운명이겠지요."

"이 가면은 아이를 숨기기 위한 방편이었나요?"

"그래요. 이 아이가 철없이 창밖을 내다보다가 사람 눈에 띄어 흑인 아이가 있다는 소문이 나면 곤란했거든요. 흑인이라고 하면 주변의 이목이 집중될 게 뻔하니까요. 그러면 제가 이 집을 드나들 수 없을 거고 말이에요. 이곳을 마음 놓고 드나들 수 없다면 무리하면서까지 루시를 이곳에 데려온 노력이 모두 허사가 되는 것이니 어쩔 수 없었어요. 아이에게는 미안한 일이었지만 검은 피부를 감추려면 가면을 씌울 수밖에 없었던 거예요. 가면뿐이 아니었어요. 긴 장갑까지 끼게 했지요. 아, 정말 제

가 어떻게 된 모양이에요. 그랜트에게 알리지 않아야 한다는 생각만으로 제정신이 아니었던 게 틀림없어요. 이 어린 아이에게 외로움을 준 것도 모자라서 그런 수고까지 하게 하다니……. 전 정말 엄마 자격이 없는 여자예요. 그랜트, 제 얘기는 이게 전부예요. 더 이상 숨기는 것은 없어요. 당신이 헤어지자 하시면 그렇게 하겠어요. 망설이지 말고 속마음을 말해 줘요."

부인은 절망적인 표정으로 고개를 숙였다. 그리고 마치 기도라도 하는 사람처럼 두 손을 모으고 남편의 말을 기다렸다.

그랜트 먼로는 말이 없었다. 이 사건의 결론은 그만이 낼 수 있었기 때문에 우리 모두는 그가 입을 열기만을 기다렸다. 부인에게는 그 시간이 마치 백 년처럼 길게 느껴졌을 것이다.

얼마나 지났을까? 먼로는 성큼성큼 걸음을 옮겨 소녀를 안아 올리더니 그 볼에 입을 맞추었다. 그리고 소녀를 한 손에 안고 다른 팔을 아내에게 내밀었다.

부인은 눈물이 맺힌 눈으로 그를 응시했다.

"자, 집으로 돌아갑시다. 얘기는 편한 자리에서 천천히 나누기로 하고 말이오. 에피, 나는 당신이 생각하는 것처럼 그렇게 옹졸한 사람은 아닐 거요."

먼로 부인은 그의 손을 잡고 오열을 터뜨렸다. 그녀의 눈에서는 기쁨의 눈물이 흘러내리고 있었다.

홈스와 나는 자신들의 집으로 돌아가는 그들의 뒤를 따라 저택을 나왔다. 오솔길을 벗어났을 때 홈스가 나의 옷소매를 잡아끌며 속삭였다.

"우리는 더 이상 노벨리에서 할 일이 없는 것 같지 않나?"

우리는 그길로 런던의 베이커 가로 돌아왔다.

"그 부인에게는 정말 다행스러운 일 아닌가?"

식사를 마친 후 내가 물었지만 홈스는 고개만 끄덕일 뿐 더 이상 말이 없었다. 하지만 그날 밤, 내가 촛대를 들고 침실로 들어가려고 하자 이렇게 말했다.

"왓슨, 내가 내 능력을 과신하거나 증거를 찾는 데 노력을 하지 않고 지레짐작으로 덤벼들거든 내 귀에 대고 조용히 속삭여 주게. '노벨리'라고 말이야."

그러면서 홈스는 씁쓸한 미소를 지으며 늘어져라 기지개를 폈다.

증권거래소 직원

홀 파이크로프트

성실한 런던 토박이. 군인이나 운동선수를 해도 손색이 없을 정도의 체격을 소유했다. 뜻하지 않은 불행으로 실직을 했으나 일에 관한 한 능력도 있고 머리도 좋다. 주어진 일을 끈기 있게 해내는 성실한 청년이다. 사건의 단서를 발견할 정도로 눈썰미도 있다.

아서 핀너

유대인으로 보이는 사나이. 공인회계사. 보통 키와 보통 체격의 남자로 머리카락과 눈동자, 심지어 턱수염까지 온통 검다. 시원스러운 입매와 선한 인상의 눈매가 인상적이다. 매부리코로 인해 고집스럽게 보이나 대화로 사람을 즐겁게 하는 능란한 화술을 지녔다.

해리 핀너

아서 핀너의 형. 사업가. 동생과 놀라울 정도로 닮았지만 동생과는 달리 머리가 금발에 가깝고 깔끔하게 면도를 하고 다닌다. 꼼꼼한 성격이고 융통성이 있다. 사건의 열쇠를 쥐고 있다.

1893년 3월에 발표된 〈증권거래소 직원〉은 1891년 8월에 발표된 〈붉은 머리 연맹〉과 흡사한 구조를 이루고 있다. 〈붉은 머리 연맹〉의 의뢰인이 하루 네 시간, 대영 백과사전을 베끼는 일을 하고 주급 4파운드를 받았다면 〈증권거래소 직원〉에서의 의뢰인은 주급 10파운드를 받고 온종일 인명록을 보고 직업별 리스트를 작성한다. 즉 〈붉은 머리 연맹〉의 유머러스하고 기발한 '사건의 실마리'가 〈증권거래소 직원〉에서는 재탕이 된 느낌이다.

그러나 보다 긴박한 결말과 1인 2역 등의 설정으로 사랑을 받았다. 그래서 어떤 추리 작가는 이 작품을 홈스의 사건 중 베스트 12로 꼽기도 한다.

홈스의 방문

나는 결혼 직후 패딩턴 가에 있는 병원을 인수해서 내 이름으로 개업했다. 원래 그 병원은 파쿠어 박사가 운영하던 곳으로 그가 젊었던 시절에는 근방에서 제일가는 병원으로 꼽혔다고 한다. 환자가 쉴 틈 없이 몰려들었고 명성도 자자했다. 그러나 파쿠어 박사에게 노인성 무도병 증세가 나타나기 시작하면서 급격하게 쇠락하고 말았다. 자신의 병도 고치지 못하는 의사에게 자신의 몸을 맡길 환자는 없었던 것이다. 결국 내가 병원을 인수했을 때에는 연 1천2백 파운드에 달했던 수입이 3백 파운드까지 떨어져 있었다.

비록 싼 가격에 인수하기는 했지만 과거의 영화가 고스란히 느껴지는 병원이었다. 진료실과 대기실은 널찍하고 의료기도 없는 게 없었다. 나는 이 병원에 과거의 번영을 되찾아 주고 싶었다. 파쿠어 박사에게는 없는 건강한 육체와 젊음이 내게는 있기 때문이었다.

비록 개업의로서 경험은 부족했지만 의학 지식이나 의료 기술에도 어느 정도 자신이 있었다. 나는 죽어라고 병원에 매달렸다. 덕분에 환자가 차츰 늘기 시작했고 내 명성도 높아 갔다. 하지만 부와 명예가 높아질수록 내 친구 홈스와는 소원해졌다. 개업을 한 뒤로 석 달 동안은 홈스와 만난 일이 없을 정도였다. 물론 안부를 묻기 위해 홈스 쪽에서 먼저 나를 찾는 일 따위는 절대로 없었다. 홈스는 특별한 일이 아니고서는 도무지 외출을 하지 않았으니까 말이다.

그러던 6월의 어느 토요일이었다. 아침식사를 마치고 거실에서 〈영국 의학 회보〉를 읽고 있는데 초인종이 울렸다. 하녀가 문을 열어주는 소리를 듣고 있던 나는 다음 순간 내 귀를 의심했다. 날카롭고 약간 갈라진 홈스의 목소리가 들려왔던 것이다.

"왓슨, 오래간만일세."

홈스가 성큼성큼 거실로 들어왔다.

"아니? 이게 누구야? 홈스, 어서 오게."

"부인은 좀 어떠신가? '네 개의 서명' 사건에서 받은 충격에선 완전히 벗어나셨겠지?"

"물론이야. 잘 지내고 있네."

나는 반갑게 그와 악수를 했다.

"그나저나."

홈스가 흔들의자에 앉으며 말했다.

"병원이 바쁘기로서니 너무 소원한 거 아닌가? 설마 내 사건에 관심이 없어진 건 아니겠지?"

"그럴 리가 있나? 어제도 늦게까지 사건 기록을 분류했는걸."

"그럼 더 이상은 새로운 사건을 기록할 마음이 없는 건가?"

"무슨 소리야? 새로운 사건이 있다면 당장이라도 뛰어들고 싶은 심정이라네."

"그렇다면 오늘은 어떤가?"

그때서야 홈스가 나를 찾아온 이유를 알 것 같았다.

나는 조금도 망설임 없이 말했다.

"두말할 것도 없네. 언제나 환영이야."

"버밍엄까지 가야 하는데도?"

"자네와 함께라면 어디라도 좋네."

"그렇게 말해 주니 고맙군. 하지만 병원은 어떻게 할 텐가?"

"그거라면 걱정할 것 없네. 이웃에 의사가 있는데 그가 일이 있을 때 내가 대신 환자를 봐줬으니까 도움을 청하면 모른 척하지는 않을 거야."

"좋아!"

홈스는 의자에 기대어 반쯤 감은 눈으로 나를 바라보며 말했다.

"그런데 자네는 요 며칠 동안 몸이 불편했었군. 여름 감기가 지독하다고 하던데 자네도 걸렸던 모양이지?"

"그렇다네. 심한 오한으로 지난주에 사흘 동안이나 누워 있었지. 지금은 다 나았지만."

"내가 보기에도 이제는 건강한 것 같군."

"그런데 내가 앓았다는 걸 어떻게 안 건가?"

"자네의 슬리퍼를 보고 알았네."

"슬리퍼라고?"

나는 신고 있던 에나멜가죽 슬리퍼를 내려다보았다.

"내가 본 것은 바로 바닥이라네."

"뭐?"

홈스는 빙그레 웃으며 설명을 이었다.

"자네가 신고 있는 슬리퍼는 산 지 3주밖에 안 되는 새것이네. 맞지?"

"맞네."

"그런데 내 쪽을 향해 있는 바닥이 약간 그을려 있어. 만약 발등에 붙어 있는 상표가 없었다면 물에 젖어서 난로에 말렸던 거라고 생각했을 거네. 물에 젖었다면 종이로 된 상표가 그대로 붙어 있을 리 없을 테니 말일세. 결국 그을린 자국은 자네가 난로 쪽으로 다리를 뻗고 있었기 때문에 생긴 거지. 그런데 감기에 걸린 사람이 아니고서야 이 더운 오뉴월에 뜨거운 난로 곁에서 불을 쬘 사람이 있겠나?"

늘 그랬지만 홈스의 추리라는 것은 설명을 듣고 나면 지극히 간단한 것이었다. 솔직히 맥이 빠지는 기분이었다. 그런 내 기분을 눈치 못 챌 홈스가 아니었다. 그는 금방 내 표정으로 내 생각을 읽었는지 씁쓸한 미소를 지어 보였다.

"아무래도 내 설명이 지나쳤나 보군. 마술도 그 이유를 알고 나면 싱겁기 짝이 없는 법이지. 결과만 말했어야 했는데 자네한테는 그게 잘 안 되는군."

"내 표정을 보고 그러는 거라면 실망할 것 없네. 그렇게 사소한 단서도 찾아내지 못하는 나 자신이 한심해서 그러는 거니까."

"그야 관심 분야가 다른 탓이겠지. 누구나 단서를 찾아낸다면 나는 직업을 잃을 게 아닌가? 어쨌든 버밍엄에는 같이 가는 거지?"

"물론이네. 그런데 어떤 사건인가?"

"사건이라고 할 만한 것인지 아닌지는 조금 더 두고 봐야겠지만 적어도 자네가 흥미를 가질 만한 색다른 특징을 갖고 있는 것만은 틀림없네. 나 역시 처음 듣는 순간 관심이 가더군. 하지만 시간이 없으니 자세한 건 기차에서 이야기하도록 하지. 실은 이 사건을 의뢰한 사람이 마차 안에서 기다리고 있거든. 지금 곧 출발했으면 하는데 괜찮겠나?"

"곧 준비하겠네. 잠깐만 기다려 주게."

나는 이웃 의사에게 병원을 부탁한 후 2층으로 올라가 아내에게 사정을 말했다. 다시 아래층으로 내려왔을 때 홈스는 현관 앞 계단에 서 있었다.

"옆집도 병원인가?"

홈스는 구리로 된 간판을 가리키며 물었다.

"그래. 나처럼 병원을 인수했지."

"먼젓번 의사가 병원을 오래 했었나?"

"우리 병원과 거의 같다네. 양쪽 모두 건물이 들어섰을 때부터 병원이었다고 하더군."

"그렇다면 자네가 인수한 병원이 더 잘됐었나 보군."

"그랬다고는 하더군. 한데 그건 또 어떻게 알았나?"

"현관의 돌계단을 한번 보게. 옆집보다 자네의 병원 돌계단이 더 닳아 있어. 개업한 시기가 비슷한데도 닳은 정도가 다르다는 건 드나든 사람의 수가 달랐다는 것 아니겠나?"

홈스의 말대로 우리 병원 쪽의 계단이 3인치가량 더 닳아 있었다. 그는 빠른 걸음으로 계단을 내려가 대기하고 있던 마차의 문을 열었다. 마차 안에는 한 사내가 앉아 있었다.

"인사하게. 이분은 사건을 의뢰해 오신 홀 파이크로프트 씨일세. 시간이 없으니 어서 마차에 오르게."

홈스는 마부에게 서둘러 역으로 가자고 이른 후 마차에 올랐다.

"이쪽은 아까 말씀드린 제 동료 왓슨 박사입니다."

런던 토박이인 듯한 사내가 점잖게 인사를 했다. 군인이나 운동선
수를 해도 손색이 없을 정도로 체격이 크고 듬직해 보이는 청년이었
다. 그는 혈색이 좋은 둥근 얼굴에 노랗고 곱슬곱슬한 콧수염을 기
르고 있었는데 전체적으로 정직하고 성실한 인상이었다. 그가 쓰고
있는 실크 모자나 입고 있는 검은 양복은 평소 검소한 그의 성품을
보여 주는 듯했다.

청년은 쾌활한 척하고 있었지만 입 양끝을 우스울 정도로 오므린
것으로 보아 뭔가 걱정거리가 있는 게 분명했다. 하지만 나는 차마
물어볼 수는 없었다. 홈스는 홈스대로 입을 굳게 다물고 있었기 때
문이다.

그저 홈스가 입을 열어 주기를 기다리며 달리는 마차에 몸을 맡기
고 있을 수밖에 없었다. 홈스가 내 궁금증을 풀어 준 것은 우리가 탄
버밍엄행 기차가 출발한 직후였다.

"파이크로프트 씨, 버밍엄까지는 정확히 70분이 걸립니다. 그 시
간 동안 제게 이야기해 주신 것처럼 당신이 경험하신 그 이상한 일을
제 친구에게도 들려주셨으면 합니다. 저도 한 번 더 자세히 들으면
서 생각을 정리하고 싶군요. 그러니 수고스럽겠지만 부탁드리겠습
니다."

"수고라니요? 이야기는 잘 못하지만 도움이 되신다면 몇 번이라
도 해 드리겠습니다."

청년은 눈을 반짝이며 천천히 이야기를 시작했다.

뜻밖의 추천

"이번 일로 제가 가장 참을 수 없는 것은 바로 저 자신입니다. 나중에 모든 게 다 해결된다고 해도 제가 그런 바보 같은 짓을 했다는 것만은 결코 잊을 수 없을 테니 말입니다. 게다가 만에 하나 제 생각이 맞는다면 저로서는 암담하기까지 합니다. 희망이라고는 눈곱만큼도 없는 미래가 기다리고 있다고 생각하니 답답할 수밖에요. 홈스씨를 찾아온 것도 어떻게든 해결이 되기를 원해서이기는 하지만 솔직히 말하면 절망스럽습니다. 결과라고 해 봤자 직장에서 제 목이 달아나는 것이겠지만 말입니다."

청년은 긴 한숨을 내쉰 후 말을 이었다.

"저는 지난 5년 동안 드레이퍼스 가든에 있는 콕슨 앤드 우드하우스라는 회사에서 근무했습니다. 그런데 지난봄에 베네수엘라 공채가 폭락하면서 회사는 많은 빚을 지게 되었고 급기야 부도가 나고 말았습니다. 그 때문에 스물일곱 명이나 되는 사원 모두가 실업자가 되고 말았지요. 제가 그간 성실히 일해 왔다는 것을 인정해 주신 콕슨 사장님께서 훌륭한 추천장을 써 주셨지만 새로운 직장을 구하기란 쉽지 않았습니다. 모집 광고도 눈여겨보고 직접 구직 광고도 냈지만 연락이 오는 곳은 없었습니다. 이곳저곳 사무실이란 사무실은 다 찾아다니고 수없이 계단을 오르내렸지만 제가 얻은 것은 창이 닳아빠진 구두가 전부였습니다."

"베네수엘라 공채 하락으로 한때 경기가 안 좋았으니 그럴 만도 했겠군요. 그때 부도난 회사가 한둘이 아니었던 걸로 기억합니다."

홈스가 말했다.

"맞습니다. 온통 실직자투성이였지요. 어쨌든 저는 실직 상태가 지속되면서 곤궁한 처지에 빠지게 되었습니다. 콕슨 앤드 우드하우스에서 일주일에 3파운드씩 받아서 알뜰하게 모아 두었던 70파운드마저 다 써 버리는 처지가 되고 만 겁니다. 구두가 해져도, 옷이 떨어져도 새것을 사는 건 꿈도 꾸지 못했습니다. 당장 그날 먹을 음식을 살 돈은 고사하고 심지어 구인 광고를 낸 회사에 이력서를 보낼 우표 값도 없는 지경이었거든요.

그러던 어느 날, 저는 비 온 뒤에 한 줄기 햇살 같은 소식을 접하게 되었습니다. 롬바드 가에 있는 모슨 앤드 윌리엄스라는 증권거래소에 결원이 생겨서 직원을 구하고 있다는 것을 알게 된 거지요. 아시는지 모르겠지만 그 회사는 런던에서 손에 꼽힐 정도로 자산 규모도 크고 튼실한 일류급 회사입니다. 게다가 근무 시간은 저번 회사와 같으면서도 급료는 오히려 1파운드가량이 많았지요. 모든 게 다 매력적이었습니다. 저는 마음이 설레었습니다. 그런 회사에 들어갈 수만 있다면 지금의 곤궁함은 금방 사라질 테니 말입니다.

응시 서류를 우편으로만 받았기 때문에 저는 바로 콕슨 씨가 써 준 추천장과 지원서를 보냈습니다. 하지만 채용되리라고 생각한 것은 아닙니다. 저와 같은 사람이 어디 한둘이겠습니까? 그저 마음만 굴뚝같았을 뿐이지요. 그런데 놀라운 일이 벌어졌습니다.

다음 월요일에 방문해 주십시오. 면접 후 특별한 결격 사유가 없는 한 곧 채용할 예정이며 업무에 가담하게 될 것입니다.

　회사 측으로부터 이런 내용의 답장이 왔던 겁니다. 제가 얼마나 기뻤는지 상상하실 수 있겠지요? 산더미같이 쌓인 응시 서류들 중에서 손에 잡히는 대로 뽑아냈다고 해도 제 서류가 뽑힐 확률은 거의 제로에 가까울 겁니다. 그런데 제가 선택되다니요? 친구들은 제가 뽑힌 건 그야말로 우연이라며 놀리기도 하더군요. 이유야 어떻든 저는 이 행운에 감사하며 꿈에 부풀었습니다. 그런데 일이 이상하게 돌아가기 시작한 건 바로 그날 밤부터였습니다.

　저는 햄스테드의 외곽인 포터스 테라스 17번지에서 하숙을 하고 있는데 보통은 일찍 잠을 자곤 합니다. 그런데 모슨 앤드 윌리엄스 증권거래소에서 편지가 온 그날 밤은 마음이 들떠서인지 도통 잠이 오지 않더군요. 하는 수 없이 거실 의자에 앉아 담배를 피우며 시간을 보내고 있었습니다. 그런데 하숙집 아주머니가 명함 한 장을 가지고 들어오시더군요. 명함에는 '공인회계사, 아서 핀너'라고 인쇄되어 있었습니다."

　"아는 분인가요?"

　내가 궁금함을 참지 못하고 물었다. 하지만 그는 고개를 저었다.

　"아닙니다. 처음 보는 이름이었습니다. 무슨 일로 왔는지 모르지

만 늦은 시간에 일부러 저
를 찾아온 사람을 그대로
돌려보낼 수는 없는 일 아
니겠습니까? 아주머니에
게 안으로 모셔달라고 부
탁드렸지요.

　방에 들어선 사람은 크
지도 작지도 않은 키에 보
통 체격의 남자였는데 머
리칼과 눈동자 그리고 턱
수염까지 온통 검은색이었고 유대인처럼 끝이 휘어져 내린 매부리
코가 인상적이었습니다. 시원스러운 입매와 서글서글한 눈매 때문
인지 화통한 성격의 소유자로 보였습니다. 그는 아무 거리낌 없이
큰 목소리로 말했습니다.

　'홀 파이크로프트 씨 되십니까?'

　'그렇습니다.'

　'얼마 전까지 콕슨 앤드 우드하우스에서 근무하셨지요?'

　그는 들어오자마자 다짜고짜 질문부터 퍼부어 대더군요.

　"맞습니다만, 누구십니까?"

　저는 그에게 의자를 권하며 물었습니다. 그러나 그는 대답 대신
그저 자신의 질문만 계속할 뿐이었습니다.

　'그리고 이번에 모슨 앤드 윌리엄스 증권거래소에 나가시게 되었
다는데 맞습니까?'

　'도대체 어떻게 그런 걸 다 아시는 겁니까?'

　저는 언짢아져서 약간 목소리를 높이며 물었습니다. 그러자 그는

만면에 미소를 띠며 쾌활하게 말하더군요.

'이런, 기분이 상하셨다면 용서하십시오. 실은 파커 씨의 소개로 찾아온 겁니다.'

'파커 씨라면 제가 전에 다니던 회사의 지배인이었던 분 말씀이신가요?'

'네, 맞습니다. 그분은 당신이 경리 능력이 뛰어나다면서 칭찬을 아끼지 않으시더군요.'

그의 설명을 듣자 저는 경계했던 마음이 풀어졌습니다. 그동안 꾀를 부리지 않고 열심히 일했던 것은 사실입니다만 특별히 절친한 사이도 아닌 파커 씨가 칭찬을 했다니 어쩐지 어깨가 으쓱하더군요. 정말 이런 평판을 듣게 될 줄은 꿈에도 몰랐습니다.

'파커 씨 말씀으로는 기억력도 뛰어나다던데 맞습니까?'

'뭐 대단한 것은 아닙니다.'

저는 겸손하게 말했습니다.

'실직하신 후에도 주식 시장 동향을 살피고 계셨겠지요?'

'물론입니다. 매일 아침 신문에서 시세를 살펴보고 있습니다.'

'그거 잘됐군요. 어떤 상황에서도 근면해야 성공하는 법이지요. 그럼 실례가 안 된다면 몇 가지 여쭤 봐도 될까요?'

'말씀해 보십시오.'

'에어셔의 주식 시세를 알고 계십니까?'

'1백 5파운드 내지 1백 5파운드 4분의 1가량 됩니다.'

'뉴질랜드 정리 공채(이미 발행한 여러 공채를 정리하기 위해 발행하는 공채 - 역자 주)는?'

'1백 4파운드입니다.'

'그럼 브리티시 브로큰 힐스는 어떻습니까?'

'7파운드에서 7파운드 6실링 정도 합니다.'

'훌륭합니다!'

남자는 박수를 치며 감탄을 거듭했습니다.

'역시 소문대로군요. 당신 같은 인재를 모슨 앤드 윌리엄스 증권 거래소 따위의 직원으로 두는 것은 아무래도 아깝다는 생각이 드는데요.'

저는 그의 과분한 칭찬에 몸 둘 바를 몰랐습니다.

'핀너 씨, 잘 봐주신 것은 감사하지만 저는 결코 그런 찬사를 받을 만한 사람이 아닙니다. 다시 일자리를 얻는 것도 무척 어려웠으니 말입니다.'

'겸손도 과하면 독이 된답니다. 어쨌거나 당신은 그런 곳에 만족해서는 안 됩니다. 재능을 충분히 발휘할 수 있는 지위를 얻어야 합니다. 하지만 제가 그 어떤 지위를 약속드린다고 해도 당신의 능력에 비하면 결코 충분한 보상이 되지 못할 테지요. 물론 모슨 앤드 윌리엄스보다는 월등히 나은 곳이지만 말입니다. 아, 그쪽에서는 언제부터 나오라고 하던가요?'

'월요일부터 출근하라고 했습니다.'

'장담하건대 파이크로프트 씨께서는 그 회사의 직원이 될 수 없을 겁니다.'

'그게 무슨 말입니까?'

'조금 더 정확히 말하자면 당신 스스로 모슨 앤드 윌리엄스의 직원이 되지 않으실 겁니다.'

그는 확신에 차서 떠들어 댔습니다."

불길한 행운

"**저는 하도** 어이가 없어서 잠시 말을 잃어버릴 정도였습니다."

파이크로프트 씨는 지금도 화가 나는지 언성을 높이며 말하고 있었다.

"하지만 저는 단호하게 말했습니다.

'제가 포기라도 한단 말씀이십니까? 그렇다면 잘못 보셨습니다. 절대로 그런 일은 없습니다.'

바보가 아닌 다음에야 어떻게 그만한 조건의 회사를 포기하겠습니까? 제가 완강히 부인하자 남자는 빙그레 웃더군요.

'내기를 해도 좋습니다.'

'무슨 근거로 그런 말씀을 하시는 겁니까?'

'혹시 프랑코 미들랜드 철물이라는 회사를 알고 계십니까?'

처음 듣는 회사였습니다.

'아니요.'

'그럴 테지요. 자본 자체가 비밀 출자인 데다가 은밀하게 활동하고 있으니까요. 사업 내용의 비밀을 유지할수록 돌아오는 이득이 크기 때문이지요. 게다가 런던에서 활동하기 시작한 지는 얼마 되지 않았으니 모르시는 것도 무리는 아닙니다. 하지만 프랑스 전역에 134개의 지점을 갖고 있는 큰 회사입니다. 또 벨기에 브뤼셀과 이탈리아의 산레모에도 지사가 있지요. 그 회사는 출자액에 따라 이사회가 구성되어 있는데 그중에 해리 핀너라는 분이 계십니다. 그분은 현재 전무이사이면서 회사의 발기인이자 바로 제 형님이시기도 합니다. 제가 당신을 찾아온 것도 바로 형님의 부탁 때문이었습니다.

형님은 젊고 패기가 넘치는 인재를 원하고 계시거든요. 하지만 회사의 성격상 공개적으로 구인광고를 낼 수 없는 형편이지요. 그래서 런던 사정에 밝은 제가 형님의 부탁을 받고 새 인물을 찾아 나서게 되었습니다. 그러던 차에 당신에 대해 파커 씨에게 듣게 되었던 거지요. 연봉은 처음에는 5백 파운드밖에 드릴 수 없지만 차후 거래 실적에 따라 수당을 받게 될 겁니다. 당신이 거래하는 금액의 1퍼센트를 받게 되는 거지요. 능력에 따라서는 연봉보다 수당으로 받는 금액이 더 많을 수도 있습니다. 그러니 섭섭한 연봉은 아닐 겁니다.'

저는 아무 말도 할 수 없었습니다. 모슨 앤드 윌리엄스의 급료가 전에 다니던 회사보다 많은 것은 사실이지만 그렇다고 해도 2백 파운드에 불과했습니다. 그런데 5백 파운드라니요? 게다가 수당까지 있다니⋯⋯. 하지만 다음 순간 제 머릿속은 의혹으로 가득 찼습니다. 똑같은 일에 그렇게 많은 급료를 지불할 사업주가 어디 있겠습니까?

'말씀은 감사하지만 저는 철물에 대해 아는 것이 없습니다.'

'우리가 당신에게 바라는 것은 철물에 대한 지식이 아니라 숫자에 대한 능력입니다. 바로 당신 전문 분야 말입니다.'

저는 제 생각을 솔직히 말하는 게 좋다고 생각했습니다.

'솔직히 말씀드리면 급료는 더할 수 없이 좋은 조건이지만 회사에 대해 아는 것이 없어서 뭐라 대답하기 어렵군요. 반면에 모슨 앤드 윌리엄스는 급료는 2백 파운드밖에 되지 않지만 믿을 수 있는 회사고……'

'과연!'

그는 제 말이 채 끝나기도 전에 큰 소리로 웃음을 터뜨렸습니다. 저는 어리둥절해서 그저 바라보기만 했지요. 한참을 웃어 대던 그는 아직도 웃음이 가시지 않은 얼굴로 이렇게 말했습니다.

'빈틈없고 날카로운 분이시군요. 당신이야말로 우리 회사에서 찾던 사람입니다. 하지만 이러니저러니 설명해 봤자 쉽게 믿어 주실 것 같지도 않고……. 자, 이렇게 하면 어떨까요? 이 1백 파운드 수표를 선금으로 드리겠습니다. 만약 우리와 일할 의사가 있으시다면 받아 주셨으면 합니다.'

이렇게까지 나오는데 어떻게 수락하지 않고 배길 수 있었겠습니까? 어쨌든 빈털터리였던 저에게 일순간에 1백 파운드라는 거금이 생기게 된 거니까요. 저는 조금 전까지 의혹을 품었다는 사실도 잊어버리고 말았습니다.

'그럼 언제부터 출근하면 됩니까?'

'내일 1시에 버밍엄으로 가시면 됩니다.'

'버밍엄요?'

'네, 주소는 코퍼레이션 가

126B번지입니다. 형님의 임시 사무실이 그곳에 있지요. 형님에게는 이 소개장을 드리면 됩니다. 최종적인 결정은 형님이 하시겠지만 당신의 채용은 이곳에 오기 전에 이미 결정된 것이나 다름없습니다.'

'대단히 감사합니다.'

'감사하다니요. 천만의 말씀입니다. 감사해야 할 사람은 바로 우리지요. 우리야 당신의 능력에 대한 정당한 보수를 지불하는 것뿐이니까요. 아, 그리고 잊을 뻔했는데 형식적인 일이지만 이와 똑같이 쓰시고 아래에 서명을 좀 부탁드립니다.'

그가 내민 종이에는 다음과 같이 씌어 있었습니다.

나는 연봉 5백 파운드의 조건으로 프랑코 미들랜드 철물 주식회사의 영업 지배인으로 근무할 것을 승낙한다.

이런 형식이 왜 필요한지 이해할 수 없었지만 저는 군소리 없이 새종이에 똑같이 쓰고 그 아래에 서명을 했습니다.

'좋습니다. 그건 그렇고……'

그는 제가 서명한 종이를 접어서 안주머니에 넣으며 말했습니다.

'모슨 앤드 윌리엄스 쪽에는 어떻게 하실 겁니까?'

그제야 제가 그쪽에 채용되었다는 것이 생각났습니다. 과분한 일자리에 넋이 나갔던 모양입니다.

'아직 출근을 한 것도 아니니 거절 편지를 쓰면 되지 않을까 싶습니다.'

'제 생각에는 그렇게 하지 않았으면 합니다.'

그는 조금 난처한 얼굴로 말을 이었습니다.

'사실은 이곳에 오기 전에 당신에 대한 일을 알아보기 위해 찾아 갔었는데 그만 그쪽 지배인과 말다툼을 하고 말았지요. 그가 다짜고 짜 우리가 당신을 빼내려 한다면서 화를 내기에 인재를 쓰려면 그만 한 대우를 해야 하는 것 아니냐고 맞받아쳤거든요. 그러자 비록 보 수가 적더라도 자기네 회사로 올 거라며 큰소리를 치더군요. 당사자 도 없는 데서 이러쿵저러쿵하는 게 좋지 않은 것 같았지만 그의 태 도에 화가 나서 견딜 수가 없었습니다. 그래서 우리의 채용 조건이 면 당신이 바로 우리 회사로 올 거라고 으름장을 놓았지요. 5파운드 까지 걸면서 말입니다. 그랬더니 당신에 대해 무례한 말까지 하며 그럴 리 없다고 하더군요.'

'무례한 말이라니, 무슨 말을 했다는 말씀이십니까?'

'그게……, 시궁창에 빠져 허덕이는 것을 구해 줬으니 자기네를 배신할 리 없다고…….'

'아니, 어떻게 그런 말을!'

저는 화가 나서 그가 말을 마치기도 전에 버럭 소리를 질렀습니다.

'당신 말대로 편지를 보내지 않겠습니다. 그런 사람에게 예의를 지킬 필요는 없으니 까요. 실컷 기다려 보라고 하지요, 뭐.'

저는 흥분해서 생각나는 대로 지껄였습니 다. 그러자 핀너 씨는 빙그레 웃으며 저 에게 흥분하지 말라고 하더군요.

'그럼 약속하신 겁니다. 저 역시 그런 자들에게 예의를 지키는 것은 가당치

않다고 봅니다.'

그는 자리에서 일어났습니다.

'자, 이건 소개장과 1백 파운드입니다. 내일 1시까지 버밍엄 코퍼레이션 가 126B번지, 잊지 마십시오. 먼 길을 가셔야 하니 오늘은 이만 편히 쉬십시오. 그럼 행운을 빕니다.'

아서 핀너는 수표와 소개장을 남기고 방을 나갔습니다. 왓슨 씨, 제가 이 뜻밖의 행운에 얼마나 흥분했는지 짐작하시겠지요? 모슨 앤드 윌리엄스의 지배인이 한 말처럼 제가 시궁창에 빠져 있었던 것은 사실이었으니까 말입니다. 어찌나 흥분되던지 그날 밤은 잠도 제대로 오지 않더군요."

비어 있는 사무실

"그런 행운이 온다면 누구라도 그럴 겁니다."

이 청년이 처했던 상황에 비추어 보면 충분히 유혹적인 제안이었다. 하지만 근거 없는 과도한 보수를 내세웠을 때에는 무언가 그만한 대가가 따르게 마련이었다. 나는 앞으로 청년이 들려줄 이야기에 호기심을 느끼며 귀를 기울였다.

"저는 이튿날 아침 서둘러 버밍엄으로 가는 기차를 탔습니다. 그런데 너무 서둘렀는지 도착하고 보니 약속 시간까지 시간이 너무 많이 남아 있었습니다. 그래서 먼저 뉴 가에 있는 호텔에 방을 잡아서 짐을 옮긴 후에 사무실을 확인해 둘 겸 천천히 약속 장소인 코퍼레이션 가로 갔습니다.

코퍼레이션 가 126B번지에는 6층짜리 건물이 들어서 있었습니다. 하지만 워낙 커다란 건물의 사이에 자리하고 있어서 매우 작아 보였습니다. 나선형의 돌계단을 따라 올라가 보니 규모는 작지만 각종 회사와 의사, 변호사들의 사무실이 즐비했습니다. 사무실만 전문적으로 임대해 주는 건물 같더군요. 하여간 1층 로비 벽면에는 그 건물에 입주해 있는 업체의 이름이 페인트로 씌어 있었습니다. 그런데 어찌 된 일인지 벽면 어디에도 제가 찾고 있는 프랑코 미들랜드 철물이라는 이름은 없었습니다. 순간 속은 게 아닌가 싶더군요. 하기야 저 같은 사람에게 5백 파운드를 제시할 사람이 어디 있겠습니까? 부추기는 말에 한껏 들떠서 헛된 희망을 가졌던 게 한심하게 느껴졌습니다. 그때였습니다. 누군가 제 어깨를 툭 치는 게 아니겠습니까?

'홀 파이크로프트 씨?'

저는 깜짝 놀랐습니다. 바로 제 곁에 지난밤에 저를 찾아왔던 사람과 꼭 닮은 사람이 서 있었던 겁니다. 얼굴뿐이 아니었습니다. 목소리도 영락없는 그였습니다. 만약 금발에 가까운 머리와 수염을 깔끔하게 깎은 얼굴이 아니었다면 아서 피너, 바로 그라고 생각했을 겁니다.

'그렇습니다.'

'역시! 제가 해리 피너입니다. 오늘 아침에 동생에게서 전보를 받았지요. 그렇지 않아도 일찍 오시지 않을까 싶어 서둘렀는데 역시 제 예상이 맞았군요. 약속 시간이 아직 15분이나 남은 걸 보니 런던에서 일찍 출발하신 모양입니다.'

남자는 활짝 웃으며 두 손으로 제 손을 잡고 흔들었습니다.

'당신에 대한 칭찬이 대단하더군요. 정말 잘 오셨습니다.'

'과찬이십니다. 기대에 어긋나지는 않을지 걱정입니다.'

'별말씀을 다 하시는군요. 사람을 알아보는 데에는 동생만 한 사람이 없지요. 아서가 추천한 사람이라면 두말할 필요도 없습니다.'

'그런데 여기에 회사 이름이 보이지 않던데요?'

저는 회사명이 즐비한 벽을 가리키며 물었습니다.

'아, 그거요? 이번에 사업을 영국까지 확장하게 되면서 급하게 사무실을 찾았는데 마땅한 게 없더군요. 하는 수 없이 일주일 전에 이임시 사무실을 얻었지요. 그래서 간판을 내걸 시간이 없었습니다. 자, 자세한 이야기는 사무실에 가서 합시다. 이쪽입니다.'

그는 비좁은 계단을 올라 맨 위층으로 저를 데리고 갔습니다. 사무실은 슬레이트 지붕 바로 아래 있었는데 제대로 된 가구는 고사하고 커튼과 카펫도 없는 먼지투성이의 빈방이었습니다. 프랑스에 1백 개가 넘는 지사를 가지고 있는 회사의 사무실이라고는 믿어지지 않더군요. 저는 깔끔하게 정돈된 책상이 줄을 서 있고 깨끗하게 차려 입은 직원들이 머리를 박고 일하고 있는 것을 상상했거든요. 그런데 낡은 나무 의자 두 개와 볼품없고 작은 책상, 그리고 휴지통과 장부 한 권이 전부인 사무실이라니요? 저는 그 방을 보자 할 말을 잃고 말았습니다. 그도 제 기분을 눈치 챘는지 제 얼굴을 똑바로 바라보며 말했습니다.

'실망하셨나 보군요. 아까도 말씀드렸지만 사무실을 꾸밀 시간이 없었습니다. 영국에 지사를 내는 것이 하루아침에 되는 일은 아니니 말입니다. 어쨌거나 지금은 넉넉하니 걱정하지 않으셔도 됩니다. 자, 소개장을 보여 주시겠습니까?'

그는 소개장을 꼼꼼하게 살펴보더군요.

'저는 버밍엄에서 직원을 뽑았으면 했지만 아서는 그렇게 생각하지 않더군요. 런던 출신이 믿을 만하다고 하는 겁니다. 하지만 지금 당신을 보니 동생의 생각이 옳았다고 여겨지는군요. 하기야 동생은 사람 보는 눈이 보통이 아니지요. 좋습니다. 당신을 채용하겠습니다.'

그는 활짝 웃으며 제게 악수를 청하더군요. 저는 얼떨떨한 기분으로 그의 손을 잡으며 물었습니다.

'앞으로 제가 해야 할 일이 무엇인지 말씀해 주셨으면 합니다.'

'우리는 이곳에서 영국에서 생산되는 도자기를 프랑스 파리의 본사 창고로 보내는 일을 할 것입니다. 물건은 그곳에서 보관하다가 134개나 되는 지점으로 보내게 되지요. 앞으로 당신이 할 일은 바로 그 본사 창고를 관리하는 것입니다. 하지만 영국 지사가 제 기능을 수행하기 전까지는 여러 가지 일을 하게 될 겁니다. 일단 저는 프랑스로 보낼 물건을 구입해야 하는데 일주일이면 끝날 테니 그때까지는 버밍엄에 머무르면서 제 일을 도와주십시오.'

'구체적으로 어떤 일입니까?'

그는 대답 대신 책상 서랍에서 붉은 표지의 책 한 권을 꺼냈습니다.

'이건 파리의 인명록인데 이름과 함께 직업이 기록되어 있지요. 파이크로프트 씨가 하실 일이란 바로 이 안에서 철물과 관련된 직업을 가진 사람들의 명단을 알아내는 겁니다. 이름과 주소를 모두 기록해 주셔야 합니다. 그런 사람들이 바로 우리의 고객이니까요.'

'직업별로 기록된 인명록이 있을 텐데요?'

'물론 알고 있습니다만 정확하지 않더군요. 우리는 보다 철저하고 정확한 내용이 필요합니다. 음, 여기는 일하시기에 아직은 적당하지 않을 겁니다. 사무실의 모습을 갖추려면 소란스러울 테니까요. 일단 숙소에 가지고 가서서 하시는 게 좋겠습니다. 월요일 12시까지 제출해야 하니 서둘러야 할 겁니다. 파이크로프트 씨, 당신이 얼마나 열정을 가지고 일하시는가에 따라 적절한 보수가 주어질 겁니다. 그럼 수고해 주십시오.'

저는 제법 두꺼운 인명록을 들고 호텔로 돌아왔습니다. 하지만 어딘지 개운치가 않았습니다. 분명히 1백 파운드짜리 수표가 제 주머니에 있었고 일거리도 제 눈앞에 있었지만 다른 직원도, 심지어 가구도 없는 먼지투성이의 빈 사무실을 보고 나니 불안한 마음이 가시질 않았습니다. 특히 간판이 없다는 건 이해가 가지 않았습니다. 사업을 하는 사람이라면 가장 먼저 신경을 쓰는 부분인데 말입니다. 하지만 제가 무슨 해답을 얻을 수 있었겠습니까? 그저 주어진 일을 묵묵히 하는 수밖에요. 어쨌든 과거 연봉의 반 이상을 주머니에 넣고 있으니 손해될 것은 없지 않겠습니까?

저는 마음을 가다듬고 일을 하기 시작했습니다. 하지만 일은 생각처럼 쉽게 끝나지 않았습니다. 온종일 쉬지 않고 일에 매달렸지만 약속한 월요일이 되었는데도 겨우 H항목까지밖에 하지 못했지요. 저는 일단 사무실에 가서 보고하기로 했습니다.

사무실은 처음 왔을 때하고 별로 달라진 것이 없었습니다. 여전히 먼지투성이였고 가구도 새로운 것이 없었습니다. 제가 아직 일을 마치지 못했다고 하자 핀너 씨는 수요일까지 기한을 연장해 주었습니다. 하지만 수요일이 되어서도 일은 끝나지 않았습니다. 결국 밤을 새우다시피 하고서도 금요일이 되어서야 일이 끝났지요. 그게 바로 어제입니다. 저는 홀가분한 마음으로 일한 것을 가지고 코퍼레이션 가의 사무실을 찾아갔습니다.

그는 제가 기록한 것을 살펴보면서 만족스러운 듯이 미소를 지으며 말했습니다.

'정말 수고했습니다.'

'약속한 기한을 지키지 못해서 죄송합니다.'

'아닙니다. 그 많은 사람들의 이름과 직업을 일일이 확인해야 했을 테니 무리도 아니지요. 어쨌든 덕분에 큰 도움이 되겠습니다.'

'다행이군요. 그럼 다음 일은……?'

'성실한 분이시군요. 아직 얼굴에 피곤이 채 가시지 않았는데 일거리를 찾으시니 말입니다.'

그는 장부를 뒤적이다가 이렇게 말했습니다.

'이번에는 가구점 명단을 작성해 주시면 됩니다. 지금 우리가 구입하고 있는 도자기는 가구점에서도 판매할 수 있으니 말입니다.'

'알겠습니다.'

단순 작업을 또다시 해야 한다는 게 여간 실망스럽지 않더군요. 게다가 시간이 조금 걸리더라도 철물업자 명단을 정리할 때 함께했다면 좋았을 텐데 말입니다. 하지만 어쩌겠습니까? 시키는 대로 하는 수밖에요. 그는 제 생각을 아는지 모르는지 쾌활하게 말했습니다.

'내일 오후 7시에 일의 진행 상황을 보고받겠습니다. 아, 그렇다고 빨리 하라고 재촉하는 건 아니니 무리할 필요는 없습니다. 지금도 많이 지쳐 있는 것 같으니 어디 뮤직홀이라도 가서 두어 시간쯤 즐기는 것도 나쁘지는 않을 겁니다.'

그는 무엇이 우스운지 너털웃음을 터뜨리더군요.

그런데 순간 저는 제 눈을 의심했습니다. 왼쪽에서 두 번째 이가 번쩍 빛나는 것을 보았던 거지요. 바로 금니였습니다."

의혹의 금니

청년의 목소리가 높아졌다. 홈스는 홈스대로 흥미진진한 얼굴로 두 손을 비비며 열심히 귀를 기울이고 있었다. 하지만 나는 청년이 왜 흥분하는지 이유를 알 수 없었다. 금니야 런던에서도 많은 사람들이 하고 있지 않은가! 나는 의아한 표정으로 청년을 뚫어져라 쳐다보았다.

"파이크로프트 씨, 제 친구에게 자세한 설명이 필요할 것 같군요."

홈스가 내 표정을 살피며 말했다.

"아, 죄송합니다. 왓슨 씨가 처음 들으신 것을 잊었군요. 제가 놀란 데에는 그만한 이유가 있었습니다. 동생인 아서 핀너에게서도 그와 똑같은 금니를 보았기 때문입니다."

"그럴 수가!"

"저 역시 무척 놀랐지요. 목소리와 얼굴이 아무리 비슷한 형제라고 해도 같은 위치에, 같은 모양으로 금니를 해 넣는다는 게 말이 됩니까?"

"잘못 보신 건 아닙니까?"

의사인 내가 생각해도 그것은 있을 수 없는 일이었다. 하지만 파이크로프트의 얼굴은 확신으로 가득 차 있었다. 그는 목소리에 힘을 주며 내 질문을 부인했다.

"절대로 아닙니다. 제가 하숙집으로 찾아왔던 동생 아서 핀너 씨에게 회사가 믿을 수 없어서 안 되겠다고 했던 것을 기억하실 겁니다. 그 말을 듣자 동생인 핀너 씨가 크게 웃으셨는데 저는 그때 똑똑히 보았습니다. 천박하게 번쩍거리고 있는 볼품없는 금니를 말입니다. 저는 혼란스러워졌습니다. 아서 핀너와 해리 핀너의 얼굴은 놀라울 정도로 닮은 데다가 목소리도 비슷했습니다. 그런데 금니의 위치와 모양까지 같다니…… . 문득 두 사람이 실은 한 사람일지도 모른다는 생각이 머리를 스쳤습니다. 수염이 없는 것과 머리가 금발에 가까운 것을 제외하면 두 사람은 분명 한 사람이었습니다. 하지만 그것은 면도와 염색이면 쉽게 해결되는 문제가 아닙니까?

저는 해리 핀너 씨의 배웅을 받으며 거리로 나섰습니다. 물론 그에게 내색은 하지 않았습니다. 호텔에 돌아와 정신을 차리기 위해 찬물로 세수를 했지요. 그리고 이것저것 생각해 보았습니다. 만약 제 짐작대로 두 사람이 동일 인물이라면 어떤 이유로 저를 런던에서 버밍엄까지 오게 했으며, 또 왜 저보다 한걸음 먼저 와 있었던 것일까요? 게다가 자신이 스스로에게 보낸 소개장은 왜 그렇게 열심히 읽은 것일까요? 모든 게 의문투성이였습니다.

하지만 저로서는 해결할 수가 없었습니다. 그래서 홈스 씨라면 무슨 방법이 있지 않을까 싶어서 밤차를 타고 오늘 아침에 런던에 도착하게 된 겁니다. 그리고 곧바로 홈스 씨를 만나 뵈었고 이렇게 버밍엄까지 함께 가게 된 거지요."

잠시 침묵이 흘렀다. 파이크로프트 씨가 침울한 표정으로 앉아 있는 것과는 달리 홈스의 얼굴은 밝았다. 마치 맛이 기가 막힌 귀한 포도주를 입 안에 가득 머금고 있는 듯한 표정이었다.

"어떤가, 왓슨?"

홈스는 쿠션에 몸을 기대며 말했다. 그의 날카로운 눈빛이 나를 쳐다보고 있었다.

"이상한 사건이군."

"그래, 이상한 점이 한두 가지가 아니지. 그 점이 나를 즐겁게 하지만 말이야. 장담하건대 프랑코 미들랜드 철물이라는 회사의 사무실에서 아서 핀너인지 해리 핀너인지 모를 인물과 만나는 것은 우리 모두에게 흥미로운 일이 될 걸세. 나는 벌써부터 그 시간이 기다려지는군."

"하지만 다짜고짜 찾아갈 수도 없는 일 아닌가? 당신이 아서 핀너냐고 물을 수도 없고……"

"이렇게 하면 어떨까요?"

대답을 한 사람은 홈스가 아니라 파이크로프트였다.

"두 분은 직장을 원하는 내 친구라고 하는 겁니다. 그렇게 하면 당신들을 데리고 가도 의심을 받지 않을 겁니다."

"좋은 생각이군요."

홈스가 맞장구를 쳤다.

"일단 만나기만 하면 그자가 어떤 음모를 꾸미고 이런 짓을 하는지 꼬리를 잡을 수 있을 겁니다. 모든 일에는 이유가 있게 마련이지요. 선례가 없는 거액의 선금까지 주면서 당신을 고용해야 했던 이유도 분명히……."

홈스는 손톱을 깨물며 말끝을 흐렸다. 그리고 창밖으로 시선을 돌린 채 입을 다물어 버렸다.

위장 취업

우리는 버밍엄의 뉴 가에 도착한 후 곧바로 호텔로 향했다. 파이크로프트가 중간보고를 하기 위해 사무실로 가기로 한 7시까지는 시간이 많이 남아 있었기 때문이다. 파이크로프트가 묵고 있던 방에서 우리는 각자 나름대로의 시간을 보냈다. 홈스는 차를 마시며 안락의자에 앉아 느긋하게 앉아 있었고 파이크로프트는 인명록에서 가구점을 골라내고 있었다. 나는 나대로 신문을 읽으며 이 이상한 사건에 대해 나름대로 추리해 보곤 했다. 물론 결론을 얻을 수는 없었지만 오랜만의 긴장감은 나를 즐겁게 하기에 충분했다.

7시가 가까워지자 우리는 호텔을 나와 코퍼레이션 가로 향했다.

"약속 시간 전에 가 봐야 헛일입니다. 그는 저를 만나기로 한 시간에만 사무실에 나타나는 것 같았거든요. 한번은 약속 시간보다 일찍 갔었는데 아무도 없더군요. 사무실을 꾸민다는 것도 다 거짓말이었던 것 같습니다."

"그렇겠지요."

홈스는 혼잣말처럼 낮은 목소리로 중얼거리며 고개를 끄덕였다.

"아, 저기 좀 보십시오."

갑자기 파이크로프트가 빠르게 외쳤다.

"바로 저 사람입니다. 저기, 빠른 걸음으로 지금 막 큰길을 건너고 있는 사람 말입니다. 어때요, 제가 말한 대로지요?"

그의 손가락은 도로 저쪽을 가리키고 있었다. 그곳에는 몸집이 작은 한 남자가 길을 건너고 있었다. 분명 파이크로프트가 말한 대로 보통 키에 금발이었다. 최고급은 아니었지만 옷을 잘 차려입은 모습이 사업가로 보이기에 충분했다. 그는 마차가 마구 달려오는 길을 위험천만하게 건너더니 신문팔이 소년에게 다가갔다. 그리고 석간신문을 한 장 사서 말아 쥐고는 어느 건물 안으로 급하게 사라졌다. 그는 몹시 허둥거리고 있었다.

"저곳이 사무실이 있는 건물입니까?"

홈스가 물었다.

"네, 저 건물 6층에 사무실이 있습니다. 자, 이제 우리도 들어가 볼까요?"

파이크로프트는 앞장서서 6층으로 올라갔다. 그리고 구석의 반쯤 열려 있는 방문 앞에 멈춰 서더니 노크를 했다.

"열려 있습니다."

안에서 남자의 목소리가 흘러 나왔다. 안은 파이크로프트의 말대로 사무실이라기보다는 비어 있는 창고에 가까웠다. 청소라고는 한 번도 하지 않은 듯 먼지가 수북했고 가구라고 할 만한 것도 없었다.

그곳에는 거리에서 보았던 남자가 하나뿐인 책상에 앉아 있었다. 그의 앞에는 방금 전에 샀던 석간신문이 펼쳐져 있었는데 그는 우리가 들어갔는데도 고개를 들지 않았다.

"핀너 씨?"

파이크로프트가 조심스럽게 그를 불렀다. 그제야 우리는 그의 얼굴을 볼 수 있었다. 그런데 놀랍게도 그의 얼굴은 극심한 공포로 일그러져 있었다. 핏기를 잃은 창백한 그의 이마에서는 진땀이 흘렀고 두 눈은 마치 미친 사람처럼 초점을 잃은 채 흔들리고 있었다. 그는 우리를 그저 쳐다볼 뿐 어떤 반응도 보이지 않았다. 파이크로프트를 보고도 알아보지 못하는 것 같았다. 파이크로프트가 당황하고 있었다. 분명 평소의 핀너와는 다른 것이 분명했다.

"어디 편찮으신가요? 안색이……."

파이크로프트의 목소리를 들었는지 핀너의 눈동자가 초점을 되찾기 시작했다.

"기분이 좋지 않군요."

핀너는 기운을 찾기 위해 안간힘을 쓰면서 마른 입술에 침을 축였다.

"그런데 당신 뒤에 있는 사람들은 누굽니까?"

"아, 미리 말씀드리지 못해 죄송합니다만 일자리를 구하고 있는 제 친구들입니다. 이쪽은 버몬에서 온 해리스고 저쪽은 이곳 버밍엄에 사는 프라이스라고 합니다. 모두 회사가 부도나는 바람에 저처럼 실직을 하게 되었지만 경력도 풍부하고 능력도 있는 믿을 만한 친구들입니다. 그래서 혹시 우리 회사에서 고용해 주실 수 없을까 해서 이렇게 데리고 왔습니다."

파이크로프트는 조금도 주저하지 않고 술술 거짓말을 해 댔다. 나와 홈스는 졸지에 프라이스와 해리스라는 이름의 실직자가 되어 이 의문의 사나이의 처분을 바라는 처지가 되어 버렸다. 우리 측에서 보면 우스운 상황이었지만 나는 웃을 수 없었다. 나와 내 친구를 쳐다보는 핀너의 넋을 잃은 듯한 얼굴이 꼭 실성한 사람 같았던 것이다. 그는 우는 것인지 웃는 것인지 모를 야릇한 표정을 지으며 말했다.

"어려울 것 없지요. 그래 해리스 씨, 당신은 전문 분야가 뭡니까?"

"회계입니다."

홈스가 말했다.

"잘됐군요. 앞으로 그 방면의 인재가 필요하게 될 테니 말입니다. 그럼 프라이스 씨는?"

"사무직입니다."

갑자기 생각나는 것이 없어서 적당히 대답했다.

"그렇다면 사무실이 정상적으로 운영되는 즉시 두 사람 다 필요하게 될 테니 걱정하지 않아도 될 겁니다. 돌아가 계시면 준비가 되는 대로 연락드리지요. 그러니 일단 이만 돌아가 주셨으면 좋겠군요. 지금은 길게 이야기할 기분이 아니거든요. 부탁인데 혼자 있고 싶군요. 미안합니다."

그의 목소리는 절박했다. 그리고 다음 순간 핀너는 남은 기운을 모두 쏟아내서 말을 한 듯 한숨을 길게 쉬고는 고개를 숙여 버렸다. 한껏 긴장되어 있던 줄이 끊어진 인형처럼 그는 미동도 하지 않았다. 홈스와 나는 반사적으로 마주 보았다.

"핀너 씨?"

파이크로프트가 책상 쪽으로 다가서며 조심스럽게 말했다.

"아직 보고를 안 드렸는데요? 오늘 중간 점검을 받으라고 하지 않으셨나요?"

"아……."

핀너는 천천히 고개를 들었다. 그리고 기운은 없었지만 침착하고 또렷한 목소리로 말했다.

"정신이 없어서 깜빡했군요. 파이크로프트 씨, 미안하지만 한 3분만 기다려 주십시오. 친구 분들도 함께 기다려 주시겠지요? 금방 돌아오겠습니다."

그는 정중하게 양해를 구하고는 방 안쪽에 있는 문을 통해 다른 방으로 들어가 버렸다. 곧이어 문이 잠기는 소리가 들렸다.

"혹시 저 방에 밖으로 통하는 문이 있습니까?"

홈스가 소곤거리며 파이크로프트에게 물었다.

"아니요, 저 문이 유일한 출입문입니다."

"그럼 창은 어떤가요?"

내가 물었다. 하지만 대답을 한 건 홈스였다.

"아니야. 밖에서 보니 이 건물의 창문들은 모두 환기나 시키는 작은 것이었어. 사람이 빠져나가기에는 너무 작아. 게다가 여기는 6층이고."

"도대체 무슨 속셈일까?"

"글쎄. 파이크로프트 씨, 저 방에 가구가 있나요?"

"어제까지는 텅 비어 있었습니다."

"무슨 일인지 납득이 안 가는군. 그 표정은 또 뭐고?

두려움 때문에 미친 사람이 있다면 바로 그 사람의 얼굴과 같은 얼굴을 하고 있을 거야. 도대체 무엇 때문에 그렇게 놀랐던 걸까?"

"우리를 경찰이라고 생각한 것이 아닐까?"

"그럴 수도 있겠군요!"

파이크로프트가 내 의견에 맞장구를 쳤다. 하지만 그것은 우리 둘만의 생각이었다.

"아니."

홈스가 눈을 가늘게 뜨고 설레설레 머리를 가로저었던 것이다.

"절대로 우리 때문이 아니야. 그는 우리가 이 방에 들어오기 전에 이미 그런 상태였거든. 그렇다면……."

바로 그때였다.

"저게 무슨 소리지?"

핀너가 들어간 방에서 이상한 소리가 들려왔던 것이다. 그것은 무언가를 두드리는 듯한 둔탁한 소리였다.

"벽을 두드리는 소리 같은데요. 뭘 하고 있는 걸까요?"

파이크로프트가 소리에 귀를 기울이며 고개를 갸우뚱했다. 홈스는 대답도 하지 않고 숨을 죽인 채 그 소리에 온 신경을 집중했다. 두드리는 듯한 소리는 때로는 거세게, 때로는 약하게 불규칙적으로 들려오고 있었다. 그 순간 내 감각을 사로잡는 희미한 소리가 있었다. 사람의 신음 소리였다.

"왓슨, 문을 열어야겠어. 도와주게."

갑자기 홈스는 비명을 지르듯이 소리치더니 문을 향해 돌진했다.

한 번, 두 번, 결국 나와 파이크로프트까지 합세한 후에야 경첩 두 개
가 모두 부서지면서 문이 방 안으로 넘어갔다. 그러나 방은 비어 있
었다.

"여기야!"

홈스는 잠시 방 안을 둘러보더니 안쪽 구석을 향해 뛰었다. 그곳
은 붙박이 옷장이 있는 곳이었다. 그는 조금의 망설임도 없이 문을
열어젖혔다.

"아!"

순간 우리는 누구랄 것도 없이 낮은 비명을 토하고 말았다.

자살과 강도

우리 눈앞에 나타난 것은 바지 멜빵을 이용해서 옷걸이에 목을 맨 채 대롱거리고 있는 남자였다. 바로 프랑코 미들랜드 철물의 전무이사, 핀너였다. 그는 목을 가슴께로 축 늘어뜨리고 있는데 무릎을 구부리고 있는 모양으로 보아 발버둥을 심하게 친 것 같았다. 우리가 방 밖에서 들었던 둔탁한 소리는 바로 그가 극심한 고통으로 발버둥을 칠 때 좁은 옷장의 벽을 걷어차서 난 소리였던 것이다.

내가 핀너의 허리를 안았고 홈스와 파이크로프트가 목 깊숙이 파고 들어간 멜빵을 벗겨내서 바닥에 눕혔다.

"어때? 살 수 있겠나?"

홈스가 다급하게 물었다. 나는 몸을 숙이고 그의 상태를 살폈다. 핀너의 얼굴은 이미 흙빛이었다. 입술은 새파랗게 죽어 있었고 멜빵이 매어져 있던 목에는 검붉은 자국이 선명히 남아 있었다. 5분 전에 만났을 때 멀쩡했던 바로 그 사람이라고는 생각되지 않을 정도로 처참한 모습이었다. 하지만 입술이 떨리고 있는 것으로 봐서 그는 아

직 살아 있었다. 숨은 쉬고 있었지만 맥박은 약했고 간간이 끊어졌다.

"어서 물 좀 가져다주게. 급해!"

말을 마치기 무섭게 파이크로프트가 뛰어나가 물을 떠 왔다. 나는 핀너의 셔츠 단추를 풀고 얼굴에 물을 뿜은 후 양팔을 위아래로 움직여 호흡을 할 수 있도록 도왔다. 덕분에 그의 호흡은 점차 정상으로 돌아오기 시작했다. 그리고 마침내 눈꺼풀이 파르르 떨리더니 하얀 안구를 보이며 눈을 떴다.

"위험한 고비는 넘겼네. 조금만 늦었어도 위험할 뻔했어."

그의 의식은 아직 돌아오지 않았지만 이제 걱정은 없었다. 긴장이 풀린 탓인지 나는 핀너의 옆에 털썩 주저앉았다.

"수고했네. 자네가 옆에 있어서 천만다행이었어."

홈스는 양손을 바지 주머니에 넣은 채 테이블 옆에 서서 바닥에 떨어져 있는 핀너의 조끼와 윗도리를 바라보며 말했다.

"그러면 이제 경찰을 불러야겠군."

"하지만 홈스 씨."

파이크로프트가 울상이 되어 소리쳤다.

"이게 도대체 무슨 일인지 모르겠군요. 다른 데 취직하려는 사람을 이곳까지 데리고 온 이유를 아직 모르지 않습니까? 게다가 이 자살 소동은 뭐고 말입니까?"

"당신을 이곳에 데리고 온 이유라면 이미 알고 있습니다. 자살을 하려고 한 건 아직 잘 모르겠지만요."

"알고 계신다고요?"

"그렇습니다. 지금까지 일어난 일을 잘 생각해 보면 결론은 하나

밖에 없지요. 왓슨, 자네는 어때? 알 수 있겠나?"

파이크로프트만 어리둥절한 것이 아니었다. 모르기로 말하자면 나 역시 그와 다르지 않았다. 나는 어깨를 으쓱했다.

"글쎄, 내 머리로는 내막을 아직 모르겠군. 궁금하니까 어서 말해 보게."

"먼저 나는 두 가지에 대해 의문을 가졌네."

홈스는 눈빛을 번뜩이며 설명하기 시작했다.

"먼저 하나는 파이크로프트 씨에게 지배인으로 취임하겠다는 승낙서를 직접 쓰게 한 일일세."

"그야 형식적인 절차 아닌가?"

"그런 절차는 보통 자필로 쓰지는 않네. 구두로 하는 것이 보통이야. 정 서류가 필요했다면 타이프로 친 것에 서명만 하는 것이 보통이겠지."

"홈스 씨는 무슨 이유가 있었다고 생각하시는 겁니까?"

파이크로프트가 눈을 커다랗게 뜨며 물었다.

"이런, 아직도 짐작이 안 가시나 보군요. 이자는 바로 당신의 글씨체가 필요했던 겁니다."

"네? 그런 게 왜 필요하겠습니까?"

"우리가 주목해야 하는 것이 바로 그 점입니다. '왜?'라는 질문에 대답을 할 수 있다면 이 수수께끼의 해답을 쥐게 되겠지요. 정말 왜 그랬을까요? 해답은 제가 가졌던 두 번째 의문에서 찾을 수 있습니다. 바로 모슨 앤드 윌리엄스에 채용을 거절하는 편지를 쓰지 못하게 한 것이지요."

"하지만 그건 제게 무례한 태도를 보였기 때문에……."

"파이크로프트 씨, 설령 핀너의 말이 사실이라고 해도 굳이 편지를 쓰는 것까지 참견할 일은 아니라고 생각되지 않습니까? 만약 그런 일이 실제로 일어났었다면 저 같으면 보란 듯이 거절 편지를 쓰게 할 텐데 당신 생각은 어떻습니까?"

"그렇군요."

파이크로프트는 미심쩍은 표정이었지만 홈스의 말에 순순히 수긍을 했다.

"하지만 거절 편지와 제 글씨체가 무슨 관계가 있는지는 모르겠습니다."

"당신이 편지를 보내지 않는다면 회사 측에서는 월요일에 회사에 오는 것으로 알고 있을 겁니다. 그런데 회사 사람들은 당신의 얼굴을 모릅니다. 지원서 접수를 우편으로 했기 때문이지요. 결국 당신이 아닌 누군가가 출근을 한다고 해도 회사에서는 당신으로 알 겁니다. 그런데 문제가 있었습니다. 바로 글씨였지요. 접수한 서류에 있는 필체와 다른 글씨를 쓴다면 의심을 받지 않겠습니까? 그래서 당신이 직접 쓴 글을 보고 글씨체를 연습할 필요가 있었던 거지요."

"그럴 수가……."

파이크로프트가 낮게 신음했다.

"물론 문제는 그뿐이 아니었습니다. 누군가를 당신 대신 그 회사에 나가게 하기 위해서 해결해야 하는 가장 큰 문제가 있었습니다. 바로 당신이었지요. 자신의 꿍꿍이를 들키지 않고 회사로부터 당신을 멀리 떼어 놓을 구실이 필요했습니다. 만약에 가짜가 당신 대신 회사에서 일하고 있다는 것을 당신 친구가 당신에게 알려주기라도 하면 안 되니 말입니다. 그렇기 때문에 망설이는 당신에게 1백 파운드라는 거금을 선불로 주면서까지 그다음 날에 기차로 한 시간이 넘는 버밍엄까지 오게 한 겁니다. 또 쉴 틈도 없을 만큼 벅찬 일거리를 맡겨 런던에 갈 생각도 못하게 했고 말입니다."

"그럼 아서 핀너와 해리 핀너는 형제가 맞는 걸까요? 아니면 한 사람인가요?"

"파이크로프트 씨가 짐작하신 대로 그들은 닮은 형제가 아니라 바로 한 사람입니다."

홈스는 단호했다.

"이 사건에 두 사람이 관련되어 있는 것은 확실합니다만 그 둘은 아닙니다. 이 사건에는 당신을 찾아와 계약을 했던 사람과 당신 대신 모슨 앤드 윌리엄스에 출근한 사람이 있을 뿐이지요. 하지만 당신의 고용주가 되어 일을 시켜서 당신을 이곳에 붙잡아 둘 사람이 필요했습니다. 결국 얼굴이 닮은 형제로 변장을 하게 된 겁니다. 공교롭게도 금니가 들키는 바람에 의심을 사게 되었지만 만약 보지 못했다면 그대로 속아 넘어갔을지도 모르지요."

"다른 사람이 해리 핀너 역을 하는 게 더 안전하지 않았을까요?"

"일을 꾸미는 데는 많은 사람이 공범이 되는 것은 바람직하지 않습니다. 더구나 그들의 목표가 어떤 이익에 관계되는 것이라면 두말할 필요 없지요. 사람이 많을수록 자신의 몫이 적어질 테니까요."

홈스의 설명을 듣자 파이크로프트는 두 주먹을 불끈 쥐고는 허공에 휘둘렀다.

"제가 정말 바보짓을 하고 있었군요. 가짜가 제 이름을 팔며 활개를 치는 것도 모르고 쓸모없는 일에 매달려 있었다니! 도대체 그들은 뭘 원했던 걸까요?"

"그건 이제부터 알아내야 할 부분이지요. 일단 모슨 앤드 윌리엄스에 전보를 쳐서 이 사실을 알려야 합니다."

"하지만 오늘은 토요일이라 이미 문을 닫았을 겁니다. 12시에 업무가 끝나거든요."

"그래도 경비원이나 당직자는 있을 겁니다."

"아, 맞습니다. 값비싼 유가증권을 보관하고 있어서 경비원이 1년 내내 밤낮없이 상주한다는 얘기를 들은 적이 있습니다."

"그럼 당신을 사칭하는 직원이 있는지와 이상이 있는지를 확인해 보면 되겠군요. 그전에 해결해야 하는 게 있는데……."

홈스는 미간을 찌푸린 채 턱을 만지며 말했다.

"다른 건 확실한데 아직도 이자가 갑자기 목을 매단 이유가 무엇인지 모르겠군요. 우리를 보기 이전에 당황하고 있었던 것도 그렇고……."

그때였다. 등 뒤에서 가늘고 쉰 목소리가 들렸다.

"시, 신문……."

바닥에 뉘어 놓았던 남자가 정신이 들었는지 상체를 일으키고 있었다. 얼굴은 시체처럼 창백했지만 의식은 비교적 뚜렷해 보였다.

"신문? 아, 그래!"

홈스가 몹시 흥분해서 손뼉을 딱 치며 소리쳤다.

"바로 그거야, 신문! 이자를 만나는 일에만 신경 쓰느라고 신문을 완전히 잊고 있었어. 큰 실수를 할 뻔했군."

홈스는 급히 사무실로 가 테이블 위에 펼쳐져 있던 신문을 들고는 돌아왔다. 그의 얼굴에는 승리의 기쁨이 넘쳐흐르고 있었다.

"왓슨, 이것 좀 보게. 〈이브닝 스탠더드〉지의 호외인데 우리가 주목할 만한 사건이 있어. 기사에 '도시의 범죄. 모슨 앤드 윌리엄스 증권거래소, 살인 및 대규모 강도 미수 사건 발생'이라는 제목이 붙어 있군. 왓슨, 모두에게 큰소리로 읽어주겠나?"

기사는 큼지막한 제목에 많은 지면을 차지하고 있었다. 한눈에도 중대한 사건으로 다루고 있다는 것을 알 수 있었다. 나는 기사를 또박또박 읽기 시작했다.

오늘 오후, 런던 한복판에서 한 명이 사망하고 피해액이 1백만 파운드에 달하는 강도 사건이 발생하였다. 사건은 유명한 증권거래소 모슨 앤드 윌리엄스에서 발생했는데 다행스럽게도 범인이 현장에서 격투 끝에 체포되어 큰 피해를 막을 수 있었다.

사건 현장인 모슨 앤드 윌리엄스 증권거래소는 평소 총액 1백만 파운드가 넘는 유가증권을 보관하고 있었기 때문에 만일의 경우에 대비하여 최신식 금고를 설치하고 무장한 경비원을 건물 내 요소요소에 상시 배치해 두고 있었다.

토요일인 오늘은 12시 이후에는 폐점하므로 회사에는 경비원 이외에 누구도 있을 리 없었다. 그런데 오후 1시 20분경 여행용 가방을 들고 한 남자가 회사를 나서는 것이 마침 그 근처를 지나던 런던 경시청의 터슨 경사에 의해 목격되었다. 경사는 이를 수상히 보고 그 남자를 미행했고 순찰 중인 폴록 경관의 도움으로 격투 끝에 체포하는 데 성공했다.

그는 자신을 일주일 전에 채용된 홀 파이크로프트라고 했지만 취조 결과 위조 및 강도 상습 전과자로 5년 동안의 복역을 마치고 얼마 전 출소한 베딩턴으로 밝혀졌으며 그가 들고 있던 가방 안에서는 10만 파운드에 가까운 미국 철도 채권을 비롯해서 광산 및 유럽 전역의 유수 기업의 증권이 다량 발견되었다. 베딩턴이 진술을 거부하고 있어서 회사에 채용된 경위는 아직 밝혀지지 않았지만 가짜 신분으로 회사에 입사한 후 직무를 이용하여 금고실과 금고의 위치를 파악했고 금고의 열쇠를 복사하여 기회를 엿보았던 것으로 보인다.

한편, 이 회사 내부를 조사하는 과정에서 한 구의 시신이 금고 속에 숨겨져 있는 것이 발견됐다. 피해자는 회사의 경비원으로 상체를 구부린 채 발견되었는데 사인은 두개골 가격에 의한 뇌진탕이었다. 경찰은 범인이 회사 직원들이 모두 퇴근한 뒤 금고 앞을 지키는 경비원에게 접근하여 부젓가락으로 등 뒤에서 일격을 가했고 시신을 금고에 숨김으로써 월요일까지 시간을 벌려 했던 것으로 추정하고 있다.

현재 경찰은 그가 항상 형과 함께 범죄를 저질러 왔다는 것을 참작하여 형 베딩턴의 행방을 수사 중이지만 아직까지 그가 이번 사건에 가담했다는 증거는 없다.

"어쨌든 우리가 경찰의 수고를 덜어 주게 되었군. 파이크로프트 씨, 저와 왓슨이 남아 있을 테니 경찰을 불러 주시지 않겠습니까?"

파이크로프트가 나가자 홈스는 자포자기한 채로 앉아 있는 해리 핀너, 아니 형 베딩턴을 바라보며 말했다.

"왓슨, 인간의 본성이라는 것은 복잡하기 이를 데 없군. 지독한 악당이면서도 동생이 위험에 처했다는 것을 알게 되자 자살을 꾀할 만큼 애정이 넘치니 말일세. 아무리 지독한 악당이라고 해도 냉혹하지만은 않은 모양이야."

글로리아
스콧 호

The Gloria Scott

트레버 노인

도니소프라는 영국의 노퍽 주 북부에 위치한 작은 마을의 치안판사로 일흔 살 나이의 영국 신사이며 홈즈의 대학시절 친구인 빅터의 아버지이다. 신변에 어떤 위험을 느끼는 듯 항상 불안한 마음을 가지고 자신을 방어하기 위한 무기를 지니고 다닌다. 어느 날 갑자기 찾아온 이상한 손님에게 필요 이상의 호의를 베풀며 비위를 맞추다가 그 손님이 떠난 뒤에 날아온 편지를 보고 커다란 충격을 받고 병석에 눕게 된다. 그리고 죽기 전에 아들에게 남긴 편지에는 자신의 과거에 대한 엄청난 비밀이 담겨 있다.

빅터 트레버

홈즈의 대학 시절 친구로 활발하고 적극적인 성격의 젊은이다. 치안판사 트레버 노인의 아들로 부유한 가정에서 평화롭고 행복하게 자랐다. 갑자기 찾아온 이상한 손님에 대한 아버지의 행동을 이해하지 못하고 손님에 대한 반감을 품게 된다. 그 뒤 아버지가 남긴 편지로 인해 알게 된 아버지의 과거는 매우 끔찍하여 괴로움에 떨게 된다.

허드슨

트레버 노인의 집에 갑자기 찾아온 정체를 알 수 없는 괴상한 손님으로 죄수선 글로리아 스콧 호의 선원이었다. 바다 한가운데에서 일어난 죄수들의 반란으로 인하여 글로리아 스콧 호는 폭발해서 사라져버리고 유일하게 허드슨만이 살아남게 된다. 30년 뒤에 나타난 이 악마 같은 사나이는 자기의 목숨을 건져주었던 트레버 노인과 비도스를 찾아가 감추어진 그들의 엄청난 과거를 폭로하겠다고 협박한다.

　〈글로리아 스콧 호〉는 홈스가 해결한 알려지지 않은 사건들인 '탈튼 살인 사건', '러시아 노부인 살인 사건', '알루미늄 지팡이' 등과 함께 〈주홍색 연구〉 이전에 해결한 사건이다. 셜록 홈스가 대학 시절에 해결한 이 사건은 1893년 〈스트랜드 매거진〉에 발표되었고 《셜록 홈스의 회상》에 수록되어 있는 이야기다.

　이 사건은 홈스가 자신의 직업을 탐정으로 선택하는 중요한 계기가 되었고 홈스에게는 최초의 사건이다. 이 사건에서는 치안판사 트레버가 받은 암호 편지가 사건의 단서를 제공했는데, 여기에서 암호문과 관련한 홈스의 뛰어난 추리력을 볼 수 있다. 160종의 암호 분석에 대한 논문을 쓴 적이 있는 홈스는 이 사건에서 치안판사 트레버가 받은 암호 편지의 내용을 정확하게 해독함으로써 사건의 중요한 실마리를 얻게 된다. 첫 단어부터 한두 단어씩 건너뛰어 읽는 방식은 분치식이라 불리는 극히 초보적인 방법이지만 홈스였기에 해독이 가능한 수수께끼였다.

첫 사건

어느 겨울밤이었다. 그날도 나는 홈스의 모험 이야기를 듣기 위해 그를 찾아갔다. 내가 들어섰을 때 홈스는 난롯가에 앉아 서류 뭉치들을 뒤적이고 있었다.

"중요한 사건이라도 생겼나? 무얼 그리 열심히 찾아?"

그러자 홈스는 의미심장한 미소를 지으며 말했다.

"이 서류는 자네가 한번 훑어볼 가치가 있을 듯하네. 이건 기이한 글로리아 스콧 호 사건에 관한 기록이라네. 치안판사였던 트레버가 이 편지를 읽고 두려움에 떨다 죽어 버렸지."

홈스는 서랍에서 낡고 색이 바랜 두루마리 하나를 꺼내 끈을 풀더니 서둘러 쓴 흔적이 역력한 잿빛 종이 한 장을 내밀었다.

"편지치고는 내용이 너무 짧군. 이 짧은 편지에 뭐 대단한 의미라도 숨겨져 있단 말인가?"

"일단 직접 읽어 보고 나서 말하게."

런던으로 갈 사냥감은 점점 늘어나고 있다. 수렵장 감시원 허드슨이 파리잡이 끈끈이를 모았고 귀하의 암꿩의 생명 보존에 관한 명령을 받았다.

편지의 내용은 마치 수수께끼 같았다. 내가 의아스러운 얼굴로 고개를 들자 홈스가 내 표정을 보고 낄낄거렸다.

"황당하다는 얼굴이군."

그가 말했다.

"이 편지를 읽고 왜 공포에 떨었다는 거지? 나로서는 두렵다기보다는 내용이 좀 기괴하다는 생각밖에 안 드는데 말이야."

나는 정말 이해할 수 없어서 그를 빤히 바라보며 물었다.

"자네는 그럴 수 있지. 하지만 멀쩡하던 트레버는 마치 누군가 총구를 들이대기라도 한 것처럼 쓰러져 일어서지 못한 게 사실이네."

"도무지 알 수 없군. 그런데 이 사건이 훑어볼 만한 가치가 있다고 한 말은 무슨 뜻인가? 암시하고 있는 것이 뭐냐 말일세."

그러자 내 물음에 빙긋이 웃기만 하던 홈스가 대답했다.

"바로 내가 맡은 첫 번째 사건이기 때문일세."

지금까지 나는 홈스가 어떤 계기로 범죄 수사에 몸담게 되었는지 알아내려고 노력했지만 그때마다 그는 입을 굳게 다물고 딴전을 피웠었다. 그런데 지금은 그가 먼저 자신에 대한 이야기를 꺼낸 것이다. 그는 안락의자에 앉아 무릎 위에 서류를 펼쳐 놓고 담배에 불을 붙인 뒤 한동안 서류를 만지작거리다가 마침내 입을 열었다.

"내가 자네에게 빅터 트레버란 친구에 대해 이야기한 적이 있었

나?"

그가 앞뒤 없이 물었다.

"아니, 처음 듣는 이름일세."

"빅터는 내 대학 시절의 유일한 친구라네. 대학을 다니던 2년 동안 사귄 단 한 명의 친구였네. 자네도 알다시피 나는 별로 사교적인 인간이 아니라서 늘 방에 틀어박혀 나만의 방식으로 문제를 추리하고 해결하는 것을 좋아했지. 그러다 보니 자연히 친구들과는 어울릴 일이 없었지. 또한 펜싱과 복싱 외에는 스포츠에도 거의 관심이 없었고 게다가 다른 친구들과는 관심 분야도 전혀 달랐기 때문에 그들과 접촉할 기회가 거의 없었네."

홈스가 차근차근 이야기를 풀어 갔다.

"그럼 빅터와는 어떻게 사귀게 되었나?"

"그 친구의 개 때문이었네. 어느 날 아침 교회에 가는 길이었는데 빅터의 불테리어 종 개가 갑자기 내 복사뼈를 물어뜯었어. 그 바람에 난 열흘이나 입원을 해야 했고 빅터는 거의 날마다 문병을 왔네.

처음에는 인사차 몇 마디 나누곤 했는데 점점 그 친구가 머무는 시간이 길어졌고 학기가 끝나기 전에 우린 매우 친해졌네."

"그 친구는 어떤 사람이었나?"

"빅터는 정열적이고 활동적인 성격의 소유자지. 생각하기 전에 행동을 하는 나와는 정반대의 타입이었지만 우린 공통점도 있다는 것을 알게 되었네. 그도, 나도 달리 친구가 없었고 그것은 우리를 묶는 끈이 되었네. 방학을 맞아 그가 노퍽 주 도니소프에 있는 자기 아버지 집으로 나를 초대했지. 신세를 지는 일이지만 나는 방학 중 한 달을 그곳에서 머물기로 했네."

"빅터의 아버지는 어떤 사람이었나?"

그러자 홈스는 그때를 회상하듯 눈을 가늘게 떴다.

"빅터의 아버지 트레버 노인은 부와 명예를 겸비한 그 지방의 치안판사였네. 도니소프는 노퍽 주 북쪽에 있는 작은 마을일세. 저택은 고풍스러운 벽돌집이었는데 아름다운 라임 나무로 둘러싸여 있었네. 오리 사냥과 낚시를 즐길 수 있는 늪지도 있었고 서재에는 전에 살던 사람이 놓고 갔다는 좋은 책들도 있었지. 거기다 요리 솜씨가 썩 괜찮은 요리사도 있었기 때문에 까다로운 사람이 아니라면 누구라도 그곳에서 한 달을 즐겁게 보내는 일은 어렵지 않았을 걸세.

빅터의 아버지는 아내를 여읜 70대 노인으로 빅터가 유일한 가족이었지. 딸이 하나 있었는데 버밍엄에 가 있는 동안 디프테리아에 걸려 죽었다는군.

나는 트레버 노인에게 흥미를 느꼈네. 그분은 교양이 있어 보이진 않았지만 젊었을 때 많은 곳을 여행했기 때문인지 세상 물정에 밝았고 자신이 경험했던 것들은 모두 기억하고 있었다네. 땅딸막한 체격에 희끗희끗 센 머리는 늘 헝클어져 있었고 얼굴은 햇볕에 그을려 갈색이었지만 파란 눈은 상대의 마음을 꿰뚫을 듯 날카로워 보였네. 하지만 그 고장에서는 인자한 분이라는 평판을 얻고 있었고 법정에서 내리는 판결도 너그럽다고 소문이 나 있었지."

나는 그의 이야기에 점점 흥미를 느끼고 있었고 홈스는 계속 말을 이어 갔다.

"내가 그곳에 간 지 며칠 지난 어느 날 밤이었네. 저녁식사를 마친 우리 세 사람은 식탁에 앉아 와인을 마시고 있었는데 그때 빅터가 내가 관찰과 추리에 재능이 있다는 말을 꺼냈네. 그 무렵 나는 관찰과 추리에 대해 나름대로 정리하고 있었는데 그때는 그것이 내 인생에 중대한 영향을 끼칠 것이라고는 생각조차 못했다네."

홈스는 다시 그때를 생각하는 듯한 표정을 지었다.

"사소한 사건 하나가 인생을 변화시킬 수도 있지."

홈스의 이야기를 기다리며 내가 대답했다.

사건의 시작

"**트레버 노인은** 아들이 나의 재능을 과장해서 말한다고 생각했는지 미소를 지으며 묻더군.

'그렇다면 홈스 군, 나를 통해 자네의 그런 재능을 시험해 보는 것은 어떻겠나? 자네, 나에게서 무언가를 추리할 수 있겠는가?'

그래서 나는 못 이기는 척 대답했지.

'정확한지는 모르겠지만 지난 1년 동안 누군가의 습격이라도 받을 것 같아 두려워하고 계신 듯합니다.'

그러자 트레버 노인이 입가에서 웃음을 거두고 놀란 눈으로 나를 바라보더군.

'맞아, 자네 말대로야.'

그러고는 아들을 바라보며 말했네.

'빅터, 너도 알고 있지? 우리가 밀렵꾼을 혼내 주었을 때 놈들이 앙갚음을 하겠다고 협박한 것 말이다. 그 뒤 정말로 에드워드 호비 경이 봉변을 당해 나도 늘 조심하고 있단다. 그런데 자네가 그걸 어

떻게 알았지?'

'아버님은 아주 좋은 지팡이를 갖고 계십니다.'

내가 대답했네.

'꼭대기에 새겨진 글자를 보고 구입하신 지 1년이 안 되었다는 것을 알았습니다. 그리고 아버님은 지팡이 손잡이에 일부러 구멍을 뚫고 납을 넣어 언제든 무기로 사용할 수 있게 하셨습니다. 신변에 위협을 느끼지 않았다면 그렇게까지 조심하지는 않을 거라고 생각했습니다.'

'그 밖에 또 알아낸 것이 있나?'

"젊었을 때 권투를 많이 하셨죠?"

'그것도 맞았군. 어떻게 알았나? 내 코가 비뚤어지기라도 했나?'

'아뇨, 귀를 보고 알았습니다. 복서들은 대개 귀가 짓이겨진 것처럼 납작하거든요.'

'또 다른 것은?'

'손에 굳은살이 박인 걸로 보아 광산에서 오래 일하셨겠군요.'

'내 재산은 모두 광산에서 모았네.'

'뉴질랜드에 가신 일이 있으시죠?'

'그렇네.'

'일본에도 가셨고요.'

'있어. 참으로 놀랍군.'

'그리고 J. A.라는 사람과 꽤 친밀한 사이였는데 나중에는 그 사람

에 관한 것들을 잊으려고 애쓰셨습니다.'

트레버 노인은 천천히 일어나 푸른 눈에 공포의 빛을 띠고 한동안 나를 바라보았네. 그러더니 갑자기 테이블 위에 널려 있는 호두 껍데기 위로 푹 고꾸라지며 정신을 잃었네.

왓슨, 빅터와 내가 얼마나 놀랐는지 자네도 상상할 수 있겠지? 하지만 우리가 셔츠의 단추를 풀고 얼굴에 물을 뿌리자 곧 의식을 회복했네. 트레버 노인은 신음하듯 숨을 크게 몰아쉬더니 자리에 앉았어.

'내가 정신을 잃었나 보군.'

노인은 억지웃음을 지으며 말했어.

'놀랄 것 없네. 겉으로는 건강해 보이지만 내가 심장이 좀 약하다네. 그래서 사소한 일에도 이렇게 넘어가곤 하지. 그나저나 홈스 군, 자네가 어떻게 그런 걸 알아냈는지 알 수 없지만 진짜 탐정이나 소설 속에 등장하는 탐정보다 자네가 나은 것 같네. 자네는 앞으로 그 추리력을 살릴 수 있는 길로 나가는 것이 좋겠네. 세상을 알 만큼 아는 늙은이의 충고로 받아들이길 바라네.'

왓슨, 그때까지만 해도 나는 관찰이나 추리를 단순한 취미로만 생각했네. 그런데 트레버 노인의 말을 듣고 나니 직업으로 삼아도 좋겠다는 생각이 들었네. 물론 그때는 노인이 갑자기 쓰러지는 바람에 다른 생각을 할 틈이 없었지만."

"트레버 노인의 예언이 맞아떨어진 셈이군. 지금 자네는 유명한 탐정이 되었으니 말이야."

내가 웃으며 한마디 하자 홈스가 미소를 지으며 이야기를 계속했다.

"난 조심스럽게 트레버 노인에게 물었네.

'제가 혹시 언짢은 말씀을 드린 건 아닌지요?'

'그래, 자네가 내 아픈 곳을 찔렀네. 그런데 자네는 그걸 어떻게 알았고 또 얼마나 알고 있지?'

노인은 농담하듯 말했지만 그의 눈에는 두려운 빛이 남아 있었네.

'그쯤은 간단히 알 수 있습니다. 어제 저희와 낚시하러 가서 물고기를 끌어올리려고 소매를 걷었을 때 팔꿈치 가까이에 J.A.라는 글자가 새겨져 있는 것을 보았습니다. 그런데 글씨는 읽을 수 있었지만 그 언저리 피부가 얼룩덜룩한 것으로 보아 그것을 지우려고 애썼다는 것을 알 수 있었습니다. 그래서 원래는 문신을 할 만큼 가까운 사이였지만 나중에는 그를 잊고자 했던 게 분명하다고 생각하게 됐습니다.'

'자네 눈은 정말 날카롭구먼.'

트레버 노인은 한숨을 쉬며 말을 이었네.

'자네 말이 다 맞네. 이제 그 이야기는 그쯤 해 두세. 유령 중에서도 옛 연인의 유령이 가장 나쁘거든. 난 그만 가서 담배라도 피우며 쉬어야겠네.'

트레버 노인의 불안한 모습이 나의 관심을 불러일으켰지. 그는 내 마음을 눈치 챈 듯 자리를 털고 먼저 일어났네."

"자네로서는 아쉬운 순간이었겠군. 좀 더 이야기를 들을 수 있었을 텐데 말이야."

홈스의 이야기를 듣는 나도 점점 사건의 정황들이 궁금한데 사소한 것도 놓치지 않는 그가 그 상황에서 관심을 보이지 않았다면 그것이 더 이상했을 듯해 내가 한마디 거들었다.

"이상한 일은 그 후에 일어났네."

"이상한 일? 트레버 노인이 달라지기라도

했단 말인가?"

"그렇네. 그날 이후 트레버 노인은 여전히 나를 따뜻하게 대접하면서도 왠지 나를 경계하는 눈빛이었네. 아들인 빅터도 그런 말을 하더군.

'지금까지 저렇게 기가 질린 아버지의 얼굴을 본 적이 없어. 자네의 추리에 많이 놀라셨고 자네가 얼마나 알고 있는지 겁나시는 모양이야.'

트레버 노인은 태연한 척했으나 그의 행동 하나하나에서 나로 인해 두려워하고 있다는 것이 드러났네. 나 때문에 그가 불안해한다는 것을 깨달은 나는 그 집에 더 있어서는 안 되겠다는 생각을 하고 그곳을 떠나기로 결심했네. 그런데 내가 떠나기로 한 전날 사건 하나가 일어났고 그것이 나중에 중요한 결과를 초래했지.

그날 우리 셋은 정원 잔디밭의 의자에 앉아 햇볕을 쬐며 호수의 풍경을 감상하고 있었는데 가정부가 와서 누군가가 트레버 노인을 만나고 싶어한다고 전했네.

'누구라고 하던가?'

트레버 노인이 물었어.

'대답을 하지 않습니다.'

'그래, 용건이 뭐라 하던가?'

'주인님과 아는 사이라며 잠깐 이야기를 나누고 싶다고 했습니다.'

'누굴까? 어쨌든 일단 모셔 와.'

그리고 잠시 후 몸집이 작은 사내가 발을 질질 끌면서 굽실대며 나타났네. 소매에 기름얼룩이 묻은 꾀죄죄한 재킷, 붉은색과 검은색으로 된 바둑무늬 셔츠에 누덕누덕 기운 자국이 있는 구겨진 바지를 입고 무거워 보이는 구두를 신고 있었지. 한눈에 뱃사람이라는 걸 알

수 있을 만큼 얼굴이 검게 그을린 사내는 누런 이를 드러내며 쉴 새 없이 교활한 웃음을 띠고 있었는데 뱃사람 특유의 버릇으로 반쯤 주먹을 쥐고 있었네.

사내가 저쪽에서 잔디밭을 가로질러 다가오자 순간 트레버 노인이 신음소리를 내며 자리에서 벌떡 일어나 집 안으로 급히 들어갔네. 노인은 곧 돌아왔지만 내 옆을 지날 때 브랜디 냄새가 풍기더군. 마음을 진정시키기 위해 마시고 온 것이 틀림없었지.

'자네가 여긴 어떻게 왔나?'

트레버 노인이 사내에게 묻자 그는 눈을 가늘게 뜨고 변함없이 얼굴에 교활한 미소를 머금은 채 노인을 바라보았네.

'나를 기억하쇼?'

사내가 물었네.

'기억하고말고, 자네 허드슨 아닌가.'

트레버 노인이 놀란 듯 대답했네.

'헤어진 지 30년이 지났는데 용케 기억하는구먼요. 그사이 당신은 이렇게 자리 잡고 살고 있는데 난 아직도 소금에 절인 고기나 먹는 신세지요.'

허드슨이라 불린 사내가 끈적끈적한 어조로 말했네.

'난 아직 옛날 일을 잊지 않았다네.'

트레버 노인은 이렇게 외치면서 사내에게 다가가 낮은 목소리로 뭐라고 속삭이더니 다시 큰 소리로 말했네.

'주방으로 가게. 먹고 마실 것이 있네. 그리고 자네 일자리는 내가 꼭 마련해 줄 테니 걱정 말게.'

'그거 고맙군요.'

사내가 머리를 긁적이며 말했네.

'8노트짜리 화물선을 타다 2년 만에 육지에 내렸는데 이제는 좀 쉬려고요. 당신이나 비도스 씨를 찾아가면 반겨줄 거라고 생각했죠.'

'뭐? 자네는 비도스가 어디 사는지 알고 있나?'

트레버 노인이 소리쳤네.

'이래봬도 옛 친구들이 사는 곳쯤은 다 알고 있죠.'

사내는 기분 나쁘게 히죽거리며 가정부를 따라 주방 쪽으로 걸어갔네.

트레버 노인은 우리에게 광산으로 갈 때 그 사내와 같은 배를 탔었다고 나직이 말하고는 사내를 따라 집 안으로 들어갔네.

한 시간쯤 뒤에 우리가 집 안에 들어가 보니 사내가 술에 잔뜩 취해 식당 소파에 누워 있더군. 나는 이 소란을 보면서 뭔가 섬뜩한 느낌을 받았기 때문에 다음 날 도니소프를 떠나는 것이 그다지 아쉽지 않았네. 내가 있으면 오히려 노인 입장만 곤란할 것 같았지.

악마 같은 사나이

홈스는 이 모든 일이 도니소프에서 보낸 방학 첫 달에 일어났다고 했다.

"그들의 소식을 다시 들은 것은 언제였나?"

내가 궁금함을 참지 못하고 물었다.

"나는 런던의 하숙집으로 돌아와 유기화학 실험에 몰두하며 하루하루를 보내고 있었네. 그런데 방학이 거의 끝나갈 무렵인 가을 어느 날, 빅터에게서 전보가 왔네."

> 홈스, 자네의 조언과 도움이 필요하네. 미안하지만 도니소프로 급히 좀 와주게.
>
> — 빅터

"나는 모든 것을 중단하고 다시 도니소프로 갔네. 빅터는 마차를 끌고 나와 역에서 나를 기다리고 있었네. 한눈에 지난 두 달 동안 그가 몹시 힘들었다는 것을 알 수 있었지. 얼굴은 비쩍 마르고 수척한데다 늘 쾌활하고 구김살 없던 태도는 찾아볼 수가 없었네.

'아버지가 위독해.'

이것이 빅터의 첫마디였네.

'뭐라고? 어찌 된 일인가?'

나는 깜짝 놀라 소리쳤지.

'뇌졸중이야. 정신적인 충격을 받으셔서. 지금쯤 돌아가셨을지도 몰라…'

나는 이 뜻하지 않은 소식에 어안이 벙벙해졌네.

'이유가 뭔가?'

내가 물었네.

'일단 마차에 타게. 가면서 이야기하지. 자네가 런던으로 돌아가기 전날 아버지를 찾아왔던 사내를 기억하나?'

'기억하고 있네. 아마 허드슨이라고 했지?'

'그자가 누구였는지 아나?'

'모르겠네.'

'홈스, 그자는 악마였네.'

빅터의 외침을 들은 나는 깜짝 놀라 그의 얼굴을 바라보았네.

'그자는 악마가 틀림없네. 그날 이후 우리 집에서는 평화가 완전히 사라졌네. 아버지는 그날 밤부터 완전히 기운을 잃으시더니 이제는 모든 기

력을 잃고 쓰러지셨다네. 모두가 그 저주받을 허드슨이라는 놈 때문이야.'

'아버님이 그 사람에게 어떤 약점을 잡힌 거지?'

'그 점을 알고 싶어서 자네를 부른 거네. 자상하고 따뜻한 아버지가 어쩌다 그런 악당에게 걸려들었을까? 홈스, 자네가 와 줘서 정말 기쁘네. 나는 자네의 판단력과 추리력을 믿네. 내가 어떻게 하면 좋을지 자네가 나를 좀 도와주게.'

마차는 울퉁불퉁한 시골길을 먼지를 일으키며 달렸네. 길옆에 끝없이 펼쳐진 늪이 저녁노을을 받아 붉게 빛났고 라임 나무 숲 너머로 저택의 높은 굴뚝이 보이기 시작했네.

'아버지는 처음에 그자에게 정원을 돌보라고 했어.'

'아마 사흘도 못 견뎠을걸.'

내가 대답했지.

'자네 말처럼 그자는 정원사 일이 맘에 들지 않는다고 투덜거렸어. 그래서 아버지는 놈을 집사로 승진시켜 주었네. 그러자 놈은 거들먹거리며 제멋대로 집 안을 휘젓고 다니기 시작했지. 하녀들은 놈의 술버릇과 상스러운 말투를 질색했지. 그뿐만이 아니라 놈은 아버지가 가장 아끼는 엽총을 들고 나가 사냥을 다녔네. 그러면서도 놈은 늘 무례한 표정을 지었어. 놈이 내 또래였다면 아마 때려눕혔을 거야.'

'그런데도 아버님은 가만히 계셨단 말인가?'

나로서도 이해할 수 없는 상황이라 그렇게 묻지 않을 수 없었지.

'아버지는 모른 척하셨네. 하녀들의 급료를 올려 주면서까지 불만을 무마시키려 했지. 이보게 홈스, 지금 생각하니 분을 꾹꾹 눌러 참은 게 잘한 일인지 알 수가 없네. 내가 좀 더 강하게 나가는 것이 좋

지 않았을까?'

'글쎄, 상대의 정체를 모르면서 어떤 행동을 하는 것은 위험한 일일 수도 있지.'

'아무튼 사태는 점점 나빠졌고 놈은 더욱 기세가 등등해졌네. 그러던 어느 날 내 눈 앞에서 그놈이 아버지에게 무례한 짓을 하기에 나는 놈의 어깨를 움켜쥐고 밖으로 쫓아버렸네. 놈은 반항하진 않았지만 흙빛으로 변한 얼굴과 독사 같은 눈빛이 소름 끼칠 정도였네. 그놈이 아버지에게 무슨 말을 지껄였는지는 모르지만 아버지가 다음 날 나를 불러 놈에게 사과할 수 없겠냐고 물으시더군. 난 싫다고 잘라 말했지. 그러곤 어째서 그런 날강도 같은 놈이 집안을 휘젓게 하느냐고 따지고 들었지. 그러자 아버지가 지친 얼굴로 나를 보며 말했네.

"빅터, 네가 그런 말을 하는 것도 무리는 아니다. 하지만 너는 내 입장이 어떤지 몰라서 그런다. 언젠가는 꼭 말해 주마. 그때 가서 이 아버지를 욕하지 말아다오."

아버지는 힘이 드는지 그날 종일 서재에서 꼼짝도 하지 않으셨어. 창문으로 들여다보니 무언가를 쓰고 계시더군. 그런데 바로 그날 밤에 그자가 집을 나가겠다고 말했네.'

'그가 먼저 집을 떠나겠다고 했단 말인가?'

'그렇네. 아버지와 내가 저녁식사를 마치고 앉아 있는데 놈이 식당으로 들어와 술 취한 목소리로 말하더군.'

"이제 노퍽을 떠날 것이오. 햄프셔에 살고 있는 비도스 씨 집으로 갈 거요. 그도 당신만큼은 나를 반겨 줄 테니까."

"허드슨, 뭐 언짢은 일이라도 있는 건가?"

아버지가 겁먹은 얼굴로 비굴하게 말하는 것을 듣자 나는 피가 거

꾸로 치솟는 것 같았네.

"난 아직 사과를 받지 못했소."

놈이 나를 힐끔 보며 말하더군.

"빅터, 이분에게 당장 사과해라!"

하지만 난 아버지의 말에 흥분해서 소리쳤지.

"절대 그럴 수 없습니다. 지금까지 우리는 지나칠 만큼 인내심을 갖고 저자를 대했다고 생각합니다."

"그래? 좋아. 어디 두고 보자고."

놈은 나를 노려보며 으르렁거리듯 그렇게 말하고는 식당을 나갔네. 그러고는 30분 뒤에 집을 떠났지. 그가 떠난 뒤 아버지는 보기 딱할 정도로 두려움에 떨었네. 아버지는 잠을 이루지 못하는 듯 밤마다 방 안을 서성거리는 소리가 들렸네. 그러다 아버지가 조금씩 기운을 되찾으실 무렵 아버지를 다시 무너뜨리는 놀라운 사건이 벌어졌네.'

'놀라운 사건이란 게 뭔가?'

나는 자못 긴장하면서 물었네.

'어제 오후에 포딩브리지의 소인이 찍힌 편지 한 통이 도착했네. 그걸 읽은 아버지는 두 손으로 머리를 감싸쥐면서 미친 사람처럼 방 안을 왔다 갔다 하시더군. 내가 가까스로 아버지를 소파에 눕혀 진정시키려 했는데, 그땐 이미 눈과 입이 한쪽으로 돌아간 뒤였네. 풍을 맞았다고 생각한 나는 급히 의사를 불렀지만 아버지는 의식을 찾지 못하셨네. 어쩌면 지금쯤 돌아가셨을지도….'

빅터는 눈물을 글썽이며 말했네.

'무서운 일이군. 도대체 그 편지에 뭐라고 쓰여 있었기에 그런 끔찍한 일이 벌어졌지?'

빅터의 말만으로는 도무지 상황이 정리가 안 돼 내가 물었네.

'이상하겠지만 편지 내용은 하찮은 말들이었네. 그저 이해할 수 없는 말들이었고 내가 궁금한 것도 그거네. 아, 홈스, 기어이 걱정했던 일이 일어났어!'

마차가 저택 모퉁이를 돌았을 때 창문마다 커튼이 내려져 있었네. 슬픔으로 일그러진 빅터가 마차에서 내려 현관으로 달려가자 검은 양복을 입은 신사가 걸어나왔네.

'아버지가 돌아가셨습니까, 선생님?'

빅터가 그에게 물었네.

'자네가 역으로 나간 지 얼마 안 되어 그만….'

'의식은 회복하셨나요?'

'숨을 거두시기 직전에 잠깐 정신을 차리셨지.'

'혹시 제게 남기신 말은 없습니까?'

'일본제 옷장 서랍에 서류가 있다는 말씀만 하셨네.'

빅터는 의사와 함께 트레버 노인의 시신이 있는 방으로 올라갔고 나는 이루 말할 수 없이 침울한 기분으로 서재에 앉아 그간의 사건 전말을 몇 번이고 정리해 보았네.

트레버 노인의 과거에 무엇이 있을까? 권투와 여행을 하고 금광에 손을 댔다는 그가 어째서 허드슨 같은 자에게 꼼짝 못했던 것일까? 또 지워진 문신에 대한 내 이야기를 듣고 기절한 이유는 무엇이며 어째서 포딩브리지에서 온 편지를 보고 놀라서 죽기까지 한 것일까? 순간 포딩브리지는 햄프셔 주에 있다는 생각이 들었네. 그리고 허드슨이라는 자가 비도스라는 사람을 찾아가겠다고 한 말이 떠올랐지. 비도스가 햄프셔에 살고 있었으니까.

그렇다면 그 편지는 허드슨이 트레버 노인의 과거를 폭로하겠다고 협박한 것이거나 비도스라는 사람이 트레버 노인에게 비밀이 탄로 날 수 있다고 경고한 내용 중 하나일 거라고 생각했네. 여기까지는 맞는 것 같았어.

그런데 빅터는 왜 그 편지 내용이 하찮은 말들이라고 했을까? 그건 빅터가 내용을 잘못 이해한 것이며 만약 그렇다면 그냥 보기에는 별것 아닌 것처럼 꾸민 암호문이 아닐까 하는 생각이 들었네. 나는 그 편지를 보아야 했고 거기에 숨은 의미가 있다면 찾아낼 자신이 있었네.

한 시간쯤 어둠 속에서 그런 생각을 하고 있는데 눈물범벅이 된 가정부가 램프를 갖다주었고 이어서 빅터가 창백하지만 침착한 얼굴로 지금 내 무릎 위에 놓여 있는 서류를 들고 들어왔네.

'혼자 있게 해서 미안하네. 이게 내가 말한 그 편질세.'

빅터는 나와 마주 앉더니 램프를 당겨 놓고 서둘러 쓴 게 분명한 짧은 편지 한 장을 내밀었네.

런던으로 갈 사냥감은 점점 늘어나고 있다. 수렵장 감시원 허드슨이 파리잡이 끈끈이를 모았고 귀하의 암꿩의 생명 보존에 관한 명령을 받았다.

처음 이 편지를 읽었을 때는 나도 왓슨 자네처럼
무슨 소린지 알 수 없었네. 그래서 몇 번을 되풀이해
꼼꼼하게 편지를 다시 읽어 보았지. 역시 내가 예상한
대로였어. 이 묘한 단어의 나열 속에 특별한 의미가 숨겨
져 있는 게 틀림없었지.

'파리잡이 끈끈이'나 '암꿩' 같은 말에 두 사람만의 숨은 뜻이 있다
면 그건 도저히 해독할 수 없겠지만 나는 그렇게 생각하고 싶지 않
았네. '허드슨'이라는 말이 들어 있는 것으로 보아 내용은 내 짐작과
같을 것 같았고 편지를 보낸 사람 역시 허드슨이 아니라 비도스라는
생각이 들었지. 난 편지를 거꾸로 읽어 보았지. 하지만 뜻이 통하지
않았어. 그래서 이번엔 한 단어씩 띄어서 읽어 봤지. 역시 통하지 않
더군. 그런데 갑자기 수수께끼를 풀 수 있는 열쇠가 손에 들어왔네.

첫 단어부터 두 단어씩 건너뛰어 읽자 트레버 노인을 두려움에 떨
게 할 내용이 나타났어. 나는 빅터에게 이 간단한 경고문을 읽어 주
었네.

허드슨이 모든 것을 폭로했다. 목숨을 걸고 도망쳐라.

내 말을 들은 빅터는 얼굴을 감싸고 울먹이며 떨리는 목소리로 말
했네.

'그래, 내 생각도 그랬어! 이건 죽음보다 나빠. 불명예를 암시하고
있으니까 말이야. 그런데 파리 사냥꾼이니 암꿩은 무슨 뜻일까?'

빅터가 여전히 이해되지 않는다는 듯 물었네.

'특별한 의미는 없지만 보낸 사람을 알 수 없을 때는 중요한 단서가 될 수도 있지. 그는 먼저 중요한 한 단어를 쓴 다음 그 사이에 내용과 상관없는 적당한 두 단어를 쓰는 방식으로 편지를 쓴 걸세. 그런 경우 먼저 머릿속에 떠오르는 말은 자신의 생활과 관계된 것이겠지. 사냥에 관한 말이 많은 것으로 보아 편지를 쓴 사람은 사냥에 관심이 많은 사람이라는 것을 알 수 있네. 빅터, 비도스라는 사람에 대해서 아는 거 없나?'

'그러고 보니 아버지는 매년 가을 그분의 사냥터에 초대를 받았던 것 같아.'

'그렇다면 이 편지를 비도스가 보냈다는 것은 의심의 여지가 없군. 문제는 허드슨이 알고 있는 비밀이 무엇이기에 두 신사가 그의 협박을 받았는가 하는 것이군.'

'홈스, 아마도 그것은 말할 수 없이 수치스러운 비밀일 거야.'

빅터는 이렇게 외치더니 말을 이었네.

'하지만 자네에게는 아무것도 숨기고 싶지 않네. 이것은 허드슨이 비밀을 폭로할지도 모른다고 생각하고 쓴 아버지의 고백서일세. 의사 말대로 옷장 서랍 속에 이것이 들어 있더군. 자네가 읽어 주게. 난 그걸 읽을 만한 힘도, 용기도 없어.'

난 편지를 받아들고 읽기 시작했고 그 안에는 놀라운 비밀이 숨어 있었네."

지옥선의 최후

"홈스, 도대체 그 비밀이라는 것이 뭔가? 지금까지의 이야기만으로는 아직 짐작이 안 되네."

이야기를 듣던 내가 홈스에게 말했다.

"왓슨, 이것이 그때 빅터가 건네 준 고백서라네. 그날 밤 빅터에게 그랬듯이 내가 자네에게 읽어 주겠네. 보다시피 겉장에는 이렇게 쓰여 있네. '1855년 10월 8일 팰머스에서 출항하여 11월 6일 북위 15도 29분, 서경 25도 14분에서 침몰할 때까지의 글로리아 스콧 호 항해 기록.' 이건 아들에게 보내는 편지 형식으로 기록되어 있네."

홈스는 편지를 읽기 시작했다.

◇◇◇◇◇◇◇◇◇◇◇◇◇◇◇

사랑하는 아들에게

수치스러운 비밀을 고백해야 하는 지금, 나는 솔직한 마음으로 이 글을 쓴다. 내가 미치도록 괴로운 것은 법의 심판이 두렵거나 사회적인 지위, 명예를 잃을까 봐도 아니다. 오로지 나만을 사랑하고 존경하는 네가 나 때문에 사람들 앞에서 고개를 들지 못할까 봐서다. 하지만 평생 나를 옭아맸던 비밀이 폭로될 때는 네가 이 편지를 직접 읽길 바란다. 그러나 만일 모든 일이 무사히 해결된다면(전능하신 주여, 제발 그렇게 되도록 해 주소서!) 그런데도 우연히 이 편지가 너의 손에 들어간다면 성스러운 모든 것과 사랑하는 네 어머니를 생각해서, 또한 그간 나눈 우리 부자간의 사랑을 생각해서 이걸 불태워 다시는 이 일을 생각하지 않길 바란다.

그러나 불행하게도 네가 이 편지를 읽는다면 아마 난 과거가 폭로되어 구속되었거나 너도 알고 있듯이 약한 심장 때문에 이 세상을 떠난 다음일지도 모르겠다. 어쨌거나 과거를 숨길 시기는 지났고 지금 나는 맹세코 진실만을 말하고 있다는 것을 믿어다오.

사랑하는 빅터, 내 본명은 트레버가 아니다. 젊은 시절의 내 이름은 제임스 아미타지였다. 이로써 너는 몇 주 전에 홈스라는 네 친구가 내 팔에 새겨진 문신을 보고 비밀을 알아낸 것 같은 말을 했을 때 내가 얼마나 충격을 받았는지 이해가 될 것이다.

아미타지라는 이름을 쓰던 시절 나는 런던의 한 은행에서 일했고 당시 법을 어겨 실형을 선고받았다. 아들아, 부디 나를 너무 책망하지 말아다오. 당시 나는 도박에 손을 댔고 그 빚 때문에 은행 돈을 몰래 쓰고 말았다. 물론 나는 그 돈을 메워 넣을 생각이었다. 그러나 믿고 있었던 돈은 들어오지 않았고 예정보다 일찍 회계감사가 이루어지는 바람에 마침내 공금을 횡령한 게 되고 말았다.

지금이라면 좀 더 관대한 처벌을 받을 수도 있겠지만 30년 전의 법률은 무척 가혹했다. 나는 스물세 살 생일날 오스트레일리아로 떠나는 글로리아 스콧 호 중간 갑판에 다른 서른일곱 명의 죄수들과 함께 쇠사슬에 묶이는 신세가 되었다.

그때가 1885년으로 당시 크리미아 전쟁이 한창이었고 기존의 죄수 수송선은 대부분 흑해에서 군용 수송선으로 사용됐다. 그래서 정부에서는 낡고 작은 배를 죄수 호송에 쓸 수밖에 없었다. 글로리아 스콧 호는 원래 중국의 차 무역에 쓰였는데 뱃머리가 무겁고 선체가 넓은 구식 범선이라 새로 등장한 쾌속선에 자리를 내주었다. 5백 톤급의 그 배에는 서른여덟 명의 죄수 외에 선원 스물여섯 명, 호송 군인 열여덟 명, 선장, 항해사 세 명, 의사, 목사, 간수 네 명이 타고 있었다. 1백여 명의 인원이 팰머스 항에서 떠난 것이다.

죄수들이 갇힌 독방과 독방 사이의 칸막이가 단단한 나무로 되어 있는 일반 죄수 수송선과 달리 그 배는 아주 얇은 판자로 막혀 있었다. 그런데 고물 쪽 옆방에 처음 항구로 호송됐을 때부터 유난히 나의 주의를 끌던 사람이 수용돼 있었다. 그는 얼굴에 수염이 없는 청년으로 성격이 쾌활하고 걸을 때는 머리를 쳐들고 가슴을 활짝 편 채 꼿꼿하게 걷는 걸음걸이와 유난히 큰 키가 눈길을 끌었지. 우울하고 어두운 얼굴들 틈에서 기운이 넘치고 쾌활한 그는 이상할 정도로 나를 사로잡았다. 그의 모습은 눈보라 속에서 모닥불을 찾은 것 같은 느낌이었다. 나는 그가 내 옆방에 수용된 것을 기쁘게 생각했다. 더욱이 한밤중에 그가 칸막이에 구멍을 뚫고 말을 걸어왔을 때는 더욱 기뻤다.

'여보게, 자네 이름은 뭔가? 어쩌다 이런 신세가 됐지?'

나는 내심 기뻐하며 내 이름을 대고 그의 이름을 물었다.

'난 제임스 아미타지라고 하네. 자네는 누구인가?'

'난 잭 프렌더개스트야. 자넨 아마 나를 알게 된 것을 감사하게 될 걸세.'

　그의 사건은 나도 들어서 알고 있었다. 내가 체포되기 얼마 전에 온 나라를 들썩이게 만든 사건이었기 때문이다. 그는 좋은 가문에서 자랐고 재능도 많았으나 악의 구렁텅이에 빠져 런던의 상인들로부터 거액의 돈을 갈취하다 잡혔다고 했다.

　알고 있다는 내 말을 들은 그가 으스대듯 말했다.

　'내 사건을 잘 아는군.'

　'잘 알고 있지.'

　'그 사건에서 뭔가 이상한 점을 발견하지 못했나?'

　'이상한 점이라니?'

　'나는 거의 25만 파운드를 해먹었지.'

　'그런 얘기들을 하더군.'

　'하지만 나에게선 한 푼도 나오지 않았지.'

　'그 얘기도 들었지.'

　'그 돈이 어떻게 되었다고 생각하나?'

　'나야 알 수 없지.'

　'모두가 내 손 안에 있지. 난 자네의 머리카락 수보다 더 많은 돈을 갖고 있네. 그만한 돈이면 무슨 짓이든 할 수 있지. 자넨 그런 사람이 퀴퀴한 냄새가 나고 벌레와 쥐가 들끓는 배에서 썩는다는 게 말이 된다고 생각하나? 어림없지. 그만한 사람이라면 제 몸을 보호할 수 있거니와 남의 일까지 걱정해 주지. 그를 신처럼 받들게. 반드시 자넬

도와줄 테니까 말이야.'

처음에 난 그의 이야기를 그저 허풍으로 들어 넘겼다. 그러나 그는 나를 시험하고 맹세하게 한 다음 배를 탈취할 계획이 진행되고 있다는 비밀을 전해 주었다. 배에 타기 전에 열두 명의 죄수들이 은밀히 주도한 것으로 주동자는 프렌더개스트이고 원동력이 된 것은 그의 돈이었다.

'내겐 친구가 있네. 그는 보기 드물게 좋은 사람으로 총신과 개머리판처럼 우리 둘은 끊을 수 없는 관계지. 돈은 그가 가지고 있네. 그가 지금 어디에 있는 줄 아나? 하하, 그는 바로 이 배의 목사라네. 그는 검은 옷을 입고 제대로 된 신분증을 갖고 배에 탔지. 그가 들고 탄 상자에는 이 배의 돛대부터 배 밑바닥까지 몽땅 살 수 있는 돈이 들어 있네. 승무원들은 모두 그의 말을 따르네. 배에 타기 전에 그들을 이미 매수해 놓았거든. 간수 두 명과 2등 항해사인 머서는 물론이고 필요하다면 선장도 매수할 수 있을 걸세.'

'우리는 무엇을 하지?'

내가 물었다.

'간단하지. 우린 군인들 옷을 붉게 물들일 걸세. 자네 생각은 어떤가?'

'하지만 그들은 무장을 하고 있네.'

'당연히 우리도 무장을 할 거야. 모두에게 총이 돌아가게 되어 있거든. 승무원들까지 우리 편으로 만들고도 배를 점령하지 못한다면 모두들 여자아이 기숙사에나 보내야 하지 않겠나. 오늘밤 자네 왼쪽에 있는 사람과 이야기를 해 보고 믿을 수 있는 사람인지 확인해 봐.'

나는 그의 지시대로 왼쪽 방의 죄수에게 말을 걸었다. 내 나이 또래의 그의 죄명은 문서 위조였다. 에반스라는 그 젊은이도 나중에 나처럼 이름을 바꾸고 지금은 영국 남부에서 부유하게 살고 있다. 내 얘기를 들은 에반스 역시 살아날 방법은 그것밖에 없다고 판단하고 음모에 가담했다. 그리하여 배가 비스케이 만을 지날 때쯤 음모에 가담하지 않은 죄수는 두 사람뿐이었다. 한 사람은 마음이 약해 믿을 수 없었고 다른 한 사람은 병에 걸려 우리에게 도움이 되지 않았기 때문이다.

우리가 배를 점령하는 데 장애가 될 만한 것은 아무것도 없었다. 승무원 대부분이 우리 편이었고 가짜 목사는 선교용 팸플릿이 들어 있는 것처럼 보이는 가방을 들고 설교를 하는 듯 자주 독방을 순례했다. 그 덕에 3일째에는 우리 모두 사슬을 끊을 줄과 총 두 자루, 화약, 그리고 총알 스무 발씩을 감출 수 있게 되었다.

간수 두 명은 프렌더개스트의 앞잡이였고 2등 항해사는 그의 오른팔이었지. 우리의 적은 선장과 항해사 두 명, 마틴 중위와 열여덟 명의 군인, 그리고 의사뿐이었다. 완벽한 계획이었지만 우린 경계를 게을리하지 않고 밤에 기습하기로 작전을 세웠다. 그러나 우린 계획을 앞당겨야만 했다.

출항한 지 3주쯤 지난 어느 날 밤, 갑작스럽게 병에 걸린 죄수를 진찰하러 왔던 의사가 침대 밑에 숨겨 둔 권총을 발견한 것이다. 만약 눈치 빠른 의사여서 그것을 못 본 체하고 그 자리를 떠나 군인들에게 알렸다면 우리의 음모는 실패로 끝났을 것이다. 그러나 겁에 질린 의사는 비명을 질렀고 사태를 파악한 죄수는 의사를 붙잡아 입

에 재갈을 물리고 침대
에 그를 묶어 놓았다. 의
사가 갑판으로 통하는 문
을 열어 놓은 채 들어왔
기 때문에 우리는 우르르
갑판으로 달려 나갔다.
순식간에 두 명의 보초와
하사관도 쓰러졌다. 특
등실 앞에도 두 명의 군
인이 있었지만 그들 역시

총을 장전하려는 사이 사살되고 말았다.

우리는 곧바로 선장실로 쳐들어갔는데 문을 여는 순간 총소리가
들렸다. 선장은 머리에 피를 흘리며 탁자 위에 붙여 놓은 대서양 해도
위에 쓰러져 있고 그 옆에 가짜 목사가 총을 들고 서 있었다. 마지막
으로 두 명의 항해사까지 승무원에게 붙잡히자 일이 다 끝난 듯했다.

우리는 선장실 옆에 붙은 특등실에 모여 자유의 몸이 된 것을 기뻐
하며 떠들어 댔다. 방에는 벽장이 여럿 있었는데 가짜 목사 윌슨이
그중 한 벽장을 부수고 셰리주를 잔뜩 꺼냈다. 그런데 우리가 술을
따라 들이키려는 순간 갑자기 총성이 들리고 방 안은 연기로 가득했
다. 연기가 걷힌 뒤에 보니 그곳은 마치 도살장처럼 변해 있었고 윌
슨을 비롯한 여덟 명의 죄수가 서로 포개진 채 버둥거리고 있었다.
그 광경은 지금 생각해도 속이 메스꺼울 정도다.

그 광경을 본 우리 모두는 겁을 먹고 있었다. 만약 프렌더개스트
가 없었다면 그쯤에서 항복하고 말았을 것이다.

'내가 놈을 상대하지. 가차 없이 죽고 싶지 않으면 너희들도 나를

따르라.'

프렌더개스트는 성난 황소처럼 외치고는 살아남은 사람들을 이끌고 갑판으로 뛰어나갔다. 바깥에는 우리가 있던 방 위쪽에 중위와 십여 명의 군인들이 모여 있었다. 그 방의 특등실 천장 뚜껑이 약간 열려 있었는데 그들이 그 사이로 총알을 퍼부었던 것이다.

우리는 그들이 총알을 장전할 시간을 주지 않고 덮쳤고 그들도 필사적으로 대응했지만 우리 쪽이 우세했기 때문에 싸움은 5분도 안 돼 끝나고 말았다.

프렌더개스트는 마치 미친 사람처럼 날뛰며 살아 있거나 죽었거나를 가리지 않고 들어 올려 그들을 바다로 내던졌다. 병사 하나가 중상을 입고도 놀랄 만큼 오랫동안 헤엄을 쳤지만 누군가가 그의 머리에 총을 쏘아 죽였다. 싸움이 끝났을 때 그들 중 살아남은 사람은 간수 둘과 항해사와 의사뿐이었다.

그런데 그들을 처리하는 방법에 대한 의견이 나뉘었다. 우리들 중에는 자유를 되찾은 것만으로 기뻐하며 더 이상의 살인을 꺼리는 사람들이 있었다. 무기를 든 병사와 뒤엉켜 싸우는 것과 누군가 살해되는 것을 묵묵히 바라보는 일은 전혀 다른 문제였다. 그래서 나를 포함한 죄수 다섯 명과 승무원 세 명은 그들이 살해되는 것을 보고 싶지 않다고 말했다. 하지만 프렌더개스트와 그를 따르는 사람들은 마음을 바꿀 기미가 보이지 않았다.

'우리 신변의 안전을 지키기 위해서는 일을 깨끗하게 마무리할 필요가 있다. 혹시라도 나중에 증언대에 서서 입을 놀릴 수 있는 놈들은 절대 살려 둘 수 없다.'

프렌더개스트는 단호했고 하마터면 우리는 그 포로들과 운명을 같이할 뻔했다. 그런데 프렌더개스트는 우리가 원한다면 떠나도 좋

다고 하더구나. 우리는 기꺼이 그 제안에
응했지. 더 이상 피를 보고 싶지 않았기
때문이다. 우리는 각각 선원 옷과 물 한
통, 소금에 절인 고기 몇 덩어리, 그리
고 나침반 하나를 받고는 작은 보트로
옮겨 탔다. 프렌더개스트는 해도를 한 장 던져
주고는 북위 15도, 서경 25도에서 난파한 배의 선원이라고 말하라고
한 뒤 밧줄을 끊어 우리를 보냈다.

　사랑하는 아들아, 난 이제 가장 놀라운 이야기를 쓰려고 한다. 글
로리아 스콧 호는 북동풍을 받아 우리가 탄 보트로부터 서서히 멀어
지기 시작했다. 보트는 한동안 파도에 휩쓸리고 있었다. 우리 일행
중 가장 교육을 많이 받은 에반스와 나는 해도를 펼쳐 놓고 현재의
위치를 측정하거나 진로를 어디로 잡을 것인가 등을 의논했다. 경험
이 없는 우리로서는 쉽지 않은 일이었다. 우리가 있는 곳에서 베르
데 곶까지는 북쪽으로 5백 마일, 아프리카 해안은 7백 마일 거리였
기 때문이지. 북동풍이 불고 있어서 우리는 서아프리카의 시에라리
온으로 가기로 결정하고 그쪽으로 배를 몰았다. 그때 글로리아 스콧
호는 어느새 수평선 너머로 가물가물 사라지고 있었지. 그런데 갑자
기 검은 연기가 피어오르더니 선채가 거대한 나무처럼 치솟았다. 그
리고 몇 초 후 천둥처럼 요란한 폭발 소리가 들리더니 글로리아 스
콧 호의 모습이 보이지 않았다. 우리는 급히 보트의 방향을 바꿔 연
기가 떠도는 현장을 향해 힘껏 노를 저었다.

　현장에 도착하기까지는 꽤 시간이 걸렸기 때문에 우리는 아무도
구하지 못할 거라고 생각했다. 그곳에는 선박의 잔해만 파도를 따라
흔들릴 뿐 사람의 모습은 보이지 않았다. 그런데 우리가 생존자 찾

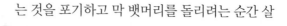

는 것을 포기하고 막 뱃머리를 돌리려는 순간 살려달라는 외침이 들려왔다. 저만치서 한 남자가 배의 갑판 조각에 매달려 있었다. 서둘러 그를 보트 위로 끌어올려 놓고 보니 허드슨이라는 선원이었다. 그는 심한 화상을 입은 데다 몹시 지쳐 있었기 때문에 우리는 다음 날에야 사건에 관한 이야기를 들을 수 있었다.

허드슨의 이야기에 따르면 우리가 보트를 타고 떠난 뒤 프렌더개스트 일당은 살아남은 포로들을 처형했다고 하더구나. 프렌더개스트는 두 명의 간수와 3등 항해사를 죽여 바다에 던진 다음 갑판으로 내려가 자신의 손으로 의사의 목을 베었다고 했다. 이제 남은 것은 1등 항해사 한 명이었는데 그는 용감한 사나이였다. 프렌더개스트가 칼을 들이대며 다가오자 그는 묶여 있던 밧줄을 풀고 배 뒤쪽 창고로 뛰어들었고 십여 명의 죄수들이 총을 들고 쫓아가 보니 그는 화약통의 뚜껑을 열어놓고 성냥을 손에 든 채 자신에게 손을 대면 불을 질러 모두 날려 버리겠다고 위협했다더구나. 그리고 잠시 뒤 폭발이 일어났지. 허드슨은 항해사가 불을 붙인 것이 아니라 죄수 중 누군가가 쏜 총알이 화약통에 맞은 것 같다고 했다. 이유가 무엇이든 그것이 글로리아 스콧 호와 배를 점령한 폭도들의 최후였다.

사랑하는 아들아, 지금까지 한 이야기가 이 아비가 휘말린 무서운 사건의 전모다. 다음 날 우리는 오스트레일리아로 가는 핫스퍼 호에 구조되었다. 그 배의 선장은 우리가 난파한 여객선의 생존자라는 말을 쉽게 믿어 주었다. 해군본부에서도 죄수선 글로리아 스콧 호가 항해 도중 조난당했다고 인정했고 그 후로도 글로리아 스콧 호의 진

실에 대해서는 어떤 말도 들리지 않았다. 핫스퍼 호의 항해는 순조로웠고 우리는 무사히 시드니 항에 도착했다. 에반스와 나는 그곳에서 이름을 바꾸고 금광으로 갔다. 그곳에는 각국 사람들이 몰려들었기 때문에 신분을 속이기가 쉬웠기 때문이다.

그 밖의 일은 이야기할 필요가 없을 것 같다. 우리는 큰돈을 모았고 세계 여러 나라를 여행한 뒤 부유한 개척자로 영국으로 돌아왔다. 나는 이곳에 땅을 구입하고 20년 이상 평온하게 살았고 불행한 과거가 영원히 묻히기를 바랐다. 그러니 허드슨이 나를 찾아왔을 때 내 심정이 어땠겠느냐. 그는 우리의 행방을 찾았고 과거를 빌미로 우릴 협박해서 기생하려고 했다.

이젠 너도 내가 왜 그의 비위를 맞추려고 애썼는지 이해할 수 있으리라고 생각한다. 그가 폭언을 퍼붓고 또 다른 먹잇감을 찾아간 지금 내가 느끼는 이 공포감을 네가 동정해 주길 바랄 뿐이다.

◇◇◇◇◇◇◇◇◇◇◇◇◇◇

"편지는 이렇게 끝이 났네. 그리고 그 아래 떨리는 손으로 써서 거의 알아볼 수 없을 정도로 이렇게 쓰여 있네."

비도스가 암호로 허드슨이 모든 것을 폭로했다고 전했다. 신이여, 우리를 불쌍히 여기소서!

"왓슨, 이것이 그날 밤 내가 빅터에게 읽어 준 이야기일세. 빅터는 한동안 아버지의 일로 크게 상심하다 차를 재배하겠다며 인도로 떠났는데 자리를 잡았다는 말을 들었네. 그러나 허드슨과 비도스에 대해서는 트레버 노인에게 편지가 날아온 이후로 전혀 들을 수가 없었네. 두 사람 다 종적을 감춘 거지."

"자네는 그들이 어떻게 됐을 거라고 생각하나?"

내가 오랜 침묵을 깨고 홈스에게 물었다.

"경찰에서 비도스를 찾아오지 않은 것으로 보아 허드슨의 단순한 협박을 비도스가 진짜로 그랬을 거라고 착각했을 수도 있네. 경찰에서는 허드슨이 숨어 다니는 것을 본 사람이 있다는 말을 듣고 그가 비도스를 살해하고 도주했다고 믿고 있네. 하지만 나는 그 반대라고 생각하네. 허드슨이 비밀을 폭로할 거라는 생각으로 궁지에 몰린 비도스는 트레버 노인에게 편지를 쓴 뒤 허드슨을 죽였을 거야. 그리고는 돈을 몽땅 챙겨 다른 나라로 도주했을 거라고 보네. 왓슨, 이것이 글로리아 스콧 호 사건의 전부라네. 자네의 사건 수집에 도움이 된다면 얼마든지 이용하게나."

머스그레이브 가의
의식문

레지널드 머스그레이브

손꼽히는 명문 귀족 출신인 레지널드는 홈스의 대학 동창생이다. 매우 큰 키에 날카로운 인상이지만 항상 예의 바른 태도를 유지한다. 내성적인 성격으로 오래된 낡은 대저택과 넓은 영지를 소유하고 있다. 어느 날 집안의 충실한 집사가 갑자기 사라지고 이어서 하녀까지 행방불명되는 사건이 발생하자 홈스에게 사건을 의뢰한다.

브런튼

레지널드의 아버지 때부터 머스그레이브 집안의 충실한 집사인 브런튼은 전직 교사로서 머리가 좋고 강인한 의지의 소유자이다. 외국어에 능통하고 다루지 못하는 악기가 없을 정도로 재능이 많다. 매우 성실하고 빈틈이 없어 집안을 책임지고 관리하여 주인의 신임을 얻는다. 그러나 어느 날 머스그레이브 집안에 대대로 전해져 내려오는 의식문의 정체를 알게 된 후 갑자기 사라져버린다.

레이철 하웰즈

머스그레이브 집안의 하녀이며 집사인 브런튼의 약혼녀이다. 브런튼과 결혼을 앞두고 있었으나 브런튼에게 다른 애인이 생긴 것을 알고 괴로워한다. 그러다가 갑자기 사라져버린 약혼자 때문에 정신착란을 일으키고 그녀 또한 행방불명이 되어버린다.

〈머스그레이브 가의 의식문〉은 〈글로리아 스콧 호〉와 마찬가지로 〈주홍색 연구〉 이전에 해결한 사건으로 《셜록 홈스의 회상》에 수록되어 있으며 1893년 5월에 발표되었다.

〈글로리아 스콧 호〉에서 보여 준 홈스의 암호 해독 능력이 이 사건에서도 발휘되는데 홈스는 머스그레이브 가의 성년식에 쓰이는 의식문에 숨겨진 비밀을 풀어내어 사건을 해결한다. 〈머스그레이브 가의 의식문〉에서는 옛 의식문 속에 담겨 있는 피비린내 나는 영국 왕실의 왕위 계승의 역사가 선명하게 드러난다. 실제로 옛 문서에서 새로운 역사적 사실이 밝혀지는 일이 많은데 여기서 우리는 코난 도일이 추리소설가로서 얼마나 뛰어난 상상력을 가지고 있었는지 알 수 있다.

오래된 나무 상자

대부분의 사람들은 홈스를 매우 깔끔하고 단정한 사람으로 여긴다. 영국 신사의 표본이라고 해도 과언이 아닐 정도의 옷차림은 물론이고 손수건 하나까지도 신경을 써서 늘 청결하게 가지고 다니기 때문이다.

그러나 이것은 어디까지나 외출해서의 모습이다. 집 안에서의 홈스는 참기 어려울 정도로 게을렀으며 엉뚱하기조차 했다. 나도 그다지 깔끔하거나 부지런한 사람은 아니다. 보헤미안 기질을 타고난 데다가 아프가니스탄 전쟁에서 돌아온 후에는 의사라는 직업이 무색할 정도로 깔끔하지 못했다. 그러나 홈스만큼 엉망은 아니었다.

평소의 그는 소파와 테이블을 오가는 것을 제외하면 거의 몸을 움직이지 않았다. 또 도대체 물건을 치우려고 하지 않는다. 바이올린을 끼고 그대로 잠을 자거나 읽던 책을 그대로 놔두는 것은 예사였다. 그는 피우던 잎담배를 불도 끄지 않은 채 앉은 자리에서 석탄 양동이 속으로 던지기도 했고 페르시아산 슬리퍼 앞에 끼워 넣기도 했다. 또 아직 답장을 보내지도 않은 편지를 주머니칼로 난로 선반에 찔러 두기도 했다.

더 놀라운 것은 사격이었다. 보통 사람들에게 사격은 야외 스포츠일 것이다. 그러나 홈스는 기분이 안 좋을 때면 방 안의 안락의자에 앉은 채 맞은편 벽을 향해 권총을 쏘곤 했다. 그때마다 그는 총알 자국으로 빅토리아 여왕의 이름인 VR을 새겼다. 위험할 것까지는 없다고 해도 어깨가 움츠러지는 것은 어쩔 수 없는 노릇이었다.

"홈스!"

그러나 홈스는 나의 비명에도 언제나 태연했다.

"내 사격 솜씨가 의심할 정도는 아닐 텐데 자네는 여전히 믿지 않는군" 하고 빙글빙글 웃기만 하는 것이었다.

상황이 이 지경이니 집 안이 얼마나 엉망일지는 상상이 갈 것이다. 의자와 바닥에는 읽은 후 치우지 않은 책들이 여기저기 뒹굴고 있었고 테이블 가장자리에는 실험에 사용했던 화학 약품들이 먼지를 뒤집어쓴 채 아슬아슬하게 자리하고 있었다. 간혹 그것들은 버터 통같이 생각지도 못한 곳에서 발견되기도 했다.

무엇보다도 곤란한 것은 엄청나게 많은 사건 서류였다. 홈스는 자신이 관여했던 사건과 관계된 것들을 버리기 싫어했다. 그렇다고 정리를 잘하는 것도 아니었다. 사건을 해결하는 동안에는 맹렬한 기세로 움직이다가도 해결한 다음에는 마치 짐승이 겨울잠을 자듯이 꼼짝도 하지 않는 홈스였다. 그가 아니면 정리할 수 없는 것들이어서 내 마음대로 치우거나 버릴 수도 없었다. 서류는 매일 쌓여 갔고 방 안은 점점 서류 뭉치로 발 디딜 곳이 없어졌다. 서류를 이리저리 치우고서야 앉을 자리가 생길 정도였다. 참지 못하고 먼저 말을 꺼내는 쪽은 언제나 나였다.

그날도 그랬다. 어느 겨울밤, 홈스는 여느 때와 같이 난로 앞 의자에 몸을 깊숙하게 파묻고 앉아 길게 하품을 하고 있었다.

"이봐, 홈스! 저 서류들 좀 정리하는 게 어떻겠나?"

내 권유에 홈스는 얼굴을 찌푸렸다.

"나로서는 잘 정돈해 둔 걸세. 어디에 뭐가 있는지 잘 알고 있단 말일세."

"그렇다고 해도 앉을 자리도 없어서야 어디 방이라고 할 수 있겠나? 두 시간 정도면 충분할 걸세. 침실에 있는 것부터 치워 보게."

홈스는 내키지 않았지만 내 요구가 당연하다고 생각한 모양이었다. 마지못해 앉은 자리에서 느릿느릿 일어나 침실로 들어갔다. 그리고 한참 만에 커다란 양철 상자를 끌고 나왔다.

홈스는 그것을 방 한가운데에 놓고 등받이가 없는 의자에 웅크리고 앉았다.

"치우다 말고 뭐 하는 건가?"

"이것 좀 보겠나? 이게 모두 사건 기록들이라네."

뚜껑을 열어 보니 안에는 빨간 끈으로 따로따로 묶은 서류가 3분의 2쯤 들어 있었다.

"자네가 여기 있는 내용을 모두 알고 있다면 더 이상 사건 이야기를 해 달라고 조르지 않을걸."

홈스는 리본으로 묶인 서류들을 정성스레 하나하나 꺼내 보았다.

"아니 그럼 이 모두가 자네가 손을 댔던 사건들이란 말인가?"

"그래, 모두가 내 탐정 초기 때의 기록이지."

홈스는 내가 흥분할 것을 미리 알았다는 듯 장난기 어린 눈으로 나를 바라보았다.

"사실 자네의 예전 사건들을 가지고 책을 쓰고 싶었는데……."

젊은 시절 홈스가 어떤 사건을 다뤘는지 다 알지 못하는 나로서는 이 오래된 서류들에 관심이 가는 것은 당연했다. 상자 앞으로 바싹 다가앉으면서 나는 가슴이 뛰고 있는 것을 느낄 수 있었다.

"왓슨, 그렇게 흥분할 일이 아니라네. 해결하지 못한 사건도 있으니까 말일세. 하지만 재미있는 사건도 있지. 음……, 이건 뱀버리 술집 사건 기록이고 이것은 러시아 노부인 사건이고 이것은 알루미늄 목발 사건이군. 오, 그래! 이건 좀 특이한 사건이었지."

상자 속을 꼼꼼히 살피던 홈스가 반가운 것을 발견한 듯 환하게 웃더니 상자 밑바닥에서 낡고 작은 나무상자를 끄집어냈다. 아이들 장난감을 넣어 두는 상자와 비슷한 그것에는 미닫이 뚜껑이 달려 있었다. 그리고 상자 속에는 구겨진 종이 한 장, 낡은 놋쇠 열쇠, 실이 달려 있는 나무못, 그리고 석 장의 녹슨 금속 원판이 들어 있었다.

"왓슨, 이게 뭔지 알겠나?"

홈스는 싱글벙글 웃으면서 내게 물었다.

"글쎄, 모두 괴상한 물건들뿐이군."

"그래, 괴상한 것들이지. 그런데 여기에 얽힌 이야기는 더욱 괴상하단 말이야."

홈스는 그것들을 하나씩 들어서 탁자 위에 늘어놓았다. 그러고는 의자에 고쳐 앉으며 만족스럽게 바라보았다.

"이것은 모두 머스그레이브 집안의 의식문에 관련된 사건을 해결한 뒤에 내가 기념으로 모아 둔 것이라네."

"머스그레이브 가라……, 자세한 내용은 모르지만 전에도 언뜻 자네한테 들었던 기억이 나는군. 내게 그 이야기를 들려줄 수 없겠나? 지금 당장 말일세."

"방 치우다 말고 말인가?"

"놀리는 건가? 자, 자, 그러지 말고 어서 말해 주게."

"자네의 깔끔한 성격도 대단한 게 못 되는군그래. 뭐, 좋아. 이 사건은 우리 영국, 아니 온 세계의 어디를 뒤져도 찾을 수 없을 만큼 독특한 사건이니까 말이야. 내 사건 중에서 이만큼 별난 것도 보기 힘들지. 자네가 이 사건의 기록을 정리해 준다면 나도 기쁘겠네. 이 사건이 빠지고서는 내 사건에 대해 완벽하게 기록했다고 할 수 없을 테니까."

홈스는 늘 앉던 의자에 몸을 깊숙하게 묻고 파이프를 입에 물었다. 그리고 천천히 이야기를 시작했다.

동창생의 방문

글로리아 스콧 호 사건을 계기로 취미였던 이 일이 평생의 직업이 되었던 것은 자네도 잘 알 거네. 나는 그 사건을 통해 자신감을 얻게 되었고 학교를 졸업하자마자 런던 몬테규 거리에 사무실을 차렸는데 대영박물관과 아주 가까운 곳이었지.

생각해 보면 자네와 처음 만났을 때에도 비록 돈은 많이 벌지는 못했지만 그런 대로 일거리가 끊이지는 않았었네. 또 지금이야 내 이름이 꽤 알려져 있어서 해결하기 어려운 사건이 일어나면 경찰도 나를 찾아올 정도지만 처음 사무실을 냈을 때에야 어디 그랬겠나? 거의 매일 특별히 하는 일 없이 좁은 방에 틀어박혀서 장래에 맡게 될지도 모르는 사건에 대비해서 해결에 도움이 될 만한 책을 읽거나 화학실험을 하며 시간을 보냈지.

하지만 그때도 가끔 사건을 해결해 달라고 부탁하러 오는 사람이 있기는 했었어. 대부분 친구들이 소개해 준 것들이었는데 그나마 사건을 맡을 수 있었던 것은 대학 시절 친구들에게 내 추리력을 상당히 인정받았었기 때문이라네. 졸업 무렵에 내가 탐정을 할 거라는 소문이 널리 퍼졌기 때문이기도 하고. 하지만 대부분 이렇다 할 만한 사건들은 아니었네. 적어도 머스그레이브 집안에서 사건을 의뢰받기 전까지는 말일세.

이 사건 역시 동창생에게 의뢰받은 것이기는 하지만 지금의 내 지위를 만들어 준 첫 번째 사건이었음은 의심할 바가 없네. 사건이 워낙 기묘해서 사람들의 관심을 끌 만했고 더구나 귀한 보물을 발견했기 때문이지.

한가롭게 실험을 하고 있던 어느 날이었다네. 한 동창생이 사무실을 찾아왔어.

"아니 머스그레이브. 오랜만이네."

"잘 있었나? 자네도 여전하군."

그는 레지널드 머스그레이브라는 친구였는데 키가 매우 컸고 비쩍 마른 데다가 창백한 얼굴에 눈이 크고 코가 가늘고 높아서 인상이 매우 날카로웠지. 또 워낙 조용하고 말이 없어서 학창 시절 다른 사람들과 어울리지 못했어. 사교적인 성격은 아니었던 거지. 그러나 태생답게 예의가 바르고 점잖은 사람이었어. 실제로 그는 영국에서도 역사가 오래된, 손꼽히는 명문 귀족 태생이었거든.

그의 가문은 오래전에 웨스트 서섹스 주에 정착한 귀족으로 헐스튼에 큰 저택을 가지고 있었지. 아마 그 저택이 그 지방에서는 가장 오래된 건물일 거야. 곱슬머리를 고상하게 넘기는 버릇이나 병약하고 날카로워 보이는 인상은 견고하고 전통에 대한 완고함이 묻어 있는 봉건시대에 세워진 그의 저택을 연상시키기에 충분했다네. 그래서 그랬는지 그는 그 건물만큼이나 우울한 분위기를 풍기곤 했지.

우리는 같은 대학에 다닌 동창생이라고는 하지만 겨우 인사나 하

는 정도의 사이였어. 몇 번 이야기한 적이 있긴 했지만 별
다른 대화는 아니었고 다만 그가 나의 관찰력과 추리력에
큰 관심을 보였던 것만은 지금도 기억이 나는군. 졸업한
다음에는 전혀 만나지 못했었고 말이야. 그런데 졸업을
하고도 4년이나 지난 그날 아침, 몬테규 거리에 있는 내
사무실로 그가 불쑥 찾아왔던 거라네.

그는 학창 시절과 비교해 그다지 변한 데가 없었지.
학생이었을 때도 멋쟁이였던 그는 그날도 최신 유행
에 뒤떨어지지 않는 옷을 입고 있더군. 침착하고
기품 있는 행동, 심지어 창백하고 어두운 표정 역시 전과 다름없
었어.

"그래, 그동안 어떻게 지냈나?"

악수를 한 후 내가 물었지.

"내 아버님의 소식을 들었는지 모르겠네만 2년 전에 별세하셨어.
그 뒤로 집안의 영지를 내가 관리하고 있는 데다가 지역의원을 하고
있어서……. 하여간 이런저런 일로 날마다 바쁘게 지내고 있네. 그
런데 홈스 자네는 학창 시절에 우리를 자주 놀라게 하더니 결국 그
재능을 실제로 발휘하고 있군그래."

"그렇게 되었네. 내 머리가 생계가 된 셈이지."

"나로서는 다행이라고 생각되는군. 사실 나는 지금 자네의 그 지
혜가 필요하니까 말일세."

"무슨 일이라도 있나?"

나는 어두운 그의 낯빛과 망설이는 듯한 표정에서 이 방문이 가벼
운 인사치레가 아니라는 것을 알았지. 머스그레이브는 한숨을 크게
쉬고 말을 이어 나가더군.

"실은 최근에 내 영지에서 매우 이상한 사건이 몇 가지 일어났다 네. 우리 지방의 경찰도 아무런 단서도 찾지 못하고 쩔쩔매고 있는 지경이지. 아무리 생각해도 괴이한 사건이야. 난 자네가 이 사건을 꼭 맡아 주었으면 좋겠네."

왓슨, 그 순간 내가 얼마나 의욕이 불타올랐을지는 자네라면 쉽게 상상할 수 있을 걸세. 사무실을 차린 후 몇 개월 동안 제대로 된 사건 이라고는 하나도 맡지 못해서 따분해하던 참이었으니까 말이야. 더 구나 모두가 해결하지 못하고 있는 괴이한 사건이라니 난 드디어 기 회가 왔다고 생각했네. 내 능력을 테스트하기에 더없이 좋은 기회가 말일세.

집사 브런튼

내가 권하는 담배에 불을 붙인 머스그레이브는 내가 맞은편 자리에 앉기를 기다렸다가 입을 열더군.

"헐스튼에 있는 우리 가문의 저택은 낡고 오래된 데다 필요할 때마다 계획 없이 늘린 집이라 손봐야 할 곳이 한두 군데가 아니라네. 또 사냥철이 되면 파티를 여는 전통이 있어서 손님들이 몰려오기 때문에 항상 많은 고용인이 필요하지. 그래서 식구가 남들보다 많은 편이야. 지금 저택에는 요리사와 집사가 한 명씩, 하녀가 여덟 명, 하인이 둘, 그리고 사환이 하나 있어. 아, 물론 정원사와 마구간지기도 있네."

"그 많은 사람들을 관리하려면 여간해서는 안 되겠군."

"그렇지. 사실 집사의 도움이 없었다면 제대로 관리한다는 것은 불가능했을지도 몰라."

그는 피우던 담배를 끄면서 말을 이었다네.

"고용인들 중에서 가장 오래된 사람이 바로 집사인 브런튼일세.

젊었을 때 학교 교사였는데 무슨 일이 있었는지 교직에서 물러나게 되었다더군. 실직 상태로 곤란해하고 있던 그를 아버님께서 집사로 고용하셨지. 머리도 좋고 일에도 아주 빈틈이 없었어. 성실한 것은 두말할 것도 없었지. 아버님은 돌아가시기 전까지 그를 절대적으로 신임하셨는데 그 점에 있어서는 우리 가족도 마찬가지라네. 우리 집에 없어서는 안 될 존재가 된 거지.

브런튼은 우리 집에서 20년 가까이 일을 보고 있지만 아직 마흔이 넘지 않았네. 이마가 시원한 미남형 얼굴에 건장한 몸집의 사나이지. 여러 외국어를 능숙하게 구사할 정도로 똑똑하고 다루지 못하는 악기가 없을 정도로 재능이 뛰어난 사람이라네. 어째서 일개 집사로 사는지 의심스러울 정도로 말이야."

"그런 인재를 20년 동안이나 붙잡을 수 있었다니 자네 집안도 대단하군."

머스그레이브는 머쓱하게 웃으며 내 칭찬을 부인했지.

"집안 때문이라기보다는 아버님 때문이라고 생각하네. 실직했을 때 자신을 고용해 준 아버님에 대한 의리를 지킨 것 아니겠나? 아버님이 돌아가신 후에는 새로운 일을 찾아 나서기에 나이가 너무 많다고 생각한 것이었을 테고……."

"가족은 없나 보군."

"아니, 어떻게 알았나?"

내 질문에 머스그레이브는 깜짝 놀라더군.

하지만 그건 어려운 추리도 아니라네. 왓슨, 자네도 생각해 보게. 마흔이 넘은, 더구나 20년이나 함께 살아온 사나이에 대해서 생김새뿐만 아니라 집사로서의 능력에 개인적인 재능까지 세세히 말하면서 그의 가족에 대한 이야기가 없었던 것은 독신이기 때문 아니겠나?

"결혼을 하지 않았던 것은 아니라네. 젊었을 때 하긴 했었지만 얼마 안 가 사별했지. 다시 가정을 꾸리지 못한 것은 그의 바람기 때문이네. 작고 평화로운 지방에서 한 사람의 바람기가 얼마나 큰 영향을 끼치는지는 굳이 설명하지 않아도 잘 알 걸세. 사실 집사로서나 남자로서나 모든 면에서 완벽한 그에게도 한 가지 나쁜 점이 있었는데 그게 바로 바람기였네. 그러나 원래부터 그랬던 건 아니야. 아내가 살아 있을 때는 착실했거든. 하지만 아내가 죽고 나서는 늘 말썽을 일으키고 다녔지.

한 2, 3개월 전에 하녀인 레이철 하웰즈와 약혼할 때만 해도 마음을 잡은 거라고 생각했는데 그것도 잠시뿐이더군. 얼마 안 가 사냥터지기의 딸인 재닛 트리젤리스와 사이가 좋아지고 말았지. 결국 파혼을 하더군. 레이철은 좋은 아가씨였지만 웨일스 사람다운 괄괄한 성격이었지. 게다가 척추 뇌막염까지 앓고 있어서 정신적으로나 육체적으로 큰 충격이었을 거야.

한동안 미친 사람처럼 떠들어 대면서 집 안 여기저기를 헤매고 다녔다네. 이것이 바로 우리 집안의 첫 번째 비극이었지. 그러나 비극은 한 번으로 끝나지 않더군."

"레이철에게 무슨 일이 일어났군."

"그래, 하지만 그보다 먼저 브런튼의 얘기부터 해야겠네."

심야의 그림자

머스그레이브는 입이 마르는지 마실 물을 청하더군. 나는 이제 부터 나올 진짜 사건의 내용이 궁금했지만 차분하게 설명할 수 있도 록 하기 위해서는 그를 조금 쉬게 할 필요가 있다고 생각했지. 그래 서 조금 느린 동작으로 물을 가져다주었네. 그는 단숨에 물을 들이 키더니 크게 한숨을 쉬고는 말을 이어 나가더군.

"아까도 말했지만 브런튼은 머리가 좋은 사람이었네. 하지만 그것 이 오히려 화근이 된 셈이지. 바로 자신의 지위를 망각한 채 지나친 호기심을 가졌던 거라네. 내가 우연히 알아차리지 않았다면 분수에 넘치는 그의 행동이 어디까지 이어졌을지……."

"처음부터 차근차근 얘기해 보게."

나는 호기심을 억누르며 사건의 자초지종을 듣기를 원했지. 사실 의뢰인의 개인적인 감정이나 판단은 사건 해결에 도움이 되지 못한 다네. 감정이 개입되면 객관적인 사실을 못 보고 지나치게 마련이거 든. 그는 어느새 다 타 버린 담배 대신 새 담배를 피워 물더군.

"그러지. 지난주, 그러니까 정확히 말해서 목요일 밤이었네. 저녁 식사 뒤에 블랙커피를 진하게 한 잔 마신 탓인지 잠이 오지 않더군. 잠이 들기는커녕 시간이 갈수록 머리가 더 맑아지지 뭔가. 결국 잠 자기를 포기하고 읽다 만 소설책이라도 읽으려고 양초에 불을 붙였네. 새벽 두 시더군.

그러나 소설책은 침실에 없었네. 저녁 먹기 전에 당구실에 두고 나온 것이 생각나더군. 하는 수 없이 가운을 걸치고 책을 가지러 가야만 했지.

내 방에서 당구실로 가려면 긴 나선형의 계단을 내려가서 도서실과 장총을 장식해 둔 방을 지나가야 한다네. 한밤의 저택은 너무나 고요해서 내 슬리퍼가 끌리는 소리가 크게 들릴 정도였어.

그런데 도서실 앞 복도까지 갔을 때였네. 평소 같으면 닫혀 있어야 할 도서실의 문이 활짝 열려 있더군. 그런데 그날은 자러 가기 전에 분명히 내 손으로 도서실의 등불을 끄고 문을 닫았었다네. 그것뿐이 아니었어. 도서실에서 희미한 불빛이 새어 나오고 있는 것이 아니겠나! 나는 틀림없이 도둑이 들었다고 생각했어. 그래서 복도의 벽에 장식되어 있는 중세의 무기 중에서 도끼 한 자루를 뽑아 들고 조심스럽게 도서실을 들여다보았네.

책상 위에 놓인 촛불이 희미하게 사방을 비추고 있어서 도서실 안을 확인할 수 있었지. 도서실 안에 있던 사람은 집사인 브런튼이었네. 그는 안락의자에 걸터앉아서 한 손을 턱에 받친 채 무릎 위에 무슨 지도 같은 종이를 얹고 깊은 생각에 빠져 있더군. 잠도 자지 않았는지 낮에 입은 옷 그대로였어.

도둑이 아니라는 사실을 확인하자 일단 안도의 한숨부터 나오더군. 평소 브런튼은 틈나는 대로 책을 읽었기 때문에 별로 이상한 일

은 아니었거든. 나는 웅크
렸던 몸을 일으키고 도서실
로 들어가려 했지.

그런데 그때 갑자기 그
가 일어나더니 고용인으로
서는 함부로 손대서는 안
되는 장식장의 서랍 하나를
열쇠로 열더군. 그리고 그
속에서 종이 한 장을 꺼내
서는 촛불 옆에다 펼쳐 놓
고 열심히 조사하기 시작하
는 게 아니겠나! 주인인 나
도 특별한 일이 아니면 열
지 않는 서랍을 멋대로 연 것도 모자라서 우리 가문 대대로 내려오는
문서를 태연하게 보고 있다니……. 화가 치밀어 오르더군. 나도 모
르게 소리치듯이 브런튼의 이름을 부르며 도서실 안으로 뛰어 들어
갔다네. 그는 내 출현에 몹시 당황했는지 얼굴색이 하얗게 변했지.
자리에서 황급히 일어서면서 처음에 들여다보던 종잇조각을 허둥거
리면서 조끼 호주머니에 집어넣더군.

'자네가 이런 짓을 하다니! 자네에게 주었던 우리 집안의 신뢰를
이따위로 갚나? 은혜도 모르는 사람 같으니라고! 우리 집에 자네 같
은 사람은 필요 없네. 내일 아침 당장 이 집을 떠나게!'

내 신뢰가 배신당했다고 생각하자 난 앞뒤 가릴 정신이 없었지.
당장 집을 나가라고 소리쳤네. 화난 내 음성에 대꾸할 엄두가 나지
않았는지 그는 한마디 변명도 하지 않은 채 침통한 얼굴을 푹 숙이고

내 옆을 지나 밖으로 나가더군."

말하는 것만으로도 다시금 화가 나는지 머스그레이브의 얼굴은 빨갛게 상기되었다네.

"그래 그가 보고 있었던 문서가 도대체 무엇인데 그러나?"

"그 장식장에는 먼 선조 때부터 가문과 관계된 각종 문서들이 보관되어 있었거든. 그중 어떤 것인지 나도 궁금했다네. 나는 곧바로 브런튼이 다급해서 미처 치우지 못한 그 종이를 살펴보았지. 초는 아직도 책상 위에서 타고 있었기 때문에 무엇인지 알아보는 데 오래 걸리지 않았네."

나는 머스그레이브의 입에서 나올 다음 말이 궁금해서 그의 앞으로 몸을 기울이고 있다는 것조차 깨닫지 못했지.

"그런데 그게 어이가 없지 뭔가. 그가 보고 있던 것은 우리 머스그레이브 가의 독특한 의식에 사용되는 문답을 베낀 것이었네."

"의식이라니?"

"우리 집안만의 성인식이라고나 할까? 몇 세기 동안이나 머스그레이브 집안의 장남은 성년이 되면 의식을 치르고 있는데 바로 그때 그 문답을 외워야 하네. 그러니 그것은 가문의 문장처럼 오직 머스그레이브 집안사람에게만 중요한 것일 뿐 다른 사람들에게는 아무 가치도 없는 물건이지. 오랜 옛날부터 전해 내려오는 것이기는 하지만 금전적 가치가 있다거나 하는 것은 아니란 말일세.

나는 브런튼이 두고 간 열쇠로 서랍을 잠그고 방을 나가려고 했어. 그런데 어느새 돌아왔는지 그가 방 입구에 서 있지 뭔가? 처음에는 무슨 해코지를 하는 건 아닌지 덜컥 겁이 나더군. 하지만 브런튼은 보기에도 불쌍할 정도로 풀이 죽어 있었어. 그는 울먹거리는 목소리로 애원하기 시작했네.

'나리, 부디 용서해 주시기 바랍니다. 저는 지금까지 온 정성을 다해 이 집안에서 일을 해 왔습니다. 또 일하는 동안 내내 정직했다는 것을 긍지로 삼아 왔습니다. 그런 저에게 파면은 수치입니다. 제게는 죽음만큼이나 괴로운 일입니다. 이번 일로 쫓겨난다면 부끄러워서 얼굴을 들고 다닐 수 없을 것입니다. 그러나 아무래도 용서하실 수가 없다면 옛정을 생각하셔서 한 달만 여유를 주십시오. 그리고 제가 스스로 나가는 것으로 해 주십시오. 부탁드립니다.'

나는 그 요구가 뻔뻔하다고 생각했네.

'자네가 한 짓이 얼마나 비열한 행동인지 모르는 것 같군. 만약에 자네를 그토록 믿어 주셨던 아버님이 이 일을 아셨다면 얼마나 실망하시겠나? 그런데도 반성은커녕 자신의 명예만 생각하는가? 하지만 그동안의 정을 생각해서 사람들 앞에서 모욕은 주지 않겠네.

그렇지만 한 달은 안 되네. 일주일 주지. 나가는 이유는 자네가 알아서 말하게.'

'일주일입니까?'

브런튼의 실망은 목소리에서 여지없이 드러나더군.

'나리, 2주, 적어도 2주만이라도 여유를 주십시오.'

'일주일이라고 했네. 두 번 다시 말하게 하지 말게.'

브런튼은 내 단호한 태도에 포기했는지 맥없이 사라졌다네.

그날 이후 이틀 동안 브런튼은 전과 다름없이 자기 일을 열심히 했네. 용서해 주고 싶은 마음이 생길 정도였지. 나 역시 아무 내색하지 않고 그가 자신이 저지른 짓을 어떻게 마무리할 것인지 호기심을 가지고 지켜보고 있었다네.

그런데 사흘째 되던 날, 매일 아침식사가 끝나면 내게 와서 그날 해야 할 일을 지시받았던 브런튼이 나타나지 않았네. 한참을 기다리다가 그를 찾아 나서기로 하고 식당을 나오는데 마침 하녀인 레이철이 보이더군. 애처로울 정도로 얼굴이 야위어 있었어. 아, 그녀는 아까 말했던 브런튼과 약혼했다가 파혼을 당한 아가씨라네. 안절부절못하는 것도 같고……, 하여튼 너무 측은해 보이더군.

'레이철, 이렇게 다녀도 되나? 많이 안 좋아 보이는데 무리하지 말고 가서 쉬지.'

그러자 레이철은 넋이 나간 표정으로 나를 바라보더군. 파혼의 충격으로 급기야 돌아 버린 것은 아닌가 하는 의심이 들 정도였어.

'당분간 일을 하지 않아도 되네. 그리고 혹시라도 브런튼을 보거든 2층 내 방으로 오라고 일러 주겠나?'

'집사님은 떠났습니다.'

난 그녀의 입에서 나온 대답에 놀라지 않을 수 없었네.

'뭐? 떠나다니? 어디로?'

'몰라요. 언제 나갔는지 아무도 본 사람이 없습니다. 그분은 아주 멀리 가 버렸어요. 아주 멀리요.'

말을 끝낸 레이철은 벽에 기대어 히스테릭하게 웃더니 급기야 주저앉아서 울부짖는 것이었어. 나는 당황스럽기도 하고 그녀의 광기 어린 태도에 놀라서 초인종으로 다른 사람들을 불렀지. 레이철은 웃다가 울기도 하고 다시 웃기도 하면서 하인들 손에 의해 자기 방으로 끌려갔네.

레이철의 말처럼 브런튼의 침실은 비어 있었어. 그의 방은 어느 창문이나 모두 안에서 꼭 잠겨 있었는데 전날 밤에 나갔는지 침대에는 잠을 잔 흔적이 없더군. 그런데 이상한 것은 그의 옷이나 시계, 그

밖의 물건들이 그대로 있었다는 것이네. 심지어 돈까지 말이야. 또 실내용 슬리퍼는 보이지 않았는데 외출용 구두는 제자리에 있더군. 그 밖에 없어진 것은 그가 평소에 입고 다니던 검은 양복뿐이었어. 집을 나간 사람의 방이라고 하기에는 이상하지 않은가? 또 그가 저택을 나가는 모습을 본 사람이 아무도 없었다네. 도대체 어떻게 나갔는지 알 수가 없어."

실종

"혹시 어디 쓰러져 있는 것은 아닌가 해서 저택의 모든 사람들이 다락방에서부터 지하실까지 샅샅이 뒤졌다네. 그러나 그의 모습은 어디에서도 보이지 않았어. 경찰에 신고도 하고 마을에도 수소문을 해 봤지만 역시 그를 봤다는 사람은 없었다네."

"음, 마을 밖으로 나간 것은 아닐 걸세."

여보게 왓슨, 슬리퍼를 신고서 먼 길을 가는 사람이 있을까? 더구나 명예를 지키게 해 달라고 애걸했던 사람이 야반도주라니. 그건 앞뒤가 맞지 않는 일이지. 머스그레이브도 내 의견에 고개를 끄덕이더군.

"나도 그렇게 생각했네. 하지만 어디에서도 브런튼을 찾을 수가 없었으니 이상한 일 아니겠나? 그런데 일은 그게 끝이 아니었네."

"무슨 일이 또 있었단 말인가?"

손가락 사이로 피어오르고 있는 하얀 담배 연기를 응시하고 있는 그의 눈빛은 그동안의 일로 지친 기색이 역력해 보였어.

"브런튼이 실종된 날부터 레이철의 발작이 시작됐는데 이틀 동안 손도 쓸 수 없을 만큼 심해졌다네. 정신을 제대로 가누지 못하는 상태에서 별안간 미친 듯이 웃어젖히기도 하고 금세 아이처럼 소리 내서 울기까지 했어. 이런 히스테리 상태가 점점 심해지자 결국 간호사를 데려다가 곁에서 돌보게 할 수밖에 없었네. 그런데 이렇게 몸도 제대로 가누지 못했던 레이철이 사라져 버린 거라네. 브런튼이 사라진 지 꼭 사흘째 되던 날이었어.

그날 밤, 약을 먹은 레이철이 잠이 들자 안심한 간호사가 의자에 걸터앉은 채로 꾸벅꾸벅 졸았던 모양이야. 그런데 새벽녘에 간호사가 문득 눈을 떠 보니 침대가 비어 있었다더군. 창문이 열려 있는 채로 말일세. 나는 급히 하인 두 사람을 데리고 그녀를 찾아 나섰지.

그녀의 흔적은 쉽게 발견되었어. 열려 있던 창문 밑에서부터 잔디밭을 지나 연못으로 발자국이 이어져 있었거든. 연못은 영지에서 바깥으로 나가는 지름길 옆에 있었는데 깊이가 2.5미터쯤 되네. 하지만 발자국은 그곳에서 갑자기 사라지고 없었어.

우리의 마음이 어땠을지 짐작하겠나? 파혼과 실연으로 머리가 좀 이상해진 레이철이 불쌍하게도 연못에 빠져 죽은 것이 틀림없다고 생각했네. 하인들이 그물과 갈퀴를 이용해서 연못 바닥을 뒤져보았지. 그러나 레이철의 시체는 발견되지 않았다네.

그 대신, 생각지도 않았던 물건을 얻었지. 리넨으로 만든 비교적 깨끗한 자루였어. 하여간 저택과 마을, 심지어 연못 바닥까지 찾아봤지만 결국 우리는 레이철과 브런튼의 행방을 전혀 알아내지 못하고 말았네."

"그 자루 안에는 아무것도 없었나?"

"녹이 잔뜩 슬어 있는 큰 금속 덩어리와 돌 같

기도 하고 유리 같기도 한 알 수 없는 작은 덩어리들이 몇 개 들어 있
더군. 뭐 특별한 것은 없다고 생각되네만 혹시나 해서 집에 보관은
하고 있네. 하여간 두 사람 모두 집을 나간 것으로는 보기 어렵네. 그
런데도 아무런 단서도 없이 사라져 버렸네. 이제 우리는 물론이고
경찰도 손을 들고 말았어. 그래서 마지막으로 자네에게 희망을 걸고
이렇게 찾아온 걸세."

나는 머스그레이브의 힘없고 간절한 목소리에서 그가 이 일로 얼
마나 고심하고 있는지 알 수 있었다네.

의식문의 수수께끼

왓슨, 내가 얼마나 진지하게 이 괴상한 사건에 귀를 기울였을
지는 새삼 말하지 않겠네. 그리고 그의 긴 이야기 속에서 해결의 실
마리를 찾으려고 얼마나 노력했는지도 말일세.

주인에게 해고를 당한 집사는 약속한 날짜가 되기도 전에 입은 옷
그대로 사라졌어. 사랑했던 남자에게 배신당한 후 정신이 성치 않았
던 하녀는 집사가 없어진 것을 알고는 앓아눕더니 3일 만에 역시 사
라져 버렸네.

그리고 연못에서 발견된 오래되고 이상한 몇 가지 물건들과 녹이
슬고 형체를 알아보기도 힘들 정도로 변형되어 있던 안의 물건들에
비해 깨끗했던 리넨 자루. 결국 그것은 최근에 연못에 버려진 거야.

어쨌든 사건의 실마리라고 한다면 이상의 것이 전부일세. 하지만
단 하나도 사건의 핵심에 접근할 수 있는 것은 없었다네. 핵심에 접
근할 수 없다면 사건이 발생하게 된 원인을 시작으로 보아야겠지.
자, 그럼 이 사건의 해결을 위해서는 어디로 거슬러 올라가야겠나?

그래, 바로 집사 브런튼이 집안의 불문율을 깨면서까지 남몰래 보고
자 했던 그 의식문이네.

"이보게, 집사가 서랍에서 꺼냈다던 자네 가문의 의식문을 내게
보여 줄 수 있겠나?"

잠시 생각에 빠져 있던 나는 머스그레이브에게 이렇게 말했어.

"전통이라고는 하지만 별 의미 없는 내용이라네. 그래도 보고 싶
다면……."

그는 안쪽 주머니에서 두 번 접은 종이를 꺼내 내게 건네주더군.

"이것은 원본은 아니고 그 문서를 베낀 사본이라네. 문답 형식으
로 되어 있는데 정확한 뜻은 나도 잘 모른다네."

나는 사본이든 아니든 별로 상관이 없었지. 내용이 궁금했던 거니
까. 그때 그가 건네준 것이 바로 이 종이쪽지일세.

> 그것은 누구의 것이었던가?
> - 떠난 사람의 것이다.
>
> 그것은 누구의 것이 될 것인가?
> - 뒤에 오는 사람의 것이다.
>
> 무슨 달이었던가?
> - 맨 처음부터 여섯 번째.
>
> 해는 어디에 있는가?
> - 떡갈나무 위.

그늘은 어디 있는가?
- 느릅나무 아래.

어디로 가는가?
- 북쪽으로 열 걸음과 열 걸음, 동쪽으로 다섯 걸음과 다섯 걸음, 남쪽으로 두 걸음과 두 걸음, 서쪽으로 한 걸음과 한 걸음, 그리하여 그 아래로.

무엇을 바쳐야 하는가?
- 우리의 모든 것.

누구를 위하여 바치는가?
- 신을 위하여.

또 하나의 수수께끼가 생긴 셈이었지. 내게는 처음의 수수께끼보다 오히려 이쪽이 더 흥미가 생기더군. 어쩌면 이것을 풀면 다른 쪽은 저절로 해결될지도 모르겠다고 생각했네. 한참을 들여다보고 있는 나에게 머스그레이브는 기운 없는 목소리로 이야기했어.

"자세히는 잘 모르겠지만 철자가 17세기 중엽의 것인 걸로 봐서 그때 작성된 것으로 보이네만……. 그건 그렇고 홈스, 이건 아무리 조사해 봐야 이 실종 사건과는 아무 관계가 없네. 두 사람을 찾는 데는 별 도움이 되지 않을 거야."

"글쎄……. 하여튼 그 집사라는 사람, 상당히 머리가 좋군. 큰 실례가 되겠지만 10대에 걸친 자네 가문의 주인들 모두와 대결한다고 해도 이기겠는걸."

"자네 그게 무슨 말인가? 그 말은 이 종이가 무슨 의미가 있다는 말처럼 들리는군."

"내가 보기에는 적어도 그렇군. 아마 집사의 생각도 나와 같았을 것이네. 자네에게 현장을 들키기 전에도 집사는 이 의식문을 여러 번 보았을 걸세. 아마 그날 밤에는 마지막으로 확인하려는 것이었을 테지."

"그럴지도 모르지. 애써 감추거나 하지는 않았으니까. 하지만 어째서 아무 가치도 없는 남의 집안의 옛날 의식문 같은 것에 관심을 가지는 것일까? 그리고 이 잠꼬대 같은 문답은 도대체 무슨 뜻일까?"

"그 뜻을 밝히기는 그다지 힘들지 않을 걸세. 음, 이보게 머스그레이브, 자네가 도서실에서 그를 발견했을 때 그가 지도 비슷한 것을 가지고 있다가 허둥지둥 감추었다고 했지? 혹시 그것을 가지고 있나?"

"아니, 그때는 경황이 없어서 거기까지는 생각을 못했는데……. 그것이 없으면 문제가 되나?"

그는 자신이 큰 실수를 한 것이 아닌가 하는 걱정스러운 얼굴로 되물었네.

"뭐, 그렇지는 않네. 내용은 짐작이 가니까. 자네 형편만 괜찮다면 내가 저택에 가서 좀 더 자세히 조사해 보고 싶은데……."

"나야 마다할 이유가 있나? 정말 고맙네."

"인사는 세 개의 수수께끼가 해결된 후에 해도 늦지 않네."

"세 개라니? 무슨 소린가?"

"브런튼의 실종, 레이철의 실종, 그리고 바로 이 의식문의 의미 말일세."

비밀의 장소

그날 오후 우리는 서섹스행 기차를 타고 헐스튼에 있는 머스그
레이브 가의 영지에 도착했네. 그의 저택은 한눈에도 대단한 귀족의
소유라는 것이 짐작될 정도로 거대하고 품위가 있었어.

머스그레이브 가의 저택은 L자 모양이었는데 긴 쪽은 나중에 증
축한 신관이었고 짧은 쪽이 애초에 세워진 본관이라고 하더군. 본관
중앙에 작은 문이 있었는데 이 단단하고 완고해 보이는 문의 문틀 위
에는 1607년이라고 연도가 새겨져 있더군. 완공된 연도를 뜻하느냐
는 내 질문에 머스그레이브는 이렇게 말했다네.

"그럴 것이라고 짐작을 하네만 대들보나 기둥을 조사한 전문가들
은 그보다는 오래전에 세워졌을 거라고 하더군."

"사람이 살고 있는 것 같지는 않은데."

"맞네. 벽은 엄청나게 두껍고 창문이 너무 작아서 18세기 무렵부
터는 사람이 살지 않고 있어. 지금은 지하실과 함께 창고로 사용하
고 있네."

"그런데 자네 정원의 나무들은 정말 훌륭하군."

빈말이 아니었네. 실제로 저택의 둘레에는 하늘을 찌를 듯이 훌륭하게 자란 큰 나무들로 무성한 정원이 있었는데 저택의 역사를 말해주고 있는 것 같더군. 그리고 리넨 자루가 나왔다는 문제의 연못이 저택으로부터 2백 미터쯤 떨어진 가로수길 옆에 있었네.

그런데 왓슨, 왜 브런튼은 위험을 무릅쓰고 그 의식문을 보려고 했을까? 분명히 브런튼은 이 문답 속에서 그 집안 주인들이 알아차리지 못한 비밀을 발견해 냈던 거라네. 그렇다면 그가 발견한 것이 과연 무엇일까? 또 브런튼에게 그 비밀이 어떤 이익을 가져다주는 걸까? 나는 그 의식문을 여러 번 꼼꼼히 읽으면서 그 뜻을 알아내는 데 온 정신을 집중했어. 그리고 기차에서 내리기도 전에 이미 어떤 결론에 도달해 있었네. 바로 그 문장이 어느 특정한 장소를 뜻하고 있다는 것이었지.

마차로 저택을 한 바퀴 돌아본 후, 세 개의 서로 다른 수수께끼가 사실은 하나로 연결되어 있을 것이라는 내 추측은 확신으로 바뀌었네. 그리고 의식문만 제대로 해석한다면, 즉 그 장소만 알아내면 브런튼이나 하녀 레이철의 행방도 알아낼 수 있을 것이라고 믿었지.

그 실마리가 떡갈나무와 느릅나무라는 것은 의심할 여지가 없었어. 의식문에서 구체적인 사물을 가리키는 것은 그 둘밖에 없었기 때문이지. 먼저 의식문이 만들어진 시대에도 있었을 것이 분명한 큰 나무를 찾아야 했네.

떡갈나무를 찾는 것은 어렵지 않더군. 저택 정면에 나 있는, 마차가 다닐 정도로 넓은 길 왼쪽에 훌륭한 떡갈나무가 버티고 있었거든.

"이 나무는 17세기에도 이 자리에 있었겠군."

"그렇다네. 노르만 왕조(1066년 노르만 민족이 영국을 점령하여 세운 왕조로 1154년까지 영국을 지배했음 – 역자 주) 때부터 이곳을 지켰다고 하더군. 저택보다 오래된 것이지. 둘레가 7미터나 된다네. 대단하지 않은가?"

"이 나무만큼 오래된 느릅나무도 있을 텐데 어디에 있나?"

"아니 그걸 어떻게……. 있기는 있었는데 10년 전에 벼락에 맞아 부러지는 바람에 아예 잘라 버렸어."

"그것 말고 다른 느릅나무는 없나?"

"이 나무처럼 오래된 건 없어. 너도밤나무라면 얼마든지 있지만."

"그럼 그 부러진 나무가 어디 있었는지 장소는 정확히 기억하고 있겠지?"

"물론이네."

"그렇다면 그 느릅나무가 있었던 곳으로 안내해 주겠나?"

머스그레이브는 잔디밭을 지나서 그 느릅나무가 있었던 곳으로 마차를 몰았지. 그곳은 떡갈나무와 건물의 꼭 중간이 되는 곳이더군.

"느릅나무의 높이가 얼마나 되었었는지 그것까지는 모르겠지?"

밑동을 살펴보다가 그에게 물었지.

"그거라면 알고 있어. 부러지기 전에 19미터였네."

"그걸 어떻게 확신하나?"

"어린 시절의 가정교사 덕분이지. 수학 시간에 삼각법을 가르칠 때마다 높이를 재는 문제를 많이 냈는데 대부분 나무 높이를 재는 것이었어. 덕분에 나는 이 근처 대부분의 나무와 건물의 높이를 다 알 수 있었고 말이야."

기대하지 않았던 행운이었지. 생각했던 것보다 훨씬 많은 것을 알아낼 수 있었으니까 말이네.

"혹시 전에도 이와 똑같은 질문을 받은 적이 없나? 특히 그 사라진 브런튼 집사에게서 말이네."

"아, 그러고 보니 확실히 몇 달 전에 브런튼이 그걸 물었어. 나무 높이를 놓고 마부와 다퉜다고 하면서 말이야."

머스그레이브의 얼굴색이 변하는 것을 보면서 내 추리의 방향이 틀리지 않았음을 확신했다네. 조사는 순조롭게 진행되는 것 같았어.

하늘을 보니 해가 제법 기울어져서 한 시간 정도 있으면 오래된 떡갈나무의 꼭대기쯤에 걸릴 듯하더군. 곧 있으면 의식문에 쓰여 있는 대로 하나의 조건이 성립될 시간이었지. '해는 어디에 있는가? 떡갈나무 위'라는 글귀 말일세.

그렇다면 '그늘은 어디에 있는가? 느릅나무 아래'라는 글귀를 추리하기는 어렵지 않겠지? 그거야 바로 떡갈나무의 꼭대기에 해가 걸릴 때 느릅나무의 그림자 끝이 어디인가만 찾아내면 되는 것이지.

내 설명에 머스그레이브는 금세 얼굴이 어두워지더군.

"하지만 홈스, 느릅나무가 없는데 어떻게 그림자의 끝을 알 수 있겠나?"

"실망하지 말게. 브런튼이 알아낸 것을 나라고 풀지 못하라는 법은 없다네."

"브런튼이 의식문의 수수께끼를 풀었단 말인가?"

"나는 그렇다고 보네. 그는 일찍부터 그 의식문에 비밀이 있다는 걸 알아차렸을 거야. 이 집안에서 20년 동안이나 일했던 것도 은혜를 갚기 위해서가 아니라 그 무언가를 찾지 못해서였을 것이고."

"그럼 그가 사라진 건 그것을 찾았기 때문이란 말인가?"

"아마도."

"아마도라니? 그게 무슨 말인가?"

"찾았을 거라는 건 확실하지만 그의 실종에는 아직 미심쩍은 부분이 있으니 좀 이따가 설명하지. 그보다 막대기와 실, 그리고 1미터짜리 낚싯대 두 자루를 준비해 주겠나?"

나는 서재에서 머스그레이브가 준비해 준 막대기의 끝을 뾰족하게 깎았고 실은 1미터마다 매듭을 지어 준비했네. 그런 다음 낚싯대 두 자루를 가지고 느릅나무가 있던 곳으로 나갔지. 마침 해가 딱 알맞게 떡갈나무 꼭대기에 걸려 있더군.

나는 낚싯대 두 자루를 연결해서 땅에 세우고 그늘의 방향과 길이를 확인했지. 그늘의 길이는 2.7미터였네. 이제 알겠나? 1.8미터의 낚싯대가 2.7미터의 그림자를 만든다면 19.5미터의 나무는 29.25미터의 그림자를 만들지 않겠나? 1.8미터이거나 19.5미터이거나 그림자의 방향은 똑같을 테고 말이야.

나는 낚싯대에 실을 묶어서 그림자 방향으로 29.25미터를 쟀다네. 나무 밑동에서부터 그림자가 뻗은 방향으로 29.25미터가 되는 곳은 저택의 외벽 바로 옆이더군. 그곳에 아까 서재에서 준비한 나무를 박았어.

그런데 내가 나무를 박은 곳에서 5센티미터도 안 되는 곳에서 무언가를 하나 발견했지. 그것은 원추형으로 조그맣게 땅을 판 흔적이

있다네. 자네도 짐작하겠지만 브런튼도 나와 같은 방법으로 비밀의 장소를 찾아가면서 그곳에 표시를 했던 거야. 역시 내 생각이 틀리지 않았던 거지.

"이것 좀 보게. 브런튼이 여기를 지나쳐 갔군."

나는 머스그레이브에게 그 흔적을 가르쳐 주었어. 그는 크게 놀라더군.

"그렇게 놀라고만 있지 말고 의식문 사본 좀 보여 주게."

내가 다음으로 주목한 글귀는 '어디로 가는가?'라는 문답이었네. '북쪽으로 열 걸음과 열 걸음'은 스무 걸음을 의미하는 것이라고 생각했지. '동쪽으로 다섯 걸음과 다섯 걸음'은 동쪽으로 열 걸음일 테고…….

나는 나무를 박은 자리에서 주머니 컴퍼스로 동서남북의 위치를 확인한 후 의식문이 이르는 대로 발걸음을 옮겼다네. 북쪽과 동쪽, 남쪽으로까지 움직였더니 본관의 현관 입구에 다다르더군. 그런데 거기에서 서쪽으로 두 걸음을 옮기면 현관 안의 복도였는데 그곳은 돌바닥이었어. 저녁 햇빛에 비친 복도는 그 누구도 손댄 흔적이 없다는 듯이 견고해 보였네.

바닥을 두드려 보았지만 어디서나 똑같은 소리가 나더군. 또 아무리 살펴봐도 덧발라진 두꺼운 회반죽에는 조그만 틈도 없었어. 오랜 세월 동안 그 돌을 들춰 본 흔적은 그 어디에도 없었던 거지. 그곳이 의식문이 지시하는 비밀의 장소임에는 의심할 여지가 없는데도 말이야.

나는 이때처럼 실망한 적이 없었다네. 왓슨, 처음에는 나의 추리를 의심했다네. 그래서 어디에서 잘못되었는지 생각해 보았지. 그때였어. 내 행동을 주시하던 머스그레이브가 갑자기 큰 소리를 치는 것이 아니겠나?

"그리하여 아래로!"

"알고 있어. 그래서 난 이 밑을 파라는 것으로 생각했는데 아무런 흔적이 없군. 음, 혹시 이 밑에 지하실이라도 있나?"

"맞았어, 바로 그거야! 이 건물을 지을 때 같이 만들어진 지하실이 있어."

지하실로 내려가는 문은 현관의 서쪽으로 바로 붙어 있었는데 무척 협소했지. 그러니 바닥만을 생각했던 내 눈에 안 띄었던 게 당연했네. 의식문은 지하실로 가는 이 문으로 우리를 인도하고 있었던 거야.

문을 열자 오래되고 습한 지하실 특유의 냄새가 엄습하더군. 우리는 구불구불한 나선형의 돌계단을 내려갔네. 머스그레이브가 어둠을 더듬어 구석의 통 위에 얹혀 있던 램프에 불을 붙였지. 그제야 어둠에서 벗어날 수 있었네.

"이곳은 어떤 용도로 쓰였나?"

"겨울용 장작을 보관했었는데 지금은 사용하지 않는다네."

한가운데만 깨끗이 하기 위해서였는지 바닥에 흩어져 있었을 게 분명한 장작들이 벽 쪽에 쌓여 있었지. 깨끗하게 치워진 바닥 중간에는 녹슨 쇠고리가 달려 있는 납작한 돌이 하나 있었는데 언뜻 보기에도 혼자 힘으로는 들기 어려울 정도로 크고 무거운 것이었어.

"최근에 손님이 다녀간 모양인데?"

내가 가리킨 것은 쇠고리였다네. 그 고리에는 과거의 것이라고 하기에는 너무 깨끗한 체크무늬의 헝겊이 묶여 있었지.

"아니 이건! 홈스, 이걸 보게! 이것은 브런튼이 두르고 다니던 목도리야. 맹세할 수 있어. 분명히 그의 목도리야."

달아난 공범

들고 있던 나도 깜짝 놀라지 않을 수 없었다. 그러나 홈스는 여유롭게 말을 이어 나갔다.

"브런튼은 목도리로 그 돌을 들어 올리려고 했던 것이 분명하네. 돌 밑에 또 다른 비밀이 있었던 거지. 나는 흥분하고 있는 머스그레이브를 진정시키고 그 지방 경찰에 연락해서 경관을 보내 달라고 했어. 잠시 뒤에 경관 두 사람이 왔지. 목도리를 잡아당겨서 무거운 돌을 들어 올리려 했지만 역시 혼자서는 불가능하더군. 경관 한 사람의 도움을 받고서야 겨우 가능했지.

그제야 컴컴한 구멍이 드러났어. 머스그레이브가 구멍 가장자리에 무릎을 꿇은 채로 램프를 내려서 구멍 밑바닥을 비췄는데 다음 순간 그는 하마터면 램프를 놓칠 뻔했다네. 그리고 '브런튼'이라고 외치는 머스그레이브의 비명이 지하실에 날카롭게 울렸지.

구멍의 실체를 채 확인하기도 전에 우리가 발견한 것은 웅크리고 있는 검은 사람의 그림자였던 거야. 바로 실종되었던 집사 브런튼이었다네. 그는 구멍 한 구석에 있던 상자 모서리에 이마를 대고 두 팔로 상자를 끌어안은 채 죽어 있더군.

경관들이 그의 시체를 끌어올려 놓았지. 그는 죽은 지 며칠 된 모양이었는데 몸에는 죽음의 직접적인 원인이 될 만한 아무런 상처도 없었어. 도무지 무엇 때문에 죽었는지 알 수 없더군. 질식사라는 추측만이 가능했지.

왓슨, 난 몹시 실망하고 말았다네. 처음에 그 의식문이 말하는 곳만 발견하면 모든 문제가 저절로 해결될 줄로 알고 있었는데 밝혀진 사실은 단지 브런튼이 죽었다는 것뿐이었으니 말이야. 모든 것이 원점이었어. 오히려 풀어야 하는 수수께끼를 하나 더 얻은 셈이었지. 브런튼의 죽음에 대한 수수께끼 말일세.

나는 구멍 안으로 들어가 보았네. 깊이는 2미터쯤 되었고 넓이는 사방 4피트 정도인 작은 구멍이었어. 그 밑바닥의 한쪽에는 죽은 집사가 끌어안고 있던 상자가 있었지. 상자는 놋쇠가 덧대어져 있는 묵직한 나무 상자였는데 뚜껑은 위로 열려 있었고 뚜껑의 열쇠 구멍에는 이상하게 생긴 구식 열쇠가 꽂혀 있었다네.

상자 바깥쪽에는 이곳에 상자가 얼마나 오래 있었는지를 증명하기라도 하듯 먼지가 잔뜩 쌓여 있었어. 그리고 상자 안쪽은 습기 탓인지 곰팡이가 잔뜩 슬어 있었는데 상자 밑바닥에는 옛날 돈으로 보이는 얇은 금속 원판들이 몇 개 흩어져 있더군. 지금 내가 가지고 있는 이것들이 그때 가지고 나온 것이지."

"구멍 안에서는 단서를 찾지 못했나?"

"음, 이렇다 할 만한 것은 없었네."

나는 홈스가 얼마나 실망했을지 짐작할 수 있었다.

"그래서 사건을 해결하지 못한 건가?"

"재촉하지 말게. 아직 할 이
야기가 많으니까."

홈스는 나에게 장난기 어린
웃음을 보이며 일부러 느긋하
게 말하려는 듯 파이프 담배
를 다시 피워 물었다.

"그때 나는 구멍을 나와 지
하실 구석에 있던 나무통에
걸터앉아서 처음부터 차근차
근 사건을 정리해 보았지. 왓
슨, 자네는 잘 알고 있을 것이
네. 이렇게 벽에 부딪힌 경우 내가 흔히 쓰는 방법이 무엇인지 말이
야. 내가 그의 입장에서 생각하는 것이라네.

우선 브런튼의 머리가 비상하다는 것을 염두에 두고 만약 내가 그
의 입장이 되었을 때에 과연 어떻게 할 것인가를 생각해 보았다네.

브런튼은 우연한 기회에 의식문을 보았을 것이네. 아마도 지금의
주인인 레지널드 머스그레이브가 성인식을 할 때였을 거야. 보통은
열쇠로 잠긴 서랍에 있었을 테지만 그때만큼은 세상에 나왔을 것이
고 또한 집안의 장손의 성인식이라고 하면 집사가 관여하지 않을 일
이 없었을 테니 말이야. 바로 그때 총명한 집사는 이 집 안에 보물이
숨겨져 있으며 그것이 보물이 있는 장소를 가리킨다는 것을 알았어.
그리고 우여곡절 끝에 이 장소를 찾아냈지. 하지만 무거운 돌뚜껑이
덮여 있어서 혼자 힘으로는 어떻게 할 수가 없었을 걸세.

브런튼은 어떻게 했을까? 누군가의 도움이 필요했지만 외부 사람
의 힘을 빌릴 수는 없었겠지. 남의 눈에 띌 위험이 있으니 말이야. 그

렇다면 집안사람의 도움을 받아야 할 텐데 자네 생각에는 누가 가장 적당했을 것 같은가?"

"설마 레이철?"

"바로 그거야. 어쨌든 그녀는 결혼까지 약속했던 사이였으니까 가장 믿을 수 있었겠지."

"하지만 그녀는 집사에게 파혼당하지 않았나? 자네 말처럼 아무리 결혼을 약속했던 사이라고 해도 자신을 버리고 다른 여자에게 간 남자를 도와줄 거라고 생각했다는 것은 이해가 되지 않는군."

"브런튼이 바람둥이 기질이 있다고 하지 않았나. 대부분의 그런 남자는 자신이 어떤 못된 짓을 하더라도 여자의 사랑은 변하지 않는다고 생각하거든. 그 역시 아직도 그녀가 자신을 사랑하고 있다고 생각했을 거야. 그래서 브런튼은 다정한 말로 속삭여서 레이철과 화해를 시도했을 것이네. 그렇게 해서 믿을 만하다고 느꼈을 때 레이철을 데리고 지하실로 내려갔겠지. 그리고 둘이서 무거운 돌뚜껑을 들어 올리려 했어.

여기까지는 마치 내 눈으로 보기라도 한 것처럼 추리해 낼 수 있었다네. 하지만 두 사람이긴 해도 한 사람은 여자가 아닌가? 실제로 나도 건장한 경관과 둘이서 들어 올렸지만 쉬운 일은 아니었거든. 그 둘이 돌을 다루는 것은 쉽지 않았을 거야."

"그럼 또 다른 공범이 있다는 말인가?"

홈스는 손을 내저었다.

"그건 아니야. 난 도구를 사용했을 것이라는 데 생각이 미치더군. 아니나 다를까 가장자리가 울퉁불퉁해진 장작이 보였네. 길이는 1미터 정도 되더군. 그리고 한가운데가 짓눌린 작은 장작도 있었지. 그와 같은 장작은 한두 개가 아니었네. 모두 하나같이 꽤 무거운 물건에 눌린 것처럼 납작해져 있었어. 아귀가 맞아떨어지더군.

그 두 사람은 돌뚜껑의 한쪽 끝을 가까스로 들어 올리고는 그 틈에다 장작을 끼워 넣었을 거야. 이런 일을 반복함으로써 그들은 사람 하나가 기어 들어갈 수 있을 만큼의 공간을 확보했을 테지. 그런 다음 긴 장작을 뚜껑과 직각이 되도록 세로로 받쳐서 뚜껑이 달히지 않도록 한 것일세. 그렇기 때문에 무거운 돌뚜껑의 하중을 받느라 긴 장작의 한쪽 끝만 짓눌린 것이라네. 하여간 여기까지는 잘되었겠지. 그런데 왜 브런튼이 죽어 있었던 걸까?"

그것은 정작 나도 궁금한 것이었다. 홈스 역시 내게 질문한 것은 아니었다. 그는 내 대답을 기다리지 않고 바로 이야기를 이어 갔다.

"구멍으로는 브런튼이 들어갔을 거야. 한 사람만 들어갈 수 있었으니까. 레이철은 위에서 기다리고 있었겠지. 드디어 브런튼은 그렇게 소원하던 이 집안의 보물을 찾았어. 그리고 짐작건대 나무 상자의 자물통을 열고 안에 있던 물건을 꺼내서 레이철에게 건네주었을 거네. 왜냐하면 나중에 우리가 발견한 상자 안에는 보물이라고 할 만한 것이 없었기 때문이지.

자, 비극은 여기서부터네. 레이철의 입장에서 보면 자신을 버린 남자가 구덩이 안에 있었네. 바로 그 사람이 자신의 손아귀에 있었던 거야. 보물을 찾고 희희낙락하는 그를 보면서 쉽게 흥분을 잘하는 그녀의 성격으로 보아 브런튼에 대한 심한 증오심이 훨훨 타올랐을 게 분명해. 사랑을 배반당한 감정은 보통 사람들이 상상하는 것 이상의 것이니까 말이야. 아무리 달콤한 말로 구슬렸다고는 해도 쉽게 치유되기 어려운 법이지. 브런튼의 비극은 다른 사람의 아픔을 간과했다는 데 있었던 거야.

'돌을 받치고 있는 이 장작만 치워 버리면 돌뚜껑은 저절로 닫히고 저 남자는 다시는 이 세상으로 나오지 못한다. 그리고 보물은 이미 내 손안에 있다.'

돌의 무게를 버티다 못한 장작이 자연히 빠져 버렸는지, 아니면 레이철이 일부러 빼 버렸는지는 알 수 없지만 이것만은 확실하게 상상할 수 있을 것일세. 브런튼이 건네준 보물 자루를 들고 계단을 허둥지둥 뛰어 올라가는 그녀의 모습을……

그녀가 나간 뒤 지하실에는 얼마간 남자의 처절한 외침과 돌뚜껑을 두들기는 소리가 울렸겠지. 질식해 가는 그 남자의 고통이 멈출 때까지……"

"브런튼이 실종된 날 아침에 레이철이 보였다는 히스테릭한 증세가 이해가 되는군."

나는 저절로 고개가 끄덕여졌다.

"그래, 한때나마 사랑했던 사람을 고의든 아니든 죽였다는 죄책감이 그녀를 괴롭혔을 거네."

"그럼 레이철은 상자 속에 있었던 물건을 가지고 어디로 간 건가?"

"그건 간단해. 연못 속에서 건져 냈다는 녹이 슨 금속 덩어리와 돌인지 유리인지 알 수 없는 작은 덩어리들이 바로 상자 속에 있었던 물건이네. 안의 물건들이 낡은 것에 비해 리넨 자루가 새것이었던 것은 바로 이 때문이야. 처음에는 소유할 생각이었겠지만 결국 그녀는 자신의 죄가 탄로 날 것을 두려워한 나머지 연못 속에 던져 버리고 연못 옆의 지름길을 통해 도망쳐 버렸던 거지."

죽음을 부르는 왕관

나는 이해가 되지 않았다. 형체도 성분도 분명하지 않은 그것들이 한 사람의 목숨을 앗아갈 정도로 중요한 것이라고는 여겨지지 않았기 때문이었다. 더구나 그것을 얻기 위해 브런튼이라는 사람은 자신의 젊음을 고스란히 바쳐 남의 집 고용인으로 살아야 하지 않았던가?

"그 물건들이 그만한 가치가 있는 것인가?"

"그 해답은 머스그레이브를 통해 실마리를 찾았지. 지하실 나무통에 걸터앉아서 20분쯤 곰곰이 생각하고 있었는데 브런튼의 죽음으로 충격받은 그가 더욱 창백해진 얼굴로 다가오더니 나무 상자 속에 있던 돈을 꺼내서 내게 보여 주더군. 그는 그것이 찰스 1세(1600~1649, 재위 1625~1649: 청교도 혁명으로 처형된 폭군 – 역자 주) 때의 금화라고 하더군. 제조된 연도를 자세히 보니 의식문이 만들어진 시대와 거의 일치했지. 찰스 1세……. 순간 나는 의식문의 처음 구절이 생각났다네.

그것은 누구의 것이었던가?
- 떠난 사람의 것이다.

나는 머스그레이브에게 연못에서 건져 올린 자루를 보여 달라고
했어. 그것을 조사하기 위해 머스그레이브와 함께 그 자루가 있는
서재로 갔네. 머스그레이브는 자루 속에 들어 있던 잡동사니를 내
앞에 늘어놓더군.

그 안에서 나온 것들은 그의 말처럼 큰 것이나 작은 것이나 녹이
슬고 시커멓게 때가 끼어 있었네. 한마디로 보잘것없었어. 그가 그
물건들을 왜 소중하게 여기지 않았는지 이해할 만했지.

큰 쇳덩이는 이중 고리 모양이었는데 비틀리고 굽어서 원래의 모
습을 짐작하기 어렵더군. 나는 그중 작은 덩어리 하나를 소매 끝으
로 문질러 보았어. 그런데 글쎄 그게 반짝반짝 빛나는 게 아니겠나?
보석이었던 거야. 해답은 나왔어. 마지막 수수께끼가 풀렸던 거야."

보잘것없던 돌멩이가 보석이었다는 홈스의 말이 나로서는 잘 믿
어지지 않았다.

"찰스 1세가 혁명당에 의해 처형당한 뒤에도 왕당파(혁명군에 대항
하여 찰스 1세를 도운 군대 - 역자 주)는 오랫동안 영국에서 버티고 있었
던 것을 자네도 잘 알 것이네. 결국 외국으로 도망치기는 했지만 말
일세. 그때 훗날을 기약한 채 귀중한 물건을 어딘가에 감춰 두고 갔
다네. 전쟁이 끝나면 다시 찾으려고 말이야.

그리고 공교롭게도 내 친구인 머스그레이브의 선조인 랄프 머스
그레이브 경은 외국에서 망명생활을 하고 있던 찰스 2세의 오른팔이

라고 불릴 정도의 이름난 왕당파
였어. 그래도 모르겠나? 우리가
찾아낸 건, 아니 브런튼이 찾아내
고 레이철이 연못에 버린 것은 당
시 왕당파들이 그의 가문에 맡겼
던 영국의 옛 왕관이었던 거야.”

“뭐! 왕관이라고!”

“의식문에 있는 말을 다시 새겨
보면 쉽게 이해될 걸세. 첫 번째
문답이 ‘그것은 누구의 것이었던
가? – 떠난 사람의 것이다’였네.
여기서 ‘떠난 사람’은 처형당한 찰스 1세를 말하지.

그리고 두 번째 문답 ‘그것은 누구의 것이 될 것인가? – 뒤에 오는
사람의 것이다’에서 ‘뒤에 오는 사람’이란 새롭게 왕이 될 사람, 즉 찰
스 2세를 말하는 것이라네.

또 ‘무엇을 바쳐야 하는가? – 우리의 모든 것’이란 구절을 생각해
보게. 랄프 머스그레이브 경의 입장에서 보면 이 왕관은 언젠가 다
시 찾아야 하는 왕위와 다르지 않네. 그러므로 이것은 자신의 모든
것을 바쳐서라도 반드시 지켜 내야 하는 것이었지. 그것이 그의 정
치적 신념이었고 또한 사명이었을 거야.

결국 모양이 형편없이 일그러진 그 쇳덩이가 바로 영국 왕의 머리
에서 빛나던 왕관이었던 거라네.”

“그렇다면, 이상하지 않나? 찰스 2세가 나중에 국내로 돌아와서
왕위에 올랐는데 그 왕관이 왜 아직도 머스그레이브 가에 있단 말
인가?”

"글쎄, 그 점은 나로서도 알 도리가 없네. 사건과 관계된 일도 아니고. 하지만 추측해 보면 랄프 머스그레이브 경이 왕이 돌아오기 전에 비밀을 이야기하지 못한 채로 죽었다고 봐야겠지. 또 그 뒤에 머스그레이브 집안의 어느 대에서 후세에게 진실을 제대로 가르쳐 주지 못하면서 의미 없는 의식문으로서만 이어져 내려왔을 테고.

그러던 것을 영리한 브런튼이 눈치 채고 마침내 그 비밀을 밝혀냈던 거지. 비록 허무하게 목숨을 잃고 말았지만······. 아무튼 여기까지가 머스그레이브 집안에 있었던 의식문을 둘러싼 사건의 전모라네.

왕관은 지금도 헐스튼에 있는 머스그레이브 저택에 보관되어 있다네. 물론 그것을 개인 소유로 삼는 데에는 까다로운 법률상의 문제가 있었지. 결국 꽤 많은 돈을 들이고서야 소유 허가를 받았다고 하더군.

만약에 자네가 그 왕관을 보고 싶다면 내가 소개해 줌세. 내 소개라고 하면 머스그레이브가 기꺼이 자네에게 그 보물을 구경시켜 줄 걸세."

"사라진 레이철은 그 후로 어떻게 되었는지 아나?"

"그녀의 소식은 그 뒤로 전혀 들은 바가 없네. 아마도 커다란 죄책감을 안은 채 영국을 떠나 어딘가로 멀리 가 버리지 않았겠나? 하지만 원래 주인인 찰스 1세도, 또 잠시나마 소유했던 브런튼도 비명횡사한 것을 보면 그녀의 삶도 평탄했을 것 같지는 않군."

라이게이트의
지주들

The Reigate Squires

헤이터 대령

아프가니스탄 전쟁에서 군의관으로 있던 시절, 치료를 받은 것을 계기로 왓슨과 친분을 쌓게 되었다. 현재 서리 주의 라이게이트 부근에서 농장을 경영하고 있으며 건장한 체격에 호감 가는 인상을 가지고 있고 해박한 지식의 소유자다.

커닝엄 판사

라이게이트 지역의 치안판사이며 이 일대에서 제일가는 대지주로 평판이 좋은 인물이다. 자신의 집에 든 도둑에 의해 가족처럼 지내던 마부 윌리엄이 총에 맞아 죽자 충격을 받는다.

알렉

치안판사 커닝엄의 아들로 젊고 부드러운 미소를 가졌지만 홈스에 대해서 불편한 감정을 가지고 있는 듯하다. 마부 윌리엄이 총에 맞는 모습을 본 유일한 목격자로 홈스가 사건을 해결하기 위해 집을 방문하자 언짢아하면서도 손수 집 안을 안내해 준다.

　〈라이게이트의 지주들〉은 1896년 6월에 〈스트랜드 매거진〉에 발표되었고 《셜록 홈스의 회상》에 수록되었다.

　홈스는 이 작품에서 필적 감정이라는 수사 방법을 이용해 사건을 해결하는데, 그 역사는 6세기경 동로마제국의 유스티니아누스 시대까지 거슬러 올라간다.

　한편 〈라이게이트의 지주들〉이 발표된 지 1년 후, 프랑스에서 일명 '드레퓌스 사건'이라는 사건이 발생한다. 이는 프랑스의 군사 기밀이 독일에 폭로된 것과 관련하여 유명한 범죄학자 베르티용의 필적 감정과 당시 유대인을 경멸하던 프랑스 사회풍조와 맞물려 유대인인 드레퓌스 대위가 범인으로 지목되어 종신형을 받고 악마의 섬에 유형된 사건이다. 하지만 조사 당시 필적 감정에 문제가 있었음이 드러나면서 결국 1년 뒤 드레퓌스 대위는 무죄 선고를 받게 된다. 그 결과 한때 필적 감정은 큰 타격을 받기도 했다. 하지만 오늘날까지도 필적 감정은 범죄 수사에 중요한 역할을 담당하고 있다.

라이게이트의 좀도둑

아침을 채 다 먹기도 전에 전보를 받은 건 1887년 4월 14일, 때는 봄이었다. 발신인은 사건 수사차 리옹에 가 있었던 홈스였다.

> 병세가 심각함. 리옹의 듀롱 호텔로 방문 요망.
>
> - 셜록 홈스

　전문의 내용은 간단하기 그지없었다. 홈스다웠다. 하지만 웬만해서는 앓는 소리조차 입 밖으로 내지 않는 그가 이렇게 전보까지 보내올 정도라면 안심할 일이 아니었다.
　나는 요 몇 달 동안 홈스가 얼마나 무리하고 있는지 잘 알고 있었다. 일만 맡았다 하면 시간이 어떻게 흘러가는지도 모르고 몰두하는 그였다. 이번에도 마찬가지였을 거라는 것은 불 보듯 뻔한 일이었다.

나는 조금도 지체할 수 없
었다. 부랴부랴 왕진
가방을 챙겨 들고 역으
로 갔다. 서둘렀던 덕분에
24시간이 채 지나기도 전에 홈스가
있는 리옹에 도착할 수 있었다. 호텔 객실에
누워 있던 홈스는 안색이 매우 창백했다.

　"어떻게 된 일인가?"

　"무척 서둘렀던 모양이군. 하루도 되기 전에 도착한 걸 보
니……."

　홈스는 희미하게 웃었다.

　"웃을 기운은 아직 있나 보군. 어디 좀 보세."

　홈스의 병세는 나의 우려와는 달리 심각하지는 않았지만 충분한
휴식이 필요한 건 사실이었다. 과로에 의한 신경쇠약이 그의 병명이
었다.

　"몸이 이 지경이 되도록 일하는 사람은 자네밖에 없을 걸세. 이 미
련한 사람아!"

　실제로 이번 일을 하면서 매일 열다섯 시간이 넘게 일을 했고 심
지어 지난 닷새 동안은 잠도 자지 않았다고 했다. 아무리 무쇠처럼
튼튼한 몸이라도 그렇게 일하고서야 무사할 리 없었다. 그나마 다
행인 것은 세 나라의 경찰들도 포기했던 사건이 홈스 덕분에 멋지게
해결되었다는 것이다. 그 결과 유럽 제일의 사기꾼들은 철창에 갇히
는 신세가 되었고 홈스의 명성은 유럽 전역으로 퍼져 나갔다. 그 때
문인지 홈스의 객실에는 사건 해결을 축하하는 각계각층의 화환과
축전이 말 그대로 산을 이루고 있었다. 그러나 정작 가장 기뻐해야

할 홈스는 우울하기만 했다. 그만큼 쇠약해져 있었던 것이다.

사흘 뒤 우리는 런던의 베이커 가로 돌아왔다. 하지만 시간이 흘러도 홈스의 병세에는 별다른 차도가 없었다. 더구나 4월이라고는 해도 런던의 날씨는 아직 차가웠고 연일 안개가 끼었기 때문에 우리의 보금자리는 가뜩이나 침울한 홈스의 기분을 전환시키기에 별로 도움이 되지 않았다. 그에게는 햇볕이 잘 들고 조금 더 따뜻한 곳에서의 요양이 절대적으로 필요했다.

그러던 중에 나는 편지 한 통을 받았다. 발신인은 내가 아프가니스탄 전쟁에서 군의관으로 일하던 시절 내게 치료를 받은 것을 계기로 친하게 지내게 된 헤이터 대령이었다. 그는 현재 서리 주 라이게이트 부근의 저택에서 살고 있었는데 전부터 놀러 오라고 성화였다. 이번 편지의 내용도 이전의 것과 다르지 않았다. 그는 저택 부근에 넘치는 봄기운에 대한 찬사를 늘어놓으며 나의 방문을 기다리고 있다고 했다. 또 홈스가 함께 온다면 기꺼이 환대하겠다고 했다. 나는 더없이 좋은 기회라고 생각했다. 한동안 만나지 못했던 오랜 친구를 방문할 수 있었고 홈스의 병에도 도움이 될 것이라 여겼기 때문이다. 물론 나 역시 이 아름다운 봄날, 일주일 동안을 경치 좋은 시골에서 지내는 것이 싫지 않았다.

그래서 나는 홈스에게 헤이터 대령의 저택으로 요양을 가 보지 않겠느냐고 권했다. 하지만 홈스의 반응은 시큰둥했다.

"낯선 사람과 지낸다면 병이 더 악화될 걸세. 난 그냥 집이 편해. 그렇게 가고 싶으면 자네나 다녀오게."

"헤이터 대령은 독신인 데다 성격이 좋아서 자네를 불편하게 할 사람이 아니라네. 장담하건대 자네와 얘기도 잘 통할 거야. 또 그곳은 공기도 좋고 이 런던처럼 안개가 끼는 날도 없어서 자네 건강에는 더없이 좋을 것이네."

"그렇다 해도 별로 내키지 않아."

"이보게 홈스, 자네는 내가 의사라는 걸 잊은 모양이군. 의사로서 말하겠는데 런던의 환경은 자네의 병에 절대 도움이 안 돼. 하루라도 빨리 자리에서 일어나고 싶거든 내 말대로 하게."

"나 원……."

마침내 나는 홈스의 승낙을 받아 냈다. 나는 곧바로 헤이터 대령에게 우리가 방문할 것이라는 내용의 전보를 보냈고 서둘러 짐을 꾸렸다. 이렇게 해서 우리는 프랑스 리옹에서 돌아온 지 꼭 일주일이 되는 날 헤이터 저택의 손님이 되었다.

헤이터 대령은 내가 예상하고 있었던 것보다 훨씬 늙어 있었지만 과거 훌륭했던 군인으로서의 면모는 여전했다. 그의 점잖은 태도와 해박한 지식은 홈스의 관심을 끌기에 충분했다. 내가 예상한 대로 두 사람은 마음이 잘 맞았다.

도착한 첫날 밤, 우리는 저녁 식사를 마치고 대령의 총기실에 모여 있었다. 오랜 여행으로 조금 지친 홈스는 소파 위에 누워 있었고, 나는 대령의 설명을 들으며 그가 수집해 놓은 많은 총기와 칼들을 살펴보고 있었다.

"무척 오래된 것들이군요."

"그렇지. 아무래도 사용이 목적이라기보다는 장식에 의미가 있으니 말이네. 그렇지만 신형도 있긴 하네. 바로 이거지. 아, 그래! 이따가 방으로 올라갈 때 이 권총을 가져가도록 하게. 만약을 위해서 말이야. 조심하게, 총알이 있으니까."

헤이터 대령은 최신식 연발권총 두 자루를 나에게 건네주었다.

"그런데 만약이라니요?"

나는 놀라서 물었다.

"요즘 이 부근에 소동이 있어서 말이야. 대비해서 나쁠 것은 없지 않겠나?"

"소동이오?"

먼저 관심을 보인 건 홈스였다. 그는 몸을 일으켜 자리에 반듯하게 앉으며 물었다.

"별건 아닙니다, 홈스 씨. 지난 월요일에 근처에 사는 액튼 씨 집에 강도가 들었답니다. 그 사람은 이 주에서 영향력이 대단한 세력가 중의 한 사람이지요. 피해가 큰 것은 아니었지만 범인은 아직 체포되지 않았다는군요."

"단서는 없었나요?"

"별로 들은 바가 없습니다만 소문에 의하면 그런 모양입니다. 하여간 들어 봤댔자 조그마한 시골에서 일어난 하찮은 사건일 뿐입니다. 국제적인 사건을 다루시는 홈스 선생께는 말씀드리기조차 민망하지요."

"아닙니다."

홈스는 칭찬에 의외로 약한 모습을 보이곤 했다. 그는 난처한 듯 미소를 지었다. 그렇지만 과히 싫지는 않은 듯했다.

"수고스럽지 않으시다면 자세히 듣고 싶군요. 특별한 점은 없었나요?"

"허, 홈스 선생도 대단하십니다. 특별한 거라……, 글쎄요. 액튼 씨는 70에 가까운 노인인데 한밤중에 이상한 소리를 들었답니다. 소리는 아래층에서 났다고 하더군요. 조심스럽게 아래층으로 내려간 그가 본 것은 엉망이 된 서재였지요. 정원으로 나 있는 창문이 열려 있었는데 범인은 그곳으로 달아난 것 같다고 하더군요."

"피해가 있다고 하셨는데 뭐가 없어졌나요?"

"그게 별로 대단치 않습니다. 없어진 거라고는 포프가 번역한 《호메로스》한 권, 도금한 촛대 두 개, 상아 문진(책장이나 종이가 바람에 날리지 않도록 눌러두는 물건으로 쇠나 돌로 만든다. - 편집자 주) 한 개, 작은 떡갈나무 청우계(기상 관측에 쓰는 기압계 - 편집자 주) 한 개, 그리고 삼베 실 한 타래가 전부였다더군요. 있는 대로 서랍을 열고 책장을 뒤지는 등 온통 엉망진창으로 뒤집어 놓은 수고에 비하면 도둑으로서는 하찮은 수확을 거둔 셈이지요. 별난 도둑들이지 않습니까? 요즘은 그런 것도 돈이 되는 모양입니다."

헤이터 대령은 대수롭지 않게 말했다. 나 역시 한밤중에 남의 집에 기어 들어가 기껏 실 따위나 훔쳐 간 도둑을 생각하니 어이가 없기는 마찬가지였다.

"급해서 닥치는 대로 가져간 것 아니겠습니까?"

"그럴 수도 있겠군요."

그러나 대령이나 나와는 달리 홈스는 의외로 심각하게 말했다. 지금까지 따분해하던 눈빛은 어느새 사라지고 매의 그것처럼 날카롭기 그지없었다.

"하지만 사건은 그런 데에 실마리가 있는 법이거든요. 주 경찰은 그 사실을 간과하면 안 될 겁니다. 확실한 것은……."

그는 어느새 새로운 사건에 몰두하고 있었다. 나로서는 무리하고 있는 그를 말릴 수밖에 없었다. 우리는 지금 조사를 위해 이곳에 온 것이 아니었기 때문이다.

"홈스, 잊은 모양인데 자네는 이곳에 요양하러 온 거네. 새로운 사건에 대한 호기심은 건강이 회복된 뒤에나 발휘하게. 의사로서 명령이야."

홈스는 어깨를 으쓱하고는 장난기 어린 웃음을 머금었다. 그리고 체념한 듯 대령을 흘끗 바라보았다.

"이런, 저도 홈스 씨가 병중이시라는 걸 까맣게 잊고 있었군요. 그저 좀도둑이 들었던 것뿐이니 홈스 씨가 관심을 가지실 만한 일이 못 됩니다. 하지만 홈스 씨의 열정만은 알아줘야겠습니다."

헤이터 대령은 사람 좋은 웃음을 터뜨렸다. 이후 잠자리에 들기 전까지 우리는 이곳의 날씨며 사냥 등에 대한 보다 안전한 이야기를 나눴다. 나는 이곳에 온 것이 홈스에게 다시없을 휴식이 될 것이라 믿어 의심치 않았다.

살인 사건

그러나 이러한 내 생각이 깨지는 데에는 만 하루도 필요하지 않았다. 우리의 방문은 의도했던 것과는 전혀 다른 쪽으로 접어들었던 것이다. 의사로서의 내 충고가 허사가 된 것은 말할 것도 없었다.

우리의 휴식을 시기해서였을까? 사건 쪽에서 먼저 우리를 향해 돌진해 들어온 것은 이튿날 아침이었다. 우리는 대령이 정성을 들였다는 것이 확실한 아침 식사를 하며 이러저런 이야기를 나누고 있었다. 그때 갑자기 식당 문이 열리며 대령의 집사가 허겁지겁 뛰어들었다. 그는 손님이 있다는 것도 잊었는지 예절이고 뭐고 없었다.

"나리, 나리."

"뭔가, 제임스? 손님도 계시는데 이게 무슨 결례인가?"

헤이터 대령은 언짢은 듯 얼굴을 찌푸렸다.

"죄송합니다. 하지만 큰일이 일어났습니다."

"왜 또 좀도둑이라도 들었단 말인가?"

그는 아직도 진정이 되지 않는지 숨을 헐떡이며 급하게 말을 이었다.

"아니오. 커닝엄 씨 저택에서 살인 사건이 일어났답니다."

대령의 목에서 '헉' 하는 짧은 탄식이 새어 나왔다.

"뭐라고! 누가, 누가 죽었단 말인가? 치안판사인가, 그 아들인가?"

"두 분 다 아니십니다."

"그럼 누가……?"

대령은 의아한 듯이 고개를 갸웃거렸다.

"마부 윌리엄이 죽었습니다. 심장에 총을 맞고 그 자리에서 즉사했답니다."

"저런, 도대체 누가 그런 엄청난 짓을 했다던가?"

"강도랍니다."

"자세히 좀 얘기해 보게."

"식기실 창문으로 들어온 범인이 윌리엄에게 들키자 곧바로 총을 쏘고 날쌔게 달아나 버렸답니다."

"그 일이 언제 일어났다던가?"

"어젯밤 12시경이라고 하던데요. 지금 경찰들이 와서 조사를 하고 있는데 마을 사람들이 구경한다고 몰려든 통에 온통 난리법석입니다."

"그렇군. 알았네, 제임스. 그만 나가 보게."

헤이터 대령은 자세를 고쳐 앉았다. 집사가 물러가자 그는 차분하게 우리를 향해 입을 열었다.

"이거 한동안 시끄럽겠군요. 지난번 좀도둑 사건도 아직 해결되지 않았는데……."

"그 커닝엄이란 분은 어떤 분인가요?"

홈스가 물었다.

"그분은 이 지역 치안판사로 부근에서 제일가는 대지주입니다. 아주 좋은 사람이지요. 죽은 마부도 매우 근면한 사람으로 오랜 세월 그 집에서 일해 왔는데 커닝엄 씨와는 한 가족처럼 지내고 있었습니다. 분명 이 사건 때문에 무척이나 마음 아파하고 있을 겁니다. 액튼 씨 집에 침입한 그 강도들이 이번에는 그 댁에 침입한 모양입니다."

"어제저녁 이야기하셨던 좀도둑들 말씀이신가요? 이상한 물건들만 훔쳐 갔다는……."

"뭐, 그렇지 않겠습니까?"

홈스는 뭔가 골똘하게 생각하는 눈치였다.

"왜, 뭐가 이상한가?"

홈스의 표정에서 나는 무언가 석연치 않은 기색을 느꼈다.

"글쎄, 아직 확실한 것은 아니지만 일련의 사건들이 지극히 간단한 것이라고 하기에는 좀 이상한 점이 있어서 말이야."

"이상하다니, 어떤 점이 그렇다는 말입니까?"

대령이 호기심 어린 눈빛으로 물었다.

"대개 지방 소도시에서 활동하는 범죄자들은 뜨내기들이기 때문에 금방 사람들 눈에 띄게 마련이지요. 그래서 같은 마을에서 두 번씩이나 습격하는 일 따위는 하지 않습니다. 그런데 한 마을에서 하루 이틀 간격으로 같은 범행을 저지른다는 것은 그들답지 않은 행동이군요. 또 어젯밤 대령님의 주의를 들으며 총을 건네받았을 때 저는 영국에서도 이 지역은 도둑들이 마음 놓고 남의 집을 침입할 수 있는, 그런 만만한 곳이 아니라고 생각했습니다만, 아무래도 제 지식이 부족한가 봅니다. 아무튼 이 두 사건들이 아주 간단한 것일지도 모르지만, 저로서는 좀 흥미가 생기는군요."

"지방 소도시의 부자들만 노리는 상습범일 수도 있지 않겠습니까? 아무튼 액튼 씨나 커닝엄 씨의 저택이라면 틀림없이 그런 자들의 목표물이 될 만한 곳이지요. 이 부근에서 몇 손가락 안에 드는 커다란 저택이니 말입니다. 이 지역 사정에 밝지 않아도 그 정도는 한눈에 알 수 있을 겁니다."

"두 분 다 대단한 부자라는 말씀이신가요?"

"뭐, 전에는 그랬습니다만 두 집안이 서로 소송에 휘말려 있어서 아마 양쪽 집안 모두 주머니 사정이 예전처럼 넉넉하지는 않을 겁니다."

"소송이요?"

"네, 액튼 씨가 커닝엄 집안의 토지 중 절반에 대한 소유권을 주장하고 있거든요. 양쪽 집안의 전속 변호사들이 요 몇 해 동안 온통 그 일에만 매달려 싸우고 있지요."

"음……, 대령님 말씀처럼 단순한 강도들이라면 금방 잡히겠죠."

"이보게 홈스, 자네 또……."

내가 책망하듯 눈을 가늘게 뜨고 보자 홈스는 손을 내저으며 미소를 지었다.

"알았어 왓슨, 그만하지. 더 이상 주제넘게 나서지 않겠네."

그때 문이 열리면서 집사가 다시 들어왔다.

"제임스, 또 뭔가?"

"포레스터 경감께서 오셨습니다, 나리."

집사의 말이 끝나자마자 기다렸다는 듯 그의 뒤에서 젊은 청년 한 명이 나타났다. 번뜩이는 듯한 그의 날카로운 눈매는 제법 똑똑한 인물이라는 것을 대변해 주고 있는 것 같았다.

"아니 경감, 이런 시간에 어쩐 일입니까?"

"안녕하십니까, 대령님? 폐가 된다는 건 알지만 좀 사정이 급해서요. 이 댁에 명탐정이신 셜록 홈스 씨가 요양차 묵고 계신다는 말씀을 듣고서 뛰어왔습니다만……."

"홈스 씨라면 이분이시오."

나와 홈스 사이에서 방황하던 경감은 대령의 소개를 받자 홈스를 향해 성큼성큼 다가갔다. 그리고 깍듯하게 경례를 붙였다.

"초면에 실례입니다만, 저는 라이게이트 경찰서의 포레스터 경감입니다. 홈스 씨께 부탁을 좀 드리고 싶어서 찾아왔습니다."

"무슨 일이십니까?"

"들으셨는지 모르겠지만 어젯밤에 이 지역에서 살인 사건이 일어났습니다. 제가 그 사건을 담당하고 있는데 아무래도 이해할 수 없는 부분이 있군요. 홈스 씨의 명성은 익히 들어 알고 있습니다. 부디 도움이 되어 주셨으면 합니다."

홈스는 웃으면서 말했다.

"왓슨, 운명의 신은 자네 편은 아닌가 보네."

내 걱정은 아랑곳없이 홈스는 마냥 즐거운 표정이었다.

"대령님, 불편하지 않으시다면 경감께 자리를 내주시겠습니까?"

"불편하다니요? 나로서도 궁금하군요. 제임스, 경감께 의자를 내 드리도록 하게."

대령이 흔쾌히 승낙했다. 집사 제임스가 홈스 앞에 경감의 자리를 마련해 주었다. 홈스는 경감이 자리에 앉기를 기다렸다가 말을 꺼냈다.

"그렇지 않아도 지금 우리도 그 사건을 이야기하던 참이었습니다. 자세히 이야기해 주시죠."

홈스는 의자에 몸을 깊숙하게 파묻고 손에 깍지를 끼었다. 사건에 대한 이야기를 들을 때 하는 그만의 버릇이었다. 나는 이제 더 이상 그를 말릴 수 없음을 깨달았다. 내 기분을 전혀 모르는 경감은 다행이라는 표정으로 이야기를 시작했다.

찢겨진 종이쪽지

"**먼저 말씀드리고** 싶은 건 액튼 씨 댁의 도난 사건과 이번 윌리엄 살해 사건의 범인은 동일 인물일 가능성이 높다는 겁니다."

"그렇게 단정할 만한 증거라도 있습니까?"

"증인이 있습니다. 커닝엄 씨가 침실 창문으로 달아나는 범인의 모습을 보았고, 아들인 알렉 씨도 뒷문에서 범인을 보았습니다. 처음 액튼 씨 댁 사건이 단서가 전혀 없었던 것에 비하면 이번에는 제법 많은 편입니다."

"다행이군요."

"그렇습니다. 커닝엄 씨와 아들 알렉 씨의 증언에 따르면 사건이 일어난 것은 밤 12시 15분 전입니다. 바로 그 시간에 커닝엄 씨와 아들인 알렉 씨가 살려 달라고 도움을 청하는 누군가의 외마디 비명을 들었다고 했습니다. 그때 커닝엄 씨는 침대에 들어가려는 참이었고, 알렉 씨도 잠옷으로 갈아입고 화장실에서 담배를 피우고 있었답니다.

　소란의 정체를 알기 위해 아들인 알렉 씨가 아래층으로 달려 내려 갔다는군요. 그때 그가 본 것은 열려진 부엌문 밖에서 두 남자가 맞붙어 싸우고 있는 장면이었습니다. 마침내 총소리가 나더니 싸우던 사람 중에 하나가 앞으로 고꾸라지며 쓰러졌다더군요. 그러자 총을 쏜 괴한은 뜰을 가로지르고 산울타리를 넘어 쏜살같이 달아나 버렸고 말입니다. 그가 달아나는 것은 창문에서 밖을 살피고 있던 커닝엄 씨도 보았다고 하더군요.

　범인은 큰길을 향해 뛰어갔는데 숲 속으로 들어가 버리는 통에 놓쳐 버렸답니다. 알렉 씨는 쓰러져 있는 사람이 마부인 윌리엄 카원이라는 것을 확인하자 생사를 살피느라 그자를 뒤쫓을 수 없었다고 합니다."

　"도망간 사람의 인상착의는 어떻다고 하던가요?"

　"그자는 별로 크지 않은 키에 중간 체격이었고 검은 옷을 입고 있었다고 합니다. 현재까지는 그것밖에 알려진 바가 없습니다만, 전력을 다해 조사하는 중입니다. 이 고장 사람이 아니라면 사람들 눈에 띌 것입니다. 찾아내는 것은 식은 죽 먹기죠."

　"그 윌리엄이라는 마부가 죽기 전에 한 말은 없었나요?"

　"한마디도 없었습니다. 알렉 씨가 그를 살펴보았을 때는 이미 숨이 끊긴 후였으니까요."

"그런데 그 늦은 시각에 그는 그곳에서 뭘 하고 있었던 걸까요?"

"이상한 것이 있나 없나 집 안을 둘러보고 있었다고 여겨집니다. 액튼 씨 댁 도난 사건 이후 모두들 주의를 기울이고 있었으니까요. 특히 윌리엄은 대단히 성실한 사람이었습니다. 누가 시키지 않아도 그런 일은 스스로 알아서 할 사람이지요. 그리고 아마 강도가 부엌 문을 막 부수었을 때 윌리엄과 마주친 것 같습니다. 자물쇠가 망가져 있더군요."

"그에게 가족은 없었나요?"

"어머니가 한 분 계십니다. 오두막에서 어머니와 단둘이서 살고 있었지요."

"그럼, 윌리엄이 밖으로 나가기 전에 어머니에게 무슨 말을 하지 않았답니까?"

"그게 좀……, 그의 어머니는 몹시 늙은 데다가 귀가 거의 들리지 않기 때문에 아무것도 알아낼 수 없었습니다. 게다가 지금은 아들의 죽음으로 큰 충격을 받아서 제정신이 아닙니다. 또 원래도 머리가 좋은 것은 아니었던 모양입니다."

경감은 난처한 표정이었다.

"하지만 경감께서 나를 직접 찾아왔을 때는 뭔가 다른 이유가 있었겠죠?"

"그렇습니다. 저로서는 해답을 찾을 수 없어서 찾아온 거죠. 바로 이겁니다. 한번 보십시오."

경감은 호주머니에서 노트에서 뜯어낸 것 같은 종이 한 장을 꺼내어 홈스에게 건네주었다.

"죽은 윌리엄의 오른손 엄지손가락과 집게손가락 사이에 끼워져

있었던 겁니다. 커다란 종이였던 것을 잡아
뜯은 모양입니다. 짐작하셨겠지만 보시는 바와
같이 종이에 적혀 있는 시각과 살인이 일어난 시각
이 동일합니다. 범인이 윌리엄의 것을 뜯어 가지고 간
것인지, 윌리엄이 범인의 것을 뜯어낸 것인지는 아직 잘 모르겠지
만, 분명한 건 이 종이가 누군가와 만나자는 약속이었던 듯하다는
것입니다. 그 시각이 바로 약속 시각이고 말입니다."

홈스는 구겨진 종이쪽지를 집어 들고 무릎 위에 똑바로 펼쳤다.
그리고 홈스는 한참 동안이나 말없이 그 종이쪽지를 들여다보았다.
거기에는 시간 말고는 별다른 내용은 없었다.

12시 15분 전 / 가르쳐······ / 아마

경감이 입을 열었다.
"그것이 만나자는 쪽지였다면 평판과는 달리 윌리엄 카원은 정직
한 사람이 아니었을지도 모르겠습니다. 강도와 내통하고 있었던 것
이니까요. 만약 그것이 사실이라면 약속한 시각에 범인과 만나 함께
문을 부수는 데까지는 성공했는데, 그 뒤에 어떤 일로 두 사람 사이
에 말다툼이 일어났던 것이겠지요."

"필적이 재미있군요."
세심하게 종이를 살펴보던 홈스는 갑자기 얼굴을 찡그렸다.
"이 사건은 보기보다 어려운데······."
그러고는 양손으로 머리를 감쌌다.

"경감 당신의 말처럼 강도와 마부 사이에 모종의 관계가 있다는 것은 충분히 가능성이 있는 훌륭한 추리입니다. 이 쪽지가 강도가 마부에게 건네준 편지라는 것도 그렇고 말입니다. 충분히 그럴 가능성이 있습니다. 그러나 이 편지의 서두는······."

홈스는 말끝을 흐리며 고개를 갸웃했다. 경감은 자신이 발견한 이 작은 단서와 추리가 명성이 자자한 명탐정에게 영향을 미친 것이 흐뭇한지 옅은 미소를 지으며 바라보았다. 다시 머리를 싸안은 채 깊은 생각에 빠진 홈스의 침묵은 길었다. 그리고 마침내 얼굴을 들었을 때에는 볼이 붉게 물들어 있었으며 앓기 전과 다름없이 빛나는 눈빛을 하고 있었다. 홈스는 어느새 예전에 건강하던 모습으로 돌아와 있었다. 그는 자리에서 벌떡 일어섰다.

"왓슨, 자네에게는 좀 미안한 일이지만 이 사건을 자세히 조사하고 싶네. 이 사건에는 몹시 흥미를 끄는 점이 있거든. 헤이터 대령님, 식사 중에 대단히 죄송합니다만, 저 먼저 일어나야겠습니다. 경감과 함께 나가서 지금 생각한 것들을 눈으로 확인해 보고 싶군요. 30분이면 충분할 겁니다."

그는 내가 뭐라고 하기도 전에 성큼성큼 식당을 나가 버렸다. 나와 헤이터 대령은 홈스의 뒤를 따라 하는 둥 마는 둥 인사를 하고 따라나서는 포레스터 경감의 뒷모습을 멍하게 쳐다보았다. 모두가 순간의 일이었다.

"홈스 씨의 열정은 대단하군."

헤이터 대령의 말이었다.

"네, 좀 지나칠 정도지요. 이래서야 병이나 치료하고 갈 수 있을지 모르겠습니다. 그나저나 홈스가 사건을 따라다니는 건지, 사건이 홈스를 따라다니는 건지 알 수 없군요."

쓴웃음이 나왔다.

우리는 먹다가 만 식사를 마치고 거실에서 홈스가 돌아오기를 기다렸다. 그러나 홈스가 돌아오겠다고 약속한 시각에는 아무도 나타나지 않았다. 나는 그가 또 사건에 열중하여 시간 가는 줄도 모르고 있을 것이라 짐작했다. 한편으로 건강을 다시 해치게 되는 것은 아닌지 걱정이 되기도 했다. 한 시간 30분이나 지나서 돌아온 것은 포레스터 경감 한 사람뿐이었다.

"홈스 씨께서 두 분을 모셔오라고 하셨습니다."

"어디로 오라는 거요?"

대령이 의아한 눈으로 경감에게 물었다.

"커닝엄 씨 저택입니다."

경감의 표정이 밝지 못했다. 나는 어째서 홈스가 경감만 보낸 것인지 궁금했다.

"지금 홈스는 어디에 있나요?"

"저쪽 들판을 여기저기 돌아다니고 있습니다."

"뭐라면서 우리를 오라고 하던가요? 다른 말은 없었습니까?"

경감은 어깨를 으쓱했다.

"이유는 말하지 않으셨으니 저로서는 잘 모르겠군요. 하지만 우리끼리니 하는 말이지만 홈스 씨가 좀 걱정입니다."

"왜요?"

나는 나도 모르게 목소리가 갈라졌다.

"놀라실 일은 아닙니다만, 그게 좀……, 제가 보기에는 아직 병이 낫지 않으신 것 같습니다. 하는 행동

들이 하나같이 이상하더군요."

"어떻게 이상하다는 말씀인가요?"

"그게……, 묻는 말에는 대답도 안 하고 혼자 중얼거리기도 하고, 땅에 엎드려 개처럼 냄새를 맡기도 하고, 갑자기 흥분하는가 하면 갑자기 아무 행동도 하지 않고 나무토막처럼 서 있기도 하더군요."

"그거라면 걱정하실 것 없습니다. 홈스가 사건을 조사할 때는 항상 그러니까요. 다른 사람들 눈에는 미친 사람의 행동 같지만 언제나 빈틈이 없지요. 이치에 맞는 행동만 합니다. 그 점은 제가 보증하지요."

내가 웃으며 별것 아니라고 말했지만 경감의 의혹은 풀리지 않은 듯했다.

"이치에 들어맞는 행동이 정신이상을 불러올 때도 있지요. 어쨌든 홈스 씨는 아주 열심히 조사하고 계십니다. 자, 여러분도 준비가 되셨으면 이제 가시면 좋겠군요."

나는 그간의 경험으로 경감의 떨떠름한 표정에 반론을 제기하는 것이 얼마나 소용없는 짓인지 잘 알고 있었다. 그만큼 사건에 임하는 홈스의 태도는 남다른 데가 있었던 것이다. 나는 시간이, 그리고 결과가 해결해 줄 것이라고 확신하며 모자를 집어 들었다.

유일한 단서

커닝엄 가의 저택까지는 걸어서 10분 정도였다. 우리가 그곳에 도착할 때까지도 홈스는 들판 여기저기를 거닐고 있었다. 양손을 바지 주머니에 넣은 채 턱이 가슴에 닿을 정도로 고개를 푹 숙이고 있었다. 우리를 발견한 홈스는 만면에 웃음을 띠며 다가왔다.

"이 사건은 처음 생각보다 무척 재미있게 되어 가네, 왓슨. 자네 말대로 여행을 온 건 탁월한 선택이었어. 대성공이야. 덕분에 오늘 아침에는 기분이 아주 좋아진 것 같아."

"내가 보기에도 그렇군."

내가 약간 빈정거리듯 말하자 홈스는 유쾌하게 웃었다.

"홈스 씨, 범행 현장에는 가 보셨소?"

대령이 물었다.

"물론입니다. 대령님을 모시러 가기 전에 이미 경감과 함께 둘러 봤지요."

"뭐 좀 단서가 될 만한 것이 있던가요?"

"흥미로운 몇 가지를 발견했습니다. 걸어가면서 수사한 내용을 말씀드리지요."

홈스는 우리를 저택 쪽으로 이끌면서 말을 이었다.

"제일 먼저 그 불행한 마부의 시신을 보았습니다. 권총으로 살해된 것은 틀림없더군요."

"그거야 이미 알고 있었던 거 아닙니까? 혹시 홈스 씨는 그 일을 의심하고 있었던 건가요?"

"두 눈으로 직접 확인해 두는 편이 맘이 놓이거든요. 어쨌든 수사는 만족스러웠습니다. 그 후에는 커닝엄 부자를 만나보았는데, 두 분은 괴한이 달아난 경로를 정확하게 지적해 주셨지요. 괴한이 뛰어넘었다는 산울타리의 위치에 대해서도 두 분의 의견이 확실히 일치하더군요. 흥미롭게도 말입니다."

"그랬겠군요."

"그다음에는 피해자의 어머니를 만나 보았지요. 그런데 경감이 말한 것처럼 아무것도 알아낼 수가 없었습니다. 게다가 이번 사건으로 많이 쇠약해져 있더군요. 어쨌든 조사는 대충 끝난 셈입니다."

"그래 어떤 결론을 내리셨는지 궁금하군요."

"이제부터 점점 확실해질 테지만, 이 사건은 단순한 강도 사건이라고 보기는 어려울 것 같군요."

"그게 무슨 말씀이십니까?"

"차차 말씀드리지요. 그전에 피해자가 가지고 있었다는 그 종이 말씀인데요, 매우 중요한 단서가 될 겁니다. 잘 가지고 계시겠지요, 경감?"

"물론입니다. 저도 매우 중요한 증거라고 생각하고 있습니다."

경감은 자신 있게 큰 소리로 대답했다.

"좋습니다. 이번 사건에서 그것만큼 확실한 단
서는 없거든요. 아무튼 편지를 쓴 자가 누구든
간에 바로 그자가 마부인 윌리엄 카원을 꾀어낸
겁니다. 종이에 써 있던 바로 그 시각에 말이
지요. 그런데 경감, 그 종이의 나머지를 찾아
보셨습니까?"

"네, 윌리엄의 시신이 발견된 근처를 샅샅이
살펴보았습니다만, 아무것도 없었습니다."

"그랬을 겁니다. 나머지는 그날 밤 피해자와 싸
우던 범인이 가지고 갔을 테니까요. 종이가 찢어
져 있었던 것은 괴한이 피해자로부터 강제로
그것을 빼앗으려 했기 때문입니다. 피해자가 구원을 청하는 비명을
지르는 바람에 괴한은 마음이 급했지요. 사람들이 몰려들기 전에 종
이쪽지를 빼앗아야만 했으니까요. 그러나 너무 서두르는 바람에 죽
은 사람의 손에 종이쪽지 일부가 남아 있다는 것을 미처 깨닫지 못
하고 나머지만 챙겨서 달아나고 말았던 겁니다."

나는 잘 이해되지 않았다.

"홈스, 괴한이 그 종이를 빼앗아야만 하는 이유가 있었겠나?"

"그건 나머지를 확인해야 확실해지겠지만 범인의 정체를 밝혀 줄
만한 유력한 증거가 거기에 써 있었던 것으로 생각되네. 따라서 그
종이의 나머지가 발견된다면 이 수수께끼의 정답에 한 발 다가서게
되겠지."

"하지만 범인을 잡지 않고서야 어떻게 그자 주머니 속에 있는 것
을 찾아낼 수 있겠습니까?"

경감이 볼멘소리를 했다.

"딴에는 그렇겠군요."

홈스가 능청스럽게 대꾸했다. 경감의 표정으로 보아 마치 명탐정이라고 소문만 그럴듯했지 별반 실력도 없는 모양이라고 생각하는 듯했다. 그것을 눈치 채지 못할 홈스가 아니었다. 하지만 내 친구는 얼굴에 웃음을 거두지 않았다.

"하지만 여기에는 한 가지 중요한 사실이 있다는 것을 잊으시면 안 됩니다."

"중요하다니……, 그게 뭡니까?"

"그 쪽지가 윌리엄에게 보내진 것은 확실하지만 그것을 쓴 사람이 직접 전해 준 것은 아니라는 겁니다. 전해 줄 정도였다면 굳이 쪽지를 이용해서 불리한 증거를 만들 필요가 없었겠죠. 직접 말로 전하면 되었을 테니까요. 또 심부름꾼을 보내면 아무래도 자신을 노출시킬 수밖에 없으니 그런 방법도 사용하지 않았을 겁니다. 그렇다면 우편은 어떨까요? 포레스터 경감, 혹시 우편물은 조사해 보셨습니까?"

"그거라면 이미 조사해 두었습니다."

"결과는?"

"우체부가 그러는데 어제 오후에 윌리엄에게 편지 한 통을 배달했답니다. 윌리엄은 내용을 확인하자마자 우체부가 보는 자리에서 봉투를 찢더니 난로에 처넣어 버렸다더군요."

그러자 홈스는 깜짝 놀랄 만큼 큰 소리로 웃으면서 경감의 등을 쳤다.

"훌륭하군요, 경감! 벌써 우체부를 만나 봤다니! 민첩하고 유능한 당신과 함께 일을 하게 되어서 얼마나 기쁜지 모르겠습니다. 이런, 벌써 도착했군요. 여기가 윌리엄이 살던 오두막입니다. 하지만 여기는 우리의 목적지가 아닙니다. 대령님, 이쪽으로 오시죠. 사건이 일어난 현장을 안내해 드리겠습니다."

우리 네 사람은 살해된 윌리엄이 오랫동안 살아온 오두막을 그대로 지나쳐 떡갈나무 가로수 길로 걸어 들어갔다. 그 길 끝에는 앤 여왕 시대의 건물 양식을 보여 주는 고풍스럽고 훌륭한 저택이 자리하고 있었다. 으리으리한 저택의 현관 앞 중앙 돌에는 마르프라케(프랑스 북부지방의 지명으로 1709년 이곳에서 영국군이 프랑스군을 격파했다 – 역자 주) 전승기념일이 새겨져 있었다.

홈스와 경감은 우리 앞에서 저택의 모퉁이를 돌아 옆쪽으로 나 있는 작은 문을 향해 걸어갔다. 저택 밖의 큰길을 따라 나란히 심어 놓은 산울타리와 그 문 사이에는 폭이 50미터쯤 되는 넓은 정원이 있었다.

부엌문 앞에는 경관이 한 사람 서 있었다. 홈스는 경관에게 말했다.

"수고롭겠지만 문 좀 열어 주시겠소?"

경관은 홈스의 생각을 이미 알고 있는 것처럼 묵묵히 시키는 대로 했다.

"자 여러분, 지금 우리가 서 있는 곳이 한밤에 두 사람의 격투가 벌어졌던 곳입니다. 커닝엄 씨의 아들 알렉 씨는 저 계단에서 문을 통해 사건 현장을 목격했던 거지요. 커닝엄 씨는 왼쪽으로부터 두 번째 창문에서 범인이 저 산울타리를 넘어 관목 숲의 왼쪽으로 도망치는 것을 보았다고 합니다. 알렉 씨도 같은 것을 보셨지요.

그러고서 집 밖으로 뛰어나와 땅

에 쓰러져 있는 윌리엄 옆에 무릎을 꿇었습니다. 하지만 애석하게도 알렉 씨의 행동을 증명해 줄 만한 흔적은 하나도 없더군요."

홈스는 자신의 말을 증명하기라도 하듯 밟고 있는 땅을 발로 툭툭 차 보였다.

"범인의 발자국이 남기에는 보시다시피 땅이 너무 단단했던 것이지요."

우리는 홈스가 가리키는 대로 부엌문 안쪽을 들여다보았다. 그의 말처럼 부엌문에서는 2층으로 올라가는 나무 계단이 바로 보였다. 알렉이라는 사람의 말은 의심할 것이 없는 것 같았다. 순간 내 머릿속에는 달빛 아래에서 목숨을 걸고 싸우는 두 남자를 놀란 눈으로 바라보고 있었을 누군가의 불안한 모습이 그림처럼 떠올랐다.

홈스의 자세한 설명에 따라 내가 무한한 상상력을 발휘하고 있을 때 저택의 현관 쪽에서 두 남자가 나타났다. 그들은 정원의 샛길을 따라 우리를 향해 천천히 다가왔다. 그들 중 한 명은 나이가 많은 노

인으로 굵은 주름이 깊게 팬 얼굴에 졸린 듯한 눈을 하고 있었고, 다른 한 명은 혈색 좋고 밝은 표정의 말쑥한 청년으로 오는 내내 부드러운 미소를 짓고 있었다. 그들은 칙칙했지만 고급스러운 옷을 입고 있었다. 커닝엄 부자라는 것을 굳이 말해 줄 필요가 없었다. 청년이 말했다.

"이런, 아직도 조사 중이시군요. 포레스터 경감이 런던에서 오

신 유명한 탐정이라고 소개하기에 금방 해결될 줄 알았는데, 소문만큼은 아니신가 봅니다. 이래 가지고서야 시골구석의 경찰들하고 다를 것이 없지 않나요?"

나는 건방진 청년의 말에 울컥하고 화가 치밀었으나 홈스는 아무렇지도 않은지 기분 좋은 얼굴로 대꾸했다.

"사건 해결에는 약간의 시간이 필요한 법이랍니다."

"그러시겠지요. 단서라고는 하나도 없으니 아마도 많은 시간이 필요하시겠지요."

젊은 커닝엄은 여전히 비꼬는 듯한 말투였다. 경감이 참을 수 없다는 듯 갑자기 대화에 끼어든 것은 바로 그때였다.

"단서라면 우리에게도 한 가지는 있습니다. 저와 홈스 씨가 알아냈지요. 그 나머지만 찾아낸다면……. 아니! 홈스 씨, 왜 그러십니까?"

비명에 가까운 경감의 말에 우리는 일제히 홈스를 쳐다보았다. 우리가 본 것은 무섭게 일그러져 있는 홈스의 얼굴이었다. 그는 흰자가 보이도록 허옇게 눈을 치뜨고 입을 크게 벌리고 있는 것이 극심한 고통에 시달리고 있는 것 같았다. 다음 순간, 홈스는 가까스로 참아내는 듯한 낮은 신음 소리를 내며 바닥에 그대로 쓰러졌다.

"홈스!"

홈스의 발작

내가 쓰러진 홈스를 향해 달려가 그의 상태를 살피는 동안에도 홈스의 발작은 멈추지 않았다.

"일단 안으로 옮겨야겠습니다. 좀 도와주십시오."

경감과 대령의 도움을 받아 우선 홈스를 부엌으로 옮겼다. 나는 홈스를 부엌의 긴 의자에 눕히게 하고 그의 상태를 살펴보았다. 발작은 멈췄지만 이미 녹초가 되어 쓰러져 있는 홈스의 정신은 쉽게 돌아오지 않았다. 다행히도 별다른 이상이 있는 것 같지는 않았다.

홈스는 내가 코에 대 준 각성제를 흡입하고서야 비로소 가늘게 눈을 떴다. 그러고는 잠시 숨을 고른 후 자리에서 일어났다.

"어때? 좀 괜찮나?"

"음, 괜찮네. 걱정을 끼쳐 미안하군. 여러분께도 죄송합니다. 본의는 아니었지만 물의를 일으킨 셈이 되어 버렸군요. 병이 나은 지 얼마 되지 않는데 좀 무리를 한 모양입니다."

"그러게 내가 뭐랬나?"

"미안하네, 왓슨. 너무 화내지 말게."

홈스가 희미하게 웃었다. 사건에 대한 그의 열정을 익히 알고 있는 나로서는 더 이상 화를 낼 수가 없었다.

"돌아가실 때 내 마차를 이용하시지요. 마부를 부를 테니 잠시만 기다리십시오."

커닝엄 씨가 무표정한 얼굴로 말했다.

"신세를 끼치게 되었습니다. 하지만 그전에 한 가지만 더 알아보고 싶은 게 있군요."

"아직도 조사가 끝난 게 아닙니까?"

경감이 어이없다는 듯 물었다. 홈스는 힘겹게 자리에서 일어나더니 문으로 걸어갔다.

"이것 좀 보시겠습니까? 문고리가 완전히 부서져 있습니다. 이것은 범인이 윌리엄보다 먼저 저택에 도착했다는 것을 의미합니다. 그런데도 누구 하나 강도가 집 안으로 들어갔다고 생각하지 않으시더군요."

"그야 당연하지 않소? 알렉도 나도 잠자리에 들기 전이었으니까 누군가 집 안에서 돌아다녔다면 반드시 무슨 소리를 들었을 거요."

아버지인 커밍엄 판사가 말했다.

"알렉 씨는 그때 어디에 계셨습니까?"

"저는 화장실에서 담배를 피우고 있었습니다."

"침실 창문은 어느 쪽으로 나 있나요?"

"아버지가 쓰시는 방의 창문 바로 옆입니다. 2층 왼쪽 끝이지요."

"두 분 다 등불을 켜 놓으셨겠지요?"

"물론입니다."

홈스는 빙긋이 웃으며 말했다.

"이상하군요. 불빛이 환한 방이 두 개나 있다는 걸 보았다면 누구나 집안사람들이 아직 자고 있지 않다는 것을 알았을 텐데 말입니다. 그런데도 아랑곳하지 않고 문고리를 부쉈다? 음, 여간내기가 아니겠군요."

"대범한 놈이었겠지요."

알렉은 그게 뭐 어떠냐는 식으로 퉁명스럽게 말했다.

"홈스 선생, 그렇게 단순한 강도 사건이었다면 굳이 선생께 부탁을 드리지도 않았을 겁니다. 범인이 윌리엄과 만나기 전에 이미 집안에서 활개를 치고 돌아다녔다는 얘기는 참으로 어처구니가 없군요. 미안하지만 당신의 생각은 틀렸습니다. 우리는 아무 소리도 듣지 못했고, 포크 하나 잃어버린 것이 없으니까요."

알렉의 말에는 가시가 돋쳐 있었다.

"물건도 물건 나름이지요."

"당신은 정말 이상한 사람이군요. 피해를 입은 당사자가 아무것도 도둑맞은 것이 없다고 하는데 무슨 소리를 하는 거요? 혹시 우리도 모르는 것을 발견했다고 말하고 싶은 겁니까? 아니면 우리가 뭘 숨기기라도 한다는 거요?"

그는 마치 덤벼들 기세로 따지고 들었다. 내가 보기에는 필요 이상으로 흥분하고 있는 것 같았다.

"알렉, 그만해라!"

금방이라도 터질 것 같은 험악한 분위기를 저지하고 나선 것은 아버지인 커닝엄 판사였다. 그의 목소리는 철부지 청년의 방종을 단번에 제지시킬 정도로 근엄했다. 그는 아들이 잠잠해지자 홈스를 향해 가벼운 목례를 했다.

"아들의 무례를 용서해 주시오, 홈스 선생. 이 사건으로 좀 예민해져 있어서 그렇소."

"괜찮습니다. 오히려 제가 알렉 씨께 무례를 범한 것 같군요. 하지만 수사를 하자면 어쩔 수 없으니 이해해 주시기 바랍니다. 아무튼 범인은 지금껏 다른 범죄자들과는 다르다는 것을 상기해 주셨으면 합니다. 액튼 씨 댁에서 도둑맞은 물건만 보더라도 상식적이지는 않으니까요. 실타래, 문진, 그리고 또 뭐였죠?"

커닝엄 노인이 말을 자르며 끼어들었다.

"그런 건 상관없소. 우리는 범인만 잡으면 되니까. 당신에게 모두 일임한 이상 무엇이든 협력할 것이오."

"그렇게 말씀해 주시니 감사합니다. 그럼 우선 커닝엄 씨께서 개인적으로 신문에 현상금 광고를 내 주셨으면 합니다. 경찰에 부탁할 수도 있지만 그러자면 금액을 정하는 데까지 시간이 많이 필요해서요. 이런 일은 빠르게 처리할수록 유리하지요. 현상금은 50파운드 정도면 충분합니다."

"500파운드라도 기꺼이 내겠소."

"그렇게까지는 필요치 않습니다. 커닝엄 씨, 여기 미리 서류를 마련해 놓았으니 서명해 주시겠습니까?"

커닝엄 씨는 홈스가 내민 서류와 펜을 받아 들었다. 그런데 서류의 내용을 살피던 그의 눈썹이 꿈틀거렸다.

"홈스 선생, 이 내용이 잘못된 것 같군요. '화요일 오전 1시 15분 전에 범인은'이라고 쓰셨는데 실제로 사건이 일어난 시각은 12시 15분 전이었소. 모르고 계셨던 거요?"

"아, 그렇군요. 서두르다 보니 실수를 한 모양입니다."

홈스는 겸연쩍은 듯 약간 얼굴을 붉혔다. 나는 홈스를 보고 있자니 가슴이 아팠다. 홈스는 자신의 실수에 대해 매우 민감했다. 그것이 아무리 작은 것이라 할지라도 지나치게 자신을 나무라곤 했다. 그런 그가 사소한 시각 하나를 외우지 못하고 있었다. 지금의 그는 정확하고도 뛰어난 암기력을 자랑했던 과거의 홈스가 아니었던 것이다. 최근의 병이 그를 이토록 약하게 만들어 버린 것이 확실했다.

그러나 그의 실수를 걱정하는 사람은 오로지 나뿐이었다. 경감은 입을 비죽거리며 눈썹을 치켰고, 알렉 커닝엄은 무례하다 싶을 정도로 웃어 댔다. 나는 두 사람의 행동에 몹시 화가 치밀었지만 내가 화를 내는 것이 홈스에게 도움이 되지 않을 것을 알았기 때문에 참을 수밖에 없었다.

커닝엄 씨는 아무런 내색 없이 서류의 시간을 '1시'에서 '12시'로 고친 후 서명을 했다. 그리고 홈스에게 정중하게 돌려주었다.

"현상금은 아주 훌륭한 생각이군요. 되도록 빨리 신문에 내 주시오."

홈스는 그 서류를 조심스럽게 세 번 접어서 지갑 속에 넣었다.

"알겠습니다. 그럼 지금부터 집 안을 한번 둘러보고 싶습니다. 여기 계시는 분들과 함께 그 괴상한 강도가 집 안에서 무엇을 가져갔는지 한번 찾아봤으면 좋겠군요."

"좋도록 하시오. 하지만 뭐 찾을 게 있을지는 모르겠소."

집 안에 들어서기 전에 홈스는 부서진 문을 조사했다. 끝이나 끝이 뾰족한 칼로 자물쇠를 부순 것이 틀림없었다. 나무 부분에는 날카로운 것에 찍힌 듯한 자국도 남아 있었다.

"빗장은 사용하지 않으시나 봅니다?"

"그런 건 여태껏 필요치 않았소."

"기르는 개는 없습니까?"

"기르고는 있소만, 정문 쪽에 쇠사슬로 묶여 있소."

"평소에 고용인들이 자러 가는 시각은 몇 시입니까?"

"10시경이오."

"윌리엄도 그랬겠지요?"

"물론이오. 그 시각에는 할 만한 일이 없으니까 저택 안에 남아 있을 필요가 없지요."

"그렇다면 10시에 집으로 돌아간 그가 두 시간 동안이나 자지 않고 있었단 말이군요. 더구나 어젯밤에만 유독 저택 주변을 살피고 있었고요. 뭐, 좋습니다. 커닝엄 씨, 저택 안을 안내해 주시겠습니까?"

커닝엄 판사는 말없이 앞장서서 집 안으로 들어갔다.

살인범의 정체

밖으로 통하는 부엌문을 지나면 납작한 돌이 깔려 있는 통로가 부엌과 연결되어 있었다. 부엌은 집의 규모만큼이나 크고, 잘 정돈되어 있었다. 그 통로의 끝에는 2층으로 오르는 나무 계단이 있었다. 우리는 곧장 계단을 올라갔다. 나무 계단은 저택의 현관에서 시작된 훌륭한 장식이 돋보이는 계단과 만나면서 끝이 나 있었다. 2층에는 응접실과 몇 개의 침실이 있다고 했다. 그중에는 주인인 커닝엄 판사와 아들 알렉의 침실도 있었다.

홈스는 천천히 걸으면서 구석구석을 세심하게 살폈다. 집 안 구조를 살피는 그의 눈빛은 조금 전 쓰러졌던 사람답지 않을 정도로 날카롭게 빛나고 있었다. 나는 그의 추리가 어느 방향으로 결론지어지고 있는지는 상상할 수 없었지만 매서운 눈빛과 일자로 굳게 다문 입으로 보아 더할 나위 없이 열중하고 있다는 것은 똑똑히 알 수 있었다. 그렇게 사건에 열중하고 있는 친구의 모습을 바라보는 것은 나에게는 언제나 가슴이 뛰도록 흥분되는 커다란 기쁨이었다.

홈스의 관찰이 생각했던 것보다 길어지자 커닝엄 판사는 짜증스러워했다.

"홈스 선생, 당신에게 이번 사건을 일임하기는 했지만 2층까지 조사한다는 건 이해할 수 없군요. 보시다시피 계단 끝의 첫 번째 방이 내 침실이고, 맞은편은 아들 방이오. 아무리 뛰어난 도둑이라고 해도 깨어 있었던 우리가 모르게 이 계단을 올라올 수는 없소."

그의 목소리는 강경했다. 그러자 그 옆에서 알렉이 심술궂게 웃으며 이죽거렸다.

"내버려 두세요, 아버지. 뭐 새로운 냄새라도 맡으려나 보지요."

홈스는 그런 알렉을 한번 힐끗 보더니 웃으며 말했다.

"불편하시겠지만 아직은 좀 참아 주셔야겠습니다. 아직 확인하고 싶은 게 남아 있거든요. 예컨대 침실 창문에서 바깥이 얼마나 내다보이는가 하는 것 말입니다. 아, 여기가 알렉 씨의 방이로군요. 좀 실례하겠습니다."

그러고는 홈스는 주저 없이 방문을 열었다.

"저기가 비명이 들렸을 때 담배를 피우던 화장실이군요. 화장실에도 창문이 있군요. 저기에서는 어디가 보일까요?"

대답을 기다린 질문이 아니었다. 홈스는 성큼성큼 화장실로 들어가 창밖을 확인했다. 그리고 이번에는 방의 중앙을 가로지르더니 침대 옆에 있던 문을 열어 침실에 붙어 있는 또 하나의 방을 들여다보았다. 그 방은 드레스룸으로 사용되는 것 같았다. 알렉이 성급하게 물었다.

"이젠 속이 시원하시오?"

"말씀하신 것처럼 별다른 점은 없군요. 하여간 감사합니다. 이걸로 필요한 건 대충 둘러본 셈입니다."

"대충? 아직도 부족하단 말입니까?"

알렉이 얼굴까지 붉어지며 언성을 높였지만 홈스는 태연하기만 했다.

"커닝엄 씨께서 달아나는 범인을 보셨다던 그 창문을 아직 보지 못했거든요."

"내 방도 보시겠소?"

커닝엄 판사의 말이었다.

"폐가 되지 않는다면 부탁드립니다."

커닝엄 노인은 어깨를 으쓱하고는 우리를 자기 방으로 안내했다. 우리는 그의 뒤를 따라 일단 복도로 나갔다가 건너편 그의 방으로 들어갔다.

판사의 방은 검소했다. 화려한 침대가 눈길을 끌던 아들의 방에 비하면 평범하기 그지없었다. 일행은 창문을 향해 곧바로 걸어갔다. 그러는 사이에 홈스는 뒤처지더니 마침내 나와 함께 맨 뒤에 있게 되었다. 그런데 이상한 일이 일어났다.

침대 옆을 지나던 홈스가 바로 옆에 있던 다리가 길고 네모난 모양의 탁자를 아무도 모르게 슬쩍 넘어뜨린 것이다. 탁자는 요란한 소리를 내며 쓰러졌다.

그도 그럴 것이 탁자 위에는 오렌지를 가득 담아 놓은 접시와 유리로 만든 물주전자가 있었던 것이다. 덕분에 오렌지와 산산조각이 난 유리 파편이 여기저기 뒹굴게 되었다. 그러나 정작 나를 놀라게 한 것은 뒤이은 홈스의 말이었다.

"왓슨, 조심해야지. 이게 무슨 일인가? 비싼 양탄자가 망가졌지 않나?"

홈스는 능청맞게도 나에게 죄를 뒤집어씌우고 있었다. 나는 어이가 없어서 잠시 멍하게 홈스를 바라보았다. 하지만 나는 홈스를 믿었다. 그럴 만한 이유가 있는 것이 분명했다.

"아, 이거 죄송합니다. 잠깐 한눈을 파는 바람에……."

나는 정중하게 사과한 후에 웅크리고 앉아서 과일을 줍기 시작했다. 헤이터 대령과 포레스터 경감이 과일 줍는 것을 도와주어서 일은 금방 끝났다. 알렉은 뭐라고 투덜거리며 탁자를 세워 제자리에 놓았다.

"아니, 홈스 씨가 보이지 않는군요. 어디로 가셨지?"

오렌지를 주워 가지고 일어난 포레스터 경감이 어리둥절한 얼굴로 물었다. 머리를 숙이고 있던 나도 깜짝 놀라 방 안을 둘러보았다. 그러나 분명히 내 옆에 있어야 할 홈스가 어디에도 보이지 않았던 것이다. 나로서도 무척 당황스러운 일이었다.

"홈스라는 양반, 아무래도 머리가 이상해진 거 아닌가 모르겠군요. 아버지와 제가 나가서 찾아보지요. 여러분은 여기 계십시오."

커닝엄 부자는 재빠르게 방을 뛰어나갔다. 전에 없이 민첩한 행동이었다. 뒤에 남은 우리는 서로 얼굴만 쳐다볼 뿐이었다. 경감이 말했다.

"왓슨 박사님, 기분 상하실지도 모르지만 아까도 말씀드렸듯이 저도 알렉 씨와 같은 의견입니다. 아무래도 홈스 씨의 병이 심하신 것 같군요. 어서 돌아가 쉬시는 게 좋겠습니다. 제 생각에는……."

그때였다.

"사람 살려! 살인이다!"

갑자기 외마디 비명이 들려왔다. 분명 홈스의 목소리였다. 순간 나는 가슴이 철렁 내려앉았다. 무슨 생각을 할 겨를도 없이 나는 제일 먼저 뛰어나갔다.

홈스의 목소리는 우리가 가장 먼저 들어갔었던 알렉의 방에서 들려왔다. 소리는 점점 약해져서 마침내 고통에 찬 낮은 신음으로 변해 가고 있었다.

나는 알렉의 방문을 박차고 들어갔다. 그러나 방 안은 텅 비어 있었다.

"어떻게 된 일일까요?"

경감이 나를 돌아보았다. 그러나 나라고 별수가 있을 리 없었다. 우리 셋은 다시 멍청하게 서로의 얼굴을 쳐다보았다. 그때 다시 홈스의 신음 소리가 들려왔다.

"사, 사람……."

드레스룸 쪽이었다. 우리 셋은 누가 먼저랄 것도 없이 드레스룸으로 뛰어들었다. 다음 순간 우리는 눈앞에 펼쳐진 놀라운 광경에 그 자리에 우뚝 서 버리고 말았다. 커닝엄 부자가 홈스를 공격하고 있었던 것이다. 커닝엄 판사는 무언가를 빼앗으려는 사람처럼 바닥에 쓰러진 홈스의 한쪽 손을 비틀고 있었고, 아들인 알렉은 두 손으로 홈스의 목을 조르고 있었다. 먼저 정신을 차린 것은 포레스터 경감이었다.

"이게 무슨 짓이오!"

경감이 날쌔게 알렉에게 덤벼들었고, 헤이터 대령과 내가 합세해서 마침내 홈스에게서 그들 부자를 떼어 냈다. 휘청거리며 일어선 홈스의 얼굴은 새파랗게 질려 있었다. 밭은기침을 하며 숨을 몰아쉬는 모양이 몹시 고통스러워 보였다. 홈스는 손가락으로 커닝엄 부자를 가리키며 힘겹게 입을 열었다.

"경감, 두 사람을 체포하시오!"

홈스의 목소리는 제대로 나오지 않았지만 놀랍도록 강경했다.

"체포라니요? 그 무슨……?"

"마부 윌리엄 카원을 살해한 혐의요."

"홈스 씨, 진심으로 그러시는 건 아니시겠죠?"

경감은 당황해서 나를 쳐다보았다. 마치 홈스의 병세가 악화된 것은 아닌지를 묻는 듯한 눈빛이었다. 그러나 홈스는 짧고 분명한 소리로 외쳤다.

"두 사람의 얼굴을 보시오!"

그제야 우리는 그때까지도 붙잡고 있었던 커닝엄 부자의 얼굴을 바라볼 수 있었다. 나는 그때처럼 뚜렷하게 죄를 고백하는 사람의 얼굴을 본 적이 없다. 아버지 커닝엄 판사는 흙빛으로 변해 버린 얼굴에 무겁고 음침한 표정을 짓고 넋 나간 듯이 명하니 서 있었다. 또 아들 알렉에게서는 조금 전까지도 남을 우습게 보던 거만함은 찾아볼 수도 없었다. 그는 팔팔하던 기운을 모두 잃어버린 듯 축 처져 있었고, 잘생긴 얼굴은 흉하게 일그러져 있었다. 그러나 홈스를 노려보는 그의 검은 눈은 맹수처럼 사납게 빛나고 있었다.

경감은 비로소 고개를 끄덕였다. 그리고 문간에 서서 호각을 불었고 그 소리를 들고 부하 경관 둘이 나타났다. 경감이 말했다.

"지금 저로서는 어쩔 수 없군요, 커닝엄 씨. 분명 착오가 있을 것으로 생각되지만 홈스 씨에게 위해를 가하셨기 때문에 일단은 연행하도록 하겠습니다. 진상이 곧 밝혀질 테니 너무 걱정하지 마십시오. 자, 그럼 손을 뒤로 해 주시겠습니까? 앗!"

경감이 알렉의 손을 묶기 위해 어깨에 손을 얹을 때였다. 갑자기 알렉이 몸을 뒤로 빼는 것 같더니 어느새 호주머니에서 권총을 꺼내 홈스를 겨누고 있었다. 그는 조금도 주저하지 않고 홈스를 향해 권총의 방아쇠를 당기려고 했다.

"조심해, 홈스!"

그러나 나의 외침보다도 포레스터 경감의 움직임이 더 빨랐다. 그가 총을 든 알렉의 손을 내리쳤던 것이다. 권총은 소리를 내며 바닥에 떨어졌고 홈스가 재빠른 동작으로 권총을 밟았다.

"포레스터 경감, 이 권총을 잘 보관해 두십시오. 재판 때 긴요하게 쓰일 테니 말입니다. 윌리엄을 살해한 것도 그 총일 겁니다."

커닝엄 부자는 완전히 실의에 빠져서 경관들에 의해 밖으로 끌려 나갔다.

"괜찮으십니까, 홈스 씨?"

경감이 손수건을 꺼내 권총을 조심스럽게 집어 들며 말했다.

"목이 좀 아프지만 별거 아닙니다. 아, 깜빡했는데 이것을 먼저 보여 드리고 싶군요."

홈스가 우리에게 내민 것은 꼬깃꼬깃하게 구겨진 종이쪽

지였다.

"아니, 홈스 씨. 그 종이쪽지의 나머지 부분을 찾으신 겁니까?"

포레스터 경감이 몹시 흥분해서 외쳤다.

홈스가 빙그레 웃었다.

"바로 그렇습니다."

"도대체 어디에서 찾으신 겁니까? 아니, 그보다 커닝엄 부자가 범인이라는 건 어떻게 아셨습니까?"

경감은 질문을 퍼부어 댔다.

"이 종이는 처음부터 제가 짐작했던 곳에 있었지요. 자, 자, 많이 궁금하시겠지만 설명은 조금 뒤로 미뤄야겠네요. 그전에 처리해야 할 일이 있거든요."

"처리하실 일이라니……?"

대령이 물었다. 홈스는 사람들의 호기심이 기쁜지 연신 싱글벙글했다.

"경찰서에 가서 범인들에게 몇 마디 물어볼 것이 있습니다. 궁금하신 것들은 돌아와서 자세히 설명해 드리겠습니다. 그러니 대령님께서는 먼저 왓슨과 함께 집에 돌아가 계십시오."

홈스는 대령과 나를 남겨 두고 경감을 재촉하여 서둘러 방을 나가다가 돌아보면서 말했다.

"아, 늦어도 한 시간 뒤에는 돌아가겠습니다. 점심에 늦지는 않을 겁니다."

유전의 흔적

홈스가 헤이터 대령의 집으로 돌아온 것은 약속한 대로 한 시간 뒤였다. 그가 집사의 안내를 받으며 나와 대령이 있는 흡연실로 들어왔을 때 시계는 한 시를 가리키고 있었던 것이다. 그런데 그는 혼자가 아니었다. 몸집이 작고 머리가 하얀 노신사가 그의 뒤를 따라 들어섰던 것이다.

"액튼 씨 아니십니까? 어서 오십시오."

헤이터 대령이 자리에서 벌떡 일어나며 신사를 반갑게 맞이했다.

"대령님은 잘 아시겠지요? 이쪽은 제 동료인 왓슨 박사입니다. 왓슨, 이분은 지난번에 강도에게 당하신 액튼 씨라네."

홈스는 우리가 인사하기를 기다렸다가 다시 말했다.

"이번 사건을 설명하는 자리에 액튼 씨도 함께 계셨으면 해서 제가 모셔 왔습니다. 사건의 내용에 대해서도 궁금하시겠지만 일정 부분 관련되어 있으시니까요. 흥미를 가지실 것 같았죠. 하지만 사전에 양해도 구하지 않고 손님을 모셔 온 것은 대령님께 죄송할 따름입니다. 저처럼 일을 몰고 다니는 사람을 집으로 부르신 바람에 귀중한 시간을 소비하게 되신 것을 후회하고 계시지는 않는지 걱정되는군요?"

하지만 헤이터 대령은 특유의 사람 좋은 미소를 띠며 손사래를 쳤다.

"별 말씀을 다하십니다. 전혀 그렇지 않습니다. 오히려 당신의 수사 방법을 직접 볼 수 있는 기회가 생긴 것에 감사하고 있습니다."

"그렇게 생각하신다니 다행입니다."

"그나저나 홈스 씨, 지금 궁금한 게 한두 가지가 아니랍니다. 당신의 수사 방법은 내가 상상한 것 이상이군요. 덕분에 당신이 내린 결론이 어떻게 해서 얻어진 것인지 도무지 알 수가 없습니다. 한 시간 동안이나 당신을 기다렸던 것만으로도 이미 미칠 지경입니다. 어서 말씀해 주시지요."

"네, 알겠습니다. 왓슨에게 사건을 설명해 주면서 생긴 습관인 듯합니다만, 제 수사에 흥미를 느끼시는 분이라면 누구에게라도 숨기는 법이 없으니까요. 하지만 이번 사건의 경우 모든 것을 다 알고 나시면 너무도 평범하고 시시한 것이어서 실망하실지도 모르겠군요. 아, 그전에 브랜디를 한잔 마시고 싶은데 부탁 좀 드려도 될까요? 드레스룸에서 무지막지한 공격을 당해서 그런지 기운이 없군요. 아무래도 체력이 다 회복된 것은 아닌가 봅니다."

"아까처럼 발작을 일으키시면 안 될 텐데 괜찮으시겠습니까?"

걱정스럽게 묻는 대령의 말에 홈스는 호탕하게 웃어 댔다.

"그건 나중에 자세히 설명드리겠습니다만, 절대로 그런 일은 없습니다. 안심하십시오."

홈스가 웃는 이유는 알 수 없었지만 발작이 일어나지 않을 것이라

는 장담에 적지 않게 안심이
되었다. 헤이터 대령은 집사를
불러 브랜디를 가져오게 했다.
홈스는 브랜디를 반쯤 마시고
는 잔을 든 채 천천히 입을 열
었다.

"제가 추리한 경로에 따라
사건을 설명해 나가겠습니다.
제 추리가 분명하지 않다거나
궁금하신 점이 있으면 이야기
도중에라도 질문하십시오. 일
반적으로 탐정에게는 눈앞에 제시되는 많은 사실들 중에서 어떤 것
이 우연이고, 어떤 것이 필연적인 것인가 구별하는 능력이 필요합니
다. 만일 그런 능력이 없다면 정작 필요한 데 써야 하는 정력과 주의
력을 쓸데없는 것에 낭비할 수 있으니 말입니다. 이 사건에서 우리
가 주목해야 했던 필연이란 바로 죽은 윌리엄이 필사적으로 쥐고 있
던 종이쪽지였습니다.

그런데 그 종이쪽지를 쓴 사람이 누구인가를 생각하기 이전에 제
주의를 끈 것이 있었습니다. 바로 알렉 커닝엄의 진술이었지요. 그
는 윌리엄과 싸우던 괴한이 총을 쏘고 곧바로 달아났다고 했습니다.
그런데 그는 종이에 대해서는 아무 말도 하지 않았습니다. 아니, 무
언가를 빼앗으려고 두 남자가 싸웠다는 말도, 쓰러진 윌리엄에게서
무언가를 빼앗아 달아났다는 말도 없었지요. 생각해 보십시오. 그저
싸움 끝에 총으로 윌리엄을 죽이고 그저 달아나기에 급급했던 괴한
을 말입니다. 알렉의 말대로라면 윌리엄에게서 종이를 찢어 낸 것은

총을 쏜 괴한일 수가 없습니다. 그렇다면 과연 누가 종이를 찢어 낸 걸까요? 총소리를 듣고 다른 고용인들이 몰려오기 전까지 윌리엄과 함께 있었던 인물이 누구였을까요?"

"알렉 커닝엄이란 말입니까?"

헤이터 대령의 놀라움은 컸다.

"그렇습니다, 대령님. 조금 더 자세히 설명하자면 커닝엄 판사가 2층 방에서 내려왔을 때에는 이미 하인들이 몇 사람 현장에 나와 있었을 겁니다. 그 소란을 듣고 그대로 잠만 자고 있을 사람은 없을 테니 말입니다. 그런데 사람들이 왔을 때에는 이미 누군가 종이쪽지를 찢어 낸 다음이었습니다. 괴한이 가져간 것도 아니고 사람들도 보지 못했으며 현장에서 발견되지도 않았다면 결과적으로 종이의 나머지를 가져간 사람은 두말할 것도 없이 알렉 커닝엄이었던 겁니다. 그런데 종이쪽지를 발견한 경감이나 여기 계신 분들 모두 한 치의 망설임도 없이 괴한을 의심하셨지요.

즉, 여러분께서는 지위나 재산에 있어 남 부러울 것이 없다는 이유만으로 커닝엄 가의 사람들을 용의선상에서 제외시켰던 겁니다. 그러나 다행스럽게도 저에게는 다른 분들이 가지고 있는 편견이 없었습니다. 확실해지기 전까지는 그 어떤 것도 미리 정하지 않고, 있는 사실 그대로를 받아들이는 것이 오랜 저의 습관이기도 하고 말입니다.

그랬기 때문에 수사의 첫 단계에서부터 알렉 커닝엄을 수상하다고 볼 수 있었지요. 그리고 제 의심이 틀리지 않았다는 걸 경감이 가져온 종이쪽지를 보는 순간 깨달았습니다."

"이상한 점이라도 있었나 보군요?"

"직접 한번 보시겠습니까?

대령은 홈스에게서 종이쪽지를 받아 들고 이리저리 꼼꼼히 살펴보았다.

"글쎄요, 나로서는 잘 모르겠군요. 그런데 글씨가 고르지가 않네요."

"잘 보신 겁니다. 제가 의문을 가진 것도 바로 그 점입니다. 여기 'at'과 'to'에 나타난 't'와 'quarter'나 'twelve'에 나타난 't'를 집중적으로 비교해 보십시오. 나중의 두 단어에 비해 처음의 두 단어는 크기도 크고 시원스럽고 강한 모양을 하고 있습니다. 또 'learn'과 'what'을 비교해 보셔도 확연하게 구분되실 겁니다. 글자의 느낌이 교대로 강했다가 약했다가 하고 있지요?"

"홈스 씨 말씀대로군요. 하지만 아직 뭐가 이상한지는 모르겠습니다."

"헤이터 대령님, 이 종이쪽지는 한 사람이 쓴 게 아닙니다. 두 사람이 한 단어씩 교대로 썼던 거지요."

"아, 정말 그렇군요! 설명을 들으니 분명히 알겠습니다. 도대체 왜 이런 번거로운 짓을 하며 쪽지를 썼을까요?"

"정당한 일이 아니었기 때문이지요. 하지만 더 중요한 이유는 그 두 사람이 서로를 믿지 않았다는 겁니다. 조금 더 자세히 설명하면 이 사건을 계획한 주모자가 공범의 변심을 막기 위해 애초부터 함께 일하려 했던 거지요. 나중에 발을 뺀다거나 고발하는 것을 방지하기 위해서 말입니다. 이것은 공범이 주저하고 있었다는 것을 의미합니다. 아무튼 주모자는 미리 공범이 쓸 자리를 비워 가며 쓴 후에 공범에게 쓰게 했던 겁니다."

"주모자가 먼저 썼다는 것은 어떻게 아셨습니까?"

"해답은 역시 글자에 있었지요. 자, 'at'과 'to' 사이에 있는 'quarter' 가 뒤의 'to'와 거의 붙어 있습니다. 먼저 쓴 사람이 비워 놓은 칸이 좁았기 때문에 나중에 쓴 사람은 철자가 긴 단어를 적는 데 애를 먹었던 겁니다. 만약 한 글자씩 교대로 써 내려갔다면 가운데가 아닌 마지막 글자의 자리가 모자랐겠지요."

"오, 놀라운 추리군요."

액튼의 감탄사였다. 소리는 내지 않았지만 나나 대령도 경이롭기는 마찬가지였다.

"하지만 이것은 겨우 시작에 불과합니다. 중요한 것은 이제부터입니다."

액튼, 헤이터, 그리고 나는 숨을 죽이고 홈스에게서 나올 다음 말에 온 이목을 집중했다.

"여러분께서는 잘 모르시겠지만, 전문가들은 필적만 보더라도 글 쓴 사람의 나이를 비교적 정확하게 추정할 수 있습니다. 최고의 전문가가 아니라 하더라도 일반적인 경우라면 그 나이를 짐작하는 것은 어려운 일이 아니지요. 일반적인 경우란 자기 나이에 맞는 건강을 유지하고 있는 사람을 말합니다. 병이 났다거나 몸이 허약하다면 아무리 젊은 청년이라도 노인과 같이 필체가 약하기 때문에 나이를 추정하는 것은 어렵거든요.

그런데 이 사건의 경우 쪽지에 쓰인 한쪽의 글씨는 대담하고 힘차지만 다른 쪽은 겨우 알아볼 수만 있을 정도로 힘이 없고 구불거리고 있습니다. 다시 말해 두 사람 모두 병에 걸린 사람이 아니라면 한쪽은 건장한 청년이고 다른 한쪽은 상당히 나이가 든 노인이었던 것이지요."

"아!"

홈스를 제외한 우리 셋은 일시에 탄성을 내뱉었다.

"그러나 그보다 더 흥미로운 점은 두 사람 글씨가 매우 닮아 있다는 것이었습니다. 그리스어와 비슷하게 쓴 'e'가 그랬고 그 밖에도 여러 곳에서 비슷한 필체를 보이더군요. 이처럼 매우 독특한 필체가 일치한다는 것은 두 사람이 혈연관계에 있는 사람들이라는 것을 의미합니다. 그것이 아니라면 이 유사한 필체를 설명할 방법이 없지요."

"하지만 홈스 씨, 그것만으로는 누가 범인인지 알 수 없군요."

헤이터 대령은 여전히 의아하다는 표정이었다.

"물론 지금까지 설명드린 것은 종이쪽지를 조사하면서 발견한 사실들이었을 뿐입니다. 하지만 저는 그 외에도 다양한 방면으로 추리하고 그 추리들이 사실임을 확인했습니다. 단지 그 부분에 대해 여러분께 말씀드리지 않은 것은 전문가들이나 흥미롭게 생각할 내용이기 때문입니다. 아무튼 저는 위의 필적 감정과 다양한 추리를 통해 쪽지를 쓴 장본인은 커닝엄 부자가 틀림없다고 생각했습니다."

"당신의 추리가 매우 경이로운 것은 사실이지만 어디까지나 추측이지 않습니까?"

헤이터 대령의 말에 홈스는 천천히 고개를 끄덕였다.

"맞습니다. 그래서 저는 제 추리가 맞는지 혹은 그렇지 않은지를 확인해야 했습니다. 범행 수법을 확인하기 위해서는 현장을 직접 봐야 했지요. 그래서 서둘러 경감과 함께 커닝엄 가의 저택으로 갔던 겁니다. 그곳에서 저는 볼 수 있는 것들은 모조리 보았습니다.

먼저 윌리엄의 시신을 보았지요. 그의 상처는 아까도 말씀드린 것처럼 총탄에 의한 것이 분명했습니다. 그런데 이상한 점은 윌리엄의 총탄 자국은 결코 가까운 거리에서 쏜 흔적이 아니라는 거였습니다. 알렉의 증언대로 맞붙어 싸우던 괴한이 쏜 것이라면 옷에 화약으로 그을린 자국이 있어야 했지만 옷에는 아무런 흔적도 없었습니다. 그것은 적어도 4야드 이상의 거리에서 쏜 것이었지요. 결국 알렉의 증언은 거짓말이었습니다. 그가 거짓말을 한 것은 그것뿐이 아니었습니다.

커닝엄 부자가 범인이 곧바로 울타리를 넘어 큰길 쪽으로 도망쳤다고 했다는 걸 모두 기억하시겠지요? 넘었다는 울타리의 위치가 일치했다는 것도 이미 말씀드렸다고 생각합니다. 자, 여러분은 한 가지를 더 기억해 두셨으면 합니다. 바로 윌리엄이 쓰러진 자리에서 범인이 뛰어넘었다는 울타리 사이에는 바닥이 축축하고 폭이 매우 넓은 물웅덩이가 있었다는 사실입니다. 그런데 오늘 아침 제가 살펴본 바에 의하면 그 근처에는 그 어떤 발자국도 없었습니다. 도망치기에 급급했던 범인이 웅덩이를 피하기 위해 돌아갔을 리도 만무할 텐데 말입니다. 결국 괴한이란 애당초 존재하지 않았던 겁니다."

여기까지 말한 홈스는 매우 즐거운 표정으로 우리를 둘러보았다.

홈스는 이 상황을 즐기는 듯했다.

"그럴 수가!"

액튼 씨가 눈을 동그랗게 뜨며 낮게 신음했다.

"강도가 들었다는 것도, 그자가 윌리엄을 쏘았다는 것도, 울타리를 넘어 달아났다는 것도 모두 거짓이었죠. 커닝엄 부자는 처음부터 거짓말을 하고 있었던 겁니다."

"하지만 어째서 커닝엄 부자가 한 집에서 살아온 마부를 죽여야 했던 걸까요?"

대령의 궁금증은 끝이 없었다.

"그 점은 저 역시도 궁금했지요. 범죄의 동기를 밝혀야만 모든 것이 확실해지니 말입니다. 그러던 중에 액튼 씨 댁에서 있었던 강도 사건에 생각이 미쳤지요. 대령님, 오늘 아침에 저에게 액튼 씨와 커닝엄 씨 간에 소송이 있다고 말씀하셨지요?"

"분명히 그랬습니다."

"그래서 저는 그 강도는 소송에 관계된 서류를 훔칠 작정으로 당신의 서재에 침입했다고 추리했습니다. 그리고 그 강도는 커닝엄 부자였고 말입니다."

"그럼 실이나 문진들은 왜 가져간 겁니까?"

"서재를 온통 엉망으로 만들 정도로 뒤졌지만 찾으려 했던 서류를 찾지 못하자 예사 강도처럼 위장할 필요가 있었습니다. 하지만 급한 마음에 앞뒤 가리지 않고 닥치는 대로 가져갔던 겁니다."

"그렇군요. 하마터면 큰일 날 뻔했네요. 현재 그들이 소유하고 있는 토지의 절반이 원래는 내 소유인 것이 분명하지만 그걸 증명할 만한 것이라고는 달랑 서류 한 장뿐입니다. 만에 하나라도 그게 그들 손에 들어갔다면 만사가 끝장이었겠지요. 변호사가 보관하고 있었던 것이 정말 다행이었군요."

액튼의 얼굴에는 불안과 안도의 빛이 교차했다.

"홈스 씨, 액튼 씨 댁의 강도 사건은 이해되지만, 이번 살인 사건과는 무슨 상관이 있습니까?"

"대령님이 의아해하시는 것도 이해합니다. 하지만 그것을 설명하기 위해서는 우선 사라져 버린 종이쪽지의 일부를 꼭 찾아내야 했습니다. 다시 생각해 봐도 시체의 손에서 종이쪽지를 찢어 낸 사람이 알렉인 것은 분명했습니다. 그는 그것을 어떻게 했을까요? 증거를 없애기 위해 죽은 사람에게서 억지로 빼앗기까지 한 것을 다른 사람들에게 들킬 수는 없었겠지요. 그런데 조금 후면 총소리에 놀란 고용인들이 몰려올 것이 분명했습니다. 만약에 대령님이시라면 어떻게 하시겠습니까? 저라면 말입니다, 사람들이 오기 전에 서둘러서 나이트가운 주머니에 넣었을 겁니다. 그 이외에 숨길 데가 없으니 말입니다. 그런데 문제는 그것이 아직 그 속에 있는가 하는 거였습니다. 확인이 필요했지요. 그래서 그 저택으로 간 겁니다.

기억하시겠지만, 우리는 부엌문 앞에서 사건 경위를 설명하고 있을 때 커닝엄 부자와 만났습니다. 그런데 포레스터 경감이 알렉 커닝엄의 비웃음을 견디지 못하고 그 종이쪽지의 중요성을 이야기하려고 하더군요. 그러나 저에게는 우리에게 중요한 증거물이 있다는 사실을 두 사람이 상기하게 할 수는 없었습니다. 만약 눈치 채고 그 나머지를 없애 버리기라도 한다면 우리로서는 여간 낭패가 아닐 수 없으니 말입니다. 그래서 발작을 일으키는 척하고 사람들의 주의를 분산시켜 놓았던 겁니다. 덕분에 화제는 다른 곳으로 옮겨 가더군요."

"오, 그 발작이 꾀병이었다니! 괜한 걱정을 한 셈이군요. 홈스 씨,

배우를 하셔도 손색없으시겠습니다."

헤이터 대령이 크게 웃으면서 말했다.

"의사인 나까지 감쪽같이 속였단 말이군. 어쨌든 자네 발작은 정말 걸작이었네."

나는 끊임없이 나를 놀라게 하는 그의 능력에 새삼 감탄하고 있었다.

"지금 그 말씀들은 칭찬이라고 알겠습니다."

홈스는 우리가 놀라는 것도, 또 우리가 하는 칭찬의 말도 싫지 않은 듯 환하게 웃었다.

"발작은 종종 수사에 도움이 되곤 하지요. 일종의 기술이라고 할 수 있습니다."

"그럼 현상금을 내건 서류에 사건이 일어난 시각을 1시라고 쓴 것도 혹시 일부러 그런 것인가?"

내가 물었다.

"그렇다네. 일부러 시각을 잘못 적어서 커닝엄 씨가 'twelve'라는 글자를 쓰게 한 거지. 쪽지에 쓰여 있던 'twelve'와 비교하기 위해서였지."

"나 원, 그런 줄도 모르고 내가 얼마나 걱정한 줄 아나?"

나는 하도 어이가 없어서 홈스를 향해 투덜거렸다.

"자네가 걱정했다는 건 알고 있었네. 하지만 범인들을 속이려면 어쩔 수 없었어. 왓슨, 자네가 이해하게."

홈스는 내 어깨를 가볍게 토닥거리고 다음 이야기를 이어 나갔다.

"이제 마지막 이야기를 해 드리죠. 모든 정황은 이미 커닝엄 부자가 범인이라고 이야기하고 있었습니다. 그러나 확실한 증거가 필요했습니다. 2층으로 올라간 것은 바로 그 증거를 찾기 위해서였지요.

그래서 저는 커닝엄 씨 방보다는 주범인 알렉의 방에 관심이 더 갔습니다. 그런데 드레스룸 문 뒤에 나이트가운이 걸려 있더군요. 주머니를 확인하고 싶었지만 좀처럼 기회가 나지 않았지요. 그래서 탁자를 넘어뜨려 모두가 정신이 없는 사이에 몰래 드레스룸으로 돌아와 나이트가운의 주머니에 손을 넣었습니다. 무언가 잡히는 것이 있더군요. 그러나 그것을 확인할 수는 없었습니다. 채 손을 꺼내기도 전에 커닝엄 부자가 공격해 온 겁니다. 아들이 먼저 달려들어 제 목을 졸랐고, 아버지란 자는 편지를 빼앗기 위해 제 손목을 지독하게 비틀었지요.

모든 것을 들켰다고 생각한 그들로서는 필사적일 수밖에 없었겠지요. 물론 나중을 생각할 겨를도 없었을 겁니다. 무조건 증거를 빼앗아야 한다고 생각했겠지요. 어쨌든 예상한 일이기는 했지만 그들의 손아귀에서 저 스스로 빠져나온다는 것은 거의 불가능하다 싶더군요. 만약 여러분이 저를 구하러 와 주시지 않았더라면 저는 그때 분명히 살해되었을 겁니다. 아직도 그의 손이 목을 조이고 있는 것 같이 느껴지는군요."

홈스는 목을 어루만지면서 말을 이었다.

"나중에 경찰서에서 아들이란 자를 만났는데 지독한 인간이었습니다. 마치 권총만 있으면 어떤 사람이든 쏘아 버리겠다는 기세였지요. 그것이 자신이든 남이든 관계없이 말입니다. 하지만 커닝엄 씨는 아들과는 달리 점잖은 사람이더군요. 범죄의 동기에 관해서는 그에게 들었습니다. 그는 상황이 불리하다고 여겼는지 자포자기해서는 모든 것을 순순히 고백했지요. 그의 진술에 따르면 윌리엄도 착한 사람이라고 할 수는 없습니다. 두 사람은 윌리엄의 협박을 받고 있었거든요."

"협박이라니요?"

헤이터 대령이 질문을 하자 홈스는 그를 부드러운 시선으로 바라보았다.

"커닝엄 부자가 액튼 씨 댁을 침입한 것을 몰래 뒤를 밟았던 윌리엄이 보고 말았던 겁니다. 그런데 그는 두 사람의 비밀을 이용하기로 했습니다. 커닝엄 부자를 협박하여 돈을 요구했던 겁니다. 그러나 알렉이란 자는 만만한 인물이 아니었습니다. 한마디로 윌리엄은 상대를 잘못 골랐던 거지요. 알렉은 강도극을 꾸미며 윌리엄을 없애기로 마음먹었습니다. 그래서 그는 먼저 망설이는 아버지를 꾀어 함께 윌리엄을 유인하는 편지를 썼고, 윌리엄이 약속한 장소에 나타나기를 기다렸다가 직접 살해했지요. 우리에게 있어 무엇보다 다행스러웠던 점은 죽은 윌리엄의 손에 일부분이나마 그 편지가 남아 있었다는 겁니다. 만약 그 부자가 쪽지 전부를 가졌더라면 어떤 혐의도 받지 않았을 테고 이 사건은 끝내 미궁에 빠지고 말았겠지요."

"그럼, 주머니에 있던 것은 진짜로 잃어버렸던 나머지 부분이었나?"

그때 홈스는 우리 눈앞에 하나의 쪽지를 내놓았다.

12시 15분 전에 동쪽 문으로 나오면 깜짝 놀랄 만한 것을 가르쳐 주겠네. 아마 자네에게나 애니 모리슨에게나 좋은 일이 될 걸세. 그러나 이 일을 다른 사람에게 말해서는 절대 안 되네.

그것들은 찢어진 부분이 완벽하게 일치하고 있었다. 홈스가 찾아

낸 것이 윌리엄의 손에 있던 종이쪽
지의 제짝이라는 건 의심할 바 없었던
것이다.

"대체로 내가 예상한 대로더군요.
물론 알렉 커닝엄과 윌리엄 카원, 그
리고 애니 모리슨이라는 사람이 무슨 관계로 얽혀 있었는지는 아직
알 수 없습니다만, 그 부분은 조만간 경찰이 알아낼 거라고 봅니다.
아무튼 이 종이쪽지 덕분에 범인을 잡을 수 있었습니다. 음, 전체를
놓고 보니 유전의 흔적이 더욱 확연하군요. 'p'와 'g'의 필기체의 끝부
분을 길게 늘여 쓰는 것도 두 사람이 비슷하지 않습니까? 아, 커닝엄
씨의 글씨 중 'i'에 점이 없는 것도 커다란 특색이군요."

쪽지를 들여다보는 홈스의 눈은 새 장난감을 얻은 아이의 눈, 바
로 그것이었다.

"왓슨, 우울했던 기분이 말끔히 사라진 것 같네. 이제 그만 베이커
가로 돌아가도 괜찮겠어. 어떤가? 이 정도면 이번 요양은 대성공이
라고 생각지 않나?"

아닌 게 아니라 이 못 말릴 친구는 이전보다도 건강해 보였다.

등이 굽은 사내

The Crooked Man

헨리 우드

인도에 주둔해 있던 117보병 연대의 대령이었으며 잘 생기고 멋진 청년이었으나 동료의 배신으로 곱추가 되어 비극적인 인생을 살게 된다. 군기 호위 하사관의 딸 낸시 드보이를 사랑했지만 동시에 그녀를 사랑했던 버클리의 음모로 반란군의 포로가 되어 탈출을 시도하다 붙잡혀 고문을 당하고 그로 인해 불구의 몸이 되었다.

버클리 부인

군기 호위 하사관의 딸. 로열 멜로즈 연대의 지휘관인 버클리 대령의 아내. 빼어난 외모로 인기가 높았고 헨리 우드 대령을 사랑했지만 헨리 우드가 죽은 것으로 알고 버클리와 결혼했다. 남편만큼 두드러지게 애정을 보이지는 않지만 헌신적인 태도와 아름다운 외모로 연대 안에서 인기가 높다.

1893년 7월 〈스트랜드 매거진〉에 발표된 〈등이 굽은 사내〉는 1894년 《셜록 홈스의 회상》에 실렸다. 작품 속 배경 연대는 1889년이다.

홈스는 작품 속에서 여러 거리에 정보원을 두고 활동한다. 그들은 대체로 지저분한 누더기를 걸친 채 거리를 떠도는 소년 부랑아들로 조직되었는데, 홈스는 이들을 통해 정보를 얻어 들을 뿐 아니라 그들에게 탐색, 망보기, 미행 등을 시키면서 사건 수사에 이용한다. 소년 부랑아들을 조직해서 탐정에 사용하는 아이디어는 코난 도일이 최초로 생각해 낸 것으로 이들은 〈네 개의 서명〉, 〈주홍색 연구〉, 바로 이 작품 〈등이 굽은 사내〉에만 등장한다. 〈등이 굽은 사내〉에서는 심슨이라는 아이를 시켜 '등이 굽은 사내'를 미행하게 한다.

용감한 군인의 수상한 죽음

내가 결혼하고 몇 달 정도 지났을 때의 일이다. 어느 여름 날 저녁이었는데, 나는 벽난로 앞에서 파이프 담배를 입에 물고 소설책을 펼쳐 든 채 꾸벅꾸벅 졸고 있었다. 온종일 바쁘게 일하기도 했지만 그날은 다른 날에 비해 유달리 피곤했다. 아내는 이미 2층 침실에서 자고 있었고, 조금 전에 하인들이 현관문을 잠그는 소리를 들었으니 하인들도 모두 잠자리에 들었을 것이다.

자리에서 일어나 파이프의 재를 떨고 있는데, 벨소리가 들렸다. 시계를 보니 12시 15분 전이었다. 이렇게 늦은 시간에 손님이 올 리는 없었다. 그렇다면 환자가 분명한데, 환자라면 오늘 밤은 한숨도 눈을 붙이기 어려울지도 모른다는 생각이 들었다. 나는 인상을 찌푸린 채 현관으로 나가 문을 열었다. 현관에 서 있는 사람은 놀랍게도 홈스였다.

"왓슨, 자고 있었던 건 아니겠지?"

"이게 누구야, 어서 들어오게."

"그렇게 놀라는 것도 무리는 아니지. 환자가 아니어서 다행이라는 표정이군. 아니, 자네는 결혼 전에 피우던 아카디아 담배를 아직도 피우고 있나 보군. 윗옷에 묻어 있는 솜털 같은 재를 보면 알 수 있어. 그리고 누가 보더라도 자네가 예전에 군인이었다는 사실을 금방 눈치 채겠는걸. 그렇게 옷소매에 손수건을 끼고 다니는 버릇을 버리지 않는다면 말이지. 그건 그렇고 오늘 밤 여기서 자고 가도 되겠나?"

"물론이지."

"손님이 묵을 방이 하나 정도는 있다는 얘기군. 모자걸이에 신사용 모자가 없는 걸 보니 남자 손님은 없고."

"자네라면 언제든 환영일세."

"고맙군. 비어 있는 모자걸이에 신세 좀 지겠네. 이런, 최근에 수리 기사가 다녀갔나 보군. 배수관이 막히기라도 했나?"

"아니, 가스관이 고장 났었네."

"그래? 리놀륨[아마인유(亞麻仁油)의 산화물인 리녹신에 나뭇진, 고무질 물질, 코르크 가루 따위를 섞어 삼베 같은 데에 발라서 두꺼운 종이 모양으로 눌러 편 물건으로 서양식 건물의 바닥이나 벽에 붙임 – 편집자 주] 바닥에 징이 두 개 박힌 장화 자국이 나 있군. 식사라면 사양하겠어. 워털루 역에서 먹었거든. 괜찮다면 파이프 담배나 한 대 주게."

나는 홈스에게 담배를 내밀었다. 홈스는 내 맞은편 의자에 앉아서 잠시 아무 말도 없이 담배만 피웠다. 중요한 일이 아니라면 홈스가 이런 시간에 나를 찾아올 리가 없다는 사실을 잘 알고 있었기에 나는 그가 입을 열 때까지 가만히 앉아서 끈기 있게 기다렸다.

"요즘 환자가 많은 모양이지?"

홈스는 날카로운 눈빛으로 나를 바라보며 입을 열었다.

"맞아, 정신없이 바쁘다네. 바보 같은 질문이겠지만 내가 바쁘다는 걸 어떻게 알아냈나? 도무지 짐작이 되지 않는걸."

홈스는 재미있다는 듯이 웃었다.

"왓슨, 자네 습관을 아주 잘 알고 있으니까 가능한 일이지. 자네는 가까운 거리를 왕진할 때는 걸어서 가지만 갈 곳이 많을 때는 마차를 타고 가지 않나? 자네 신발을 보니까 사용한 흔적이 있기는 한데 그렇게 더럽지는 않거든. 그러니 요즘 자네가 마차를 타고 다녀야 할 정도로 매우 바쁘다는 얘기지."

"훌륭해!"

"추리의 기본이지. 사소한 것을 무시하는 사람은 이런 추론을 들으면 대단한 추리를 한 것처럼 생각하기 쉽지만 듣고 보면 그렇게 놀랄 일도 아니지. 자네가 쓰는 작품에 대해서도 똑같은 말을 할 수 있겠지? 자네는 사건의 실마리가 되는 결정적인 사항을 손아귀에 쥔 채 독자들의 마음을 안달 나게 하다가 마지막에 가서야 그 사실을 밝혀 독자들을 놀라게 하고 싶어 하지. 그런데 내가 지금 그런 독자처럼 어리둥절한 입장에 처해 있다네. 좀 복잡한 사건을 맡았거든. 해결의 실마리가 될 만한 사소한 단서는 몇 가지 찾았는데, 결정적인 단서를 아직도 못 찾았단 말일세. 하지만 반드시 그 단서를 손에 넣고 말 걸세, 반드시!"

홈스의 메마른 뺨에 희미한 홍조가 나타나면서 두 눈이 빛을 냈다. 홈스의 날카롭고 열정적인 성격을 가리고 있던 베일이 잠시 벗겨지는가 싶더니 곧바로 다시 베일에 덮이고 말았다. 내가 한 번 더 자세히 살펴보려고 했을 때는 인디언처럼 무표정한 얼굴로 되돌아가 있었다. 그가 인간이 아니고 기계 같다는 생각이 들곤 하는 것은 저 무표정한 모습 때문일 것이다.

"흥미로운 사건이야. 대단히 흥미로운 특징이 몇 가지 있다네. 벌써 조사를 시작했고 해결의 실마리도 어느 정도 찾았다고 할 수 있지. 하지만 자네가 조사를 함께해 준다면 나로선 더할 수 없는 도움이 될 텐데 어떤가?"

"나야 영광이지."

"내일 올더쇼트까지 함께 갈 수 있겠나?"

"물론이지. 환자는 잭슨이 맡아 줄 걸세."

"잘됐군. 워털루 역에서 11시 10분에 출발했으면 하는데."

"그럼 아직 시간 여유가 있군."

"많이 피곤하지 않다면 어떤 사건인지, 우리가 앞으로 어떤 일을 할 건지 한번 들어 보겠나?"

"자네가 오기 전까지는 좀 피곤했는데 지금은 완전히 잠이 달아났네."

"그럼 사건의 중요한 사항은 생략하지 않도록 하겠지만 되도록 간단하게 얘기하지. 자네도 혹시 신문에서 이 사건에 대해 읽은 적이 있을지도 모르겠네. 내가 조사하고 있는 사건은 올더쇼트에 주둔하고 있는 로열 멜로즈 연대의 버클리 대령 사망 사건이야. 나는 그가 살해된 것이라고 추정하고 있지."

"그런 기사는 읽은 적이 없는데."

"아직까지는 그 지역 사람들 사이에서만 화제에 오르고

있을 뿐 널리 알려지지는 않았
네. 사건이 일어난 지 이틀밖에
되지 않았거든. 자네도 영국군에
서 가장 유명한 아일랜드 연대 중
하나인 로열 멜로즈에 대해서는
잘 알고 있을 거야. 크림 전
쟁과 인도 폭동 때 대단한 활
약을 펼쳤고, 그 후에도 여러 가지 업적을 세운 연대지. 지난 월요일
저녁까지 그 연대를 지휘한 사람은 제임스 버클리였네. 그는 경험이
많고 용감한 군인이었지. 군 생활을 시작했을 때는 평범한 병사에
불과했지만 인도 폭동 때 업적을 세워 장교로 임명되었고, 마침내는
자기가 보병총을 메고 있던 연대의 지휘관 자리에까지 오른 입지전
적인 인물이지.

　버클리 대령은 하사관 시절에 낸시 드보이라는 여자와 결혼했는
데, 낸시의 아버지는 버클리와 같은 연대의 군기 호위 하사관이었고
버클리의 상사이기도 했지. 두 사람 모두 그다지 좋은 집안 출신이
라고는 할 수 없었지만 그런 상황에 빨리 적응했는지 주위 사람들과
별 문제 없이 지냈나 보더군. 낸시는 연대 안의 다른 부인들 사이에
서 평판이 좋은 편이었고, 버클리 역시 동료들과 별다른 문제 없이
잘 지냈지. 한 가지 더 덧붙인다면, 버클리 부인은 상당히 미인인데
결혼한 지 30년이 지났는데도 지금도 길을 걸으면 사람들의 시선을
끌 정도라고 하네.

　버클리 대령은 남 부러울 것 없이 행복한 가정을 꾸려 나갔지. 나
에게 사건 조사를 부탁한 머피 소령은 두 사람이 싸우는 걸 한 번도
본 적이 없다고 하더군. 그가 보기엔 부인이 버클리 대령을 사랑하

는 것보다 대령이 아내를 훨씬 더 많이 사랑하는 것처럼 보였다는 군. 그는 부인과 하루도 떨어져 있지 못할 정도로 부인이 곁에 없으면 몹시 불안해했다는 거야. 버클리 부인 역시 남편에게 헌신적이고 충실했지만 남편만큼 두드러지게 애정을 나타낸 적은 없다고 하더군. 어쨌든 두 사람은 연대 내에서 이상적인 부부의 모습으로 누구라도 인정하고 있었지. 이번에 일어난 비극을 예상케 하는 일은 두 사람 사이엔 전혀 없었다는 얘기야. 그래서 이번에 발생한 끔찍한 사건으로 주변 사람들은 몹시 충격을 받았다네.

그런데 버클리 대령은 좀 특이한 구석이 있었다고 하더군. 평상시에는 쾌활하고 인간성도 좋고 게다가 군인으로서는 더없이 유능한 사람인데, 이따금 상당히 위험할 정도로 폭력적이고 무서운 사람으로 돌변한다는 걸세. 물론 이러한 면은 자신의 아내에겐 보이지 않았다는 거야.

또 한 가지 특이한 면이 있었는데, 이건 머피 소령 말고도 내가 만난 다섯 명의 장교 중 세 사람이 똑같이 지적한 사항이라네. 그건 바로 버클리 대령이 가끔씩 이상할 정도로 심각한 우울증에 빠졌다는 점일세. 머피 소령의 말을 빌리자면, 모두가 농담을 주고받으면서 즐겁게 식사를 하고 있다가도 눈에 보이지 않는 손이 그의 입을 틀어막고 그에게서 강제로 웃음을 빼앗아 버린 것이 아닐까 걱정스러울 정도로 입을 꾹 다물고는 심한 우울증에 빠진 적이 몇 번 있었다는 거야. 일단 우울증에 빠지면 상당 기간 그런 상태에서 벗어나지 못한 채 주변 사람들을 불편하게 했다는군. 그 밖에도 장교들이 보기에 이해할 수 없었던 점이 또 하나 있는데 버클리 대령은 해가 저문 저녁 시간 이후에 혼자 있는 걸 굉장히 싫어했다고 하네. 군인으로서 어느 모로 보나 나무랄 것이 없는 그가 그렇게 어린아이 같은 구석이 있었다니 사람들이 수군거릴 만도 하지. 실제로 이상하기도 하고.

로열 멜로즈 연대의 제1대대, 그러니까 예전의 제117연대가 올더쇼트에 주둔한 지는 몇 년 정도 되었다는군. 결혼을 한 장교들은 영외에서 거주하게 되어 있지. 버클리 대령은 북쪽 막사에서 반 마일 정도 떨어진 곳에 있는 라싱 빌라에 살고 있네. 그 빌라는 정원으로 둘러싸여 있고, 빌라 서쪽은 30미터도 안 될 만큼 도로 가까이에 붙어 있다네. 라싱에는 대령 부부와 마부 한 사람, 그리고 하녀 두 사람이 살고 있네. 버클리 대령 부부는 아이가 없었고 손님이 찾아오는 경우도 거의 없었다니까 라싱에서 생활하는 사람은 그 다섯 명이 전부인 셈이지.

그럼 이제부터 지난 월요일 저녁 9시에서 10시 사이에 라싱에서 일어났던 사건을 얘기하도록 하지.

버클리 부인은 로마 가톨릭 교회의 독실한 신자였던 터라 '세인트 조지 협회' 결성에도 아주 열성적이었다고 하네. 세인트 조지 협회는 와트 가에 있는 교회와 함께 힘을 모아 가난한 사람들에게 헌 옷을 나누어 줄 목적으로 사업을 추진하고 있는 단체지. 사건이 일어났던 그날 밤은 8시부터 협회에서 회합이 있었기 때문에 버클리 부인은 거기 출석하기 위해 서둘러 저녁 식사를 마쳤다는군. 부인은 집을 나서기 전에 평소 하던 대로 버클리 대령에게 인사를 하고 외출했지. 부인과 대령이 대화를 주고받는 소리를 분명히 들었다고 마부가 증언했네. 그리고 나서 부인은 이웃에 사는 모리슨 양과 함께 그 모임에 갔다네. 모임에서 40분 정도 시간을 보낸 뒤 버클리 부인은 모리슨 양을 집까지 바래다주고 9시 15분쯤 집으로 돌아왔네.

라싱에는 낮 동안에 거실로 사용하는 방이 하나 있지. 그 방에는 도로 방향으로 커다란 유리문이 설치되어 있어서 그 출입문을 통해 정원 잔디밭으로 나올 수가 있어. 잔디밭과 도로 사이는 30미터 정도 떨어져 있는데 쇠막대를 가로로 댄 낮은 담장이 있을 뿐 별다른 장애물은 없어.

모임을 마치고 돌아온 날, 버클리 부인은 대문을 이용하지 않고 이 유리문을 통해서 집으로 들어왔다는군. 밤에는 그 방을 사용하는 사람이 없었으니까 블라인드도 내려져 있지 않았지. 버클리 부인은 그 방으로 들어와 램프에 불을 켠 뒤 벨을 울려 가정부인 제인 스튜어트에게 차를 가져다 달라고 했다네. 평소에는 볼 수 없던 행동이었지. 아내가 돌아왔다는 소리를 듣고 부엌에 있던 대령이 아내를 만나러 그 방으로 들어갔네. 대령이 거실을 지나 그 방으로 들어가는 모습을 보았다고 마부가 증언했지. 그런데 대령이 살아 있는 것을 본 건 그때가 마지막이었다네.

어쨌든 대령이 그 방에 들어간 뒤 10분 정도 지났을 때 가정부가 버클리 부인이 시킨 차를 가지고 그 방으로 갔다네. 그런데 문 앞에 막 이르렀을 때 가정부는 깜짝 놀라지 않을 수 없었지. 왜냐하면 안에서 주인 부부가 심하게 다투는 소리가 들렸거든. 노크를 해도 응답이 없고, 손잡이를 돌려보아도 안쪽에서 잠겨 있는지 끄떡도 하지 않았다는 거야. 그래서 가정부는 다른 하녀에게 알리기 위해 급히 주방으로 달려갔다네. 그렇게 해서 두 사람의 하녀와 마부까지 방으로 달려갔고 세 사람은 그때까지도 계속되고 있는 말다툼을 문 밖에 서서 듣게 됐다는 거야. 두 사람의 다툼에 대해서는 세 사람 모두 같은 이야기를 했는데 안에서 싸우는 목소리의 주인공은 분명 주인 부부였고, 두 사람 이외의 목소리는 듣지 못했다는군. 버클리 쪽은 목소리가 낮았고 가끔 몇 마디씩 하는 정도였기 때문에 무슨 말을 하고 있는지 전혀 알 수 없었다는군. 그리고 얼마 후 갑자기 대령의 목소리가 들리지 않았다는 걸세. 반면에 부인의 목소리는 점점 더 커지고 거칠어졌다는군. 부인은 특히 '비겁한 사람!'이라는 말을 여러 번 외쳤다고 하네. 그리고 '이젠 어떡할 거예요? 이제는 제 인생을 돌려주세요! 더 이상 당신과 한 지붕에서 살고 싶지 않아요! 비겁한 사람! 비겁자!'라는 말을 여러 번 외쳤다는 걸세. 그러다 갑자기 겁에 질린 남자의 비명 소리가 들리는가 싶더니 물건이 부딪치는 소리가 들리고 곧이어 여자의 비명 소리가 들렸다는 거야.

틀림없이 뭔가 끔찍한 사고가 생긴 것이라고 판단한 마부는 필사적으로 방문을 밀기 시작했네. 그러는 사이에도 방 안에서는 계속해서 비명 소리가 들려왔다는 거야. 하지만 아무리 몸으로 문을 부딪쳐도 문은 끄떡도 하지 않았지. 가정부 두 사람은 두려워서 떨 뿐 전혀 도움이 되지 않았지.

그때 마부는 잔디밭 쪽으로 난 유리문을 통해 방으로 들어갈 수 있다는 사실을 떠올렸네. 마부는 서둘러 현관문을 통해 잔디밭으로 달려갔네. 여름철이었기 때문에 창문 한쪽이 열려 있었고, 그는 열린 문을 통해 방으로 들어갔지. 마부가 들어가자 조금 전까지 비명을 지르고 있던 부인은 소파에 쓰러져 의식을 잃은 상태였다는군. 마부는 허둥대다가 발이 안락의자에 걸려 벽난로 쪽으로 넘어졌는데, 넘어지고 보니 대령이 다리를 안락의자의 팔걸이에 걸치고, 머리를 난로 격자를 향한 채 피를 흘리고 쓰러져 있었다는군. 대령이 이미 죽었다고 생각한 마부는 우선 방문을 열어야겠다고 생각했네. 하지만 방문을 열려고 했을 때 예상치 못한 일이 생겼네. 열쇠가 문 안쪽에 꽂혀 있지도 않을뿐더러 방 안을 아무리 찾아도 보이지 않더라는 거야. 그는 할 수 없이 다시 창문으로 나와 경찰관과 의사를 불렀지. 경찰이 도착한 뒤 가장 혐의가 많은 부인은 일단 침실로 옮겨졌지. 지금까지도 부인은 의식을 잃은 상태라네. 대령의 시신은 소파 위로 옮겨졌고, 살인 현장에 대한 조사가 시작되었지.

대령의 시신에서는 머리 뒷부분에 2인치 정도 되는 상처가 발견됐네. 그 정도 상처를 내려면 묵직한 흉기를 거세게 휘둘러야 가능하지. 그 흉기가 무엇인지는 어렵지 않게 밝혀낼 수 있었네. 시체 곁의 바닥 위에 딱딱한 나무에 짐승 뼈다귀로 손잡이를 단 곤봉이 떨어져 있었던 거야.

대령은 자신이 참전한 여러 국가에서 다양한 무기를 수집했다고 하네. 경찰에서는 그 곤봉도 그런 전리품 중 하나일 거라고 추측하고 있어. 하인들은 그 방망이를 한 번도 본 적이 없다고 했지만, 그 집에는 진귀한 물건이 워낙 많았으니까 눈여겨보지 못했다는 것은 조금도 이상할 것이 없지.

경찰이 샅샅이 조사했지만 방 안에서 달리 중요하다고 여겨지는 것은 발견되지 않았어. 한 가지 이상한 것은 버클리 부인이나 죽은 대령에게서도 방의 열쇠가 발견되지 않았다는 점일세. 방 안 여기저기를 아무리 뒤져 보아도 열쇠를 발견하지 못했지. 결국 그 방문은 올더쇼트의 열쇠 기사를 불러서 열어야 했지."

사라진 열쇠

"왓슨, 여기까지가 버클리 대령 사망 사건의 요점일세. 나는 화요일 아침 머피 소령의 부탁을 받고 올더쇼트로 가서 경찰의 수사를 돕게 되었다네. 여기까지만 들어도 상당히 흥미로운 사건이라고 생각되지 않나? 나도 그랬네. 하지만 내가 그곳에서 관찰한 바에 의하면 이건 흔히 있을 수 있는 일이 아니고, 처음에 생각했던 사건이 아니란 걸 곧 알게 되었지.

나는 방 안을 조사하기 전에 하인들과 만나 충분히 질문을 해 봤지만 이미 들었던 내용 이상은 캐낼 수 없었다네. 그런데 가정부인 제인 스튜어트 덕분에 몇 가지 흥미로운 사실을 알아낼 수 있었지. 자네도 기억하겠지만 제인은 주인 부부가 싸우는 소리를 들은 뒤 아래층으로 내려가서 다른 하인들을 불렀다고 했거든. 처음에 혼자서 들었을 때는 주인 부부의 목소리가 매우 낮았기 때문에 무슨 말을 주고받는지 몰랐지만 그 말투로 미루어 보아 다투고 있다는 걸 알았다는 거야. 하지만 내가 되풀이해서 질문하는 동안 제인은 버클리 부인의 입에서 데이비드라는 이름이 두 번 정도 튀어나왔다는 사실을 기억해 냈어. 이건 두 사람이 갑자기 싸우게 된 원인을 찾아낼 수 있는 결정적인 실마리지. 알다시피 대령의 이름은 제임스가 아닌가.

사건을 조사하는 동안 하인들이나 경찰 모두 잊어버릴 수 없는 인상적인 사실 하나가 있는데 그것은 대령의 일그러진 표정이었어. 그들의 말에 의하면 사람의 얼굴이 이렇게까지 될 수 있을까 하는 생각이 들 정도로 대령은 공포와 두려움이 가득한 표정을 띠고 있었다는 거야. 대령의 죽은 표정을 슬쩍 보기만 해도 정신을 잃은 사람이 몇 사람 있었다고 하더군. 그 정도로 죽은 대령의 얼굴은 소름 끼치는 표정을 하고 있었던 거지. 대령은 분명 자신의 운명이 어떻게 될 것인가를 깨닫고 심한 공포를 느끼고 있었던 것으로 보이네.

경찰에서는 일단 부인이 대령을 살해했다고 보고 있다네. 자신을 죽이려고 덤벼드는 아내의 모습 때문에 충격을 받은 대령이 그런 끔찍한 표정을 지은 것이라고 생각하고 있네. 만약 이 추측이 맞는다면 자신을 향해 내려치는 흉기를 피하려고 몸을 피하다가 후두에 흉기를 맞고 사망했다는 설명도 가능하지. 그런데 불행하게도 지금 버클리 부인은 급성 뇌염으로 인한 일시적인 정신이상 증세를 보이고 있어서 사건 해결에 도움이 될 만한 아무런 증언도 할 수 없는 상태라네.

그래서 경찰은 그날 밤 부인과 함께 회합에 참석했다는 이웃의 모리슨 양을 만난 모양인데 그녀에 말에 따르면 그날 밤 버클리 부인이 갑자기 기분이 상하거나 화가 날 만한 일은 전혀 없었다는 거야. 이러한 사실들을 모두 모은 뒤 파이프 몇 대를 피우면서 나는 사건 해결에 열쇠가 될 만한 중요한 단서와 그렇지 않은 단서를 구분해 보았네. 그중에서도 가장 중요한 사실은 방문 열쇠가 사라졌다는 점이네.

방 안을 샅샅이 뒤져 보았지만 열쇠는 발견되지 않았어. 버클리 부인이나 죽은 대령의 몸에서도 열쇠가 발견되지 않았으니까. 그렇다면 누군가가 그 열쇠를 가져갔다는 뜻이지. 다시 말해서 제3의 인물이 그 방에 들어왔다는 얘기야. 그것도 창을 통해 들어왔다고밖에는 달리 생각할 수가 없어. 그래서 나는 그 방과 잔디밭을 자세히 살펴보면 제3자가 남긴 흔적을 찾아낼 수 있으리란 생각이 들었네.

내가 어떤 방법으로 조사했는지 그건 자네도 잘 알고 있겠지. 철저하게 조사해 본 결과, 난 결국 방에 침입한 제3자의 흔적을 찾아냈지. 하지만 내가 예상했던 것과는 전혀 다른 결과를 얻었네. 우선 그 방에 들어왔던 제3자가 남자라는 사실을 알아냈지. 그는 길가 도로에서 잔디밭을 가로질러 그 방으로 들어왔네. 나는 잔디밭에 선명하게 남아 있는 남자의 신발 자국 다섯 개를 확인할 수 있었지. 낮은 담을 넘어 들어오는 지점에서 하나 발견했고, 잔디밭에서 두 개의 발자국이 발견되었지. 나머지 두 개는 열린 창문 앞에 놓인 발판에서 찾았네. 발뒤꿈치보다 발가락 부분이 더 깊게 패여 있더군. 그 남자는 잔디밭을 성급하게 가로질러 간 게 분명하네. 하지만 내가 놀란 건 그 발자국의 주인공에 대한 게 아냐. 그가 데리고 온 동행이었어."

"동행이라니!"

홈스는 주머니에서 커다란 종이 한 장을 꺼냈다. 그러고는 무릎 위에 조심스럽게 펼쳤다.

"자네 눈에는 이게 무엇으로 보이나, 왓슨?"

종이에는 어떤 동물인지는 정확히는 알 수 없지만 작은 동물의 발자국이 그려져 있었다. 선명하게 그려진 다섯 개의 발자국을 자세히 살펴보니 발톱이 긴 동물이라는 걸 알 수 있었다. 발자국의 크기는 디저트 스푼 정도 크기로 작은 편이었다.

"개 발자국이 아닌가?"

내가 말했다.

"커튼을 타고 올라가는 개도 있나? 이 짐승이 그런 행동을 한 흔적이 분명하게 남아 있단 말이야."

"그럼 원숭이란 말인가?"

"원숭이 발자국이라고도 할 순 없지."

"그럼 도대체 뭐란 말이야?"

"개도 아니고 원숭이도 아니네. 어쨌거나 우리에게 친숙한 동물은 아닌 것 같네. 그러니 발자국 크기와 모양으로 한번 추정해 보세. 여기 네 개의 발자국은 이 짐승이 서 있을 때의 모양이야. 앞 발자국에서 뒤 발자국까지 길이가 40센티미터 이상은 안 되는 것 같아. 이 크기를 몸통의 크기로 잡고, 거기에 목과 머리 길이를 더해 보세. 몸 전체 길이가 60센티미터도 넘지 않을 것 같네. 꼬리가 있다면 좀 더 길어질 수도 있겠지. 하지만 이쪽을 좀 봐. 이 짐승이 움직이고 있을 때의 발자국이기 때문에 발걸음 넓이를 알 수 있지. 걸음마다 8센티미터의 간격이 있네. 그렇다면 몸길이에 비해 다리는 매우 짧은 짐승이라는 결론이 나오지. 또 놈은 주변에 털을 하나도 남기지 않았네. 어쨌든 전체적인 모습은 내가 말한 대로일 것이고 커튼을 타고 올라갈 수 있는 동물이네. 그리고 육식성 동물이라는 것까진 알 수 있었지."

"그건 어떻게 알았나?"

"커튼을 기어 올라갔기 때문이지. 창문에 카나리아 새장이 걸려 있었거든. 그 새를 잡아먹으려고 기어 올라간 걸로 보이네."

"그렇다면 도대체 어떤 동물인가?"

"그 이름을 알 수 있다면 사건의 해결을 향해 한 걸음 다가가게 될 텐데. 어쨌든 전체적인 특징으로 볼 때 족제비나 흰담비 종류가 아닌가 싶네. 그렇더라도 이렇게 큰 건 아직 본 적이 없지만 말이야."

"그것도 사건과 어떤 관계가 있나?"

"그것 역시 아직 애매하단 말이야. 하지만 일단은 몇 가지 중요한 단서를 입수했다는 것에 만족해야지. 우선 가장 중요한 사실은 어떤 남자가 도로 쪽에서 버클리 부부가 싸우는 모습을 지켜보았다는 것이네. 블라인드가 올려진 채로 있었고, 방에 불이 환하게 켜져 있었으니 방 안이 잘 보였겠지. 다음에 이 사 나이가 정체불명의 짐승을 데리고 잔디밭을 통해 방 안으로 들어와 대령을 때려 눕혔든가, 그렇지 않으면 그를 보고 놀란 대령이 뒤로 넘어져 난로 모서리에 머리를 부딪혔다는 것. 끝으로 방에 들어온 사나이가 무슨 이유에서 그랬는지는 모르지만 방문 열쇠를 가지고 갔다는 사실까지 말일세."

"자네의 말을 듣고 나니 사건이 점점 더 복잡해지는군."

"바로 그거야. 이 사건은 처음 생각했던 것보다 훨씬 더 복잡한 것 같아. 아무래도 다른 관점에서 사건에 접근해야겠다는 생각이 들더군. 그런데 왓슨, 자네를 너무 늦게까지 붙잡아 두었군. 나머진 내일 올더쇼트로 가는 도중에 얘기하도록 하지."

"생각은 고맙지만 이야기를 듣지 못하면 잠을 못 잘 것 같은데."

"자네가 그렇다면 얘기를 계속할까. 버클리 부인이 7시 반에 집을 나섰을 때까지는 남편과의 사이에 아무 문제가 없었다는 것은 확실해. 아까도 말했듯이 버클리 부인은 두드러지게 애정을 나타내는 사람은 아니었지만 대령과 사이좋게 담소하고 있는 것을 마부가 들었으니 말이야. 그런데 부인은 그날 밤 집으로 돌아왔을 때 대문을 통해 거실로 들어가지 않고 곧바로 그 방으로 들어갔단 말일세. 그건 남편과 마주치고 싶지 않았다는 의미이기도 하지. 또 여자들이 감정적으로 격해지면 흔히 그렇듯이 가정부에게 차를 가져오라고 시키지 않았나. 그리고 마침내 남편이 방에 들어오자 말다툼을 벌였네. 즉, 7시 반에서 9시 사이에 남편에 대한 감정이 완전히 바뀌어 버릴 만큼 중대한 사건이 일어났던 거지.

하지만 집으로 돌아오기 전까지 내내 부인과 함께 있었던 모리슨 양은 아무 일도 없었다고 말했거든. 그래서 나는 모리슨 양이 경찰에는 그렇게 말했지만 실제로는 무언가를 알고 있는 것이 틀림없다고 결론을 내렸지. 처음에는 이 젊은 여성이 대령과 어떤 교제가 있어서 그걸 부인에게 고백한 것이 아닐까 생각했다네. 만약 그랬다면 화가 난 부인은 당연히 집에 돌아와서 대령과 싸움을 벌였을 테고, 모리슨 양 역시 경찰에 알리고 싶지 않은 비밀이므로 아무 일 없었다고 거짓말을 했을 수도 있지. 하인들이 엿들었다는 입씨름의 내용도 거의 이런 가정과 맞는 것 같아.

하지만 이것 역시 줄거리가 맞지 않는 구석이 있는데 부인의 입에서 '데이비드'라는 이름이 거론되었다는 점과 누구나 인정하고 있듯이 대령이 아내를 지극히 사랑했다는 사실, 그리고 이 비참한 결과를 불러온 정체를 알 수 없는 한 사나이의 등장이야. 모리슨 양과 대령이 불륜 관계였을지도 모른다는 추측은 이런 사실과 전혀 맞아떨어지지 않거든. 그렇다고 이 수수께끼의 인물이 그때까지의 경위와 관계가 없다고 단정할 수도 없지. 그러니 전체적인 정황을 미루어 볼 때 대령과 모리슨 양 사이는 아무 관계가 없다는 쪽으로 결론을 내렸지. 하지만 버클리 부인이 남편을 미워하게 된 원인에 대해선 이 젊은 아가씨가 실마리를 쥐고 있다는 확신은 한층 더 강해졌지. 당연한 절차겠지만 그래서 나는 모리슨 양의 집을 방문했던 거야. 그러고는 그녀가 무언가 중요한 실마리를 알고 있다고 여기게 된 연유를 설명했지. 또 이 사건이 명백하게 해결되지 않는다면 버클리 부인은 남편을 살해한 혐의로 재판에 회부될 거라고 말했지. 금발의 모리슨 양은 몹시 가냘프고 수줍음이 많은 아가씨였지만 옳고 그른 상황을 스스로 판단할 수 있는 지각 있는 여성이었네. 내 말을 듣고는 잠시 혼자 생각에 잠기더군. 그러다가 마음의 결정을 내렸는지 예상외의 결정적인 증언을 했지. 자네를 위해 중요한 부분만 짧게 말하지. 모리슨 양의 증언은 대략 이런 내용이었네.

"버클리 부인에게 무슨 일이 있어도 비밀을 지키겠다고 약속했습니다. 약속은 약속이니까 지켜야 한다고 생각했기에 경찰에는 말하지 않았어요. 하지만 부인이 그렇게까지 혐의를 받고 있는데도 몸이 불편해서 변명을 할 수 없다니, 그리고 제 자신이 진정으로 도움이 된다면 약속을 깨뜨리는 거라 하더라도 반드시 용서해 주실 거라 믿습니다. 그러면 월요일 밤에 있었던 일을 모두 얘기해 드리죠."

부인과 제가 협회에서 집으로 온 건 9시 15분쯤이었습니다. 집에 돌아오려면 허드슨 가를 지나야 했어요. 허드슨 가는 원래 사람이 잘 다니지 않는 길이라 그날도 역시 고요하고 어두웠는데 왼쪽 길가에 등불 하나가 켜져 있었습니다. 우리가 등불 근처로 지나갈 때 한 남자가 우리 쪽으로 다가오는 게 보였습니다. 그 사람은 등이 심하게 휘어져 있었는데, 잘 보이지는 않았지만 꼽추처럼 보였습니다. 상자처럼 생긴

걸 한쪽 어깨에 메고 있더군요. 등이 그렇게 굽어 있는데 머리까지 깊이 숙이고 무릎을 굽힌 채 걷고 있었습니다. 그런데 우리가 그의 곁을 스쳐 지나갈 때 그가 얼굴을 쳐들더니 불빛에 드러난 우리 쪽을 유심히 보는 거였습니다. 그러더니 그는 갑자기 걸음을 멈추고는 '오오, 낸시!' 하고 소리쳤습니다.

그 소리에 버클리 부인이 남자의 얼굴을 쳐다보았는데 부인의 얼굴이 순식간에 죽은 사람 얼굴처럼 창백해졌습니다. 그 남자가 붙잡아 주지 않았더라면 부인은 그 자리에서 쓰러질 뻔했지요. 저는 너무 놀라고 무서워서 경찰을 부르려는데, 뜻밖에도 부인이 그 남자에게 친절하게 말을 걸었기 때문에 더욱 놀랐습니다.

'당신은 30년 전에 세상을 떠난 줄로 알고 있었어요, 헨리'라고 부인이 말하는데 그 목소리가 몹시 떨리고 있었습니다. 그러자 그 남자가 '그래, 죽었었지'라고 소름이 끼칠 것 같은 목소리로 대답하더군요.

남자의 시커먼 얼굴이며 표정이 어찌나 무서워 보이던지 번들거리던 눈빛이 그날 밤 꿈에 나타날 정도였어요. 머리카락과 수염에는

흰 털이 섞여 있었고 얼굴은 온통 주름투성이여서 마치 시든 사과처럼 보이더군요.

부인은 저에게 '이분과 이야기를 하고 싶은데 먼저 갈래요? 걱정할 건 없어요'라고 말했습니다. 그녀는 용기를 내려고 애쓰는 듯했지만 여전히 얼굴에는 핏기가 없었고 입술마저 파르르 떨고 있어서 말이 제대로 나오지 않는 것 같았습니다.

저는 부인이 부탁한 대로 조금 떨어져 있었고 두 사람은 잠시 이야기를 나누었습니다. 잠시 후 부인이 저에게 다가왔을 때 부인의 눈에는 분노가 가득하더군요. 다시 집을 향해 걸음을 옮기면서 뒤돌아보았더니 남자는 밝은 등불 아래서 화가 난 듯 허공을 향해 주먹을 휘두르고 있더군요. 저의 집 앞에 올 때까지 그녀는 한마디도 하지 않았습니다. 다만 헤어지면서 부인은 제 손을 잡고는 오늘 밤에 있었던 일은 아무에게도 말하지 말아 달라고 부탁했습니다. '아까 그 남자는 그냥 예전에 알던 사람인데 지금은 저렇게 불행한 신세가 된 거예요'라고만 하셨어요.

그래서 저는 부인께 말하지 않겠다고 약속한 뒤 집으로 들어왔습니다. 그 이후로 부인은 만나지 못했습니다. 여기까지가 그날 밤 있었던 일의 전부입니다. 경찰에 이러한 사실을 말하지 않았던 것은 부인에게 그런 혐의가 걸려 있다곤 생각지 못했기 때문입니다. 제가 말씀드린 내용이 부인에게 조금이나마 도움이 되면 좋겠군요."

모리슨 양의 이야기는 대충 이런 거였어. 왓슨, 자네도 짐작했겠지만 모리슨 양의 이야기를 듣고 나니 어두운 밤에 한 줄기 빛이 비치는 것 같았지. 지금까지 낱낱이 흩어져 있던 사항들이 그 순간에 비로소 정리가 되었고 사건 전체의 연관성이 희미하게나마 떠오르게 되었지.

당연히 나는 다음 수사 단계로 버클리 부인을 그토록 놀라게 한 문제의 남자를 찾아 나섰지. 그가 아직 올더쇼트에 있다면 그를 찾아내는 일은 그렇게 어려운 일이 아닐 거라고 생각했어. 이 도시에는 군인 이외의 사람은 그다지 많지 않고 더욱이 그 정도로 불구의 몸이라면 쉽게 사람들 눈에 띄었을 것이 분명하기 때문이야. 나는 온종일 찾아다니다가 밤이 돼서야 바로 그 사내를 찾게 됐다네. 오늘 밤의 일이야.

남자의 이름은 헨리 우드라고 하는데 전날 밤 부인과 마주쳤던 그 거리에 있는 한 하숙집에 머물고 있더군. 그 하숙집에 머문 지는 5일밖에 되지 않았다네. 나는 하숙집 주인에게 선거인 명부를 작성하는 직원이라고 둘러대고는 그 남자에 대해 이것저것 캐물었고 흥미로운 사실을 들었네. 여주인 말에 의하면 헨리 우드는 광대라고 하더군. 밤이 되면 군인들을 상대로 장사를 하는 가게를 돌아다니면서 재주를 부려 돈을 번다고 하더군. 그리고 상자 안에 어떤 동물을 담아 데리고 다니는데, 여주인이 본 바로는 그렇게 이상한 동물은 여태껏 한 번도 본 적이 없다면서 몹시 두려워하고 있었어. 아마 재주를 부릴 때 쓰는 도구인 것 같아.

여주인은 그 밖에도 그렇게 몸이 비틀려 있는데도 목숨을 부지하고 있는 게 이상할 정도라고 하더군. 가끔씩은 남자가 알 수 없는 외국어로 말하는 것을 들은 적도 있다더군. 지난 이틀 밤은 자기 방에서 신음 소리를 내면서 울고 있었다는 얘기도 해 주더군. 방세는 잘 지불하고 있는데 아무래도 그가 준 돈이 가짜 같다면서 남자가 줬다는 동전을 나에게 보여 주더군. 그 동전은 인도 루피 은화였네.

자, 여기까지 들었으니 이제는 사건이 어떻게 돌아가는지, 자네가 왜 나를 도와주어야 하는지 눈치 챘겠지? 두 여자와 헤어진 뒤 헨리 우드는 버클리 부인을 뒤쫓아 갔고 창 밖에서 버클리 부부가 싸우는 모습을 지켜본 뒤 방 안으로 뛰어들었겠지. 물론 알 수 없는 동물이 든 상자를 가지고 말일세. 여기까지는 거의 틀림없는 정황이라고 생각해도 좋아. 문제는 그 방 안에서 일어났던 일을 정확히 증언할 수 있는 인물은 세상에 그자 한 사람밖에 없다는 거지."

"그걸 그에게 물어볼 작정인가?"

"그렇다네. 단, 증인을 세워야겠지."

"나더러 증인이 되어 달라는 말이군."

"물론 자네가 동의한다면 말이지. 그가 깨끗이 대답해 주면 그것으로 족해. 얘기하는 걸 거절한다면 그를 체포할 수밖에 달리 도리가 없는 거지."

"하지만 그가 하숙집을 떠났으면 어떡하지?"

"그 점은 염려하지 않아도 돼. 내가 도망치지 못하도록 조치를 해 두었네. 베이커 가에 사는 소년 한 명에게 부탁해서 어디를 가든 그 사람 곁을 떠나지 말고 감시하라고 말해 놓았지. 내일 허드슨 가에 가면 그 남자를 만날 수 있을 걸세. 그보다 왓슨, 더 이상 자네를 붙잡고 있다가는 자네 부인에게 내가 소환당할 수도 있겠군. 이제 그만 잠자리에 들도록 하지."

이상한 발자국의 정체

우리는 이튿날 정오경에 비극의 현장에 도착했다. 현장을 잠시 둘러본 뒤 홈스와 나는 곧장 허드슨 가로 향했다. 홈스는 평소처럼 별다른 감정이 없는 것처럼 행동했지만 나는 홈스가 흥분을 애써 억누르고 있음을 한눈에 알 수 있었다. 나 역시 모험을 하는 것 같은 흥분과 더불어 지적인 게임을 하는 것 같은 전율로 가슴이 두근거렸다.

"여기야."

홈스는 그렇게 말하고 나서 평범한 벽돌로 쌓아 올린 2층 건물들이 나란히 서 있는 좁은 통로로 들어갔다.

"아, 저기 심슨이 있군. 심슨의 보고부터 들어봐야겠네."

한 소년이 우리에게 달려오며 소리쳤다.

"그는 집에 있습니다, 홈스 선생님."

"잘했어, 심슨!"

홈스는 만족한 듯 소년의 등을 토닥거리며 말했다.

"자, 가지. 왓슨, 바로 이 집이야."

　홈스는 종이를 꺼내 중요한 용건 때문에 찾아오게 됐다는 메모를 적어 보내 면담을 청했다. 잠시 후 우리는 따뜻한 날씨에도 불구하고 난로 앞에 쭈그리고 앉아 있는 그를 만날 수 있었다. 그렇지 않아도 작은 방이 난로까지 피우고 있어서 오븐 속처럼 뜨거웠다. 그 남자는 잔뜩 몸을 웅크린 채 의자에 앉아 있었는데 등이 심하게 굽어 있고 몸도 뒤틀려 있었다. 검게 그을리고 수척하기는 했지만 자세히 보니 그의 얼굴은 한때 꽤나 미남이었을 면모를 갖추고 있었다.

　누렇게 뜬 눈으로 의심스러운 듯 우리를 바라보던 그는 무어라 한마디도 하지 않고 자리에서 일어나지도 않은 채 손짓으로 두 개의 의자를 가리키며 앉기를 권했다.

　홈스가 공손한 말투로 먼저 말을 걸었다.

　"전에 인도에 계셨죠, 헨리 우드 씨? 저희는 버클리 대령의 사망 사건 때문에 찾아왔습니다."

　"내가 뭘 알고 있다고 생각하시는 겁니까?"

"바로 그 점을 분명히 하려는 겁니다. 알고 계시겠지만, 이것이 해결되지 않으면 당신의 옛날 친구인 버클리 부인께선 아마도 살인죄로 재판에 회부될 것입니다."

이 소리에 남자는 화들짝 놀랐다. 그러고는 마치 미친 사람처럼 험악한 표정으로 소리쳤다.

"도대체 당신들은 누구요? 방금 말씀하신 것이 사실이라는 것을 맹세할 수 있소?"

"예, 그녀가 제정신을 찾게 되면 즉각 체포될 겁니다."

"그게 무슨 말이오? 당신들은 경찰입니까?"

"아닙니다."

"그렇다면 당신은 관계가 없는 일이잖소?

"정의로운 사회를 위해 나서는 것은 모든 시민의 의무이기도 합니다."

"그녀는 아무 죄도 없다는 걸 믿어 주시기 바랍니다."

"그렇다면 당신에게 죄가 있다는 말입니까?"

"나도 아니오."

"그럼 누가 버클리 대령을 살해했습니까?"

"하나님이 놈의 목숨을 가져가신 겁니다. 설령 내가 놈의 머리통을 내리쳤다고 해도, 물론 마음으로는 수없이 그러고 싶었지만 말입니다만, 그건 놈이 마땅히 받아야 할 벌을 받은 겁니다. 그놈이 자신의 죄의식 때문에 죽지 않았다면 나는 자진해서 그 녀석을 망하게 하는 역할을 떠맡았을 겁니다. 내게서 진실을 알고 싶다면 좋습니다. 나는 아무것도 부끄러운 짓을 한 게 없으니 말입니다. 보시는 바와 같이 지금 내 모습은 낙타처럼 튀어나온 등에 갈비뼈도 온통 비틀어져 있지만 한때는 보병 연대에서 제일 잘생기고 멋진 헨리 우드 대령으로 통했습니다. 당시 우리 군대는 인도에 주둔하고 있었는데 우리 병영은 바티라는 곳에 주둔하고 있었습니다.

엊그제 죽은 버클리 대령은 저와 같은 연대 소속이었고 당시에는 하사관이었습니다. 우리 연대에서 가장 인기가 많았던 사람은 군기 호위 하사관의 딸, 낸시 디보이였습니다. 낸시보다 더 아름다운 여자는 세상에 없을 겁니다. 많은 남자들이 그녀를 좋아했지만 특히 두 남자가 그녀를 사랑했고 그녀는 그 두 남자 중 저를 사랑했습니다. 지금은 이렇게 난롯가에 움츠리고 앉아 있는 비참한 꼴이지만 한때는 그 누구보다 남자다웠습니다. 그녀가 나를 사랑했다고 하니 당신들은 비웃으실 겁니다. 하지만 당시의 저는 누구나 인정하는 멋진 남자였고 그녀는 저를 선택했습니다.

어쨌든 그녀가 마음에 둔 사람은 나였지만 그녀의 아버지는 버클리와 그녀를 결혼시킬 작정이었습니다. 나는 미래 따위를 생각하지 않는 무모하기만 한 젊은 청년이었지만 버클리는 교육도 많이 받았고 능력을 인정받은 뛰어난 군인이라는 평판을 받고 있었으니까요. 그래도 저에 대한 낸시의 사랑이 확고했기 때문에 언젠가는 반드시 그녀가 내 사람이 될 것이라 확신하고 있었습니다.

그런데 그즈음에 벵골 병사들의 반란이 일어나 인도 전역이 지옥이나 다름없는 아수라장이 되는 사태가 발생하게 되었습니다. 우리 연대는 바티에 갇히게 되었는데 바티에 갇힌 군대의 반 정도는 우리 포병대였고 나머지 반은 시크교도로 구성된 중대였습니다. 그리고 수많은 영국인 민간인들과 아녀자들도 함께 바티에 갇혀 있었습니다. 반란을 일으킨 만 명도 넘는 반란군이 도시를 포위하고 매일같이 굶주린 이리 떼처럼 위협하고 있었습니다. 2주 정도 지나자 마실 물마저 바닥이 났고, 오지로 계속 진군을 하고 있던 닐 장군과의 교신까지 불투명해져 상황은 그야말로 최악이었습니다.

어린아이들과 여자들을 데리고 적진을 뚫고 탈출한다는 것은 무리였습니다. 어쩔 수 없이 우리는 닐 장군의 부대가 반란군의 포위망을 뚫고 우리를 구해 주길 기다릴 수밖에 없었습니다. 하지만 물 한 모금도 없이 마냥 기다리고 있을 수만은 없어서 닐 장군에게 우리 연대가 이런 위험한 상태에 있다는 것을 누군가는 알리러 가야 했고 제가 그 역할을 떠맡겠다고 자원했던 겁니다. 저는 그곳 지리에 밝은 버클리와 함께 의논해서 반란군을 뚫고 닐 장군에게까지 갈 수 있는 안전한 길을 정했습니다. 그날 밤 10시에 출발했습니다. 1천 명의 목숨이 걸려 있는 일이었지만 한밤중에 성벽을 타고 넘어가는 내 머릿속엔 오직 한 사람에 대한 생각밖에 없었습니다.

가뭄 때문에 물이라고는 한 방울도 없어서 메마른 강을 이용하면 적의 보초에게 들키지 않고 갈 수 있었기 때문에 저는 수로를 통해 빠져나갈 계획이었습니다. 하지만 수로의 모퉁이를 기어서 도는 순간 갑자기 적병 6명과 마주쳤습니다. 저는 그들이 휘두르는 몽둥이 세례에 정신을 잃고 쓰러졌고 순식간에 손발이 결박되고 말았습니다. 하지만 그들의 몽둥이질보다 저에게 더 큰 상처를 준 것은 몸이 아니라 마음이었습니다. 놀랍게도 나에게 어느 길로 빠져나가면 안전하게 나갈 수 있는지를 가르쳐 준 전우가 원주민 하인을 시켜 나를 적의 수중에 팔아넘겼다는 걸 그들의 대화를 통해 알게 됐기 때문입니다.

더 이상의 설명은 필요 없을 겁니다. 성공을 위해서라면 제임스

버클리가 무슨 짓이라도 할 수 있는 사내란 걸 이제 아시게 되었을 테니까요. 다음 날 바티는 닐 장군의 도움으로 구원을 받았지만 저는 후퇴하는 반란군의 포로로 끌려가게 됐습니다. 그로부터 몇 년 동안 백인의 얼굴은 볼 수가 없었습니다. 나는 고문을 당했고, 도망치다가 잡혀서 다시 고문을 당했습니다. 그때의 고문으로 보시는 바와 같이 이런 꼴이 된 겁니다.

반란군의 일부가 네팔로 도주하면서 저 역시 함께 움직였고 어느 날 다지린이라는 곳에 도착했습니다. 우리는 그곳에 사는 원주민들의 습격을 받는데 저를 붙잡고 있던 반란군들은 모두 죽음을 당했습니다. 저는 이번에는 원주민의 노예가 되었고 여러 번 기회를 노렸지만 도망칠 수 없었습니다. 남쪽으로는 도망칠 수 없어서 할 수 없이 북쪽으로 도주했고, 마침내 아프가니스탄에 들어갔습니다. 그곳에서 수년 동안 방랑생활을 하다가 결국에는 펀잡으로 되돌아왔는데, 그때 펀잡 원주민들과 살면서 배운 마술 덕분에 지금까지 먹고살고 있습니다.

이런 끔찍한 모습으로 영국으로 돌아가 옛 동료들을 만난들 무슨 소용이 있겠습니까? 복수하고 싶은 마음도 없지 않았지만 그것 역시 부질없는 일이라고 생각했습니다. 낸시와 다른 전우들에게 지팡이에 의지해 짐승이나 다름없이 사는 제 모습을 보여 주느니 차라리 곧은 등을 간직한 채 죽은 것으로 여겨지기를 바랐던 겁니다.

모두들 제가 죽었다고 생각했고 저 역시 그렇게 생각해 주길 간절히 바랐습니다. 버클리가 낸시와 결혼했다는 소식도, 연대에서 승승장구 출세했다는 것도 소문으로 알게 되었지만 그렇다고 해서 진실을 밝히겠다는 생각은 해 보지 않았습니다.

하지만 나이가 들면서 점점 더 고향이 그리워지더군요. 영국의 밝은 초록색 들판과 울타리가 떠오를 때면 타국에서의 삶이 더욱 외롭게 느껴졌습니다. 고민 끝에 죽기 전에 고국으로 돌아가야겠다고 결심했습니다. 저는 더욱 열심히 일해서 영국까지 올 수 있는 여비를 모았고 결국 영국으로 돌아올 수 있었습니다. 군인들의 생활 방식이나 마음을 누구보다도 잘 알고 있고 그들을 즐겁게 할 수 있는 요령도 알고 있으니 인도에서 배웠던 마술을 보여 주며 먹고살 수 있을 만큼은 벌고 있습니다."

"안타까운 이야기군요. 당신이 집으로 돌아가는 버클리 부인을 길에서 만났고 두 사람이 서로를 알아봤다는 얘기를 들었습니다. 당신은 아마도 그녀의 뒤를 따라갔을 것이고 남편과 다투고 있는 장면을 창문을 통해 보았을 겁니다. 그녀는 남편이 당신에게 저지른 행위를 맹렬히 비난하고 있었을 겁니다. 두 사람이 다투는 장면을 목격한 당신은 감정에 복받쳐 그길로 잔디밭을 건너가 부부가 싸우고 있는 방 안으로 뛰어 들어갔습니다."

"그렇습니다. 버클리는 나를 보자마자 저승 사자라도 본 것처럼 기겁을 해서 쓰러졌고 넘어질 때 난로 울타리에 뒤통수를 부딪혀 죽고 말았습니다. 하지만 놈은 머리가 부딪히기 전에 이미 죽어 있었습니다. 나는 그의 얼굴에서 죽음을 읽을 수가 있었습니다. 나를 보자마자 그동안 숨겨왔던 양심의 가책이 총알이 되어 놈의 심장을 파고 들었던 겁니다."

"그 후에 어떻게 되었습니까?"

"갑작스러운 사고 때문에 놀란 낸시가 기절을 했습니다. 나는 재빨리 낸시의 손에 들린 열쇠를 들었습니다. 밖에 있는 사람들에게 도움을 청할 생각이었습니다. 하지만 잠시 생각해 보니 그냥 떠나는 게 낫겠다는 결론을 얻게 되었습니다. 상황이 저에게 매우 불리했으니까요. 경찰이 들이닥치면 끝까지 숨겨야 할 저의 비밀이 모두 드러나고 말 텐데 그런 일이 생기면 상황이 더 나빠질 것이니까요. 그래서 그 자리를 벗어나기 위해 서두르다가 열쇠를 그만 제 주머니에 넣고 말았습니다. 게다가 먹잇감을 발견한 테디가 커튼을 기어오르는 통에 테디를 끌어 내리느라 지팡이를 남겨 둔 것도 잊었지요. 저는 테디 녀석을 다시 상자에 넣고 서둘러 그곳을 빠져나왔습니다."

"테디?"

홈스가 물었다.

남자는 상체만 움직여 한쪽 구석에 놓아 둔 짐승우리 같은 것을 앞으로 끌어당겼다. 그러자 불그스레한 갈색 빛깔을 한 앙증맞은 동물 하나가 밖으로 튀어

나왔다. 몸집이 작고 털이 보드라웠는데 다리는 흰담비와 비슷했고 얇고 긴 코에 빨간 눈을 가지고 있었다. 그렇게 예쁜 눈을 가진 동물은 아마도 처음 보는 것 같았다.

"몽구스 아닌가!"

나는 소리쳤다.

"그렇게 부르기도 하고 이크뉴몽이라고도 합니다. 뱀잡이라는 뜻이지요. 실제로 테디는 코브라 귀신입니다. 독이빨을 뽑아 버린 코브라 한 마리가 있는데 테디는 매일 밤 이놈에게 덤벼들어 손님들을 즐겁게 해 주고 돈을 법니다. 테디가 코브라를 잡는 묘기는 군인들에게 인기 만점이거든요. 그 밖에 더 물어보실 일이 있습니까?"

"만약 버클리 부인께서 난처한 입장에 처하게 된다면 당신의 증언이 다시 필요할지도 모릅니다."

"그럼 제가 직접 경찰에 가겠습니다."

"그런 경우만 아니라면 버클리 대령이 비겁한 짓을 하긴 했지만 이미 죽은 사람의 추문을 들추어낼 필요는 없다고 생각됩니다. 그는 지난 30년 동안 자신이 저지른 나쁜 짓 때문에 양심의 가책을 받아 왔습니다. 그 사실을 알게 된 것만으로도 당신은 다소나마 위안이 될 겁니다. 저기 머피 소령이 보이는군요. 그럼 그만 인사를 드려야겠습니다. 머피 소령에게 어제 이후로 새로 들어온 소식이 있는지 물어봐야겠군요."

우리는 소령이 길 모퉁이를 돌기 전에 소령을 만날 수 있었다.

"홈스 씨, 이미 들으셨을 거라고 짐작하지만 이번 사건은 살인이 아니랍니다."

소령이 말했다.

"그래요?"

"조금 전에 의료진들이 검사한 결과 사인은 뇌출혈이라는 겁니다. 다행스럽게도 살인 사건이 아니었습니다."

"그래요. 외형적으로만 떠들썩했던 사건이었군요."

홈스는 웃으며 이야기했다.

"왓슨, 이제 돌아가지. 더 이상 올더쇼트에서 우리가 할 일은 없을 것 같아."

"홈스, 한 가지 이해할 수 없는 문제가 있어."

나는 역으로 가는 도중에 홈스에게 말했다.

"죽은 대령의 이름은 제임스이고, 자네가 추측했던 제3자의 이름은 헨리로 밝혀졌네. 그렇다면 데이비드는 누군가?"

"사건의 전체를 꿰뚫어 보아야 해답을 알 수 있는 표현이지. 내가 훌륭한 탐정이 맞다면 말이지. 그건 남편에 대한 비난의 표현일세."

"비난의 표현이라니?"

"성경에 나오는 데이비드(구약 성경에 나오는 다윗 왕의 영어식 발음 – 역자 주)을 빗대어 한 말이겠지. 우리아와 바세바(구약성서 사무엘하 제11장에 의하면, 다윗은 우리아의 아내 바세바와 결혼하기 위해 일부러 우리아를 싸움터로 보내 전사시켰다 – 역자 주)의 이야기를 기억하겠지? 내 성경 지식이 워낙 짧아서 정확하지는 않지만 아마 사무엘상 아니면 사무엘하에 그 이야기가 나올 걸세."

장기 입원
환자

The Resident Patient

퍼시 트리벨리언

강직증과 관련 있는 신경질환에 대해 뛰어난 지식을 가진 30대의 젊은 의사. 블레싱턴의 도움으로 병원을 개업하여 운영하던 중 러시아 귀족 환자를 치료하게 된다. 그러나 러시아 귀족 부자(父子)의 특이한 방문과 블레싱턴의 신경질적인 행동에 의문을 품고 홈스에게 자신의 병원에서 일어난 기묘한 일들을 해결해 달라고 찾아온다.

블레싱턴

트리벨리언이 병원을 개업할 수 있도록 도와준 돈 많은 투자자. 자신의 정체를 드러내지 않은 채 병원에 투자를 하고 병원 내 병실에서 거주하고 있다. 어느 날 자신의 방에 남겨진 발자국으로 인해 한바탕 난동을 부리고 트리벨리언에게 홈스를 불러올 것을 부탁한다. 홈스에게 사실을 털어놓지 못하고 목을 맨 채 시체로 발견된다.

러시아 귀족 부자(父子)

트리벨리언에게 치료를 받기 위해 찾아온 환자로 나이 든 아버지의 강직증 치료를 위해 런던에 머물고 있다. 트리벨리언에게 특이한 전보를 보낸 뒤 병원을 방문한다. 이들이 다녀간 후 병원은 한바탕 소동을 겪게 되고 더불어 병원에 새로 채용한 직원까지 사라진다.

이 작품은 1893년 8월에 〈스트랜드 매거진〉에 발표되었으며 후에 《셜록 홈스의 회상》에 수록되었다. 이 작품에서 홈스는 태우고 남은 시가의 꽁초를 보고 사건의 실마리를 얻게 된다. 알려진 바로는 홈스는 애연가여서 시가의 냄새와 모양만 보고도 그 종류를 판별할 수 있었다고 한다. 꽁초를 살펴보기 위해 홈스가 주머니에서 꺼내 든 것은 확대경인데 이것은 홈스가 사건을 해결하기 위해 가지고 다니는 탐정상자에 들어 있는 일곱 가지 도구 중 하나다. 확대경, 줄자, 명함, 수첩, 봉투, 연필, 성냥은 홈스가 늘 가지고 다니는 도구였다.

시가의 잘려진 모양을 보고 여러 명이 이 사건에 개입되어 있다는 것을 알게 된 홈스는 뛰어난 직관력으로 사건을 해결한다. 사건 현장에 나타난 홈스를 보고 레너 경위는 반갑게 맞이하고 홈스가 사건을 해결하는 데 도움이 되도록 블레싱턴의 사진을 건네준다. 이처럼 홈스는 런던 경시청에서도 알아주는 뛰어난 명탐정이었던 것이다.

한밤의 의뢰인

나는 작가가 아니다. 그렇다고 특별한 글재주가 있는 것도 아니다. 그런데도 친구인 셜록 홈스의 사건 회고록을 쓰는 이유는 그대로 사장되기에는 그의 추리 능력과 수사 방법이 그야말로 경이롭기 때문이다.

　홈스는 뛰어난 분석력과 추리력을 바탕으로 사건을 조사하고 해결해 나갔다. 그런데 그가 맡은 사건들 중에는 사건 자체가 매우 시시해서 그의 능력이 제대로 발현되기도 전에 해결되어 버리는 것도 있었다. 또는 특이한 사건이긴 했지만 경찰의 견제로 홈스의 역할이 크지 않았던 사건들도 있었다. 홈스의 사건을 기록으로 남기는 일을 하고 있는 나로서는 그의 능력이 십분 발휘되면서 활약이 두드러졌던 사건만을 소개하고 싶은 것이 사실이다. 그래서 나는 항상 책으로 엮을 만한 사건을 선택하는 일에 고심해야만 했다. 그것은 마치 이탈리아 메시나 해협의 해안 동굴에 살면서 소용돌이를 일으켜 지나가는 배의 선원들을 잡아갔다는 전설의 바다괴물 실라와 카리브디스처럼 끊임없이 나를 괴롭히는 화두였다. 〈주홍색 연구〉라는 제목으로 쓴 작은 사건이나 〈글로리아 스콧 호〉 사건에 대해 집필할 때도 이러한 내 고민은 지속되었다.

이제부터 이야기하고자 하는 이 사건도 홈스가 큰 활약을 했다고 보기에는 무리가 있을지도 모르겠다. 그러나 다시 돌이켜 보더라도 사건의 내용이 너무 특이해서 이대로 묻어 버리기에는 아깝다는 것이 내 생각이다.

그때는 10월이었다. 아침부터 비가 내려서 우리는 온종일 베이커가에 있는 하숙집에서 꼼짝하지 않았다. 날씨도 우중충한 데다가 블라인드까지 반쯤 내리고 있어서 방 안은 어두웠다. 홈스는 온종일 화학 실험에 몰두하고 있었기 때문에 나는 말할 상대도 없었다. 하는 수 없이 의자에 앉아 책이나 신문을 닥치는 대로 보고만 있었다.

어느새 날이 저물고 있었다. 그런데 갑자기 '퍽' 하는 소리와 함께 투덜거리는 홈스의 목소리가 들렸다. 나는 깜짝 놀라서 신문에서 눈을 거두고 홈스 쪽을 바라보았다. 그는 실험을 하고 있던 테이블을 멀거니 바라보고 서 있었다. 테이블 위에는 무엇인지 알 수 없는 액체가 흥건했고 깨진 시험관의 파편이 군데군데 흩어져 있었다. 약품을 넣은 시험관이 열을 견디지 못해 깨져 버린 것이다.

"괜찮은가?"

나는 혹시나 다친 것은 아닌지 걱정이 되었다.

"아, 이제껏 한 노력이 모두 허사가 되어 버렸군."

내 친구는 대답 대신 눈썹을 찡그린 채 옷을 툭툭 털더니 창가로 가서 블라인드를 걷었다. 비는 이미 그쳐 있었다.

"이런, 어느새 어두워졌군그래. 이보게, 왓슨. 비도 그치고 바람도 잔잔해진 것 같은데 어디 산책이라도 하지 않겠나?"

"좋지. 그러지 않아도 갑갑했는데……."

나는 마침 작은 거실에 틀어박혀 있는 것에 진력이 날 대로 나 있었기 때문에 기꺼이 찬성했다. 읽고 있던 신문을 집어던지고 자리에서 벌떡 일어났다. 다행히 홈스는 아무런 상처도 입지 않았다. 우리는 허드슨 부인에게 청소를 부탁하고 거리로 나섰다.

비가 온 뒤라 그런지 제법 쌀쌀했지만 온종일 하는 일 없이 축축한 집 안에서 뒹굴뒹굴한 것에 비하면 상쾌하기만 했다. 프릿 가와 스트랜드 가에는 많은 사람이 오갔다. 우리는 시시각각으로 변하는 만화경과 같은 사람들의 면면을 살피면서 목적 없이 걸어 다녔다.

이때 홈스는 섬세한 관찰력과 날카로운 추리력으로 사람들의 모습을 통해 일상생활이나 과거를 추적했다. 그것은 홈스가 아닌 다른 사람으로서는 도저히 흉내도 낼 수 없는 일이었다. 나는 그의 이야기에 푹 빠져서 다리가 아픈지도, 시간이 어떻게 흐르는지도 몰랐다. 우리의 산책은 세 시간 동안이나 이어졌다.

베이커 가로 돌아온 것은 열 시가 지나서였다. 그런데 현관 앞에 못 보던 사륜마차가 세워져 있었다.

"음, 의사의 마차로군. 일반 개업의인 모양인데 개업한 지는 얼마 되지 않지만 환자는 많은 것 같군."

나는 홈스의 추리 방식을 잘 알고 있었다고는 해도 순간에 펼쳐지는 그의 생각을 따라가기란 여간 어려운 것이 아니었다.

"왜 그렇게 생각하지?"

홈스는 빙긋 웃으며 마차 안을 손가락으로 가리켰다. 마차 안은 램프가 켜져 있었는데 그 불빛 아래에 버드나무 가지로 만든 바구니가 매달려 있는 것이 보였다. 그 속에는 각종 의료기구들이 들어 있었다. 나는 비로소 홈스가 기구들의 종류와 상태를 보고 재빨리 추리했다는 것을 알 수 있었다.

"의사 분께서 상의할 일이 있어 우리를 찾아오신 모양인데 마침 돌아와서 다행이군."

내 친구는 불이 켜진 거실을 바라보며 말했다. 나는 이런 늦은 시간에 의사가 무슨 볼일로 찾아왔을까 궁금해하면서 홈스의 뒤를 따라 집 안으로 들어갔다. 우리가 거실로 들어가자 난로 옆에 앉아 있던 한 남자가 일어났다. 많아야 서른서너 살 정도로 보이는 남자는 몹시 창백한 안색을 하고 있었다. 그는 뾰족한 턱에 엷은 갈색 턱수염을 기르고 있었는데 그 때문에 예민하고 신경질적으로 보였다. 그의 얼굴은 초췌했고 눈빛에도 생기가 없었다. 의사라는 격무에 그의 정력과 젊음을 상실했는지 언뜻 보아서는 나이보다 훨씬 늙어 보였다. 그는 검은 프록코트 밑에 어두운 색깔의 정장을 입고 있었고 두드러지지 않는 색조의 넥타이를 하고 있었다. 전체적으로 수수했지만 어두운 느낌이었다. 악수를 하기 위해 내민 그의 손은 검은 옷과 대비되어 더욱 희게 보였으며 가늘고 섬세해서 의사의 손이라기보다 마치 예술가의 손이라 하는 편이 나을 것만 같았다.

"홈스 씨 되십니까?"

조용하게 묻는 그의 목소리는 예민한 사람에게서 흔히 볼 수 있듯이 신경질적이고 숫기가 없었다.

"네, 제가 셜록 홈스입니다. 이쪽은 저의 동료인 왓슨 박사입니다."

우리는 악수를 했다.

"외출이 길었는데 오래 기다리시지 않아 다행입니다."

홈스가 쾌활하게 말했다.

"마부에게 들으셨군요."

"아닙니다. 사이드테이블에 있는 촛불을 보고 알 수 있었습니다."

초는 우리가 나갈 때에 비해 별로 줄어 있지 않았다. 그는 가볍게 고개를 끄덕였다.

"자, 편히 앉으십시오."

그 남자는 우리 모두가 자리에 앉기를 기다려 천천히 입을 열었다.

"먼저, 밤늦게 불쑥 찾아와 죄송하다는 말씀부터 드려야겠군요."

"괜찮습니다. 그런데 무슨 일로 오셨는지 말씀해 주시겠습니까?"

"저는 퍼시 트리벨리언이라고 하는 의사입니다. 사는 곳은 브룩 가 403번지입니다."

순간 내 머릿속을 스치는 것이 있었다. 낯익은 이름이었던 것이다.

"그렇다면 원인 불명에 의한 신경 장애에 관한 논문을 쓰신 분입니까?"

남자는 자신의 연구를 알아주는 사람이 있다는 것이 기뻤는지 수줍은 듯 얼굴을 붉혔다.

"부끄럽지만 그렇습니다. 출판사에서도 실망할 정도로 팔리지 않았다고 하고 그 논문에 대한 평가도 들어본 적이 없어서 아는 사람이 있을 거라고는 생각하지 못했는데 의외로군요. 혹시 당신도 의사십니까?"

"군의관이었습니다."

"그렇군요. 저는 전부터 신경성 질환에 흥미가 있어서 그 분야의 전문의가 되려고 했습니다만 뜻대로 되지 않더군요."

그는 씁쓸한 웃음을 지어 보였다.

"물론 이건 제가 찾아온 이유와는 관계없는 일입니다. 홈스 씨, 사실은 브룩 가의 제 집에서 최근에 기묘한 일이 계속 일어나고 있습니다. 그런데 오늘 밤에 일어난 일로 더 이상은 제 힘으로 해결할 수 없다는 것을 알게 되었습니다. 그래서 실례인 줄 알면서도 밤늦게 찾아뵙게 된 것입니다."

"잘 오셨습니다. 자세히 이야기해 보십시오."

홈스는 담배 파이프에 불을 붙이면서 연필과 수첩을 꺼내 들었다.

뜻밖의 투자자

"지금 제 집에서 일어나고 있는 일들이 모두 심각한 것은 아닙니다. 사실 말씀드리기가 부끄러울 정도로 사소한 것도 있습니다. 하지만 도무지 원인을 알 수 없을 뿐만 아니라 점점 심각해지고 있는데 저로서는 속수무책이군요. 자세히 말씀드릴 테니 홈스 씨께서 판단해 주셨으면 합니다.

먼저 대학 시절로 거슬러 가야 할 것 같군요. 저는 런던 대학 출신입니다. 말씀드리기 민망하지만 성적이 비교적 남에게 뒤지지 않아서 교수님들의 기대를 한몸에 받았습니다. 그 덕분에 졸업과 동시에 킹스 칼리지 병원에 자리를 얻을 수 있었지요.

저는 그곳에서 의료와 연구를 병행할 수 있었습니다. 그때 발표한 논문이 대부분 강직증에 관한 것이었는데 운이 좋았는지 학계의 큰 관심을 받았습니다. 왓슨 씨께서 말씀하신 신경 장애에 관한 논문도 당시에 발표한 것입니다. 그 논문은 브루스 핀커튼 상을 수상하는 영광을 저에게 안겨 주었지요. 상황이 이러니 전도가 양양하다는 말을 듣는 것도 무리는 아니었습니다.

그러나 저는 넉넉한 형편이 아니었습니다. 전문의가 되려면 일단 개업을 해야 합니다. 특히 성공하고 싶다면 카벤디시 광장 근처의 열두 거리 중 어느 한 곳에 병원을 마련해야만 합니다. 그 거리들은 집세와 시설비가 얼마나 비싼지 말씀드리지 않아도 잘 아시겠지요? 그러나 병원만 마련한다고 모든 문제가 해결되는 것은 아닙니다. 당분간 환자가 없더라도 병원을 유지할 수 있을 정도의 여유 자금도 있어야 하고 그럴싸한 왕진용 마차와 말도 가지고 있어야 합니다. 킹스 칼리지 병원에 들어간 지 얼마 되지 않았던 저의 월급으로는 감히 상상하기도 벅찬 금액이었지요. 10년 동안 절약해서 열심히 모으면 마련할지도 모를 일이었습니다. 결국 자금 부족이 저의 가장 큰 고민거리였던 거지요. 그런데 갑자기 예기치 않은 행운이 찾아왔습니다. 투자 제안을 받게 된 것입니다.

어느 날 아침, 저는 출근하자마자 낯선 남자의 방문을 받았습니다.

'당신이 근래 훌륭한 논문으로 브루스 핀커튼 상을 받은 트리벨리언 박사십니까?'

'네, 제가 퍼시 트리벨리언입니다만, 어떻게 오셨습니까?'

사내는 알았다는 듯이 말없이 고개를 끄덕이더니 환자용 의자에 가서 앉는 것이었습니다.

'나는 블레싱턴이라고 합니다. 내가 여기에 온 것은 당신이 내 도움을 받을 자격이 있는지 알아보기 위해서입니다. 아, 그렇다고 불쾌하게 여기시지 않았으면 좋겠군요. 당신의 대답 여하에 따라 나는 당신에게 큰 도움이 될 수 있으니까요. 내 질문에 정직하게 말하는 편이 당신에게 유리할 겁니다.'

그의 태도 때문에 불쾌했다기보다 어이가 없었다는 표현이 맞을

겁니다. 그만큼 그의 말은 밑도 끝도 없었으니까요. 그는 내가 당황하여 마땅한 대답을 찾지 못하자 기다리지 않겠다는 듯 말을 이었습니다.

'당신은 성공할 수 있는 머리를 갖고 있는 것 같습니다만 세상을 살아가는 데는 그것만으로는 부족하지요. 어떻습니까? 당신에게 요령이 있다고 보십니까?'

저는 이 엉뚱한 질문에 저도 모르게 웃음이 나더군요.

'상황에 따라 다르겠지만 비교적 그렇다고 생각합니다.'

'나쁜 습관은 없나요? 술독에 빠져 산다든가 도박을 즐긴다든가 말이오.'

'그렇지 않습니다.'

'좋습니다. 나도 그러리라 생각했소. 그런데 그 좋은 머리에 수완도 있다면서 어째서 아직도 개업을 하지 않는 겁니까?'

저는 처음 보는 사람에게 내 형편이 어렵다는 이야기를 하고 싶지 않았습니다. 그저 어깨를 으쓱해 보였을 뿐입니다.

'도대체 이유가 뭡니까? 말씀해 보시오.'

블레싱턴은 다그치듯 내 대답을 요구했습니다. 또다시 제가 대답을 하지 않자 그는 비웃는 듯한 미소를 띠며 말하더군요.

'음……, 흔한 얘기 아니오? 능력은 있는데 돈이 없다! 내 말이 틀렸소? 이봐요, 트리벨리언 박사. 내가 브룩 가에 개업할 수 있게 도

와준다면 어떻게 하시겠소?'

저는 깜짝 놀라서 그를 쳐다보았습니다.

'지금 나에게는 몇천 파운드의 여유 자금이 있소. 그걸 투자할 생각이오만……'

'무슨 말씀이신지 잘 모르겠습니다.'

'당신에게 투자하겠다는 말이오.'

그 말을 듣는 순간 저는 머리를 뭔가로 세게 얻어맞은 것처럼 멍해지더군요. 한동안 그의 얼굴을 멍하게 쳐다만 보았지요.

'그렇게 놀라실 거 없습니다. 당신을 위해서가 아니라 나를 위해서 그러는 거니까요. 정확하게 말하자면 나도 좋고 당신도 좋은 일이겠지요.'

나는 뭔가 잘못 들은 것은 아닌가 하는 의심까지 들었습니다.

'이유를 물어봐도 되겠습니까?'

'당연히 돈을 벌기 위해서요. 투자에 다른 목적이 있을 리 있겠소? 다른 데 투자하는 것보다 훨씬 안전할 테고 말이오.'

거짓말하는 것 같지는 않더군요. 저는 진정되지 않는 가슴을 억누르며 더듬더듬 물었습니다.

'제가 어떻게 하면 됩니까?'

'간단합니다. 당신은 단지 진찰만 하면 됩니다. 쓸 만한 사무실을 빌리는 것이나 시설을 갖추는 것, 그리고 하녀를 고용하는 것 따위는 내가 알아서 하겠소. 하녀의 급료도 신경 쓸 것 없소. 그 이외의 비용도 내가 알아서 할 것이오. 물론 당신에게 용돈도 지불할 것이오. 그 대신 수입의 4분의 3을 나에게 주시면 됩니다. 나머지는 당신 몫이오.'

홈스 씨, 블레싱턴이라고 하는 사내의 이 기묘한 제의에 제가 얼마나 흥분했을지 상상이 가십니까? 처음 본 낯선 사람이 투자를 약속하는 것이 이상하지 않은 것은 아니었지만 아무것도 없는 저에게는 그가 제시한 조건을 거절할 이유가 없었습니다. 저에게 그는 구세주나 다름없었던 것입니다. 그다음에도 여러 이야기를 했지만 그것은 구체적인 협상과 계약에 관한 것이므로 여기에서는 생략하기로 하겠습니다.

결국 저는 다음 레이디 데이(3월 25일로 성모 마리아의 생애에 일어난 기적 중에서 수태고지를 축하하는 날 - 역자 주)에 지금까지도 살고 있는 브룩 가로 이사를 하게 됐고 그가 제시한 조건으로 개업을 했습니다. 블레싱턴 자신도 환자로 입원을 해서 함께 지내게 되었습니다. 그는 심장이 나쁜 것 같았습니다. 그래서 만약을 대비해 항상 의사가 곁에 있어야 했던 것이지요.

그는 2층에서 가장 좋은 방을 자신의 병실로 사용했습니다. 병실은 언제나 깔끔했습니다. 그는 남들과 어울리는 것을 피했기 때문에 다른 환자들과 대화하는 일도 없었고 외출도 거의 하지 않았습니다. 그는 일어나는 시간이나 자는 시간이 일정하지 않았습니다. 심지어 약을 먹는 시간도 잘 지키지 않았습니다. 이렇듯 불규칙하게 생활하는 그였지만 단 한 가지 변함없이 규칙적인 것이 있었습니다. 그것은 매일같이 저녁나절이면 같은 시각에 진찰실로 내려와서 장부를 살펴보는 것이었습니다. 그는 수입 중에서 1기니당 5실링 3펜스를 제외한 나머지를 자기 방 금고에 넣었습니다. 계약한 대로 딱 수입의 4분의 3이었지요.

블레싱턴은 이 투자에 대해 후회하는 것 같지 않았습니다. 병원은 제가 우려했던 것과 달리 처음부터 환자로 들끓었습니다. 킹스 칼리지 병원에서 근무했을 때 저의 평판이 좋았던 것도 한 이유겠지만 그보다는 개업 초기에 대단히 지위가 높은 환자 몇몇을 치료했는데 그 결과가 좋아서 소문이 났기 때문이지요. 저로서는 행운이었습니다. 아무튼 저는 그 거리에서 꽤 유명해졌습니다. 병원의 수입이 늘어간 것은 두말할 나위도 없었습니다. 그 결과, 요 몇 년 동안에 블레싱턴은 더 큰 부자가 되었습니다. 홈스 씨, 저의 과거와 블레싱턴과의 관계에 대해 다 말씀드렸습니다. 이제야 제가 이곳을 방문하게 된 일에 대해서 말씀드릴 준비가 된 것 같군요.

그것은 몇 주 전에 있었던 일에서부터 시작합니다. 블레싱턴이 무슨 일인지 몰라도 몹시 흥분해서 제 진료실을 찾아왔습니다. 평소의 그답지 않더군요. 언제나 냉철해 보이며 사람을 깔보는 듯한 거만한 태도를 유지해 왔던 그였는데 그날의 그는 그렇지 않았던 것입니다.

'이봐요, 박사. 웨스트엔드에 도둑이 들었다는 소식을 들었소? 남은 것 없이 모두 털어 갔다고 하는데 이래서야 어디 안심하고 살 수 있겠소? 오늘 당장 내 방 창문과 출입문에 빗장을 달아 주시오. 아주 튼튼한 것이어야 하오. 알겠소? 이곳도 절대 안전하다고 할 수 없단 말이오.'

그는 안쓰러울 정도로 흥분하고 있었습니다. 생각해 보면 그렇게까지 흥분할 일도 아닌데 말입니다. 윽박지르듯이 자기 할 말을 끝내더니 밖으로 나가 버리더군요. 저는 그의 요구대로 그의 병실에 덧문을 만들어 주었습니다. 그러나 블레싱턴의 흥분은 쉽게 사라지지 않았습니다. 아니, 오히려 점점 더 심해졌지요.

그 일이 있은 후 처음 일주일 동안은 안절부절못하고 병실을 서성이거나 하염없이 창밖을 내다보는 그를 목격하는 일이 많아졌습니다. 마침내 저녁식사 전에 하던 짧은 산책도 중단하더니 병실에서 나오려고 하지 않았습니다. 블레싱턴의 태도는 단순히 도둑맞을 것을 두려워하는 사람의 행동이라고 보기에는 무리가 있었습니다. 마치 누군가를 두려워하고 있는 것처럼 보이더군요. 의사로서 그의 건강이 걱정되었기 때문에 그 점에 대해서 물어봤지만 그는 몹시 화를 내면서 대답을 피했습니다. 결국 속 시원한 해답을 얻을 수는 없었습니다.

그러나 다행히도 시간이 흘러감에 따라 그의 증세는 조금씩 호전되어 가더군요. 서성대는 일도 없었고 히스테리를 부리지도 않았습니다. 다시 예전의 습관대로 생활하기 시작했지요. 그렇게 마무리되는 줄 알았습니다. 그러던 그가 극심한 신경 발작을 일으켜서 병석에 누워 버린 겁니다."

러시아 귀족 부자(父子)

트리벨리언은 잠시 멈췄다가 말을 이었다.

"새로운 사건이 일어났던 거지요. 그 사건은 이틀 전에 제 앞으로 배달된 한 통의 편지에서 시작합니다."

"편지요?"

홈스가 물었다.

"네, 발신인도 주소도 없는 이상한 편지였습니다."

"혹시 가지고 오셨습니까?"

"물론입니다."

트리벨리언은 안주머니에서 반으로 접힌 편지를 꺼내 홈스에게 주었다. 홈스는 한참을 들여다보더니 나에게 건네주었다. 편지에는 다음과 같이 쓰여 있었다.

저희는 지금 영국에 머무르는 러시아의 귀족입니다. 수년 동안 강직증으로 괴로움을 당하시는 분이 계셔서 퍼시 트리벨리언 박사님의 진찰을 받고자 합니다. 트리벨리언 박사님께서 이 병의 권위자라고 들었습니다. 괜찮으시다면 내일 오후 6시 15분에 방문하겠습니다. 부탁드립니다.

진료를 부탁하는 편지였다. 나는 별로 이상할 것 없는 이 편지가 어떤 사건의 시초가 된다는 것인지 호기심이 일었다.

"계속 말씀해 주십시오."

홈스는 느긋한 말투로 트리벨리언에게 설명을 요구했다.

"왓슨 씨도 아시겠지만 강직증은 그 사례가 극히 드문 병입니다. 희귀병인 셈이지요. 그러다 보니 연구하는 데 큰 어려움을 겪습니다. 그러니 저로서는 이 편지가 반가웠던 것이 사실입니다. 환자에게는 미안한 말이지만 말입니다.

이튿날 저는 2층에 있는 진찰실에서 그 환자가 오기를 기다리고 있었습니다. 환자는 편지에서 약속한 시간에 정확하게 방문했습니다. 접수를 맡은 직원의 안내로 들어온 사람은 둘이었습니다. 한 사람은 노인이었고 다른 한 사람은 젊은 청년이었습니다.

마른 몸매의 노인은 러시아 귀족이라고 하기에는 어딘지 모르게 평범해 보이는 사람이었습니다. 반면 함께 온 청년은 눈이 번쩍 뜨일 정도로 잘생긴 청년이었습니다. 그는 키가 컸고 가슴과 팔, 다리는 마치 헤라클레스처럼 우람했습니다. 그러나 그의 인상은 어둡고 날카로웠습니다.

한 손으로 노인을 부축하고 들어온 청년은 보기보다는 상냥한 듯

했습니다. 노인이 의자에 앉
도록 돕는 태도가 무척 부드
럽더군요.

'편지를 보낸 분이십니까?'

나는 혹시나 하는 마음에
편지를 쓴 당사자인지를 물
었습니다.

'네, 그렇습니다. 트리벨리
언 박사님이시지요?'

청년이 약간 혀 짧은 듯한
발음으로 대답을 하더군요.

'그렇습니다. 어서 오십시오. 그런데 환자 분께서는……?'

'저의 부친이십니다. 저에게는 부친의 건강이 무엇보다 걱정되는
일이기 때문에 박사님의 의견도 묻지 않고 이렇게 불쑥 찾아오는 결
례를 범했습니다.'

그는 진심으로 부친을 걱정하는 것 같았습니다. 가슴이 뭉클해지
더군요.

'이해합니다. 그럼 아버님께서 진찰을 받으시는 동안 함께 계시겠
습니까?'

그러나 그는 예상 밖의 대답을 하더군요.

'아닙니다.'

공포에 떠는 사람처럼 목소리까지 흔들렸습니다.

'함께 있다니요. 당치 않습니다. 그건 제겐 말할 수 없을 정도로 두
려운 일입니다. 저의 신경은 극도로 예민해서 아버지가 발작하시는
것을 이 눈으로 본다는 것은 상상할 수도 없습니다. 아마 견디지 못

하고 죽고 말 것입니다. 박사님께 폐가 되지 않는다면 진찰하시는 동안 대기실에서 나가 있겠습니다.'

'저는 괜찮습니다. 편하실 대로 하십시오.'

진찰에 그가 필요한 것은 아니었기 때문에 저는 동의했고 그는 곧 밖으로 나갔습니다.

환자는 지적인 것 같지는 않지만 점잖은 사람이었습니다. 저는 노인과 증세에 대해 이야기를 나누면서 자세히 기록했습니다. 그러나 그는 영어를 잘 못하는지 정확한 대답을 못하더군요. 묻는 말과 다른 대답을 하기도 했고 그 의미마저 애매해서 이해하기 힘들었습니다.

'얼마나 가끔 발작이 일어나십니까?'

기록을 하고 있느라 고개를 숙이고 있던 제가 물었습니다. 그런데 그가 대답을 하지 않는 것이었습니다. 분명하지는 않았지만 꼬박꼬박 대답을 했었기 때문에 저는 의아해하며 고개를 들어 노인을 바라보았습니다.

노인은 의자에 꼿꼿이 앉은 채 넋이 나간 표정으로 저를 보고 있더군요. 두 눈은 있는 대로 크게 뜨고 있었고 손은 부들부들 떨고 있었습니다. 발작이 일어난 것이죠. 처음엔 무서울 정도로 당황이 되더군요. 극심한 고통을 견디느라 땀까지 뻘뻘 흘리고 있는 그를 보자니 안쓰러웠습니다. 그러나 한편으로는 발작을 직접 목격할 수 있어서 의사로서 행운처럼 느껴지기도 했습니다.

노인의 경련은 심각했습니다. 강직증 자체가 고통이 심한 병이기 때문에 환자의 나이가 많은 것이 걱정이 되더군요. 저는 곧바로 환자의 맥박과 체온을 기록했고 근육의 경직 상태와 반사작용도 살펴보았습니다. 환자의 상태는 지금까지 경험했던 다른 강직증 환자들의 증세와 다르지 않았습니다. 그래서 당장 아밀 나이트라이트를 흡입시키기로 했습니다. 다른 환자에게는 그 약이 효과가 있었기 때문입니다. 약의 효능을 확실하게 실험할 수 있는 좋은 기회라고 생각했죠.

저는 그 약이 있는 아래층의 실험실에 가기 위해 환자를 의자에 앉혀 놓은 채 밖으로 나갔습니다. 마음이 급했던 저는 실험실까지 뛰어갔지요. 약을 찾는 데 조금 시간이 걸렸기 때문에 진찰실을 비운 것은 5분 정도였을 겁니다. 그런데 돌아와 보니 진찰실이 텅 비어 있는 겁니다. 발작으로 꼼짝하지도 못했을 것이 분명한데도 말입니다. 더구나 대기실에서 기다리고 있어야 할 아들이라는 청년도 보이지 않았습니다.

병원의 현관문은 닫혀 있었지만 빗장은 채워져 있지 않더군요. 혹시 병원 밖으로 나간 것은 아닌가 싶어서 아래층에 있는 직원에게 물어보았지요.

'이보게, 아까 자네가 모셔 온 환자가 갔나?'

'글쎄요, 저는 아무 소리도 듣지 못했는데요.'

그가 하는 일은 아래층에서 대기하고 있다가 제가 진찰실에서 벨을 울리면 환자를 진찰실 밖으로 안내하는 것이었는데 채용한 지 얼마 되지 않은 데다가 일하는 것이 느리고 영리하지 못한 사람입니다. 그가 제대로 들었을 리 없다고 생각하면서도 저로서는 확인할 방법이 없었습니다.

그렇게 한바탕 소동이 있은 후에 블레싱턴이 산책에서 돌아오더군요. 하지만 저는 이 일에 대해서는 아무런 말도 하지 않았습니다. 사실은 그가 예민해져서 이상하게 행동하기 시작한 이후로는 되도록 그와 이야기를 나누지 않고 있었거든요. 결국 저는 이 수수께끼를 그대로 묻어 둘 수밖에 없었지요.

하여튼 이 러시아 귀족 부자와 다시는 만날 수 없을 것이라 여겼습니다. 그런데 놀랍게도 바로 오늘 저녁에 그 두 사람이 다시 찾아온 겁니다. 전날과 같은 시간에 직원의 안내를 받으며 그들이 진찰실로 들어서더군요.

'박사님, 어제는 정말 죄송했습니다. 많이 놀라셨지요?'

노인이 점잖게 말하더군요.

'정직하게 말하면 그렇습니다. 도대체 어떻게 된 겁니까?'

'사실은 발작이 끝나면 언제나 발작 전에 있었던 일들을 까맣게 잊고 맙니다. 어제도 문득 정신을 차리고 보니 낯선 방에 혼자 있더군요. 그래서 저도 모르게 몽롱한 정신으로 밖으로 나가 버렸던 겁니다. 아마 박사님께서 안 계신 동안이었겠지요.'

청년이 말을 이었습니다.

'저는 아버지가 대기실 문 앞으로 지나가시기에 진찰이 끝난 줄 알았습니다. 그래서 그냥 따라나섰는데 집에 도착하고 나서야 그렇지 않았다는 걸 알게 되었습니다.'

충분히 있을 수 있는 일이었습니다. 순간기억상실증은 강직증 환자들에게서 간혹 발견되는 증상이니까요.

'그러셨군요. 잘 알겠습니다. 당황했을 뿐, 특별히 문제가 될 건 없으니까요. 그럼 어제 하지 못한 진찰을 계속했으면 하는데 괜찮으시겠지요?'

'물론입니다. 그러기 위해 다시 찾아온 것이니까요. 물론 사과를 포함해서 말입니다.'

노인이 빙긋이 웃으며 말했습니다.

'그럼 저는 대기실에서 기다리겠습니다.'

청년이 가볍게 목례를 하고 진찰실을 나갔습니다. 나는 30분가량 노인의 증세에 대해서 이야기를 나눈 다음 처방전을 써 주었습니다. 그런 다음 벨을 눌러 직원을 불렀지요.

'대기실에 가서 손님을 모셔 오게. 진찰이 끝났다고 말씀드리고……'

직원이 고개를 끄덕이고 나갔고 이내 청년이 들어왔습니다. 우리는 작별인사를 했고 청년이 노인을 부축해서 밖으로 나갔습니다. 저는 그 모습이 정다워 보여서 그 둘이 병원을 나가는 것을 끝까지 지켜봤습니다. 그리고 저는 진찰실로 돌아왔지요.

잠시 후에 블레싱턴이 들어오는 소리가 들리더군요. 아까도 말씀드렸다시피 항상 그 시간에 산책을 하고 돌아왔거든요. 그는 곧바로 자신의 병실이 있는 2층으로 올라왔습니다. 그런데 곧바로 요란스럽게 문을 여는 소리가 들리는 것이었습니다. 블레싱턴이었지요. 그는 미친 듯이 소리를 지르며 진찰실로 뛰어들더군요. 그의 얼굴은 파랗게 질려 있었습니다.

'누가 내 방에 들어왔었소?'

'그럴 리가요. 아무도 들어가지 않았습니다.'

'거짓말 마시오!'

그는 버럭 화를 내더군요.

'분명히 누가 들어왔어. 못 믿겠다면 직접 가서 보란 말이오!'

그는 몹시 흥분해서 고함을 있는 대로 쳤습니다. 마치 미친 사람 같더군요. 저는 그의 무례한 태도에 불쾌했습니다만 또다시 신경이 날카로워진 모양이라고 생각하면서 참았습니다. 결국 함께 그의 병실로 가 보았지요.

블레싱턴은 방에 들어서자마자 방바닥을 가리키더군요.

'박사가 보기에 이 발자국이 내 것 같소? 이러고도 아무도 안 들어 왔다는 걸 나보고 믿으란 거요?'

그가 가리킨 곳에는 엷은 색깔의 양탄자가 있었습니다. 그리고 그 위에는 발자국들이 흩어져 있었던 겁니다. 블레싱턴의 발자국이라 고 하기에는 크기가 너무 크더군요. 더구나 조금 전에 생긴 것이었 습니다.

홈스 씨, 오늘은 온종일 비가 내렸기 때문에 환자가 한 명도 없었 습니다. 러시아 귀족이라는 그 강직증 환자를 제외하고는 말입니다. 게다가 직원들에게는 함부로 병실에 드나들지 못하도록 교육시켰 기 때문에 그들의 짓이라고는 볼 수 없었습니다. 결국 제 생각은 한 가지 사실에 미쳤습니다. 노인과 동행한 그 아들이라는 청년 말입니다. 무슨 이유에서 그랬는지는 몰라도 제가 노인을 진찰하는 동안 대기실에서 기다리고 있어야 했던 그 청년이 블레싱턴의 방으로 들어간 것이 분명했습니다. 하지만 저는 확실한 증거도 없이 다른 사람을 범인으로 몰 수는 없었습니다.

'뭐 잊어버린 거라도 있으십니까?'

저는 제 속내를 감추고 그를 진정시키면서 물었습니다. 그는 고개를 절레절레 흔들더군요. 하지만 아니라는 것인지, 모르겠다는 것인지 알 수 없었습니다. 그는 기운이 빠진 듯 안락의자에 털썩 앉아 버리더군요. 하는 수 없이 탈진한 블레싱턴을 대신해서 제가 살펴보았지요."

"없어진 것이 있었습니까?"

"글쎄, 그게 좀 이상합니다. 도둑맞은 것이 없었습니다. 더구나 어느 것에도 손을 댄 흔적 같은 것도 없었던 겁니다. 물론 금고도 그대로였고요. 이해가 안 되는 일이었지요. 발자국으로 보아 블레싱턴의 방에 누군가 침입했었다는 것이 분명한 사실이었는데도 말입니다.

누구나 자기가 없는 사이에 다른 사람이 자기 방으로 들어왔다는 걸 알면 불쾌해질 겁니다. 그러나 블레싱턴의 흥분은 그동안 신경이 날카로웠었다는 것을 감안한다고 하더라도 도무지 납득하기 어렵더군요. 실제로 그는 눈물까지 흘리고 있었으니까요. 더 이상 그에게 말을 건네는 것도 어렵다고 판단했습니다. 잠시 후 그는 심한 탈진 증세를 보이더니 급기야 신경 발작을 일으키더군요. 응급조치를 해서 곧바로 정신이 들었지만 그의 공포는 사라지지 않았습니다.

이상이 제가 이 밤에 찾아온 이유입니다. 그가 당신을 찾아가 보라고 권유하더군요. 블레싱턴이 이 사건을 지나치게 예민하게 받아들이는 면이 있기는 하지만 이유를 알 수 없는 기묘한 사건인 것은

확실하니까요.

홈스 씨, 블레싱턴의 권유가 있기도 했지만 저 역시 당신만이 유일한 해결책이라고 생각하고 있습니다. 물론 사건이 해결될 거라는 기대를 가지고 온 것은 아닙니다. 단지 발작을 일으킬 정도로 위험한 상태의 그를 진정시킬 수 있는 사람은 의사인 제가 아니라 당신뿐이기 때문입니다. 지금 당장 제 마차로 함께 가실 수 없으실까요? 심장마비를 일으킬지도 모릅니다. 의사로서 부탁드립니다.”

“지금 블레싱턴 씨는 어떻게 하고 계십니까?”

“제가 병원을 나설 때까지는 침대에 누워 있었습니다.”

홈스는 여느 때처럼 아무렇지도 않은 듯 침착한 얼굴 표정을 하고 있었지만 두 눈꺼풀에 무겁게 힘이 들어가 있었고 흥미로운 대목에 이를 때마다 그의 담배 파이프에서는 짙은 연기가 피어올랐다. 나는 직감적으로 홈스에게 강한 호기심이 일었다는 것을 알 수 있었다.

홈스는 무엇을 생각하는지 아무 말이 없었다. 무거운 침묵이 흘렀다. 트리벨리언은 트리벨리언대로, 나는 나대로 홈스의 다음 말을 기다리고만 있었다.

잠시 후 홈스는 한마디 말도 없이 자리에서 벌떡 일어났다. 그리고 깜짝 놀라고 있는 나에게 모자를 건네주더니 테이블에 있던 자신의 모자를 집어 들고 트리벨리언을 쳐다보며 말했다.

“가실까요? 앞장서시지요.”

트리벨리언의 얼굴이 안도의 빛과 함께 비로소 환하게 밝아졌다.

감춰진 진실

마차는 15분가량을 달려 브룩 가의 어느 건물 앞에서 멈췄다. 트리벨리언이 병원으로 임대해 쓰고 있는 건물이었다. 그 건물은 웨스트엔드에 있는 다른 개업의의 병원들처럼 어둡고 음산했으며 앞면이 평평해서 멋이라고는 없었다. 현관으로 다가가자 접수를 받는 직원인 듯한 사람이 나와서 문을 열어 주었다. 2층으로 오르는 넓은 계단에는 훌륭한 양탄자가 깔려 있었다. 우리는 그 푹신한 양탄자를 밟으며 2층으로 올라가려 했다.

그때였다.

"멈춰!"

우리는 이 괴상한 외침에 모두 그 자리에 멈춰 서고 말았다. 그러자 등불이 갑자기 꺼지더니 어둠 속에서 날카롭고 떨고 있는 목소리가 들려왔다. 그것은 매우 히스테릭하게 들렸다.

"난 권총을 가지고 있다. 더 이상 한 발자국이라도 가까이 오면 가차 없이 쏘겠다!"

"무슨 짓입니까, 블레싱턴 씨?"

트리벨리언이 급하게 소리쳤다.

"아아, 박사, 당신이었군요."

큰 한숨 소리가 들렸다. 그러나 블레싱턴의 목소리는 긴장한 그대로였다.

"그런데 당신 뒤에 있는 사람들은 도대체 누구요?"

나는 보이지는 않았지만 그가 어둠 속에서 우리를 노려보고 있는 것을 느낄 수 있었다.

"당신이 홈스 씨를 모셔 오라고 하지 않으셨습니까?"

트리벨리언도 이 예기치 못한 상황에 당황했는지 목소리 톤이 높아졌다.

"아아, 이런……."

그제야 블레싱턴은 안심한 듯했다.

"실례했군요. 어서 올라가십시오. 놀라게 해 드려서 죄송합니다."

주위가 다시 밝아졌다. 계단 옆에 서 있던 사나이의 기괴한 모습이 보였다. 그는 꽤나 비대한 체구였는데 이전에는 더 비대했던지 얼굴 살갗이 작은 주머니 모양으로 늘어져 있었다. 마치 블러드하운드 같았다.

안색은 창백했고 가늘고 엷은 갈색의 머리칼은 부스스하게 곤두서 있었는데 한눈에도 초조한 기색이 역력했다. 목소리가 그랬던 것처럼.

"블레싱턴 씨, 홈스 씨입니다. 인사하시지요. 그리고 이분은 동료인 왓슨 박사이십니다."

트리벨리언이 우리를 소개했다.

"안녕하십니까? 이렇게 와 주셔서 감사합니다. 저보다 더 당신을 필요로 하는 사람은 없을 겁니다. 누군가 제 방에 무단으로 침입했다는 것은 트리벨리언 박사로부터 들으셨겠지요?"

"네, 말씀하신 대로입니다. 그런데 블레싱턴 씨, 어째서 누군가가 당신을 괴롭히고 있다고 생각하시는 겁니까? 짐작이 가는 사람이라도 있으신가요?"

"뭐라 말씀드리기가 어렵군요. 홈스 씨, 저로서는 그게……."

블레싱턴은 신경질적으로 입술을 이죽거리며 말끝을 흐렸다.

"그럼 아무도 해코지할 사람은 없다 그 말씀이신가요?"

"아무튼 제 방으로 들어갑시다."

그는 내 친구의 질문에 대답을 하지 않은 채 자기 병실로 뚜벅뚜벅 걸어 들어가 버렸다. 홈스가 잠자코 그의 뒤를 따랐다. 트리벨리언과 나도 따라 들어가지 않을 수 없었다. 그의 방은 넓고 쾌적해 보였다.

"저걸 좀 보십시오."

블레싱턴이 침대 옆에 놓여 있는 검고 큰 금고를 가리키면서 말했다.

"이미 아시겠지만 이 금고 안에는 저의 전 재산이 들어 있습니다. 은행가들은 도무지 신뢰할 수 없어서 말입니다. 그리고 보니 투자라고는 트리벨리언 박사에게 한 것이 처음이었습니다. 저는 결코 남들이 생각하는 것처럼 부자가 아닙니다. 그런데 그 얼마 되지도 않는 재산이 있는 이 방에 누군가 몰래 침입했단 말입니다. 그걸 알았을 때 제 심정이 어땠을지 짐작하시겠습니까? 행여나 이 금고가 열려 있기라도 했다면 저는 저의 재산 모두를 잃고 말았을 겁니다. 홈스 씨, 이제 제가 왜 그토록 흥분했었는지 이해하시겠지요?"

홈스는 뭔가를 살피듯이 뚫어지게 블레싱턴을 응시하고 있다가 고개를 옆으로 흔드는 것이었다.

"블레싱턴 씨, 솔직하게 말씀해 주시지 않는다면 도와드릴 수 없습니다."

"무슨 말씀이십니까? 저는 모든 걸 사실대로 말씀드리고 있는 겁니다."

블레싱턴은 강하게 부정했지만 홈스는 불쾌하다는 듯 미간을 찡그리고 있었다.

"안녕히 계십시오, 트리벨리언 씨."

홈스는 블레싱턴에게 아무 말도 없이 등을 돌리고 방을 나가려 했다.

"아니, 홈스 씨. 이 사건을 조사하지 않고 그냥 가실 작정입니까?"

홈스의 갑작스러운 행동에 놀란 블레싱턴이 당황한 목소리로 물었다.

"제가 해 드릴 수 있는 것은 하나밖에 없습니다. 진실을 말하시라는 충고뿐입니다."

그는 멍하게 서 있는 블레싱턴을 그대로 둔 채 방을 나갔다. 어리둥절하기는 나나 트리벨리언도 마찬가지였다. 나는 허둥지둥 인사를 하고 홈스의 뒤를 따라나섰다.

1분 후 병원을 나온 홈스와 나는 집을 향해 묵묵히 걷고 있었다. 옥스퍼드 가를 가로질러 할리 가를 반쯤 지났을 때 마침내 홈스가 침묵을 깨뜨렸다.

"왓슨, 쓸데없이 성과도 없는 일에 동행하게 해서 미안하네."

"자네가 미안해할 것은 없지 않은가."

"그렇지만 말일세. 사실은 대단히 흥미로운 사건이었는데……."

"그건 또 무슨 말인가?"

"블레싱턴과 어떤 관계인지도 몰라도 러시아 귀족이라는 두 사나이가 이 사건의 중심에 있다는 것은 부인할 수 없는 사실이야. 다른 사람이 또 관계되어 있을지도 모르지만 말일세. 트리벨리언 박사의 생각처럼 블레싱턴의 병실에 들어간 것은 그 젊은 남자가 분명할 거네. 노인이 거짓으로 진찰을 받고 있는 동안을 노린 것이지. 그 둘은 공범이었던 거야. 생각해 보게. 그들이 찾아온 것은 다른 환자가 없는 시간이었네. 우연이라고 하기에는 지나친 우연 아닌가? 바로 대기실에 아무도 없을 때를 노렸던 거야."

"하지만 그 노인이 발작을 하지 않았나?"

"발작으로 보이게 하는 건 쉬운 일이라네. 그 의사한텐 가르쳐 주지 않았지만 말일세. 강직증이란 꾀병으로 사용하기에 가장 적당한 병이거든. 나도 그걸 사용한 적이 있어서 잘 알지."

홈스가 빙긋 웃었다.

"그럼 블레싱턴의 방에는 무엇 때문에 들어간 건가?"

"분명한 것은 절도를 하기 위해 들어간 것은 아니라는 거네. 만약 도둑질을 하기 위해 들어갔다면 방 안을 뒤졌을 테고 그랬다면 그 방이 그렇게 깨끗할 리 없지 않겠나? 내 생각에는 블레싱턴을 남몰래 만나야 했던 이유가 있을 듯싶군. 그런데 그 패거리들은 블레싱턴의 일과를 잘 모르고 있었던 것 같네. 그들이 찾아왔던 시간이 두 번 다 블레싱턴이 외출하고 없을 때라는 것이 그것을 증명하지.

왓슨, 자신의 신변이 위태롭다고 여기고 있는 사람은 그 눈을 보면 곧 알 수가 있다네. 분명 블레싱턴은 그 두 사람이 누군지 알고 있는 게 틀림없어. 이틀 연속으로 찾아올 정도로 집요한 적을 모르고 있었다는 건 말이 안 돼. 단지 말 못할 어떤 이유가 있기 때문에 감추고 있을 뿐이지. 하지만 내일이면 뭔가를 얘기할 마음이 생길 걸세."

"혹시 말이야, 홈스."

나는 잠시 주저하면서 말했다.

"터무니없는 소리라고 해도 좋네만 러시아 귀족이니 편지니 하는 것들이 모두 트리벨리언이 꾸며 낸 것은 아닐까? 어떤 목적이 있어서 블레싱턴의 방에 직접 들어갔고 말일세."

나로서는 그야말로 멋진 추리라고 생각했는데 홈스는 작은 소리로 웃기만 했다. 가스등 불빛에 즐거운 듯한 그의 얼굴이 보였다.

"왓슨, 나 역시 처음에는 트리벨리언 박사를 의심했어. 그러나 곧 의사의 말에는 거짓이 없다는 걸 알게 되었지."

"어째서 말인가?"

나는 좀 불쾌해져서 따지듯이 물었다.

"자네도 양탄자에 남은 침입자의 발자국을 보았겠지? 그 발자국의 주인공은 구두 끝이 네모난 것을 신었네. 그러니 끝이 뾰족한 구두를 신은 블레싱턴의 발자국은 아니었지. 더구나 박사의 구두보다 1인치하고도 3분의 1이나 크더군. 그 정도로 발이 크려면 헤라클레스 같은 몸집이어야만 할 거야. 왓슨, 기억하나? 귀족 청년이 헤라클레스처럼 우람하다고 했던 말 말일세. 아무튼 결론은 잠시 미루도록 하세. 내일 아침 반드시 병원에서 기별이 올 테니 말이야."

홈스의 예언은 적중했다. 그것도 매우 극적인 방법으로 말이다.

세 명의 사형 집행관

이튿날 아침 눈을 떴을 때 내가 제일 처음 본 것은 가운을 입고 머리맡에 서 있는 홈스였다. 희미하게 밝아오는 햇살이 창문으로 들어오고 있었고 시계는 7시 30분을 가리키고 있었다.

"왓슨, 그만 일어나게. 사륜마차가 우릴 기다리고 있어."

"무슨 일인가?"

"브룩 가의 일이네. 어제 그 병원 말이야."

"소식이 왔나?"

"음, 좋지 않아. 아직 확실한 것은 아니지만……."

홈스가 블라인드를 걷으면서 말했다. 나는 부리나케 침대에서 일어났다.

"이걸 보게."

홈스는 종이쪽지를 내밀었다. 노트를 찢은 듯한 그 종이에는 '부탁입니다. 제발 빨리 와 주십시오. P.T.'라고 쓰여 있었다.

"P.T.라면 트리벨리언 박사 말인가?"

"그래. 찢은 노트를 사용한 것이나 연필로 마구 휘갈겨 쓴 것으로 보면 이것을 쓸 때 박사가 대단히 괴로웠던 모양이네. 아무튼 박사에게 급한 일이 일어난 모양이야. 어서 가 보세."

30분 후 우리는 병원에 당도했다. 마차가 도착하자마자 트리벨리언이 겁에 질린 얼굴로 뛰어나와 우리를 맞았다.

"아아, 어떻게 이런 일이 벌어질 수 있을까요?"

그는 머리를 감싸 쥐며 소리를 쳤다.

"무슨 일이 일어났습니까?"

"블레싱턴이 자살을 했습니다!"

순간 홈스의 입에서 '아' 하는 탄성이 새어 나왔다.

"어젯밤에 목을 매 죽어 버렸단 말입니다."

우리는 병원 안으로 들어갔다.

"정말 어떻게 해야 좋을지 모르겠습니다. 아까는 너무 놀라서 선생님밖에 생각나지 않더군요."

그는 연신 떠들어 대면서 대기실로 우리를 안내했다.

"2층에 지금 경찰이 와 있습니다."

"시체는 언제 발견하셨습니까?"

"아침에 하녀가 발견했습니다."

"자세히 말씀해 보십시오."

"블레싱턴은 매일 아침 일찍 차를 마셨습니다. 그래서 오늘 아침에도 하녀가 차를 들고 병실로 갔는데 그 사람이 방 한가운데 매달려 있었다더군요. 램프를 걸어 두는 고리에 밧줄을 걸고 어제 보았던 그 금고 위에서 뛰어내렸던 겁니다."

홈스는 잠시 생각에 잠겨 있었다.

"지장이 없으시다면 2층에 올라가 살펴보고 싶은데 괜찮으시겠습

니까?"

"저야 상관없지만 경찰이 뭐라고 할지…….'

"그런 거라면 걱정 안 하셔도 됩니다."

사실 홈스는 많은 경찰들과 안면이 있었다. 사건 현장에서 마주친 적도 많았지만 그보다는 홈스의 능력은 경찰들 사이에서도 꽤 유명했기 때문이다. 해결하지 못하는 사건을 들고 홈스에게 찾아올 정도였으니까 말이다. 우리는 망설일 것 없이 2층으로 올라갔다. 트리벨리언은 뒤를 따랐다.

침실로 들어가자 무서운 광경이 눈에 들어왔다. 이 사나이, 블레싱턴은 아직도 목이 매달린 채 그대로였다. 마치 털이 뽑힌 닭같이 늘어져 있어서 그의 뚱뚱한 몸은 더욱 과장되어 보였다. 사람이라고 여겨지지 않을 정도였다. 그는 잠옷만 입고 있었는데 잠옷 밑으로 통통 부어 오른 발목과 볼품없이 경직된 발이 보였다.

그 시체 옆에서 제법 예리해 보이는 경위가 수첩에 메모를 하고 있었다. 그는 우리가 병실에 들어가자 반색을 하며 맞아 주었다.

"아니, 홈스 씨 아니십니까? 잘 오셨습니다."

"안녕하시오, 래너 경위. 오랜만입니다. 일하는데 불쑥 찾아와서 미안하군요. 자초지종에 대해선 얘기 들었겠지요?"

"네, 조금 듣긴 했습니다만…….'

"근육이 경직된 상태만 보아도 죽은 지 세 시간쯤은 지났군요."

내가 말했다.

"그렇습니다."

"래너 경위, 이 사건을 어떻게 생각하시오?"

"글쎄요. 제 소견으로는 이 남자는 공포를 이기지 못하고 자살을 결심한 것으로 보입니다. 홈스 씨, 이것 좀 보시죠. 여기 침대에 깊숙이 자국이 남아 있잖습니까? 아마도 침대에 누워 있다가 5시경에 목을 맨 것 같습니다. 대체로 자살이 가장 많이 일어나는 시간이지요. 이 남자도 사전에 치밀하게 자살을 준비했던 겁니다."

"뭔가 이상한 점은 없었나요? 발견한 것이라도 말입니다."

"세면대에 몇 개의 나사와 드라이버가 있었습니다. 그리고 벽난로에서 시가 꽁초가 네 개나 발견됐습니다. 아마도 간밤에 담배를 많이 피운 것 같습니다."

"파이프도 있었습니까?"

"아니요. 파이프는 없었습니다."

"그럼 시가 케이스는 있었나요?"

"아, 그건 코트 주머니에 있었습니다."

경위가 홈스에게 케이스를 건네주었다. 홈스는 조심스럽게 받아 들더니 뚜껑을 열었다. 안에는 시가가 한 개비밖에 남아 있지 않았다. 홈스는 그 시가를 꺼내 냄새를 맡았다.

"오, 이건 아바나로군."

"아바나요?"

경위가 처음 듣는 말이라는 듯 물었다.

"이 아바나라는 시가는 네덜란드가 동인도에 있는 식민지에서 수입하고 있는 것인데 매우 독특한 시가랍니다. 모양은 보는 것처럼 짚으로 싸여 있고 다른 것보다 가늘고 길지요. 아무튼

고가인 데다가 귀한 것입니다."

설명을 마친 홈스는 피우다 버린 네 개의 꽁초를 집어 들었다. 그리고 호주머니에서 확대경을 꺼내어 자세히 살펴보는 것이었다.

"이 가운데 두 개비는 파이프를 사용했고 나머지는 사용하지 않았군요. 게다가 끝을 자른 방법이 다르네요."

"뭐라고?"

내가 소리를 질렀다.

"음, 자네 짐작대로네. 여기를 자세히 보면 말이야. 두 개는 잘 들지 않는 칼로 잘랐고 나머지는 튼튼한 이빨로 씹어서 자른 거야. 일반적으로 사람들은 한 가지 방법을 고수하기 마련이거든. 담배 역시 그렇지. 그런데 끝을 자른 방법이 다르다는 말은 곧 그 방에 있었던 사람은 한 사람이 아니라는 얘기가 되는 거야.

이건 자살이 아냐! 래너 경위, 블레싱턴 씨는 누군가에 의해 계획적이고도 잔인하게 살해당한 것입니다."

"그, 그럴 리가요!"

래너 경위가 더듬더듬하며 소리를 질렀다.

"홈스 씨, 살인을 하는데 어째서 목을 매다는 따위의 번거로운 방법을 택하겠습니까?"

"그 이유는 지금부터 밝혀야겠죠."

홈스는 차가울 정도로 침착했다.

"이해가 안 되는군요. 다른 사람이 이 병원에 들어왔다는 건 있을 수 없는 일입니다."

"아니요, 범인은 버젓이 현관으로 들어왔고 또 그곳으로 나간 겁니다. 아까 들어올 때 보니까 발자국이 있더군요."

"모르셨나 본데 현관은 모두 안으로 빗장이 걸려 있었습니다."

"범인이 걸어 잠근 거지요."

"그건 말이 되지 않습니다. 어떻게 밖으로 나간 범인이 안에 있는 빗장을 건다는 말씀입니까?"

"난 밖에서 빗장을 걸었다고 말하지 않았습니다. 하여튼 그렇게 흥분하지 말고 잠시만 기다리시죠. 설명해 드릴 테니……."

그는 우리를 세워 두고 병실의 문고리를 자세하게 살펴보았다. 그리고 자물쇠를 이리저리 돌리기도 하고 안쪽에 꽂혀 있던 열쇠를 뽑아서 열쇠구멍을 들여다보기도 했다. 그런 다음 침대, 양탄자, 안락의자, 난로, 시체, 그리고 목을 맨 밧줄을 차례차례로 살펴보았다.

"이제 되었네."

홈스는 손에 묻은 먼지를 털면서 만족스러운 표정으로 말했다. 홈스는 나와 경위의 도움을 얻어 밧줄을 끊고 블레싱턴의 사체를 벽에서 내려 정중하게 눕힌 다음 시트로 덮었다.

"이 밧줄은 어디서 나온 걸까?"

홈스가 블레싱턴의 목을 감고 있던 밧줄을 들며 누구에게랄 것 없이 물었다.

"아, 그건 여기서 자른 겁니다."

트리벨리언이 침대 밑에서 둘둘 말려 있는 커다란 밧줄 뭉치를 꺼냈다.

"이건 만약의 경우를 대비해서 탈출용으로 준비해 둔 겁니다. 블레싱턴 씨가 병적으로 화재를 두려워했거든요. 복도에 불이 번지면 창문을 통해 대피할 수 있도록 준비해 달라고 해서 제가 가져다놓은 것입니다."

"덕분에 범인들의 수고가 덜어진 셈이군."

홈스는 심각한 표정으로 중얼거렸다.

"하여간 사건은 명백해졌군요. 오후가 되면 그 이유마저도 설명할 수가 있을 겁니다. 래너 경위, 벽난로 위에 있는 블레싱턴의 사진을 가져가면 안 될까요? 조사에 필요합니다."

"사진이라면 좋습니다. 현장은 이미 다 기록해 놓았으니까요."

"고맙습니다."

"하지만 홈스 씨!"

트리벨리언이 외쳤다.

"뭘 알아내신 건지 모르겠습니다. 제발 설명 좀 해 주십시오."

홈스는 빙긋 웃더니 차분하게 입을 열었다.

"제가 알아낸 것은 사건의 순서뿐입니다. 우선 이 사건의 범인은 모두 세 사람의 남자입니다. 박사님께 찾아왔다는 러시아 귀족을 사칭한 노인과 젊은 청년, 그리고 제3의 사나이 이렇게 셋이죠. 처음의 러시아 귀족 부자에 대해서는 다른 설명이 필요할 것 같지는 않군요. 트리벨리언 박사님께서 직접 보셨으니 말입니다. 그들이 실제로 부자간인지는 모르겠지만 말입니다. 러시아 귀족이라는 것도 거짓말이겠지요. 하여간 그 두 사람과 아직은 알 수 없는 한 명이 어젯밤 병원 내부에 있던 패거리의 도움으로 안으로 들어왔던 겁니다. 아 그전에, 박사님, 환자를 안내한다는 접수 직원을 근래에 고용했다고 했었죠?"

"네, 아직 2주가 되지 않았습니다."

트리벨리언이 의아해하면서 대답했다.

"래너 경위, 접수 직원을 체포하는 것이 좋을 겁니다."

"홈스 씨!"

트리벨리언이 깜짝 놀라며 외쳤다.

"별로 중요한 일이 아니라고 생각해서 말씀 안 드렸는데 그 사람이 오늘 아침부터 보이지 않습니다. 하녀와 요리사가 찾으러 나갔습니다만……. 어쩌죠?"

홈스는 어깨를 으쓱해 보였다.

"그러리라 짐작은 했습니다. 이로써 그 사람이 이 사건에서 상당히 중요한 역할을 했다는 것이 증명된 셈이로군요."

"뭐라고요?"

트리벨리언의 얼굴이 하얗게 질렸다.

"그 직원이 병원 문을 열어 줬던 겁니다. 그런 다음 노인과 젊은 청년, 그리고 제3의 사나이 순서로 계단을 올라갔습니다. 조심스럽게 말입니다."

"그건 어떻게 알았나?"

내가 물었다.

"발자국이 겹쳐 있더군. 사실 어젯밤에 왔을 때 발자국들을 미리 조사해 두었거든. 범인들은 조심스럽게 블레싱턴의 방으로 들어갔어. 침실 문은 잠겨 있었지만 그건 문제가 되지 않았네. 철사를 사용해서 열쇠를 밀어냈거든. 열쇠구멍 속에 긁힌 자국은 굳이 돋보기를 사용하지 않아도 육안으로도 쉽게 확인되더군. 열쇠를 밀어내느라 힘을 가할 때 생긴 자국 말이네."

"맞아요. 평소의 블레싱턴 씨는 문을 잠그고 잤어요. 그래서 차를 가지고 가면 블레싱턴이 문을 열어 줘야 했지요. 그런데 오늘은 아무리 불러도 대답하지 않았다고 하더군요."

트리벨리언이 생각난 듯 큰 소리로 말했다.

"그랬을 겁니다. 아까 박사님께서는 하녀가 블레싱턴 씨의 시체를 발견했다고 하셨지요. 그건 그녀가 직접 방문을 열었다는 얘기입니다. 문이 잠겨 있지 않았다는 것이지요. 시체가 방을 열어 줬을 리는 없지 않겠습니까? 철사로 열쇠를 밀어낼 정도로 용의주도한 범인들이라고 해도 밖에서 열쇠를 다시 꽂아 놓기란 여간해서는 쉽지 않았을 테지요."

"그렇군요. 전 이상하다는 생각조차 하지 않았습니다."

"블레싱턴의 시체를 보고 놀라셨을 테니까 당연합니다."

홈스는 부드럽게 미소를 짓더니 다시 설명을 이었다.

"그들은 방으로 들어가서 제일 먼저 블레싱턴에게 재갈을 물렸습니다. 박사님이 아무런 소리도 듣지 못한 것은 그는 자고 있었거나 아니면 소리도 지를 수 없을 만큼 공포에 떨고 있었기 때문일 겁니다. 설사 비명을 질렀다고 해도 들리지 않았을지도 모르지요.

이 병실의 벽은 그만큼 두꺼우니까요. 블레싱턴은 묶인 채로 침대에 앉아 있었다고 여겨지지만 그건 별로 중요하지 않습니다. 아무튼 세 명의 남자들은 시가 꽁초로 봐서 꽤 긴 시간 이야기를 나눈 것 같습니다. 어떤 협상을 벌였을 수도 있지만 짐작하기로는 블레싱턴을 어떻게 처벌할 것인가에 대한 이야기를 했을 겁니다.

범인 가운데 강직증 환자 역할을 했던 노인은 이 안락의자에 앉아서 파이프를 사용해서 시가를 피웠고 아들 역할을 했던 청년은 저쪽에서 서랍장에다 재를 털었습니다. 그리고 나머지 한 명은 시가를 피우지 않은 채 방 안을 서성거리고 있었던 겁니다.

그들은 결국 블레싱턴을 교수형에 처하기로 했습니다. 편지를 보낸다거나 두 번이나 방문하는 등 사전에 충분히 계획된 일이었기 때문에 교수대로 사용할 도르래를 가지고 왔을 겁니다. 세면대에 있던 나사와 드라이버는 도르래를 위에 고정시키기 위한 것이었죠. 그러나 벽에 있는 못을 보고는 마음을 바꾼 겁니다. 그들은 램프 고리에 밧줄을 걸고 블레싱턴을 매달았고 도르래만 가지고 서둘러 도망쳤습니다. 그리고 공범인 그 접수 직원이 안에서 빗장을 걸어 외부의 침입자가 없는 것처럼 꾸민 후 다른 사람에 의해 시체가 발견되기를 기다렸습니다. 마침내 그가 바란 대로 한바탕 소란이 일어났고 사람들이 경찰과 저를 불러오기 위해 직접 문을 열고 나가자 비로소 도망친 겁니다."

우리는 어젯밤에 일어났던 일에 대해 진심으로 열심히 듣고 있었다. 그러나 섬세하고 미묘한 증거를 바탕으로 한 홈스의 추리는 그가 단서를 하나하나 지적해 주기 전에는 이해하기가 매우 어려웠다.

"나머지는 조금 조사가 필요합니다. 조사가 끝나면 이 사건의 상세한 점까지 모두 말씀드리겠습니다. 모두 세 시에 베이커 가에 있는 제 사무실에서 보기로 하지요."

"알겠습니다. 일단 전 경찰서로 가서 그 직원을 먼저 수배하겠습니다."

래너 경위는 서둘러 경찰서로 가기 위해 병원을 나섰다. 홈스와 나도 베이커 가로 돌아왔다. 아직 식전이었기 때문에 우리는 먼저 밥을 먹었다. 식사를 마치자 홈스는 말했다.

"나도 3시까진 돌아오겠네."

사건 앞에서는 언제나 적극적인 홈스는 내가 뭐라고 하기 전에 밖으로 나가 버렸다.

배신자의 최후

약속한 시간이 되자 래너 경위와 트리벨리언 박사가 도착했다. 그러나 정작 약속 시간을 정한 홈스는 45분이나 늦게 나타났다. 방 안에 들어서는 내 친구의 표정은 밝아 보였다. 나간 일이 잘된 모양이었다.

"래너 경위, 무슨 좋은 소식이라도 있습니까?"

"직원을 잡았습니다."

"잘됐군요. 나는 나머지 패거리들을 찾아냈답니다."

"범인들을 잡았다고요?"

세 사람이 이구동성으로 말했다. 그러자 홈스는 큰 소리로 웃었다.

"이런, 제가 말을 잘못했군요. 신원을 알아냈다는 말입니다."

"도대체 그들이 누굽니까?"

경위가 다급하게 물었다.

"내가 생각한 대로 그 블레싱턴이라고 하는 자는 경찰과 인연이 있는 인간이었습니다. 경위도 잘 알지 않을까 싶은데 그들의 진짜 이름은 비들, 헤이워드, 그리고 모펫입니다."

"워싱턴 은행 강도!"

경위가 외쳤다. 홈스가 밝게 웃으며 고개를 끄덕였다.

"그렇다면 블레싱턴이 서튼이겠군요?"

"맞습니다!"

"이제 모든 걸 알겠습니다."

경위는 팔짱을 끼면서 말했다. 그러나 홈스와 경위의 대화가 트리벨리언과 나로서는 어리둥절할 뿐이었다. 우리는 서로의 얼굴을 쳐다만 보았다.

"여기 내 친구와 박사님께서는 아직 잘 모르시나 보군요. 자세히 설명해 드리죠."

홈스는 궁금해하는 우리를 위해 사건을 설명하기 시작했다.

"1875년에 워싱턴 은행에 큰 강도 사건이 있었습니다. 범인은 모두 다섯 명이었는데 수위인 토빈이 그들에 의해 살해되었고 범인들은 7천 파운드를 훔쳐서 도망쳤지요. 한동안 세간을 떠들썩하게 했으니까 모두 기억하고 있을 겁니다. 그때 다섯 명의 범인 모두 체포되었지만 결정적인 증거를 찾지 못해서 경찰이 애먹었죠. 그런데 서튼이란 자가 자기만 살겠다고 동료들을 배신했던 겁니다. 그 서튼이 바로 블레싱턴입니다. 여하튼 그 자의 증언으로 카트라이트가 교수형을 당했고 나머지 세 사람은 각각 15년형에 처해졌지요.

감옥에서 그들은 복수를 꿈꿨겠지요. 세 사람은 석방되자마자 배신자를 찾았습니다. 병원에 있는 것을 알아낸 그들은 제일 먼저 사람을 매수해서 병원에 취직하게 했습니다. 그리고 자연스럽게 병원에 들어가기 위해 박사님께 거짓 편지를 보냈던 겁니다. 처음 그들

의 계획은 노인이 진료를 받는 척하면서 박사님을 붙잡아 둔 사이 나머지 사람들이 블레싱턴을 처치하는 것이었습니다. 물론 여기에는 내부에 심어 놓은 협조자의 도움이 필요했습니다. 대기실에 없었던 것을 눈감아 줘야 했으니까요. 하지만 그때마다 그가 없었기 때문에 무위로 끝났습니다. 그래서 그가 병원에 있을 것이 뻔한 밤 시간을 이용하기로 한 거지요. 결국 성공했고 말입니다. 그들은 죽은 동료의 복수를 했던 겁니다. 트리벨리언 선생, 더 설명할 것이 있겠습니까?"

"하지만 아직 15년이 지나지 않았는데 그들이 어떻게 블레싱턴을 죽인 범인이란 말입니까?"

트리벨리언이 물었다.

"간혹 형기가 만료되기 전에 출소하기도 하지 않습니까? 제가 알아본 바에 의하면 그들은 얼마 전에 모범수로 출소했더군요. 그날은 블레싱턴이 문에 빗장을 달아 달라고 한 날일 겁니다."

"그렇군요. 이제야 알겠습니다. 블레싱턴이 신문에서 그들이 석방한다는 사실을 알게 되었기 때문에 그렇게 흥분했던 거로군요."

"그래요. 웨스트엔드의 강도 이야기는 빗장을 만들기 위한 단순한 거짓말이었지요. 옛 동료들이 얼마나 복수심에 불타고 있을지 그도 잘 알고 있었기 때문에 두려웠던 겁니다."

"하지만 왜 당신한테 실토하지 않았을까요?"

"될 수 있으면 과거에 일어났던 일을 알리고 싶지 않았겠죠. 은행 강도를 한 것이나 동료를 배신한 것이나 모두 남에게 드러내놓고 떠들기에는 수치스러운 것이었을 테니까요."

나는 씁쓸한 기분이 되었다.

"비열하고 악한 자가 영국 법률의 보호를 받고 살아왔던 거로군."

홈스는 아무 말도 하지 않았다. 단지 무거운 표정으로 고개를 끄덕였을 뿐이다.

이렇게 사건은 끝이 났다. 그날 이후 경찰은 온갖 노력에도 불구하고 세 살인자들을 붙잡지 못했다. 이후에 런던 경시청은 그 세 사람이 증기선인 노라 크레이나 호에 탑승했던 것으로 추정했다. 이 배는 몇 년 전에 포르투갈 연안에서 난파해 승객 전원이 죽는 불행을 당했다. 또 매수되었던 접수 직원은 증거가 불충분했기 때문에 재판이 계속되지 못했다. 결국 '브룩 가의 미스터리'라고 사람들에게 알려진 이 사건은 오늘날까지 정식으로 출판되지 않고 있다.

훗날 나는 이 사건을 떠올릴 때마다 왠지 개운치가 않았다. 범인이 잡히지 않아서는 아니었다. 그런 내 기분을 알았는지 홈스는 이런 말을 했다.

"왓슨, 나는 법이 제 역할을 제대로 수행하지 못한다고 해도 역시 정의는 살아 있다고 생각하고 싶네. 비록 범죄자에 의해서 실현되었기는 하지만 말일세."

그리스어
통역관

마이크로프트 홈스

홈스의 친형으로 공무원이다. 키가 크고 몸집이 크며 뚱뚱한 편. 감정이 드러나지 않는 무뚝뚝한 얼굴에 남의 마음을 꿰뚫어 보는 듯한 날카로운 회색 눈을 가졌다. 탐정으로서 탁월한 능력을 소유했지만 남들 앞에 나서기를 싫어해서 조용히 살고 있다.

멜라스

그리스어 통역관. 키가 작고 뚱뚱하며 올리브색의 피부와 검은 머리칼을 가졌다. 홈스의 형과 같은 건물에 살면서 관광객과 무역상을 상대로 통역을 한다. 불행을 당한 사람을 그대로 잊지 못하는 착한 심성을 가졌으나 겁이 많고 소심해서 악당들에게 순순히 협조하고 만다.

폴 클라티데스

그리스인 부호. 키가 큰 사내로 동생을 위해서라면 자신의 목숨도 아까워하지 않을 정도로 혈육간의 정이 깊고 불의에 굴하지 않는 굳은 심지를 가졌다.

소피 클라티데스

그리스인 부호의 상속녀. 검은 머리에 키가 크고 이목구비가 뚜렷하다. 마치 그리스 신화의 여신을 보는 듯하다. 사랑을 위해서 자신의 모든 것을 버릴 정도로 순수한 심성의 소유자.

월슨 켄프

작은 키에 안경을 쓰고 있으며 왜소한 몸집의 중년의 사내. 창백한 혈색에 천박하고 뾰족한 턱, 실처럼 가늘고 푸석푸석한 턱수염을 마구잡이로 기르고 있으며 독사와 같이 차가운 눈으로 항상 기분 나쁜 웃음을 짓고 있다.

    1893년에 발표한 이 작품은 이전에는 한 번도 등장하지 않았던 홈스의 사생활이 노출된 것으로 유명해진 작품이다.

    작품 속에 일곱 살 위의 형인 마이크로프트 홈스가 등장하는 것은 물론이고 할머니가 프랑스의 화가 베르네의 동생이라고 언급한 것은 홈스에 대한 독자의 궁금증을 얼마간이나마 충족시키는 역할을 했다. 실제로 베르네는 프랑스의 유명한 화가로서 그의 가문은 예술가가 많은 집안으로 유명하다.

    한편 이 작품에서 홈스는 특유의 기민한 행동을 발휘하지 않는다. 그것은 셜록 홈스보다 뛰어난 추리와 관찰력을 자랑하지만 행동하지 않는 마이크로프트 홈스의 성격과 그의 지위에 그 이유가 있다 하겠다.

뛰어난 재능의 또 다른 홈스

홈스는 나를 제외하면 친구라고 할 만한 사람이 달리 없었다. 또 사귀는 여성이 있는 것도 아니었다. 물론 그는 결코 다정다감한 사람은 아니었다. 내가 결혼한 후 떨어져 살면서 가끔이라도 소식을 전한다거나 찾아보는 일이 언제나 내 몫이었던 것만 보더라도 그것은 의심할 여지가 없었다. 즉 홈스의 정신세계는 감정이라고는 조금도 끼어들 여지가 없는 냉철한 이성이 지배하고 있었던 것이다. 그 때문에 그를 냉정하고 인간미 없는 사람으로 여기게 했다.

그렇다고는 해도 나는 간혹 홈스와 내가 정말 친구일까 하는 생각을 했다. 그도 그럴 것이 상당히 오랫동안 인연을 맺고 있었지만 그의 친척이나 혈육에 대한 이야기를 들은 적이 없었던 것이다. 또 유년 시절은 고사하고 청년 시절에 관해서도 거의 들은 바가 없었다. 사건에 대한 것을 제외하고는 거의 말이 없는 홈스이기는 했지만 그렇다고 해서 서운한 느낌이 아주 없다고는 할 수 없었다. 물론 친구로서 홈스의 우정을 의심하는 것은 아니었다. 결국 나는 홈스가 고 아이거나 과거에 아픈 기억이 있어서 말하고 싶지 않은 것일지도 모른다고 나름대로 추측하게 되었다. 그러던 어느 날 내 추측이 얼마나 잘못된 것인지를 깨닫게 되는 일이 벌어졌다.

그날은 어느 해 여름이었다. 창문으로 지는 해의 그림자가 길게 드리워진 베이커 가 2층에서 홈스와 나는 차를 마시며 이런저런 이야기를 나누고 있었다. 그러다가 이야기 끝에 유전과 유전적으로 나타나는 소질에 관해서 토론을 벌이게 되었다. 토론의 주제는 인간의 특수한 재능이 유전에 의한 것인가, 아니면 훈련에 의한 것인가에 대한 것이었다.

"자네 말처럼 유전보다는 훈련이 개인의 능력을 좌우한다면 자네의 그 탁월한 관찰력이나 추리력은 분명히 훈련으로 이루어졌다는 것이겠군."

"내 경우라……."

홈스는 약간 머뭇거리는 듯하다가 대답했다.

"어느 정도는 그렇지. 하지만 내 조상을 살펴본다면 꼭 그렇다고는 할 수 없네."

"자네 조상?"

나는 의외의 대답에 조금 놀랐다.

"그들은 대대로 시골의 대지주였는데 대체로 그 계층의 사람들과 별로 다르지 않은 생활을 했지. 그런데 내 할머니는 조금 다른 분이셨다고 하더군. 그래서 말인데 아마도 나의 그런 재능들은 할머니에게서 물려받은 게 아닌가 싶네."

"할머님이 어떤 분이셨는데?"

"딱히 남과 구별될 만한 삶을 사셨던 것은 아니야. 하지만 그분의 친정 오빠 되는 분이 베르네라는 프랑스 화가였지. 내가 주목하는 점은 바로 그 점이야. 예술가의 혈통은 가끔 색다른 인간을 탄생시키거든."

"하지만 그것만으로는 자네의 재능을 유전에 의한 것으로 보기에는 무리가 있지 않을까?"

"유전이 아니라면 내 형인 마이크로프트에게도 똑같은 재능이 있다는 걸 어떻게 설명할 수 있겠나?"

"형? 자네에게 친형이 있다는 얘긴가?"

홈스는 씁쓸하게 웃었다.

"왜 아니겠나? 사실은 나보다 더 뛰어나다네. 유감스럽게도 말이야."

그건 처음 듣는 이야기였다. 홈스가 가족에 대한 이야기를 꺼낸 것도 놀라운 일이었지만 이처럼 특수한 부분에 뛰어난 재능을 가진 남자가 영국에 또 한 명이 있다니……. 그런데도 경찰은 물론 세상 사람 누구도 그 사실을 알지 못한다니, 도무지 믿을 수 없는 일이었다.

"홈스, 예의상 형이 자네보다 뛰어나다고 말하는 거 아닌가? 겸손이라면 나한테까지 그럴 필요 없어."

"천만에!"

홈스는 내 말을 한마디로 일축했다.

"왓슨, 내가 겸손을 미덕으로 생각하는 사람이 아니라는 건 자네가 더 잘 알고 있지 않나? 이론가는 모든 것을 알고 있는 그대로 보아야 한다네. 자신을 실제보다 낮게 평가하는 것은 자기의 능력을 과대평가하는 것과 마찬가지로 진실에서 벗어나는 짓이지. 난 그런 행동에는 동의할 수 없어. 따라서 마이크로프트 형이 나보다 뛰어나다고 내가 말한 건 겸손도 과장도 아닌 사실이라네. 관찰력이라면 분명 누구에게도 지지 않을 거야."

그건 홈스의 말이 맞았다. 홈스는 어떤 경우에도 감정에 휘말리는 일이 없었다. 또 자신의 재능을 자랑하는 일은 없었지만 그렇다고 감추거나 겸손을 떠는 사람도 아니었다. 그러나 나는 결코 홈스의 능력에 버금가는 사람이 있다는 얘기는 소문으로도 들어 본 적이 없었다.

궁리 끝에 나는 홈스와 형이 나이 차이가 많이 나서 이미 은퇴를 한 것일지도 모른다는 결론을 내렸다.

"형의 나이가 어떻게 되나?"

"나보다 일곱 살 위라네."

홈스는 내 기대를 무참하게 무너뜨렸다.

"정말 이상하군. 그렇게 능력이 뛰어나다면서 어떻게 이름이 전혀 알려져 있지 않은 거지?"

"그래도 동료들 사이에서는 꽤 유명하다네."

"동료라니? 어느 방면의 동료란 말인가?"

"디오게네스 클럽 같은 곳이지."

역시 들어 본 적 없는 클럽이었다. 내가 고개를 갸우뚱하자 홈스는 빙긋 웃으며 설명해 주었다.

"디오게네스 클럽처럼 일반인들에게는 알려지지 않은 클럽도 드물 거네. 게다가 런던에서도 가장 색다른 클럽이라고 할 수 있지. 물론 마이크로프트 형에 비하면 오히려 평범한 곳일지도 모르지만. 사실 형은 아주 별난 사람이거든."

나는 특이한 것에 있어서 둘째가라면 서러워할 홈스가 다른 누군가를 특이하다고 말한다는 것이 어쩐지 우습게 느껴졌다. 홈스는 시계를 꺼내 보면서 말을 이었다.

"잘됐어. 형은 매일 오후 4시 45분부터 7시 40분까지는 반드시 클럽에 있거든. 지금이 6시니까 분명히 클럽에 있겠군. 왓슨, 기왕 말이 나온 김에 그 특이한 클럽과 희귀한 사람 하나를 소개해 줄까? 만약 자네가 모처럼 한가하고 아름다운 저녁에 바람이라도 쐬러 나갈 생각이 있다면 말이야."

"마다할 리가 있나?"

5분 뒤 홈스와 나는 리젠트 광장을 향해 걷고 있었다.

"홈스, 자네 형의 능력이 자네보다 뛰어나다면 어째서 그 능력을 발휘할 만한 일을 하지 않는 건가?"

"탐정 일 같은 것 말인가?"

"말하자면 그렇지."

홈스는 낮게 키드득댔다.

"자네가 이상하게 생각하는 것도 무리는 아니라고 생각하네. 하지만 형에게는 어림도 없어."

"무슨 뜻인가?"

"탐정이 하는 일이라는 게 안락의자에 편안히 앉아 추리만 꿰맞추기만 하면 되는 것이라면 마이크로프트 형은 탐정으로서 일찍이 유래가 없을 정도의 명성을 얻었을 걸세. 하지만 불행히도 현실은 그렇지 않아. 내가 베이커 가의 집을 찾아온 의뢰인의 이야기만 듣고도 어느 정도의 추리를 하는 것은 사실이야. 하지만 사건을 해결하려면 그것만으로는 부족하다네. 물론 결과와 처음의 내 추리가 별반 다르지 않기는 하지만 말이야. 어쨌든 나는 몇 번이라도 현장을 찾아가는 등 재판관이나 배심원에게 넘기기 전에 실제적인 증거를 찾기 위한 수고를 아끼지 않네. 때로는 맹수처럼 민첩해야 할 때도 있어. 그건 자네도 잘 알고 있겠지?"

"그래."

사실이 그랬다. 홈스는 사건을 앉아서만 해결하는 법이 없었다. 그의 행동은 언제나 경찰보다 빨랐고 때로는 범인보다도 앞서곤 했다.

"그런데 불행하게도 우리 형은 자신이 추리해 낸 문제를 확인하려고 하지 않는다네. 심지어 자신의 추리가 정확하다는 것을 증명할 때 어느 정도의 행동이 필요한 경우라면 그냥 틀린 것으로 해 버리기 일쑤야. 절대로 그런 수고를 할 사람이 아닌 거지. 한마디로 열정이나 의욕이 없어. 야심도 없고 말이야. 하지만 관찰력이나 추리력에 있어서 형이 나보다 한 수 위라는 건 틀림없네."

"아까 동료들에게는 유명하다고 하지 않았나? 그건 직업은 아니더라도 그 능력을 사용하고 있다는 얘기 아닌가?"

"물론이야. 하지만 내게 있어서는 생계의 수단이지만 형에게는 그저 재미에 지나지 않네. 현재 형은 정부의 어느 부서에서 회계장부 감사를 하고 있네. 숫자에 대해 남달리 비범한 편이니 능력을 잘 살리고 있는 셈이지. 게다가 형의 직장은 관청이 많이 있는 트라팔가 광장과 국회의사당까지 이어진 화이트홀에 있는데 형의 집이 있는 펠멜 가와는 그리 멀지 않네. 모퉁이만 돌면 바로 펠멜 가니까 말이야. 움직이기를 극단적으로 싫어하는 형에게는 더없이 좋은 조건의 직장일 거야. 어쨌든 형은 매일 아침 길모퉁이를 돌아 직장에 갔다가 저녁이 되면 다시 그 길모퉁이를 돌아 귀가하는데 그것 말고는 일 년 내내 운동이라고는 거의 안 한다네. 물론 일 없이 나다닌다거나 사람들이 많이 모이는 곳에 가는 일도 없지. 그런데 단 하나의 예외가 있는데 그게 바로 디오게네스 클럽이야."

"그렇게 움직이기를 싫어하고 사람들을 싫어한다면서 클럽의 회원이라니 의외로군."

"그만한 이유가 있지."

"이유라니?"

"그 클럽은 그 두 가지 조건을 모두 충족시켜 주고 있거든."

홈스가 빙그레 웃었다.

"먼저 그 클럽은 형의 집 맞은편에 있다네. 그 정도는 아무리 움직이기를 싫어하는 사람이라고 해도 그다지 많은 수고가 필요한 것은 아닐 거야. 그다음은 클럽의 성격인데 다른 클럽과는 확실히 다른 면이 있다네. 일반적으로 클럽이라고 하면 카드놀이를 한다든가 정치나 사회 전반에 관해 이러쿵저러쿵 떠드는 데라고 할 수 있지. 결국 사교를 위한 모임일 거야. 하지만 형이 가입하고 있는 디오게네스 클럽은 다른 회원들에게 관심을 갖지 않는 것이 아주 중요한 규칙이라네. 심지어 클럽 내에서는 어떤 대화도 해서는 안 된다는 규정이 있는데 이것을 3회 위반해서 위원회에 알려지면 그길로 제명이야. 클럽에서 그들이 하는 것이라고는 안락의자에 앉아 느긋하게 쉬거나 새로 출간된 잡지나 책을 읽는 것이 전부라네. 한마디로 내성적이거나 인간혐오증을 가진 사람들을 위한 장소인 셈이지. 아마 런던에서 가장 사교성 없고 무뚝뚝한 남자들의 모임일걸. 마이크로프트 형은 그 클럽의 창립회원이지. 자네에게는 조금 답답한 곳일지도 모르지만 내 경우에는 마음이 편안해지는 곳이었어. 집을 제외하고는 그런 느낌이 드는 곳이 이 런던 안에 있을 거라고는 생각지도 못했는데 어쨌든 의외의 곳이었지."

"자네도 거기 회원이란 말인가?"

"아니, 그저 몇 번 들러 봤을 뿐이야. 오, 벌써 다 왔군."

홈스가 멈춰 선 곳은 세인트제임스 가와 펠멜 가를 지나 보수당의 본부인 칼튼 클럽이 저만치에 보이는 어느 건물 앞이었다. 거리 쪽으로 큰 유리창이 있어서 안을 볼 수 있었는데 넓은 홀의 불빛이 거리까지 환하게 밝히고 있었다. 홀은 그곳에 모인 사람들의 음울한 성격과는 달리 호화롭기 그지없었다. 그리고 홀 곳곳에는 자신만의 공간에 틀어박혀 신문 따위를 읽는 등 무언가에 열중하고 있는 사람들이 있었다.

"왓슨, 다시 한 번 말하지만 홀 안에서는 어떤 일이 있어도 입을 열어서는 안 되네. 알겠지?"

홈스는 내 다짐을 받은 후 앞장서서 현관 안으로 들어갔다.

형제의 추리 경쟁

홈스는 펠멜 가 쪽으로 창이 나 있는 작은 방으로 나를 안내하고는 아무 말도 없이 곧장 밖으로 나갔다. 나는 창을 통해 거리를 내다보았다. 거리에는 관청이 가까워서인지 많은 사람들이 오가고 있었다. 방에 혼자 있자니 괜히 머쓱해졌다. 하지만 다행히 내 기다림은 그다지 길지 않았다. 문이 다시 열리고 홈스가 방으로 들어왔던 것이다. 예상한 대로 홈스는 혼자가 아니었다.

함께 들어온 사람은 홈스보다 몸집이 크고 뚱뚱했는데 한눈에 그가 바로 홈스의 형이라는 것을 알 수 있었다. 그 정도로 둘은 닮아 있었던 것이다. 특히 방심하고 있는 듯하지만 어딘지 남의 속마음을 꿰뚫어 보는 듯한 그의 밝고 엷은 회색 눈은 생각에 잠겨 있을 때의 홈스의 눈빛, 바로 그것이었다.

"처음 뵙겠습니다. 마이크로프트 홈스입니다."

마이크로프트는 손을 내밀며 인사했다.

그의 손은 물개의 지느러미처럼 볼이 넓고 납작했다.

"왓슨 박사께서 기록을 발표하면서부터 셜록이 맡은 사건에 대해서는 매번 자세히 듣고 있습니다. 덕분에 셜록에 대한 평판이 더 좋아진 것 같더군요. 전문 작가도 아니신데, 대단하십니다."

"그건 사건이 특이한 데다 저 친구의 능력이 뛰어나서 그런 거지요. 제가 능력이 있어서가 아닙니다."

"겸손하시군요. 그나저나 셜록, 지난 주에 찾아올 줄 알았는데 어떻게 된 거지?"

"마이너 하우스 사건을 말하시는 거라면 잘 해결했어요."

"그래? 너에게는 약간 무리일 것 같았는데 어쨌든 잘됐구나."

홈스가 빙그레 웃었다.

"범인은 역시 애덤스였지?"

"네."

"애초에 그럴 줄 알았어."

그는 가볍게 고개를 끄덕이더니 활 모양으로 튀어나온 창문턱에 걸터앉았다. 홈스도 미소를 지으며 그의 곁에 나란히 앉았다. 마이크로프트가 말했다.

"인간을 연구하려는 사람에게는 이곳만 한 장소가 없을 게다. 여기 이렇게 앉아서 밖을 내다보면 여러 종류의 인간들을 볼 수 있으니 말이야. 마침 이쪽으로 오는 사람들이 있군. 음, 전형적인 인물들인걸."

"그러게요. 한 사람은 당구장의 점수 계산원이네요."

"맞아. 그런데 그 옆의 사람에 대해선 어떻게 생각하지?"

두 사람의 대화를 듣고 있자니 절로 호기심이 일었다. 형제 사이로 창을 향해 정면으로 걸어오는 두 사람이 보였다. 한쪽 사나이의 조끼 주머니 위에는 초크 자국이 묻어 있었다. 나는 그것이 방금 이 두 형제가 한 추리의 근거라고 생각했다. 한편 다른 한쪽은 몸집이 작고 피부가 검은 사내였는데 그는 모자를 뒤로 젖혀 쓰고 여러 개의 작은 보퉁이를 옆구리에 끼고 있었다.

"과거에 군인이었던 모양이군요."

홈스가 말했다.

"그래, 최근에 제대했어. 인도에서 근무했고."

"하사였고 병과는 포병이었네요."

"홀아비가 틀림없군."

"하지만 혼자 사는 건 아니에요. 아이가 하나 있거든요."

"이런, 셜록. 하나가 아니야."

"잠깐!"

형제의 대화를 가만히 듣고 있던 내가 그들의 대화를 중단시켰다.

"대화 중에 폐가 안 된다면 제가 알아들을 수 있게 설명해 줬으면 좋겠군요."

"이런, 우리끼리만 떠들었군. 미안하네, 왓슨. 우리가 얘기한 건 별것 아니야. 저 으스대는 듯한 얼굴 표정이나 어깨를 펴고 걷는 태도, 그리고 햇볕에 탄 피부는 그가 바로 군인이었다는 증거라네. 또 이마의 한쪽 피부가 상대적으로 흰 것으로 보아 항상 모자를 삐딱하게 쓰고 있었어. 그건 졸병이고서는 감히 생각도 하지 못할 일 아닌가? 하사관 이상은 되어야겠지. 특히 영국 내에서는 피부를 저렇게 검게 태울 수 없다네. 결국 그는 인도에서 돌아온 지 얼마 되지 않은 하사관급 군인이었던 거야."

"최근에 제대했다는 건 어떻게 알았나?"

"그건 군대에서 지급받은 군화를 그대로 신고 있기 때문이지요."

마이크로프트의 설명이었다.

"또 기병대라면 다리를 벌리고 걷는다네. 하지만 저 사람은 일자로 걷는 데다가 저렇게 체격이 커서야 보병이나 공병은 무리야. 기병도 아니고 보병도 공병도 아니라면 남은 건 포병밖에 없지."

"그리고 저 사람이 입은 옷은 상복입니다. 최근에 가까운 누군가를 잃었다는 얘기지요. 게다가 채소가 들어 있는 보퉁이들을 들고 있다는 것은 지금 시장을 다녀왔다는 말입니다. 최근에 상을 당했고 직접 장을 보지 않으면 안 되는 상황이다? 결국 죽은 사람이 바로 아내였던 거지요."

"아이들이 있다는 건……?"

"보퉁이 밖으로 아이들 물건이 비죽 나와 있거든요. 갓난아이나 가지고 노는 방울 장난감과 그림책이 함께 있다는 건 아이가 둘이라는 증거지요. 그 둘을 모두 가지고 노는 아이는 없지 않겠습니까? 아마도 저 사람의 아내는 작은아이를 낳은 후 몸이 좋지 않아 죽었을 겁니다."

형제는 마치 경쟁이라도 하듯 추리의 근거를 쏟아냈다. 나는 그제야 홈스가 형이 자기보다 관찰력이 뛰어나다고 한 말이 결코 빈말이 아니었음을 깨달았다. 놀라는 내 모습을 본 홈스가 어깨를 으쓱하며 싱긋 웃는 것이 보였다. 마치 자신의 말이 맞지 않느냐고 묻는 것 같았다.

"그런데 셜록."

마이크로프트가 거북이 등껍질로 만든 담배 상자에서 코담배를 한줌 꺼내며 홈스를 불렀다.

"내가 아주 기묘한 사건 하나를 의뢰받았는데……."

그는 코담배의 냄새를 맡고는 웃옷에 떨어진 가루를 크고 고급스러운 빨간색의 비단 손수건으로 털어 내느라 잠깐 말을 끊었다.

"아직 전부를 해결한 건 아니지만 추리를 가능하게 하는 재미있는 재료가 많아. 네가 무척 즐거워할 것 같은데, 어떠냐? 네가 관심이 있다면……."

"물론이에요. 당연히 관심 있고말고요."

홈스는 마이크로프트의 이야기가 끝나기도 전에 서둘러 말했다. 마이크로프트는 무표정한 얼굴로 고개만 끄덕였다. 그리고 수첩에서 종이 한 장을 뜯어내어 뭐라고 적은 후 벨을 눌러 급사를 불렀다.

"멜라스 씨께 이것을 가져다드리게."

급사는 마이크로프트가 내민 종이를 받아 들고 방을 나갔다.

"멜라스라는 사람이 의뢰인입니까?"

"그래. 내 방 바로 위층에 살고 있는 사람인데 평상시에 안면이 조금 있는 편이었지. 그 덕분에 걱정거리를 떠맡게 되었지만 말이야. 직접 들은 것은 아니지만 그리스인이 아닌가 싶다. 어학에 매우 능한 사람이어서 지금 법정에서 통역도 한다더구나. 간간이 노섬벌랜드 가의 일급 호텔에 묵는 동양인 부자들의 여행 안내도 맡는 모양이야. 어쨌든 기이한 체험을 직접 겪은 주인공에게서 듣는 게 좋을 것 같아서 이쪽으로 오라고 했다. 셜록, 너도 그걸 원하겠지?"

홈스는 빙그레 미소만 지을 뿐 아무 말도 하지 않았다. 잠시 후 방문이 다시 열렸고 급사의 안내를 받으며 누군가가 들어왔다.

납치된 통역관

"어서 오십시오, 멜라스 씨."

키가 작고 뚱뚱한 몸집의 사나이는 엉거주춤하게 고개를 끄덕였다. 마이크로프트는 홈스와 나를 그에게 소개시켜 주었다.

"셜록 홈스라면……, 그 유명한 탐정 아니신가요?"

"유명한지는 모르겠지만 제가 그 홈스인 것은 분명합니다. 사건이 있으셨다는 얘기를 들었는데 저에게도 말씀해 주시겠습니까?"

올리브색의 얼굴과 까만 머리카락이 지중해 연안 태생인 것이 분명했지만 말씨는 영락없이 영국 신사였다. 그는 덥석 홈스의 손을 잡고 흔들었다.

"이렇게 직접 만나 뵙게 되다니……, 게다가 제 얘기를 들어 주신다니 뭐라 감사의 말씀을 드려야 할지 모르겠습니다."

그는 내로라하는 전문가가 자기의 이야기를 듣고 싶어 한다는 것에 감격하고 있었다.

"경찰은 제 이야기를 믿으려고도 하지 않습니다."

멜라스는 금방이라도 울 것 같은 표정으로 우울하게 말했다.

"만약 저도 누군가에게 들었다면 믿을 수 없었을 겁니다. 도대체 있을 법한 일이어야 말이지요. 하지만 얼굴에 온통 반창고를 붙인 그 불쌍한 남자가 어떻게 됐는지 알기 전에는 결코 마음 편하게 살 수 없을 겁니다."

그는 흥분해서 두서없이 떠들어 대고 있었다. 홈스는 차분하고도 부드러운 목소리로 그를 진정시켰다.

"무슨 일인지 처음부터 차근차근 이야기해 주시겠습니까?"

멜라스는 한숨을 쉬더니 이야기를 시작했다.

"오늘이 수요일이니까 그저께로군요. 들으셨는지 모르겠지만 저는 통역 일을 하고 있습니다. 어느 나라의 말이라도 통역이 가능하지만 그리스 태생인 데다 이름도 그리스식이어서 주로 그리스어를 통역합니다. 그리스어 통역관으로 일한 지도 오래됐고 게다가 모국어이기 때문에 런던에서는 제법 일류로 손꼽히는 편이지요. 특히 호텔 계통에서는 말입니다. 그래서 다른 사람들에 비해 일이 많지요.

월요일 밤에도 그랬습니다. 자신을 래티머라고 소개한 검은 머리의 청년이 통역을 부탁하며 찾아왔더군요. 키도 크고 건장한 체격에 잘생긴 청년이었습니다. 그는 그리스인 친구가 장사 일로 영국을 방문했는데 영어를 모르기 때문에 통역이 필요하다고 하더군요. 이런 일을 하다 보면 말이 통하지 않는 외국인이 말썽을 부렸다거나 밤늦게 도착해서 통역을 구하는 여행자의 의뢰로 뜻하지 않은 시간에 호

출되는 일이 종종 있습니다. 그래서 래티머가 찾아온 시각이 저녁 식사를 막 마쳤을 때였지만 그다지 놀라지는 않았습니다. 그는 집이 켄싱턴이라고 하더군요. 그곳까지는 먼 거리였지만 저는 가벼운 마음으로 승낙했습니다. 옷을 갈아입고 밖에 나오니 영업용 마차가 기다리고 있었습니다. 그는 나를 밀어 넣듯이 마차에 타게 하더니 서둘러 출발하더군요.

마차는 영업용이라고 하기에는 너무 고급이었습니다. 일반적으로 영업용 사륜마차들이 얼마나 엉망인지는 잘 아시겠지요? 오죽하면 런던의 망신거리라고 하겠습니까? 하지만 그 마차는 좌석도 푹신했고 낡기는 했지만 고급스럽게 꾸며져 있었습니다. 마구도 고급 제품이었고 말입니다. 마치 개인 소유의 마차가 아닌가 싶을 정도였지요. 래티머 씨는 나와 마주 보고 앉았는데 마차에 오르고부터 아무말도 하지 않았습니다. 그런데 문득 밖을 보니 마차가 이상한 곳으로 달리고 있는 것이 아니겠습니까?"

멜라스의 목소리가 높아졌다.

"채링 크로스 역 광장을 가로질러 샤프츠버리 가를 달리고 있었던 겁니다. 그리고 조금 후에는 옥스퍼드 가를 향해 달리더군요. 분명히 그 길은 켄싱턴으로 가는 방향이 아니었습니다. 의아한 생각이 들어서 이 길로 가면 돌아가게 되지 않느냐고 물었지요. 하지만 다음 순간 저는 너무 놀라서 입을 다물어 버렸습니다. 래티머가 이상한 행동을 했던 겁니다."

"이상한 행동이오?"

홈스가 관심을 보이며 물었다.

"네, 주머니에서 납으로 만들어진 짧고 무시무시한 곤봉을 꺼내더니 그것이 얼마나 강한 것인지를 보여 주기라도 하듯 갑자기 앞뒤로

흔드는 것이었습니다. 그리고 아무 말도 없이 그 흉기를 옆 자리에 놓더니 이번에는 마차의 창문을 모두 들어 올리더군요. 아, 그런데 거기에는 종이가 발라져 있었던 겁니다. 마부석으로 통하는 창에 커튼까지 드리우자 마차 안과 밖은 완전히 단절되고 말았지요.

'실은 당신에게 행선지를 알리고 싶지 않아서 말입니다. 나중에라도 당신이 찾아온다면 곤란하거든요. 답답하시더라도 좀 참으셔야겠습니다.'

그의 목소리는 소름이 끼치도록 낮고 차가웠습니다. 아니, 그의 목소리가 아니더라도 힘깨나 쓸 법한 건장한 남자가 무기까지 가지고 어딘가로 저를 납치하고 있는 상황에서 두렵지 않다면 오히려 이상할 겁니다. 그에게 무기가 없다고 하더라도 격투를 벌여서 이길 자신이 없었습니다. 저는 숨이 턱에 차도록 몸이 덜덜 떨렸습니다. 저는 간신히 용기를 내어 말했습니다.

'이게 무슨 짓입니까, 래티머 씨? 이것이 명백한 불법 행위라는 것은 아실 테지요?'

'불법 행위라……, 하지만 그만큼의 보상은 해 드리지요. 단, 소리를 질러서 도움을 청한다거나 엉뚱한 생각을 하신다면 당신의 안전을 보장해 드릴 수 없습니다. 당신이 지금 어디로 가는지, 누구와 함께 있는지 아무도 모른다는 것을 명심하셔야 할 겁니다. 당신 하나 쥐도 새도 모르게 없애는 것쯤 그다지 어려운 일이 아니라는 것은 잘

아실 테지요?'

그는 점잖게 말했지만 분명히 협박을 하고 있었습니다. 저는 불쾌했지만 내색을 할 수는 없더군요. 어디로 가는지, 왜 이런 이상한 수법까지 써 가며 보잘것없는 저를 납치하는 것인지, 그리고 이 사람은 도대체 누구인지 궁금한 것이 많았지만 그저 입을 다물고 조용히 앉아 있었습니다. 저항해 봤자 소용이 없을 게 뻔했으니 말입니다. 그저 무슨 일이 일어날 것인지 기다리는 것밖에는 할 수 있는 일이 없었습니다.

마차는 때때로 심하게 덜컹거리기도 했고 또 아무 소리도 내지 않고 매끄럽게 달리기도 했습니다. 돌이 깔려 있는 길을 달리는가 싶으면 어느새 아스팔트 길을 달렸습니다. 어떤 때는 포장이 되지 않은 길을 가는 건지 몹시 흔들리기도 했습니다. 하지만 도무지 어디로 가는 것인지 알 수가 없더군요. 창에 발라져 있는 종이는 가로등의 불빛도 통과시키지 않을 정도였으니까요.

마침내 마차가 멈춰 섰습니다. 시계는 8시 15분을 가리키고 있었지요. 제가 펠멜 가를 떠난 시각이 7시 15분이었던 것을 생각하면 꼬박 한 시간을 마차에 갇혀 있었던 겁니다. 어쨌든 래티머는 커튼을 젖힌 후 거칠게 저의 등을 떠밀어 마차에서 내리게 했습니다. 제가 내린 곳은 램프가 켜진 어느 커다란 저택의 아치형 대문 앞이었습니다. 그 대문은 래티머와 제가 가까이 다가가자 저절로 열리더군요. 손목을 붙잡힌 채 급히 집 안으로 끌려 들어가는 바람에 자세히 살필 수는 없었지만 잔디밭과 정원수들이 있었던 것은 기억합니다. 그러나 주위가 워낙 어두웠고 경황이 경황인지라 그곳이 주택지인지 교외의 한적한 곳인지는 분간할 수 없었습니다.

현관을 열고 들어가자 꽤 넓은 홀이 있었습니다. 물론 집 안에는 가스등이 켜져 있었지요. 하지만 불꽃이 너무 작아서 겨우 사물을 분간할 수 있을 정도였습니다. 그래서 그림이 몇 점 걸려 있었다는 것 외에는 기억나는 게 없군요. 그래도 현관문을 열어 준 사람이 어떤 사람인지는 대충 알 수 있었습니다. 그는 몸집이 왜소하고 허리가 굽은 중년 남자였는데 인상이 몹시 험상궂더군요. 저는 순간 번쩍하고 빛이 반사되는 것을 보고 그가 안경을 끼고 있다는 것을 알았습니다. 어둠 속이나 마찬가지인 현관 앞에서 두 남자가 이야기를 나누더군요.

'이분이 통역관인 멜라스 씨냐, 해럴드?'

'그렇습니다.'

'그래? 문제가 될 건 없었겠지?'

'이곳으로 오는 동안 누구의 눈에도 띄지 않았습니다. 이분이 집 밖으로 나갔다는 것을 아는 사람도 없을 겁니다.'

'확실하냐?'

'물론입니다.'

'잘했다. 용케도 잘해 냈구나.'

저는 그때서야 제가 얼마나 위험한 상황에 처했는지 깨달았습니다. 아무도 제가 여기 왔다는 걸 모른다는 것은 제가 여기에서 죽어도 아무도 모른다는 것일 테니 말입니다.

'멜라스 씨!'

어둠 속의 중년 남자가 제 이름을 부르는 순간 저는 깜짝 놀라고 말았습니다. 그러자 그는 기분 나쁘게 키드득거리더군요.

'이런, 놀라신 모양이로군요. 하지만 그렇게 긴장하실 필요는 없습니다. 협조만 해 주신다면 섭섭지 않은 대접을 약속해 드리지요. 어쨌든 무례하게 모시게 된 점은 사과드립니다. 너무 언짢게 생각하지 않으셨으면 좋겠군요. 당신 같은 분이 꼭 필요한 일이어서 말입니다. 하지만 쓸데없는 짓을 했다가는 분명 후회하게 될 겁니다. 아시겠습니까?'

그의 말은 부드럽기 그지없었지만 빠르고 신경질적인 데가 있었습니다. 게다가 말할 때 간간이 킬킬거리는 웃음이 끼어들었는데 왠지 흉기를 휘두르던 래티머보다 더 무서운 사람일 거라는 느낌이 들었습니다. 저는 간신히 용기를 내어 물었습니다.

'제게 뭘 원하시는 겁니까?'

'원한다기보다는 도움을 주십사 하는 거죠. 그것도 당신이 제일 잘하는 것으로 말입니다.'

'도움이라니, 전 통역 말고는 할 줄 아는 일이 없는데……'

'우리가 원하는 것이 바로 그거요.'

'통역이오?'

전 어이가 없었습니다. 도대체 어떤 통역을 부탁하기에 이런 식으로 납치까지 했는가 싶었던 거지요. 그런 제 심경을 읽었는지 남자에게서 또다시 음산한 웃음소리가 들렸습니다.

'뭐, 별것 아닙니다. 지금 이 집에 와 있는 그리스 신사에게 우리가 하는 몇 가지 질문을 전해 주고 대답을 통역해 주기만 하면 됩니다. 하지만 시키지도 않은 말을 지껄인다거나 엉뚱하게 통역을 한다거나 했을 때는 이 세상에 태어난 것을 후회하게 될 겁니다. 당신에게도 목숨은 소중한 것일 테지요?'

어느새 그의 목소리에서 웃음이 사라지고 없었습니다."

비밀 대화

멜라스의 얼굴은 백지장처럼 창백했다. 그는 마치 협박을 하던 남자의 목소리를 금방 들은 사람처럼 몸서리를 쳤다. 반면 흘긋 본 홈스의 얼굴에는 재미있다는 표정이 역력했다.

"그는 싸늘한 말로 잔뜩 주눅이 들어서 떨고 있는 저를 데리고 어떤 방으로 들어갔습니다. 그 방 역시 램프는 켜져 있었지만 불을 약하게 해 놨더군요. 그러나 얼핏 보아도 매우 크고 호화롭게 꾸며진 방이라는 것을 알 수 있었습니다. 발꿈치가 파묻힐 정도의 융단이 깔려 있었는데 벨벳을 씌운 의자와 흰 대리석으로 만들어진 벽난로 선반이 어둠 속에서도 한눈에 들어오더군요. 또 벽난로 곁에는 일본 무사가 입었던 갑옷 한 쌍이 서 있었습니다. 램프 바로 밑에 의자가 있었는데 중년 남자는 거기에 앉으라고 저에게 눈짓을 했습니다. 그리고 잠시 후 다른 문이 열리면서 마차를 함께 타고 왔던 래티머가 헐렁한 가운 같은 것을 입은 큰 키의 남자를 앞세우고 들어왔습니다. 그 남자는 천천히, 비틀거리며 저를 향해 걸어왔습니다. 램프의

희미한 빛이 그의 얼굴에서 어둠을 몰아가더군요. 그리고 그 순간 저는 하마터면 소리를 지를 뻔했습니다.

그는 두 눈자위가 푹 꺼졌을 정도로 형편없이 야위어 있었고 얼굴빛은 마치 시체처럼 창백했습니다. 하지만 정신력만큼은 약해지지 않았는지 두 눈이 번쩍이고 있더군요. 하지만 저를 놀라게 한 것은 그런 육체의 쇠락이 아니었습니다. 글쎄 그의 이마와 입에 커다란 반창고가 십자 모양으로 붙어 있지 뭡니까? 아니, 눈을 제외하고는 온통 반창고투성이였습니다. 특히 입에는 끔찍할 정도로 덕지덕지 붙어 있었습니다.

한마디로 유령 같은 몰골이었던 겁니다. 그런데 그는 손을 등 뒤로 하고 있었는데 뒷짐을 진 것치고는 어딘가 좀 부자연스러워 보였습니다. 아니나 다를까, 래티머가 그의 팔을 잡아 끌자 중심을 잃고 넘어질 뻔하더군요. 손목이 뒤로 묶여 있었던 겁니다. 그는 래티머가 거칠게 어깨를 누르자 더 이상 저항할 힘도 없는지 맞은편에 있던 의자에 무너지듯 앉았습니다.

'해럴드, 석판을 갖고 왔겠지?'

중년 남자가 큰 소리로 물었습니다.

'네.'

'그럼, 손을 풀어 주고 석판과 석필을 줘라.'

래티머는 아무 대답도 하지 않고 신사의 손을 묶은 끈을 풀었습니다. 중년 남자는 제 뜻대로 되자 이번에는 저를 쳐다보았는데 순간 소름이 끼치더군요.

'멜라스 씨, 이제 내가 묻는 질문을 이 신사에게 전해 주시오. 그러면 신사가 대답을 석판에 쓰게 될 거요. 그걸 우리에게 다시 정확하게 알려 주면 됩니다. 자, 우선 서류에 서명할 결심이 섰냐고 물어보시오.'

저는 시키는 대로 했습니다. 그러자 반창고를 붙인 남자의 눈에 힘이 들어가며 불꽃이 이는 것처럼 이글거리는 것이었습니다.

싫다!

남자는 부들부들 떨리는 손으로 석판에 그리스어로 쓰더군요. 저는 불안한 마음을 억누르며 중년 남자에게 통역해 주었습니다.

'어떤 조건으로도 말인가?'

그렇다. 내가 추천하는 그리스정교의 신부 앞에서 그녀가 결혼하는 것을 내 두 눈으로 직접 보지 않는 한 어림도 없다.

그러자 중년 남자는 제가 들어 본 중에 가장 음산한 소리로 웃더군요. 그리고 잔인하고 야비한 미소를 입가에 띤 채 이렇게 말하는 것이었습니다.

'그렇다면 네 목숨이 어떻게 되어도 상관없단 말인가? 설마 네가 어떻게 될지 모르는 것은 아닐 테지?'

난 어떻게 되어도 상관없다. 협박에 굴할 생각은 추호도 없다.

중년 남자는 몇 번이고 계속해서 그의 목숨을 담보로 협박했지만 반창고의 남자는 요지부동이었습니다. 시간이 지날수록 점점 차분해지는 것은 오히려 반창고의 남자였습니다.

이렇게 구두 반, 필담 반으로 이루어진 이상한 대화를 통역해 주는 동안 저는 두 사람의 협박자들이 그리스어라고는 한 마디도 모른다는 것을 알았습니다. 들킨다고 해도 문제가 되지 않을 내용을 덧붙여 그들의 기색을 살폈지만 그들은 아무런 반응도 보이지 않았던 겁니다. 저는 용기를 내서 좀 더 구체적이고 위험한 질문들을 보태기 시작했습니다. 반창고의 사나이도 제 의도를 금방 눈치 채더군요. 협박자들이 의심하지 않도록 우리의 은밀한 대화는 짧은 형식으로 이어졌습니다.

'더 이상 고집을 피우면 좋지 않을 거다. 그런데 당신은 누구?'

걱정 마라. 런던에 처음 온 사람.

'죽음을 자초할 생각이냐? 얼마 동안 갇혀 있었나요?'

상관없다. 3주.

'목숨이 재산보다도 중하단 말이냐? 그런다고 해도 너의 것이 되진 않아. 무슨 짓을 당한 겁니까?'

죽어도 악당들에게 넘길 수 없다. 감금, 금식.

'서명만 하면 자유롭게 해 주겠다. 여기가 어딥니까?'

꿈도 꾸지 마라. 서명은 절대 안 한다. 모릅니다.

'네가 고집을 피우면 그녀를 위해서도 좋지 않을 텐데? 당신 이름은?'

그녀의 입으로 직접 들어야겠다. 만나게 해 달라. 클라티데스.

'서명만 하면 만나게 해 주지. 어디에서 왔나요?'

그렇다면 만나지 않겠다. 아테네.

중년 남자는 더욱 목청을 높였고 저에게 보다 강력하게 엄포를 놓으라고 요구했습니다. 하지만 저는 조금 더 소리만 질렀을 뿐 남자가 긴장하지 않고 제 질문에 대답할 수 있도록 부드러운 표현으로 말했지요.

제가 알아낸 것은 이게 전부입니다. 만약 5분만 더 이야기를 지속했다면 협박자들의 코앞에서 모든 것을 알아냈을 겁니다. 아니, 적어도 지금보다는 더 많은 실마리를 잡았을 게 분명합니다. 그들은 눈 뜬 장님이나 다름없었으니까요. 하지만 불행하게도 우리의 대화는 그것이 마지막이 되고 말았습니다."

멜라스는 마른 침을 꿀꺽 삼키고 이야기를 이어 나갔다.

"갑자기 문이 열리면서 한 여자가 들어왔던 겁니다. 방이 어두워서 자세히 볼 수는 없었지만 키가 크고 검은 머리에 이목구비가 뚜렷한 여성이었습니다. 짧은 순간 마치 그리스 신화에 나오는 여신이 들어오는 것 같았지요. 그녀는 흰색 가운을 입고 있었는데 걸음걸이마저 우아하더군요.

'해럴드! 더는 못 참겠어요.'

여자는 서툰 영어로 빠르게 말하더니 젊은 협박자에게 다가갔습니다.

'더는 2층에 혼자 있고 싶지 않아요. 외롭고 쓸쓸하단 말이에요. 그러니까……. 아니, 폴?'

래티머에게 다가가다가 반창고의 남자를 본 그녀의 목소리가 한 옥타브나 올라가더군요. 무척 놀라는 눈치였습니다.

'정말 폴 맞나요?'

놀랍게도 그녀의 입에서 나온 말은 그리스어였습니다. 그와 동시에 그리스 남자는 지금껏 차분했던 태도와는 달리 필사적으로 입에서 반창고를 떼어 내면서 그녀에게 뛰어갔습니다.

'소피, 소피!'

남자와 여자는 뜨겁게 포옹했습니다. 하지만 그것도 잠시뿐이었지요. 해럴드가 여자를 억지로 떼어 내어 손목을 잡고는 밖으로 나가 버렸거든요. 또 중년 남자는 그리스 남자를 붙잡아 또 다른 문으로 무자비하게 끌어냈습니다. 성인 남자라고는 해도 이미 쇠약할 대로 쇠약해진 상태였기 때문에 별로 힘을 쓰는 것 같지도 않더군요.

모두가 방을 나가고 저는 혼자가 되었습니다. 잠시 멍한 채로 가만히 있다가 자리에서 일어났습니다. 이곳이 어딘지 단서가 될 만한 것이 있지 않나 싶었거든요. 하지만 다음 순간 전 심장이 얼어붙는 줄 알았습니다. 어둠 속에서 먹이를 노리는 듯한 음흉한 눈빛과 마주쳤던 겁니다. 그것은 다름 아닌 중년 남자였습니다. 어느새 돌아왔는지 문 저쪽의 어둠 속에서 나를 지켜보고 있었던 거지요. 서툰 짓을 하지 않은 것이 얼마나 다행이었는지…….

'수고했습니다, 멜라스 씨.'

그는 마치 아무 일도 없었던 것처럼 태연한 얼굴로 방 안에 들어서며 말했습니다.

'보시다시피 은밀한 일이기 때문에 이 일을 시작했던 친구가 갑자기 동양으로 떠나지 않았다면 당신한테 도움을 청하는 일 따위는 없었을 거요. 그 친구 대신 통역할 사람이 필요했거든. 별로 수확은 없었지만 밤늦게까지 일한 수고비는 드려야겠지요?'

그는 예의 야비한 웃음을 흘리며 제 손에 지폐를 쥐어 주더군요.

'5파운드요. 이만하면 단 몇 분 통역한 것의 수고비로는 부족하지 않을 거요. 이제 돌아가도 좋소. 아, 그 전에 당부해 두고 싶은 게 있군요.'

그는 내 어깨를 잡더니 손아귀에 힘을 주는 것이었습니다.

'오늘 밤에 당신이 본 일은 모두 잊는 게 좋을 거요. 만약 입 밖에 내어 지껄이는 날에는 당신에게 어떤 불행이 닥칠지 나도 잘 모르거든.'

홈스 씨, 세상에 악마가 있다면 바로 그런 목소리를 가졌을 겁니다. 징그럽고 몸서리쳐지는 기분이었지요. 제 뒤에 있던 램프 불빛에 드러난 그의 얼굴 역시 으스스하기는 마찬가지였습니다. 천박하고 뾰족한 턱에는 실처럼 가늘고 푸석푸석한 턱수염이 마구잡이로 자라나 있었고 혈색도 엉망이더군요. 더할 나위 없이 궁색한 얼굴이었습니다. 또 무도병에 걸린 사람처럼 입술과 눈썹이 쉴 새 없이 경련을 일으키고 있었습니다. 그 음산한 웃음도 신경병에서 오는 것이 아닌가 싶을 정도였습니다. 하지만 그 눈, 독사와 같이 차갑고 무시무시한 그 눈은 그가 인정머리라고는 없는 사악하고 냉혹한 인간이라는 것을 말해 주고 있었습니다. 저는 무서워서 꼼짝할 수가 없었습니다. 그는 제가 떠는 것을 알았는지 또다시 키드득거리며 말했습니다.

'우리에겐 당신이 생각지도 못할 정도의 정보망이 있소. 당신이 내 경고를 무시하고 그 입을 경박하게 나불대는 즉시 우리는 그 사실을 알게 될 거요. 그렇게 되면 어떻게 될지는 굳이 말씀드리지 않아도 잘 아시겠지요? 자, 마차가 밖에서 기다리고 있소. 내 일행이 안전하게 모셔다 드릴 테니 잘 가시오. 멜라스 씨, 부디 내 경고를 잊지 마시오.'

저는 한편으로는 안심이 되더군요. 누차에 걸쳐 경고를 한다는 것은 적어도 오늘 밤에 저를 해치워 버릴 생각은 없다는 것일 테니 말입니다. 저는 다시 떠밀리다시피 밖으로 나와 마차에 올랐습니다. 잠시 후 래티머가 마차에 오르더군요. 그러고는 내 앞에 앉아서 올 때처럼 커튼을 치고 유리창을 올렸습니다. 마차 안은 다시 밖의 세상과는 단절이 되었습니다. 우리는 말없이 창을 닫은 채 마차를 타고 한참을 달렸지요.

'멜라스 씨.'

얼마나 달렸는지 갑자기 마차가 멈추더니 래티머가 입을 열었습니다.

'집에서 좀 멀기는 하지만 어쩔 수 없군요. 여기에서 내려 주시오. 행여나 마차를 뒤쫓아 보겠다는 생각은 안 하는 게 좋을 겁니다. 재앙을 불러일으킬 게 아니라면 말입니다.'

제가 마차에서 내리자마자 마차는 빠르게 멀어져 갔습니다. 채찍 소리와 바퀴가 굴러가는 소리도 얼마 가지 않아 들리지 않게 되었습니다. 제가 버려진 곳은 히스(진달랫과의 관목 - 편집자 주)로 뒤덮인 공터였는데 군데군데 금잔화 덤불이 얽혀 있었습니다. 멀리 불빛이 보이더군요. 주택가인지 간혹 2층에 불이 켜진 집도 있었습니다. 반대편에는 철도의 붉은 신호등이 보였지요. 하지만 아무리 둘러봐도 낯익은 곳은 아니었습니다. 도무지 어디인지 알 수 없더군요. 하는 수 없이 불이 켜져 있는 주택가로 가기 위해 걸음을 옮겼습니다.

그런데 그때 갑자기 뒤에서 인기척이 들리는 것이었습니다. 머리카락이 주뼛 섰습니다. 혹시 그 협박자들이 저를 해치기 위해 다시 찾아온 것인지도 모른다는 생각이 들었던 거지요. 저는 숨을 죽이고 다가오는 사람을 주시했습니다. 그런데 그는 철도역의 화물 운반원이었습니다. 안도의 한숨이 절로 나오더군요.

'이 시간에 여기서 뭐하시는 겁니까?'

그는 의심이 가득한 눈으로 저의 위아래를 훑어보더군요.

'여기가 어딥니까?'

'원즈워스인데……'

'런던으로 가려면 어떻게 해야 합니까?'

'이 길을 따라 1마일 정도 가면 기차역이 있습니다. 부지런히 간다면 빅토리아 역으로 가는 막차를 탈 수 있을 겁니다.'

그 운반원이 가르쳐 준 대로 저는 그 막차를 타고 런던으로 돌아왔습니다. 이것이 제가 겪은 모험의 전부입니다. 홈스 씨, 제가 아는 것은 지금 모두 말씀드렸습니다. 납치되어 갔던 장소도, 저를 납치한 그 무지막지한 자들이 누구인지도 모릅니다. 하지만 흉악한 범죄가 진행되고 있다는 것만은 확실합니다. 어쩌면 지금쯤 그 불행한 그리스인이 무슨 일을 당했을지도 모릅니다. 사실 무섭지 않은 것은 아니었지만 이대로 침묵할 수는 없었습니다. 그래서 마이크로프트 홈스 씨에게 이야기를 한 다음, 경찰에도 신고를 했지요. 하지만 경찰은 도무지 믿어 주질 않습니다. 부디 도와주십시오, 홈스 씨. 아, 너무 늦은 것은 아니겠지요? 그 불쌍한 사람의 얼굴이 자꾸만 떠올라서 미칠 것만 같습니다."

멜라스의 기묘한 이야기가 끝나자 잠시 침묵이 이어졌다. 이윽고 홈스가 형을 바라보고 물었다.

"형님, 무슨 대책이라도 강구하신 게 있나요?"

"이것 좀 봐라."

마이크로프트는 탁자 위에 있던 〈데일리 뉴스〉지를 집어 들어 홈스에게 건네주었다.

폴 클라티데스, 그리스인 신사, 3주 전 아테네에서 왔음. 소피, 그리스인 숙녀. 위 신사와 숙녀의 소재를 알려 주시는 분에게 사례하겠음. X2473호.

사람을 찾는 광고였다.

"신문마다 이런 광고를 냈지만 아직까지는 아무 소식도 없구나."

"그리스 대사관에는 연락해 보셨습니까?"

"그래, 하지만 거기도 아는 것이 없었어."

"아테네의 경시청에도 전문을 보내셨나요?"

"이런, 이런……."

마이크로프트는 손사래를 치며 나를 쳐다보았다.

"홈스 가문의 활동력은 셜록이 독차지했다고 보아야 할 겁니다.

나로서는 도무지 당하지 못할 정도지요. 바로 그 점이 셜록을 탐정으로 만들어 놨는지도 모르겠군요."

마이크로프트는 빙그레 웃었다.

"어때, 셜록? 이번 사건을 맡아 주겠지? 그리고 결과가 나오면 나한테 알려 주고."

"그러지요."

홈스는 의자에서 일어서며 대답했다.

"알려 드리고말고요. 물론 멜라스 씨에게도 알려 드리겠습니다. 그런데 멜라스 씨, 만약 제가 당신의 입장이었다면 이렇게 혼자서 돌아다니는 일은 하지 않을 겁니다. 만에 하나 납치되어 있는 그리스인들에게 가족이나 이런 광고를 낼 만한 사람이 이 영국에 없다면 그 광고는 당신을 위험에 빠뜨리게 하는 요인이 될지도 모르니 말입니다."

"네?"

"그자들이 이 광고를 봤다면 당신이 자신들의 경고를 무시했다는 것을 알지 않겠습니까?"

"그럼 어떻게 하지요?"

멜라스의 얼굴은 사색이 되었다.

"일단은 조심하셔야겠지요. 집으로 돌아가실 때도 혼자 가지 마시고 제 형님과 함께 가시고 말입니다."

위기일발

잠시 후 홈스와 나는 디오게네스 클럽을 나와 거리를 걷고 있었다. 베이커 가로 가는 길에 홈스는 우체국에 들러 어디론가 몇 통의 전보를 쳤다. 시간은 어느새 8시가 넘어 있었다.

"왓슨, 어떤가? 오늘 저녁의 산책은 결코 헛되지 않았지? 내가 해결한 기괴한 사건 중에는 이번처럼 마이크로프트 형이 소개해 준 것도 몇 건 된다네."

"그나저나 특이한 사건이로군."

"그래. 할 수 있는 설명은 하나밖에 없는 단순한 사건이지만 꽤나 재미있는 특징이 많군. 어쨌든 도전해 볼 만한 가치가 있어."

"단순하다니? 실마리라도 잡았단 말인가?"

"글쎄……, 이 정도까지 사실을 알았다면 나머지는 자연히 풀리게 마련이 아닐까? 자네도 조금 전에 들은 여러 가지 사실에서 뭔가 논리적인 추리를 해냈을 텐데, 자네 생각은 어떤가?"

"음, 막연하긴 하지만……, 내 생각에는 그 소피라는 아가씨가 해럴드 래티머라는 젊은 친구에게 납치된 것 아닌가 싶네."

"어디에서?"

"아마도 아테네겠지."

홈스가 고개를 저었다.

"아니야. 그 젊은 친구는 그리스에 간 적이 없어. 그 증거로 그리스어를 한마디도 모르지 않나? 반면에 소피라는 아가씨는 영어를 서툴게나마 할 줄 알거든. 그건 영국에 온 지 얼마 안 됐다는 얘기야."

"그렇겠군. 그럼 영국에 관광하러 왔던 걸까? 그것을 해럴드가 접근해서 납치한 거고 말이야."

"그쪽이 사실에 가깝겠지."

홈스가 인정을 해 주자 나는 의욕이 불타올랐다. 그래서 내가 추리한 내용을 거침없이 말했다.

"그렇다면 붙잡혀 있는 그리스 남자는 아가씨의 오빠가 틀림없을 거야. 누이동생을 찾으러 조심성 없이 달려들었다가 오히려 악당들에게 봉변을 당했던 거지."

"왜 납치됐다고 생각하나?"

"아가씨의 재산이 엄청난 때문이겠지. 그래서 중년 남자가 래티머를 내세워 아가씨와의 결혼을 빌미로 재산을 가로채려고 했던 거야. 하지만 아가씨의 재산은 오빠가 관리하고 있었지. 결국 오빠로부터 여동생의 재산 관리를 포기한다는 서류에 서명을 받아야만 했어. 악당들은 오빠를 감금하고 굶기는 것으로 자신들의 목적을 달성하려고 했네. 그런데 문제가 있었어. 바로 의사소통이었지. 초기에는 그리스어를 할 줄 아는 공범이 있었는데 무슨 일 때문인지 해럴드와 중년 남자만 남게 되었네. 그런데 불행하게도 그들은 그리스어라고는 한마디도 할 줄 몰랐거든. 결판을 내려면 통역할 사람이 필요했지.

그래서 하는 수 없이 멜라스 씨를 납치하다시피 데려갔던 거야. 하지만 오빠는 자신의 눈으로 직접 여동생의 결혼을 보지 않고는, 아니 동생의 입으로 직접 결혼한다는 얘기를 듣기 전에는 서명할 수 없다고 버텼어. 한편, 여동생은 오빠가 왔다는 사실을 모르고 있었는데 우연히 아래층에 내려왔다가 오빠를 보게 된 걸세."

"바로 그거야."

홈스는 박수를 치며 소리를 질렀다.

"훌륭해, 왓슨. 남매가 아니고서야 자신의 목숨보다 귀한 여인이 결혼하는 것을 직접 보겠다는 둥의 이야기는 하지 않겠지. 게다가 재산이 이 사건의 원인이라는 것은 놈들의 협박에서도 분명히 드러났어. 그래, 진상은 자네 생각과 비슷할 거야. 하지만 아직 문제가 있어. 놈들이 그 남매를 해치지나 않을까 하는 것이지. 놈들이 시간만 끌어 준다면 승리는 우리 것인데……. 어쨌든 걱정이 되는군."

"하지만 놈들의 은신처를 어떻게 찾아낸단 말인가?"

"그게 문제인데, 우리의 추리가 정확하다면 아가씨 쪽에서 단서를 찾아야 할 거야."

"소피 클라티데스 말인가?"

"그 이름이 맞는다면 행적을 추적하기는 그리 어렵지 않을 걸세. 오빠가 그리스에서 런던까지 여동생을 찾아온 시간을 감안한다면 그 해럴드라는 청년과 소피라는 그리스 아가씨가 알게 된 지는 제법 오래되었을 거야. 결국 어딘가에 흔적을 남겼을 게 분명해. 하지만 오빠는 런던에 오자마자 잡혔을 게 뻔하니까 단서가 있을 리 없어. 어쨌든 아가씨가 그동

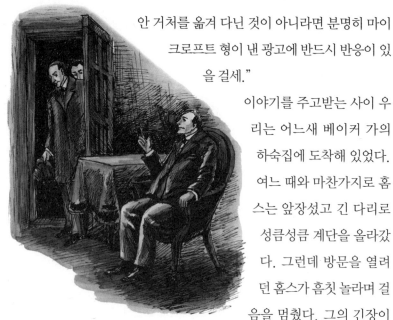

안 거처를 옮겨 다닌 것이 아니라면 분명히 마이크로프트 형이 낸 광고에 반드시 반응이 있을 걸세."

이야기를 주고받는 사이 우리는 어느새 베이커 가의 하숙집에 도착해 있었다. 여느 때와 마찬가지로 홈스는 앞장섰고 긴 다리로 성큼성큼 계단을 올라갔다. 그런데 방문을 열려던 홈스가 흠칫 놀라며 걸음을 멈췄다. 그의 긴장이 뒤에 있는 나에게도 전해졌다. 다음 순간 홈스는 방문을 거칠게 밀어 젖혔다.

"오, 이제야 오는 건가?"

홈스는 자리에 우뚝 서 버리고 말았다. 홈스의 어깨너머로 방 안을 들여다보고 나 역시 놀라지 않을 수 없었다. 누군가가 안락의자에 비스듬히 앉아 담배를 피우고 있었던 것이다.

"들어와라, 셜록. 왓슨 박사도 어서."

"아니, 형님!"

마이크로프트였다. 그는 우리를 향해 웃으면서 조용히 말했다.

"내가 이런 활동력이 있을 줄은 꿈에도 몰랐다는 얼굴이구나, 셜록. 조금 섭섭한걸."

"농담하지 마세요. 침입자가 들어온 줄 알았단 말입니다."

"그렇게 생각하는 것도 무리는 아니겠구나. 너처럼 항상 위험에 노출된 채로 살아간다면 말이다."

"마차로 오신 거군요."

"그래. 이 사건은 이상하게도 신경이 쓰여서 가만히 있을 수가 없구나."

"새로운 일이 생긴 거죠? 그러지 않고서야 형님이 직접 찾아오실 리 없어요. 무슨 일입니까?"

"네가 돌아간 직후에 광고에 대한 회신이 한 건 들어왔다."

"어떤 내용입니까?"

마이크로프트는 종이 한 장을 꺼내 홈스에게 건네주었다.

"종이는 크림색 로열 종이인데 아마도 몸이 허약한 남자가 쓴 것 같아. 펜을 사용했고 말이다."

> 오늘 날짜의 신문 광고를 봤습니다. 찾고 계시는 젊은 여성이 제가 아는 분이 아닌가 싶군요. 수고로우시겠지만 본인을 찾아오시면 그 가련한 여인의 신상 문제에 대해서 자세히 말씀드리겠습니다. 현재 그녀는 베켄햄의 마이어틀즈 저택에 있습니다.
>
> - J. 데븐포트

"그 편지의 발신지는 브릭스턴이더구나. 셜록, 지금 당장 가서 얘기를 들어야 하지 않을까 싶다만⋯⋯."

"좋지 않군요."

홈스의 얼굴이 어두워졌다.

"형님, 이야기 듣는 건 지금 중요하지 않아요. 경시청에 들러 그렉슨 경감을 데리고 곧장 베켄햄으로 달려가야 합니다. 폴이라는 사람의 목숨이 위태로워요. 한시가 급합니다."

"무슨 소린가, 홈스?"

내가 물었다.

"우리의 추리가 맞았다는 거지. 그렇다면 놈들이 악랄한 자들이라는 것은 불 보듯 뻔한 일 아닌가? 그런 놈들이 이 광고를 보았다면 이미 경찰에게 이 사실이 알려졌다고 생각할 거야. 결국 서명을 했건 하지 않았건 자신들의 얼굴을 아는 폴이란 사람을 그대로 살려 둘 리 없어."

"그럼 멜라스 씨는……."

"이런, 거기부터 들러야겠군. 통역을 위해서라도 함께 가는 게 좋겠어. 사환에게 사륜마차를 불러 달라고 해 주게. 바로 출발해야겠어."

홈스는 급하게 말하고는 서랍을 열어 권총을 챙겨 넣었다.

"상대가 상당히 위험한 인물들 같아서 말이야."

그는 내 시선을 느꼈는지 뒤를 돌아보며 말했다.

펠멜 가로 다시 돌아왔을 때 거리는 완전히 어두워져 있었다. 우리는 곧장 3층에 있는 멜라스의 집으로 뛰어 올라갔다. 그러나 문을 열어 준 사람은 멜라스가 아닌 하녀였다. 마이크로프트가 물었다.

"멜라스 씨 계십니까?"

"외출하셨습니다."

"어디로 간다고 하던가요?"

"행선지는 말씀하시지 않으셨습니다."

"혼자였습니까?"

홈스가 물었다.

"아니오. 어떤 신사 분이 오셔서 함께 마차를 타고 나가셨어요."

"신사 분의 성함을 아십니까? 명함을 받지 않으셨나요?"

"아니오."

그녀는 어리둥절해하며 고개를 가로저었다.

"혹시 키가 큰 젊은 신사였나요? 잘생긴……?"

"아니오. 키가 작고 얼굴이 깡마른 중년 신사였어요. 안경을 쓰고 계셨는데 말씀하시는 동안 내내 웃고 계시는 유쾌한 분이셨습니다."

"이런 젠장!"

홈스가 다급하게 외쳤다.

"서둘러야 해요. 놈들이 멜라스를 납치했어요."

우리는 서둘러 마차에 올랐다. 홈스는 마부에게 경시청으로 가라고 소리쳤다.

"멜라스 씨는 일전에도 저항 한 번 못했을 정도로 소심한 사람이에요. 놈들도 그걸 잘 알고 있었어요. 결국 악당들은 이번에도 그가 두려움으로 아무 저항도 못할 거라고 생각했던 거예요. 그러니까 당당하게 찾아와 끌고 갔겠지요."

"또 통역을 시킬 요량으로 끌고 간 것일 수도 있지 않나?"

내가 물었다.

"물론이야. 분명 클라티데스를 마지막으로 협박하기 위해 통역이 필요했겠지. 하지만 일이 끝나면……, 이번에는 곱게 돌려보내지는 않을 거야."

"그렇다면……."

"배신자로 몰아 처단하겠지."

마차 안에는 무거운 침묵이 흘렀다.

빈사의 두 남자

우리는 기차로 가면 범인과 멜라스가 탄 마차보다 먼저 베켄햄에 도착할지도 모른다고 생각했다. 그러나 그 계획은 경시청에서부터 틀어졌다. 홈스가 재촉을 했지만 놈들의 은신처를 수색하기 위한 법률상의 소속을 밟는 데 한 시간이나 걸렸던 것이다. 그 때문에 9시 45분에야 그렉슨 경감과 함께 런던 브리지 역에 도착할 수 있었다. 다행히 바로 출발하는 기차를 탈 수 있었지만 베켄햄 역까지는 40분 거리였다. 게다가 기차가 약간 연착하는 바람에 베켄햄 역의 플랫폼에 도착했을 때는 10시 30분이 훨씬 지나 있었다. 역에서 마이어툴즈 저택까지는 반 마일가량이어서 역 앞에서 마차를 빌려 탔다. 마차는 무서운 속도로 달렸다.

저택은 도로에서 상당히 들어가 있었는데 주변에 집이라고는 하나도 없었다. 울창한 정원수에 가려진 저택은 마치 어둠 속에서 웅크리고 있는 괴물같이 느껴졌다. 우리는 멀찌감치 떨어진 곳에서 마차를 돌려보낸 후 조심스럽게 저택에 다가갔다.

"창문에 불빛이라고는 하나 없는데 아무도 없는 게 아닐까요?"

경감이 속삭였다.

"새는 날아가고 빈 둥지만 찾은 꼴이 되었군."

홈스가 불만이 가득한 목소리로 중얼거렸다.

"그걸 어떻게 확신합니까?"

"이미 한 시간 전에 무거운 짐을 실은 마차가 이 길로 나갔소."

"나 역시 마차 바퀴가 나 있는 것은 봤습니다만, 왜 짐을 실었다고 생각하시는 겁니까?"

"보다시피 바퀴 자국이 하나가 아닙니다. 마차가 건물 쪽으로 갔다가 되돌아 나왔던 거지요. 그런데 길 쪽으로 향한 마차 바퀴가 더 패여 있습니다. 바로 들어갈 때보다 나갈 때의 마차가 더 무거웠다는 얘기지요."

"홈스 씨에겐 당할 수가 없군요."

경감이 어깨를 으쓱했다.

"어쨌든 또 한발 늦어 버린 것 같군요. 하지만 단서가 될 만한 것이 있는지 찾아볼 겸 일단 안을 살펴봅시다."

홈스는 경계를 늦추지 않으면서 말했다. 우리는 경감을 선두로 현관 앞에 도착했다. 문이 잠긴 것을 확인한 경감이 머리를 긁적이며 말했다.

"여기를 뚫고 가는 것은 어려울 것 같은데요. 만에 하나 안에 누가 있을지도 모르니 그냥 쳐들어갈 수는 없고. 어쨌거나 사람을 불러 보죠."

그렉슨 경감이 초인종 벨을 힘껏 당겼다. 문틈으로 경쾌한 벨소리가 새어 나왔다. 경감이 문을 힘껏 두드리면서 고함까지 쳐 보았지만 안에서는 아무런 응답이 없었다.

"경감, 저쪽에 창문이 하나 열려 있소."

어느 틈엔가 자취를 감추었던 홈스가 건물 모퉁이에서 나타나며 말했다.

"이거야 원……. 홈스 씨, 당신이 경찰과 적이 아니어서 정말 다행입니다."

경감은 어이없다는 듯 어색하게 웃었다. 잠깐 사라진 사이 홈스가 솜씨를 발휘하여 안으로 걸린 창문의 빗장을 따 놓았다는 것을 눈치챘던 것이다.

"상황이 상황이니만큼 이번만은 눈감아 드리지요. 하지만 그런 재주는 두 번 다시 함부로 쓰지 마십시오. 당신을 상습 불법 침입자로 체포하고 싶지는 않으니 말입니다. 아무튼 오늘은 그 창을 이용하기로 하지요."

우리는 차례로 창을 넘었다. 그리고 더듬거리며 넓은 방을 찾아 들어갔다. 경감이 테이블 위에 있던 램프를 찾아 불을 켰다. 갑자기 환한 불빛을 보자 나도 모르게 두 눈을 질끈 감아 버렸다. 그리고 다시 떴을 때 내 눈에 들어온 것은 한 쌍의 일본 무사 갑옷이었다. 그뿐이 아니었다. 각기 다른 방향으로 나 있는 두 개의 문, 푹신한 고급 융단, 대리석으로 된 벽난로 선반, 벨벳 의자……. 멜라스가 이야기한 바로 그 방이었다.

방에는 바로 얼마 전까지도 사람이 있었는지 브랜디 병과 두 개의 술잔, 그리고 먹다 남은 음식 부스러기들이 테이블 위에 고스란히 남아 있었다.

"잠깐!"

홈스가 다급하게 외쳤다.

"저게 무슨 소리지?"

우리는 모두 제자리에 우뚝
서서 가만히 귀를 기울였다.
순간 나는 내 귀를 의심했다.
신음하는 듯한 낮은 소리가 천
장 위쪽에서 간간이 들려왔던
것이다. 홈스는 이미 문을 향
해 뛰어가고 있었다. 우리도
그 뒤를 따라 일제히 달렸다.
신음 소리는 위층에서 나고 있
었다. 홈스가 가장 앞서서 계
단을 뛰어 올라갔다.

나와 경감은 뚱뚱한 편인 마이크로프트
의 헐떡이는 숨소리를 등 뒤로 느끼며 홈스의 뒤를 따랐다. 우리는
소리를 따라 3층까지 올라갔다. 그곳에는 3개의 문이 나란히 있었
는데 음산한 신음 소리의 근원지는 가운데 문이었다. 홈스는 조금의
주저도 없이 문을 열어젖히고 캄캄한 방 안으로 뛰어들었다. 그러나
곧바로 목을 움켜쥐고 뛰쳐나왔다.

"목탄 가스야!"

홈스는 복도에 걸려 있던 조형물을 떼어 내어 재빠르게 창을 향해
던졌다. 유리창은 요란한 소리를 내며 산산조각이 났다. 순식간에
벌어진 일이었다.

"빨리, 모든 문을 활짝 열어 환기를 시켜야 해."

매캐한 연기 냄새가 코를 찔렀다. 우리는 너나 할 것 없이 주변에
서 닥치는 대로 집어서 유리창을 향해 던졌다. 복도는 유리 파편으
로 온통 아수라장이 되었고 밖의 차가운 밤공기가 집 안으로 쏟아져

들어왔다. 하지만 방문을 통해 밖으로 빠져나오는 가스는 제대로 숨 쉬기 어려울 정도로 지독했다. 깨진 창문을 통해 신선한 공기가 들어오기는 했지만 밀폐된 방 안에 가득했던 가스를 단번에 몰아내기에는 역부족이었던 것이다.

얼핏 들여다보니 방 한가운데에 파란 불꽃이 춤을 추듯 피어오르고 있는 놋쇠 화로가 있었다. 그 불꽃은 기괴한 모양의 그림자를 바닥에 만들고 있었는데 그 그림자의 끝에 벽을 향해 웅크리고 있는 두 사람의 그림자가 보였다. 내가 잠시 망설이는 사이 홈스는 깨진 창문을 통해 신선한 공기를 한껏 들이마시고는 방 안으로 달려 들어가 창문을 부수고 화로를 뜰 아래로 내던졌다.

"지독하군."

다시 복도로 나온 홈스는 숨을 헐떡이며 말했다.

"어디 양초가 없을까? 가스도 그렇지만 이렇게 어두워서야 저 사람들을 구할 수가 없어."

"이거면 될까요?"

경감이 복도 끝에 있던 테이블 위에서 램프를 가져왔다. 홈스는 불을 켜고는 마이크로프트에게 건네주었다.

"형님, 문 앞에서 안으로 램프를 비춰 주세요. 경감, 왓슨, 저 사람들을 데리고 나옵시다. 어서!"

우리 셋은 불쾌한 가스가 가득한 방으로 뛰어 들어 갔다. 그리고 쓰러져 있는 두 사람을 서둘러 밖으로 끌어냈다. 두 사람 모두 입술이 새파랗게 질려서는 완전히 의식을 잃고 있었다. 눈은 금방이라도 튀어나올 것처럼 불거져 있었고 퉁퉁 부은 얼굴은 흉하게 일그러져 있었다.

나는 믿을 수 없었다. 한 사람은 키가 컸는데 보기에도 안쓰러울 정도로 피골이 상접한 얼굴에 덕지덕지 반창고가 붙어 있었던 것이다. 멜라스의 이야기에 나왔던 폴 클라티데스가 분명했다. 그는 손발이 묶여 있었는데 신음은커녕 어떤 미동도 하지 않았다. 나는 그를 바닥에 눕히고 인공호흡을 해 보았지만 그의 의식은 끝내 돌아오지 않았다.

그리고 다른 한 명은 불과 두세 시간 전에 디오게네스 클럽에서 헤어진 바로 그 그리스어 통역관이었다. 검은 턱수염과 뚱뚱한 체격이 의심할 것도 없이 멜라스라는 것을 말해 주고 있었다. 그 역시 손발이 단단히 묶인 채로 쓰러져 있었는데 왼쪽 눈 위에는 깊은 상처까지 나 있었다. 얻어맞아서 생긴 상처 같았다. 다행히도 멜라스는 희미하기는 했지만 숨은 쉬고 있었다.

"경감님, 아래층에 가서 브랜디를 찾아봐 주시겠습니까? 또 암모니아도 있다면 가져다주십시오. 빨리요!"

부다페스트에서 온 편지

응급조치 덕분인지, 브랜디 덕분인지 멜라스는 한 시간 뒤 무사히 의식을 찾았다. 우리는 현장을 경찰에게 맡기고 런던으로 돌아왔다. 멜라스는 빠르게 회복되었다. 다음 날 홈스 형제와 그렉슨 경감, 그리고 나는 베이커 가 하숙집에 모여 멜라스에게 그날 있었던 일을 듣게 되었다.

"클럽에서 돌아온 후 얼마 지나지 않아서 누가 저를 찾아왔다고 가정부가 알려 주더군요. 저는 별 의심 없이 거실로 모시라고 했지요. 그런데 그게 실수였습니다."

"전에 납치되었을 때 만났던 중년 남자였지요?"

홈스가 물었다. 멜라스는 창백한 얼굴을 하고 손을 부들부들 떨고 있었다.

"네, 바로 그자였습니다. 그는 들어오자마자 소매 속에서 서슬이 퍼런 칼을 꺼내 제 목에 들이대더군요.

'소란을 떨어 봤자 당신한테 이로울 게 없어. 당신도 목숨은 아깝

겠지? 자, 조용히 따라오실까?'

아, 그 목소리, 그 웃음, 정말이지 다시 생각하고 싶지도 않습니다. 홈스 씨의 충고대로 조금 더 주의를 기울였어야 했는데…… . 후회가 밀려오더군요. 하지만 이미 때는 늦은 뒤였지요. 그는 저를 위협해서 마차에 타게 했습니다. 그리고 곧바로 예전에 갔었던 그 저택으로 끌고 갔습니다. 그들

은 이번에도 클라티데스 씨와의 담판에 통역 노릇을 시켰습니다.

분위기는 저번과는 상대가 되지 않을 정도로 험악했습니다. 래티머와 중년의 남자는 서명을 하지 않으면 당장이라도 죽일 것처럼 으르렁거렸습니다. 그러나 그리스인은 그 어떤 협박에도 굴하지 않았습니다.

그자들은 더 이상 참지 못하고 클라티데스 씨에게 모진 구타를 하기 시작했습니다. 차마 곁에서 볼 수 없을 지경이었습니다. 결국 클라티데스 씨가 기절을 하고 말았지요. 그러자 래티머가 그를 질질 끌고는 옆방으로 가는 것이었습니다.

'당신, 내 경고를 무시했어. 맞지?'

클라티데스 씨를 무지막지하게 구타했던 중년 남자가 이번에는 저를 향해 다가오는 것이었습니다. 손에 곤봉을 든 그의 눈은 마치 독사와 같더군요. 저는 너무나 겁에 질려서 아무 말도 할 수 없었습니다.

'그 입을 놀리면 어떻게 될지는 미리 얘기했을 텐데? 각오는 되어

있겠지?'

다음 순간 저는 그가 휘두른 곤봉에 머리를 얻어맞았습니다. 그리고 발길질이 이어졌습니다. 고통으로 눈을 제대로 뜰 수 없었지요. 정신을 잃은 건 머리에 다시 충격을 받고 나서였습니다. 그다음에 무슨 일이 벌어졌는지는 잘 모르겠습니다."

"혹시 그 중년 남자의 이름을 알고 계십니까?"

"그건 제가 말씀드리지요."

홈스의 질문에 대답한 사람은 그렉슨 경감이었다.

"브릭스턴에 다녀오신 겁니까?"

"네, 광고에 회답을 보내온 사람을 오늘 아침에 찾아갔었지요. 그 사람의 말에 따르면 소피 클라티데스라고 하는 아가씨는 그리스의 유복한 가문의 상속녀였습니다. 친구를 만나기 위해서 영국에 왔다더군요. 그런데 한 파티에서 해럴드 래티머라는 젊은이를 만났고 그만 사랑에 빠져 버리고 말았답니다. 래티머는 안경을 쓴 중년의 남자와 함께 다녔는데 그의 이름은 윌슨 켄프라고 하더군요. 어쨌든 그녀의 친구는 정체도 모르는 낯선 남자를 주의하라고 일렀지만 클라티데스 양은 충고를 무시하고 끝내는 래티머의 꼬임에 빠져 사랑의 도피를 하고 만 겁니다. 그 이후로는 그녀의 소식을 전혀 듣지 못했고 말입니다. 그래서 친구들은 당황해서 아테네에 있던 그녀의 오빠에게 전문을 보냈다더군요."

"그다음은 짐작이 갑니다."

홈스가 침통한 얼굴로 말했다.

"클라티데스 씨는 영국에 도착하자마자 래티

머와 그의 패거리인 중년 남자, 윌슨 켄프를 찾아 나섰겠지요. 하지만 악당들의 실체를 잘 몰랐던 게 화근이었습니다. 그저 순진한 여동생을 유혹한 바람둥이로 여겼던 겁니다. 결국 그자들의 포로가 되고 말았지요. 여동생을 구하려다가 오히려 협박을 받는 위치에 놓이게 된 겁니다. 하지만 범인들 입장에서는 여동생에게 오빠를 감금해 놨다는 것을 알려서 좋을 게 없었습니다. 재산을 빼앗을 때까지는 래티머는 어디까지나 자애로운 연인이어야만 했으니까요. 그래서 클라티데스 씨의 얼굴에 반창고를 붙여 놨던 겁니다. 마주친다고 하더라도 알아보지 못하도록 말입니다."

"그건 홈스 씨 말이 맞습니다. 죽은 클라티데스 씨 얼굴의 반창고 밑에는 어떤 상처도 없었거든요."

경감이 으스대면서 말했다. 홈스는 우울한 얼굴로 이야기를 계속했다.

"하지만 그녀는 단번에 오빠라는 것을 알아보았습니다. 여자의 육감이란 그 어떤 논리보다도 정확할 때가 있지요. 그 때문에 그녀 역시 인질 신세가 되고 말았습니다. 그러던 중에 범인들이 광고를 보게 되었던 겁니다. 그들은 다급해졌습니다. 하지만 클라티데스 씨는 그들 마음대로 움직여 주지 않았습니다. 결국 그자들은 여자만 데리고 도망쳤습니다. 말을 듣지 않는 포로와 자신들을 밀고한 남자에게 복수를 하고 말입니다."

"자 여러분, 범인들의 신원이 확보된 이상 그들이 잡히는 건 시간 문제입니다. 걱정하실 것 없습니다."

그러나 경감의 예측은 빗나가고 말았다. 끈질긴 경찰의 수사에도 불구하고 범인들과 납치된 소피 클라티데스의 행방은 몇 달이 지나도록 찾을 수가 없었다. 결국 수사는 미결로 종결되고 말았다. 그러던 어느 날 홈스 앞으로 헝가리 부다페스트에서 우편물이 하나 배달되었다. 그것은 신문기사를 오려 낸 것이었는데 발신인은 없었다.

기사의 내용은 한 명의 여성과 여행하던 영국 출신의 두 남자가 참혹한 죽음을 당했다는 것이었다. 죽은 사람들은 모두 여러 군데 칼에 찔려 있었고 동행하던 여성은 행방불명이라고 했다. 헝가리 경찰에서는 한 여자를 가운데 두고 연적끼리 싸움을 하다가 서로에게 치명상을 입힌 것으로 추정하고 있었다. 하지만 홈스는 그렇게 보지 않는 것 같았다.

"대단한 아가씨로군."

"홈스, 그게 무슨 소린가?"

홈스는 빙그레 웃었다.

"자기를 속인 것도 모자라 친오빠를 죽인 범인들에게 복수를 했으니 말이야."

"뭐? 자네는 그녀가 그들을 죽였다고 보는 건가?"

"그러지 않았다면 누가 나에게 이런 신문기사를 보란 듯이 보냈겠나? 그 그리스 아가씨를 만나 어떻게 복수를 한 것인지 자세히 듣고 싶어지는군. 어쨌거나 악당들이 벌을 받았으니 축배라도 들어야 하지 않겠나?"

홈스는 위스키 두 잔을 가득 따라 그중에 한 잔을 나에게 건네주고는 자신의 것을 단숨에 들이켰다. 그리고 나를 빤히 쳐다보며 말했다.

"이보게 왓슨, 아무래도 여자는 무서운 존재인 것 같지 않나?"

홈스는 어깨까지 들썩이며 한참을 웃어 댔다.

최후의
과제

The Final Problem

모리어티 교수

천재적 두뇌를 자랑하는 범죄자로 수학의 천재. 좋은 가문
에서 태어나 수준 높은 교육을 받았고 21세의 어린 나이에
이항정리 연구논문을 발표해 주목받았다. 런던에서 벌어지
는 다양한 범죄 사건들의 배후 조종자이자 홈스에 버금가
는 명석한 두뇌로 홈스와 팽팽하게 맞선다.

1893년 11월 〈스트랜드 매거진〉에 발표되고 1894년 《셜록 홈스의 회상》에 실린 〈최후의 과제〉는 코난 도일에게 인기와 엄청난 수입을 가져다준 작품이다. 홈스가 일생일대의 적을 만나 죽음을 당하는 내용인데 저자 코난 도일은 자신의 작품 베스트 12 중에서 이 작품을 4위에 선정할 만큼 높이 평가했다.

도일이 왜 홈스를 죽였는가 하는 것에 대한 해답은 없다. 다만 그를 잘 아는 영매의 증언을 통해 그가 자신이 창조해낸 '셜록 홈스'를 증오했던 것이 아닌가 추측하고 있다. 특히 1981년에 자신의 어머니에게 보낸 편지에서 '여섯 번째 작품 〈최후의 과제〉에서 홈스를 죽여 결말을 맺겠다'고 밝혀 작품 발표 2년 전에 이미 홈스를 죽일 계획을 세우고 있었던 것으로 보인다.

작품 속 배경 연대는 1891년이다.

쫓기는 홈스

내가 홈스를 처음 만난 건 '주홍색 연구' 사건에서였다. 이후 얼마 전 그의 맹활약으로 커다란 국제 분쟁을 막아낸 '해군 조약문' 사건에 이르기까지, 나는 홈스가 복잡한 문제들을 풀어내는 과정에 늘 함께했고 또 그 특이한 경험들을 독자들에게 생생히 전하기 위해 부족한 필력이지만 최선을 다해 왔다.

돌이켜보면 독특한 내 친구와 함께한 순간들은 내 인생에서 가장 즐겁고 활기 넘치는 시간이었다. 그러나 마지막 사건을 기록하기 위해 책상 앞에 앉아 있는 지금, 내 마음은 한없이 무겁고 착잡하기만 하다.

사실 '해군 조약문' 사건을 마지막으로 나는 홈스의 사건 회고록 집필을 끝내려고 했다. 나에게 큰 슬픔과 절망을 안겨 준 마지막 사건에 대해서는 영원히 함구하려 한 것이다. 그 사건이 있은 지 2년이라는 시간이 흘렀지만 지금도 그때를 생각하면 가슴이 쥐어뜯기듯 너

무 고통스러워 기억조차 하기 싫다.

그러나 며칠 전 제임스 모리어티 대령이 고인이 된 자신의 형을 애도하는 편지를 신문에 발표해 화제가 되었다. 그 신문을 본 사람들이 모리어티 교수의 최후에 대해 오해할 소지가 있기에 내가 다시 펜을 들어야겠다고 결심했다. 그 사건의 진상을 알고 있는 사람은 오직 나 하나인데 계속 침묵을 지킨다면 오히려 홈스에 대해 왜곡된 소문만 부추길 뿐이기 때문이다.

내가 알기로 그 사건이 기사화된 것은 단 세 번이다. 1891년 5월 6일자 스위스 일간지의 기사, 5월 7일자 로이터 통신 제공으로 영국 각 신문들에 일제히 실린 기사, 그리고 앞에서도 말했지만 최근 제임스 모리어티 대령이 보낸 편지를 실은 기사다. 1891년 사건 당시의 기사들은 내용을 많이 생략해 지나치게 간단했고, 최근 기사는 온통 왜곡된 내용이라 언급할 가치도 없다고 할 수 있다. 나는 이 자리에서 처음으로 모리어티 교수와 홈스 사이에 무슨 일이 있었는지 낱낱이 밝히려 한다. 그것이 친구이자 기록자로서 나의 의무일 것이다.

내가 결혼을 하고 곧이어 개인병원을 열게 되자 홈스와의 관계가 소원해지기 시작했다. 물론 홈스는 혼자 사건을 조사하기 힘든 경우 종종 나를 찾아오곤 했다. 그러나 우리가 함께 수사에 참여한 횟수는 차츰 줄어들었고 1890년 내가 기록해 둔 홈스의 활약상은 고작세 건에 지나지 않았다.

그해 겨울부터 1891년 이른 봄까지 나는 신문을 통해 홈스에 대한 소식을 이따금씩 듣고 있었다. 그는 프랑스 정부를 위해 매우 심각한 사건을 조사 중이었는데 프랑스 나르본과 님에서 짤막한 편지를 보내오기도 했다. 그래서 나는 그가 당초 예상보다 프랑스에 오래 머물 것이라고 짐작했다. 그런데 4월 24일 저녁, 진료를 마치고 병원 문을 닫으려 할 때 갑자기 홈스가 소리도 없이 진찰실로 들어섰다. 나는 깜짝 놀라 뒤로 넘어갈 뻔했다. 오랜만에 만난 그는 이전보다 많이 야위고 얼굴빛도 좋지 않아 반갑기보다는 염려가 되었다.

"왓슨, 괜찮아. 요즘 일이 좀 많았네."

홈스를 한동안 쳐다보던 내가 막 입을 열려고 할 때 그가 재빨리 말했다.

"환자를 대하는 의사의 시선으로 보진 말게나. 그저 과로일 뿐이네. 그런데 창문의 덧문을 내려도 되겠지?"

책상 위의 작은 독서용 램프만이 진료실을 밝히고 있었다. 홈스는 잔뜩 굳은 표정으로 몸을 낮추고 벽을 따라 걸어 창문에 다가갔다. 얼른 덧문을 닫고 자물쇠까지 잠근 후에야 그의 얼굴이 조금 부드러워졌다.

"홈스, 무엇 때문에 그렇게 걱정하는 건가?"

"그럴 일이 있다네."

"대체 뭔데 그러는가?"

"공기총."

"공기총?"

"그동안 나를 지켜봐 왔으니 내가 쓸데없이 수선을 떠는 사람이 아니라는 건 알겠지. 그러나 왓슨, 위험이 바로 눈앞에 닥쳤는데도 부인한다면 그건 용기가 아니라 무모한 거라네. 성냥을 좀 건네주겠나?"

홈스는 궐련을 한 대 뽑아 들더니 불을 붙였다. 담배 연기를 길게 들이마시는 그의 얼굴에서 비로소 편안함이 느껴졌다.

"말도 없이 이렇게 늦은 시간에 불쑥 찾아와 미안하네. 이왕 미안한 김에 한 번 더 양해를 구하지. 이따가 돌아갈 때 뒤뜰의 담을 넘어

가야겠네.”

“홈스, 대체 무슨 일이 생긴 건가?”

그가 말없이 손을 내밀었다. 손가락 관절 쪽이 다쳤는지 상처에서 피가 흐르고 있었다.

“내가 이상해 보이겠지만 그럴 이유가 좀 있다네.”

홈스가 씩 웃었다.

“운동으로 단련됐다고 자부하는 내 손가락이 꺾여 부러질 만큼 위험한 상황이지. 그건 그렇고 자네 부인은 어디 있나?”

“지금 여행 중이라네.”

“아, 그럼 자네 혼자만 있나?”

“그렇다네.”

“다행이군. 자네 혹시 나와 함께 유럽으로 일주일간 다녀올 수 있겠나?”

“유럽 어디로 갈 생각인가?”

“어디든 좋다네. 어느 나라든 나한테는 그저 외국일 뿐이야.”

평소의 홈스가 아니었다. 갑자기 훌쩍 일주일이나 휴가를 떠날 그가 아니었다. 핼쑥하고 피곤해 보이는 얼굴로 홈스는 잔뜩 당긴 활시위처럼 긴장하고 있었다. 내 생각을 읽었는지 그가 안락의자에 앉아 설명을 시작했다.

“왓슨, 모리어티 교수라는 이름을 들어 봤나?”

“모리어티라……, 처음 듣는군.”

“그는 이제껏 내가 만나본 악당 중 가장 뛰어난 두뇌의 소유자야. 아니 보기 드문 천재라네!”

홈스의 목소리가 격앙되었다.

“런던을 무대로 온갖 악행을 저지르고 다니지만 아무도 그의 존

재를 알아채지 못하지. 그래서 난 그를 금세기 최고의 범죄자로 꼽는다네. 그를 감옥으로 보내 선량한 시민들을 그로부터 보호할 수만 있다면 나는 책임과 의무를 다했다고 느낄 걸세. 그런 다음에야 나는 탐정에서 은퇴해 조용한 생활을 즐길 수 있겠지.

자네에게는 못할 말이 없으니까 하는 말인데 얼마 전 스칸디나비아 왕가와 프랑스 정부의 골칫거리를 해결해준 덕분에 마음껏 전원 생활을 즐기며 내가 좋아하는 화학 실험에도 집중할 수 있는 여건이 되었다네. 그러나 왓슨, 난 아직 탐정 생활을 접을 수가 없다네. 모리어티 교수 같은 악마가 아무 제재도 받지 않고 갖은 악행을 일삼을 걸 생각하면 도저히 가만히 앉아 있을 수가 없어."

"그가 저지른 범죄에 대해 말해 주겠나?"

모리어티 교수의 악행

"**그의 경력은** 눈부시게 화려하지. 좋은 가문에서 태어나 수준 높은 교육을 받은 데다 수학적 재능도 천부적이라네. 겨우 21세의 나이에 이항정리를 연구한 논문을 발표해 유럽을 떠들썩하게 만들었어. 그 덕에 영국의 한 지방 대학에서 수학과 교수로 재직하게 됐지. 그의 앞에는 탄탄대로가 펼쳐진 거야.

그러나 그에게는 어쩔 수 없는 범죄자의 피가 흐르고 있었네. 시간이 지남에 따라 그의 사악함은 누구보다 뛰어난 지능으로 인해 위협적인 수준이 되었지. 대학가에 모리어티의 행실에 대해 나쁜 소문이 퍼지기 시작하자 그는 어쩔 수 없이 교수직에서 물러났어. 지금은 런던에서 육군 교관으로 복무 중이라네. 하지만 지금까지 말한 건 모리어티 교수의 겉모습일 뿐이야.

내가 밝혀낸 그의 정체에 대해 말해 주겠네. 이보게, 런던에서 벌어지는 범죄 사건에 대해 나보다 잘 아는 사람은 없을 거야. 최근 몇 년간 나는 런던의 다양한 범죄 사건들 배후에 어떤 사악하고도 막강한 존재가 도사리고 있음을 느껴 왔네. 법망을 교묘히 **빠져나가는** 조직적인 세력, 경찰이 애써 잡아들인 범죄자들이 다시 풀려나도록 돕는 지능적인 배후 세력이 분명히 존재한다고 생각해 왔어. 매일같이 신문 지면을 요란하게 장식하는 위조, 강도, 살인 등 온갖 범죄의 근원지라 할 어떤 세력 말일세.

나는 몇 년간 이 세력을 추적해 왔다네. 그리고 천신만고 끝에 겨우 아주 작은 단서를 하나 발견했지. 그 단서를 시작점으로 삼아 더 들어 나갔더니 그 끝점에 수학의 천재, 모리어티 교수가 도사리고 있었네.

모리어티는 범죄 세계의 황제라 일컬을 만하네. 런던에서 발생한 사건 중 미해결로 남아 있는 대부분의 사건은 그가 계획했지. 그는 냉철하고 지적인 두뇌로 한 편의 예술작품처럼 완벽한 범죄를 창조해 내지. 모리어티는 수학자일 뿐 아니라 철학자, 논증가이기도 해서 내가 아는 그 누구보다도 합리적이고 논리정연한 사고를 한다네.

그는 아주 위협적인 독거미야. 거미줄 한가운데 자리 잡고 움직이지 않고 있지만 거미줄의 미세한 떨림에도 아주 민감하게 반응하지. 그는 범죄의 설계자라 할 수 있는데 사건의 전면에 직접 나서지 않고 그저 행동 계획만 짤 뿐이야. 거대한 조직을 이루고 있는 모리어티의 수하들이 그의 밑그림대로 움직이지.

누군가 어떤 집에서 기밀 서류를 훔쳐 내야 할 때나 특정인을 은밀히 제거하기를 원할 때 모리어티를 찾아간다네. 그러면 그가 범죄를 계획하고 조직원들이 실행에 옮기지. 물론 조직원들이 잡히기도 한다네. 하지만 신속하게 조달받은 보석금이나 유능한 변호사의 도움으로 금세 풀려나지. 어떤 경우에도 모리어티의 존재는 전혀 드러나지 않아. 의심조차 받지 않네.

그는 자신을 보호하기 위해 아주 단단한 보호막을 구축해 놓고 있다네. 내가 그 입장이었어도 그렇게 했겠지만 말일세. 그 보호막을 뚫고 범죄 사건과 그를 연결할 작은 증거조차 확보하기란 거의 불가능에 가까웠다네. 하지만 왓슨, 내가 한 번 마음먹은 일은 어떻게든 해낸다는 거 알고 있지? 지난 3개월간 쉬지 않고 추적한 끝에 마침내 모리어티 교수의 조직에 대해 속속들이 알아낼 수 있었네.

모리어티는 유일하게 두뇌 싸움에서 내 맞수가 될 만한 범죄자야. 그가 창조해 낸 악랄한 범죄 사건들을 보면 그 정교하고 빈틈없는 계획에 나도 모르게 경탄할 정도지. 그런데 마침내 모리어티가 그답지 않은 사소한 실수를 저질렀어. 그의 일거수일투족을 감시하던 나는 하늘이 준 그 기회를 놓치지 않았다네. 오랜 시간 심혈을 기울인 끝에 드디어 눈에 보이는 성과를 거둔 거야. 지금 모리어티를 잡기 위해 그의 주위에 그물을 쳐 놓고 걸려들기만을 기다리는 상황이라네.

아마 다음 월요일쯤이면 모리어티 교수와 그 조직의 핵심 간부들을 일망타진할 수 있을 걸세. 그를 재판정에 세우면 40건이 넘는 미해결 사건들도 명쾌하게 해결될 거야. 모리어티 일당은 모두 교수형에 처해질 걸세. 하지만 만약 이쪽에서 조급하게 서두르면 그들은 눈치를 채고 교묘하게 그물망을 피해 달아날 걸세.

이 모든 일이 모리어티 교수 몰래 진행됐다면 좋았을 거야. 하지만 그는 결코 호락호락한 상대가 아니지. 내가 그물망을 좁혀 오고 있다는 걸 이미 알고 있었네. 그는 몇 번씩이나 그물을 망가뜨리려고 했지만 다행히도 나는 매번 막아 냈지.

왓슨, 그 조용한 전쟁의 전 과정을 세세히 기록한다면 범죄 수사 역사상 유례없는 치열한 싸움의 기록이 될 거야. 탐정이 된 이래 내가 이번처럼 긴장하고 조심한 적은 처음이라네. 그와 나는 평생 한

번 만날까 말까 한 적수를 만나 서로 죽을힘을 다해 맞서고 있는 거야. 모리어티가 최고의 악당이라면 나 역시 최고의 탐정이니까.

어쨌든 그의 조직을 무너뜨리기 위해 모든 준비를 마치고 가장 적절한 때만 기다리고 있었네. 오늘 아침 그 마무리 작업을 했고 앞으로 3일 후에는 그동안 꿈꿔 온 것이 현실이 될 예정이었지. 그런데 내가 안락의자에 앉아 사건 자료들을 정리하고 있는데 갑자기 문이 거칠게 열리더니 모리어티가 들어선 거야. 밤이건 낮이건 내 머릿속을 떠나지 않던 그가 바로 눈앞에 서 있는 상황은 왠지 낯설지 않았다네.

매우 큰 키에 야윈 사람이었어. 깊숙이 꺼진 두 눈은 형형하게 빛났고 깨끗하게 면도한 얼굴은 창백했는데 교수다운 까다롭고 꼼꼼한 면모가 엿보였어. 늘 책상 앞에서 공부만 해서인지 구부정하게 굽은 등, 앞으로 쑥 뺀 목 때문에 교활한 파충류를 연상시키기도 했다네. 그는 얼굴을 잔뜩 찡그리고 호기심 가득한 눈으로 나를 한참이나 바라보더군.

'그런 태도라면 좀 실망스러운데?'

드디어 모리어티가 긴장감 넘치는 정적을 깼지.

'가운 주머니에 장전된 권총을 갖고 있고 손님 앞에서 그 총을 만지는 건 위험하고 무례한 짓이지.'

그를 보자마자 커다란 위협감을 느낀 게 사실이야. 막다른 곳에 몰린 쥐가 고양이를 물듯이 그에게는 나를 없애는 것만이 그물을 빠져나갈 유일한 길이니까. 예상치 못했던 위기를 모면하기 위해 그가 문을 여는 순간, 재빨리 책상 서랍 속의 권총을 꺼내 주머니에 넣었는데 그만 들킨 거라네. 모리어티의 말에 아무 말 없이

권총을 꺼내 장전을 풀고 책상 위에 올려놓았지.

그는 싸늘하게 웃으며 눈을 깜박였는데 정말 냉혈한다운 모습이었어. 어쨌든 권총이 있어 다행이라고 순간 생각했다네.

'내가 누군지 당신은 모르겠지만 나는 당신을 잘 알고 있소.'

모리어티가 으르렁거리듯 말했어.

'당신이 틀렸군. 나도 당신이 누군지 아주 잘 알고 있소. 거기 의자가 있으니 좀 앉겠소? 할 말이 있어 찾아왔다면 5분 정도는 할애할 수 있소.'

'내가 누군지 안다면 무슨 말을 하러 왔는지도 이미 알겠군.'

'당신도 내가 어떻게 대답할지 알고 있지 않소?'

'잠시 말없이 있던 그가 물어보더군. 그래, 당신 계획은 그대로 밀고 나갈 생각이오?'

'당연하지.'

모리어티가 험상궂은 얼굴로 외투 주머니에 손을 넣자 나도 얼른 권총을 집어 들었지. 그러나 그는 주머니에서 작은 수첩을 꺼내 펼치더군.

'1월 4일 내게 접근, 23일부터 거슬리기 시작했지. 2월 중순에는 내가 진행하는 일을 크게 방해했고. 3월 말에는 계획을 완전히 빗나가게 했고. 4월 말인 지금은 당신의 끈질긴 추격과 훼방으로 옴짝달싹하기도 힘들어졌소. 내가 이런 어이없는 상황에 처하다니!'

'하고 싶은 말은 다 했소?'

내가 조용히 물었지.

'그 정도면 충분하지 않소? 셜록 홈스 씨.'

고개를 저으며 모리어티가 말하더군.

'마지막 경고요. 이제 그만두시오. 나는 당신이 생각하는 것보다 훨씬 막강한 조직을 이끌고 있소. 홈스, 하나뿐인 목숨이 아깝다면 그만 물러나시오. 나중에 땅을 치며 후회하는 일은 없길 바라오. 후회할 때가 되면 이미 늦은 거요.'

'당신 말을 들으니 무섭군그래.'

권총을 들어 올리며 내가 말했지.

'이런, 5분이 지났군. 재미있는 대화여서 시간 가는 줄도 몰랐네.'

그가 내게서 시선을 떼지 않은 채 의자에서 천천히 일어났지. 일어선 후에도 나가지 않고 한동안 물끄러미 쳐다보더니 안타까운 표정으로 머리를 절레절레 흔들더군.

'할 수 없군. 참으로 애석하오. 하지만 분명히 경고했소. 당신이 무슨 일을 벌이고 있는지 훤히 들여다보고 있지. 월요일까지 당신은 어떤 행동도 할 수 없을 거요. 그동안 우리는 혈전을 계속해 왔소. 홈스 씨, 내가 다시는 런던 거리를 활개 치며 다니지 못하게 만들고 싶겠지만 결코 그런 일은 없을 거요. 어떻게든 날 꺾고 싶겠지? 그러나 애석하게도 당신은 내 적수가 되려면 멀었소. 당신이 멍청한 경찰들보다야 똑똑하지만 나보다는 한참 아래거든.'

'당신이 나를 칭찬할 줄은 몰랐는데.'

내가 말했지.

'나도 내 생각을 말하지, 모리어티 교수. 시민들을 위해 난 목숨을 걸고 사명을 다할 거요.'

'목숨을 하찮게 여기는군.'

그가 비웃으며 낮은 목소리로 말하더군. 그러고는 곧 방에서 나갔지.

모리어티 교수의 방문으로 나는 무척이나 불쾌했다네. 그는 내게 폭력을 휘두르지도 않았고 거칠게 소리를 지르지도 않았네. 하지만 차분하고 조용하기까지 한 그의 말투는 단순한 협박 이상이었네. 그는 한 번 뱉은 말은 반드시 실행에 옮기는 사람이라고 직감했네. 왓슨, 자네는 왜 경찰에 신고하지 않느냐고 묻고 싶겠지? 그래 봤자 경찰이 잡아들일 수 있는 건 모리어티가 아니라 일개 조직원뿐이기 때문이야. 내가 이렇게 단언하는 증거도 있네."

"그들이 벌써 자네에게 접근해 왔나?"

"왓슨, 모리어티는 일단 결심한 일은 망설이지 않고 실행으로 옮긴다네. 아까 낮에 일이 좀 있어 옥스퍼드 가에 갔었지. 벤틱 가에서 웰백 가로 들어서는데 말 두 필이 끄는 마차가 갑자기 맞은편에서 나를 향해 곧장 돌진해 오더군. 재빨리 골목길로 뛰어들어 가까스로 위기를 모면했네. 그 마차는 메릴본 레인을 향해 사라졌어. 나는 발걸음을 재촉해 가던 길을 계속 갔지. 그런데 말일세, 베어 가에 다다르니 어느 집 지붕에서 벽돌 한 장이 바로 내 코앞에 떨어져 산산조각 나는 거야. 당장 경찰을 불러 현장 조사를 부탁했지. 지붕 위에 올라갔던 경찰이 내려오더니 보수공사를 위해 지붕에 벽돌을 쌓아 둔 상태여서 그런 사고가 생겼다고 말하더군.

물론 그 말은 사실이 아니었지만 아무 증거도 찾지 못했지. 그길로 즉시 마차를 잡아타고 펠멜 가로 가서 마이크로프트 형을 만났다네. 그다음 이렇게 자네를 찾아온 거야. 병원으로 오는 길에는 곤봉을 휘두르며 달려드는 괴한의 습격을 받았지. 격투 끝에 그놈을 쓰러뜨리고 경찰을 불러 체포하게 했다네.

하지만 난 경찰이 그 앞니가 튀어나온 사내를 모리어티와 연관 짓지 못할 거라는 사실을 분명히 알고 있지. 내가 이렇게 다치는 동안 은퇴한 수학 교수는 이곳에서 멀리 떨어진 곳에서 군인들을 상대로 태평하게 강의나 하고 있을 걸세. 왓슨, 이제 내가 왜 창의 덧문을 닫았는지, 그리고 나갈 때 현관을 이용하는 대신 눈에 띄지 않게 담장을 넘어 나가겠다고 말했는지 이해할 수 있겠지?"

이전에 홈스와 사건을 조사할 때 그의 용기에 종종 놀라곤 했지만 이번만큼 그의 커다란 용기에 감탄한 적은 없었다. 보통 사람이라면 새파랗게 겁에 질릴 만한 사건을 연달아 겪었는데도 내 친구는 남의 이야기를 하듯 담담하게 말했다.

"홈스, 오늘 밤은 여기서 자고 갈 거지?"

"아니라네. 곧 돌아갈 거야. 내가 여기 있으면 자네까지 위험해질 걸세. 내게는 다른 계획이 있거든. 모리어티의 조직을 와해시킬 계획은 잘 끝날 테니 너무 걱정 말게. 현재까지는 내가 굳이 손을 대지 않아도 될 만큼 일이 진행된 상태야. 물론 재판정에서 유죄 판결이 내려지게 하려면 내가 증언해야겠지만 말일세. 경찰이 마무리를 지을 때까지 며칠간 떠나 있어야 할 것 같네. 왓슨, 자네가 함께 유럽으로 가 준다면 아주 든든하고 기쁠 거야."

"요즘은 환자도 뜸하고 병원을 봐줄 친절한 이웃도 있으니 언제라도 떠날 수 있어."

내가 미소 지으며 말했다.

"내일 아침 당장도 가능할까?"

"자네가 원한다면야."

"고맙네, 왓슨. 반드시 내일 떠나야만 하네. 그럼, 여기 써 있는 대로만 해 주게. 이제 자네도 나와 한 편이 되어 유럽에서 가장 천재적인 범죄자이자 강력한 범죄 조직의 우두머리인 모리어티 교수와 싸우게 될 걸세. 그러니 긴장하고 잘 듣게. 필요한 짐은 오늘 밤 믿을 만한 사람에게 부탁해서 빅토리아 역으로 먼저 보내야 하네. 내일 아침 일찍 이륜마차를 부르게. 이때 미행이 따라붙는지 잘 살펴봐야 해. 마차를 타면 로더 아케이드 끝에 있는 스트랜드로 가자고 하게. 이때 마부에게 목적지를 적은 쪽지를 주는데 함부로 길에 던져 버리지 말라는 당부도 잊지 말게나.

요금은 탈 때 미리 건네서 마차가 멈추면 곧장 내릴 수 있게 하고. 9시 15분까지 늦지 않게 로더 아케이드로 와야 하네. 길이 갈라지는 지점에 작은 이륜마차가 기다리고 있을 걸세. 마부가 빨갛고 둥근 칼라가 달려 있는 검은 외투를 입고 있을 거야. 마차를 타면 빅토리아 역으로 갈 수 있지. 유럽행 특급열차가 출발하는 시간에 맞춰서 말이야."

"자네와는 어디서 만나는 건가?"

"나는 역에서 기다리고 있겠네. 앞에서 두 번째 칸의 일등석을 예약해 뒀지."

"그럼 기차 안에서 보겠군."

"응, 그럼 내일 보세."

홈스에게 자고 가라고 몇 번이나 말했지만 소용없었다. 그는 자신 때문에 나까지 위험에 처할까 봐 걱정하고 있었다. 홈스가 떠나겠다고 고집하는 이유를 잘 알기에 더 이상 잡지 않았다. 다음 날 아침의 계획에 대한 이야기를 마치자 그는 재빨리 자리에서 일어났다. 몸을 낮추고 나무 그늘을 따라 담장 가까이 다가선 그는 금세 담장 너머로 모습을 감췄다. 잠시 후 모티머 가 쪽에서 마차를 부르는 그의 나지막한 휘파람 소리가 들리더니 곧 멀어져 가는 마차 바퀴 소리도 들려왔다.

다음 날 아침이 되자 나는 홈스가 준 쪽지에 적힌 대로 움직였다. 혹시 모리어티 교수가 내 뒤를 밟기 위해 준비시킨 마차를 고르지 않도록 조심하며 마차를 잡아탔다. 간단히 아침을 먹고 바로 로더 아케이드로 출발했다. 마부를 재촉해 로더 아케이드에 도착하니 내 친구의 말처럼 검은 외투를 입은 체격 좋은 마부가 탄 마차가 보였다. 내가 마차에 오르자 마부는 빠르게 말을 몰아 빅토리아 역으로 달려갔다. 역에 도착한 후 마차에서 내리자마자 마차는 달려온 쪽으로 방향을 바꾸더니 시야에서 곧 멀어져 갔다.

지금까지는 모든 일이 계획대로 착착 진행되었다. 어젯밤 역으로 부친 여행가방을 찾아 들고 홈스가 말한 기차 칸으로 갔다. 좌석도 쉽게 찾을 수 있었는데 예약이라고 표시된 자리는 한 곳뿐이었기 때문이다.

그러나 약속한 칸에서 홈스는 보이지 않았다. 나는 걱정과 두려움에 사로잡혔다. 역의 커다란 벽시계는 7분 후면 기차가 출발할 시간이라고 알려 주었다. 초조한 마음에 역을 가득 메운 사람들 사이를 헤치며 돌아다녔지만 키가 크고 날렵한 홈스의 모습은 어디에도 보이지 않았다.

그때 어떤 이탈리아 신부가 커다란 가방을 짐꾼에게 맡기며 기차에 막 올라타는 모습이 보였다. 그는 서투른 영어로 짐꾼에게 무어라 말을 걸었다. 내 좌석으로 돌아오니 방금 전에 본 그 이탈리아 신부가 옆자리에 앉아 짐을 정리하고 있었다. 신부에게 자리를 잘못 찾았다고 설명했지만 내 이탈리아어 실력이 신부의 영어 실력보다 형편없었기 때문에 성과는 없었다.

마침내 나는 포기하고 어깨를 한 번 으쓱해 보였다. 그리고 다시 홈스를 찾으려고 차창에 바짝 얼굴을 갖다 대고 주위를 둘러보았다. 엄습해 오는 두려움으로 등줄기가 오싹해졌다. 어젯밤 내 친구가 불미스러운 사고를 당해 올 수 없는 건 아닌지, 어딘가에 쓰러져 내 도움을 기다리고 있는 건 아닌지 하는 생각 때문에 안절부절못했다. 그러나 곧 기차 문이 닫히더니 출발을 알리는 기적 소리가 들렸다. 바로 그때였다.

"그렇게 초조해할 필요 없네, 왓슨."

바로 옆에서 누군가 내 이름을 불렀다.

"친구를 봤으면 인사를 해야지."

너무나 당황해서 얼굴을 옆으로 휙 돌렸다. 늙수그레한 신부가 짓궂은 표정으로 나를 쳐다보고 있었다. 온통 주름투성이였던 얼굴이 팽팽하게 펴지더니 납작하던 코가 높아졌다. 툭 튀어나와 있던 아랫입술이 들어갔고 낮게 읊조리던 중얼거림도 그쳤다. 초점이 흐릿했던 눈이 반짝거리기 시작했고 구부정하던 어깨도 꼿꼿해졌다. 하지만 곧 마술처럼 순간적으로 이 모든 것이 눈앞에서 사라지더니 홈스는 다시 늙은 이탈리아인의 모습으로 돌아갔다.

"이럴 수가! 정말 깜짝 놀랐다네!"

나는 자리에서 벌떡 일어나며 소리쳤다.

"쉿, 진정하게. 아직은 안심할 때가 아니거든."

홈스가 내 귀에 입술을 바짝 대고 속삭였다.

"그 일당이 우리를 뒤쫓아 여기까지 와 있네. 보게, 저기 모리어티 교수가 있군."

기차는 점점 속력을 내며 역을 빠져나가기 시작했다. 차창을 통해 뒤를 보니 남보다 머리 하나는 더 큰 남자가 인파를 헤치며 기차를 향해 뛰어오는 모습이 보였다. 높이 들어 올린 손을 마구 휘젓는 것으로 보아 기차를 향해 정지하라고 외치는 것 같았다. 그러나 곧 기차는 빅토리아 역을 완전히 벗어났다.

"아슬아슬했지만 어쨌든 무사히 출발했군."

홈스가 한쪽 눈을 찡긋해 보이며 씩 웃었다. 그는 자리에서 일어서더니 걸치고 있던 검은 모자와 신부복을 벗어 가방에 쑤셔 넣었다.

"아침에 신문은 보고 출발했나?"

"아니."

"흠, 베이커 가에 대한 기사도 못 봤겠구먼."

"베이커 가에 무슨 일이 있었나?"

"모리어티의 조직원들이 내 방에 불을 질렀지. 그러나 피해는 크지 않았네."

"그런 나쁜 놈들이 있나! 홈스, 그건 정말 너무 지나치군."

"어젯밤 나를 덮친 괴한이 경찰에 잡혀가는 통에 그들이 미행에 실패한 건 틀림없어. 그래서 내가 하숙집이 아니라 집으로 돌아간 걸 몰랐던 거지. 그건 그렇고 역까지 따라온 모리어티 교수를 보니 자네를 감시하고 있었나 보네. 오는 동안 혹시 실수한 건 없나?"

"자네가 말한 대로만 했네."

"내가 말한 마차도 잘 찾았나?"

"물론이지. 먼저 와 있더군."

"그 마부가 누구인지 알겠나?"

"전혀 모르겠네만."

"마이크로프트 형이었네. 신중을 기해야 하는 때에 형의 도움을 받을 수 있어 정말 다행이었지. 그러나 이제는 우리가 모리어티에게 어떻게 대항할지 계획을 세워야 할 때야."

"특급열차에서 내린 다음 그 시각에 출발하는 배를 찾으면 쉽게 따돌릴 수 있겠지."

"이런 왓슨, 그건 아니라네. 자네는 내가 한 말을 충분히 이해하지 못했군그래. 모리어티는 나와 비슷한 지적 능력의 소유자야. 입장을 바꿔서 말일세, 내가 그를 쫓고 있다면 한두 가지 장애물 때문에 일을 망칠 것 같나? 절대 그를 과소평가해서는 안 되네."

"자네 생각에는 모리어티가 어떻게 행동할 것 같은가?"

"내가 할 일을 하겠지."

"자네가 할 일이라니?"

"특별열차를 타는 걸세."

"하지만 우리보다 많이 뒤처지지 않겠나?"

"아닐세. 이 기차는 캔터베리에서 서는데 여객선이 출발하는 시간보다 15분 정도 지연되는 게 보통이지. 그러니 모리어티가 충분히 따라잡을 수 있지."

"자네 말을 들으니 우리가 쫓기는 범죄자 신세로군. 경찰에 연락해 그를 캔터베리에서 체포하면 어떨까?"

홈스는 침울한 표정으로 고개를 저었다.

"그랬다가는 3개월간의 노력이 모두 수포로 돌아가. 큰 물고기를 잡으려면 잔챙이들은 포기해야 한단 말일세. 돌아오는 월요일에 한꺼번에 잡아들일 수 있는데 지금 체포할 수야 없지."

"가장 좋은 방법이 뭘까?"

"일단 캔터베리에서 내려야지."

"그러고는?"

"뉴헤이븐에서 프랑스의 디에프까지 여행해야겠지. 틀림없이 모리어티는 내가 한 그대로 따라 할 거야. 곧장 파리로 가서 먼저 부친 우리 짐을 확인한 후 다음 행선지 역에서 이틀간 기다리겠지. 그러나 우리는 짐을 찾는 대신 필요한 가방과 물건들을 새로 살 걸세. 그런 다음 스위스, 룩셈부르크, 바젤을 여행하며 모처럼 휴가를 즐기는 거지."

캔터베리에서 뉴헤이븐으로 떠나는 기차는 1시간 후에나 있었다. 나는 잠옷과 외투가 든 가방을 실은 짐차가 사라져 가는 모습을 안타까운 마음으로 바라보고만 있었다. 그때 홈스가 내 팔을 툭 치더니 반대편을 가리켰다.

"저기 보게나. 특별열차가 벌써 오는군."

저 멀리 켄트 시의 숲 너머에서 희미한 연기가 피어오르고 있었다. 곧 길게 늘어선 객차와 기관차들이 숲을 통과하는 철길 위로 모습을 드러냈다. 나와 친구는 역에 잔뜩 쌓여 있는 화물 뒤로 서둘러 숨었다. 그러자 기차가 뜨거운 증기를 요란하게 뿜어내며 우리 옆을 지나쳤다. 덜컹거리며 빠르게 멀어져 가는 객차를 바라보던 홈스가 입을 열었다.

"모리어티가 저 기차에 타고 있네. 천재적인 그의 두뇌에도 한계는 있군. 내가 이제 어떻게 행동할지 추리해 냈다면 정말 대단한 맞수가 되었을 텐데."

"만약 우리를 따라잡았다면 어떻게 했을까?"

"당연히 우리를 완전히 없애 버리려 했겠지. 그와의 게임은 대단히 위험하긴 하지만 해볼 만하다네. 당장 우리 문제는 여기서 이른 점심을 먹느냐, 아니면 뉴헤이븐에서 만찬을 즐길 때까지 배고픔을 참느냐 하는 거야."

우리는 브뤼셀에서 그날 밤을 묵었고 이틀 뒤에는 스트라스부르크로 이동했다. 월요일 아침, 홈스는 잠자리에서 일어나자마자 런던 경찰청에 전보를 보냈다. 그날 저녁 시내 관광을 마치고 호텔로 돌아오자 답장이 우리를 기다리고 있었다. 홈스가 전보를 읽더니 성난 얼굴로 편지를 난로 속에 던져 버렸다.

"미리 눈치 챘어야 했는데!"

홈스가 두 손으로 머리를 감싸며 신음했다.

"그가 빠져나갔네!"

"뭐라고? 모리어티를 놓친 건가?"

"그렇다네. 경찰이 모리어티를 제외한 일당들을 다 잡아들였네. 하지만 모리어티는 교묘하게 빠져나갔어. 내가 이곳에 있으니 영국에는 그와 맞설 상대가 없었지. 거의 마무리 단계라 경찰에게 모든 걸 믿고 맡겨도 된다고 생각했는데 내 착오였네. 자네는 이제 영국으로 돌아가는 편이 좋겠어, 왓슨."

"아니 갑자기 왜?"

"자네까지 위험하게 만들 순 없으니까. 모리어티는 활동의 기반이
던 조직이 완전히 무너졌으니 런던에 머무를 수 없게 됐지. 내가 아
는 모리어티라면 수단과 방법을 가리지 않고 나에게 복수를 하고자
할 걸세. 전에도 말했지만 그는 결심한 일은 반드시 해치우는 사람
이야. 그러니 자네는 그만 돌아가 병원 일을 계속하는 게 최선이야,
왓슨."

하지만 홈스만 남겨 둔 채 돌아갈 수는 없었다. 우리는 스트라스
부르크의 식당에서 1시간 가까이 옥신각신한 끝에 결국 함께 여행을
계속하기로 결정 내렸다. 그리고 그날 밤 스위스의 제네바로 떠났다.

홈스의 최후

우리는 일주일간 론 계곡의 아름다움을 만끽한 다음 로이크를 거쳐 겜미 산맥으로 갔다. 인터라켄 지방을 지나 마이링겐으로 가는 길은 여전히 눈이 덮여 있어 짙은 초록빛 침엽수림과 대비되는 모습이 장관을 이루었다.

　오랜만에 친구와 함께하는 여행은 매우 즐거웠다. 산 아래에서부터 서서히 따스한 봄기운이 올라오고 있었지만 산 위는 만년설이 덮여 있어 한겨울 같았다. 하지만 홈스는 경치를 즐기는 한편 잠시도 경계를 늦추지 않고 꿰뚫어보듯 날카로운 시선으로 우리 곁을 지나치는 모든 사람들을 자세히 관찰했다. 그런 친구를 보며 나는 우리가 커다란 위험에서 아직 자유롭지 못하다는 사실을 새삼 깨닫곤 했다.

　스위스에서는 이런 일도 겪었다. 다우벤제 지방의 음침한 숲을 지나 겜미 산맥을 통과할 때 커다란 낙석이 굴러 내려오더니 큰 소리를 내며 우리 곁의 호수로 떨어졌다. 홈스는 날렵하게 산 위로 올라가

꼭대기에서 아래를 두루 살펴보았다. 안내인이 그에게 언 땅이 풀리는 봄철에는 이런 일이 흔히 일어난다고 몇 번이나 설명했지만 소용없었다. 하지만 그는 당황하거나 두려워하지 않았다. 그저 말없이 마치 예상했던 일이라는 듯 가볍게 미소 지으며 나를 힐끗 보았을 뿐이다.

이런 일까지 겪었지만 홈스는 한 번도 움츠러 들지 않았다.

오히려 그 어느 때보다도 활기 넘치고 즐거워하는 모습이었다. 여행 중에도 그는 모리어티를 잡기만 한다면 탐정 생활을 미련 없이 마무리할 수 있다고 종종 말했다.

"왓슨, 나는 의미 있는 삶을 살았다고 당당하게 말할 수 있네. 만일 오늘이 내가 탐정으로 살아가는 마지막 날이 된다 해도 미련은 없다네. 런던 시민들이 나로 인해 조금 더 마음 놓고 살아갈 수 있게 되었으니까. 그동안 수많은 사건을 접했지만 내 재능을 개인의 이득을 위해 악용한 적은 단 한 번도 없어. 나이가 들수록 법정의 심판을 기다려야 하는 범죄 사건보다는 눈에 보이는 자연 현상을 연구하고 싶다는 생각이 더욱 간절해지네. 왓슨, 유럽에서 가장 위험하고 악랄한 범죄자를 잡게 되는 날, 자네도 사건 기록을 멈추게 될 걸세."

지면이 얼마 남지 않았으니 이제 이야기를 간결하고 정확하게 마무리해야겠다. 그 사건을 새삼 되짚어 더듬는다는 것은 나로서는 무척 괴롭지만 이 글을 쓰는 목적에 충실하기 위해 사실을 하나도 빠

짐없이 자세하게 쓰겠다.

5월 3일, 우리는 마이링겐의 한 작은 여관에 숙소를 정했다. 주인인 페터 스타일러 씨는 눈치가 빠르고 영어에 능통한 중년 남자였다. 그는 런던의 그로스베너 호텔에서 웨이터로 4년간 일한 경력이 있다고 했다. 주인의 충고대로 나와 홈스는 4일 오후가 되자 언덕을 넘어 로젠라우이 마을에서 하룻밤 머물기로 했다. 그러나 언덕 중턱의 유명한 라이헨바흐 폭포를 보고 가기 위해 길을 조금 돌아가기로 했다.

라이헨바흐 폭포는 정말 인상적이었다. 산꼭대기에서 흘러내린 눈 녹은 물이 모여 엄청난 기세로 폭포 아래의 깊이를 가늠할 수 없는 연못으로 떨어졌다. 폭포 주변은 물보라가 안개처럼 자욱해서 현실이 아닌 곳에 온 기분이 들었다. 폭포는 하늘을 찌를 듯 솟아오른 검푸른 바위 절벽에 둘러싸여 있었다. 깊은 연못으로 쏟아져 내리는 굵은 물기둥의 기세가 무섭게 느껴질 정도였다. 초록빛 물줄기가 큰 소리를 내면서 위에서 떨어지고 뿌연 물보라가 연기처럼 피어오르며 아래에서 올라오는 모습은 장관이었다. 우리는 말없이 바위 절벽의 끝에 서서, 쉴 새 없이 검은 바위에 부딪혀 하얗게 부서지는 물거품을 내려다보았다. 그리고 인간의 외침을 연상시키기도 하는 커다란 폭포 소리에 귀 기울이기도 했다.

폭포 주변을 구경할 수 있게 만든 산책로를 따라 걷던 우리는 길이 갑자기 끊기는 바람에 오던 길을 되돌아갔다. 내려오던 길에 우리를 향해 황급히 걸어오던 한 스위스 청년과 만났는데 그는 거칠게 숨을 몰아쉬며 편지를 한 통 건넸다. 봉투에는 우리가 묵고 있던 여관의 소박한 인장이 찍혀 있었다.

내게 쓴 편지였다. 읽어 보니 우리가 여관을 떠나고 나서 얼마 후 한 영국인 부인이 도착했는데 갑자기 정신을 잃고 쓰러졌다는 내용이었다. 루체른에 살고 있는 친구를 만나러 가는 중인 이 부인은 다보스플라츠에서 겨울을 지내다가 그만 결핵에 걸리고 말았고 여행 중에 병세가 심해졌다고 했다.

위태로운 상황인데도 부인이 스위스인 의사가 아니라 영국인 의사에게 진찰받기를 고집하니 내게 와 달라고 부탁하는 것이었다. 타지에서 위중한 병으로 시달리는 부인에게 고향에서 온 의사는 큰 위안이 될 테니 정중하게 부탁한다는 여관 주인의 편지였다.

의사로서 외면할 수 없는 부탁이었다. 낯선 곳에서 외롭게 사경을 헤매는 같은 영국인의 가엾은 처지를 모른 체할 수는 없었다. 그러나 홈스를 아무도 없는 산속에 남겨 두고 떠나자니 발걸음이 차마 떨어지지 않았다.

망설이던 끝에 나는 부인을 진찰하러 돌아가기로 결정했다. 내가 다시 올 때까지 편지를 전해 준 청년이 홈스와 같이 있기로 했다. 홈

스는 폭포를 조금 더 구경하다가 로젠라우이 마을로 천천히 갈 테니 그곳에서 만나자고 했다.

　길을 내려오던 내가 돌아보자 팔짱을 낀 채 상체를 내밀고 열심히 연못을 내려다보는 홈스가 보였다. 그때만 해도 난 알지 못했다. 그것이 내가 마지막으로 본 친구의 모습이 될 줄은.

　마을에 거의 다다랐을 때 뒤를 돌아보니 폭포는 시야에서 사라졌지만 산등성이를 구불구불 감아 오르는 한 줄기 길이 보였다. 그 길을 따라 검은 옷을 입은 한 남자가 매우 서둘러 걸어가는 모습이 작게 보였다. 진초록 숲과 검은 옷이 대비를 이루어 눈에 잘 띄었다. 급히 산길을 오르는 모습이 왠지 신경 쓰였지만 갈 길을 재촉하다 보니 그에 대해서는 까맣게 잊고 말았다.

여관에 도착하기까지 한 시간가량 걸었을 것이다. 호텔 입구에 서 있는 여관 주인이 보였다.

"그 부인은 좀 어떻습니까?"

내가 다급히 물었다. 내 질문이 의외였는지 주인은 놀라 눈이 휘둥그레졌다. 나는 철렁 가슴이 내려앉았다.

"이 편지를 보내지 않았습니까?"

나는 외투 주머니에서 편지를 꺼내 그에게 내밀었다.

"위독한 영국인 부인이 없단 말입니까?"

"영국인은 없습니다."

주인이 당황한 표정으로 말했다.

"하지만 봉투에 우리 여관의 인장이 있군요. 그러고 보니 아까 잠깐 들렀던 키 큰 영국 신사가 편지를……."

공포에 휩싸인 나는 주인의 말이 채 끝나기도 전에 방금 전에 지나온 길을 다시 뛰어 올라갔다. 내리막길일 때는 한 시간이면 충분했지만 오르막길은 두 시간도 넘게 걸렸다. 홈스가 지니고 다니던 등산용 지팡이가 그가 서 있던 자리에 그대로 있었다. 하지만 그의 자취는 어디에도 보이지 않았다. 그의 이름을 크게 소리쳐 부르며 주변을 뒤져 보았지만 아무 소용이 없었다. 건너편 절벽에서 무심한 메아리만 되돌아올 뿐이었다.

홈스의 지팡이를 보자 다리에 그만 힘이 빠져 주저앉고 말았다. 그는 로젠라우이 마을로 가지 않았다. 한쪽은 수직으로 솟아 있는 절벽, 다른 한쪽은 연못으로 떨어지는 낭떠러지로 둘러싸인 좁은 길에 서 있을 때 그는 누군가에게 기습을 당한 것이다. 편지를 전해 준 스위스 청년도 보이지 않았다. 아마도 모리어티에게 심부름 값을 받고 자리를 떴을 것이다. 그런 다음 대체 무슨 일이 벌어졌을까? 그

진실을 누가 말해 줄 것인가?

걷잡을 수 없는 두려움으로 혼미해진 정신을 가다듬기 위해 잠시 가만히 서서 심호흡을 했다. 그리고 홈스가 추리하던 방법을 떠올리며 이 비극적인 사건을 조금씩 재구성해 나갔다. 참으로 간단한 일이었다. 우리가 마지막으로 이야기를 나누던 곳에는 마치 장소를 표시하듯 홈스의 지팡이가 그대로 남아 있었다. 부드러운 검은 흙길은 폭포에서 피어오르는 물보라로 매우 축축해서 작은 새가 내려앉은 발자국까지도 남아 있었다. 그 길에 두 사람이 나란히 걸어간 발자국이 선명했다. 길이 끝나는 곳 바로 옆에는 엉망이 된 진흙탕이 생겼고 벼랑 끝에는 풀들이 뜯겨 나간 흔적이 있었다. 나는 벼랑 가장자리로 다가가 끊임없이 올라오는 물보라를 헤치며 밑을 내려다보려 애썼다.

이미 날이 저물었기에 물기에 젖어 반짝이는 검은 절벽과 저 멀리 폭포 아래에서 부서지는 물결만 희끄무레하게 보였다. 나는 있는 힘껏 친구의 이름을 불렀다. 그러나 들려오는 건 폭포의 포효뿐이었다.

친구의 대답은 듣지 못했지만 마지막 인사는 받을 수 있었다. 길가 절벽에 기대어 있던 그의 지팡이 옆에서 어떤 것이 반짝였다. 다가가서 자세히 보니 그것은 홈스가 항상 지니고 다니던 은 담뱃갑이었다. 떨리는 손으로 담뱃갑을 집어 들자 그 아래 눌려 있던 뭔가가 땅으로 떨어졌다. 작고 네모나게 접은 석 장의 종이였다. 종이를 펴 들자 익숙한 홈스의 필체가 눈에 들어왔다. 그가 수첩을 찢어 내게 보내는 편지를 남긴 것이다. 어떤 상황에서도 침착함을 잃지 않는 그답게 평소처럼 또박또박하고 시원스러운 글씨로 마지막 인사를 남겨 놓았다.

왓슨, 모리어티 교수가 아량을 베풀어 짧은 편지를 쓰겠네. 그는 지금 옆에서 마지막 결전을 위해 내가 이 편지를 마치기만을 기다리고 있지. 그가 친절하게도 어떻게 영국 경찰을 따돌리고 우리 흔적을 발견해 여기까지 추적해 왔는지 간단히 설명해 주었네. 역시 그가 매우 영리하고 대담한 사람임을 다시 한 번 깨달았지. 이 악당을 세상에서 사라지게 할 수 있어 나는 매우 기쁘네. 비록 그로 인해 나를 아는 사람들, 특히 자네에게 커다란 고통을 주게 되어 안타깝지만 말일세.

하지만 수차례 자네에게 말했다시피 내 인생을 이렇게 마칠 수 있다면 더 이상 바랄 것이 없다네. 왓슨, 이제 와서 고백하자면 아까 스위스 청년이 전해 준 편지가 가짜였다는 것을 알고 있었네.

그런데도 자네를 여관으로 가라고 설득한 것은 길고 지루한 싸움을 끝내기 위해서였지. 런던으로 돌아가면 하숙집의 내 서가에서 '모리어티'라고 적힌 푸른 봉투를 찾아보게.

그 속에는 모리어티 일당이 유죄 판결을 받게 하는 데 필요한 모든 서류가 들어 있지. 그 서류를 런던 경찰청의 패터슨 경감에게 전해 주면 된다네. 나는 이 여행을 떠나기 전 모든 재산을 마이크로프트 형에게 넘겨주고 왔지. 자네 부인에게도 안부 전해 주게. 자네와 이 여행을 함께 할 수 있어 정말 즐거웠네.

　　　　　　　　　　　　　　- 자네의 진실한 벗, 셜록 홈스.

몇 마디만 더 하고 이 이야기를 끝내겠다. 경찰은 조사를 마친 후, 두 사람이 맞붙어 싸우다가 뒤엉킨 채 폭포 아래로 떨어졌다고 결론 내렸다. 시신을 찾으려는 노력조차 할 수 없는 곳이었다. 홈스와 모리어티는 흰 물거품이 끓어오르는 용광로 같은 심연의 가장 깊은 곳에 잠들어 있을 것이다. 스위스 청년은 찾아낼 수 없었지만 분명히 모리어티의 조직원 중 한 명이었으리라. 모리어티의 거대한 조직은 순식간에 무너져 내렸고 홈스가 모아 둔 증거들로 인해 시민들은 그 조직이 얼마나 악랄한 범죄자 집단이었는지 깨닫게 되었다.

그러나 정작 악마 같은 우두머리에 관해서는 수사 도중 드러난 사실이 거의 없었다. 내가 이 글에서 그의 경력을 정확히 쓴 이유는 범죄자 모리어티의 죄를 조금이라도 줄이기 위해 셜록 홈스를 비난하는 어리석은 무리들에게 일침을 가하고 싶기 때문이다. 세상의 평판이 어떻든 나에게 홈스는 가장 정의롭고 현명한 사람으로 길이 남을 것이다.

고전의 반열에 오른 코난 도일의 추리소설

아서 코난 도일

초기의 〈스트랜드 매거진〉

《검은 고양이》, 《어셔가의 몰락》 등으로 잘 알려진 에드거 앨런 포에 의해 창시된 추리소설은 셜록 홈스라는 명탐정을 만들어 낸 코난 도일에 의해 완성된 것으로 평가받고 있다.

세계 최초 고문 사립탐정인 셜록 홈스는 1887년 《주홍색 연구》라는 아서 코난 도일의 소설을 통해 처음으로 일반에 알려지기 시작했다.

최초의 단편을 연재하기 시작한 이래 코난 도일은 36년간 56편의 단편 외에 4편의 장편을 저술했는데, 오늘날까지도 추리소설 장르에서 불후의 명작으로 손꼽히고 있다.

코난 도일의 추리물은 직감이 아닌 철저히 과학적인 추리에 의한 사건 해결 과정을 보여 줌으로써 과학적인 범죄학을 성립시켰다. 그로 인해 그의 작품은 단순히 범죄소설에 머무르던 추리문학을 당당히 소설의 한 장르로 자리 잡게 한 공로를 인정받고 있다.

홈스의 명함

　60편에 이르는 도일의 걸작들이 완성되기까지는 우여곡절도 많았
다. 코난 도일은 자신이 본래 쓰고 싶어 했던 역사소설에 전념하기
위해 24번째 단편인 〈마지막 사건〉 편에서 홈스를 스위스의 라이헨
바흐 폭포에 떨어져 죽게 함으로써 연재 중단을 선언했다. 그러자
열혈 독자들이 홈스의 죽음을 애도하는 상장(喪章)을 달고 다니는가
하면 출판사에는 연재 중단을 항의하는 편지가 쇄도했다. 결국 아서
코난 도일은 홈스를 만나고 싶어 하는 독자들의 성화에 못 이겨 결국
1903년 〈빈집의 모험〉에서 홈스를 왓슨 앞에 나타나게 하는 것으로
연재를 다시 시작했다.

홈스가 활동하던 시대의 영국의 지하철

런던 베이커 가

대중문화 최초의 스타,
셜록 홈스

홈스가 활동하던 시기의 영국은 빅토리아 왕조로서 산업혁명이 완성되면서 '해가 지지 않는 나라'로 불리며 번영을 누리던 시기였다. 이때 의무교육 제도로 대중도 문자를 읽을 수 있게 되면서 그간 상류계급의 특권이었던 잡지와 책을 서민들도 읽을 수 있게 되었다.

1887년 첫 번째 작품이었던 〈주홍색 연구〉는 당시 겨우 25파운드에 원고가 넘어갔으나 현재는 홈스를 주인공으로 한 영화만도 200여 편에 이르는 등 '영화사 최다 등장 캐릭터'라는 기록을 세워 기네스북에 올라 있을 정도로 인기가 높다. 2위 드라큘라와 3위 프랑켄슈타인의 기록을 멀찌감치 따돌렸고, 찰턴 헤스턴 등 60여 명이 넘는 유명 배우가 이 캐릭터를 연기했다고 하니 이만하면 요즈음 잘나가는 대중스타가 부럽지 않은 인기라 하겠다.

영국의 '셜록 홈스 박물관'은 관광객의 발길이 끊이지 않는 가장 유명한 박물관 중의 하나이다. 한편 '셜로키언'으로 불리며 전 세계적으로 470개 정도 분포되어 있는 홈스 팬클럽은 여전히 다양한 활동을 펼치고 있다.

왓슨에게 보낸 홈스의 편지

홈스의 집 도면

홈스의 집 내부

홈스의 소지품

의뢰인의 편지들

왓슨이 본
홈스의 재능

'관찰과 추리'만으로도 모든 것을 밝혀낼 수 있다고 믿는 홈스는 자신의 추리기법이 "유클리드의 정리와 마찬가지로 확실한 것"이라 믿을 정도로 자신만만하고 오만한 구석이 있다.

왓슨이 작성한 아래의 설명은 홈스를 가장 잘 표현하고 있다.

1. 문학 : 순수문학에 대한 지식은 전혀 없지만 범죄 기록에 관해서만큼은 해박하다.

2. 철학 : 거의 아는 바가 없다.

3. 천문학 : 전혀 무지한 상태. 심지어 지구가 태양을 돈다는 사실조차도 모름.

4. 정치 : 관심은 없으나 약간의 지식은 있다.

5. 식물학 : 독성물질에 대해서는 해박하지만 실용원예에 대한 지식은 전혀 없다.

6. 지질학 : 상당히 해박하다. 런던 주변 100킬로미터 안쪽에서라면 옷이나 신발에 묻은 흙만으로도 어느 지방의 토양인지 분별이 가능하다.

7. 화학 : 부분적으로 해박하다.

8. 해부학 : 체계적으로 공부하지는 않았지만 대체로 정확한 지식을 소유하고 있다.

9. 범죄 관련 문헌 : 이 분야에 대한 지식은 상상을 초월한다. 금세기에 저질러진 범죄에 대해서는 모르는 것이 없는 듯하다.

10. 예술 : 바이올린 연주는 매우 수준급이다.

11. 운동 : 운동신경이 좋아 봉술, 펜싱, 권투 실력은 프로급이다.

12. 법률학 : 적어도 영국 법에 대해서는 꽤 많은 것을 알고 있어서 변호사가 상담을 해 오기도 한다.